Mark Franley
Der Angst verfallen

Das Buch

»*Sein Ziel war die Jagd, und ein verschrecktes Opfer spornte ihn nur noch mehr an.*«

Im bayerischen Lohberg wird ein kleiner Junge unter die Eisschicht des Dorfweihers geschoben und dem Erfrierungstod überlassen: ein Fall für Sonderermittler Ruben Hattinger und seine Kollegen Mike Köstner und Eva Lange.

Bei den Ermittlungen stößt das Team auf die Thrillerautorin Maria Burkhard. Verrufen in der Dorfgemeinschaft, lebt sie auf einem einsamen Berghof – und gibt Hattinger und seinen Leuten Rätsel auf: Sie behauptet, sie sei nachts überfallen worden und man habe sie gezwungen, über den Mord an dem Kind zu schreiben.

Viel Zeit bleibt den Kommissaren nicht. Denn bald darauf verschwindet ein Mädchen ...

Der Autor

1972 in Nürnberg geboren, ist Mark Franley bis heute seiner Heimat treu geblieben. Mit den spannenden Fällen um seine Kommissare Mike Köstner, Lewis Schneider und Ruben Hattinger hat der Bestsellerautor Hunderttausende Leser in seinen Bann geschlagen.

MARK FRANLEY

DER
ANGST
VERFALLEN

EIN **KÖSTNER-HATTINGER**-THRILLER

Deutsche Erstveröffentlichung bei
Edition M, Amazon Media EU S.à r.l.
38, avenue John F. Kennedy, L-1855 Luxembourg
September 2021
Copyright © der deutschsprachigen Ausgabe 2021
By Mark Franley
All rights reserved.

Umschlaggestaltung: zero-media.net, München
Umschlagmotiv: © keport / Shutterstock; © Ildiko Neer / ArcAngel
1. Lektorat: Kanut Kirches
2. Lektorat und Korrektorat: Rotkel Textwerkstatt
Gedruckt durch:
Amazon Distribution GmbH, Amazonstraße 1, 04347 Leipzig /
Canon Deutschland Business Services GmbH, Ferdinand-Jühlke-Str. 7,
99095 Erfurt /
CPI books GmbH, Birkstraße 10, 25917 Leck

ISBN 978-2-49670-768-7

www.edition-m-verlag.de

1

Das Problem ist nicht die Nacht, es ist die Finsternis, die ihre scharfen Klauen in die Seelen der Menschen treibt. Er wusste das wie kein anderer. Er nahm Drogen, hörte laute Musik in Endlosschleife oder lief stundenlang durch den Wald. Nichts von alldem hatte geholfen. Irgendwann gewann der Schlaf die Oberhand. Und wenn das passierte, waren die schlimmen Gedanken zur Stelle.

Und so geschah es auch heute. Er schlief kurz ein, erwachte mit einem unnatürlich langen Atemzug und spürte diesen Druck in seinem Inneren.

Er hatte sein Ziel bereits seit Tagen fest im Blick gehabt, und als sich ihm der beste Augenblick bot, hatte er zugeschlagen. Nun lag sein Opfer im Kofferraum, und auch wenn es inzwischen still geworden war, wusste Piet nur zu gut, wie es sich fühlte.

Er stoppte den Wagen am Ende eines Forstwegs, dem er bis tief in den Wald gefolgt war. Die Dunkelheit war nicht vollkommen, doch das Licht der wenigen Sterne genügte nicht, um das Böse zu vertreiben.

Er stellte den Motor ab, stieg aus und atmete die frostige Luft bis tief in seine Lungen. Anschließend ging er nach hinten und öffnete die Kofferraumklappe. Der Junge lag noch in derselben Position. Konnte auch gar nicht anders. Das dicke Seil hielt seine Arme und Beine unnachgiebig in einer unnatürlichen Position.

Dann packte er das menschliche Bündel an dem Seil, hob es mit Leichtigkeit heraus und ließ es mit einem dumpfen Geräusch auf den Waldboden fallen. Der Junge starrte ängstlich aus seinen großen blauen Augen zu ihm hoch, versuchte aber gar nicht erst, gegen den Knebel anzukämpfen.

Er sah zu ihm hinab. Sein Ziel war die Jagd, und ein verschrecktes Opfer spornte ihn nur noch mehr an. Ein schneller Schnitt löste die Fessel, was der Junge sofort nutzte, um sich wegzurollen. Ihm war das recht, er ließ dem Jungen sogar etwas Vorsprung …

Maria lehnte sich zurück, nahm die Lesebrille ab und rieb sich über ihre müden Augen. Die große Wohnstube des alten Bauernhauses war gemütlich warm, trotzdem gab es darin kalte Stellen. Im Moment war es hier drinnen so still, wie es draußen dunkel war. Nur ab und zu knisterte ein Scheit Holz im Ofen. Sie spürte die Abgründe neben dem schmalen Grat, auf dem sie oft wandelte, wie man im Wald einen kalten Windzug spürte. Sie waren da. Wirkten stets bedrohlich. Und doch hatte sie es immer geschafft, nicht hinabzustürzen. Denn dort unten lauerte der Schmerz. Und Schmerz war zwar etwas Unsichtbares, konnte aber trotzdem die Hölle sein.

Maria versuchte, das Gefühl zu ignorieren, griff zum Weinglas und nahm einen Schluck. Dann las sie das eben Geschriebene noch einmal, korrigierte ein paar Stellen und schloss ihr Schreibprogramm.

Sie saß mit dem Rücken zur Stube an ihrem Sekretär, auf dem ihr Laptop stand. Die Lampen im Raum waren heruntergedimmt, nur die kleine Leselampe vor ihr warf einen etwas stärkeren Lichtkegel auf sie. Die große, schwere Wanduhr mit den handgeschnitzten Tierfiguren zeigte exakt zweiundzwanzig Uhr. Struktur war wichtig und regelte ihren Tagesablauf, was nichts anderes bedeutete, als dass sie jetzt noch einige Mails ihrer Leser beantworten würde.

Im Ofen knackte es kurz lauter, dann wurde es wieder still. Sie leerte ihr Glas, strich sich eine graue Strähne aus dem Gesicht und wandte sich wieder dem Monitor zu.

Eine Stunde später waren alle Mails beantwortet oder gelöscht. Nicht, dass sie keine Kritik vertrug, doch manches ging gar nicht. Sie schloss den Laptop, löschte die Leselampe und ging in die offene Wohnküche. Es ergab zwar keinen Sinn, trotzdem rauchte sie nur hier. Sie leerte den letzten Rotwein aus der Flasche in ihr Glas, steckte sich eine Zigarette an und zog den Rauch bis tief in ihre Lungen. Draußen fiel noch immer Schnee, was sie aber nur daran erkennen konnte, dass ab und zu eine Flocke auf das Fenster traf und dort zu Wasser zerfloss. Sonst war es zu dunkel.

Der alte Berghof hatte schon immer ihrer Familie gehört. Maria war hier aufgewachsen, irgendwann weggegangen und vor ein paar Jahren wiedergekommen. Unten im Dorf hatte man natürlich gehofft, dass mit dem Tod ihrer Schwester die Familie Burkhard für immer von hier verschwinden würde, doch den Gefallen tat Maria der Gemeinde nicht. Nach den großen Städten der Welt war dies hier ihre letzte Zuflucht. Und auch wenn der Schatten in ihrem Kopf ungefragt mitgekommen war, hier konnte sie ihn im Zaum halten.

Maria drückte die Zigarette aus, prostete in den Raum und dachte dabei an alle, die hier einmal gelebt hatten. So fühlte sie sich nicht allein und sogar etwas geborgen.

Um halb zwölf legte sich der Wein über ihre Gedanken, deckte sie zu und gestattete ihr, sich schwer zu fühlen. Sie löschte alle Lichter, ging etwas mühsam hinauf in das obere Stockwerk und dort ins Bad.

Ihr Spiegelbild erzählte von ihrem Leben, doch noch gab es genügend freie Flächen für weitere Falten. Sie hatte noch Jahre vor sich. Gute und schlechte, doch auch mit den schlechten hatte sie sich stets arrangiert.

Der dünne Pyjama aus feiner Seide war zu kalt für diesen strengen Winter. Aber sie mochte das Gefühl auf ihrer Haut, besonders wenn der Stoff über ihre nackten Brüste glitt. Schließlich war sie erst vierundsechzig und noch keine frigide Mumie.

Als sie schließlich im Bett lag, zog sie die dicke Decke über sich, löschte auch hier das Licht und lauschte kurz den wenigen Geräuschen der Nacht. Dann lud sie die Schatten ein, die Kontrolle über ihre Hände zu übernehmen, und folgte ihnen in einen Wirbelsturm aus Lust, Angst und dem Schrecken selbst.

2

»Noch einen Kaffee?« Maria hatte gute Laune.

Udo schüttelte den Kopf, wobei sich sein strähniges und immer etwas zu langes Haar kaum bewegte. Er warf einen Blick aus dem Fenster, und als er aufstand, kratzte sein Stuhl über die alten Holzdielen. »Ich würde ja gerne noch einen nehmen, aber die Sonne ist fast weg.«

Maria nickte verständnisvoll. »Ja, du hast recht. Es ist besser, noch bei Tageslicht hinunterzufahren.«

Der Mann, den viele als Dorftrottel betitelten, war bereits jenseits der dreißig, bestand aber darauf, dass sie ihn duzte, während er immer beim Sie blieb. Seine zerschlissene Arbeitshose musste er aufgrund der fehlenden Hosenträger zum wiederholten Male dahin ziehen, wo sie hingehörte, bevor er fragte: »Beim nächsten Einkauf also nur Kartoffeln und einen Karton Wein?«

»Ja, Udo, nur, was du diesmal vergessen hast.« Maria ging zu der alten Kommode, zog die Schublade auf und holte einen bereitliegenden Hunderteuroschein heraus. Diesen drückte sie ihm in die Hand und sagte: »Wäre schön, wenn du dann wieder etwas Zeit mitbringst. Deine Dorfgeschichten sind die besten.«

Udo stieß ein echtes Lachen aus, war schon dabei, sich in Richtung Haustür zu bewegen, hielt aber inne und fragte: »Ach,

Frau Burkhard. Hab ich fast vergessen. Der kleine Bub vom Huber Georg ist seit gestern Abend verschwunden. Haben Sie ihn hier oben irgendwo gesehen?«

»Ist das der blauäugige oder der braunäugige Sohn?« Maria war natürlich klar, dass bei Geschwistern nur selten unterschiedliche Augenfarben herauskamen. Aber es war wie immer in diesem Dorf, derartige Tatsachen wurden grundsätzlich ignoriert.

Udo dachte kurz darüber nach, was bei ihm wie immer ziemlich angestrengt wirkte. »Der Hans, es geht um den Hans. Das ist der jüngere mit den blauen Augen.«

Im Grunde war ihre Frage irrelevant, da sie weder den einen noch den anderen Sohn der Hubers hier oben gesehen hatte, und so antwortete Maria jetzt auch: »Nein. Leider nicht. Ich habe hier seit einigen Tagen keinen anderen Menschen als dich gesehen. Aber wenn mir etwas auffällt, rufe ich den Pfarrer an. Der kann es dann weitergeben.«

»Schön«, war Udos einzige Reaktion. Maria folgte ihm zur Tür und schreckte kurz vor der eisigen Luft zurück, die wie eine unsichtbare Welle hereinschwappte. Sie griff sich das große Tuch, das sie vor ein paar Jahren in Paris erstanden hatte, und warf es sich über die Schultern.

Der festgefrorene Schnee knarrte unter Udos Stiefeln. Sie sah ihm dabei zu, wie er zu seinem alten, rostigen Jeep ging, noch einmal die Hand hob und darin verschwand.

Der Dieselmotor tat sich mit der klirrenden Kälte offenbar genauso schwer wie ihre in die Jahre gekommenen Gelenke. Nachdem der Jeep endlich angesprungen war, verwandelte das Licht der Scheinwerfer den hohen Schneewall kurz in eine Wunderwelt aus funkelnden Kristallen. Udo gab vorsichtig Gas und verschwand kurz darauf in der ersten Kehre auf dem Weg hinunter ins Dorf.

Wenig später herrschte wieder diese Stille, die Maria meistens genoss, die in ihrem Kopf aber auch ziemlich laut werden konnte.

Das alte Bauernhaus stand auf halber Höhe des höchsten Berges der Umgebung. Bis zu den ersten Häusern des Dorfes unten im Tal waren es gut fünfhundert Meter Luftlinie. Dazwischen schlängelte sich der Feldweg in drei engen Kehren durch ein Feld bis zu ihrem Haus, wo er auch endete.

Jetzt, mitten in diesem eisigen Februar, fehlten die Farben. Alles, aber wirklich alles, war von einer dicken weißen Schneeschicht bedeckt. Einzig die großen Tannen zeigten noch etwas Grün, allerdings auch nur dort, wo der Wind den Schnee von ihren breiten Ästen abschütteln konnte.

Obwohl ihr der schneidende Ostwind durch Mark und Bein ging, blieb sie noch kurz draußen stehen und ließ den Blick über die Landschaft gleiten.

»Hast du keine Angst so allein dort oben?«, wurde sie oft gefragt. Doch erstens war sie absolut kein ängstlicher Mensch und zweitens waren es die Großstädte, vor denen man Angst haben sollte. Hier im Bayerischen Wald gab es höchstens ein paar Wölfe, die kaum jemand zu Gesicht bekam.

Die Sonne, die den ganzen Tag über nur als milchiger Punkt am Himmel gestanden hatte, senkte sich nun hinter den nächsten Hügel. Maria mochte diesen Moment, in dem der Tag wich, um der Nacht mit ihren dunklen Geheimnissen Platz zu machen.

Eine leichte Windböe wirbelte die oberste Schicht des feinen Schnees auf und trieb ihn wie einen Schleier über den Vorplatz des ehemaligen Bauernhofs. Die Kälte kroch unter ihr großes Wolltuch. Maria zog es noch etwas fester um die Schultern, drehte sich zurück zum Eingang ihres Elternhauses und ging hinein.

Dort war sie gerade im Begriff, die alte, immer leise knarrende Tür zu schließen, als sie etwas hörte, was sie erst für den fernen Schrei eines Vogels hielt.

Sie hielt kurz inne, drückte die Tür bereits ins Schloss, als sich der Schrei etwas lauter wiederholte. Sie zog die Tür wieder auf, lauschte und ihr nächster Gedanke war: *Das ist das Klagen einer Mutter.*

Es war verdammt lange her, dass sie das zum letzten Mal hatte miterleben müssen, doch dieser bahnbrechende Schmerz brannte sich in jede Seele. Den vergaß man sein ganzes Leben nicht. Der weit entfernte Schrei wollte nicht enden. Manchmal wurde er kurz unterbrochen, aber nur, bis ihn der Wind erneut zu ihr herauftrug. Maria ignorierte die Kälte, überwand die wenigen Meter bis zu der Stelle, wo nur noch der oberste Holm des Zaunes aus dem Schnee ragte, und blickte hinunter ins Tal.

Die vielen Jahre am Monitor hatten ihren Tribut gefordert, außerdem war ihre Brille nicht mehr optimal auf ihre Augen abgestimmt. Und so erkannte sie nur, dass dort, wo sie den Dorfweiher vermutete, die schwachen Lichter von Taschenlampen durch die bereits fortgeschrittene Abenddämmerung huschten.

Begleitet von dem nur noch schwach hörbaren Klagelaut schienen sich die Lichter auf eine bestimmte Stelle zu konzentrieren. *Ob Udo etwas passiert ist? Hat er vielleicht ein Kind überfahren? Der zeitliche Abstand zwischen seinem Abschied und dem Einsetzen der Schreie könnte passen.* Maria fühlte einen leichten Schauer über ihren Rücken huschen.

Bei dem Hin und Her zwischen Neugierde und dem Wissen darum, dort unten nicht erwünscht zu sein, gewann ihre Neugierde. Hinzu kam, dass ihre Bücher von dem Schrecken der Realität lebten. Nichts ließ sich einfacher beschreiben, und so eilte sie zurück ins Haus, schlüpfte in ihre Schneestiefel, zog den dicken Mantel über und nahm den Schlüsselbund vom Haken.

Anschließend fuhr sie den modernen SUV aus dem zur Garage umfunktionierten Schuppen und steuerte langsam den glatten Feldweg hinunter.

Im Dorf verzichtete sie darauf, bis direkt zu der Stelle des Geschehens zu fahren. Sie stellte den Volvo neben der kleinen Dorfkirche ab, schälte sich aus dem Sitz und stieg aus.

Inzwischen hatte sich die Nachricht, dass etwas passiert sein musste, herumgesprochen. Einige Menschen, die sie allerdings nicht von früher kannte, eilten ebenfalls in Richtung Weiher, um, genau wie sie, ihre Neugierde zu stillen.

Maria folgte den anderen, allerdings deutlich langsamer und immer darauf bedacht, nicht auf einer der vielen Schneeflächen auszurutschen. Neben dem letzten Haus, das den Blick auf den Löschweiher versperrte, standen bereits die ersten leise tuschelnden Dorfbewohner zusammen. Maria ging zwischen den kleinen Grüppchen hindurch, wobei sie nur einige Wortfetzen wie »… Er ist fast nackt …« oder »… Wie schrecklich, die armen Eltern …« auffing.

Auf den ersten Blick war nicht viel mehr zu erkennen, als dass einige Männer auf dem zugefrorenen Weiher standen. Drei von ihnen hielten ihre Lampen auf die Eisfläche gerichtet, vier andere, darunter auch der Bauer Huber, schlugen mit Spitzhacken auf das Eis ein.

Von Maria nahm in dieser Situation niemand Notiz. Sie ging langsam bis an den Rand des Weihers, dann auf das Eis und trat schließlich neben einen der Männer mit den Taschenlampen.

Mit dem, was sie nun sah, hatte sie nicht gerechnet. Wie auch? Alles, was sie so mühevoll verdrängt hatte, überschwemmte ihre Gedanken. Ihre Beine wurden weich, doch der Mann neben ihr war der alte Dorfwirt und bei ihm würde sie ganz sicher keinen Halt finden.

Maria trat einen Schritt zurück, wobei sie den Blick starr auf die glatte Eisfläche gerichtet hielt. Der arme Junge wirkte, als würde er sich hinter einem Spiegel befinden. Er schwamm unter der dicken Eisschicht mit dem Gesicht nach oben. Seine geöffneten Augen schienen sehnlichst nach einem Ausgang zu suchen. Der Achtjährige war so blass, so verletzlich und die mit kleinen bunten SpongeBob-Motiven bedruckte Unterhose wirkte so unpassend neben all den tiefen Kratzern in seiner Haut.

»Geht es?« Maria spürte eine Hand auf ihrer Schulter und zuckte zusammen. Udo, der sich ebenfalls unter den vielen Schaulustigen befunden hatte, bot ihr seinen Arm als Stütze an. Maria nahm das Angebot an, sah ein letztes Mal zu dem Jungen, der sich nun, da sein Vater und die anderen Männer endlich ein Loch in das Eis geschlagen hatten, leicht im Wasser darunter bewegte.

Sie atmete noch einmal schwer ein, ließ sich von Udo an den Rand des Teiches begleiten und zog dort eine Schachtel Zigaretten aus der Manteltasche.

Egon Mayer, der Wirt der einzigen Dorfwirtschaft, neben dem sie gestanden hatte, drehte sich nun um und sah sie strafend an. Er hob seine Taschenlampe etwas an, wagte es dann aber doch nicht, ihr ins Gesicht zu leuchten. Stattdessen murmelte er etwas von: »Immer dort, wo etwas passiert«, und drehte sich wieder zurück, um den Männern weiter Licht zu spenden.

Fünf Minuten später ertönten Sirenen und zwei Blaulichter zuckten durch die engen Gassen des Dorfes. Der Notarzt und die beiden Polizisten hielten direkt am Ufer des kleinen Löschweihers. Während der Notarzt direkt auf das Eis eilte, begannen die Polizisten umgehend damit, die Schaulustigen zurückzudrängen.

Maria ließ ihren Blick noch einmal über das Eis schweifen, wobei ihr eine Stelle am anderen Ufer auffiel, an der einzelne

Eisbrocken nach oben ragten. Dort musste der Junge unter das Eis gekommen sein.

Sie folgte den Anweisungen der überfordert wirkenden Polizisten, blieb aber nicht wie die anderen Bewohner am Ort des Geschehens, sondern schickte sich an zurückzugehen. Zu Udo, der sie weiterhin begleiten wollte, sagte sie: »Ist schon gut. Du kannst ruhig noch bleiben. Ich bin okay.«

»Sicher?«, reagierte er skeptisch, wobei sein stets etwas dümmlicher Gesichtsausdruck echte Sorge ausdrückte.

»Ja«, bestätigte sie, wandte sich ab und ging langsam zurück zu ihrem Wagen, den sie unbewusst genau am Eingang des kleinen Friedhofs abgestellt hatte. Die schwere Metalltür stand ein kleines Stückchen offen, was auf Maria fast wie eine Einladung wirkte. Sie zögerte kurz, drückte die Tür nach innen auf und betrat den Friedhof.

3

Trotz der Aufregung am Weiher herrschte auf dem Friedhof Stille. Inzwischen hatte die Nacht den Tag endgültig verdrängt und die blasse Sichel des Halbmonds hing flach über dem Horizont. Maria mochte diesen Ort oder vielmehr die Abwesenheit all der menschlichen Unarten. Sie fand hier, was schon im Namen vorkam, nämlich Frieden.

An den kahlen Ästen der beiden riesigen Eichen brach sich in regelmäßigen Abständen das Blaulicht der Einsatzfahrzeuge. Sonst gab es keine unnatürliche Lichtquelle.

Der Schnee lag unversehrt über allen Gräbern, zu denen man nur über einen schmalen freigeschaufelten Pfad kam. Maria atmete das Bild des toten Jungen weg und konzentrierte sich stattdessen nur auf sich selbst. Darauf, wie der Schnee unter ihren Stiefeln beim Auftreten knirschte, und auf die weiße Wolke, die beim Ausatmen entstand. So folgte sie dem Pfad bis zu der Stelle, deren Lage sie genau kannte.

Kurz bevor sie das Grab erreichte, entdeckte sie etwas, das sie nicht gleich identifizieren konnte. Erst als sie näher kam, wurde aus dem dunklen Etwas ein kleiner Stoffteddy, den jemand auf das halb eingeschneite Kreuz gelegt hatte.

Simon hätte der Teddy sicher gefallen, aber Simon war seit fast genau dreiundfünfzig Jahren tot!

Maria trat an das Grab, schloss kurz die Augen, doch irgendwie fand sie heute keinen Zugang zu ihrem besten Freund aus Kindertagen. Vielleicht weil das, was dort am Weiher geschehen war, ihrer Geschichte ziemlich ähnelte. Oder einfach, weil sie dieser Teddy irritierte?

Sie öffnete die Augen wieder und begutachtete das Stofftier näher. Es wirkte relativ neu und konnte noch nicht lange dort liegen. Erstens lag kein Schnee darauf und zweitens wirkte es generell nicht, als wäre es der Witterung ausgesetzt gewesen. Sie überlegte kurz, es anzufassen, doch das schien ihr unpassend. In dieser Gemeinde gab es durchaus Menschen, die ebenfalls mit Simon verbunden waren. Und wenn jemand von ihnen das Bedürfnis hatte, etwas auf sein Grab zu legen, stand es ihr nicht zu, das infrage zu stellen.

Stattdessen erzählte sie Simon leise, was heute geschehen war. Dann rauchte sie, obwohl es hier verboten war, eine Zigarette mit ihm. Sie tat das natürlich nicht, weil sie es nicht bis vor die Friedhofsmauer ausgehalten hätte, sondern weil es sie daran erinnerte, wie sie damals als Kinder einmal heimlich hinter der großen Scheune geraucht hatten.

Irgendwann nagte der strenge Frost zu sehr an ihren alten Knochen. Nach einem gemurmelten Abschied und dem Versprechen wiederzukommen, wandte sie sich dem Ausgang zu und verließ den Friedhof langsamen Schrittes.

Beim Öffnen ihrer Haustür überkam sie ein unsicheres Gefühl, von dem sie erst wusste, wo es herkam, als ihr Blick auf die Anzeige der Alarmanlage fiel. Da sie sich hier oben inzwischen ziemlich sicher fühlte, verzichtete sie schon seit einer ganzen Weile darauf, diese zu aktivieren. Unter diesen Umständen war das vielleicht keine gute Idee, und sie beschloss, das Alarmsystem in Zukunft wieder zu nutzen.

Im Haus war das Feuer inzwischen heruntergebrannt. Maria legte Mantel und Schuhe ab, belebte die restliche Glut in dem alten Ofen mit frischem Holz und holte sich eine bereits angebrochene Flasche Wein aus der Küche. Nach einem großzügigen Schluck aus ihrem mundgeblasenen Lieblingsweinglas räumte sie noch die Lebensmittel weg, die ihr Udo vorhin gebracht hatte und die ihr eine ganze Weile reichen würden.

Während draußen am nächtlichen Himmel neue Schneewolken aufzogen, erfüllte der knisternde Ofen den Raum mit wohliger Wärme.

Maria leerte den Rest der Flasche in das Glas, ging damit zum Küchenfenster, das zum Dorf zeigte, und blickte hinaus.

Die kleine Gemeinde würde heute vermutlich nur schwer zur Ruhe kommen. Inzwischen hatte man rund um den Weiher einige Autos aufgestellt, die den ganzen Bereich mit ihrem Scheinwerferlicht erhellten.

Der Anblick erinnerte sie wieder an den Jungen, der im eisigen Wasser gelegen hatte. Sie mochte den Gedanken nicht, ging zurück in die Wohnstube und setzte sich in den großen Sessel, den schon ihre Oma so geliebt hatte. Dort schloss sie die Augen, sah aber erneut nur die Bilder, die sie eigentlich verdrängen wollte.

Ein Gedanke gesellte sich zum nächsten und am Ende blieb der eine, der sich unweigerlich aufdrängte. Denn das, was sie gerade eben dort unten im Dorf gesehen hatte, trug eine Handschrift, die sie an etwas erinnerte. Es war zugleich verstörend und faszinierend. Außerdem hatte ihr Udo gesagt, dass der Junge seit mindestens gestern Abend vermisst worden war. Folglich deutete viel auf ein Verbrechen hin. Aber wer sollte einem kleinen Jungen so etwas antun? Und warum wurde er letztlich dort abgelegt, wo man ihn früher oder später finden musste? Sie war gespannt, wie sich die Sache entwickeln würde, und beschloss, sie im Auge zu behalten. Hier war alles möglich.

Von einer schiefgegangenen Mutprobe bis zu Mord. Und auch wenn das andere krank finden mochten, sie konnte sich der Faszination von Gewaltverbrechen einfach nicht entziehen.

Je länger Maria darüber nachdachte, umso mehr kam es ihr wie eine Inszenierung vor, und noch etwas jagte ihr Unbehagen über den Rücken. Nicht nur, dass Simon vor dreiundfünfzig Jahren ebenfalls gestorben war, er hatte auch fast das gleiche Schicksal geteilt wie jetzt Hubers Junge. Und obwohl es damals ganz sicher kein Verbrechen, sondern eindeutig ein Unfall gewesen war, passte einfach viel zusammen.

Maria überkam das Bedürfnis, für die beiden Jungen Kerzen anzuzünden. Sie stand auf, legte noch ein Holzscheit in den Ofen und entzündete zwei der vier Kerzen, die in einer getöpferten Schale auf einem Fensterbrett standen.

Auf dem Weg zurück zu ihrem Platz fiel ihr Blick auf etwas, was unter dem Esstisch lag. Udo hatte am Nachmittag auf diesem Platz gesessen und musste es verloren haben. Sie bückte sich ein wenig schwerfällig, hob den kleinen Zettel auf und drehte ihn herum. Die wenige Beschriftung war ziemlich klein geschrieben, außerdem zeichnete sich Udos Schuhabdruck in Form von dunklen Flecken darauf ab.

Maria tauschte ihre Alltagsbrille gegen die schmale Lesebrille und erkannte, dass es sich um eine Fahrkarte des ÖPNV handelte. Das Ticket war für ein Kind gelöst worden und trug den Zeitstempel des gestrigen Abends um 19.52 Uhr. Die Tarifzone sagte ihr zunächst einmal nichts, aber das ließ sich sicher recherchieren.

Ein kurzer Blick aufs Handy zeigte, dass der Bus nur dreimal am Tag auf seinem Weg zwischen Bad Kötzting und Bayerisch Eisenstein in Lohberg hielt. Einmal morgens um 7.18 Uhr, einmal mittags um 13.32 Uhr und das letzte Mal abends um 19.49 Uhr. Mit etwas Verspätung durch den vielen Schnee würden die Zeiten zusammenpassen.

Maria wusste nicht recht, was sie davon halten sollte. Udo hatte, soweit sie wusste, keine Kinder. Wie auch? Davon, ein Frauenschwarm zu sein, war er so weit entfernt wie Bayern davon, das Rauchen von Hasch zu erlauben. Sehr zu ihrem Leidwesen, denn sie mochte das Zeug.

Ein toter Junge im zugefrorenen Weiher und ein Busticket für Kinder. Maria ertappte sich dabei, voreilige Schlüsse zu ziehen. Sie schob den Gedanken beiseite, war aber durch ihre Passion genug mit polizeilichen Ermittlungen vertraut, um die Busfahrkarte vorsichtshalber in einen Frischhaltebeutel zu legen. Diesen steckte sie in ihren Sekretär, auf dem auch der Laptop stand, und holte sich anschließend noch eine Flasche Rotwein aus der Küche.

Draußen war die sternenklare Nacht inzwischen einem leichten Schneesturm gewichen. Immer wieder ertönte irgendwo am Haus das leise Scheppern eines der alten Fensterläden. Ihr Blick ging zu dem dunklen Flur mit der schweren Haustür, die schon so vielen Stürmen hatte trotzen müssen. Doch um den Sturm ging es heute nicht. Eher darum, ob sie diese vorhin ordentlich verschlossen hatte.

Sollte der arme Hans Huber wirklich Opfer eines Verbrechens geworden sein, würde das nichts anderes bedeuten, als dass dort draußen irgendwo ein Mörder unterwegs war.

Angst war ihr nicht fremd, sie nahm diese nur normalerweise nicht mehr so ernst. Und auch wenn sie die Tür in so mancher Sommernacht unverschlossen ließ, war das heute Nacht sicher keine gute Idee.

Maria stellte das Glas neben dem Sessel ab, ging in den für ein Bauernhaus typisch schlichten, weitläufigen Flur und blieb vor der Tür stehen. Irgendetwas in ihr wollte die Tür noch einmal öffnen, um sicherzugehen, dass dort draußen niemand war. Ihre Vernunft hielt dagegen und gewann. Sie drehte den Schlüssel ein weiteres Mal herum, hängte zusätzlich den schweren Stahlhaken ein, aktivierte die Alarmanlage und atmete durch.

Zurück in der großen gemütlichen Wohnstube glaubte sie, draußen etwas am Fenster vorbeihuschen zu sehen. Sie ging zu einem der Fenster, durch das man auf die Freifläche zwischen Haus und Scheune blicken konnte, blieb aber auf Abstand zur Scheibe.

Feine Schneeflocken wurden vom Wind durch die Nacht getragen und der Schnee sorgte dafür, dass das Mondlicht etwas verstärkt wurde. Doch so weit sie in alle Richtungen sehen konnte, deutete nichts darauf hin, dass sich hier ein Mensch herumtrieb. Das Scheunentor war geschlossen, die ersten Tannen links hinter dem Haus standen demütig im Sturm und auch auf dem kurzen Stück Feldweg, das sie von hier aus erkennen konnte, war nichts Besonderes zu sehen.

Maria tat ihre Wahrnehmung als Einbildung ab. Sie rauchte eine weitere Zigarette neben dem laufenden Dunstabzug in der Küche, holte danach ihren Laptop zum Sessel und dachte sich in eine andere, ebenso friedlose Welt. Trotz oder gerade wegen des Schreckens, den sie heute gesehen hatte, konnte sie ihr Buch nun endlich fortsetzen.

4

»Bundespolizei in Bamberg, Dezernat Altfälle und Sonderermittlungen. Kriminalhauptkommissarin Lange am Apparat.« Eva war an diesem Montagvormittag froh über jeden Anruf, der sie ein wenig von der öden Arbeit des Studiums der Altakten ablenkte. Sie hörte eine Weile zu, notierte sich einige Details und fragte schließlich: »In Lohberg, sagten Sie? Lohberg im Bayerischen Wald, alles klar.« Sie notierte auch das und bat: »Geben Sie mir bitte eine Stunde. Ich kläre das mit meinem Chef und rufe Sie umgehend zurück.«

Nach dem Gespräch markierte sie die aktuelle Stelle in der Altakte auf ihrem Monitor mit einem elektronischen Lesezeichen, schloss das Dokument und öffnete Google.

Mit wenigen Klicks fand sie einige Presseberichte zu dem Fall, der ihr gerade von dem Dienststellenleiter der Polizeiinspektion Bad Kötzting angetragen worden war. Das vermeintliche Unglück war am Samstag in Lohberg geschehen, wo man am Abend einen achtjährigen Jungen unter der Eisdecke des Dorfweihers gefunden hatte. Der Junge war offenbar nur mit einer Unterhose bekleidet gewesen und hatte laut der Aussage von Augenzeugen zahlreiche Kratzer und Schrammen aufgewiesen. Aufgefunden hatte man ihn, da einige

Rentner, die auf dem Weiher Eisstockschießen spielen wollten, den Schnee weggeräumt hatten.

Der aufgebrachte Vater des Jungen bezeichnete die involvierten Beamten als einen Haufen ignoranter Säcke, die ihn nicht ernst nahmen und den Vorfall zunächst als Unfall abgetan hatten. Zu dem Artikel gehörten auch einige Fotos, bei denen sich Eva die Nackenhaare aufstellten. Nicht weil sie Schreckliches zeigten, sondern weil die Menschenmassen auf dem Weiher jede weitere Spurensuche nahezu unmöglich machen würden. Die Bilder zeigten Schaulustige ohne jeden Abstand zum Fundort, Autos, die man bis direkt an den Weiher gefahren hatte, und alte Männer, die mit Spitzhacken und Beilen auf das Eis einschlugen.

Laut Aussage von Herrn Tiefenbach, dem dortigen Dienststellenleiter, hatte sich bei der Obduktion des Jungen inzwischen herausgestellt, dass dessen Verletzungen eindeutig auf ein Gewaltverbrechen hinwiesen. Außerdem gab es Anzeichen dafür, dass man ihn lebendig unter die Eisplatte geschoben hatte.

»Der Fall würde Ruben gefallen«, murmelte Eva in die Stille ihres Büros. Anschließend druckte sie den seriösesten Pressebericht aus, trat kurz vor den Spiegel und verteilte ganz dünn Salbe auf ihrer Brandnarbe. In der ersten Zeit hatte sie noch versucht, diese unter Schminke zu verstecken. Doch ohne die Hilfe einer Kosmetikerin endete dies meist in einem Desaster. Gegen die Rötung half Schminke ein wenig, allerdings traten dann die Unebenheiten noch stärker hervor. Hier im Büro war das egal, also nahm sie den Ausdruck und folgte dem langen Flur bis zu dem Büro von Kriminalrat Winkler.

Sie hob gerade die Hand, um anzuklopfen, als hinter der Tür ein lautes Niesen ertönte. Eva wartete kurz, klopfte und wurde mit nasaler Stimme hereingebeten.

»Nicht Sie auch noch. Wenn das so weitergeht, bin ich bald allein hier«, waren ihre ersten Worte, da sich ihr Chef gerade lautstark die Nase putzte.

Er vollendete sein Werk, deutete auf einen der beiden Stühle vor seinem Schreibtisch und sagte, nachdem er das Stofftaschentuch ordentlich zusammengefaltet und weggesteckt hatte: »Guten Morgen, Frau Lange. Was verschafft mir die Ehre?«

Bevor Eva zu dem eigentlichen Grund ihres Besuchs kam, zog sie ihre Stirn in Falten und fragte ehrlich fürsorglich: »Sollten Sie sich nicht vielleicht besser ins Bett legen?«

»Wenn es noch schlimmer wird«, gab Winkler zu. »Diese verdammte Grippewelle. Uns gehen langsam die Leute aus.«

»Allerdings«, bestätigte Eva mit einem Blick auf den Monitor an der Wand, der anzeigte, wer gerade Dienst hatte und wer ausgefallen war.

Winkler steckte sich irgendeine Tablette in den Mund, spülte diese mit Kaffee herunter und fragte: »Also, was gibt es?«

Eva reichte ihm den Ausdruck über den Tisch, wartete, bis ihr Chef diesen durchgelesen hatte, und erklärte schließlich: »Vor ein paar Minuten hat mich ein gewisser Hauptkommissar Tiefenbach von der Polizeiinspektion Bad Kötzting angerufen. Die Sache fällt unter seine Zuständigkeit, er hat aber weder die fachlichen Ressourcen noch genügend Leute für weitreichende Ermittlungen. Außerdem deutet die Obduktion des Jungen eindeutig auf ein Gewaltverbrechen hin. Kurzum, in der Gegend dort läuft jemand herum, der nicht davor zurückschreckt, Kinder zu töten.«

»Wurde dieser Junge sexuell missbraucht?«

Eva warf, obwohl sie wusste, dass dort nichts Entsprechendes stand, einen Blick auf ihre Notizen. »Nein. Das heißt, ich weiß es nicht. Dazu bräuchten wir erst Akteneinsicht von der Landespolizei.«

»Ja, ja«, grummelte Winkler und fügte mürrisch hinzu: »Und die bekommen wir erst, wenn wir den Fall übernehmen. Ich liebe unsere Bürokratie.«

»Das sagt Ruben, also ich meine, Herr Hattinger auch immer«, warf Eva ein.

»Und genau da sind wir schon bei unserem größten Problem«, brummte Winkler, wobei er sein Taschentuch erneut aus der Hosentasche zog. Dieses Mal wischte er sich nur damit über die Nase und deutete anschließend auf den Wandmonitor. »Wir haben kein Personal für weitere Fälle. Herr Hattinger ist noch drei Tage, also bis Mitte der Woche, krankgeschrieben, und ich möchte auch nicht, dass er herkommt und als weitere Keimschleuder durch die Gegend läuft. Und leider kann ich auch nicht mit Ersatz dienen, denn wie Sie sehen, habe ich kaum noch Mitarbeiter, die nicht krank sind.«

Natürlich hatte Eva das alles schon gewusst, bevor sie dieses Büro betreten hatte. Außerdem telefonierte sie regelmäßig mit Ruben, der tatsächlich nicht vor Ende seiner Krankschreibung arbeiten würde. Sie hätte ihm zwar alles Mögliche zugetraut, aber mit Sicherheit nicht, dass er seinem Arzt derart hörig war. Doch Ruben hatte so viele Ecken und Kanten, dass man unmöglich alle kennen konnte.

Das alles hieß allerdings nicht, dass sie keinen Plan hatte. Daher tat sie so, als würde sie angestrengt nachdenken, bis sie schließlich vorschlug: »Wie wäre es denn, wenn wir Kriminalhauptkommissar Köstner anfragen?«

»Köstner?« Im Gegensatz zu ihr musste ihr Chef tatsächlich nachdenken, dann fiel es ihm ein. »Ist das nicht dieser Kommissar aus Nürnberg, den Sie vor einer Weile bei dieser mysteriösen Mordserie in Nürnberg unterstützt haben?«

»Ja, genau«, gab sich Eva gelassen. »Die Zusammenarbeit hat gut geklappt und der Mann lässt sich auch von Herrn Hattinger nicht abschrecken.« Ihr Tonfall änderte sich ins

Verschwörerische, als sie hinzufügte: »Und Sie wissen doch, wie schwer es ist, jemanden zu finden, der es mit unserem Kollegen aushält.«

»Da sagen Sie was«, murmelte Winkler.

Eva wartete keine weitere Entscheidungsfindung ab und erklärte schnell: »Sollte Ruben also später noch zu uns stoßen, wäre auch das kein Problem.«

Mehr als ein »Hm« war ihrem Chef nicht zu entlocken. Eva ließ ihm einen Moment und schlug dann vor: »Soll ich in Nürnberg anfragen?«

Winkler schüttelte den Kopf, was Evas Hoffnung einen kleinen Dämpfer versetzte. Doch nach einem kurzen Augenblick der Stille sagte er: »Die Frage ist nicht, ob Armin, ich meine Kriminalrat Kleinschrot, mir seinen Mann überlässt. Mit dem werde ich schon einig. Ich frage mich nur, ob wir den Fall überhaupt übernehmen sollen. Alles, was ich weiß, entstammt einem Artikel aus der Presse. Das ist mir ehrlich gesagt etwas zu dünn. Wenn in Wirklichkeit nur ein tragisches Unglück hinter dem Tod dieses Jungen steckt, würde ich meine sowieso schon knappen Ressourcen verschwenden. Andererseits können wir ein Amtshilfeersuchen auch nicht einfach ablehnen.«

»Verstehe«, stimmte Eva zu und legte ihm ihren Notizblock auf den Schreibtisch. Sie tippte mit dem Finger auf eine Telefonnummer, wobei sie erklärte: »Das ist die Nummer des Kollegen aus dem Bayerischen Wald. Vielleicht rufen Sie ihn einfach an und lassen sich persönlich schildern, was dort vorgefallen ist.« Danach bot sie an: »Soll ich draußen warten?« Doch Winkler schüttelte den Kopf. »Nicht nötig.«

Er fischte den Hörer vom Telefon, legte diesen aber erst einmal auf den Tisch, um sich noch einmal lautstark die Nase zu putzen. Danach wählte er die Nummer, stellte das Telefon auf den Lautsprecher um und wartete ungeduldig, dass abgehoben wurde.

Bei dem nun folgenden Gespräch verstand es Hauptkommissar Tiefenbach ausgezeichnet, seine Lage als äußerst dringlich darzustellen. Und nachdem er die Befürchtung geäußert hatte, dass weitere Kinder zu Schaden kommen könnten, stimmte Evas Chef zumindest einer Voruntersuchung zu.

Das darauffolgende Telefonat führte Winkler, ohne den Lautsprecher des Telefons einzuschalten. Aber Eva hörte auch so, wie freundschaftlich er mit dem Nürnberger Chef des Dezernats für Kapitalverbrechen sprach. Die beiden redeten erst über das Wetter, dann über die aktuelle Personalnot und anschließend noch über irgendeine Wellness-Therme. Am Ende des Telefonats versprach Winkler schließlich: »Alles klar, Armin, wir werden Köstner selbst fragen. Vielen Dank und eine erfolgreiche Woche.« Kleinschrot schien noch etwas zu erwidern, was ihren Chef hustend zum Lachen brachte, bevor er auflegte.

Sein Blick ging noch einmal zu dem Monitor mit dem Dienstplan, bevor er sich Eva zuwandte und bestimmte: »Sie können diesen Köstner anrufen. Wenn er der Zusammenarbeit zustimmt, hat auch sein Chef nichts dagegen. Außerdem können Sie Herrn Schober einbinden. Auf die Hilfe von Herrn Habermann müssen Sie leider größtenteils verzichten. Ihr Kollege muss den Berlinern gerade dabei helfen, eine Spur im Darknet zu verfolgen.«

Eva jubelte innerlich, gab sich nach außen aber gelassen. Trotzdem konnte sie sich das Lächeln nicht verkneifen und bestätigte: »Ich werde das Telefonat erledigen und Sie dann informieren.« Damit verließ sie Winklers Büro und ging voll Vorfreude zurück in ihr eigenes.

Seit den gemeinsamen Ermittlungen in Nürnberg hatten Mike Köstner und sie sich schon einige Male gegenseitig besucht, woraus inzwischen eine Freundschaft geworden war, wenn auch eine distanzierte. Sie verband mehr als ihre entstellten Gesichter. Sie schätzten sich gegenseitig als gute Gesprächspartner und waren sich auf vielen Ebenen ähnlich. Außerdem hatte Mike kein einziges Mal versucht, sie anzubaggern, was sie ihm hoch anrechnete.

5

Die Digitalanzeige seiner Armbanduhr zeigte kurz nach dreizehn Uhr an. Udo rieb seine kalten Hände aneinander, überlegte kurz, ob er sich das leisten konnte, und überquerte den kleinen Dorfplatz.

»Hallo Udo«, begrüßte ihn Helga, die praktisch zum Inventar des einzigen Dorfbäckers gehörte.

Udo schenkte ihr ein scheues Lächeln, trat an die Auslage und fragte schüchtern: »Kann ich einen Kaffee zum Mitnehmen haben?«

»Natürlich«, antwortete sie fürsorglich.

Während der Kaffee langsam aus dem Automaten lief, holte er seine zerschlissene Geldbörse heraus und begann damit, einzelne Centmünzen herauszuzählen. Kurz darauf stand der dampfende Becher vor ihm und er streckte Helga eine Handvoll Kleingeld entgegen. Diese warf einen schnellen Blick zu der Tür, die in die Backstube führte, flüsterte: »Steck es schnell wieder ein«, und fragte dann lauter: »Mit Milch und Zucker?«

Udo nickte aufgeregt, ließ die Münzen einfach in die Tasche seines Parkas fallen und bat: »Ein bisschen Milch und viel Zucker bitte.«

Helga gab ihm ein Portionsdöschen Milch und gleich vier Zuckertütchen. Er schüttete die Milch und drei der

Zuckerbeutelchen in den Becher, drückte den Deckel drauf und bedankte sich.

Die Parkbank stand neben einem kleinen Brunnen, der im Moment allerdings unter einem halben Meter Schnee verborgen war. Udo zog seine Plastiktüte aus der Jackentasche, breitete sie auf der gefrorenen Sitzfläche aus und setzte sich darauf. Seine Armbanduhr zeigte inzwischen 13.20 Uhr. Er hob den Becher an den Mund und genoss das Gefühl, mit dem die noch heiße und sehr süße Flüssigkeit in seinen Magen lief. Anschließend besann er sich auf seine Aufgabe und musterte die wenigen Menschen in seiner Sichtweite. Einer musste ja schließlich auf die Kinder aufpassen.

Der eisige Wind machte es schwer, Gesichter zu erkennen. Zwei Frauen standen an der Bushaltestelle, dicke Schals bis über die Nase gezogen. Ebenfalls an der Bushaltestelle stand noch ein Mann, den Udo aus dem Dorf kannte und von dem er wusste, dass er jeden Mittag von hier abfuhr.

Da war der andere Mann, der ein Stück weiter neben seinem Auto stand, schon wesentlich interessanter. Er trug eine dicke, aber billig aussehende Lederjacke, eine Mütze mit Fellrand und eine Jeans. Udo war vielleicht kein heller Kopf, doch darin, sich Alltägliches zu merken, war er wirklich gut. Und so war er sich auch sicher, dass er weder den Mann noch das Auto neben ihm kannte.

Er beschloss, ihn im Auge zu behalten, und wandte sich schließlich einer dritten Frau zu. Sie stand im Eingang zu dem Elektronikfachgeschäft, das schon seit einem Jahr geschlossen war. Sie trug eine rosafarbene Jacke, eine rote Mütze und, was überhaupt nicht zur Witterung passte, einen halblangen Rock. Udo mochte diese Art Frauen nicht. Zu viel Farbe machte ihn genauso nervös wie zu hübsche Frauen, und hier kam beides zusammen.

Der Bus mit den Schulkindern kam fünf Minuten zu spät. Er rollte langsam auf die Haltestelle zu, öffnete zischend seine Türen und nur Sekunden später erfüllten laute Kinderstimmen den sonst so ruhigen Dorfkern. Das war der Moment, in dem sich Udo entscheiden musste.

Alles ging so schnell, dass er Probleme hatte, die Übersicht zu behalten. Zwei Mädchen verschwanden hinter dem Bus, eine Dreiergruppe, zwei Jungs und ein Mädchen, ging in Richtung der Gasse, die zum alten Dorfkern gehörte, und ein Mädchen folgte dem Weg in Richtung der wenigen neuen Einfamilienhäuser.

Die beiden Frauen und der Mann stiegen ein, und als der Bus losfuhr, war die Frau in der rosafarbenen Jacke aus dem Ladeneingang verschwunden.

Der Mann mit dem Auto stand hingegen noch da und sah sich suchend um. Udo beschloss, dem Mädchen zu folgen, das allein unterwegs war. Sie war etwa zehn Jahre alt, wirkte ziemlich schlaksig und hatte große bunte Kopfhörer auf den Ohren.

Als er aufstand, begegnete sein Blick kurz dem des Fremden. Udo versuchte, einen Gesichtsausdruck aufzusetzen, von dem er hoffte, dass er überlegen und wissend zugleich wirkte. Er faltete die Plastiktüte zusammen, steckte sie in die Tasche und schlenderte scheinbar entspannt über den Platz in Richtung des Neubaugebiets.

Die Kleine schien trotz der Ereignisse des letzten Wochenendes ziemlich entspannt, was Udo nicht wirklich begreifen konnte. Gut, es war mitten am Tag und heute schien sogar die Sonne vom strahlend blauen Winterhimmel, trotzdem sollte man doch viel aufmerksamer sein, wenn sich möglicherweise ein Mörder herumtrieb.

Kurz vor den ersten Häusern blickte Udo noch einmal über die Schulter. Der Fremde stand zwar noch in der Nähe der

Bushaltestelle, sah aber gerade auf sein Handy. Dann schüttelte der Mann den Kopf und stieg in seinen Wagen.

Das Mädchen war in der Zwischenzeit aus Udos Blickfeld verschwunden, was ihm einen Stich versetzte. Er beschleunigte seinen Schritt, erreichte kurz darauf eine Seitenstraße und sah gerade noch, wie sie vor dem letzten Haus ihren Schlüssel herauszog und darin verschwand.

Zurück im Dorfkern ging er zu seinem eigenen Wagen, dachte kurz darüber nach, was Frau Burkhard bei ihm bestellt hatte, und startete den Motor. Dessen erste Geräusche erinnerten ihn an ein wieherndes Pferd, danach folgte ein unregelmäßiges Klopfen, bis endlich das laute Dröhnen einsetzte. Udo legte den ersten Gang ein und fuhr in Richtung des großen Supermarkts, drüben in Bad Kötzting.

Kurz vor dem Ortsausgang passierte er den kleinen Dorfweiher, dessen Anblick sich seit dem Vorfall deutlich gewandelt hatte, und erinnerte sich an all die Eindrücke dieses Tages.

Als er am Samstagnachmittag rauf zu Frau Burkhard gefahren war, hatte der Teich friedlich schlafend unter einer dicken Schicht aus Eis und Schnee gelegen. Das fahle Licht der Februarsonne hatte der großen Trauerweide am Ufer ein gespenstisch schönes Aussehen gegeben, wobei der Baum fast so wirkte, als würde er über das Wasser wachen, bis es im Frühling wieder zum Leben erweckt würde.

Zu diesem Zeitpunkt war der Junge schon in seinem kalten Grab getrieben, wo Udo ihn später gesehen hatte. Beleuchtet von den Taschenlampen hatte sein Blick lebendig gewirkt, doch das war er nicht gewesen. Der kleine Hans war so tot wie das Eis, durch das er keinen Ausweg gefunden hatte.

Udo nahm den Fuß vom Gas, rollte langsam an dem Weiher vorbei. Für ihn hatte er all seine Schönheit verloren. Das Flatterband der Polizei wehte sachte im Wind und die ehemalige Schneedecke war am Ufer zu großen Haufen aufgetürmt. Die Stellen, an denen man das Eis aufgehackt hatte, wirkten wie riesige Narben, und die Trauerweide war vom Bewacher zu einem traurigen Beobachter geworden.

Zu viel Trauer, beschloss er, trat wieder aufs Gas und schaltete einen Gang hoch.

Udo kannte die Blicke der Kassierer im Supermarkt. Schuld war die Kombination aus seinem Auftreten und dem Karton teuren Rotwein, den er einmal die Woche für Frau Burkhard einkaufen sollte. Und so ließ es sich der junge Mann hinter der Kasse auch heute nicht nehmen, nicht nur eine Flasche Zinfandel zu scannen, sondern darauf zu bestehen, dass der ganze Karton ausgeräumt wurde. Vermutlich traute er Udo zu, einen noch teureren Wein mit darunterzuschmuggeln. Zusammen mit den Kartoffeln kostete der Einkauf achtundsiebzig Euro und fünfundfünfzig Cent, wobei der Kassierer die Achtundsiebzig besonders betonte.

Udo war nervös, wobei seine größte Sorge war, dass er den extra für Frau Burkhards Einkäufe angeschafften Geldbeutel einmal verlieren könnte. Erst als er diesen zwischen seinen Fingern spürte, öffnete und den großen Geldschein sah, wurde er ruhiger. Am liebsten hätte er »Stimmt so« zu diesem arroganten Typen gesagt, was er natürlich nicht tat und stattdessen jeden Cent Wechselgeld aufs Peinlichste genau abzählte. Danach ließ er sich die Quittung geben und verließ das Gebäude mit gesenktem Kopf.

»Hey Mann!«

Udo zuckte derart zusammen, dass er fast den Wein fallen ließ. Er hob den Blick und zuckte ein weiteres Mal zusammen. Der Typ, mit dem er fast zusammengestoßen wäre, war derselbe, den er vor einer halben Stunde auf dem Dorfplatz beobachtet hatte. War das Zufall oder wurde er verfolgt? Er stammelte eine

Entschuldigung, wobei er kurz an den Augen des Mannes hängen blieb. *Was für ein fieser Blick*, ging es ihm durch den Kopf. Udo presste den Karton noch ein wenig fester an seinen Körper und ging eilig weiter. Erst draußen auf dem Parkplatz traute er sich, sich noch einmal umzudrehen, aber da war der Typ längst verschwunden.

6

Mike musste sich einmal mehr über seinen Chef wundern. Aber vielleicht lag dessen Kooperationsbereitschaft mit dem BKA auch daran, dass sie nie so recht warm miteinander geworden waren. Mike fühlte sich hin und hergerissen. Einerseits wollte er nicht einfach so verliehen werden, andererseits gefiel ihm der Gedanke, an diesem Fall mitzuarbeiten.

Kriminalrat Kleinschrot war so ganz anders als sein Vorgänger. Karl Steinbach hatte für etwas gestanden, was heute so selten geworden war. Für ihn waren seine Ermittler wie eine Familie und nicht nur die Steigbügelhalter auf der Karriereleiter gewesen. Damals gab es noch echte Freundschaften, bei denen es egal gewesen war, welchen Stand man hatte. Und so war es auch Karl gewesen, der ihn zurück in die Mordkommission geholt hatte. Trotz oder vielleicht sogar wegen Mikes innerer und äußerer Narben, die er sich im Laufe der Jahre zugezogen hatte.

Evas Anruf war gerade einmal drei Stunden her und Kleinschrot hatte der Zusammenarbeit mit den Bamberger Kollegen von der Bundespolizei ohne jedes Zögern zugestimmt. Und so parkte Mike seinen Wagen im absoluten Halteverbot, legte seinen Ausweis hinter die Windschutzscheibe und ging in den Nürnberger Hauptbahnhof.

Alte Erinnerungen kamen hoch. Denn auch wenn inzwischen alles anders aussah, der Geruch in der Bahnhofshalle war geblieben. Wie lange war es her, dass er hier als junger Streifenbeamter seine Runden gedreht hatte? Er hätte es spontan nicht mehr sagen können.

Sein Blick fiel auf die große Anzeigetafel, die den Regionalzug aus Bamberg für kurz nach dreizehn Uhr auf Gleis 4 ankündigte.

Mike musste sich nicht lange orientieren. Er ging am Infoschalter vorbei, folgte dem Menschenstrom zu den Gleisen und fuhr, um sein Bein zu schonen, mit der Rolltreppe nach oben. Keine Minute zu spät, denn entgegen jeder Normalität kam der Zug ganze fünf Minuten zu früh. Im ersten Moment glaubte er an einen Fehler, doch auch hier zeigte die Anzeigetafel, dass er tatsächlich auf dem richtigen Bahnsteig stand.

Evas Lächeln war so echt wie die Strahlen der Wintersonne, die dem strengen Frost ein wenig den Biss nahmen. Sie wartete kurz, bis die meisten Fahrgäste vom Bahnsteig verschwunden waren, ging Mike entgegen und schenkte ihm eine kurze Umarmung.

Er erwiderte diese, nahm ihr die Reisetasche ab und stellte mit einem frechen Grinsen fest: »Gut, dass Ruben nicht dabei ist, sonst wäre ich leer ausgegangen.«

Eva puffte ihn in die Seite. »Freu dich nicht zu früh, er ist nur noch bis Mittwoch krankgeschrieben und hat mir schon zu verstehen gegeben, dass er sich einen toten Jungen unter dem Eis nicht entgehen lassen will.«

Mike hielt kurz inne, bevor er mit einer Mischung aus Neugierde und Unverständnis fragte: »Ist er wirklich so? Oder besser gesagt, mir ist schon bei unserem letzten Fall aufgefallen, dass er seine ganz eigene Art hat, mit dem Tod umzugehen. Ist das irgendein Fetisch oder so etwas?«

Eva winkte ab: »Aber nein. Rubens einziger Fetisch ist, alles direkt beim Namen zu nennen. Ganz egal, wie das bei den Leuten ankommt. Aber du hast schon recht, ich habe da am Anfang auch geschluckt. Für ihn sind Verbrechen und der Tod eine natürliche Sache, und so betrachtet er sie auch. Was natürlich nicht heißt, dass er sie gutheißt. Es schockiert ihn nur einfach nicht besonders.«

»Hm«, brummte Mike nachdenklich und ging weiter. Danach wechselten sie das Thema und unterhielten sich bis zum Parkplatz über persönliche Dinge.

Mike startete den Motor, wartete, bis das Navi so weit war, und fragte dann: »Wo soll es denn hingehen? Du sagtest am Telefon nur etwas vom Bayerischen Wald.«

Eva entsperrte ihr Handy, öffnete die digitale Fallakte und diktierte: »93470 Lohberg.«

»Ist dort das zuständige Präsidium?«, wunderte sich Mike, da er zumindest wusste, dass dieser Ort nur ein kleines Dorf war.

»Nein, das ist in Bad Kötzting, aber Hauptkommissar Tiefenbach, der Chef des Ladens, will uns direkt am Ort des Geschehens einweisen.«

»Und wie kommen wir dazu, dort zu ermitteln?«

»Hab ich dir doch schon am Telefon gesagt. Tiefenbach vermutet einen Mordfall. Und da die Möglichkeit besteht, dass weitere Kinder zu Schaden kommen, will er eine umfangreiche Ermittlung. Allerdings fehlen ihm die Leute dazu, und so hat er bei uns wegen Amtshilfe angefragt.«

Mike ordnete sich in den Verkehr ein und schüttelte den Kopf, während er feststellte: »Irgendwie hat sich alles verändert.«

»Was meinst du?« Eva sah ihn vom Beifahrersitz aus an.

»Na, früher hätten wir alles dafür gegeben, dass uns ein großer Fall nicht aus der Hand genommen wird. Und heute werdet ihr von der Bundespolizei angerufen, um die Ermittlungen zu leiten.«

Mike sah im Augenwinkel, wie sich Evas Brandnarbe beim Lächeln verzog. Er fragte: »Habe ich etwas Falsches gesagt?«

»Nein. Nein, es ist nur …« Sie stockte, sagte ausweichend: »Noch wissen wir ja überhaupt nicht, ob es ein großer Fall ist.«

»Deswegen lächelst du nicht«, stellte Mike fest.

»Stimmt«, gab sie zu. »Es ist nur – du sagtest, ihr von der Bundespolizei.«

»Ja und?«

Sie räusperte sich. »Na, ich habe mich einfach gefragt, ob du nicht auch zu uns, zur Bundespolizei wechseln willst.«

Mike rieb sich über das Kinn, freute sich, ohne es zu zeigen, antwortete aber: »Du vergisst leider eine Kleinigkeit. Mein rechtes Bein ist nicht mehr, was es einmal war, und diese Narbe im Gesicht macht mich nicht gerade schöner. Ich bin auch nur noch bei der Mordkommission, weil mein früherer Chef mir einen Vertrag gegeben hat, der mich vor einem tristen Job in der Asservatenkammer schützt. Ich kann mir nicht vorstellen, dass dein Chef jemanden übernimmt, der derart gehandicapt ist.«

»Versuch macht klug«, antwortete Eva locker und fügte noch hinzu: »Warst du es nicht, der mir einmal erklärte, dass uns unsere Narben zu etwas Besonderem machen?«

»War ich«, brummte Mike, folgte den Anweisungen des Navis und bog auf die Autobahn in Richtung Regensburg ab.

Während in Mittelfranken kaum Schnee lag, türmte er sich kurz hinter Regensburg immer höher am Straßenrand auf. Mike mochte das, auch wenn sich immer wieder Erinnerungen an seine frühere Familie dazwischenschoben. Bilder seiner im Schnee spielenden Kinder flammten auf. Bilder, wie sie alle eine Schneeballschlacht machten und wie er danach mit Petra unter die heiße Dusche stieg.

»Wo sind wir?« Eva war schon nach wenigen Kilometern eingenickt und holte ihn nun aus seinen Gedanken. Er wischte sich eine Träne aus dem Augenwinkel, atmete durch und war froh über die Ablenkung. Er warf einen Blick auf die Entfernungsanzeige und antwortete: »Noch zwanzig Kilometer. Ich hoffe, die Landstraßen sind genauso gut geräumt wie diese Autobahn.«

Eva rieb sich die Augen, sah nach draußen und freute sich: »Oh, das ist ja schön! Hast du einen Schlitten dabei?«

Mike legte seine Stirn in Falten: »Fährt man in deinem Alter nicht Ski?«

Sie schüttelte energisch den Kopf: »Nie wieder. Einmal versucht und schon war mein Bein gebrochen. Da bin ich lieber kindisch und fahre Schlitten.«

Mike lächelte, setzte den Blinker und verließ die Autobahn. Was nun folgte, war eine wahre Bilderbuchlandschaft. Dick mit Schnee bedeckte Wälder wechselten sich mit kleinen Dörfern ab, über den Kaminen vieler Häuser standen kleine Rauchfahnen.

»Ach, verdammt.«

Mike zuckte ein wenig zusammen und fragte alarmiert: »Was ist?«

Eva zog ihr Handy heraus und erklärte: »Nichts. Ich habe nur vergessen, dass ich diesen Tiefenbach anrufen soll, wenn wir im Anflug sind.«

Den Kollegen zu finden war einfach. Lohberg war ein kleines Kaff und wirkte an diesem Nachmittag wie ausgestorben. Was aber auch kein Wunder war, da das Außenthermometer minus fünf Grad anzeigte.

Mike schätzte den Mann, der neben einem Streifenwagen stand, auf etwa vierzig. Er zog gerade an einer Zigarette und wirkte sichtlich erfreut, als sie neben ihm parkten.

Eva und Mike stiegen aus, holten umgehend ihre Jacken von der Rückbank und traten dann an den Mann heran. Eva streckte ihm die Hand entgegen und fragte: »Herr Tiefenbach?«

Dieser hob seinerseits die Hände. »Ja, der bin ich. Bitte entschuldigen Sie, ich will nicht unhöflich sein, aber wir sollten etwas Abstand halten. Eine Grippewelle hat schon die Hälfte meines Personals ausfallen lassen.«

Eva schenkte ihm ein Lächeln, wechselte bei dem Gedanken an Ruben einen wissenden Blick mit Mike und erklärte: »Kein Problem.«

»Prima«, freute sich Tiefenbach, sah vom einen zum anderen und fragte schließlich: »Frau Lange und Herr Hattinger, nehme ich an?«

»Nein«, erwiderte Mike.

Eva kam ihm zu Hilfe: »Sorry, mein Fehler. Das hier ist Herr Köstner. Ruben, ich meine Herr Hattinger, ist leider ebenfalls krankgeschrieben, wird aber, wenn nötig, Mitte der Woche zu uns stoßen.«

Tiefenbach schien es egal zu sein, wer ihn hier unterstützte, daher sagte er nur: »Ah, okay«, und deutete in Richtung einer kleinen Kirche. »Dann würde ich sagen, ich zeige Ihnen den Fundort des Jungen. Lust auf einen kleinen Spaziergang, oder wollen Sie fahren?«

Aufgrund der Kälte war Eva geneigt, das Auto zu nehmen, doch dann erinnerte sie sich an Rubens Art, an solche Dinge heranzugehen. Und da er immer und überall darauf bestand, möglichst viele Eindrücke vom Ort des Verbrechens aufzunehmen, antwortete sie: »Ein Spaziergang wäre toll.«

7

»Nicht viel los hier«, stellte Mike fest, während sie an der leeren Backstube vorbei in Richtung Kirche gingen.

Tiefenbach zuckte mit den Schultern. »Bin selten hier. Ich weiß nicht, wie es im Sommer ist. Allerdings gibt es hier auch nicht viel. Die meisten dürften in den größeren Städten arbeiten und auch die nächste Schule ist ein Stück weg.« Dann blieb er stehen und fragte: »Apropos. Fahren Sie heute wieder zurück nach Bamberg oder brauchen Sie eine Unterkunft?«

»Wir ermitteln immer am Ort des Geschehens«, erwiderte Eva. »Eine Unterkunft wäre also gut.«

»Hier oder lieber drüben in Bad Kötzting? Wie viel Abendprogramm brauchen Sie?«

Auch bei dieser Frage orientierte sich Eva an den Eigenarten ihres Chefs und antwortete, ohne Mike zu fragen: »Hier wäre gut.«

Daraufhin deutete Tiefenbach zu einem alten Fachwerkhaus und erklärte: »Dann erledigt sich die Frage nach dem Standard der Zimmer. Das dort drüben ist die einzige Wirtschaft im Ort. Und gleichzeitig ist es auch die einzige Pension. Ob dort Zimmer frei sind, weiß ich allerdings nicht. Aber das Skigebiet am Großen Arber ist ein Stück weg und Sie könnten Glück haben.«

»Alles klar«, bestätigte Mike, der sich ein bisschen über Eva wunderte. Immerhin war sie gerade einmal Anfang dreißig und ging, wie er wusste, abends gerne einmal etwas trinken.

Sie folgten einer Gasse entlang der Friedhofsmauer, an deren Ende der Dorfweiher ins Blickfeld kam. Das Flatterband der Polizei wirkte in dieser Idylle so unpassend wie ein alter, im Wald entsorgter Autoreifen. Es zerstörte den Eindruck einer friedlichen Winterlandschaft und erinnerte jeden, der daran vorbeikam, an das, was sich hier vor zwei Tagen abgespielt hatte.

Tiefenbach trat an einen der Schneehaufen und erklärte, während er zu einer Stelle auf dem Eis zeigte: »Dort drüben, wo das Eis aufgeschlagen wurde, lag der Junge darunter. Laut Obduktion war er noch am Leben, als man ihn, mit ziemlicher Sicherheit dort am Ufer, unter das Eis geschoben hat.« Tiefenbachs Fingerzeig wechselte zu einer weiter entfernten Stelle direkt unter den Ästen einer großen Trauerweide, wo man ebenfalls einige herausgelöste Eisklumpen erkennen konnte. Mike und Eva ließen die ersten Eindrücke des Tatorts ein wenig auf sich wirken. Dann drehte sich Mike zu seinem Kollegen und fragte: »Gibt es professionelle Fotos von der Auffindesituation? Alles, was wir bisher gesehen haben, waren Bilder von der Presse oder von Privatleuten, die den Mist ins Netz gestellt haben.«

Tiefenbach schüttelte den Kopf. »Leider nein. Ich sage es nur ungern, aber als meine Kollegen hier eintrafen, herrschte Chaos. Sie wollten natürlich Spuren sichern, doch gegen die alteingesessenen Männer und den betroffenen Vater hatten sie keine Chance. Und bis sie alle Schaulustigen vom Weiher verwiesen hatten, hatten die anderen den Jungen auch schon herausgezogen. Wir benötigten an diesem Abend noch sechs zusätzliche Beamte, um die Lage halbwegs zu beruhigen.« Tiefenbach zog sein Handy heraus, sagte: »Aber«, und wischte ein wenig auf dem Display herum. »Wir konnten einige

Handyfotos sicherstellen. Und das hier zeigt den Jungen am besten.« Mit diesen Worten überreichte er Mike das Gerät.

Eva trat neben Mike und sah mit auf das Display. Nach einigen Sekunden murmelte sie: »Gruselig«, und wandte sich von dem Bild, das den armen Jungen mit dem Gesicht nach oben unter dem Eis schwimmend zeigte, ab.

Mike deutete ein Nicken an, gab das Handy zurück und fragte: »Sind noch mehr Fotos in der elektronischen Akte hinterlegt?«

»Ja, ich habe dieses und noch einige andere vorhin hinzugefügt«, bestätigte Tiefenbach. »Der Zugangscode lautet übrigens ›Eisjunge‹. So würden wir auch die Soko nennen. Wenn Sie mir nachher noch Ihre Dienstnummern geben, lasse ich Sie freischalten.«

Mike ließ seinen Blick noch einmal über das kleine Gewässer schweifen, bevor er zu Eva sagte: »Schober wird seinen Spaß haben. Ich habe selten einen derart verunstalteten Tatort erlebt.«

»Wer ist Schober?«, fragte Tiefenbach dazwischen.

»Oh, ganz vergessen«, gab Eva zu. »Zu unserem Team gehört noch ein Spezialist der Kriminaltechnik. Herr Schober hatte noch zu tun, wird sich aber noch heute auf den Weg zu Ihrem Präsidium machen. Wie sieht es bei Ihnen personell bei der Spusi aus?«

»Da wird sich schon jemand finden, der Ihren Kollegen hierher begleiten kann.«

Mike dachte einen Moment lang darüber nach, wo sie mit ihren Ermittlungen beginnen könnten. Da er hier aber noch überhaupt keinen Anhaltspunkt sah, schlug er an den hiesigen Kollegen gewandt vor: »Wenn Sie noch etwas Zeit haben, würde ich sagen, wir gehen zurück zu diesem Gasthof und trinken einen Kaffee. Dabei könnten Sie uns ein wenig mehr über die Gegend und den Fall erzählen, denn im Moment wüsste ich noch nicht so recht, womit wir beginnen könnten.«

»Wäre hilfreich«, stimmte Eva zu, da es ihr genauso ging.

Fünf Minuten später hatte Tiefenbach die Hand schon an der Klinke der Wirtshaustür, als die Tür nach außen aufgestoßen wurde. Der Mann im Inneren war ein wahrer Hüne. Obwohl es erst später Nachmittag war, hatte er augenscheinlich ordentlich geladen, was er bestätigte, indem er lallend über die Schulter brüllte: »Du bist ein Depp, Egon. Zu dir komm ih nimmer!« Danach machte er einen Schritt nach draußen, fiel fast die einzige Stufe hinunter und hob drohend den Arm, als ihn Tiefenbach stützen wollte.

Dieser wich einen Schritt zurück und fragte ehrlich besorgt: »Herr Huber. Sollen wir Sie nach Hause bringen?«

Der Blick des Mannes hing einen Augenblick an Tiefenbachs Gesicht, bevor er offenbar begriff, wer da vor ihm stand, und aggressiv erwiderte: »Sie ganz bestimmt nicht! Sagens Ihren Leuten lieber, dass es mit Sicherheit kein Unfall war.«

»Wir ermitteln inzwischen in alle Richtungen«, versuchte Tiefenbach, den Mann zu beruhigen, was offenbar nicht bei ihm ankam. Stattdessen drehte sich dieser in Richtung Marktplatz und rief laut, aber lallend: »Udo? Taxi?« Und da kein anderer Mensch in Sichtweite war, fügte er mehr für sich selbst und deutlich leiser hinzu: »Wo ist der Dorfdepp, wenn man ihn braucht?« Damit schlug er den Kragen seiner verschlissenen Jacke nach oben und stapfte schwankend los.

Die drei Kommissare sahen ihm eine Weile hinterher, bis Mike fragte: »Was war das denn?«

»Das war der Vater des Jungen«, erklärte Tiefenbach, rieb sich die Hände und bat: »Den Rest besprechen wir lieber drinnen. So langsam gibt meine Jacke auf.«

In dem Gastraum hing noch der Geruch der Sonntagsbraten vom Vortag, was Mikes Magen knurren ließ. Während der Wirt, ein kleiner, aber resolut wirkender Mann, gerade ein Bierglas und ein Schnapsglas vom Stammtisch abräumte, zogen die drei ihre Jacken aus.

»Sie haben doch geöffnet?«, fragte Tiefenbach quer durch den Raum, da der Wirt nur einen missmutigen Blick für sie übrighatte. Und erst als dieser ein Nicken andeutete, setzten sie sich an einen Tisch am Fenster.

Der Mann ließ sich Zeit, brachte dann aber doch eine einzige Speisekarte. Noch während er diese auf den Tisch legte, erklärte er, dass es unter der Woche eigentlich nur verschiedene Brotzeitplatten gab. Dann sah er zu Tiefenbach und fragte unverhohlen: »Sie sind doch dieser Polizist von drüben aus Bad Kötzting.«

»Der bin ich«, bestätigte dieser und deutete zu Mike und Eva. »Und das sind zwei meiner Kollegen, die das Ableben des Hans Huber untersuchen werden.«

»Doch kein Unfall?«, fragte der Wirt misstrauisch.

»Wissen wir noch nicht. Meine Kollegen, die am Samstag vor Ort waren, haben das nur in Betracht gezogen. Nicht mehr und nicht weniger.«

Nun nickte der Wirt zur Tür. »Das sollten Sie dem Georg vielleicht auch mitteilen. Der dreht langsam durch. Ich hab ihm schon keinen Schnaps mehr gegeben.«

»Haben wir bereits«, erklärte Tiefenbach, fügte aber hinzu: »Allerdings scheint das nichts an seinem Zustand zu ändern.«

Nun gab sich der Mann zugänglicher als gedacht und fragte: »Was darf es denn sein?«

Alle drei bestellten erst einmal einen Kaffee, und als Mike an der Reihe war, fragte er auch gleich: »Hätten Sie Zimmer frei?«

Angesichts möglicher Einnahmen hellte sich die Miene des Wirtes weiter auf. »Ja, hab ich.« Dann sah er von Mike zu Eva und fragte: »Doppel- oder Einzelzimmer?«

Über Evas Gesicht lief ein kaum merkliches Schmunzeln: »Einzelzimmer. Allerdings bräuchten wir jetzt drei und ab Mittwoch vielleicht noch ein viertes.«

»Passt«, bestätigte der Mann. »Dann bringe ich Sie alle im zweiten Stock unter. Da oben sind genau vier Zimmer.« Mit diesen Worten verschwand er kurz hinter seinem Tresen und kam kurz darauf mit drei Tassen Kaffee zurück.

Tiefenbach legte seine kalten Hände um die Tasse, pustete hinein und nahm einen Schluck. Danach folgte eine kurze Stille, bis er schließlich sagte: »Im Grunde kann ich nicht viel erzählen. Was den Ort Lohberg angeht, gibt es hier zwei Sorten von Menschen. Die, die schon immer hier waren, und dann noch ein paar Familien, die im Randgebiet neu gebaut haben. Wie gesagt, ich bin nicht oft hier und weiß daher auch nicht, wie die Grundstimmung im Dorf ist. Bezüglich eines Verdächtigen gibt es noch keine einzige heiße Spur. Einen Unfall unter Gleichaltrigen können wir aufgrund der Auffindesituation mit ziemlicher Sicherheit ausschließen. Immerhin weist der Junge tiefe Kratzspuren auf und wurde fast komplett entkleidet. Außerdem war er, wie schon gesagt, noch am Leben, als man ihn unter das Eis schob. Ob er dabei sediert war, wissen wir noch nicht. Allerdings gehe ich davon aus, da er sonst mit Sicherheit geschrien hätte. Und die bisher befragten Anwohner haben nichts gehört.«

»Wie lange war er im Wasser?«

»Man hat ihn am Samstagabend gefunden und laut Gerichtsmedizin lag er etwa fünfzehn Stunden im Weiher.«

»Dann wäre er in der Nacht von Freitag auf Samstag morgens um drei Uhr unter das Eis gebracht worden«, errechnete Eva den Zeitpunkt schneller als Mike.

»Wurde er nicht vermisst? Bei Kindern reagieren wir doch sofort«, warf Mike ein.

Tiefenbach schluckte seinen Kaffee herunter. »Doch, aber erst am Samstagvormittag. Laut Aussage seiner Mutter gingen sie davon aus, dass Hans bei einem Freund schläft. Das hat er seinen Eltern jedenfalls am Vortag gesagt. Was allerdings seltsam ist, ist die Aussage des Busfahrers, der an diesem Tag Dienst hatte. Es gibt hier nur eine Buslinie, die dreimal am Tag bedient wird. Und laut Aussage des Fahrers stieg der kleine Hans hier abends in den letzten Bus, der planmäßig um 19.49 Uhr bis zu der Endhaltestelle in Bayerisch Eisenstein fährt, wo er wieder ausstieg.«

»Hat der Junge dort Freunde?«, fragte Eva dazwischen.

»Nein, eben nicht. Keiner kann sich erklären, was er in Bayerisch Eisenstein wollte. Noch dazu am Abend, wenn es um diese Jahreszeit stockdunkel ist. Wir haben uns dort natürlich schon umgehört, aber keiner will den Jungen gesehen haben.«

Irgendwo in Tiefenbachs Jacke meldete sich ein Handy. Er zog es heraus, nahm den Anruf entgegen und unterhielt sich kurz. Danach machte er eine entschuldigende Geste. »Tut mir leid, aber ich muss weg. In meiner Dienststelle ist schon wieder Land unter.«

Er legte ein paar Euro für den Kaffee auf den Tisch und erklärte, während er die Jacke anzog: »Ich brauche noch etwa eine halbe Stunde, bis die Akte freigeschaltet ist.« Er legte noch eine Visitenkarte auf den Tisch und bat an Eva gewandt: »Wenn Sie mir noch eine SMS mit Ihren Dienstnummern schicken könnten.« Damit verabschiedete er sich und ging hinaus in die beginnende Dämmerung.

8

Maria wartete, bis Udo den Wein in der Küche abgestellt hatte. Der Mann wirkte heute noch zerstreuter als sonst. Erst zog er den falschen Geldbeutel heraus, dann gab er ihr einen Kassenzettel, der den Kauf von fünf Tüten Gummibärchen und anderen Leckereien für Kinder quittierte.

»Geht es dir gut?«, fragte sie vorsichtig, nachdem Udo seine schwere Jacke über die Stuhllehne gehängt hatte. Die Frage, für wen all diese Naschwaren bestimmt waren, verkniff sie sich.

Sein scheuer Blick streifte ihren. »Ja … ja, alles gut.«

»Sicher?«

Er schluckte schwer, sah kurz in Richtung Eingangstür und zupfte nervös am Ärmel seines Pullis.

»Udo?«

Er winkte ab, doch der Versuch, sich zusammenzureißen, missglückte.

Maria legte ihre Hand auf seine, was unangenehme Erinnerungen hervorrief. Als er nun ihrem Blick standhielt, fragte sie einfühlsam: »Was ist los? Ist es wegen des Jungen?«

War das eine Träne in seinem Augenwinkel? Maria zwang sich zu einem Lächeln, ließ ihm aber etwas Zeit. Irgendwann wischte sich Udo mit der freien Hand über die Wange, deutete ein Nicken an und sagte leise: »Ich werde das Bild nicht mehr los. Und ich habe Angst, dass er noch mehr holt.«

Maria dachte kurz darüber nach. Sie drückte seine Hand noch ein wenig fester und erwiderte: »Angst zu haben ist keine Schwäche. Angst schützt uns. Und ich verstehe dich. Der Anblick des Jungen war bestimmt für niemanden leicht zu ertragen.«

Nun hob er den Kopf, wobei sein Blick fast strafend wirkte, als er sagte: »Aber Sie haben doch auch keine Angst. Sie leben allein hier oben und haben keine Angst. Ich bin … bin …« Damit versagte seine Stimme.

Maria konnte das Gefühl nicht abwehren, die Schwäche dieses Mannes widerte sie an. Daher löste sie ihren Griff, tätschelte ihm noch zweimal die Hand und zwang sich zu dem Satz: »Wie ich schon sagte, Angst ist keine Schwäche.« Danach erhob sie sich, stellte sich an den Küchentresen und schenkte sich das erste Glas des Tages ein.

Ihr Blick streifte den Sekretär, wo ihr Laptop darauf wartete, endlich wieder mit Geschichten gefüllt zu werden. Dabei fiel ihr das Busticket ein. Sie trank einen Schluck Wein, ging hinüber, zog das Tütchen aus der Schublade und zeigte es ihm.

War das ehrliches Erstaunen in seinem Gesicht? Er nahm das Tütchen entgegen und fragte: »Was soll das sein?«

»Ein Busticket von Freitagabend. Ausgestellt für ein Kind«, erklärte sie nüchtern. »Es lag unter dem Esstisch, an dem Platz, an dem du am Samstag gesessen hast.«

Er drehte den Beutel ein wenig unschlüssig hin und her. »Keine Ahnung, wo das herkommt. Vielleicht klebte es an meinem Schuh, der Abdruck könnte von meiner Sohle sein. Außerdem laufe ich oft an der Haltestelle vorbei.«

»Dachte ich auch erst. Allerdings frage ich mich schon, wie es so lange am Schuh kleben konnte. Immerhin ist draußen alles schneebedeckt.«

»Ja, schon komisch«, erwiderte er unbeeindruckt und legte es vor sich auf den Tisch. Er leerte seine Kaffeetasse, sah auf die Uhr und beschloss: »Ich muss jetzt los. Brauchen Sie die nächsten Tage noch etwas?«

»Erst einmal nicht.« Maria folgte ihm bis zur Tür, wartete, bis er hinaustrat, und schloss hinter ihm ab. Dann sah sie vom Küchenfenster aus zu, wie er zu seinem Wagen stapfte.

Der rostige Jeep neigte sich unter seinem Gewicht leicht zur Seite, die Lichter gingen an, doch er fuhr nicht los. In der Abenddämmerung war nicht viel zu erkennen, außer dass der Wagen ein wenig hin und her wackelte.

Kurz darauf stieg Udo wieder aus, ließ den Motor aber weiterlaufen. Nachdem er sein Auto einmal umrundet hatte, kam er den Weg zurück und klopfte an die Tür. »Festgefahren«, sagte er schon, während Maria ihm die Tür öffnete.

»Aber du stehst doch immer dort?«, wunderte sie sich.

»Keine Ahnung«, gab er zu. »Die Flächen unter allen vier Rädern sind völlig vereist. Vielleicht durch die Hitze des Motors. Könnten Sie vielleicht ein bisschen anschieben oder mich mit Ihrem Wagen herausziehen?«

Maria zog sich ihre dicken Stiefel und die Jacke an, stülpte sich noch Handschuhe über und folgte ihm dann zu seinem Jeep. Udo stieg ein, brüllte kurz danach: »Jetzt«, und Maria stemmte sich mit aller Kraft gegen das Heck. Beim ersten Mal schafften sie nur ein paar Zentimeter, beim zweiten Anlauf machte der Wagen einen Satz nach vorne und Maria landete auf dem Eis.

»Geht es Ihnen gut?«, rief Udo aus der geöffneten Fahrertür und fuhr, als sie das bestätigte, gleich auf den Feldweg, der hinunter zum Dorf führte.

Maria stand auf, klopfte sich den Schnee von der Kleidung und sah sich um. Der Boden, auf dem gerade noch Udos Jeep gestanden hatte, unterschied sich deutlich vom restlichen

Innenhof des alten Gehöfts. Das Eis hatte sich exakt unter allen vier Reifen gebildet. Udo sollte den Wagen unbedingt überprüfen lassen, heiß gelaufene Reifen waren schließlich kein Spaß und konnten auf defekte Bremsen hinweisen, das wusste sogar sie.

Die Stille schlug so unverhofft über ihr zusammen, dass sie sich wünschte, es würde wenigstens irgendwo ein Vogel schreien oder eine Wildsau grunzen. Doch das Gegenteil war der Fall. Zwischen den Bäumen des Waldes, der oberhalb des Hofes begann, herrschte inzwischen Dunkelheit. Kein Tier war zu hören und selbst der Wind schien gerade die Luft anzuhalten. Maria hörte nur ihren eigenen Atem, sonst nichts. Das wenige Licht, das durch die Fenster zu ihr nach draußen drang, erzeugte hinter allem, was ihm im Weg stand, lange Schatten. Und wenn man diese Schatten etwas zu lange ansah, schienen sie zum Leben zu erwachen. »Angst?«, flüsterte eine Stimme in ihrem Kopf.

Maria blickte in das Tal hinunter, schimpfte sich eine Närrin, zog die Jacke noch etwas fester um ihren Körper und ging zurück zum Haus.

Auf dem groben Steinboden des Flures zeugten ein paar nasse Flecken von Udos schweren Stiefeln. Maria zog die Tür ins Schloss, verriegelte diese achtsam und hängte ihre Jacke an die alte Garderobe aus geschmiedetem Stahl.

Es war gerade einmal achtzehn Uhr. Maria hatte die Hand schon am Rotweinglas, zog sie aber wieder zurück und beschloss, erst eine Kleinigkeit zu essen. Sie schmierte sich zwei Scheiben Brot, setzte sich mit dem Teller und dem Glas an den großen Esstisch und dachte kurz an alte Zeiten.

Das Bild ihrer Familie flammte immer wieder auf. Ihr gegenüber saß dann ihre kleine Schwester Ingrid, daneben ihr großer Bruder Gerd und noch einen Platz weiter Mutter. Vater bekam natürlich den Platz an der Stirnseite, von wo er alle im Blick hatte. Seine von der Arbeit schwieligen Hände durften zuerst zugreifen. Danach war Gerd dran und erst dann durften sich die Frauen bedienen. Es war eine schöne Zeit gewesen, jedenfalls bis zu jenem Jahr, als das Unglück mit Simon passierte.

Damals waren im Dorf alle Dämme gebrochen, und einmal hatte sie sogar gehört, wie einer der Bauern zu ihrem Vater gesagt hatte: »Das hast du jetzt von deiner Rumweiberei, hättest mal lieber auf deine eigene Brut aufgepasst.«

Mit ihren elf Jahren hatte Maria natürlich nicht begriffen, was damit gemeint war. Und später war das Thema stets totgeschwiegen worden.

Tot, war ihr nächster Gedanke und die Luft schien kälter zu werden. Mutter und Vater lagen schon lange unten auf dem Friedhof.

Ihre Geschwister Ingrid und Gerd hatten zusammen in dem Wagen gesessen, der in einer Nacht wie dieser unweit von hier von der Straße abgekommen und eine Böschung hinuntergestürzt war. Es war noch gar nicht so lange her und ohne ihre Karriere hätte sie nach der Hochzeitsfeier ihrer Cousine sicherlich auch in diesem Auto gesessen.

Maria verscheuchte den Gedanken und suchte erneut nach der Wärme, die der Erinnerung an ihre Liebsten innewohnte. Vergeblich.

Sie kaute lustlos das letzte Stückchen Brot und versuchte, ihre Gedanken auf ihr Skript zu lenken. Die aktuellen Ereignisse wirkten Wunder. Seit man Hans gefunden hatte, ging das Schreiben wieder wie von selbst, und so waren in kürzester Zeit fünf Kapitel entstanden. *Fast könnte man meinen ...* Nein, diesen Gedanken wollte sie nicht weiter ausführen.

Der Klingelton ihres Handys beendete die geistige Reise so abrupt, dass Marias Hand, die gerade nach dem Weinglas griff, dieses fast umkippte. Sie stand auf, ging zum Sekretär und blickte auf das Display.

Ihr Finger verharrte kurz, bevor sie auf das grüne Symbol tippte, das Gerät ans Ohr hob und beinahe fröhlich sagte: »Dietmar, schön, dass du dich meldest.«

Nach den üblichen Höflichkeitsfloskeln kam ihr Agent umgehend zum eigentlichen Thema. Erst zählte er ihr die aktuellen Verkaufszahlen auf, dann jammerte er wie immer über deren Rückgang und fragte schließlich nach dem Fortschritt des nächsten Buches.

Ebenfalls wie immer, nun aber deutlich optimistischer, versicherte ihm Maria, dass es pünktlich fertig werden würde und dass es das Zeug zu einem Bestseller habe. Danach folgte noch eine kurze Diskussion über die Lage auf dem Buchmarkt, bis sie schließlich auflegten.

Im Grunde waren diese Telefonate so sinnlos wie eine Schneeschaufel im Sommer, trotzdem freute sie sich jedes Mal über sie. Auch wenn sie inzwischen froh war, niemanden zu sehen, tat es gut, zwischendurch eine menschliche Stimme zu hören. Ein Umstand, den sie allerdings nie zugeben würde.

Die alte Wanduhr zeigte nun fast neunzehn Uhr. Sie nahm das Handy und ihr Weinglas mit zu dem alten Ohrensessel, setzte sich hinein und trank das Glas mit einem Zug halb leer. Den leicht bitteren Nachgeschmack bemerkte sie erst, als sie bereits geschluckt hatte.

Es war dieselbe Marke wie immer, aber so ist das eben mit Wein. Wie bei den Menschen hat jede Flasche ihren eigenen Charakter. Sie führte das Glas unter ihre Nase, roch daran und nahm zur Sicherheit noch einen Schluck. Er war nicht schlecht, aber eben ein wenig bitter.

Anschließend stellte sie das Glas auf den flachen Wohnzimmertisch, nahm ihr Handy und glaubte, die falsche Brille aufzuhaben. Selbst wenn sie etwas heranzoomte, waren die Farben zu grell und die Buchstaben verloren sich darin. Sie legte das Gerät neben das Glas.

Brennender Durst war ihre nächste Empfindung, doch egal wie sehr sie sich darauf konzentrierte aufzustehen, nichts passierte. Sie saß einfach nur da, dachte erst an ein kühles Glas Wasser, dann an das Telefonat, dann an Udo, dann an ihre Familie, dann an Hans im Weiher, dann wieder an Wasser, dann an eine Zigarette und irgendwann an alles gleichzeitig.

9

War es ihrem Kreislauf geschuldet oder wurde es immer kälter? Maria schaffte es phasenweise, das Gedankenkarussell abzubremsen. Die wärmende Decke lag nur zwei Meter entfernt, doch ihr Körper war wie abgekoppelt von ihrem Gehirn. Dann kamen die Gedanken zurück und selbst kleinste Bewegungen wurden unmöglich.

Maria kannte das Gefühl, auf einem Trip zu sein. Ihr Erfolg brachte sie in Kreise, die auf allerhand Mittelchen zurückgreifen konnten, und sie selbst war nie ein Kind von Traurigkeit gewesen. Doch das, was sie gerade erlebte, war fernab von Koks oder LSD. Sie versuchte, etwas zu sagen, hörte sich selbst aber nur unsinnige Worte stammeln. Und obwohl so viele Dinge in Griffweite waren, wurde der hochlehnige Sessel zu ihrem Gefängnis.

Sie schloss die Augen, versuchte, dagegen anzukämpfen, was alles noch schlimmer machte. Ihre linke Hand wollte zum Kopf, aber mehr als ein Zucken vermochte dieser Wunsch nicht auszurichten.

Maria riss die Augen auf und befahl sich, ruhiger zu atmen. Es gelang, ein wenig zumindest. Doch dann kam ihr ein Gedanke, der alles wieder zunichtemachte. Was, wenn sie gerade einen Herzinfarkt oder Schlaganfall erlitt? War das so?

Fühlte es sich so an, wenn einen der Teufel holte? Sie wusste es nicht.

Das Bild der abgedunkelten Wohnstube pendelte sich gerade etwas ein, als ihre Ohren ein Geräusch erreichte, das Hilfe versprach. Schwere Stiefel trafen auf die alten Holzbohlen. Sie kannte die Geräusche jedes einzelnen Bodenbretts. Manche blieben stumm, andere knarrten und wieder andere gaben ein leises Quietschen von sich, wenn man auf sie trat.

Der Raum verschwamm erneut kurz vor ihren Augen. Bestimmt war Udo zurückgekommen und tauchte gleich vor ihr auf. Maria wollte etwas sagen oder sich wenigstens ein Stück umdrehen, doch nichts von dem gelang. Sekunden oder Minuten vergingen und nichts passierte. Doch irgendwann spürte sie die Anwesenheit eines Menschen hinter sich. Sie hörte und spürte die Atemzüge, die sanft über ihr Kopfhaar strichen.

Panik baute sich in ihr auf, steigerte sich und hätte so dringend ein Ventil gebraucht. Sie schrie, ohne einen Laut von sich zu geben.

Als eine Hand in ihrem Blickfeld auftauchte, wurde aus dem stummen Schrei ein hysterisches Brüllen, das aber wieder nur in ihrem Kopf stattfand. Die Hand steckte in einem Lederhandschuh, schob sich an ihr vorbei, griff nach ihrem Handy und verschwand wieder.

Nach wenigen Augenblicken erschien sie wieder. Jetzt zeigte ihr Handy den Sperrbildschirm. Eine zweite Hand tauchte auf und benutzte ihre eigene, völlig kraftlose Hand, um ihren Zeigefinger auf dem Scanner zu positionieren, was das Gerät mit einem leisen Ton entsperrte.

Der Rausch, oder was immer es war, ließ ein wenig nach. Maria presste ein »Was?« heraus und schaffte es mit größter Willenskraft, den Kopf ein Stück zu drehen.

Die Atemzüge hinter ihr wurden schneller, dann legte sich ein breiter Lederriemen um ihren Körper, wurde zugezogen und drückte sie so an die Rückenlehne des Sessels. Eine Zeit lang passierte nichts, sie hörte nur leise Geräusche, die sie, bis auf einige Handytöne, nicht zuordnen konnte.

Erneut entglitten ihr die Gedanken, doch nur so lange, bis sich der große moderne Fernseher gegenüber wie von Geisterhand einschaltete.

Einige Sekunden später erschien etwas, was sie kannte. Der Fernseher zeigte kurz eine Verbindungsanzeige, dann das Logo ihres Handyherstellers und schließlich ein Standbild. Wer auch immer da hinter ihr stand, hatte das Handy mit dem Fernseher verbunden und benutzte es, um sein eigenes mit dem Fernseher zu verbinden.

Das Standbild zeigte zunächst nichts Spektakuläres. Im Grunde nur ein paar Bäume in einem nächtlichen Winterwald. Dort, wo die Bäume dichter waren, sah man den braunen nassen Boden. Sonst beugten sich kleinere Äste unter der Last des Schnees und irgendwo im Hintergrund schien sogar ein Stern vom Himmel. *Eigentlich ein schönes Bild*, ging es ihr absurderweise durch den Kopf. Allerdings nur so lange, bis der Film gestartet wurde.

Der Kameraschwenk kam so unverhofft, dass Maria schlecht wurde. Trotzdem konnte sie nicht wegsehen oder einfach die Augen schließen. Der geöffnete Kofferraumdeckel zeigte kurz einfach nur Schwärze. Die Kamera, offenbar am Kopf des Trägers angebracht, justierte nach und aus der Dunkelheit schälten sich die Umrisse eines Körpers heraus.

Hände griffen nach ihm, zogen ihn unsanft heraus und für einen kurzen Moment blickte ein offenbar völlig verstörter Junge in die Kamera. Nicht irgendein Junge, es war der kleine Hans. Und was bis dahin nur eine flüchtige Ahnung gewesen war, wurde schon Sekunden später zur Gewissheit.

Natürlich kannte sie die Szene, die sich nun abspielte, als der Junge unsanft auf den Boden geworfen wurde. Sie wusste, dass die Hände in den dünnen Lederhandschuhen gleich das dicke Seil durchtrennen würden. Sie selbst hatte es so aufgeschrieben. Doch bis jetzt kannte niemand das Skript, wie also …? Ihr kam kurz der Begriff Datenklau in den Sinn, doch der Film lief weiter und der Gedanke verschwand.

Maria spürte eine Träne über ihre Wange laufen und wollte die Hand in Richtung Fernseher strecken. Ganz so, als könnte sie den Jungen dadurch beschützen. Der Lederriemen war eigentlich nicht nötig, denn ihr Körper gehorchte ihr noch immer nicht.

Bis zu dem Punkt, als auch noch das dünnere Seil entfernt wurde und Hans sich wegrollte, folgte der Ablauf ihrem Skript. Was danach kam, folgte rein der Inszenierung des Mörders.

Hans sah sich verzweifelt um und legte gleichzeitig seine Arme um den fast nackten, ungeschützten Körper. Aus seinem Mund kamen deutlich sichtbare Atemwolken. Es musste in dieser Nacht wahnsinnig kalt gewesen sein.

Der Kameraträger machte einen Schritt auf den Jungen zu. Dieser wich zurück, wobei seine nackte Haut über das schneebedeckte Unterholz kratzte. Maria glaubte, in der Dunkelheit zu erkennen, wie sich seine Füße vor Kälte rot färbten. Trotzdem stemmte Hans sich in die Höhe, sagte etwas, was man nicht hören konnte, und schüttelte dabei mit flehendem Gesichtsausdruck den Kopf.

Es folgte der Ausdruck von Erstaunen, bevor er sich umdrehte und zu rennen begann. Zwischen den alten Bäumen wirkte sein schlaksiger Körper noch verletzlicher. Er rannte und stolperte in den finsteren Wald, wobei er immer wieder panische Blicke über die Schulter warf.

Die Kamera blieb noch für einige Sekunden beinahe unbewegt, dann begann die Jagd.

Für den Kameraträger schien es ein Leichtes, an seinem Opfer dranzubleiben. Trotzdem hielt er Abstand, und Maria wurde klar, dass er ihn nicht erreichen, sondern zu Tode hetzen wollte.

Der Wald erschien endlos, und obwohl Maria wusste, wie es für Hans enden würde, hoffte sie so sehr, dass er es bis zu einer Straße oder einem Haus schaffen würde.

Sie starrte gebannt auf das, was ihr gerade wie ein gut gemachter Horrorfilm gezeigt wurde, bis ihr gelähmtes Hirn endlich begriff, dass jedes Detail wichtig sein konnte. Obwohl sie sich nicht sicher war, ob sie das hier überhaupt überleben würde, konzentrierte sie sich nun noch mehr auf die vermutlich letzten Minuten dieses Jungen.

Da waren kleine Bäche, dicke Bäume und fast undurchdringbares Unterholz. Hans taumelte, stürzte und rappelte sich wieder auf. Sein flüchtiger Blick, der ab und zu die Kamera traf, wirkte nun wie der eines gejagten Tieres. Dann stürzte er wieder. Dieses Mal über einen Felsbrocken, der kaum aus dem Erdboden ragte. Er schlug lang hin und blieb liegen.

Die Kamera schien über ihm zu schweben. Zeigte das hektische Auf und Ab seines Rückens, als der Junge nach Luft rang. Den Kopf unter seinen völlig zerkratzten Armen versteckt, lag er einfach nur da und wartete auf seinen Henker.

Hände erschienen im Bereich der Kamera, und was Maria zunächst für die schwarzen Handschuhe gehalten hatte, stellte sich als ein Sack heraus. Die Kamera senkte sich neben den Jungen. Der Sack wurde über seinen Kopf gezogen und genau dieselbe Schwärze, die er dort ertragen musste, zeigte jetzt auch der Fernseher.

Quälend lange Minuten passierte nichts mehr, doch Marias Hoffnung, dass der Eindringling gegangen war, bestätigte sich nicht. Erstens hörte sie noch immer seinen leisen Atem und zweitens erwachte der Bildschirm schließlich erneut zum Leben. Dieses Mal zeigte er kurz ein Bild, das ihr das Blut in den Adern gefrieren ließ. Denn Hans hatte nicht nur gelebt, als man ihn unter das Eis des Dorfweihers geschoben hatte, er war offenbar auch bei Bewusstsein gewesen.

Das Foto verschwand und an seiner Stelle zeigte der Fernseher einen kurzen Text. Maria brauchte eine Weile, bis ihre Augen die Buchstaben scharf stellen konnten, und dort stand:

> Ab jetzt schreiben wir ein gutes Buch. Wir schreiben es zusammen. Ich zeige dir das Grauen und du wirst es aufschreiben. Beginne damit, deine angefangene Geschichte um diese Jagd zu erweitern. Stelle es als Kurzgeschichte online auf deine Homepage. Diese und alle weiteren Kurzgeschichten, die noch folgen werden.
>
> Du darfst alles machen. Rede mit der Polizei, verfolge Spuren und versuche, mich zu finden. ABER versuche NIEMALS, dich dem hier zu entziehen.

Das Standbild wechselte und das nächste Bild brach den Widerstand, den sie innerlich bereits aufgebaut hatte. Denn dort stand in großen Lettern:

> Ich weiß, wo ich sie finde.

Und darunter erschien ein Foto, das ihre Tochter mit ihren beiden Enkelkindern zeigte. Wobei es sich im Hintergrund eindeutig um das Haus in Frankreich handelte, das sie in besseren Zeiten ihrer Tochter gekauft hatte.

Die Hände kamen so plötzlich, dass Maria die Pillen schon im Mund hatte, bevor sie reagieren konnte. Sie versuchte noch, diese unter ihre Zunge zu schieben, doch der Flaschenhals einer

Plastikflasche wurde ihr derart brachial in den Mund gesteckt, dass sie gar nicht anders konnte, als das Wasser zu schlucken.

Für eine ganze Weile passierte nichts. Dann bekam sie gerade noch mit, wie ihre Gedanken in einen See aus Watte gepackt wurden. Der See wurde tiefer, das Ufer entfernte sich und aus ihrer realen Angst wurde mehr und mehr ein Traum.

10

Gegen einundzwanzig Uhr öffnete Mike die letzten beiden Flaschen aus dem Sixpack Bier, den sie sich noch an einer Tankstelle geholt hatten. Eine davon reichte er an Eva weiter, fuhr seinen Laptop herunter und beschloss: »Feierabend!«

Das Zimmer war relativ klein und enthielt zwei einzelne Betten. Da die einzige Sitzgelegenheit in einem Hocker bestand, hatte es sich jeder auf einem der Betten bequem gemacht. Insofern war es gut, dass sich Schober zumindest für diese Nacht dann doch ein Zimmer in Bad Kötzting genommen hatte, sonst wäre es wirklich eng geworden.

Eva nahm das Bier entgegen, stellte es aber noch kurz auf dem Nachtschrank ab und bat: »Kleinen Moment noch.«

Mike sah ihr dabei zu, wie sie einem der Fotos von dem verstorbenen Hans Huber eine Notiz hinzufügte, danach die elektronische Akte schloss und ihr Gerät ebenfalls zuklappte.

Draußen vor dem kleinen Fenster des Fachwerkhauses schwebte ab und zu eine Schneeflocke vorbei und Mike überkam für einen kurzen Augenblick so etwas wie Melancholie. Da er aber wusste, wo diese Stimmung hinführen könnte, schüttelte er das Gefühl mit einem kräftigen Schluck aus der Flasche ab. Er wollte jetzt nicht an alte Zeiten denken!

Eva setzte sich in den Schneidersitz, streckte den Rücken durch und stellte gespielt empört fest: »Nur ein Schwein trinkt allein.«

Mike grinste, streckte ihr seine Flasche entgegen und erwiderte frech: »Ganz das Mädchen vom Land.«

Sie ließ ihre Flasche gegen seine krachen. »Stimmt. Und stolz drauf!«

Nachdem sie beide getrunken hatten, fragte Mike: »Und, was hältst du von dem Fall?«

Eva schluckte runter, rieb sich vorsichtig über die Brandnarbe auf ihrer Wange und zuckte schließlich mit den Schultern. »Kann ich noch nicht sagen. Es könnte alles oder nichts sein. Ich habe die Einsatzberichte aus der Gegend überflogen. In den letzten Wochen ist hier nichts Auffälliges vorgefallen. Und schon gar nichts, was mit dem Tod dieses Jungen im Zusammenhang stehen könnte. Also entweder haben wir es mit einer einzelnen, isolierten Tat zu tun oder es ist erst der Beginn von etwas.«

»Oder der Grund für den Tod des Jungen liegt schon längere Zeit zurück«, vervollständigte Mike die Liste.

»Auch eine Möglichkeit. Trotzdem sind die Hinweise bis jetzt mehr als dünn. Da kommt von einer Familientragödie bis zu einem Serienmörder alles infrage.«

»Nicht ganz«, widersprach Mike. »Ich kenne keinen Fall, bei dem ein Angehöriger getötet und dann so grausam entsorgt wurde. Damit meine ich natürlich nicht die Tatsache, dass er im Wasser lag, versenkt werden immer wieder welche. Es ist der Zustand des Jungen, der hier nicht passt. Dieses Entkleiden und ihn lebendig unters Eis zu schieben spricht nicht für die Tat eines Familienmitglieds. Hinzu kommen diese vielen Kratzer und oberflächlichen Wunden, für die ich mir am ehesten eine Verfolgungsjagd als Ursache vorstellen könnte. Aber auch hier stellt sich wieder die Frage, wieso der Junge unbekleidet war. Ich meine, nur so als Theorie, stell dir ein paar Gleichaltrige vor. Sie stellen Hans nach, er bekommt Angst und läuft davon. Es könnte natürlich sein, dass diese Gleichaltrigen ihn schnappen und zur Demütigung ausziehen. Bis dahin scheint es mir ein mögliches Szenario.«

»Aber?«, fragte Eva dazwischen.

»Aber würden Kinder oder Jugendliche wirklich so weit gehen, den Jungen bis zu diesem Weiher zu bringen und ihn dort ganz gezielt unter das Eis zu schieben? Noch dazu, wenn der festgestellte Todeszeitpunkt stimmt, irgendwann gegen drei Uhr am Morgen?«

»Eher nicht«, stimmte Eva zu. Dann nahm sie einen weiteren Schluck aus der Flasche und schlug vor: »Genug für heute. Lass uns morgen zur hiesigen Rechtsmedizin fahren. In den Wunden des Jungen müsste sich trotz des Wassers Schmutz befinden. Und vielleicht kann man dadurch zuordnen, wo er sich die Verletzungen zugezogen hat.«

»Guter Plan«, gab sich Mike zufrieden, lehnte sich an das Brett an der Kopfseite des Bettes und fragte: »Also erzähl, wie war es in der letzten Zeit in Bamberg? Es ist ja schon wieder Wochen her, dass wir das letzte Mal telefoniert haben.«

Sie unterhielten sich noch eine Weile. Gegen halb elf stieß Eva ein herzhaftes Gähnen aus und beschloss mit einem Lächeln: »Da du eh kein Bier mehr hast, gehe ich jetzt ins Bett. Wir haben morgen einiges zu tun und ich bin auch nicht mehr die Jüngste.«

Mike deutete ein Nicken an: »Das stimmt! Mir ist auch schon aufgefallen, dass du langsam in die Jahre kommst.«

Eva warf ein Kissen nach Mike, sagte wütend: »Du Depp«, drehte sich an der Tür aber noch einmal um und wünschte ihm eine gute Nacht.

Mike hatte sich den Wecker auf sieben Uhr gestellt. Es war nicht seine Zeit, aber was wollte man machen. Er quälte sich aus dem Bett, schloss das angekippte Fenster und fluchte über die Eiseskälte im Zimmer, auch weil dann sein Bein besonders viele Probleme machte. Seit der Explosion, bei der er seine zweite große Liebe und einen Teil seiner Gesundheit verloren hatte, war nichts mehr wie früher. Psychisch kam er mit all den Verlusten, die er im Lauf seines Lebens hatte erdulden müssen, einigermaßen zurecht. Aber seine körperlichen Einschränkungen kamen, anders als solche durch das natürliche Altern, zu plötzlich. Die Narbe in seinem Gesicht wirkte auf viele Menschen abschreckend und das lädierte Bein behinderte ihn in seinem Job. Auch wenn er es Eva, die sich ihre Brandnarbe im Gesicht ebenfalls bei einem Einsatz zugezogen hatte, immer anders verkaufte, war er selbst nicht gegen dunkle Gedanken gefeit. Mit ein paar Dehnübungen vertrieb er die Schatten der Vergangenheit. Dann holte er sich frische Klamotten aus seiner Tasche und ging ins Badezimmer.

Die heiße Dusche vertrieb erst den Schmerz, dann auch ein wenig die schlechte Laune. Die Rasur dauerte aufgrund seiner Narbe im Gesicht wie immer etwas länger, doch er schaffte diese heute, ohne sich größeren Verletzungen zuzufügen.

Kaum war er aus dem Badezimmer, klopfte es leise an seiner Tür. Die Tatsache, dass er noch keinen Pullover anhatte, ignorierend, drehte er den Schlüssel herum und sah sich Eva gegenüber. Diese wich ein Stück zurück, sah ihn aber unverhohlen an und stellte schließlich fest: »Na, da haben die Jahre aber auch schon ihre Spuren hinterlassen. Wie wäre es mit ein bisschen Sport, mein Lieber?«

»Pfff«, war Mikes einzige Antwort darauf. Er ging zu dem kleinen Einbauschrank, holte sich ein Unterhemd und einen Pulli heraus, streifte beides über und erklärte sachlich: »Ich brauche keinen Sport, ich brauche eine oder besser zwei Tassen Kaffee!«

Anschließend holte er noch das Holster heraus, zog sich dieses über die Schultern, nahm seine Jacke und fragte: »Frühstück?«

»Sind wir die einzigen Gäste?«

Der Wirt sah Mike an, schien die Frage aber erst verarbeiten zu müssen, was vielleicht auch an seinen geröteten Augen liegen mochte, die zusammen mit einer Fahne auf das ein oder andere Bier am Vorabend hinwiesen, und antwortete schließlich: »Na, zwa Zimmer sind noch belegt. Aber die machen hier Urlaub und frühstücken erst später.«

Mike sah sich in der Gaststube um und entdeckte am hinteren Ende drei eingedeckte Tische. An einem der Tische saß bereits ein Mann, der sich hinter einer Ausgabe der »Frankfurter Allgemeinen« versteckte. Für Mike war das keine Zeitung, sondern ein überdimensionales Buch, und er fragte sich einmal mehr, was man täglich berichten konnte, um ein derart umfangreiches Blatt zu füllen.

Er drehte sich zum Wirt und fragte: »Welchen der beiden freien Tische sollen wir nehmen?«

»Den, an dem schon einer sitzt«, lautete die pampige Antwort. Dann stellte der Wirt eine Teetasse auf das Tablett und brummte: »Welcher Mann trinkt zum Frühstück Tee?«

In Mike blitzte eine Ahnung auf. Er sah kurz zu Eva, die offenbar das Gleiche dachte, aber sagte: »Ich weiß von nichts.«

Er senkte die Stimme, fragte: »Hat er sich vorgestellt?«, und als der Wirt erklärte: »Ja. Hattbinger oder so«, bat Mike: »Können Sie mir ein Glas Bier einschenken?«

Für den Wirt schien das um diese Zeit nichts Unnormales. Mike nahm das Glas entgegen, ging rüber zu dem Tisch und sagte mit leicht verstellter Stimme: »Bitte schön, der Herr. Hier ist Ihr Bier, die Weißwürste kommen gleich.«

»Bitte was?« Die Zeitung wurde heruntergenommen und Ruben setzte gerade zu einer Belehrung an, als er in Mike seinen Kollegen aus Nürnberg erkannte.

Mike und Eva begannen gleichzeitig zu lachen. Eva stellte den Tee vor ihren Chef und musterte ihn kurz, bevor sie feststellte: »Du siehst ja richtig erholt aus. Die Erkältung hat dir offenbar gutgetan, aber bist du nicht bis morgen krankgeschrieben?«

Ruben ließ sich wie gewohnt nicht aus der Ruhe bringen. Er faltete die Zeitung ordentlich zusammen, legte sie beiseite und erwiderte trocken: »Bin ich. Aber ich habe mich erkundigt, und es ist kein Problem, auch mit einer gültigen Krankschreibung zu arbeiten, wenn man sich gut fühlt.« Sein Blick wechselte zu Mike, wobei er dann auch noch hinzufügte: »Und wie ich sehe, ist meine Anwesenheit hier auch nötig. Da draußen läuft ein Mörder herum und die Herrschaften beginnen ihren Tag mit einem Bier.«

Die nun eingetretene Stille beendete Eva mit einem »Oje« und der Aussage: »Fieber frisst Humor.«

Nun war es Ruben, der sich das Lachen nicht verkneifen konnte. Er deutete auf die beiden freien Stühle und sagte: »Ihr hättet gerade eure Gesichter sehen sollen. Wenn ich es nicht besser wüsste, würde ich auf ein schlechtes Gewissen tippen.«

»Haben wir nicht«, widersprach Mike, begann zu lächeln und erklärte: »Schön, dich zu sehen. Ich hoffe, du bist damit einverstanden, dass ich bei euch aushelfe.«

Rubens Gesichtsausdruck verfinsterte sich ein wenig. »Eva hat mich natürlich in Kenntnis gesetzt, allerdings erst, als ihr schon hierher unterwegs wart.« Dann entspannte er sich wieder, klopfte auf seinen Notizblock und sagte: »Nein, alles in Ordnung. Bei der dünnen Spurenlage können wir deine Hilfe sicher gut gebrauchen.« Er drehte sich wieder zu Eva und rügte sie, ohne belehrend zu klingen: »Ich habe einige deiner Notizen in der elektronischen Akte ergänzt oder kommentiert. Manches davon war nicht ganz stimmig.«

»So kennen wir dich«, erwiderte sie ohne Verärgerung.

Mike drehte sich gerade suchend nach dem Wirt um, als sein Handy klingelte. Er holte es heraus, sagte: »Guten Morgen, Herr Tiefenbach«, hörte zu und fragte: »Ist eine Streife unterwegs?«, und bat kurz darauf: »Nicht in Gefahr. Alles klar, verstehe. Wir kümmern uns darum.« Danach legte er auf, verzog das Gesicht und erklärte: »Aus dem Kaffee wird wohl nichts. Wir müssen dringend zu einem ehemaligen Bauernhof. Die Adresse bekomme ich in den nächsten Minuten.«

11

Maria spürte die Kälte unter ihren nackten Füßen. Vor Frost erstarrte Äste streiften über ihre Haut und die gefrorene Feuchtigkeit ihres eigenen Atems verklebte die feinen Härchen in ihrer Nase. Sie rannte und rannte, doch anders als der arme Junge sah sie ein Licht am Horizont. Der Ausweg war da und spornte sie an. Sie lief weiter, sprang über einige Steine und Äste, duckte sich unter anderen hindurch. Dann öffnete sich der Wald auf eine schneebedeckte Wiese. Das Licht wurde stärker. Sie holte noch einmal alles aus sich heraus, rannte Schritt für Schritt dem gleißenden Licht entgegen.

Die Wiese endete so abrupt, dass sie ins Straucheln geriet. Maria stolperte, fiel aber nicht. Ihre Angst wich der Hoffnung. Sie blieb stehen, legte eine Hand zum Schutz vor dem Licht vor ihre Augen und erstarrte. Direkt vor ihr begann der Weiher und es war die Trauerweide selbst, die von innen heraus strahlte. Doch da war noch etwas und das machte ihr deutlich mehr Angst, denn das Loch im Eis war bereits vorbereitet. Starke Hände packten sie von hinten, warfen sie mit Leichtigkeit die Böschung hinunter. Der Gesichtslose kam hinterher, packte sie erneut, tauchte sie mit dem Gesicht voran in das eiskalte Wasser und schob ihren Körper unter das Eis. Maria sah ihre eigenen Hände, die nach der offenen Stelle suchten. Sie sah das Licht matt durch die Schneeschicht scheinen, machte sich erneut Hoffnung. Keine Sekunde später legte sich eisige Kälte um ihren Körper.

Maria saugte die Luft bis tief in ihre Lungen, spürte, wie ihr Herz raste, und die Angst in jeder ihrer Zellen. Sie setzte sich auf, sah sich panisch um und begriff nur quälend langsam, wo sie war. Kalter Schweiß stand auf ihrer Haut und fühlte sich wegen des geöffneten Fensters wie das Eiswasser in dem Weiher an. Die Erinnerung an das Geschehene schlug in Fragmenten über ihr zusammen und lähmte sie ein weiteres Mal.

Sie zog die Decke bis unters Kinn und stellte dabei fest, dass sie kaum etwas anhatte. Das Alter meinte es gut mit ihrem Körper, das war nicht das Problem. Es war die Vorstellung, dass sie ein Fremder entkleidet hatte, die sie anekelte. Oder war sie es doch selbst gewesen? War sie irgendwann in dem Sessel aufgewacht und hatte sich hier raufgeschleppt? Sie wusste es schlicht nicht mehr.

Ihr Blick ging zu der alten Truhe, auf der nicht nur das Rehfell lag, und in diesem Augenblick wurde ihr klar, dass sie das niemals tun würde. Egal in welchem Zustand sie sich befand, ihre Kleidung ließ sie grundsätzlich immer im Badezimmer!

Der hämmernde Kopfschmerz hinderte sie am Denken, trotzdem wurde ihr bewusst, dass sie vielleicht nicht allein war.

Draußen war die Sonne gerade aufgegangen und ihr Wecker zeigte kurz nach sieben. Der Anblick ihres Nachtschränkchens offenbarte den nächsten Fehler, denn sie ging nie ohne ihr Handy hier herauf.

Trotz der möglichen Gefahr schloss sie kurz die Augen, sammelte sich und ließ ihren Blick anschließend langsam durch den Raum schweifen. Das Fenster war nicht nur gekippt, sondern stand offen. Ihre Kleidung lag ordentlich zusammengelegt auf der Truhe und alle Türen des großen Kleiderschranks waren ebenso geschlossen wie die mit bäuerlichen Motiven bemalte

Zimmertür. Dass der Schlüssel von innen steckte, beruhigte sie ein wenig.

Maria schlug die Decke zurück und die beißend kalte Luft traf auf ihren Körper. Die Erinnerung an den Traum und damit an das kalte Wasser kam kurz zurück, doch sie durfte dem keine Beachtung schenken.

Sie stand auf, schloss das Fenster und sah dabei kurz hinaus. Unten im Dorf stiegen Rauchschwaden aus den Kaminen und am Horizont hingen schon wieder schwere Schneewolken über der bergigen Landschaft.

Sie drehte sich zurück in den Raum, um die Tür im Blick zu haben. Dann zog sie ihre Kleidung an und ging zum Schrank. Vor der rechten Tür blieb sie stehen, hielt den Atem an und riss diese auf. Niemand sprang heraus. Sie bückte sich zur Bodenplatte, hob das eingelassene Brett an und zog die kleine Waffe heraus.

Seit sie vor einiger Zeit ihren gewalttätigen Ehemann verlassen hatte, war die kleine Schreckschusspistole ihr ständiger Begleiter und jetzt so nötig wie noch nie. Maria kam sich albern vor, doch die Bewegungsabläufe, die man so oft im Fernseher sah, ergaben Sinn. Während sie mit der rechten Hand die Waffe nach vorne gerichtet hielt, zog sie mit der linken jede einzelne Schranktür auf, wobei sie jedes Mal einen Schritt nach hinten machte.

Es folgte die Zimmertür, hinter der sich der obere Flur verlassen zeigte. Das Badezimmer war ebenso leer wie das zweite große Zimmer hier oben, in dem das Stockbett aus ihren Kindertagen einem großen Gästebett gewichen war.

Auch am unteren Ende der Treppe war nichts zu erkennen. Sie ging die ersten fünf Stufen hinunter, was ihr Kreislauf allerdings mit einem leichten Schwindelgefühl quittierte. Nach ein paar Atemzügen ging es besser, auch wenn sich langsam Übelkeit in ihrem Magen breitmachte.

Die große Wohnstube war ebenso verlassen wie der untere Flur und die Gästetoilette. Darauf, auch den Keller zu durchsuchen, verzichtete sie. Stattdessen drehte sie den riesigen alten Schlüssel einmal um. Sollte sich dort unten jemand versteckt haben, saß er jetzt in der Falle und würde sich bald ein paar Polizisten gegenübersehen.

Maria wurde ein wenig ruhiger. Sie lehnte sich mit dem Rücken gegen die nächste Wand, ließ ihren Blick durch die Wohnstube gleiten und suchte dabei nach Erinnerungen an den letzten Abend. Irgendwie bestand alles aus abgeschnittenen Bruchstücken. Nur bezüglich der Anwesenheit eines anderen Menschen war sie sich sicher.

Maria versuchte, ruhig zu atmen, und durchsuchte dabei ihre Gedanken. Nach einigen Sekunden hatte sie das Gefühl, als würde sie auf ein riesiges Puzzle mit unzähligen fehlenden Teilen blicken.

Es war ein Mann gewesen, kam es ihr plötzlich in den Sinn. Da war diese Hand gewesen, groß und stark. Und diese Geräusche, die er beim Atmen gemacht hatte. Ihr nächster Gedanke war, dass er sie mit ziemlicher Sicherheit nach oben gebracht und ausgezogen hatte. Aus dem leichten Zittern ihrer Hand wurde eine ausgewachsene Panikattacke. Das Gefühl, schmutzig zu sein, stellte sich ebenso schnell ein, wie die wenigen klaren Bilder in ihrem Kopf wieder verflogen.

Hatte er sie etwa …? Allein die Möglichkeit riss alte Wunden aus ihrer früheren Ehe auf. Sie stieß einen Schrei aus, legte den Kopf in den Nacken und bat Gott: »Bitte, bitte nicht.«

Mit dem Schrei entwich die körperliche Panik, doch es war eine trügerische Ruhe, die sie nun vereinnahmte. Ihre Hand ging zwischen ihre Beine. Sie tastete, zog und drückte, doch nichts deutete darauf hin, dass sie vergewaltigt worden war.

Aus ihrer Angst wurde schlagartig Wut und dieses Mal brüllte sie laut: »Ich krieg dich, du Arschloch.« Doch das leere Haus antwortete ihr mit duldsamem Schweigen.

Maria zwang sich zur Ruhe. Sie musste methodisch vorgehen, ganz so, wie sie es beim Schreiben tat. Sie ging rüber in die offene Küche, zündete sich eine Zigarette an und dachte kurz darüber nach, was zu tun war. Der erste Schritt war klar und ohne Alternative. Sie musste die Polizei informieren!

Sie nahm einen tiefen Zug, legte die Kippe weg und sah sich um. Das Handy lag auf dem Couchtisch. Sie ging hinüber und ihre Hand schwebte bereits über dem Gerät, als sich eine weitere, nur diffuse Erinnerung regte. Er hatte es berührt!

Maria wusste genug über kriminaltechnische Untersuchungen, um keinen Fehler zu machen. Sie holte sich einen Gefrierbeutel, hob das Handy damit an und verzichtete darauf, ihren Fingerabdruck zu scannen. Stattdessen gab sie durch die Folie hindurch den Entsperrcode ein, wollte schon den Notruf wählen und stockte erneut. Sie war weder in akuter Gefahr, noch konnte sie sich an viel erinnern. Was sollte sie also sagen? Dass sie vielleicht bedroht wurde? Dass ihr jemand ... ja, was eigentlich?

Ihr Blick fiel auf den Fernseher. War da nicht dieser Film gewesen? Bruchstücke erschienen. Ein Wald, ein Junge, aber sonst nichts.

Sie musste mit jemandem reden, aber mit jemandem, der sie auch ernst nahm. Alles andere hatte sie schon durch. Sie brauchte nicht noch einmal männliche Beamte, die ihre Aussage erst belächelten und dann infrage stellten. Folglich suchte sie nach der Nummer der nächsten Polizeidienststelle, drückte auf das Symbol mit dem grünen Hörer, wartete, bis abgehoben wurde, stellte sich vor und erklärte schließlich: »Ich habe vielleicht Informationen über den Jungen, der in Lohberg ertrunken ist.« Der Mann am anderen Ende der Leitung bat sie, nach Bad Kötzting ins Präsidium zu kommen, doch sie bestand darauf, dass jemand zu ihr kommen musste. Der Beamte versprach, sich darum zu kümmern, fragte noch, ob sie in Gefahr sei, was sie allerdings verneinte.

Im Anschluss an das Gespräch legte sie das Handy sorgsam weg, holte sich einen Schreibblock aus dem Sekretär und begann, alles, was ihr noch einfiel, aufzuschreiben.

12

Mikes alter BMW schaffte es nicht, auf der kurzen Strecke etwas Wärme zu erzeugen. Außerdem scheiterte der Heckantrieb fast an der Steigung des Feldwegs, auf den ihn das Navi lotste.

Der schmale, aber gut geräumte Weg begann unweit des Dorfweihers, führte in drei engen Kurven über eine Freifläche aufwärts und endete schließlich direkt auf dem Innenhof eines alten Bauernhofs.

Mike, Eva und Ruben stiegen aus und sahen sich um. Links von ihnen stand das alte Wohnhaus, rechts eine große Scheune und kurz vor dem Waldrand gab es noch einen Verschlag, der zur Hälfte mit Brennholz gefüllt war. Nach vorne fiel der verschneite Hang relativ steil ab und man hatte eine grandiose Aussicht über das Dorf und die weitläufige Winterlandschaft.

»Was für eine Stille«, gab sich Ruben ungewohnt begeistert. Er atmete die kalte Luft tief ein und fügte hinzu: »Perfekt, um seinen Gedanken freien Lauf zu lassen.«

Mike sah Ruben verständnislos an, sagte: »Ja, ja«, deutete auf das Wohnhaus und fragte: »Können wir?«

»Aber ja«, verkündete Ruben begeistert. »Lasst mich vorgehen.«

Mike und Eva wechselten einen vielsagenden Blick, hielten es aber für eine der vielen Macken ihres Kollegen.

Kurz bevor sie den Eingang des Hauses erreichten, öffnete sich die Tür und eine ältere, attraktive Frau trat heraus.

Was jetzt folgte, konnten sich Mike und Eva absolut nicht erklären. Der Mann, der sonst niemandem die Hand gab, zog sich den rechten Handschuh aus und streckte der Frau seine Hand entgegen. Und nicht nur das, Ruben schien sich sogar ein wenig zu verneigen, als er ehrfürchtig sagte: »Frau Burkhard, es ist mir eine Ehre, Sie kennenlernen zu dürfen.« Dann erst deutete er auf sich, anschließend zu seinen Kollegen, wobei er erklärte: »Wir sind Sonderermittler und mit dem Fall des Hans Huber betraut. Mein Name ist Kriminalhauptkommissar Hattinger und das sind Herr Köstner und Frau Lange.«

In dem Blick der Frau lag eine Mischung aus Misstrauen und Anspannung. Beides löste sich erst, als Ruben hinzufügte: »Ich kenne jedes Ihrer Bücher. Und obwohl man hier und da über die beschriebene Polizeiarbeit reden müsste, ist vor allem Ihr Erstlingswerk brillant geschrieben.«

Jetzt schien auch Eva zu begreifen. Sie trat ebenfalls vor, fragte aber zur Sicherheit: »Sind Sie DIE Burkhard? Also, Entschuldigung, ich meine, sind Sie die Autorin Maria Sofi Burkhard?«

»Die bin ich wohl«, bestätigte die Frau und bat: »Kommen Sie doch rein, es ist heute wirklich wieder ungemütlich kalt.«

Mike, der noch nie etwas mit sogenannten Berühmtheiten hatte anfangen können, gab ihr der Höflichkeit wegen ebenfalls die Hand und folgte ihr dann als Erster in das Haus. Dort besann er sich auf seinen Beruf und sammelte erste Eindrücke.

Die Mischung aus Alt und Modern war gelungen und zeugte davon, dass genügend Kleingeld vorhanden war. Wer auch immer hier renoviert hatte, wusste, was er tat. Im Grunde war alles Alte bewahrt worden. Man war nur so weit eingeschritten, wie es nötig war, um das Haus in einen guten Zustand zu versetzen. Angefangen bei der grob geschmiedeten Garderobe bis zu den Wänden, die zwar uneben waren, aber dadurch auch Gemütlichkeit ausstrahlten, schien hier alles stimmig zu sein.

Frau Burkhard wartete kurz, bis Ruben die Tür hinter sich geschlossen hatte, ging dann weiter in eine klassische, sehr alt wirkende Bauernstube und fragte über die Schulter: »Darf ich Ihnen etwas anbieten? Einen Kaffee oder Tee vielleicht?«

Irgendwie hatte Mike erwartet, dass Ruben vor lauter Begeisterung zustimmen würde, doch stattdessen sagte dieser: »Eigentlich gerne, aber vielleicht sagen Sie uns erst einmal, warum wir hier sind.«

War da eine leichte Unsicherheit in der Bewegung, mit der sie sich jetzt zu ihnen umdrehte? Die Frau, die Mike auf Ende fünfzig schätzte, vermied den Blickkontakt, führte ihre Hände zueinander und schien über diese eigentlich einfache Frage nachdenken zu müssen. Erst als Ruben »Ist alles in Ordnung?« fragte, hob sie den Blick und sagte ausweichend: »Ja, nein«, und schließlich: »Es ist nicht so einfach.«

»Sie sagten unserem Kollegen am Telefon, dass Sie Informationen bezüglich des toten Jungen im Dorfweiher haben«, versuchte Mike, ihr zu helfen. »Warum erzählen Sie uns nicht einfach, was Sie wissen?«

»Ich wurde überfallen«, platzte es aus ihr heraus. »Gestern Abend war jemand hier. Er muss mir etwas in den Wein getan haben. Ich kann mich kaum noch an den Abend erinnern. Alles, was ich noch weiß, sind Erinnerungsfetzen.«

Nun war Mike ebenso alarmiert wie seine Kollegen. Er sah sich um, wobei ihm in der Küche einige Weinflaschen auffielen. Zwei von ihnen waren ohne Korken.

Während er und Ruben unschlüssig dastanden, trat Eva vor die Frau und fragte einfühlsam: »Warum haben Sie keinen Notruf abgesetzt und uns erst so spät angerufen?«

Frau Burkhard wirkte resolut und zerbrechlich gleichermaßen. Sie suchte mit der Hand nach der nächsten Stuhllehne, stützte sich ab und erklärte: »Weil ich erst vor einer guten Stunde fast nackt in meinem Bett aufgewacht bin und ... und ... weil ich genau diesen Zweifel, den Sie gerade in der Stimme hatten, befürchtete.«

Eva dachte ein Stück weiter, sah die kleine Pistole neben dem Handy auf dem Couchtisch liegen und fragte bemüht ruhig: »Könnte er noch hier sein?«

Frau Burkhards Blick folgte dem von Eva. »Keine Sorge, das ist nur eine Schreckschusspistole.« Nun lief ihr eine Träne aus dem Augenwinkel und sie sagte mit einem leichten Zittern in der Stimme: »Ich hatte solche Angst. Habe in jedes Zimmer geschaut. Nur auf dem Dach und im Keller war ich noch nicht. Dann wollte ich den Notruf wählen, bis mir bewusst wurde, dass ich kaum noch etwas weiß.« Sie wischte sich mit einer schnellen Bewegung über den Augenwinkel und fügte hinzu: »Ich wollte mich einfach nicht lächerlich machen.«

Mike und Ruben hatten genug gehört und mussten sich kaum absprechen. Ruben bat Eva: »Bleib bitte bei Frau Burkhard.« Dann wandte er sich an Mike und beschloss: »Wir fangen im Keller an.« Damit zog er seine Waffe und Frau Burkhard erklärte: »Der Zugang ist draußen im Flur. Ich habe abgeschlossen, falls doch noch jemand unten ist.«

»Gut gemacht«, bestätigte Mike und folgte Ruben hinaus.

Zu zweit und mit ihren Waffen im Anschlag kamen sie gut voran. Der Keller bestand aus zwei kleinen Räumen und einem großen Raum, war aber schnell durchsucht. Hier unten gab es nicht viel. Die Vorratsregale waren, bis auf zwei Kartons Rotwein und einen Sack Kartoffeln, so gut wie leer. Der andere kleine Raum beherbergte nur eine moderne Ölheizung, wobei der Tank irgendwo außerhalb sein musste.

In dem dritten und größten Raum gab es eine Ecke mit alten Möbeln, die mit einer Plane bedeckt waren, die offenbar seit Jahren nicht mehr bewegt worden war. Jedenfalls zeigte die dicke Staubschicht keinerlei Unregelmäßigkeiten. Rechts, unter dem einzigen vergitterten Fenster, standen einige Kartons mit dem Aufdruck eines Buchverlags. Sonst gab es nichts Auffälliges.

»Wusstest du, dass die Frau Autorin ist?«, fragte Mike.

»Ja, ich war mir aber nicht sicher, ob sie es wirklich ist, bevor ich sie sah«, erklärte Ruben. »Also, der Name sagte mir natürlich schon etwas, aber der Name Burkhard ist ja auch nicht so selten. Ich kenne jedes Buch dieser Frau und wusste natürlich, wie sie aussieht.«

»Und was hältst du von ihrer Geschichte? Also, dass sie gestern Abend überfallen worden sein soll und sich kaum noch an etwas erinnert?«

Ruben dachte kurz darüber nach. »Keine Ahnung. Ich will keine voreiligen Schlüsse ziehen, aber nach zwei Flaschen Wein kann man sich so einiges einbilden.«

»Sehe ich auch so«, bestätigte Mike. »Wie gehen wir weiter vor?«

»Erst einmal ernst nehmen und dann nachbohren.« Ruben wandte sich zur Kellertreppe und fragte: »Kommst du mit deinem Bein bis hoch zum Dach oder soll ich Eva mitnehmen?«

»Ist die Frage ernst gemeint oder stichelst du herum?«

Ruben sah Mike in die Augen und erklärte trocken: »Du hinkst und ich habe ein Problem mit lauten Knallgeräuschen. Wir sind nicht gerade Starsky und Hutch, oder?«

»Du kennst die Serie?« Mike war beeindruckt, doch Ruben sagte nur: »Meine erste Freundin ließ mir keine Wahl. Ist wirklich nicht gerade das, was mir gefällt.«

Mike verkniff sich jeden weiteren Kommentar und folgte seinem Kollegen die Treppe hoch.

Zehn Minuten später war das gesamte Haus durchsucht und nichts deutete darauf hin, dass hier jemand anderer als Frau Burkhard selbst gewesen war. Nun saßen sie alle am Esstisch und Ruben bat: »Erzählen Sie uns bitte, was Ihrer Meinung nach von gestern Abend bis heute Morgen vorgefallen ist.« Er sah zu, wie die Autorin einen großen Schluck aus ihrem Wasserglas trank, ihn ansah und bissig sagte: »Sie glauben mir doch jetzt schon nicht.«

»Wurden Sie missbraucht?«, fragte Ruben unverblümt und ohne auf die Aussage einzugehen.

Die Hand der Frau ballte sich zur Faust. »Nein, wahrscheinlich nicht. Alles, was ich noch weiß, ist, dass ich dort drüben in dem Sessel saß und Wein trank. Dann wurde mir erst schwindelig und ich fühlte mich wie auf Droge.«

»Sie kennen das Gefühl?«

Sie sah Ruben bissig an. »Ja, sonst wüsste ich ja nicht, wie es sich anfühlt. Aber bevor Sie fragen: Nein, ich hab nichts genommen.«

»Gut. Weiter.«

»Von da an kann ich mich nur noch an Bruchstücke erinnern. Ich bin mir ziemlich sicher, dass es ein Mann war, der hinter mir stand, und dass er irgendetwas mit meinem Handy gemacht hat. Darum habe ich es vorhin auch mit einer Folie als Schutz benutzt. Nur für den Fall, dass mir jemand glaubt und Sie nach Spuren suchen wollen.«

»Das war klug«, versuchte Eva, die Frau zu ermutigen.

»Was noch?«, fragte Ruben konzentriert.

»Ein Film. Da lief ein Film im Fernseher. Also, ich dachte erst, es wäre ein normaler Film, doch er zeigte den Hans. Den Jungen aus dem Dorf.«

Ruben neigte den Kopf leicht zur Seite. »Was haben Sie gesehen?«

»Ich weiß es kaum noch … doch, warten Sie … gejagt. Er wurde durch einen Wald gejagt und …« Frau Burkhard stockte, schlug sich die Hand vor den Mund und erklärte schließlich: »Ich soll darüber schreiben.«

»Was, wie?«, fragte dieses Mal Mike dazwischen.

Sie schloss die Augen, ließ sich Zeit und sagte schließlich: »Ja, jetzt sehe ich es wieder. Am Ende des Filmes blendete sich ein Text ein. Und da stand, ich soll über den Film und alles, was noch passieren wird, schreiben und es auf meiner Internetseite veröffentlichen.«

»Was Sie nicht tun werden«, entgegnete Ruben entschlossen.

Sie sah ihm lange in die Augen und erwiderte: »Ich fürchte, ich habe keine Wahl.«

Nach einem Moment der Stille hellte sich ihr Gesichtsausdruck etwas auf. Sie zog den Ärmel ihrer Bluse nach oben und deutete beinahe mit Stolz auf eine latent bläulich verfärbte Stelle, wobei sie feststellte: »Mir ist gerade noch etwas eingefallen. Sehen Sie. Hier und an meinem anderen Arm verlief der Lederriemen, mit dem er mich an den Sessel gefesselt hat.«

Eva ließ sich auch den anderen Arm zeigen, der allerdings keinen Fleck aufwies. Daher sagte sie, wobei sie den abfälligen Tonfall nicht ganz unterdrücken konnte: »Alles klar. Wir nehmen das ins Protokoll.«

13

»Ernsthaft jetzt?« Mike trat die aufgerauchte Kippe in den Schnee und machte eine Geste zu der Eingangstür. »Die Frau hat eindeutig zu viel Fantasie oder siehst du das anders?«

Eva wiegte den Kopf etwas hin und her, drückte ihre Zigarette ebenfalls in den Schnee und sagte: »Weiß ich nicht. Wirklich glaubwürdig klingt das alles nicht. Aber warum sollte sie uns Mist erzählen? Außerdem wirkt sie tatsächlich stark verängstigt.«

»Ich glaub nicht dran!« Mike klopfte sich die Schuhe ab, öffnete Eva die Tür und folgte ihr hinein, wo er Ruben fragte: »Ist sie immer noch nicht von der Toilette zurück?«

Sein Kollege saß am Esstisch, hatte die Augen geschlossen und antwortete erst einmal nicht.

Mike wollte gerade dazu ansetzen, ihn erneut anzusprechen, doch Eva legte ihre Hand auf seinen Arm und schüttelte den Kopf. Nach einigen Augenblicken öffnete Ruben die Augen, sah die beiden verwirrt an und erklärte schließlich: »Kopfkino ist eine feine Sache. Man kann sich alles schnell aus den verschiedensten Perspektiven ansehen.«

»Und welcher Film lief gerade?« Mike konnte manchmal einfach nicht anders.

Sein Kollege sah ihn ungerührt an. »Einmal der von Frau Burkhard, wie sie in diesem Sessel sitzt und von jemandem, der hinter ihr steht, bedroht wird. Und einmal der, wie der Mann hinter dem Sessel steht und Frau Burkhard bedroht.«

»Aha«, brummte Mike und fragte provokant: »Und wie sollte dieser Jemand hier hereingekommen sein? Diese Haustür wirkt, als würde sie selbst einer Stürmung durch die GSG 9 problemlos standhalten.«

»Udo«, hörte Mike Frau Burkhard hinter sich sagen. Er drehte sich um, wartete, bis die Frau die Treppe zum Obergeschoss heruntergekommen war, und fragte: »Udo? Wer ist das jetzt wieder?«

»Der, den sie hier Dorfdepp nennen?«, rutschte es Eva heraus und Mike erinnerte sich an den Zwischenfall, als sie gestern gerade in die Dorfkneipe hatten gehen wollen.

Frau Burkhard schaffte ein schmales Lächeln. »Sie kennen ihn schon?«

»Nein, aber wir sind gestern dem Vater des toten Jungen begegnet und der rief nach einem Udo«, erklärte Eva.

Die Autorin setzte sich wieder an den Tisch. »Ja, die Leute halten Udo tatsächlich für den Dorfdeppen, aber nur, weil sich niemand ernsthaft mit ihm befasst. Der Mann ist vielleicht ein bisschen einfältig, aber ein durchaus interessanter Charakter.«

»In welchem Verhältnis stehen Sie zu ihm?«, mischte sich Ruben ein.

»In keinem. Er hilft mir nur, indem er kleinere Erledigungen für mich macht. Und wenn er mir die Sachen bringt, trinken wir einen Kaffee zusammen und reden ein bisschen.«

»Und was hat dieser Udo damit zu tun, dass dieser ominöse Einbrecher hier hereinkam?« Mike verstand es nicht.

»Udo war gestern hier. Und als er mit seinem Wagen wieder ins Dorf fahren wollte, kam er nicht von der Stelle. Unter allen vier Reifen hatte sich eine kreisrunde Eisfläche gebildet. Also bin ich mit raus und habe angeschoben. Die Tür habe ich währenddessen natürlich offen gelassen. Gestern dachte ich noch, dass die Reifen seines Wagens vielleicht zu warm werden und der Schnee deshalb zu Eis wurde, aber wenn ich jetzt darüber nachdenke, könnte es auch der Mann gewesen sein, der dann hinter mir stand. Vielleicht hat er Wasser um die Reifen geschüttet.«

»Schön. Okay. Dann zeigen Sie uns bitte jetzt, wo der Wagen genau stand«, bat Mike nicht mehr ganz so höflich, da ihm das Ganze hier wie die Show einer geltungssüchtigen Person vorkam.

Nachdem alle vier nach draußen gegangen waren, deutete Frau Burkhard auf eine Stelle neben Mikes Wagen. »Dort. Ungefähr einenhalb Meter von der Hauswand entfernt.«

Mike ging zu der besagten Stelle und fand nichts außer einer festgefahrenen Schneedecke. Er sah zu den anderen und fragte: »Sind Sie sich sicher?«

»Nicht genau, aber in diesem Bereich muss er gestanden haben.«

Nun beteiligten sich auch Ruben und Eva an der Suche, fanden aber nichts als eine gleichmäßige Schneedecke.

Zurück am Esstisch beschloss Mike, die Sache hier zu beenden. Er stellte sich auf die andere Seite der Tischplatte, sah Frau Burkhard an und fragte: »Sie sind doch Autorin?«

»Ja.«

»Welches Genre?«

»Krimi, Thriller und Horror.«

»Gut«, stellte Mike fest. »Was, denken Sie, würden Ihre Leser machen, wenn Sie das, was Sie uns gerade erzählt haben, aufschreiben würden?« Er hob die Hände. »Verstehen Sie mich nicht falsch, aber es gibt hier nicht einen einzigen Beweis für das, was Sie uns schildern. Oder haben Sie noch irgendwelche Verletzungen, die Sie uns zeigen könnten? Oder ist dieser ominöse Film auf Ihrem Handy? Oder gibt es irgendwo Einbruchsspuren?«

Die Frau schien ernsthaft verzweifelt. Sie schüttelte den Kopf und gab dabei zu: »Ich verstehe das nicht. Heute Morgen dachte ich auch erst, ich hätte mir das alles eingebildet. Doch je mehr Erinnerungen zurückkommen, umso sicherer bin ich mir, dass dies alles tatsächlich passiert ist.« Dann deutete sie zu einem Fenster und sagte: »Ich habe keine Ahnung, warum diese Eisflächen verschwunden sind, aber die waren mit Sicherheit da. Udo wird Ihnen das bestätigen.«

»Wie heißt dieser Udo genau und wo finden wir ihn?« Ruben zog seinen Notizblock heraus.

»Udo Keller. Er wohnt in einer kleinen Wohnung am Marktplatz.« Ruben notierte das und sah, wie Frau Burkhards Blick zu dem schön gearbeiteten Sekretär ging, wobei sich ihr Gesichtsausdruck etwas aufhellte. Und tatsächlich sagte sie dann auch: »Vielleicht habe ich doch einen Beweis, dass es der Entführer von Hans auf mich abgesehen hat. Zuerst dachte ich, Udo habe die Fahrkarte verloren, aber er sagt, dass er sie noch nie gesehen hat.«

»Von was sprechen Sie jetzt schon wieder?« So langsam ging Mike die Geduld aus.

Die Autorin sah ihn an. »Von einem Busticket für Kinder mit dem Datum von Freitagabend, das ich am Samstag hier unter dem Esstisch fand.«

»Freitagabend«, dachte Ruben laut. »Das ist der Zeitpunkt, zu dem Hans Huber verschwand, oder?«

»So hat es mir Udo gesagt. Er meinte, sie haben ihn erst am Samstag gesucht, weil sie dachten, er verbringe die Nacht bei einem Freund«, bestätigte sie, stand auf und wollte zum

Sekretär gehen. Ruben bat: »Warten Sie«, zog ein Paar dünne Handschuhe aus der Jackentasche und fragte mit einer Geste zu der Schreibecke der Frau: »Darf ich?«

Sie nickte. »In der kleinen Schublade. Ich habe das Ticket kaum berührt und in einen Gefrierbeutel gesteckt.«

»Ganz die Krimiautorin«, freute sich Ruben deutlich freundlicher als Mike. Er ging zu dem Möbelstück, zog die Schublade auf und fand tatsächlich ein Tütchen mit einem Zettel darin. Ruben nahm es heraus, sah es sich an und warf der Autorin einen ernsten Blick zu. Dann ging er wortlos zum Esstisch, legte das Fundstück darauf und erklärte das Offensichtliche mit den Worten: »Das ist kein Busticket!«

In dem Tütchen steckte ein quadratischer Notizzettel mit einem aufgemalten Smiley darauf.

Mike atmete hörbar aus, sah Frau Burkhard mit ernster Miene an und fragte: »Sie wissen schon, dass die Behinderung von Ermittlungen eine Straftat ist?« Danach wandte er sich zu Eva und Ruben und beschloss: »Ich würde sagen, wir sind hier fertig.«

»Noch nicht ganz«, mischte sich Ruben ein und drehte sich zu der Autorin. »Ich möchte Sie bitten mitzukommen. Wir bräuchten noch eine Blutprobe, um eventuelle Betäubungsmittel nachweisen zu können.«

»Nein, das möchte ich nicht«, lautete die schlichte Antwort. Damit machte Frau Burkhard eine Geste zur Tür, wobei sie erklärte: »Irgendwelche K.-o.-Tropfen könnte man ohnehin nicht mehr nachweisen. Und jetzt verlassen Sie bitte mein Haus.«

»Wie Sie meinen.« Ruben ließ sich nicht aus der Fassung bringen.

Während ihre beiden Kollegen bereits hinausgingen, drehte sich Eva noch einmal zu Frau Burkhard. Diese fragte etwas provokant: »Was?« Eva streckte ihr eine Visitenkarte entgegen, wobei sie ihr anbot: »Wenn etwas passiert oder Ihnen einfach noch etwas einfällt, können Sie mich jederzeit auf dem Handy anrufen.« Und mit einem Zwinkern fügte sie hinzu: »Eigentlich hat mich mein Chef gelehrt, gerade auf das nicht Offensichtliche zu achten.« Mit diesen Worten drehte sie sich um und folgte ihren Kollegen hinaus.

»Eine wirklich interessante Person, diese Frau Burkhard. Nicht so, wie ich sie mir vorgestellt habe, aber durchaus interessant.«

Mike sah zum Beifahrersitz, schüttelte den Kopf und erwiderte: »Wohl eher eine kranke Person. Sitzt hier oben, ist einsam, säuft und denkt sich dabei, hole ich mir doch mal ein paar Bullen ins Haus und erzähle denen einen vom Pferd.«

Eva, die auf der Rückbank saß, beugte sich nach vorne und entgegnete: »Ich weiß nicht. Eigentlich klingt ihre Geschichte schon fast zu verrückt, um eine Erfindung zu sein. Wir sollten es nicht ganz außer Acht lassen.«

»Sehe ich auch so«, bestätigte Ruben.

»Schön.« Mike beschloss, nichts mehr dazu zu sagen, und fragte stattdessen: »Was jetzt?«

»Wir sollten uns den Jungen ansehen. Ich denke, da ist die Chance auf brauchbare Spuren am größten.« Ruben drehte den Kopf zu Eva. »Wissen wir, in welchem Institut er liegt?«

Eva öffnete die elektronische Akte auf ihrem Tablet, wischte kurz auf dem Display herum und sagte: »Kein gerichtsmedizinisches Institut. Er liegt in der Arberlandklinik in Viechtach. Der zuständige Rechtsmediziner in der Gegend ist Doktor Schönblick.«

»Welch passender Name«, brummte Mike, gab Viechtach in das Navi ein und steuerte den BMW vorsichtig den schneebedeckten Weg hinunter nach Lohberg.

Eva wählte währenddessen die angegebene Nummer des Mediziners und kündigte ihren Besuch an.

14

Maria stand noch am Fenster, als der Wagen mit diesen Polizisten schon lange verschwunden war. In ihr gärte etwas, was sie bereits von früher kannte. Auch wenn sie langsam ahnte, warum sich die Dinge so entwickelten, fühlte sie sich nicht weniger als Spielball. Und das kannte sie gut. Erst innerhalb ihrer Familie, dann innerhalb des Dorfes und am Ende innerhalb ihrer Ehe.

Irgendwann drehte sie sich in den Raum, sog viel Luft in ihre Lungen und stieß einen Schrei aus, der eigentlich befreiend wirken sollte. Stattdessen ging ihr ihre eigene Stimme durch Mark und Bein. Sie fühlte sich in sich selbst fremd. Dieses Leben, ihre Stimme, ihr Körper und sogar dieses Haus, alles erschien plötzlich nicht richtig.

Sie griff sich das nächstbeste Kerzenglas von der Fensterbank und warf es, so stark sie konnte, gegen die nächste Wand. Die Aktion tat für einen Moment gut, produzierte jedoch kurze Zeit später nur noch mehr Wut.

Ihr Blick fiel auf die offene Küche. Sie ging hinter die Theke, die diese von der Stube abgrenzte, und wollte schon zu der offenen Flasche Wein greifen. Ihre Hand erstarrte in der Bewegung. Es war nicht der Umstand, dass es gerade einmal zehn Uhr vormittags war, der sie bremste. Es war die Flasche selbst, denn es war genau die, aus der sie gestern Abend getrunken hatte.

Maria nahm einen Topflappen, hob die Flasche an die Nase und roch daran. Nichts schien verdächtig. Trotzdem schraubte sie den Korken aus dem Öffner, schlug ihn in den Flaschenhals und stellte die Flasche in einen der Küchenschränke. Danach steckte sie sich eine Zigarette an, öffnete eine andere Flasche und schenkte sich großzügig ein. Beim Anblick des Glases kam ihr noch ein anderer Gedanke, denn das Glas von gestern Abend war verschwunden.

Maria sah sich suchend im Raum um, fand nichts und öffnete schließlich die Spülmaschine. Als ihr die noch warme Luft entgegenschlug, wurde ihr einmal mehr klar, dass sie sich das alles nicht nur eingebildet hatte. Und tatsächlich stand nur dieses eine Glas in der Mitte des oberen Korbes. So leer hätte sie die Maschine mit Sicherheit nicht angestellt!

Adrenalin flutete ihren Körper. Sie ging fast rennend zur Haustür, drehte den Schlüssel zweimal im Schloss, kontrollierte, ob die Tür auch wirklich verschlossen war, und hängte zusätzlich die Kette ein. Danach aktivierte sie zum zweiten Mal seit langer Zeit die versteckte Alarmanlage, die auch gleichzeitig sämtliche Fenster sicherte. Anschließend lehnte sie sich gegen die kalte Wand im Flur und starrte einfach nur vor sich hin. Wie hatte es so weit kommen können? Als ihr Handy den ersten Ton von sich gab, entfuhr ihr ein leiser Schrei. Ihr Blick ging durch die offene Tür, so als würde dort drüben das Böse lauern. Das Handy gab keine Ruhe. Immer und immer wieder spielte es diese aufsteigenden Töne ab, gab kurz Ruhe und begann wieder von Neuem.

Maria konnte sich nicht bewegen, fühlte sich wie gelähmt. Erst als das Gerät endlich Ruhe gab, löste sie sich aus ihrer Starre. Draußen zogen Wolken auf und beendeten damit den sonnigen Morgen. Im Haus wurde es beinahe schlagartig dunkler.

Maria schimpfte sich eine Närrin, schluckte den Kloß im Hals herunter und trat in den Türrahmen. Dort schaltete sie das starke Deckenlicht ein, was sie etwas beruhigte. Doch obwohl es völlig albern war, schaffte sie es nicht, zum Couchtisch zu gehen und auf das Handy zu blicken. Vielleicht auch, weil sie diese Situation schon einmal in einem ihrer Bücher beschrieben hatte, und in dieser Story war das Telefonat der Anfang von schrecklichen Ereignissen gewesen.

Irgendetwas in ihr weigerte sich, auch nur dorthin zu blicken. Stattdessen ging sie zurück in die Küche und trank einen großen Schluck Wein.

Obwohl sie den Alkohol gewohnt war, entfaltete er beinahe umgehend seine beruhigende Wirkung. Einen weiteren Schluck später zündete sie sich mit zitternder Hand die nächste Zigarette an und zwang sich dazu, das Telefon wenigstens anzusehen.

Drei Minuten später drückte sie die Kippe in den Aschenbecher, fluchte laut: »Scheiße«, und tat es. Sie ging mit energischen Schritten zum Tisch, nahm das Gerät in die Hand und drückte ihren Zeigefinger auf den Scanner. Der Bildschirm entsperrte sich und zeigte den Namen ihres Agenten. Was sie allerdings ein wenig wunderte, war, dass er von dem Festnetzanschluss seines Büros und nicht wie sonst vom Handy aus angerufen hatte.

Maria atmete durch und wollte sich setzen, doch dieses Mal ganz sicher nicht in den Sessel. Sie wählte den Dreisitzer, ließ sich nieder und versuchte, ihre angeschlagenen Nerven in den Griff zu bekommen.

Das Handy vibrierte so unerwartet in ihrer Hand, dass sie es fast fallen ließ. Der Klingelton schwoll an, sie drehte das Gerät wieder richtig herum und sah erneut den Namen ihres Agenten, unter dem kleiner geschrieben »Festnetz« stand.

Mit dem festen Vorsatz, ihn abzuwimmeln, hob sie ab und führte das Gerät an ihr Ohr. Noch bevor sie etwas sagen konnte, ertönte erst ein leises Rauschen, bevor eine verzerrte Stimme leise »Hallo Maria Sofi« sagte.

Maria wollte etwas erwidern, doch ihre Stimme versagte ihr den Dienst. Es folgte ein freudloses Lachen, dann sagte der Anrufer: »Ich hoffe, du hast dich inzwischen von unserem kleinen Rendezvous erholt und deine Erinnerung kehrt langsam wieder zurück.« Die Stimme klang so blechern, dass Maria sich trotz ihrer Angst konzentrieren musste, um etwas zu verstehen. Und das Einzige, was ihr einfiel, war die Frage: »Dietmar, bist du das?«

Das Lachen wiederholte sich. »Nein, dein lausiger Agent hatte leider einen kleinen Autounfall. Aber keine Sorge, er wird schon wieder.« Es folgte eine kurze Pause, bis die männliche Stimme sagte: »Doch jetzt zum Wesentlichen. Ich hoffe, du erinnerst dich daran, was du zu tun hast. Denn bis jetzt sehe ich auf deiner Homepage nichts von dem, was ich gestern von dir gefordert habe.«

»Was?«, presste sie unsicher heraus.

»Ach, Maria Sofi, komm schon. Ich weiß wirklich sehr genau, wie das Mittelchen wirkt, das ich dir gegeben habe. Und ich weiß auch, dass sich der Filmriss wieder schließt. Aber gut, dann eben noch einmal: Du wirst dich nach diesem Gespräch an deinen Laptop setzen und die Geschichte über den kleinen armen Hans weiterschreiben. Den Anfang hast du ja schon gemacht. Da habe ich mich genau an dein Skript gehalten. Fehlt also nur noch die Jagd und wie ich ihn zum Weiher bringe.« Wieder folgte für einige Augenblicke nur leises Rauschen. »Erinnerst du dich jetzt an den kleinen Film, den ich dir gestern gezeigt habe?«

Maria schwieg so lange, bis die Stimme bellte: »Sag was, verflucht!«

»Ja.«

»Was, ja?« Die Tonlage war nun deutlich aggressiver.

Maria räusperte sich. »Ja, ich erinnere mich einigermaßen.«

»Sehr schön. Also wirst du mit deinem schriftstellerischen Talent eine Kurzgeschichte daraus machen, darin Hans auch beim Namen nennen und diese dann auf deiner Homepage veröffentlichen. Du kannst dich natürlich auch weigern, aber deine Enkel sind wirklich zuckersüße Wesen. Es wäre doch wirklich schade, wenn sie vor mein Auto laufen würden.«

»Warum?« In Marias Kopf tobte ein Sturm, in dessen Zentrum diese eine Frage stand.

»Angst, Maria. Es geht um Angst. Du hast genau ein einziges gutes Buch geschrieben. Und warum war es gut? Weil es nicht nur eine Geschichte war. Was du brauchst, ist der Abgrund. Du solltest mir dankbar sein, denn ich werde dir diesen Abgrund schenken. Wir beide zusammen werden den Lesern zeigen, wie sich wahre Angst anfühlt. Du wirst Dinge erleben, die nur sehr wenige erleben dürfen. Es wird in deine Knochen kriechen und du wirst eine gute Geschichte daraus machen.« Es folgte Stille, dann brüllte die Stimme: »Und jetzt schreibe! Schreibe und zeige es der Welt. JETZT!«

Damit endete das Gespräch.

Maria hielt das Handy noch lange an ihr Ohr gepresst, versuchte, das Gehörte irgendwie einzuordnen. Dazu kam die Sorge um ihre Familie, denn auch wenn sie seit Langem keinen Kontakt mehr hatten, war sie in ihrem Herzen natürlich trotzdem Mutter und Oma. Und was hatte dieser Irre mit Dietmar gemacht? Maria hatte das Gefühl, den Boden unter den Füßen zu verlieren. Nichts von dem ergab einen Sinn und trotzdem war es real. Hans war tot, und auch wenn dieser Film unwirklich erschien, er war echt. Es waren die letzten Stunden und Minuten eines kleinen Jungen, dessen Leben einfach beendet worden war. In ihrem Kopf überschlug sich alles. Was waren ihre Optionen? Ihre Tochter würde vermutlich noch nicht einmal mit ihr reden. Und wenn doch, ihr entweder nicht glauben oder ihr Vorwürfe machen ... noch mehr Vorwürfe.

Und Dietmar?

Ihre Gedanken gerieten außer Kontrolle. Sonst schrieb sie das Drehbuch für schlimme Verbrechen. Als Autorin hatte sie dabei die Zügel in der Hand. Aber was, wenn das hier gar nicht das war, wofür sie es hielt? Was, wenn es nichts mit ihren Zukunftsplänen zu tun hatte? War es denkbar, dass die Sache außer Kontrolle geriet und etwas ganz anderes dahintersteckte?

Die Tränen kamen von ganz allein, erschütterten ihren Körper und machten das Luftholen schwer. In den ersten Sekunden stemmte sie sich noch dagegen, dann ließ sie ihrer emotionalen Erschöpfung freien Lauf. Zu diesem toten Jungen hatte sie keinen Bezug, doch ihr Verleger war im Laufe der Zeit zu einem Freund geworden. Noch dazu zu einem, den sie in Kürze wieder brauchen würde. Maria jammerte mal laut, mal still. Und immer wenn ihr ihre Hilflosigkeit bewusst wurde, steigerte sich alles.

Minuten verstrichen, und als würde der Winter ihren Schmerz spüren, tobten auch draußen dicke Schneeflocken um das Haus.

Marias Zusammenbruch dauerte fast eine halbe Stunde an, erst dann stand sie auf, rauchte wie betäubt eine Zigarette und trank noch einen Schluck Wein, der ihr zum ersten Mal seit Langem nicht mehr schmeckte.

Die Polizei, ihre Familie oder Dietmar, wen sollte sie zuerst anrufen?

15

»Schaut mal da. Unser Kollege scheint tatsächlich einmal zu arbeiten«, verkündete Ruben und deutete nach draußen.

Mike war gerade mehr um die letzte Kehre gerutscht als gefahren, rollte bis zum Ende des Feldwegs und traf auf Höhe des Dorfweihers auf die Straße, die nach Lohberg hineinführte. An der Eisfläche standen nun zwei weiße VW-Busse ohne Aufschrift. Schober war zwischen den anderen Kollegen der KTU gut zu erkennen, da er in dem dünnen Schutzanzug, den er über die dicke Winterjacke gezogen hatte, wie ein Sumoringer aussah.

Mike bog in die Richtung ab und lenkte den Wagen nach fünfzig Metern auf eine kleine geräumte Freifläche neben der Fahrbahn, wo sie ausstiegen und die Straße überquerten.

»Wie konnte ich nur behaupten, dass Schober arbeitet«, brummte Ruben, als sie näher kamen. Dieser hatte zwar tatsächlich eine große Styroporbox vor sich stehen, allerdings wurden darin keine Beweisstücke verwahrt. Ihr Kollege stand mit dem Rücken zu ihnen, öffnete gerade den Deckel der Box und entließ damit eine große Dampfwolke in die eiskalte Luft. Zeitgleich rief er über den Weiher: »Frühstückspause. Alle herkommen, sonst wird das Zeug kalt.«

Mike blieb hinter dem Kollegen stehen, fragte mit verstellter Stimme: »Haben Sie auch Freibier?«, und setzte, als Schober sich umdrehte, ein breites Grinsen auf. Die beiden Männer hatten sich bei ihrem ersten gemeinsamen Fall in Nürnberg auf Anhieb gemocht und lange nicht mehr gesehen. Schober brauchte einen Moment, ergriff Mikes Hand und klopfte ihm zeitgleich mit der anderen Hand auf den Oberarm. Dabei stellte er ehrlich erfreut fest: »Mensch, Köstner, schön, dich zu sehen. Wie hast du Ruben denn dazu gebracht, dass er dich mitermitteln lässt?«

»Der wusste nichts davon«, erklärte Ruben sachlich von der Seite.

»Ach ja, eben, du warst ja krank. Wolltest du nicht erst am Mittwoch anfangen?«

»Wollte er«, erklärte Mike an Rubens Stelle. »Aber dieser Mord war einfach zu verlockend für unseren Kollegen.«

»Vielleicht war es auch die Sorge, dass hier nicht ordentlich ermittelt wird«, entgegnete Ruben, deutete auf die Box und fügte hinzu: »Und so, wie es scheint, liege ich da gar nicht so falsch.«

»Moment.« Schober sah demonstrativ auf seine Armbanduhr und erklärte: »Es ist schon kurz nach zehn, unsere Frühstückspause ist folglich längst überfällig.«

»Apropos.« Mike konnte dem Duft der Leberkäsesemmeln nicht widerstehen. »Habt ihr vielleicht eins übrig? Unser Frühstück musste heute leider ausfallen, weil sich eine durchgeknallte Autorin einsam fühlte.«

Schober senkte den Blick, brummte: »Hm«, nahm eines der in Alufolie gehüllten Brötchen heraus und gab es Mike mit den Worten: »Dann werden mir wohl zwei davon genügen müssen.«

Ruben verkniff sich jeden Kommentar zu Weizenmehl mit Fettauflage und fragte: »Wie sieht es aus, gibt es schon neue Erkenntnisse oder Spuren?«

»Dies und das, aber noch nichts, was wir ohne weitere Überprüfung verifizieren können.« Schober packte eines der Brötchen aus und biss herzhaft hinein.

»Und was ist dies und das?«, beharrte Ruben, bat aber: »Bitte schluck erst diesen phosphathaltigen Fleischbrei hinunter, bevor du antwortest. Schon der Geruch ist so gar nicht meine Sache.«

Schober verdrehte die Augen, kaute tatsächlich zu Ende und wickelte die Folie um den Rest seines Brötchens. »Dies und das heißt, dass das Loch, durch das man den Jungen versenkte, mit einer Axt in das Eis geschlagen wurde. Klingenbreite ungefähr fünfundzwanzig Zentimeter. Wir haben auch Metallspäne gefunden, können die genaue Bestimmung aber erst im Labor durchführen. Dann haben wir noch einiges Humanmaterial gefunden, aber du weißt ja, wie lange eine DNA-Analyse dauert. Außerdem müssten wir das mit den Leuten abgleichen, die an dem Abend auf dem Eis waren. Zudem gibt es dort hinten unter der Trauerweide eine Fußspur, die eventuell vielversprechend ist.« Schober sah Ruben wie ein Schüler an, der selbst daran glaubt, seine Aufgabe gut gemacht zu haben. Dann fragte er: »Kann ich jetzt weiteressen? So ein Leberkäse mag keine Minustemperaturen.«

»Gleich«, beharrte Ruben. »Warum ist diese Fußspur vielversprechend? Ich meine, hier sind doch sicher Hunderte.«

»Weil sie über einer Schleifspur verläuft«, erklärte Schober, ließ sich aber nicht länger zurückhalten und entfaltete die Alufolie.

Inzwischen hatten sich auch die drei anderen Kriminaltechniker und der Taucher bei der Box eingefunden. Ruben sah irritiert zu, wie jeder von ihnen beherzt zugriff, wandte sich an den Taucher und fragte: »Sind Sie sicher, dass Sie danach noch ins Wasser können?«

Der Mann sah sein Brötchen an, das mit einer dicken Scheibe gegrilltem Bauchfleisch belegt war, biss ab und erklärte mit vollem Mund: »A wenig Fett hat noch nie geschadet.«

Ruben schüttelte den Kopf, drehte sich zu Mike, der sich gerade die letzten Krümel vom Mund wischte, und beschloss: »Wir sollten langsam los.« Dann bat er Schober, ihm die Ergebnisse der Untersuchungen zeitnah per Mail zu schicken, und ging zurück zum Wagen. Eva wartete, bis er ein Stück weg war, bevor sie Schober leise fragte: »Ist da auch noch eins für mich drin? Das riecht wirklich gut.«

Mike fuhr gerade auf das Gelände der Arberlandklinik, als Evas Handy ein kurzes Trommelsolo abspielte. Da das Gerät ziemlich laut eingestellt war und sich der Trommelwirbel nun schon zum dritten Mal wiederholte, stammelte sie verlegen: »Sorry«, hob ab und sagte: »Frau Burkhard, was kann ich für Sie tun?«

Eva hörte kurz zu, bat: »Einen Moment bitte«, zog ihren Notizblock aus der Innentasche ihrer Jacke und forderte: »So, jetzt.« Anschließend notierte sie sich etwas und versprach: »Ja, sicher kümmern wir uns darum. Bitte bleiben Sie zu Hause, bis wir mehr wissen. Ich rufe Sie dann zurück.«

Mike war inzwischen einmal über den Besucherparkplatz des Klinikums gefahren und parkte den Wagen schließlich auf einem Platz mit dem Schild »Chefarzt«. Dann drehten sich er und Ruben gleichzeitig zu Eva, die auf der Rückbank saß, und beide fragten, ebenfalls gleichzeitig: »Was wollte sie schon wieder?«

Eva musste erst nach den richtigen Worten suchen, bis sie erklärte: »Dieses Mal behauptet sie, dass sie vorhin einen Anruf aus dem Büro ihres Verlegers bekommen hat. Allerdings war nicht ihr Verleger am Telefon, sondern der Mann, der sie gestern Abend angeblich überfallen hat. Er soll ihr mit verzerrter Stimme gedroht haben und behauptete darüber hinaus, dass er ihren Verleger, einen gewissen Dietmar Petersen, durch einen Autounfall aus dem Verkehr gezogen habe. Sie hat schon versucht, Herrn Petersen zu erreichen, aber im Büro geht niemand mehr ran und sein Handy ist ebenfalls nicht aktiv.«

Ruben dachte kurz darüber nach. »Ich befürchte, das müssen wir ernst nehmen. Wie viele Informationen hast du über den Mann?«

»Genügend.«

»Gut, dann finde heraus, ob er Familie hat, vielleicht wissen die mehr. Wo wohnt und arbeitet er?«

»München.«

»Alles klar«, bestätigte Ruben. »Gib mir die Adresse seines Büros. Ich lasse eine Streife hinschicken.«

Während Eva und Ruben beschäftigt waren, nutzte Mike die Zeit für eine Zigarette. Nach circa zehn Minuten stiegen auch seine Kollegen aus dem Wagen und Ruben erzählte: »War wieder nur ein Hirngespinst. Ich habe wirklich viel von dieser Frau gehalten, aber der Umstand, dass sie offenbar ein paar psychische Probleme hat, erklärt, warum ihre Bücher immer schlechter werden.«

»Was ist passiert?«, fragte Mike und Eva erklärte: »Dem Mann geht es prima. Er hatte sein Handy einfach nur abgestellt, weil er wie an jedem Dienstag im Hallenbad zum Schwimmen war. Jetzt ist er wieder ganz normal erreichbar.«

»Und die Streife, die gerade in der Nähe seines Büros war, hat keinerlei Einbruchsspuren feststellen können«, vervollständigte Ruben den kurzen Bericht.

»Außerdem berichtete er, dass Frau Burkhard schon länger eine, wie er es nannte, schwierige Phase hat«, fügte Eva noch hinzu.

»Na dann«, beschloss Ruben und deutete zum Klinikum: »Lasst uns einen echten Zeugen treffen. Der wird zwar nicht mehr mit uns reden, kann uns aber auch keine Lügen auftischen.«

Mike und Eva wechselten einen kurzen Blick und folgten ihrem Kollegen zum Haupteingang der Klinik. Kurz vor der Tür klingelte Mikes Handy. Er entschuldigte sich, ging einige Schritte zur Seite und nahm das Gespräch entgegen.

Nach dem Anruf suchte er seine Kollegen, die bereits hineingegangen waren und gerade mit einer Krankenschwester sprachen. Er beschloss, sich das eben Gehörte zu merken, und folgte den dreien.

16

»Warum immer im Keller?«, flüsterte Eva. Sie folgten der Krankenschwester einen trostlosen Flur im Untergeschoss der Klinik entlang. Ruben, der die Frage an Mike ebenfalls hörte, antwortete gewohnt sensibel: »Weil unsere Kultur ein Problem mit ihren Toten hat. Andere feiern das Leben durch den Tod und wir versuchen, den Tod zu verdrängen.«

Die Krankenschwester warf einen kurzen Blick über die Schulter, blieb schließlich vor einer Tür stehen, klopfte an und öffnete diese, ohne eine Reaktion abzuwarten. Sie streckte aber nur den Kopf hinein und sagte: »Herr Doktor Schönblick. Bitte entschuldigen Sie die Störung, aber hier sind drei Beamte, die mit Ihnen sprechen wollen.«

»Herein mit ihnen«, lautete die fröhliche Antwort. Die Schwester nickte ihnen noch einmal zu und ging zurück.

Während Mike und Eva ihrem Kollegen ins Zimmer folgten, erhob sich der noch ziemlich junge Arzt von seinem Schreibtisch, auf dem nur ein Laptop und ein kleiner Fotorahmen standen.

Er umrundete das Möbelstück, blieb vor Ruben stehen und erklärte: »Bitte verstehen Sie mich nicht falsch, aber ich halte nicht viel von dem Ritual des Händeschüttelns. Ich bin Doktor

Schönblick, der Pathologe und Rechtsmediziner an dieser schönen Klinik.«

»Achtzig Prozent«, lautete Rubens Antwort.

Doktor Schönblicks fröhlicher Gesichtsausdruck wich einem Stirnrunzeln: »Bitte?«

»Achtzig Prozent aller ansteckenden Krankheiten werden durch das Händeschütteln übertragen. Daher verzichte auch ich auf dieses Ritual«, erklärte Ruben und deutete auf sich und seine Kollegen. »Ich bin Kriminalhauptkommissar Hattinger und das sind Frau Lange und Herr Köstner. Wir ermitteln in der Mordsache Hans Huber.«

»Ah«, erwiderte der Arzt. »Ich habe mich schon gewundert, dass noch niemand hier war. Normalerweise will die Kriminalpolizei das Opfer wenigstens noch einmal sehen.«

Ruben deutete ein wissendes Nicken an. »Das stimmt, aber in der Polizeidienststelle Bad Kötzting hat man offenbar zu viele Hände geschüttelt. Ergo sind dort viele krank, was wiederum zur Folge hat, dass man uns von der Bundespolizei angefordert hat, um den Fall zu lösen.«

Doktor Schönblick rieb sich ein wenig unsicher mit dem Finger an der Nase, beharrte aber auf dem Protokoll und bat: »Könnte ich Ihre Ausweise sehen?«

»Ich wäre enttäuscht, wenn Sie das nicht fordern würden«, antwortete Ruben und streckte ihm seinen entgegen. Dann sah er sich in dem fast leeren Raum um und erklärte: »Tolles Büro! Ich mag es, wenn mich nichts vom Wesentlichen ablenkt.«

»Da haben sich zwei gefunden«, flüsterte Mike Eva ins Ohr, während sie wieder dem Flur folgten, dieses Mal zu den Obduktionsräumen.

»Best friends forever«, gab Eva ebenso leise zurück, wurde aber ernst, als der Arzt auf einen Knopf neben einer schweren Stahltür drückte und damit sein Reich öffnete. Natürlich kannte sie die sterile Kälte dieser Untersuchungsräume, doch daran gewöhnen konnte sie sich, anders als Ruben, nicht. Dieser trat, ohne zu zögern, ein, warf einen Blick auf die vier leeren Stahltische und sagte ungerührt: »Wenig los hier.«

»Spricht doch für die Ärzte hier in unserem Haus«, erwiderte Doktor Schönblick. Dann trat er vor das Fach mit der Nummer sieben, öffnete die kleine Stahltür und zog den Schlitten mit der Leiche heraus. Anschließend schob er ein Fahrgestell darunter, löste einige Verriegelungen und schob den Tisch bis zu einem der fest installierten Untersuchungstische. Dort wandte er sich an Mike und bat: »Könnten Sie mit anfassen? Meine Leute befinden sich gerade in der Mittagspause. Dort drüben ist ein Behälter mit Handschuhen.«

»Na klar«, gab sich Mike gelassen, streifte die Handschuhe über, umgriff die dünnen, kalten Fußknöchel des Jungen mitsamt dem Tuch, das ihn bedeckte, und hob ihn gemeinsam mit dem Arzt auf den großen Tisch.

Bis dahin fühlte sich Mike noch ganz gut, doch als Doktor Schönblick das Tuch herunternahm, kippte etwas in ihm und das Bild seines schon vor langer Zeit verstorbenen Sohnes blitzte auf. War derjenige, der für diesen toten Jungen verantwortlich war, genauso gestört wie der Irre, der ihm damals seine ganze Familie genommen hatte?

Ruben hatte zwar kein Problem mit dem Tod, das machte ihn aber nicht zu einem gänzlich unsensiblen Menschen. Davon abgesehen, dass er selbst eine Tochter hatte, kannte er auch Mikes Geschichte. Daher trat er neben ihn und sagte: »Geh eine rauchen, wenn es nicht geht.«

Mike drehte sich tatsächlich weg, atmete aber nur einige Mal durch und beschloss nach einigen Augenblicken: »Alles klar, Herr Doktor. Von mir aus kann es losgehen.«

Doktor Schönblick trat an den Tisch, deutete auf die zahlreichen oberflächlichen Wunden und erklärte: »Das sieht auf den ersten Blick alles ziemlich schlimm aus, war es aber nicht. Keiner dieser Kratzer und kleineren Platzwunden hätten zum Tod geführt. Und auch im Inneren des Jungen fanden wir keine kritischen Verletzungen. Er wurde weder geschlagen noch sexuell missbraucht. Die Todesursache war ganz eindeutig Ertrinken.«

»War er bei Bewusstsein?« Evas Stimme war so leise, dass man sie kaum verstand. »Kann man das überhaupt herausfinden?«

»Es gibt bei ihm tatsächlich Anzeichen dafür.«

»Und welche wären das?«, fragte Ruben mehr neugierig als betroffen.

Doktor Schönblick musterte Ruben ein wenig zu lange, nahm die rechte Hand des Jungen und deutete auf dessen Fingernägel. »Daran. Wir wissen in der Rechtsmedizin inzwischen viel darüber, wie sich Fingernägel beim Kratzen über verschiedene Materialien abnutzen. Bei Beton entstehen relativ viele tiefe Kerben, bei Holz schieben sich fast immer winzige Splitter unter das Nagelbett und bei Eis wird alles schön glatt. Und ich müsste mich schon sehr irren, wenn dieser arme Junge nicht noch eine Zeit lang über Eis gekratzt hätte.«

»Ist diese Beweislage nicht ein wenig dünn?«, hakte Mike ein.

»Wenn es nur die Fingernägel wären, ja«, stimmte der Arzt zu. »Allerdings hat der Junge, wie alle Ertrunkenen, Wasser in der Lunge. Und der Umstand, wie tief das Wasser in die Lunge eingedrungen ist, sagt ebenfalls viel darüber aus, in welchem Zustand der Mensch in diesem Moment war. Ein Ohnmächtiger atmet ziemlich flach und erst, wenn das Hirn Alarm schlägt, noch einmal tief. Dieser letzte kräftige Atemzug genügt aber nicht, um die ganze Lunge zu fluten. Bei diesem Jungen war aber so viel Wasser in der Lunge, dass er mit Sicherheit aktiv und bei vollem Bewusstsein gewesen ist. Wahrscheinlich hat er in dem Augenblick des Eintauchens sogar geschrien oder es zumindest versucht.«

»Mein Gott«, flüsterte Eva und musste sich eine Träne aus dem Augenwinkel wischen. Auch Mike schluckte hörbar. Nur Ruben schien die Informationen einfach aufzunehmen und emotional nicht weiter zu bewerten. Er sagte einfach: »Gut. Was haben wir noch?«

»Ziemlich viel.« Doktor Schönblick machte eine ausladende Geste über den Leichnam und klang fast schon ein wenig stolz, als er sagte: »Die vielen Wunden, vor allem die an den Fußsohlen des Jungen, erzählen eine Geschichte.« Er machte eine kurze Pause und erklärte, als niemand nachfragte: »Hans dürfte durch einen Wald gejagt worden sein. Wir fanden in den Wunden an seinem Oberkörper Rückstände von einigen heimischen Bäumen, weiter unten an den Beinen von Büschen wie der Heidelbeere, und an den Fußsohlen so ziemlich alles, was im Wald vorkommt. Zudem kann ich ebenfalls mit ziemlicher Sicherheit sagen, dass diese Jagd während der jetzigen Witterung geschah. Zum einen haben wir leichte Erfrierungen an den Zehen feststellen können und zum anderen wirken einige Schnitte an den Füßen wie ausgewaschen. Und zwar nicht, wie es unter Wasser passiert, sondern eher, aber das ist nur eine Vermutung, wie es passiert, wenn man über Schnee läuft und sich dieser tief in die Wunde drückt.«

»Geografie?«, fragte Ruben. »Können Sie die Gegend, in der das geschah, genauer bestimmen?«

»Gut, dass Sie fragen«, erwiderte der Arzt. »Wir konnten tatsächlich eine Moosart finden, die meines Wissens nicht so oft vorkommt. Allerdings bin ich kein Botaniker. Die genaue Bezeichnung finden Sie im Bericht. Wo oder unter welchen Umständen dieses Moos genau wächst, müssten Sie einen Fachmann fragen.«

»Fremd-DNA?«, erkundigte sich Mike, nachdem Schweigen eingetreten war.

»Nein, leider nichts«, lautete die schlichte Antwort.

Ruben schloss kurz die Augen, blickte dann eine Weile auf den Jungen herab und fragte: »Also keine Schläge, Tritte oder sonstige Gewalt gegen den Jungen?«

»Ach, fast vergessen.« Doktor Schönblick deutete auf die Handgelenke und einige andere Stellen. »Nein, keine Spuren von aggressiver Gewalteinwirkung, aber Fesselungsspuren, die ziemlich professionell wirken. Der Junge war mit Sicherheit phasenweise völlig bewegungsunfähig.«

Wieder verfiel Ruben in Schweigen, bis der Arzt schließlich fragte: »Kann ich noch etwas für Sie tun?«

Mike sah dem toten Jungen ein letztes Mal ins Gesicht, schüttelte den Kopf: »Ich habe im Moment keine weiteren Fragen.«

»Ich auch nicht«, bestätigte Eva und sah zu Ruben, der in sich zurückgezogen wirkte. Erst als sie laut »Ruben?« sagte, löste er sich aus seiner Starre und fragte verwirrt: »Was?«

»Hast du noch Fragen oder sind wir hier erst einmal fertig?«

Er dachte kurz darüber nach, sagte: »Nein«, und wandte sich wortlos ab.

Doktor Schönblick sah ihm stirnrunzelnd hinterher, was Eva zu der Erklärung nötigte: »Nehmen Sie es nicht persönlich. Er hat so seine Phasen. Und im Moment ist er mit seinen Gedanken beschäftigt. Aber vielen Dank für Ihre Zeit!«

»Kein Problem«, erwiderte der Arzt und fügte noch hinzu: »An der Tür einfach auf den dicken Knopf drücken.« Mike verabschiedete sich ebenfalls, dann folgten alle drei dem Flur zurück in Richtung Treppenhaus, wobei Ruben nach wie vor völlig abwesend wirkte.

17

»Lässt du uns an deinen Gedanken teilhaben oder verfällst du wieder in alte Muster?« Eva hatte Mühe, nicht noch schärfer zu klingen. Sie mochte ihren Kollegen, doch diese Einzelkämpfermentalität hatte sie von Anfang an genervt.

Sie traten gemeinsam durch die große Glastür aus der Klinik, wo Mike sich die lange ersehnte Zigarette anzündete.

»Hast du auch eine für mich?«, bat Eva, nahm eine entgegen und zündete sie an. Danach drehte sie sich erneut zu Ruben und fragte provokant: »Also?«

Er blieb stehen, legte den rechten Zeigefinger an seine Lippen und schüttelte den Kopf. Es dauerte einige Augenblicke, bis er endlich sagte: »Wir haben einen Fehler gemacht. Sie ist nicht verrückt oder verwirrt.«

»Wer?«, fragte Mike und stieß dabei gleichzeitig den Rauch aus.

»Na, Frau Burkhard natürlich. Sie hat uns Täterwissen erzählt. Erinnert ihr euch nicht? Sie sagte, dass ihre Erinnerungen zwar nur verschwommen sind, aber der Film, den ihr dieser Eindringling zeigte, von der Flucht des Jungen handelte.«

»Stimmt«, gab Eva zu. »Aber leider stimmte alles andere nicht. In ihrem Haus gab es keine Spuren für einen Einbruch.

Diese angeblichen Eisflächen, auf denen der Wagen dieses … dieses …«

»Udo«, half ihr Mike.

»Genau. Also, diese Eisflächen, auf denen das Auto von diesem Udo gestanden haben soll, gab es nicht. Und diesen Film konnte sie uns auch nicht zeigen, obwohl sie sagte, dass er über ihr Handy gestreamt wurde.«

»Hinzu kommen eure Recherchen von vorhin, als es um diesen Drohanruf ging, der angeblich vom Anschluss ihres Agenten aus geführt wurde«, fügte Mike hinzu und gab weiter zu bedenken: »Außerdem schreibt die Frau Krimis und hat den toten Hans unter dem Eis gesehen. Ist doch gut möglich, dass sie sich diese Flucht einfach nur zusammenreimt.«

Ruben sah von einem zum anderen und erwiderte nur: »Offen für alles bleiben ist das Wichtigste in unserem Job!«

Mike drückte seine Kippe in einen der vollen Aschenbecher, sagte nichts mehr zu dem Thema, aber: »Was mir allerdings komisch vorkommt, ist der Aufwand, den der Täter betrieben hat.«

»Was meinst du?«, fragte Ruben.

»Na, die Sache mit dem Weiher. Dort ist ja weit und breit kein Wald in der Nähe. Auf der einen Seite ist das Dorf und in alle anderen Richtungen schließen sich Felder oder Wiesen an. Folglich hat sich der Täter unnötig der Gefahr ausgesetzt, entdeckt zu werden, und musste den Jungen zudem erst dorthin bringen. Ich meine, hätte dieser Weiher am Ende dieser möglichen Jagd gestanden, könnte ich mir das Szenario vorstellen. Aber so? Also nur mal fiktiv: Der Täter musste Hans irgendwo treffen oder entführen. Ihn dann in einen Wald bringen, der groß genug und verlassen genug ist, um nicht entdeckt zu werden. Dort jagt er ihn eine Weile, bis der Junge nicht mehr kann, und bringt ihn anschließend zu diesem Weiher nach Lohberg.«

Eva und Ruben dachten kurz über das Gehörte nach, bis Eva einwarf: »Und wenn es zwei Täter waren? Einer im Wald, dann kämpft sich der Junge zurück in sein Dorf und läuft dann dem nächsten in die Hände?« Eva schüttelte selbst den Kopf. »Nein, das ist Quatsch, vergesst es.«

»Eine Sache haben wir noch außer Acht gelassen«, warf Mike ein und fügte hinzu: »Das ist aber nicht eure Schuld. Ich habe es erst vorhin erfahren. Einer von Tiefenbachs Leuten hat mich angerufen. Er hat sich mit dem Jungen unterhalten, bei dem Hans übernachten wollte. Und dieser sagte aus, dass Hans ihm kurzfristig abgesagt hat, da er von einem Talentsucher zum Probeschießen in die dortige Biathlon-Schießanlage eingeladen wurde. Tiefenbachs Mann versucht jetzt, in Erfahrung zu bringen, ob der Junge wirklich dort war. Aber ich glaube, das wird in eine Sackgasse führen.«

»Immer offen für alles bleiben«, erwiderte Ruben ohne Wertung in der Stimme und beschloss: »Wir brauchen eine Wand, an der wir all unsere Gedanken sichtbar machen können.«

»Ja, ergibt Sinn«, stimmte Mike zu. »Und wo? Lassen wir uns in der Dienststelle in Bad Kötzting einen Raum geben?«

»Ungern«, entgegnete Ruben. »Ich habe das Gefühl, dass wir in Lohberg schon ganz richtig sind. Vielleicht hat ja unser Wirt noch ein weiteres Zimmer frei, in dem wir uns ausbreiten können.«

»Wie verfahren wir weiter?«, fragte Mike kurz vor dem Ortsschild des kleinen Dorfes Lam.

Wie so oft wirkte Ruben desorientiert, da er in Gedanken gerade bei dem Fall war. Er blickte hinaus, deutete auf ein Schild, das einen Supermarkt anpries, und sagte: »Da müssen wir hin. Ich brauche noch Papier, Stifte und Klebeband.«

»Und ich ein paar Bier«, fügte Mike im Geiste hinzu. Er steuerte den Wagen in die Einfahrt und hielt direkt neben dem Häuschen mit den Einkaufswagen.

Ruben, der direkt zum Eingang gegangen war, stoppte, drehte sich um und fragte: »Wozu ist der Einkaufswagen?«

Mike schob den Wagen bis zu seinem Kollegen und erklärte: »Mag ja sein, dass du von Luft und Liebe leben kannst. Aber Eva und ich benötigen mehr als das. Und da wir hier nicht einmal zum Frühstücken kommen, sollten wir uns ein paar Vorräte zulegen.«

Ruben nahm das Gehörte mit den Worten »Ob die auch guten grünen Tee haben?« zur Kenntnis und ging weiter.

Eva blieb an Mikes Seite und sagte irgendwo zwischen der Gemüseabteilung und dem Brotregal: »Ist ja fast wie ein Familieneinkauf.«

Mike begann zu kichern, sah dabei zu, wie Ruben eine Packung Dinkelkekse prüfend begutachtete, und erwiderte: »Dann haben wir bei unserem Kind aber etwas falsch gemacht.«

Evas lautes Lachen brachte ihr einen strafenden Blick von Ruben ein. Dann wandte sich dieser an einen Verkäufer und fragte, wo er denn die Schreibwaren finden würde.

Einige Minuten später, Eva und Mike waren gerade in der Getränkeabteilung, kam er zurück und wedelte schon von Weitem mit einem Stapel Packpapierbögen, die deutlich größer als normales Druckerpapier waren.

»Sieht lecker aus«, stellte Mike ironisch fest.

Ruben warf einen Blick in den Wagen, in dem sich neben einigen Wurstkonserven und Käsepackungen auch reichlich Bier und eine Flasche Wein befanden. Er sah seine Kollegen strafend an und fragte: »Was habt ihr vor?«

»Leben«, lautete Mikes knappe Antwort und Eva fügte ein wenig ernster hinzu: »In diesem Lohberg gibt es nichts außer der Wirtschaft, in der wir schlafen. Und da wir nicht wissen, wie lange die Ermittlungen dauern, würden wir nur ungern auf einen schönen Feierabend verzichten.«

»Und dazu braucht ihr so viel Alkohol?«, empörte sich Ruben.

Mike lehnte sich auf den Griff des Einkaufswagens, sah seinen Kollegen an und ließ die folgende Ansprache lockerer klingen, als sie gemeint war, als er sagte: »Meinst du nicht, wir sind alt genug, um zu machen, was wir wollen? Dass dein Humor auf einer anderen Ebene stattfindet, ist in Ordnung. Aber Schober, Eva und ich sind nicht wie du. Und jetzt lege deinen Schreibkram da rein, such dir auch ein paar Getränke aus und komm mit zur Kasse. Ich spendiere dir auch ein Päckchen Tee.«

Die Stimmung im Wagen war nach dem Einkauf so frostig wie das Wetter draußen.

Fünf Minuten später parkte Mike den Wagen so nahe wie möglich an der Pension und stieg aus. Beim Öffnen der Kofferraumklappe fiel ihm ein Mann auf, der drüben auf den Parkplätzen unweit der Bushaltestelle neben seinem Wagen stand und rauchte. Mike hielt inne, sah sich um und entdeckte einen weiteren Mann, der mit einem Becher in der Hand neben dem kleinen Bäckerladen auf einer Parkbank saß und ebendiesen Mann am Auto beobachtete. Dann tauchte der Bus zwischen den Häusern auf, hielt an und der Marktplatz füllte sich mit Leben.

18

Udo gefiel nicht, was gerade in seinem Dorf passierte. Die Leute waren auf eine Art aufmerksam, die ihm unangenehm war.

Dieses Mal war er besser vorbereitet und hatte eine Styroporplatte zwischen sich und die schneebedeckte Bank gelegt. So saß er heute schon eine halbe Stunde, bevor der Bus kommen würde, da und beobachtete das Geschehen auf dem Platz.

Lange Zeit passierte nichts, außer dass ab und zu ein Auto vorbeifuhr. Erst als er den letzten Schluck des inzwischen kalten Kaffees trank, kam ein Wagen, der langsamer wurde. Dieser steuerte auf einen der wenigen Parkplätze zu und Udo erkannte ihn sofort wieder. Und als derselbe Mann wie gestern ausstieg, war er sich endgültig sicher. Wieder zündete sich der Kerl eine Zigarette an und stand einfach nur da. Wieder kreuzten sich ihre Blicke. Udo sah in eine andere Richtung und tat so, als würde ihn der Mann überhaupt nicht interessieren.

Der Bus traf heute pünktlich ein. Er hielt mit einem leisen Quietschen, öffnete seine Türen und entließ seine Fahrgäste. Wieder stiegen die zwei Jungs und das Mädchen als Gruppe aus. Dahinter erschien auch das schlaksige Mädchen in der Tür. Obwohl sie im gleichen Alter war, schien sie mit den anderen nichts zu tun zu haben. Die Dreiergruppe entfernte sich laut herumalbernd, das Mädchen setzte einen großen Kopfhörer auf und ging allein.

Durch die zweite Tür verließen die alte Frau Mooshuber und eine junge Frau, die Udo nur vom Sehen kannte, den Bus. Während die Mooshuber langsam und etwas gebeugt über den Platz lief, wandte sich die junge Frau in die gleiche Richtung und eilte davon.

Dass sich der Typ inzwischen etwas von seinem Wagen entfernt hatte, fiel Udo erst auf, als das Mädchen stehen blieb, den Kopfhörer nach hinten schob und seine Richtung änderte. Der Mann hatte die Straße überquert und rief ihr zu: »Hey du. Kannst du bitte mal zu mir kommen?« Udo, der es auch hörte, empfand seine Stimme als äußerst unangenehm.

Das Mädchen zögerte zwar, machte aber tatsächlich einige Schritte auf den Mann zu. Der ging in die Hocke und sprach auf die Kleine ein. Udo hörte nur etwas von »… deine Mutter …«, »… nicht erreichen …« und »… Arbeitskollege …«. Was das Mädchen darauf antwortete, verstand er nicht.

Nach dem kurzen Gespräch drehte sie sich um und setzte ihren Nachhauseweg fort.

Udo war nicht der Typ, der einem Mann entgegentrat und ihn zur Rede stellte. Also stand er auf und versuchte, an der Kleinen dranzubleiben, ohne sich auffällig zu beeilen. Das einzige Problem dabei war, dass zwischen ihm und der Gasse, in die das Mädchen gelaufen war, noch immer dieser Typ stand. Und der war deutlich weniger zurückhaltend als er selbst und fragte, als Udo auf seiner Höhe war, laut und provokant: »Kann es sein, dass du mich beobachtest?«

Udo verlangsamte seinen Schritt, deutete ein Kopfschütteln an und spürte selbst, wie unsicher seine Stimme klang, als er nur ein jämmerliches »Nein« herausbrachte.

Der Typ war ganz gut gebaut, aber auch nicht größer als er selbst. Allerdings war da etwas Aggressives in seinen

Gesichtszügen, das Udo abschreckte. Und als er auch noch zwei energisch wirkende Schritte auf Udo zumachte, fiel dessen Mut endgültig in sich zusammen.

Udo spürte förmlich den Blick auf seiner Haut, als der andere ihn von oben bis unten musterte. Dann sagte sein Gegenüber: »Kümmer dich gefälligst um deinen Scheiß. Wenn ich dich noch einmal dabei erwische, wie du mich beobachtest, dann setzt es was. Verstanden?«

Udo nickte schüchtern, woraufhin sich der Mann einfach umdrehte und zurück zu seinem Wagen ging. Das schlaksige Mädchen war inzwischen natürlich längst nicht mehr zu sehen.

»Da isch er ja, der Uddoo.«

Udo drehte sich um und sah sich dem offenbar völlig betrunkenen Georg Huber gegenüber. Der legte ihm seine Pranke auf die Schulter, blies ihm eine üble Schnapsfahne ins Gesicht und lallte: »Haast du nix gsehen? Du schleischt doch immer im Dorf rum. Haascht du meinen Bub nischt gesehen?«

Udo versuchte, sich dem Griff zu entwinden, hielt aus Erfahrung den Blick lieber auf den Boden gesenkt und erwiderte: »Nein, Georg, ich hab den Hans vor seinem ... also bevor er ...«

»Tot«, brüllte Georg über den Platz. »Tot. Hansch ist tot.«

»Ja«, sagte Udo leise. »Also nein. Ich habe ihn vor seinem Tod lange nicht mehr gesehen.«

»Und die Alte oben aufem Beerch. Hat die ihn gsehen?« Georg stieß einen Hicks aus und fügte hinzu: »Duu bischt doch dauernd bei der Maria, waas die nix?«

»Gibt es Probleme?«

Udo fühlte sich immer unwohler in seiner Haut. Der Mann, der jetzt unbemerkt an sie herangetreten war, war gestern Abend mit einer eigentlich ganz hübschen Frau ins Dorf gekommen, deren linke Wange allerdings ziemlich vernarbt war. Doch was Udo von seinem Fenster aus nicht gesehen hatte, war, dass diesen Mann ebenfalls eine Narbe verunstaltete. Da die beiden den ganzen Abend in einem Zimmer zusammengesessen hatten, hatte er sie für Urlauber gehalten, wurde nun aber eines Besseren belehrt.

Der ältere Kerl sagte erst an Georg gewandt: »Sie können den Mann jetzt wieder loslassen. Ich denke, er kann allein stehen«, dann zog er einen Dienstausweis heraus und erklärte: »Ich bin Kriminalhauptkommissar Köstner und würde gerne mit Ihnen beiden reden.«

Udo deutete ein Nicken an und antwortete auf die Frage, ob er Udo Keller sei, mit einem schlichten »Ja«.

Danach wandte sich der Polizist erneut Georg zu, der inzwischen losgelassen hatte und nun schwankend dastand, und fragte: »Schaffen Sie es allein nach Hause oder sollen wir Sie bringen? Wir kommen später sowieso bei Ihnen vorbei, um mehr über Ihren Sohn zu erfahren.«

Georg antwortete mit einem leisen Rülpser, sagte: »Geht scho«, und wankte davon.

Obwohl Udo den Huber nicht mochte, fühlte er sich plötzlich allein. Der Polizist sah Georg Huber mit zweifelnder Miene hinterher und fragte schließlich: »Haben Sie gerade etwas Zeit für eine kurze Unterhaltung? Frau Burkhard hat uns erzählt, dass Sie gestern bei ihr waren. Dazu hätten wir ein paar Fragen an Sie.«

Udo war erst einmal etwas erleichtert, dass es nicht darum ging, dass er hier Leute beobachtete. Er sah den Kommissar kurz an und erwiderte: »Ja, hab ich … also Zeit.«

»Gut«, gab sich der Mann freundlich und schlug vor: »Lassen Sie uns rüber ins Wirtshaus gehen. Hier holen wir uns noch den Tod.«

Bei dem Wort »Tod« zuckte Udo kurz zusammen und folgte ihm zum Gasthaus zum dicken Eber.

Sie traten ein, der Polizist sah sich kurz um und deutete zu einem Tisch in der hintersten Ecke, an dem die eigentlich hübsche Frau und ein weiterer Mann in einem altmodischen Strickpullover saßen. Dort bot er ihm einen freien Stuhl an und erklärte an die anderen beiden gewandt: »Das ist Herr Udo Keller. Er hatte ein kleines Problem mit Georg Huber.«

»Den haben wir gesehen«, bestätigte die Frau und fügte hinzu: »Er hatte heute offenbar genauso viel Durst wie gestern.« Danach sah sie ihn an und Udo erwischte sich dabei, wie er die großflächige Narbe anstarrte. Die Frau schien das nicht zu irritieren, sie deutete erst auf den anderen Mann und erklärte: »Das ist Kriminalhauptkommissar Hattinger und ich bin Kriminalhauptkommissarin Lange«, dann schenkte sie ihm ein Lächeln und sagte: »Wir untersuchen den Tod des kleinen Jungen. Wissen Sie darüber Bescheid?«

Udo schluckte den Kloß im Hals herunter und antwortete: »Ja, natürlich. Das ganze Dorf spricht darüber und ich war auch dabei, wie man den armen Hans gefunden hat.«

»Sehr schön«, erwiderte die Polizistin, sagte aber entgegen seiner Erwartung, dass es direkt um Hans gehen würde: »Wir würden gerne wissen, wie Sie zu Frau Burkhard stehen und wann Sie diese das letzte Mal gesehen haben.«

Udo wusste nicht, wohin mit seinen Händen, und steckte diese daher unter sein Gesäß, dann versuchte er, die Frage zu verstehen. Nachdem er einige Augenblicke nicht reagierte, schlug dieser Herr Hattinger vor: »Vielleicht beginnen wir damit, wann Sie Frau Burkhard das letzte Mal gesehen haben.«

»Gestern, am späten Nachmittag.« Auf konkrete Fragen einzugehen fiel ihm leichter.

»Wo?«

»Oben, in ihrem Haus.«

»In oder an ihrem Haus? Wo haben Sie Frau Burkhard das allerletzte Mal gesehen?«

Udo erinnerte sich. »Vor ihrem Haus. Sie musste anschieben, weil die Reifen meines Wagens durchdrehten.«

»Und warum drehten diese durch?«

Er zuckte mit den Schultern. »War halt glatt.«

»War Eis unter den Reifen?«

»Möglich. Es war schon dunkel, so genau konnte ich das nicht sehen.«

»In welchem Verhältnis stehen Sie zu Frau Burkhard?«

Udo ging das alles zu schnell, darum bat er um ein Glas Wasser. Der Polizist, der ihn mit hereingenommen hatte, holte ihm ein Glas vom Wirt, der immer wieder skeptisch herüberschaute. Dann fragte der mit dem Strickpulli erneut: »Also, was haben Sie mit dieser Frau zu tun?«

Udo nahm seinen Mut zusammen und fragte, anstatt zu antworten: »Warum wollen Sie das alles wissen? Hat Frau Burkhard etwas mit dem Hans zu tun?«

»Halten Sie das für möglich?«, reagierte der Polizist sofort mit einer Gegenfrage, was Udo nur noch unsicherer machte. Er schüttelte den Kopf. »Glaube nicht.«

»Gut. Dann sagen Sie uns doch einfach, was Sie mit Frau Burkhard zu tun haben.«

Udo dachte an das hübsche Gesicht der fast fünfundzwanzig Jahre älteren Frau, in die er sich ein wenig verguckt hatte. Und auch an ihre sanfte Art, wenn sie mit ihm sprach. Er wollte nicht, dass man Böses über Maria Sofi sagen konnte, und antwortete: »Ich, sie, ich erledige oft Einkäufe für sie. Maria Sofi, ich meine, Frau Burkhard geht nicht gerne aus dem Haus. Also mache ich das für sie. Und außerdem sieht sie mich nicht so an, wie die anderen mich hier oft ansehen. Sie redet sogar mit mir, also über alles, meine ich.«

Die Stimme des Polizisten blieb ohne Wertung, als er fragte: »Sie geht nicht gerne aus dem Haus? Hat sie Probleme oder gar Angst?«

Udo schüttelte den Kopf. »Ich möchte nicht mehr über sie reden. Sie ist gut.«

»Okay«, sagte nun die junge Frau beschwichtigend. »Nur eine letzte Frage noch. Wo waren Sie zwischen dem letzten Freitagabend und dem Samstagnachmittag?«

Udo konnte nichts anders, als eine Hand unter dem Hintern herauszuziehen und sich damit am Kopf zu kratzen. Er brauchte das zum Nachdenken. »Freitag ... Freitag ... Freitag ... ach ja, da war ich zu Hause und habe die Heute-Show angeschaut.«

»Politische Comedy?«, wunderte sich der Mann mit dem Strickpulli.

Udo nickte, obwohl er gar nicht wusste, was diese Bezeichnung bedeutete. »Ich mag das eigentlich nicht so, aber der Mann, der immer so einen ähnlichen Pullunder wie Sie anhat, ist echt lustig.«

Dass die Kommissarin nun lachte, entspannte ihn. Trotzdem fragte er: »Kann ich jetzt bitte gehen? Ich muss noch Geld von Frau Burkhard abholen. Sie wird bald wieder Einkäufe brauchen.«

Nachdem er versprochen hatte, dass er nirgendwohin verreisen würde, trat er aus dem Gasthaus und atmete durch. Er hatte noch nie etwas mit der Polizei zu tun gehabt und spürte erst jetzt, wie weich sich seine Knie anfühlten.

Trotzdem beschloss er, tatsächlich noch einmal hinaufzufahren und Maria Sofi vor dieser Fragerei zu warnen.

19

»Scheiße!«, fluchte Petra nach einem Blick auf ihre Armbanduhr. Der Bus war wieder einmal weg, weil ihr Chef kurz vor Feierabend gemeint hatte, dass sie ihre Kasse noch einmal zählen müsse.

Sie wusste nicht, was sie mehr hasste, diesen Job oder Herrn Karlson, den Chef des Supermarkts. Aber Jammern half nichts, Joe verdiente einfach nicht genug, damit sie das Haus finanzieren konnten. Daran änderten auch die vielen Überstunden nichts, die man ihrem Mann ständig aufbrummte.

Während sie sich umzog, warf sie einen Blick auf ihr Handy, das eine Nachricht von ihrer Tochter Mia und eine von Petras angeblicher Freundin »Bianca« anzeigte.

Mia fragte darin, wann sie endlich heimkam, und meinte, dass sie gerne noch Schlitten fahren gehen wollte. »Bianca« nur, ob es heute noch eine Chance für ein kurzes Treffen gab.

Petra dachte kurz nach, steckte den Kopf durch die Tür zum Aufenthaltsraum und fragte Stella, die ebenfalls gerade Schichtende hatte: »Kannst du mich noch einmal mitnehmen? Herr Karlson hat es wieder geschafft, dass ich meinen Bus verpasse, und meine Tochter wartet zu Hause auf mich.«

Stella schenkte ihr ein aufmunterndes Lächeln. »Klar, Süße, aber beeil dich. Ich habe nachher noch ein Date.«

»Schon wieder der Typ aus dem Internet?«

»Aus dem Internet schon, aber ein anderer«, antwortete Stella mit einem frechen Zwinkern.

»Du nun wieder.« Petra deutete in die Umkleide. »Ich beeil mich.«

Zurück an ihrem Spind antwortete sie auf die beiden SMS, warf sich die Jacke über und verschloss den schmalen Schrank.

»Darf ich allein gehen? Ich pass auch auf.«

Das Angebot ihrer Tochter war verlockend. Petra wollte eigentlich noch duschen und in knapp zwei Stunden würde es schon wieder dunkel werden.

»Bitte, Mama.«

Petra blickte aus dem Fenster, wo sich in einiger Entfernung die alte Trauerweide gegen den milchigen Himmel abzeichnete. Bisher hatte sie der Ausblick aus ihrem Neubau immer begeistert, nun haftete der Weide im wahrsten Sinne des Wortes etwas Trauriges an. Trotz der Verlockung, das Haus ganz für sich allein zu haben, durfte sie dem Wunsch ihrer Tochter nicht nachgeben. Sie sah ihre Kleine an, schüttelte den Kopf und beschloss: »Das geht im Moment nicht, mein Schätzchen. Nicht, solange man nicht weiß, was mit Hans passiert ist.«

»Aber ich bin doch kein Baby mehr und es ist voll peinlich, wenn Mami dabei ist«, protestierte Mia und die Art, wie die Elfjährige *Mami* sagte, gefiel ihr überhaupt nicht.

Petra wollte schon antworten, hielt inne, atmete ihren Ärger weg und versprach sanft: »Keine Sorge, du wirst gar nicht merken, dass ich da bin.«

»Dann komm endlich«, murrte Mia weiter, ging in den Flur und zog ihre dicken Stiefel an.

Petra holte noch ihr Handy, tippte: *Sind am Schlittenberg, wenn du magst*, gefolgt von einem Zwinkersmiley, und schickte die Nachricht an den Scheinnamen Bianca. Anschließend legte sie Joe noch einen Zettel hin, auf dem nur stand: *Bin mit Mia draußen.* Doch vermutlich würden sie sowieso vor ihrem Mann zurück sein.

Das steil abfallende Feld, das einer der hiesigen Bauern jedes Jahr für die Dorfkinder mit einer Walze präparierte, befand sich etwas außerhalb des Dorfes. Der Feldweg, der durch den vielen Schnee nur an zwei festgefahrenen Reifenspuren zu erkennen war, führte an einem zugefrorenen Bach entlang durch ein kleines Wäldchen und dann noch ein Stück den Berg hinauf.

»Und hier wolltest du allein her?« Petra zog den Reißverschluss ihrer Jacke noch ein Stück nach oben und sah sich um. Abgesehen davon, dass inzwischen leichtes Schneetreiben eingesetzt hatte, was der schwachen Januarsonne keine Chance mehr ließ, war auch kaum etwas los. Am Fuß des Hanges standen nur noch ein Vater mit seinem kleinen Sohn und eine ältere Frau, die vermutlich auf ihre Enkeltochter aufpasste, die mit ihrem Schlitten gerade in wilder Fahrt den Hügel hinunterjagte. Petra kannte keinen der Anwesenden.

»Komisch«, gab nun auch Mia zu. »Eigentlich wollten Sabine und Peter auch kommen.«

»Was soll's«, gab sich Petra gut gelaunt. »Vielleicht kommen sie ja noch. Und bis dahin kannst du dir schon den schnellsten Weg suchen. Dann hängst du sie später alle ab.« Petra bereute ihre Worte, noch während sie diese aussprach, denn das andere Mädchen schaffte es in diesem Augenblick gerade noch, vor den ersten Bäumen zu bremsen. Doch bevor sie Mia noch einmal ermahnen konnte, vorsichtig zu sein, rannte diese bereits den Hang hinauf.

Zu dem Schneetreiben kam jetzt auch noch eisiger Wind, was dem Vater des kleinen Jungen offenbar zu viel wurde. Er setzte den Kleinen in seinen Schlitten, band ihm noch einmal den Schal fest um den Hals und zog ihn zurück zum Dorf.

Durch die fehlende Sonne wirkte der Wald, der das Feld an allen Seiten umschloss, schon fast bedrohlich. Gerade als Mia oben ankam, hörte Petra die Alte neben sich ihrer Enkelin »Komm, Erna, wir gehen jetzt« zurufen.

Während ihre eigene Tochter mit dem Kopf voran den Hang herunterraste, kam die Alte an ihr vorbei, wünschte einen schönen Abend und verschwand mit dem Mädchen auf dem Feldweg zwischen den Bäumen.

Mia erging es wie schon dem Mädchen zuvor, doch auch sie schaffte es gerade noch, vor den Bäumen anzuhalten. Dann stieg sie vom Schlitten und kam auf sie zu, blickte aber an ihr vorbei, wobei sie ängstlich sagte: »Mama, da ist ein Mann im Wald.«

Petra stockte das Herz, sie wirbelte herum und fasste blitzschnell einen Plan. Sie winkte dem Mann zu und erklärte Mia, die inzwischen neben ihr stand: »Keine Sorge, der ist nicht böse. Ich kenne ihn aus dem Supermarkt und er hat mir schon erzählt, dass er hier gerne spazieren geht.« Und um die Geschichte glaubwürdiger zu machen, rief sie ihm nun auch entgegen: »Na, machst du eine kleine Wanderung durch den Schnee?«

Als Robert näher kam, zwinkerte sie ihm kurz zu, wobei sie feststellte: »Tut gut, wenn man den ganzen Tag an der Kasse gesessen hat. Oder?«

Dieser begriff, sagte: »Hallo«, und bestätigte: »Ja, auf jeden Fall«, dann sah er zu Mia hinunter und fügte hinzu: »Wird dir nicht anders gehen, oder? Du musst in der Schule bestimmt auch immer lange sitzen.«

Mia sah zu ihm hoch, runzelte ihre glatte Stirn und stellte anstatt einer Antwort fest: »Sie sind doch der Mann aus dem Dorf, der mich nach Mama gefragt hat.«

Petra zählte eins und eins zusammen und antwortete an seiner Stelle: »Ja, Robert kennt dich von einem Foto, das in meinem Spind hängt.« Sie drehte sich zu ihm und fragte: »Was wolltest du denn wissen?«

Robert spielte ebenfalls mit und erklärte: »Ach, nur, ob deine Tochter weiß, ob du länger arbeiten musst. Ich war zufällig an der Bushaltestelle und habe gehofft, dich dort zu treffen, weil ich dich fragen wollte, ob du eine Schicht tauschen kannst.«

Petra gab sich weiterhin locker, sagte an ihn gewandt: »Na das können wir ja jetzt besprechen«, danach drehte sie sich zu ihrer Kleinen und forderte: »Na los, rauf mit dir. Du bist doch zum Schlittenfahren hier.«

Petra wartete, bis ihre Tochter außer Hörweite war, dann schenkte sie Robert ein Lächeln und sagte leise: »Schön, dass du kommen konntest.«

Dieser sah kurz zum Hang, wo sich Mia mit dem Rücken zu ihnen die Steigung hinaufmühte, machte einen Schritt auf sie zu und gab ihr einen schnellen Kuss. Danach trat er wieder zurück, sah sie an und erwiderte: »Ich hab dich vermisst, da nutze ich doch jede Chance. Hat dich dein Chef wieder länger arbeiten lassen?«

Petra sah ebenfalls ihrer Tochter hinterher, wobei sie angesichts des Kusses feststellte: »Bist du verrückt? Was, wenn sie das sieht? Wie soll ich ihr das erklären?«

Kurz darauf war Mia oben angekommen und verschmolz trotz ihrer roten Jacke im Schneetreiben fast mit dem Waldrand. Sie setzte sich auf den Schlitten und steuerte kurz darauf genau auf sie zu. Beide sprangen lachend zur Seite und auch Mia schien ihren Spaß zu haben. Sie stieg vom Schlitten, lief die wenigen Meter zurück und beschloss: »Jetzt du, Mami. Du musst mitfahren!«

Petra war hin und hergerissen. Sie suchte eine Ausrede und sagte: »Später, mein Schatz. Ich habe mit Robert noch kurz etwas zu besprechen.« Dann ging sie vor ihr in die Hocke und flüsterte ihr verschwörerisch ins Ohr: »Fahr einfach noch zwei-, dreimal und dann komme ich mit.«

»Na gut«, erwiderte Mia ein wenig enttäuscht, doch dann ging ihr Blick an ihr vorbei und sie rief erfreut: »Da kommt Sabine.«

Petra drehte sich um, ärgerte sich erst über die Leichtsinnigkeit von Sabines Eltern, da diese offenbar allein unterwegs war, witterte dann allerdings ihre Chance auf ein paar ungestörte Minuten mit Robert.

Keine zwei Minuten später begannen die beiden Mädchen laut quatschend mit dem Aufstieg. Robert sah den Mädchen hinterher, nahm dann Petra bei der Hand und sagte: »Komm.«

Sie ließ sich darauf ein und folgte ihm zu einem nahen Holzstapel im Wald. Dort riss sich Robert seine Handschuhe herunter, nahm ihr Gesicht zwischen seine Hände und gab ihr einen langen, intensiven Kuss. Sie tat es ihm gleich, ließ ihre Handschuhe ebenfalls einfach fallen, zog ihn fest an sich heran und erwiderte den Kuss mit Leidenschaft.

Nach dem Kuss hauchte er in ihr Ohr: »Ich weiß, wie dir noch heißer wird«, damit schob er seine Hände unter ihren Hosenbund.

Sie spürte den festen Griff auf ihren Pobacken und war kurz davor, dem nachzugeben. Dann besann sie sich, schob ihn ein Stück weg und schüttelte den Kopf. »Nicht jetzt. Das geht nicht. Wenn uns Mia sieht …«

Er ließ sich davon nicht abschrecken, zog sie erneut an sich und hauchte ihr ins Ohr: »Lass dich einfach darauf ein. Du weißt doch, dass meine Hände Wunder bewirken können.«

Petra gab sich dem einen Augenblick lang hin. Sein nächster Kuss war noch energischer und dieses Mal wanderten seine warmen Hände noch tiefer. Ein Schauer jagte den nächsten über ihren Rücken, und erst als sie die beiden Mädchen drüben am Hang herumalbern hörte, zog sie sich erneut zurück.

Dieses Mal schien er es zu akzeptieren. Er ging zum Rand des Holzstapels, spähte daran vorbei und sagte, als er sich ihr wieder zuwandte: »Sie sind gleich wieder oben. Aber du hast recht, das geht hier nicht.« Danach trat er vor sie und fragte mit einem unschuldigen Blick: »Bekomme ich wenigstens noch einen letzten Kuss? Vielleicht können wir uns ja morgen nach deiner Arbeit treffen?« Mit einem Zwinkern fügte er hinzu: »Im Auto ist es auch nicht ganz so kalt.«

Petra war erleichtert. Sosehr sie sich auch nach ihm sehnte, sie konnte und wollte es ihrer Tochter nicht antun. Vielleicht würde es ja irgendwann auf eine Scheidung hinauslaufen, aber dann konnte sie es ihrer Kleinen in Ruhe erklären.

Sie erfüllte ihm seinen kleinen Wunsch und gab ihm einen Kuss, der sich wie ein Versprechen anfühlte. Danach bückte sie sich nach den Handschuhen und erstarrte. War das gerade Sabine, die verzweifelt nach Mia rief?

20

Angst war sein Elixier, und je mehr er davon einfangen konnte, umso besser ging es ihm. Und dieser Weg war besser als alles, was er sich selbst hätte ausdenken können.

Die kleine Gemeinde bot eine Fülle von Möglichkeiten. Woher sein Mentor das wusste, konnte er sich nicht erklären, war aber letztlich auch egal. Er kannte das Ziel dieses Mannes und hatte sich zunächst nicht darauf einlassen wollen. Erst als er ihm die möglichen Freuden schilderte und ihm dann noch aufzeigte, welchen Erfolg das Ganze bringen könnte, hatte er zugestimmt.

Der Mann dachte wirklich an alles und seine erste Aufgabe war es einfach nur gewesen, ihm einige Monate lang haarklein jedes Detail aus dem Dorf zu schildern und ein paar Fotos von dieser Frau und diesem Kerl zu machen.

Und nun war es so weit.

Bisher hatte er immer gedacht, seine Fantasien wären zu verwegen, geradezu undenkbar. Doch seine Erlebnisse mit diesem kleinen Jungen hatten alle Erwartungen übertroffen. Und als wäre das nicht genug, durfte er sich auch noch diese blöde Alte vornehmen. Wenn sein Mentor wüsste, wie sehr er sich nach dieser Frau sehnte. Wie gerne er in dieser Nacht einfach all das durchgezogen hätte, was ihm in den Sinn gekommen war.

Aber nein, diesbezüglich musste er standhaft bleiben und sich streng an seine Vorgaben halten. Das war der Deal. Er bekam die Möglichkeiten aufgezeigt, wurde vor möglichen Fallen gewarnt, und im Gegenzug würde er diese Alte mit sehr viel mehr Genuss fertigmachen.

Es war kalt, lausig kalt, doch das machte ihm nichts. Im Gegenteil, es beflügelte seine Fantasie. Je kälter es war, umso verlockender war die Hitze, die ein durch Angst und Schrecken glühender Körper abstrahlen würde. Dass es heute noch geschehen würde, war klar. Er wusste nur nicht genau wann und wie. Es gab dieses Mal, anders als bei dem kleinen Hans, keinen starren Zeitplan. Ihm war eindringlich nahegelegt worden, auf die richtige Situation zu warten. Nicht nur aus Gründen der Sicherheit, sondern auch, weil der richtige Zeitpunkt viel damit zu tun hatte, wie viel Angst man erzeugen konnte.

Er saß nun seit circa zwanzig Minuten auf diesem Baumstamm, hatte die lindgrüne Kapuze tief ins Gesicht gezogen und einfach nur zugesehen.

Dass ihre untreue Mutter dabei war, störte ihn. Aber nur am Anfang, denn jetzt entwickelte sich die Sache geradezu perfekt. Er selbst konnte kaum darüber bestimmen, wie viel Angst eine Situation erzeugte, es war vielmehr der Zufall, der darüber entschied.

In den ersten Minuten sah er nur dabei zu, wie die Kleine ihren Schlitten zu ihm heraufzog, während ihre verlogene Mutter unten wartete. Mia kam ihm dabei so nahe, dass er die kleinen Grübchen auf ihren Wangen sehen konnte. Sie sah sogar in seine Richtung, schien sich vor dem düsteren Wald zu fürchten und fuhr mit ihrem Schlitten schnell wieder hinunter. Dann änderte sich die Situation. Und vielleicht sogar zu seinen Gunsten. Durch das dichte Schneetreiben war nicht viel zu erkennen, erst als er das kleine Fernglas benutzte, erkannte er die Ungeheuerlichkeit der Situation.

Diese Schlampe traf sich tatsächlich im Beisein ihrer Tochter mit ihrem Liebhaber. Die Welt war verdorben, aber genau das gefiel ihm so daran.

Er sah mit Spannung dabei zu, wie sich die Sache weiterentwickeln würde, wusste aber noch nicht so recht, wie er das nutzen könnte. Dann kam Mias Freundin und das veränderte alles.

Die beiden Mädchen waren abgelenkt und Mias Mutter nutzte diese Chance, wie er es auch selbst gleich tun würde. Sie ließ sich von ihrem Liebhaber hinter den großen Brennholzstapel ziehen. Leider sah er nur noch, wie die beiden sich einen langen Kuss gaben, dann wurden sie vom Holzstapel verdeckt.

Es hätte ihn brennend interessiert, was dort unten sonst noch passieren würde, doch dann begriff er mit einem Mal, dass die Demütigung nicht größer sein könnte, als wenn er es jetzt täte.

Er steckte das Fernglas ein, ging noch ein Stück näher an den oberen Waldrand, wo er sich dank seiner Tarnkleidung einfach nur an einen Baum lehnen musste, um fast unsichtbar zu bleiben.

Wieder kamen die beiden Mädchen herauf, alberten noch ein bisschen herum, bis Sabine sich auf ihren Schlitten setzte, »Fang mich doch« rief und als Erste hinunterfuhr.

Er trat vor die Bäume, rief seinerseits: »Mia«, worauf die Kleine innehielt und zu ihm hinübersah. Er winkte sie zu sich und rief dabei: »Du bist doch Mia. Oder? Kommst du mal bitte? Du kennst mich aus der Schule und ich könnte deine Hilfe brauchen. Ich war gerade spazieren und habe einen verletzten Hund gefunden, aber allein kann ich ihm nicht helfen. Er liegt gleich dahinten.« Damit zeigte er auf den Wald hinter sich, brachte noch etwas mehr Dramatik in seine Stimme und drängte: »Bitte, Mia, der Kleine leidet wirklich sehr.«

Es war wie im Internet, wo Tierbilder immer funktionierten. Im Gesichtsausdruck des Mädchens zeigte sich erst Skepsis, dann Sorge. Sie stellte ihren Schlitten quer, damit er nicht von allein losfahren konnte, kam tatsächlich auf ihn zu, blieb dann aber stehen. Er warf einen schnellen Blick nach unten. Sabine hatte noch ein paar Meter bis zum Ende des Hanges und Mias Mutter war noch immer mit sich selbst beschäftigt.

Seine Bewegungen waren zu schnell für die Kleine. Er überwand die wenigen Meter, legte seinen Arm um ihren Körper und presste ihr seine freie Hand auf Mund und Nase. Dann zog er sie rückwärts in den Wald und stopfte ihr den vorbereiteten Stoffknäuel in den Mund. Außer Sichtweite des Schlittenbergs drückte er sie mit dem Rücken auf den Boden, holte eine kleine Rolle Klebeband aus der Tasche und zog eine Bahn um ihren Kopf, um den Knebel zu fixieren. Die panischen Schläge des Mädchens spürte er kaum, gab Mia aber trotzdem eine schallende Ohrfeige, damit sie endlich Ruhe gab.

Es folgten Hände und Füße, dann legte er sie sich über die Schulter und begann zu laufen.

Jetzt rächte es sich, dass die Aktion ungeplant verlief, denn sein Auto stand ein ganzes Stück weit weg. Er kannte sich hier zwar gut genug aus, um den Wander- und Forstwegen auszuweichen, trotzdem war es ein Risiko. Hinzu kam, dass Mia keine Anstalten machte aufzugeben. Der Knebel dämpfte ihre Schreie, ihre Laute waren in der Stille des Waldes aber immer noch viel zu laut.

Ruhe bewahren, kam ihm die Mahnung in den Sinn. *Egal was passiert, du musst die Kontrolle über die Situation behalten.* Was schon bei diesem Gutachter im Knast gegolten hatte, musste er auch hier beherzigen. Im Augenblick wurde er selbst von seiner Panik gelenkt und das musste aufhören. Er blieb stehen, atmete einige Male durch und ging dann langsamer weiter.

Dass die Kleine über seiner Schulter strampelte und immer wieder versuchte, sich aufzubäumen, bereitete ihm keine Mühe. Es war etwas ganz anderes, über das er sich plötzlich Sorgen machen musste, denn irgendwo in der Nähe rief jemand: »Buddy. Hier! Bei Fuß!«

Er hatte an vieles gedacht, nur nicht daran, dass ihm ein Hund zum Verhängnis werden könnte.

Er fluchte: »Scheiße«, und hörte, wie Mia ihre Chance zu nutzen versuchte, indem sie noch lauter gegen ihren Knebel anschrie. Links vor sich erkannte er einen kleinen Graben. Es hallte erneut »Buddy! Hier!« durch den Wald und er zögerte nicht länger. Er erreichte den Graben mit wenigen Schritten, warf das Mädchen hinein und legte sich darüber. Dieses Mal schüttelte Mia heftig ihren Kopf, brummte, quietschte und trommelte gleichzeitig mit den zusammengebundenen Beinen auf den Boden.

Irgendwo in der Nähe knackte ein Zweig. Er nahm seinen Kopf herunter, griff einen Stein und beendete ihre Gegenwehr.

21

Das Telefonat dauerte nur wenige Sekunden. Eva ließ das Handy sinken, sah Mike und Ruben an und erklärte mit belegter Stimme: »Ein Mädchen ist verschwunden.«

»Wo?«, fragte Ruben, mit einem bedauernden Blick auf seine Tasse grünen Tee.

»Hier im Ort. Oder besser gesagt, auf einem Feld. Es befindet sich ein paar Laufminuten außerhalb in den Wäldern und wird von den hiesigen Kindern gerne zum Schlittenfahren genutzt. Kommissar Tiefenbach hat bereits eine Einheit der Bereitschaftspolizei und einen Hubschrauber angefordert. Es wird aber noch ein bisschen dauern, bis die hier sind.«

»Seit wann ist sie verschwunden?«

»Der Notruf kam gerade erst rein. Ihre Mutter hat nicht gezögert, also dürfte es höchstens eine Viertel- bis halbe Stunde her sein.«

Ruben sah aus dem Fenster. Die Dämmerung tauchte den Marktplatz bereits in ein unwirkliches Licht. Dann dachte er kurz nach und beschloss an Mike gewandt: »Schlittenhang und Wald klingt nicht nach einem Einsatzgebiet für dein kaputtes Bein. Ich würde vorschlagen, du rufst Schober an. Sag ihm, dass er sich mit Kollegen von der Schutzpolizei drüben am Weiher postieren soll. Es gibt ja nur zwei Straßen, die aus dem Dorf herausführen. Eine dort und die andere auf der anderen Seite, und die übernimmst du. Kontrolliert jedes Fahrzeug, egal wie vertrauenerweckend der Fahrer aussieht.«

Mike nickte zwar, erwiderte aber: »Ich weiß, wie man bei einer Straßensperre vorgeht.« Er holte sein Handy heraus, sprach kurz mit Schober und sagte danach nur: »Läuft. Schober ist eh gerade beim Weiher, weil er noch irgendetwas untersuchen muss.« Danach nahm Mike seine Jacke und verließ die Pension.

»Wirt«, rief Ruben, während er seine Jacke anzog. Der Mann kam gelangweilt zu ihnen herüber.

Ruben hätte ihm die Frage am liebsten quer durch den Raum gestellt, doch einige Tische weiter saßen zwei Bauarbeiter, die nichts mitbekommen sollten. Als der dickbäuchige Mann endlich vor ihm stand, fragte Ruben: »Hier soll es ein Feld geben, auf dem die Kinder gerne Schlitten fahren. Wo finden wir das?«

»Is wos passiert?«, lautete die Gegenfrage.

Ruben verdrehte die Augen. »Nein, wir möchten uns einfach nur im Schnee vergnügen.«

»Hm«, brummte der Wirt, doch anstatt zu antworten, ging er zum Ausgang.

»Ist aber gscheid frisch«, stellte der Mann draußen fest, deutete dann aber nach links und erklärte dabei: »Sehens des Dach dahint? Das ist der Hof vom Gruber Paul. Daneben führt ein Feldweg naus. Und wenns dem folgn, kummers automatisch zu seim Feld. Der Gruber walzt das jedn Winter für die Klanen.«

»Wie weit?«

»Na ja«, erwiderte der Wirt gedehnt, wobei er den Kopf nachdenklich hin und her wiegte. »A guter halber Kilometer wirds scho sei.«

Ruben hätte dem Mann am liebsten beim Reden geholfen. »Kann man mit dem Auto hinfahren?«

»Na«, lautete die knappe Antwort. »Also mit am gscheiden scho, aber net mit am normalen.«

Eva hatte inzwischen ihr Handy herausgeholt und eine virtuelle Landkarte geöffnet. Sie zoomte die Gegend heran, hielt es dem Wirt vors Gesicht und fragte: »Und was ist mit dieser Straße?«

Der Wirt sah ein wenig befremdet auf das Gerät, nickte endlich und sagte dabei: »Ja, des geht scho. Aber dann müssens noch über an Berg laufn.«

Eva warf Ruben einen vielsagenden Blick zu, wobei sie erklärte: »Ich sag Mike noch schnell Bescheid, damit er sich an einer Stelle postiert, von der aus er diese andere Straße ebenfalls im Blick hat.« Damit lief sie los und erwischte Mike gerade noch beim Freikratzen seiner Windschutzscheibe. Ruben ging zu seinem eigenen Wagen, der in einer kleinen Seitenstraße neben dem Wirtshaus stand. Dort holte er seine starke Taschenlampe und den kleinen Rucksack heraus.

Als Eva wieder zu ihm stieß, sah sie erst dabei zu, wie er den etwas zu bunt geratenen Rucksack überstreifte, bevor sie fragte: »Was ist das? Sieht aus wie eine der Schultaschen, die ich früher hatte.«

Ruben nickte. »Gut erkannt. Meine Tochter wollte ihn nicht mehr und ich hab schon lange nach einer Tasche gesucht, in der ich diverse Dinge unterbringen kann.« Dann verschloss er den Wagen und wandte sich ohne jede weitere Erklärung in die angegebene Richtung. Eva sah ihm kurz hinterher, schüttelte den Kopf und lief ihm nach.

Der Streifenwagen näherte sich schnell und mit Blaulicht, was Ruben nicht davon abhielt, sich mitten auf die Straße zu stellen. Der Fahrer musste fast eine Vollbremsung machen, kam etwa zehn Meter vor Ruben zum Stehen, riss die Tür auf und brüllte wütend: »Sind Sie deppert? Gehen Sie von der Straße, wir sind im Einsatz!«

Ruben ging unbeeindruckt zu dem SUV, zeigte seine Marke und fragte: »Sind Sie wegen des vermissten Kindes hier?« Und als der Fahrer dies bejahte, sagte er schlicht: »Sehr schön, dann müssen wir nicht laufen.« Danach drehte er sich zu Eva und rief: »Komm rüber, die Kollegen nehmen uns mit.«

Die beiden Beamten sahen ziemlich perplex dabei zu, wie Ruben und Eva die hinteren Türen öffneten und einstiegen. Erst dann fragte der Fahrer: »Wer sind Sie?«

»Bundespolizei Bamberg. Einsatzgebiet Altfälle und Sonderaufgaben«, erwiderte Ruben schlicht. Dann zeigte er auf die Seitenstraße, in die der Wirt gedeutet hatte, und erklärte: »Wir müssen dort rein und dann einem Feldweg folgen.«

»Sie können doch nicht einfach …«, setzte der Kollege auf dem Beifahrersitz gerade wütend an, doch Ruben sagte nur: »Doch, wir können, und da es immer dunkler wird, sollten wir jetzt auch losfahren. Für das verschwundene Mädchen macht die Nacht die Lage nicht besser.«

Während der Fahrer endlich Gas gab, funkte sein Beifahrer seinen Chef an. Tiefenbach bestätigte Rubens und Evas Legitimität, was die Stimmung allerdings auch nicht mehr rettete.

Auf dem zugeschneiten Feldweg kam selbst der SUV an seine Grenzen, schaffte es aber, in der Spur zu bleiben. Nach einem Stück offener Fläche stieg der Weg in einem Waldstück an und endete schließlich unterhalb einer weiteren Freifläche am Hang, die von dichtem Wald umgeben war. Dort hielten sie an und stiegen aus.

Als Ruben die Frau und das Mädchen sah, dachte er schon, es wäre alles in Ordnung. Sie liefen ihm entgegen, und als sie nahe genug waren, wusste er, dass es nicht so war. Der Gesichtsausdruck der Frau sagte etwas anderes. Dann standen sie vor ihm und Ruben fragte: »Haben Sie den Notruf gewählt?«

Sie nickte, zog den Rotz hoch und stammelte: »Ja. Meine kleine Mia ist verschwunden. Einfach weg. Dort oben. Nur ihr Schlitten ist noch da.«

»Ganz langsam«, versuchte Ruben, die Frau zu beruhigen. »Wer sind Sie?« Sein Blick ging nach unten zu dem Mädchen. »Und wer bist du?«

»Hirschner, Petra Hirschner«, antwortete die Frau. »Und das ist Sabine, eine Freundin meiner Tochter.«

»Gut«, sagte Ruben ruhig, fragte: »Was ist passiert?«, und wunderte sich, dass nicht die Mutter, sondern das Mädchen antwortete. Es deutete den Berg hoch und erklärte: »Wir waren beide da oben. Ich bin aber schon früher losgefahren, und als ich unten angekommen bin und nach oben geschaut habe, war Mia weg.«

»Und du hast sonst nichts gesehen? War da vielleicht noch jemand oben?«

Die Kleine schüttelte den Kopf: »Nein. Also, ich hab niemanden gesehen.«

Ruben dachte kurz nach, runzelte die Stirn und fragte: »Und warum suchen Sie nicht nach Ihrer Tochter? Oder wollten Sie Sabine hier nicht allein lassen?«

Frau Hirschner zog erneut den Rotz hoch und wischte sich eine Träne aus dem Augenwinkel. »Auch, ich meine, nein. Ich wollte hierbleiben, falls Mia zurückkommt. Mein, ich meine, ein Bekannter von mir war noch mit hier und er sucht jetzt dort oben nach Mia.«

»Okay. Und dass sie einfach weggelaufen ist, kann nicht sein?«

»Was? Nein. Warum sollte sie?« Die Mutter sah ihn erschrocken an.

»Hätte ja sein können«, erwiderte Ruben, glaubte aber selbst nicht daran und sagte daher: »Gut, alles klar.« Dann rief er zum Fahrer des Streifenwagens: »Lassen Sie die beiden ins

Auto und heizen Sie ordentlich ein. Sie bleiben hier und Ihr Kollege begleitet uns bitte mit nach oben, um das Mädchen zu suchen.« Ruben stockte und fügte hinzu: »Und geben Sie bitte allen Einsatzkräften, die hoffentlich noch kommen werden, Bescheid, dass bereits ein weiterer Mann nach dem Kind sucht. Nicht, dass da auch noch ein Unglück passiert.«

Danach wandte er sich noch einmal zu dem Mädchen. »Wo, sagtest du, hast du Mia das letzte Mal gesehen?«

Sie deutete erneut auf den Berg. »Dort, wo ihr Schlitten steht und dann ... dann war sie auf einmal weg.«

Ruben dachte an seine eigene Tochter, schenkte der Kleinen ein aufmunterndes Lächeln und sagte mit Zuversicht in der Stimme: »Keine Sorge, wir finden deine Freundin.« Und die Mutter fragte er: »Wo ist Ihr Bekannter hin?«

Auch sie deutete nach oben, aber zur rechten Seite des Hanges. »Er ist dort oben rechts im Wald verschwunden. Vorher rief er noch herunter, dass er irgendwelche Spuren im Schnee gefunden hat.«

»Alles klar.« Ruben drehte sich zu Eva und dem Streifenbeamten, die aufgrund der schnell aufziehenden Nacht beide mit einer großen Taschenlampe bewaffnet waren, und beschloss: »Kann losgehen. Wir gehen mit drei Meter Abstand nebeneinander hinauf. Und passen Sie auf, dass Sie nicht in einer schon vorhandenen Spur laufen. Die Nacht wird für die Spurensicherung schon hart genug.«

22

Marias Zusammenbruch war bereits einige Stunden her und inzwischen ärgerte sie sich darüber. Nachdem diese Kommissarin zurückgerufen hatte und ihr zu verstehen gegeben hatte, dass es ihrem Agenten bestens ging, rief sie ihn selbst noch einmal an.

Dietmar Petersen war sowohl bester Stimmung als auch bester Gesundheit und schwor ihr Stein und Bein, dass er sie am Morgen weder von seinem Büro aus angerufen hatte noch dass bei ihm eingebrochen worden war. Und noch etwas sagte er, allerdings zwischen den Zeilen. Nämlich, dass er ihr die Geschichte ebenso wenig glaubte wie diese dummen Polizisten. Maria fühlte sich einmal mehr isoliert und hilflos. Sie trank bis zum Mittag weitere zwei Gläser Wein und fragte sich dabei immer wieder, wie sie diese irre Geschichte in ihr Buch einfließen lassen könnte. Und je länger sie darüber nachdachte, umso klarer wurde das Bild, wie es gelingen könnte. Im Grunde war es die perfekte Vorlage für einen perfiden Thriller. Die Eisflächen waren auf genauso wundersame Weise verschwunden wie das Busticket und der Film, den sie glaubte, gesehen zu haben. Folglich würde das Thema Wahnsinn einen großen Teil des Buches einnehmen.

Gegen fünfzehn Uhr brachte sie keinen klaren Gedanken mehr zustande. Sie nahm eine Dusche, kochte sich einen starken Kaffee und aß eine Kleinigkeit. Dann nahm sie ihren Mut zusammen und ging sogar einmal vor die Tür. Und obwohl sie vorhatte, nur etwas Holz zu holen, verschloss sie diese sorgsam hinter sich. Sie ging noch einmal zu der Stelle, an der Udos Auto gestanden hatte. Natürlich mit dem gleichen Resultat. Die vier vereisten Stellen waren verschwunden und blieben es auch, als sie den Schneeschieber holte und den oberflächlichen Schnee abkratzte.

Der Weg zum Brennholzstapel fiel ihr am schwersten. Dieser stand am hinteren, bergzugewandten Ende des Hofes, kurz vor dem Waldrand. Um dort hinzugelangen, musste sie den Platz zwischen Scheune und Haus überqueren. Nach der Scheune folgte eine hohe verwilderte Hecke auf der einen Seite und der tief eingeschneite Gemüsegarten, der sich an das Wohnhaus anschloss, auf der anderen Seite.

Dort, wo das Haus aufhörte, blieb sie kurz stehen und lauschte in den nahen Wald hinein. Leichter Nebel zog durch die Bäume und ließ Maria trotz der dicken Jacke frösteln. Sie hätte sich die Sonne gewünscht, doch der Himmel war einheitlich grau.

Nachdem einige leise Atemzüge lang nichts Ungewöhnliches zu hören war, umfasste sie den Griff ihres Brennholzkorbs etwas fester und ging, ohne noch einmal zu zögern, bis zum Holzstapel. Dort legte sie einige Scheite in den Korb, sah durch die entstandene Lücke zwischen dem Stapel und dem schützenden Dach und stieß einen leisen Schrei aus. Auf der unbewachsenen Schräge zwischen dem Holzstoß und den ersten Bäumen war etwas in großen Buchstaben in den Schnee geschrieben. Und obwohl Maria von ihrem Standort aus nur einige Buchstaben erkennen konnte, genügte der Umstand, dass diese überhaupt da waren, um ihre angespannten Nerven zu malträtieren.

Sie sah sich mit rasendem Puls hektisch nach allen Seiten um, stellte den Korb ab und griff sich ein Holzscheit als Waffe.

Dann ging sie zum Ende des Holzlagers, blickte vorsichtig darum herum und las das Wort »ANGST?«, wobei der Punkt unter dem Fragezeichen aus einer Hälfte des roten BHs bestand, den sie vor zwei Tagen in die Wäsche geworfen hatte.

Marias erster Reflex war es, wieder diese Polizistin anzurufen. Dann hielt sie inne und spürte etwas in sich aufkeimen. Ihr kam das Wort Inszenierung in den Sinn, denn genau das würden diese Idioten von der Polizei ihr vermutlich wieder vorwerfen.

Aus ihrer Wut wurde mit dem Begreifen, dass sie auf sich allein gestellt war, Entschlossenheit. Man hatte sie nur einmal in ihrem bisherigen Leben herumgeschubst. Und damals hatte sie sich geschworen, das niemals mehr zuzulassen. Irgendjemand versuchte, die Kontrolle über sie zu erlangen, und das durfte nicht geschehen.

Doch noch etwas wurde ihr klar und räumte ihre Zweifel an der letzten Nacht aus. Denn der Umstand, dass diese BH-Hälfte vor ihr im Schnee lag, bedeutete nichts anderes, als dass dieser Irre tatsächlich bei ihr im Haus gewesen war.

In ihr flammte das Bild ihres eigenen wehrlosen Körpers auf. Neben ihr saß ein völlig fremder Mann, der sie ansah und vielleicht sogar begrapschte. Maria wurde schlecht. So schlecht, dass sie sich zur Hecke wandte und sich in den Schnee übergab. Sie scharrte mit dem Schuh etwas Schnee über ihre vom Wein gerötete Kotze, spürte wieder diese Wut und reckte das Gesicht hinauf zum Waldrand, wobei sie laut »Komm raus, du Arsch« brüllte.

Als sich auch nach dem zweiten Rufen nichts rührte, nahm sie den zerschnittenen BH und drehte sich zurück zum Haus. Sie holte den Korb mit dem Brennholz, ging zurück zur Vorderseite des Hofes und beschloss dabei, in das Spiel dieses Psychos einzusteigen. Immerhin war sie Autorin und konnte somit eins und eins zusammenzählen. Wenn sich diese Bullen schon nicht um sie kümmerten, musste sie es eben selbst tun!

Dann kam ihr der Satz »Aus der Not eine Tugend machen« in den Sinn. Sie schloss die Tür von innen zu, warf etwas Holz in den Ofen und setzte sich anschließend an ihren Laptop. Dort schloss sie die Augen, schaffte es tatsächlich, die Realität auszublenden, und kurz darauf formten sich die Erlebnisse zu einer Story, die halb Fiktion, halb Realität war.

Sie hörte den Motor schon, als der Wagen erst die Hälfte des Weges zu ihr hinauf zurückgelegt hatte. Maria ging zu dem Fenster, das in Richtung Dorf zeigte. Der Wagen verschwand kurz hinter einigen Büschen, die am Rand des Feldwegs standen, tauchte wieder auf und fuhr langsam um die letzte Kehre.

Udos Fahrweise wirkte heute aggressiver als sonst. Er fuhr auf den Hof, bremste so stark, dass sein alter Jeep bedenklich in Richtung Schuppen rutschte, und sprang fast heraus.

Sie öffnete die Tür und glaubte einen Moment lang, dass er ihr etwas tun wollte. Doch Udo blieb zunächst draußen stehen und sagte aufgeregt: »Die haben mich ausgefragt.«

Maria sah ihm die Anspannung an und fragte, so ruhig sie konnte: »Wer hat dich über was ausgefragt?«

Er machte eine Geste zum Dorf hinunter. »Unten in der Wirtschaft haben sie mich ausgefragt. Diese Polizisten haben mich nach Ihnen gefragt.« Udo schüttelte den Kopf, sah sie etwas zu durchdringend an und erklärte: »Ich habe aber nicht viel erzählt. Habe nichts Schlechtes gesagt. Nur, dass Sie nicht gerne aus dem Haus gehen.«

Marias Gesichtsausdruck verfinsterte sich im gleichen Maße, wie die aufziehende Dämmerung die Landschaft verdunkelte. »Haben die gefragt, ob ich etwas mit dem Tod vom kleinen Hans zu tun haben könnte? Halten die mich etwa für verdächtig?«

Udo zuckte mit den Schultern. »Nein. Glaube nicht. Die wollten auch wissen, wo ich am Freitag war.«

Eine eisige Windböe fegte über den Hang, brach sich in den nahen Tannen und löste ein leises Hintergrundrauschen aus, das das Gefühl der Kälte noch verstärkte. Maria wollte den Mann gerade ins Haus bitten, als ihr das Wort »ANGST?« wieder in den Sinn kam. Sie griff sich die Jacke und den Schlüssel, trat zu ihm hinaus und forderte: »Komm mal mit. Ich will, dass du dir etwas ansiehst.«

Nachdem sie hinter dem Holzstoß angekommen waren, las er das Wort im Schnee, sah anschließend zu ihr und fragte: »Haben Sie das geschrieben?«

Was Maria im ersten Moment verärgerte, beruhigte sie in Bezug auf Udo. Dieser Kerl war viel zu naiv, um gekonnt zu lügen. Folglich hatte er das nicht geschrieben. Außerdem bestätigte seine Reaktion ihre Befürchtung. Wenn er es ihr zutraute, würde es die Polizei genauso sehen. Daher antwortete sie schlicht: »Nein«, und ging zurück zum Haus.

Maria war froh über Udos Besuch. Auch wenn sie eigentlich gerne noch ein wenig an dem neuen Buch geschrieben hätte, empfand sie die Anwesenheit eines anderen Menschen als beruhigend.

Sie wartete, bis Udo eingetreten war, schloss hinter ihm ab und fragte schließlich: »Was willst du trinken? Ich hätte auch noch Glühwein vom letzten Jahr hier.«

»Ein Bier bitte«, bat Udo, der noch immer aufgeregt wirkte.

»Bier und Schnaps?«

»Ja. Bier und Schnaps«, bestätigte er.

Sie öffnete einen Schrank, sah die leere Flaschentrage und schluckte. Wenn sie eines nicht wollte, dann in den Keller gehen. Daher nahm sie die Trage heraus, gab sie ihm und bat: »Könntest du runter in den Keller? Wo mein Vorratsregal ist, weißt du ja, und da müssten eigentlich noch ein paar Flaschen Bier herumstehen.«

»Klar.«

Er nahm die Trage entgegen, und als er wie selbstverständlich im Flur verschwand, bewunderte Maria seine sorglose Art. Andererseits wusste er auch nicht, was ihr in der letzten Nacht widerfahren war.

Zehn Minuten später saßen sie am Tisch. Maria war ihr Appetit auf Wein vergangen. Etwas, das die letzten zehn Jahre nicht passiert war.

Sie schenkte sich ebenfalls ein Bier ein, füllte beide Schnapsgläser mit edlem Grappa und schob ihm eines davon rüber. Udo hob es an, hielt es ihr entgegen, wirkte aber mit einem Mal ziemlich verunsichert.

Maria half ihm, indem sie »Auf uns« sagte und ihm ein Lächeln schenkte. Dann stießen sie an und kippten beide den kompletten Inhalt in ihren Mund.

»Der schmeckt«, stellte Udo in seiner schlichten Art fest, was Maria zum Anlass nahm nachzuschenken.

Dieses Mal zögerte er, und als er sie nun ansah, fiel ihr zum ersten Mal auf, wie blau die Augen dieses dümmlichen Mannes waren. Sie trank ihr eigenes Glas erneut aus, lehnte sich zurück und hatte das Gefühl, Udo zum ersten Mal richtig wahrzunehmen.

Auf den ersten Blick wirkte er nicht hässlich, aber irgendwie … sie fand das passende Wort nicht. Doch je länger sie ihn nun ansah, umso mehr wurde ihr klar, dass sie ihn nie richtig angesehen hatte. Wenn man sich die buschigen Augenbrauen und das leicht fettige, immer zu einem Seitenscheitel gekämmte Haar wegdachte, steckte da eigentlich ein ganz passabler Mann dahinter. Dann folgte ein bedrückender Gedanke. Natürlich kannte sie einen Teil seiner Vergangenheit, doch vielleicht half es, wenn er einmal darüber reden konnte, daher fragte sie direkt: »Was ist dir passiert, Udo? Warum bist du so, wie du bist?«

Er sah sie erschrocken an und antwortete mit der Frage: »Habe ich etwas falsch gemacht? Ich trinke sehr gerne mit Ihnen, falls es das ist.« Damit nahm er seinen Schnaps und stürzte ihn hinunter.

Maria schüttelte sanft den Kopf. »Aber nein, Udo, das habe ich nicht gemeint.« Mit diesen Worten wurde ihr klar, dass sie ihn nicht nach dem Ursprung seiner verunsicherten Art fragen konnte, ohne ihn damit zu verletzen. Obwohl es für ihr Buch wichtig wäre, die darin beschriebenen Charaktere gut darzustellen, beließ sie es dabei.

Udo hakte auch nicht weiter nach. Stattdessen deutete er zum hinteren Fenster und fragte: »Wer hat das in den Schnee geschrieben? Ist das eine Drohung gegen Sie?« Dann stockte er, riss die Augen ein wenig auf, sah noch einmal zu dem Fenster, hinter dem inzwischen nichts als Dunkelheit herrschte, und sagte ein wenig leiser: »Sie müssen aufpassen. Wir würden es noch nicht einmal mitbekommen, wenn da draußen einer steht und uns beobachtet.«

Maria spürte, wie sich ihre Nackenhaare aufstellten.

23

Obwohl es noch einen Rest Tageslicht gab, schaltete Ruben seine Taschenlampe bereits ein und hielt den Strahl in zwei Metern Abstand vor sich auf den Boden gerichtet. Eva folgte seinem Beispiel ohne Aufforderung, nur der Beamte, der sie begleitete, brauchte eine Ansage. Außerdem schien der Schutzpolizist nicht besonders gut in Form zu sein. Während Ruben den Schlittenhang beinahe leichtfüßig nach oben stieg, fiel der deutlich jüngere Kollege immer weiter zurück.

Kurz bevor Ruben den Schlitten des vermissten Mädchens erreichte, blieb er stehen, drehte sich um und fragte den Hang hinunter: »Leberkäse oder Zigaretten oder beides?«

Der Kollege blieb stehen, sah wütend zu ihm herauf und erklärte: »Beginnende Erkältung. Aber Sie können gerne allein weitergehen!«

Ruben schüttelte den Kopf. »Nein, frische Luft ist auch bei Erkältung kein Schaden, aber halten Sie mehr Abstand zu meiner Kollegin, die brauche ich noch.«

Bis Eva und der Mann zu ihm aufschlossen, wandte sich Ruben der Stelle zu, an der Mia verschwunden war. Er versuchte, sich das Bild einzuprägen, und überlegte dann, was sich zugetragen haben könnte.

Bis zum oberen Waldrand waren es noch gute fünfzehn Meter, bis zum seitlichen nur etwa zehn. Er widerstand dem Drang zur Eile und scannte die erste Baumreihe mit den Augen. Seine erste Erkenntnis war, dass man sich in dem düsteren Unterholz mit den richtigen Klamotten quasi unsichtbar machen könnte. Außerdem fielen ihm die Zweige einer kleinen Fichte auf, von denen der Schnee abgefallen war.

Zehn Meter zwischen Waldrand und dem Schlitten, der noch dazu so dastand, dass er nicht von allein losfahren konnte. Die Umstände warfen Fragen auf. Hatte die Kleine aufs Klo gemusst und war in den nahen Wald gegangen? War jemand herausgekommen und hatte sie geholt? Oder war sie vielleicht sogar freiwillig zu jemandem gegangen, der dort drüben gestanden hatte?

Inzwischen waren auch seine Kollegen oben angekommen. Während Eva ihr Augenmerk auf den Schlitten legte, leuchtete der Kollege mit seiner Lampe in den Wald, zog seine Waffe und brüllte: »Stehen bleiben! Bleiben Sie stehen und nehmen Sie die Hände nach oben!«

Ruben zuckte ein wenig zusammen, Eva zog ebenfalls ihre Waffe und der Kollege erklärte, ohne den Blick vom Wald zu nehmen: »Da ist jemand. Seht ihr ihn auch?«

Ruben veränderte seine Position, sah den Mann und hörte mit Entsetzen, wie sein Kollege nun »Hände hoch und langsam rauskommen« brüllte.

Er rief dagegen: »Nein, bleiben Sie, wo Sie sind. Nicht bewegen!«

Der Mann machte trotzdem einen Schritt nach vorne, überwand den ersten Schock, mit einer Waffe bedroht zu werden, und rief zurück: »Nicht schießen. Ich bin ein Bekannter von Petra, ich meine, von Frau Hirschner. Ich habe Mia gesucht.«

»Und gefunden?«, fragte Ruben.

»Nein, es wurde zu dunkel. Ich habe eine Spur verfolgt, diese aber verloren.«

»Trotzdem nicht bewegen«, forderte Ruben, ging vorsichtig zum Waldrand und sah sich die Spurenlage an. Dann deutete er an dem Mann vorbei und sagte: »Gehen Sie in einem großen Bogen nach unten und dann aus dem Wald heraus. Und wenn Sie das Feld erreicht haben, suchen Sie sich eine Schlittenspur und kommen wieder herauf.« Danach drehte er sich zu seinem Kollegen und sagte: »Sie können die Waffe wieder herunternehmen. Oder haben Sie gedacht, ein möglicher Entführer kommt zurück, um uns bei der Arbeit zuzusehen?«

Einige Minuten später stand der Mann vor Ruben und stellte sich als Bekannter von Mias Mutter vor. Ruben hatte keine Zeit, um ins Detail zu gehen, und bat ihn mitzukommen.

Er ging mit ihm noch ein Stück den Berg hinauf, bat an einer Stelle, an der der Schnee noch unberührt war: »Machen Sie bitte ein paar Schritte nach vorne, und zwar so, dass ich einen einwandfreien Schuhabdruck im Schnee habe.«

Der Mann verstand, tat, was von ihm gefordert wurde, und wurde anschließend nach unten zum Streifenwagen geschickt. Ruben machte mit dem Handy ein paar Fotos von den Abdrücken, zeigte sie anschließend seinen Begleitern und erklärte: »Diesen folgen wir nicht.«

Danach gingen sie zu dritt zum Waldrand, leuchteten mit ihren Lampen hinein, bis Eva »Dort drüben« sagte und zu einer Stelle leuchtete, auf der sich ein anderer, ziemlich großer Schuhabdruck mit reichlich Profil abzeichnete.

»Und hier ist noch ein kleiner«, fügte der Kollege hinzu, wobei er auf eine Stelle nur einen Meter vor sich leuchtete.

»Dann los«, beschloss Ruben, blieb aber stehen, murmelte: »Moment noch«, und bat Eva: »Ruf Mike an. Wenn er eh nur auf der Straße herumsteht, kann er sich auch nützlich machen. Er soll sich sofort darum kümmern, dass uns die

Telefongesellschaften alle hier in diesem Bereich eingeloggten Handys der letzten vier Stunden mitteilen. Das können nicht viele gewesen sein.«

»Mach ich«, bestätigte Eva. »Ihr könnt schon vorgehen. Ich folge euch gleich. Es wird immer dunkler, und wenn sich die Kleine doch nur verlaufen hat, zählt auch jede Minute.«

Ruben stimmte zu, trat in den Wald und sagte zu dem Kollegen: »Ich bleibe links der Spur, Sie rechts.« Dann riss er einige junge Triebe einer Tanne ab und gab sie ihm. »Damit markieren Sie Stellen, die Ihnen wichtig vorkommen. Das macht es der Spurensicherung nachher einfacher.«

»Alles klar«, erwiderte der Mann, nieste in seine Armbeuge und nahm die Triebe entgegen.

Nach etwa zehn Metern kamen sie an eine Stelle, an der der Boden regelrecht aufgewühlt war. Ruben steckte eine Markierung in den Boden, hielt sich aber nicht weiter auf.

Die Spur führte weiter in einen Wald hinein, der trotz ihrer Anwesenheit viel zu still war. Ruben atmete durch die Nase, wobei er spürte, dass die feinen Härchen darin einfroren. Keine guten Voraussetzungen für ein Kind.

Als die Fußabdrücke im Schnee auf einen Wanderweg trafen, hörte er Eva hinter sich. Er drehte sich um, leuchtete ihr ins Gesicht und sah, dass ihre vernarbte Gesichtshälfte schon bedenklich rot war, also fragte er: »Geht das mit deinem Gesicht? Kommst du mit der Kälte zurecht?«

»Juckt ein bisschen«, gab sie zu, kam aber zur Sache und erklärte: »Ich habe Mike erreicht und er kümmert sich um die Handydaten.«

Zwei Meter weiter trat der Kollege von der Schutzpolizei auf einen gefrorenen Ast, der mit einem Knall zerbrach. In der Stille des dunklen Waldes klang es extrem laut. Ruben zuckte zusammen, wobei der Strahl seiner Lampe wild durch den Wald irrlichterte.

»Stopp«, rief Eva und Ruben erstarrte tatsächlich. Allerdings wusste er nicht warum, denn sonst dauerten seine Anfälle deutlich länger. Es war etwas, was er nicht unter Kontrolle hatte.

Das Trauma eines fallenden Schusses begleitete ihn seit seiner frühen Jugend und bisher war ihm nichts bekannt, was dem entgegenwirken konnte.

Er lauschte kurz in sich hinein, sagte erfreut: »Du hast es gefunden«, und fragte dann völlig zusammenhanglos: »Was hast du gefunden?«

»Geht's dir gut?« Eva sah ihn prüfend an.

»Ja«, sagte er. »Erstaunlich gut.«

Sie schüttelte den Kopf. »Ich verstehe dich nicht.«

Ruben, der bereits wieder ganz bei der Suche nach dem Mädchen war, spulte im Kopf zurück, verstand und erklärte: »Du hast Stopp gerufen, und das hat meinen Anfall wegen des Knalls unterbrochen. Es ist so lange her, dass mein Bruder erschossen wurde, und ich wusste bis heute nicht, dass irgendetwas gegen mein Trauma hilft.« Er machte eine kurze Pause und fragte erneut: »Aber warum hast du eigentlich Stopp gerufen? Hast du etwas entdeckt?«

Jetzt schien auch sie zu begreifen, deutete nach oben zu einem Baum, der in etwa zehn Meter Entfernung stand, hielt ihre Lampe in die Richtung und sagte schlicht: »Wildkamera.«

Ruben brach einige gefrorene Äste vom nächsten Baum und legte damit einen Pfeil in die Richtung. Danach überquerten sie den Wanderweg, fanden nach kurzer Suche die eigentliche Spur wieder und folgten ihr durch den inzwischen finsteren Wald.

Als leichter Schneefall einsetzte, murmelte Ruben: »Nicht gut«, und ging etwas schneller. Der sie begleitende Kollege atmete inzwischen bedenklich hörbar und hüstelte immer wieder leise, aber darauf konnten sie jetzt keine Rücksicht nehmen.

Dann kamen sie an eine Stelle, die das Schlimmste befürchten ließ.

Kurz vor der Mulde wurde die Schrittlänge der Fußspuren länger und verwaschener. Ruben sagte leise: »Hier wurde gerannt. Und dort …« Er leuchtete in den ausgetrockneten, aber schneebedeckten Wassergraben. »… muss irgendetwas passiert sein.«

Eva trat neben ihn, sah den Blutfleck und die Blutspritzer drum herum und murmelte: »Scheiße!«

»Nein, Blut«, korrigierte sie Ruben ohne Zynismus in der Stimme. Und bevor Eva darauf reagieren konnte, befahl er: »Alle stehen bleiben. Jeder leuchtet seinen Bereich ab.«

Keinen der drei hätte es angesichts der Blutmenge gewundert, wenn das Mädchen hier irgendwo herumgelegen hätte. Jeder ließ den Lichtstrahl Zentimeter für Zentimeter durch den umliegenden Wald wandern, und einmal stockte Eva das Herz. Einen Steinwurf von ihr entfernt schaute etwas aus dem Schnee, das wie ein rosafarbenes Kleidungsstück aussah. Sie schluckte, sagte leise: »Dort drüben«, und machte von Ruben begleitet einige Schritte in die Richtung. Vor dem Fundstück blieb sie stehen, atmete durch und sagte: »Ich habe mich noch nie so über Müll im Wald gefreut.«

Sie ignorierten die halb zugeschneite Plastiktüte, gingen zurück, markierten den Graben mit einem großen Zweig und folgten der Spur, die jetzt in unregelmäßigen Abständen Blutstropfen zeigte, weiter.

Das regelmäßige Wummern des herbeigerufenen Polizeihubschraubers setzte gerade ein, als die drei aus dem Wald auf eine Straße traten. Dort gab es noch ein, zwei kaum noch sichtbare Schuhabdrücke, die aber auch schon langsam unter dem frischen Schnee verschwanden.

Eva hörte ein anderes, gleichmäßigeres Geräusch als Erste, dachte sich aber nichts dabei. Stattdessen leuchtete sie die

Straße ab, fand noch einen Blutstropfen, deutete nach links und bestimmte: »Dort entlang.«

Nach etwa zwanzig Metern kamen sie an eine Stelle, wo sich neben der Fahrbahn Reifenabdrücke in den Schnee gepresst hatten. Während das gleichmäßige Rauschen und Scheppern immer lauter wurde, sagte Ruben erfreut: »Na das ist doch schon was. Mit der Spur können wir sicher etwas anfangen.« Dann kam das schwere Schneeräumfahrzeug um die nächste Kurve, musste den drei Beamten ausweichen und ersetzte die gefundenen Reifenabdrücke durch seine eigenen.

Alle drei sahen dem Winterdienst fassungslos hinterher, bis Ruben ruhig feststellte: »Da hätte Mike vielleicht ein bisschen mitdenken sollen.« Danach steckte er den letzten Ast in den Schneematsch und sah dabei zu, wie das ausgebrachte Salz auch die letzten Spuren beseitigte.

24

Das dumpfe Wummern setzte ein, als Maria ihrem Gast gerade den dritten Schnaps einschenken wollte.

»Muss noch fahren«, sagte Udo und hielt die flache Hand über sein Glas, griff sich das Bier und fügte hinzu: »Aber das trinke ich noch.«

Sie sagte: »Gerne«, schenkte sich selbst noch einen Grappa ein und stieß mit ihrem kleinen Glas gegen den Krug. Der starke Alkohol entfaltete langsam seine entspannende Wirkung, was einen Teil ihrer Sorgen in den Hintergrund treten ließ.

Inzwischen war das Wummern so stark geworden, dass sogar die Fenster leicht vibrierten. »Was zum Teufel«, fluchte sie, stand auf, ging zum Küchenfenster und sah hinaus. Das ganze Dorf schien in Aufruhr zu sein und darüber kreiste ein Hubschrauber, dessen Suchscheinwerfer gerade den Waldrand absuchte.

Wo sonst nur Licht aus einigen Fenstern schien und ab und zu die Scheinwerfer eines Autos zu sehen waren, herrschte ganz offensichtlich Aufregung. Auch wenn sie von hier oben natürlich keine Details erkennen konnte, war klar, dass schon wieder etwas Schlimmes passiert sein musste.

Im Dorf und an einem gegenüberliegenden Hang blitzten Blaulichter durch die Dunkelheit des Abends. Außerdem erschien die Rodelpiste der Kinder drüben zwischen den Wäldern in gleißendem Licht.

Es dauerte durch den Alkohol etwas länger, bis ihr schließlich klar wurde, was möglicherweise passiert war. Maria schlug sich die Hand vor den Mund und murmelte leise: »Nicht schon wieder.«

Udo war ebenfalls aufgestanden, folgte ihrem Blick und fragte naiv: »Was ist denn da los?«

Maria schüttelte wütend den Kopf und schimpfte dabei: »Er hat es gesagt. Dieser Irre hat mir gesagt, dass es noch mehr Horror geben wird. Dass er mir noch viel mehr Grauen zeigen würde. Und diese arroganten Scheißkommissare haben nichts von dem geglaubt, was ich ihnen erzählte.«

Sie spürte, wie sich ein Druck in ihr aufbaute. Ihr Hirn zeigte ihr Bilder, die sie nicht sehen wollte. Bilder von Hans, wie er unter dem Eis trieb. Bilder von kalten leblosen Augen. Bilder von hilflosen kleinen Händen, die nach einem Ausweg suchten. Sie konnte dem nicht lange standhalten, erlitt einen weiteren Zusammenbruch, der sie ungehemmt heulen ließ.

Irgendwann spürte sie Udos Hände auf ihren Schultern und zuckte zusammen. Berührungen … sie hasste Berührungen, ertrug sie seit Langem nicht mehr. Maria hörte sich selbst »Geh weg« brüllen und machte einen Schritt zurück. Dann hielt sie ihre rechte Hand abwehrend nach vorne und heulte: »Fass mich nicht an. Bitte. Fass mich einfach nicht an.«

Udos überrascht verängstigter Gesichtsausdruck erreichte sie nur wie durch einen Schleier. Ihre Beine gaben nach, und während sie mit dem Rücken am Küchenschrank auf den Boden sank, sah sie, wie Udo sich umdrehte und zum Ausgang ging. Sie krächzte: »Bitte Udo.«

Er blieb zögernd stehen und drehte sich zu ihr.

Maria atmete einige Male durch und bat weinend: »Bleib, Udo. Bitte. Es hat nichts mit dir zu tun.« Es folgten einige weitere Atemzüge, bis sie schließlich sagen konnte: »Bitte lass mich jetzt nicht allein. Ich … ich … es geht bestimmt gleich wieder.«

Der Helikopter zog draußen seine Kreise und ihr Herzschlag passte sich dem Wummern des Rotors an. Sie sah dabei zu, wie Udo ein paar Blätter Küchenpapier abriss. Er ging mit Abstand vor ihr in die Hocke, streckte ihr die Tücher entgegen und sagte leise: »Ich wollte Sie nicht erschrecken.«

Maria deutete ein Nicken an, nahm die Tücher, wischte sich die Tränen ab und putzte sich die Nase. Danach stemmte sie sich mühevoll in den Stand.

Nachdem sie sich ein-, zweimal geräuspert hatte, nickte sie zum Fenster und fragte: »Hast du eine Ahnung, was passiert sein könnte? Du bist doch vorhin aus dem Dorf gekommen.«

Er folgte ihrem Blick, schaute einen Augenblick lang zu dem weit entfernten Hang, auf dem zahlreiche Lampen und Blaulichter zu sehen waren, schüttelte aber den Kopf. »Nein. Vorhin war noch alles gut!« Dann hielt er inne. »Aber da war so ein Mann im Dorf, den ich schon ein paarmal gesehen habe. Er wartet mittags oft in der Nähe der Bushaltestelle. Und heute hat er sogar eines der Mädchen aus dem Dorf angesprochen.« Udo rieb sich unruhig über das Gesicht und Maria fragte, immer noch schniefend: »Was noch? Dich beschäftigt doch was!«

Sein Gesichtsausdruck wurde traurig, als er leise sagte: »Vielleicht ist es meine Schuld.«

»Udo«, sagte sie streng. »Was ist deine Schuld?«

»Na, dass etwas passiert ist. Dieser Mann. Ich habe mich nicht getraut, ihn danach zu fragen, warum er mit dem Mädchen geredet hat. Und dann hat er mich auch noch angemault. Er sagte, ich soll ihn nicht beobachten.« Wieder stockte Udo, bevor er noch leiser fragte: »Was, wenn er …?«

»Glaube ich nicht«, erwiderte Maria nach kurzem Nachdenken in tröstlichem Tonfall und fügte hinzu: »Wenn er etwas im Schilde geführt hätte, würde er sich doch nicht so öffentlich zeigen. Nicht, nachdem die Sache am Weiher passiert ist und alle im Ort nervös sind.«

»Hm.« Udo klang wenig überzeugt.

Maria hatte sich wieder etwas unter Kontrolle, beschloss aber: »Ich brauch noch einen Schnaps. Willst du auch noch einen?« Damit ging sie rüber zum Tisch, schenkte, ohne auf seine Antwort zu achten, beide Gläser voll und reichte ihm eines davon. Beide tranken es auf ex, dann holte sie ihr Smartphone, öffnete eine regionale Facebook-Gruppe und las einige der Posts. Wie immer waren die Leute schneller als die Presse und so ließ sie sich auf einen Stuhl sinken und erklärte matt: »Ein Mädchen ist verschwunden. Sie ist elf und heißt Mia. Und hier ist sogar ein Foto von ihr.« Maria hielt Udo das Handy hin, dieser brummte: »Scheiße«, und sie erriet: »Ist das die Kleine, die dieser Mann angesprochen hat?« Er nickte, schenkte sich, ohne zu fragen, noch einen Grappa ein und kippte ihn hinunter.

Maria verzichtete dieses Mal darauf mitzutrinken und versuchte, sich stattdessen zu konzentrieren. Was, wenn es dieser Mann wirklich gewesen war? Was, wenn Udo einem Kinderschänder begegnet war und ihn beschreiben konnte? Was, wenn dieser Mann der gleiche war, der sie, warum auch immer, terrorisierte? Udo musste eine Aussage machen und konnte so den Spuk vielleicht schnell beenden.

Sie sah zu ihm hinüber und fragte: »Kannst du den Mann beschreiben? Wir müssen runter ins Dorf und du musst der Polizei sagen, was du weißt!«

Sein Kopfschütteln kam so schnell und war so heftig, dass man meinen konnte, er hätte etwas zu verbergen. Doch dann stammelte er: »Nein, bitte, diese Menschen ... diese Polizisten ... die haben mir Angst gemacht. Ich kann nicht. Man hat mich schon einmal eingesperrt. Ich habe nix getan und trotzdem. Bitte. Nein.«

Maria runzelte die Stirn. »Du warst schon im Gefängnis?«

»Nur kurz und nur weil Egon damals sagte, dass ich wo eingebrochen bin, obwohl er es war. Es war so …« Udo wiederholte das Kopfschütteln, bevor er müde einfach nur »Bitte nicht« sagte.

Maria hatte Mitleid mit ihm, trotzdem durfte die Sache nicht unter den Teppich gekehrt werden. Es war ihre Chance, mehr Einblicke in den Stand der Dinge zu bekommen. Und es war eine Chance für dieses Mädchen, dem sie ein Happy End wünschte.

Sie dachte erneut nach. Überlegte sich, wie sie das Problem lösen würde, wenn es in einem ihrer Bücher passieren würde, und beschloss: »Gut, Udo, dann machen wir das anders.« Damit stand sie auf, holte ihren Notizblock, setzte sich wieder an den Esstisch und forderte: »Erzähle mir, wie der Mann ausgesehen hat. Also wie alt er war, was er anhatte, ob er einen Bart trug und so weiter.«

Zehn Minuten später war Maria schon fast verwundert darüber, dass diese Kommissarin Lange das Gespräch tatsächlich annahm. Die Frau atmete schwer, sagte aber freundlich: »Hallo Frau Burkhard. Bitte, wenn es nicht wirklich wichtig ist, müssen wir uns später oder morgen unterhalten. Ich kann jetzt wirklich schlecht.«

Maria schaffte es, ihre Stimme kraftvoll klingen zu lassen. »Es ist wichtig. Ich habe von hier oben gesehen, dass unten im Dorf etwas passiert sein muss. Und auf Facebook schreiben die Leute, dass ein Mädchen vermisst wird.«

»Das ist richtig«, bestätigte die Kommissarin. »Wissen Sie etwas darüber?«

»Ich habe die Beschreibung des möglichen Täters.«

»Sie haben was?«, kam es ungläubig aus dem Telefon. Dann: »Warten Sie bitte einen Augenblick.« Es ertönten ein paar Hintergrundgeräusche und schließlich das Schlagen einer Autotür. Kurz darauf bat die Kommissarin in ruhigerer Umgebung: »Erzählen Sie.«

Maria hatte erst überlegt, Udos Geschichte als die eigene auszugeben. Da Lügen aber selten gut ausgingen, erzählte sie von Udo und was er ihr gerade erzählt hatte. Dann gab sie seine Beschreibung des Mannes aus dem Dorf durch und erklärte, dass Udo das natürlich auch noch persönlich zu Protokoll geben würde.

Udo, der ihr gegenübersaß und mithörte, wurde immer blasser. Er entspannte sich erst ein wenig, als die Kommissarin sagte: »Danke, das hilft uns vielleicht. Aber Herr Keller muss die Aussage auf jeden Fall noch einmal bei uns machen. Allerdings kommen wir heute nicht mehr dazu. Er soll sich morgen in der Wirtschaft melden, in der wir uns heute schon mit ihm unterhalten haben. Haben Sie sonst noch Informationen, die uns helfen könnten?«

Maria verzichtete darauf, von dem Wort »ANGST?«, das sie hinter ihrem Haus in den Schnee geschrieben gefunden hatte, zu erzählen, und verabschiedete sich mit dem Versprechen, dass Udo morgen vorstellig werden würde. Danach legte sie auf und sagte zu sich selbst: »Was für eine Scheiße.«

25

Es ist nicht mehr so furchtbar kalt, war Mias erste Empfindung. Die zweite war ein Schmerz am Kopf. Es waren aber keine Kopfschmerzen. Die hatte sie bei ihrer letzten Erkältung gehabt und wusste daher noch genau, wie sich das anfühlt. Das hier war ein stechender Schmerz. Mias Erinnerungen waren blass und verschwommen. Irgendwas mit Wald, wobei sie nicht wusste, ob sie dort wirklich gewesen war oder es nur geträumt hatte.

Sie öffnete die Augen, was aber nichts änderte. Alles blieb so dunkel wie zuvor. *Bin ich tot?*, kam ihr in den Sinn und sie spürte Panik.

Sie begann, mit der rechten Hand ihre Umgebung abzusuchen. Auch wenn sie Angst davor hatte, was sie vielleicht finden würde.

Unter sich fühlte sie Stoff und darunter etwas Weiches. Lag sie etwa in ihrem Bett? Und wenn ja, warum war es so dunkel? Ihr Zimmer war nie so dunkel. Oder war sie vielleicht blind?

Der stechende Schmerz wandelte sich langsam zu einem Pochen im Rhythmus ihres Herzschlags. Sie führte ihre Hand zum Kopf, der eindeutig nicht auf einem Kissen lag. Wieder fühlte sie Stoff, dieses Mal jedoch rauer und um ihre Stirn gewickelt. Ihr Finger erreichte eine Stelle, die sich feucht anfühlte. Sie drückte leicht dagegen und zuckte vor Schmerz zusammen.

»Mama?« Mia hörte sich in der Stille selbst flüstern. »Mami, bist du da?«, hauchte sie erneut. Ihr angestrengtes Lauschen ließ sie ein Geräusch hören, das sich in gleichmäßigen Abständen wiederholte. Ein Wasserhahn? Ein tropfender Wasserhahn? In ihrem Zimmer gab es keinen Wasserhahn und der im Bad tropfte nicht.

»Mami? Ich habe Angst, Mami!«, versuchte sie es ein wenig lauter und dann brach die Hölle los.

Die Neonröhre über ihr nahm ihren Dienst nur zögerlich auf. Mia erkannte ein kurzes Glimmen, dann flackerte die Lampe so hell, dass es in ihren Augen stach. Zwei, drei Bilder konnte ihre Netzhaut einfangen, bevor ein Schutzreflex ihre Augen schloss. Bilder, die sie erkennen ließen, dass dies hier nichts mit ihrem Zimmer zu tun hatte. Graue Wände, es waren steingraue Wände, die sie umgaben. Und diese Lampe war alt. Alt, staubig und von Spinnweben umgeben.

Zu einem weiteren Gedanken kam Mia nicht, denn nun begann etwas, was sich in ihre Seele bohrte. Es begann mit einem Knistern, dann setzten verzerrte Geräusche ein, und aus den verzerrten Geräuschen wurde die tiefe bedrohliche Stimme eines Mannes. Im ersten Moment glaubte Mia, dass seine Worte ihr galten, dann erkannte sie den Text, und der Mann klang böse, als er sagte: »... fort geht nun die Mutter und wupp! Den Daumen in den Mund. Bauz! Da geht die Türe auf, und herein in schnellem Lauf springt der Schneider in die Stub' zu dem Daumen-Lutscher-Bub. Weh! Jetzt geht es klipp und klapp. Mit der Scher' die Daumen ab, mit der großen scharfen Scher'! Hei! Da schreit der Konrad sehr.«

Mia kannte die Geschichten vom »Struwwelpeter«. Natürlich. Aber die Stimme dieses Mannes erzählte das Märchen, als würde er sie direkt ansprechen. Als würde er direkt vor ihr stehen, bedrohlich auf sie herabblicken und all die bösen

Geschichten als Drohung sagen. Und es war laut. So laut, dass sie sich bald die Ohren zuhielt.

Mia drehte sich auf die andere Seite, rollte sich zusammen, versuchte, ein wenig zu blinzeln, und stieß einen Schrei aus. Direkt neben ihr saß eine Puppe an die kahle Wand gelehnt. Doch dies war keine schöne Puppe. Keine, die zum Spielen einlud. Denn diese Puppe hatte anstatt eines Mundes nur ein großes ausgefranstes Loch und an ihrer rechten Hand fehlte der Daumen.

Sie löste eine Hand von ihrem Ohr und schlug sie sich vor den Mund. Die böse Stimme aus dem Lautsprecher war gerade bei der Passage: »… Am Brunnen stand ein großer Hund, trank Wasser dort mit seinem Mund. Da mit der Peitsch' herzu sich schlich der bitterböse Friederich; und schlug den Hund, der heulte sehr, und trat und schlug ihn immer mehr. Da biss der Hund ihn in das Bein, recht tief bis in das Blut hinein …«

Mia hörte sich selbst jaulen, rutschte ein Stück von der Puppe weg, fühlte kurz, dass nichts mehr unter ihr war, und fiel von ihrer Liegefläche. Dass ihr Knie jetzt fast noch mehr als ihr Kopf schmerzte, war egal. Sie krabbelte auf allen vieren zu einer Ecke des Raumes, drängte sich mit dem Rücken an die kalte Wand und starrte auf den Wahnsinn, der sie umgab. Sie legte ihr kleines Gesicht auf die angezogenen Knie, presste die Hände wieder auf beide Ohren und verharrte so in einer Schockstarre.

26

Unten im Tal wurde es schnell dunkler, was die vielen Blaulichter und den Suchscheinwerfer des Helikopters noch bedrohlicher wirken ließ. Einmal flog der Hubschrauber sogar über Marias Haus und verharrte dort, wobei das gleißende Licht die Wohnstube taghell erscheinen ließ.

Udo wirkte in diesem Moment genau so, wie ihn die Leute in der Regel wahrnahmen. Durch seine hängenden Schultern, den stets fragenden Blick und seine fahle Gesichtshaut verstand man durchaus, warum er als Dorfdepp bezeichnet wurde. Trotzdem war Maria froh, dass er da war.

Ihre Gedanken kreisten noch immer um alles, was in den letzten Tagen passiert war, und egal wie sie es drehte und wendete, sie fand keine passende Konstellation.

Warum hatte es jemand, der Kinder entführte und tötete, gleichzeitig auf sie abgesehen? Warum kam ihr dieser Jemand so nahe, hinterließ Nachrichten, aber tat ihr nichts? Und dann noch diese in den Schnee geschriebene Frage »ANGST?« hinter ihrem Haus, was nichts anderes bedeutete, als dass er jederzeit in der Nähe sein konnte. Vielleicht kauerte er sogar genau in diesem Moment oben zwischen den Bäumen und sah ihnen zu.

Sie bereute, dass sie vor ihrem Wiedereinzug in ihr Elternhaus zwar neue Fenster hatte einbauen lassen, aber auf

Rollos verzichtet hatte. Ein altes Fachwerkhaus und Rollos passten einfach nicht zusammen. Und so gab es nur Vorhänge innen und die alten, aber restaurierten Fensterläden draußen.

Mit den Worten »Ich muss dann langsam los« riss Udo sie aus ihren Gedanken. Sie sah ihn an, musste sich kurz sortieren und bestimmte: »Komm. Ein Bier geht noch. Hol du zwei aus dem Kühlschrank und ich ziehe die Vorhänge zu.« Damit ging sie in die Ecke, wo ihr Sekretär stand.

Das wenige Licht von der Wohn-EssFläche reichte kaum bis in den hinteren Bereich der großen Wohnstube. Maria zwängte sich an dem Sekretär vorbei, um an das letzte Fenster zu gelangen. Dort griff sie den dicken Vorhangstoff, der sonst nur links und rechts des Fensters herunterhing, und wollte ihn schon zuziehen. Durch das fehlende Licht konnte man hier besser nach draußen in die Dunkelheit sehen, trotzdem spiegelte sich ihr Gesicht ein wenig in der Scheibe. Für einen kurzen Augenblick glaubte sie, jemand anderen zu sehen. Ihr Puls pochte hart gegen ihre alten Adern, sie wich ein kleines Stück zurück und sog die Luft scharf ein. Dann wurde sie sich bewusst, dass es ihr eigenes Bild war, das sich dort in der Scheibe spiegelte.

Anders als beim gut ausgeleuchteten Spiegel oben im Bad wirkte dieses Spiegelbild ehrlicher … erschreckend ehrlich. Es zeigte ein von Alter und Stress gezeichnetes Gesicht, dem die aktuelle Angst anzusehen war. Nichts darin war entspannt. Auf ihrer Stirn zeichneten sich scharfe Falten ab, ihr Mund wirkte verkrampft und ihr Blick getrieben.

Maria wollte das nicht sein! Sie war die tough e Thrillerautorin und nicht diese alte verstörte Frau. Sie war schön! Sah jünger aus, als sie war, und nicht … so!

Wut stieg in ihr hoch. Sie zog die beiden Vorhanghälften mit einer energischen Bewegung zusammen, ging zum nächsten

Fenster, sah nicht auf die Scheibe und wiederholte das, bis alle Fenster verdunkelt waren.

Zurück am Esstisch war ihr Glas bereits aufgefüllt und Udo stammelte etwas davon, dass er gleich losmusste. Sie wollte das noch nicht.

Maria spürte für einen Moment diese alte Stärke in sich. Früher hatte ihr niemand etwas abgeschlagen und schon gar kein Mann. Sie sah ihn einen Augenblick länger an, als man das normalerweise tat, und es zeigte Wirkung. Udo war vielleicht ein wenig dumm, aber er war auch ein Mann. Allerdings einer, den eine Frau schnell unsicher machen konnte. Nach drei Sekunden senkte er den Blick und schlug dabei vor: »Ich kann ja noch dableiben, bis Sie Ihr Bier getrunken haben.«

Sie holte ein weiteres Bier aus dem Kühlschrank, stellte es vor ihn hin und befahl: »Setz dich! Oder willst du eine einsame Frau in dieser Situation allein lassen?« Maria legte viel Kraft in diese Ansage, wobei sie hoffte, dass es ihre eigentliche Angst, heute allein bleiben zu müssen, überspielte. Dann sah sie Udo an, erkannte seinen inneren Kampf und schlug etwas sanfter vor: »Was hältst du davon, wenn du heute Nacht hierbleibst?« Sein Gesichtsausdruck änderte sich so nachhaltig und wurde dabei so zweideutig, dass sie schnell hinterherschob: »Ich habe oben ein Gästezimmer, da könntest du ohne Probleme schlafen.«

Der erwartungsvolle Glanz in seinen Augen schwächte sich ein wenig ab, trotzdem musste er nur kurz darüber nachdenken, bevor er ungläubig »Wirklich?« fragte.

Der macht sich tatsächlich Hoffnungen, ging es ihr durch den Kopf, wobei sie nicht wusste, ob sie sich geschmeichelt fühlen sollte.

So saßen sie zusammen, tranken Bier und redeten über Gott und die Welt. Zwischendurch las Maria immer wieder einmal in den regionalen Foren, und auch die Presse hatte das Verschwinden des Mädchens inzwischen aufgegriffen. Kurz vor Mitternacht gab es laut einer Pressemitteilung der Polizei noch immer keine Spur des verschwundenen Kindes. Man ging inzwischen ziemlich sicher von einer Entführung aus und bat die Bevölkerung, jede Auffälligkeit zu melden.

Maria legte das Handy weg, sah Udo an und fragte, inzwischen schon etwas benebelt: »Was, denkst du, macht er mit ihr?«

Udo spielte kurz unschlüssig mit seinen Fingern, ballte die Hände schließlich zur Faust und antwortete erschreckend kalt: »Ich hoffe, er bringt sie nur um und misshandelt sie nicht.«

Der Satz war so kurz und trotzdem so ehrlich, dass Maria damit zu kämpfen hatte.

Erinnerungsfetzen des Filmes, den sie sich am gestrigen Abend hatte ansehen müssen, tauchten vor ihrem inneren Auge auf. Bilder eines kleinen nackten Jungen, der ohne jeden Skrupel bei Minusgraden durch einen nächtlichen Wald gejagt wurde. Ihre Erinnerungen wurden detaillierter, zeigten ihr seinen verstörten Gesichtsausdruck und die Angst in seinem Blick.

Nach all den Zweifeln während der letzten Stunden wurde ihr wieder einmal klar, dass es keine Einbildung gewesen sein konnte. Dieser Irre war hier gewesen, hatte sie mit irgendeinem Mittel betäubt und … weiter wollte sie gar nicht denken.

»Habe ich Sie schockiert?«, fragte Udo mit einem schlechten Gewissen im Tonfall.

Maria deutete erst ein Kopfschütteln an, erwiderte dann aber: »Ja.« Sie trank einen großen Schluck Bier, das ihr nicht mehr schmeckte, atmete durch und erklärte: »Du hast es leider auf den Punkt gebracht.« Ihre Stimme wurde leiser, als sie hinzufügte: »Wir sollten für dieses Mädchen beten. Ich habe gesehen, wozu dieser Irre fähig ist. Er hat es mir gestern Abend gezeigt.« Maria schwieg einen Augenblick und erzählte Udo dann ungefragt, was ihr passiert war.

Als sie damit fertig war, hatte dieser ebenfalls eine Träne im Augenwinkel und sagte einfach nur: »Ich kann auch länger bleiben, wenn Sie wollen.«

Sie schenkte ihm ein verbissenes Lächeln, füllte noch einmal zwei Schnäpse ein und sagte ehrlich berührt: »Danke, Udo. Du bist ein guter Kerl!« Dann hielt sie ihm ihr Glas zum Anstoßen entgegen und bat: »Und ab jetzt sagst du bitte Du zu mir. Ich bin die Maria.«

Eine halbe Stunde später zeigte Maria Udo das Gästezimmer, in dem schon so lange niemand mehr übernachtet hatte. Danach ging sie ins Bad, vermied es, dort in den Spiegel zu blicken, und verrichtete nur das Nötigste. Erschöpfung und Alkohol lasteten schwer auf ihr. Sie streifte ihre Kleidung ab, stürzte dabei fast und zog einen frischen Pyjama an.

Endlich im Bett war ihr letzter Gedanke, ob sie dem Mann dort drüben vielleicht zu viel Vertrauen schenkte, dann fiel sie in einen traumlosen Schlaf.

Gegen zwei Uhr nachts erwachte sie innerlich fluchend. Bier war sie nicht gewohnt und ihre Blase ließ ihr keine andere Wahl, als aufzustehen. Da sie aber bei gekipptem Fenster schlief, war die Temperatur im Raum alles andere als eine Einladung.

Maria wusste, dass sie keine Wahl hatte. Sie stand auf, ging schlaftrunken hinaus auf den Flur und zuckte zusammen. Erst als ihr wieder einfiel, dass es Udos Schnarchen war, das sie hörte, beruhigte sie sich wieder.

Nach dem Toilettengang fand sie deutlich schwerer in den Schlaf zurück. Draußen rauschte der Wind durch den nächtlichen Wald und ein wolkenverhangener Himmel ließ dem Mondlicht keine Chance. Einmal glaubte sie, ein Motorengeräusch zu hören, das ein wenig zu nahe schien, aber schnell wieder verschwand.

Auch der Hubschrauber hatte die Suchaktion inzwischen aufgegeben. Marias Gedanken gingen zu dem kleinen Mädchen, das sie in den Foren Mia nannten. Wo mochte sie jetzt sein? War sie vielleicht schon tot oder hatte man andere Pläne mit ihr? Maria fröstelte es unter ihrer Decke. Sie zog diese enger um sich, versuchte, an etwas Schönes aus der alten Zeit zu denken, fand aber nur wenig Erfreuliches.

Die dunkle Stimme eines Märchenerzählers mischte sich in ihre Träume. Er redete wie aus weiter Ferne und seine Worte waren nicht mehr als dumpfes Gemurmel. Die Illusion des Schlafes zeigte ihr Bilder aus Kindertagen. Glückliche Bilder. Es war Sommer und der Wald friedlich. Simon lebte noch. Sie war mit ihm oben am Bach, wo sie den kleinen Fischen nachstellten. Alles schien wie immer, bis diese Stimme einsetzte. Sie ersetzte das fröhliche Geräusch des fließenden Wassers durch etwas Bedrohliches. Und eine dunkle Wolke, die sich im Traum genau im selben Moment vor die Sonne schob, jagte ihr ein Frösteln über den Rücken.

Die Stimme wurde lauter, schien immer das Gleiche zu sagen, jetzt sogar im Kanon.

Nebel schob sich vor den Traum. Erst als Schleier, dann undurchdringbar. Maria wälzte sich im Bett von einer Seite auf die andere. Und noch bevor sie ihre Augen aufschlug, spürte sie, wie der Schweiß ihren Pyjama auf ihrer Haut kleben ließ.

Die Erkenntnis kam im Bruchteil einer Sekunde. Sie war schneller als das Erwachen, schneller als die Realität. Denn die Stimme hörte nicht auf, sich zu wiederholen. Sie blieb, obwohl der Traum längst gegangen war. Sie dröhnte durch das ganze Haus.

Maria zwang sich zur Ruhe, tastete nach der Schreckschusspistole und schob die Beine aus dem Bett. Ihr viel zu leiser Ruf nach Udo ging in dem dumpfen Gemurmel unter, doch lauter wagte sie nicht, nach ihm zu rufen.

An der nur angelehnten Schlafzimmertür blieb sie stehen, atmete durch und sah durch den schmalen Spalt. Das kaum wahrnehmbare Licht im Flur gehörte dort nicht hin. Es war nur eine Ahnung, ein kaum sichtbares Flimmern, das aufhörte, um dann wieder zu beginnen.

Maria öffnete die Tür ein wenig weiter, wobei sie die Waffe durch den Spalt schob. Nun erkannte sie einzelne Worte. Es klang nach einer alten Geschichte aus Kindertagen. Es klang nach einer Passage aus dem »Struwwelpeter«.

27

Maria schlug das Herz bis zum Hals und die eigentlich nutzlose Pistole zitterte in ihrer Hand. Draußen im Flur war niemand und die Badezimmertür schien in derselben Stellung wie vorhin. Sie wagte einen Blick die Treppe hinunter. Im unteren Flur waren die Lichtreflexe heller und die Stimme des Sprechers hallte zweistimmig zu ihr herauf. Maria verstand den Satz:

Da mit der Peitsch' herzu sich schlich der bitterböse Friederich; und schlug den Hund, der heulte sehr, und trat und schlug ihn immer mehr.

Danach herrschte kurz Stille, dann wiederholte sich der Text, wie bei einer alten Schallplatte, die einen Sprung hatte. Maria hielt den Atem an, dachte an schlechte Filme, in denen der Protagonist jetzt Hals über Kopf in sein Verderben laufen würde.

Fünf Meter weiter öffnete sich die Tür, was sie allerdings erst mitbekam, als Udo viel zu laut »Was ist hier los?« fragte.

Maria zuckte furchtbar zusammen und hätte fast einen Schuss mit der Schreckschusspistole abgegeben. Dann legte sie ihren Zeigefinger vor den Mund und winkte ihn zu sich. Sein schlechter Atem erreichte sie, noch bevor er neben ihr stand. Sie ignorierte das, deutete hinab und flüsterte: »Da unten ist jemand.«

»Meinst du wirklich?«, fragte Udo ein wenig dümmlich und nicht halb so alarmiert wie sie selbst.

»Was soll es sonst sein? Meinst du, ich habe das inszeniert?«, erwiderte sie wütend gegen den Lärm, wobei sie begriff, dass Udo noch immer betrunken war und ihr damit keine große Hilfe sein würde. Dann wartete sie nicht mehr länger und stieg Stufe für Stufe hinunter.

Die Stimme des Erzählers wurde lauter und lauter, dröhnte hier unten geradezu von den Wänden. Kurz vor den letzten Stufen ging sie in die Hocke und blickte durch das Treppengeländer in den hinteren Bereich des unteren Flures, der völlig leer und dunkel war. Was auch immer es war, es kam aus der Wohnstube.

Udo blieb dicht hinter ihr, als sie mit nach vorne gerichteter Waffe weiterging. Ihr Blick ging kurz zur Eingangstür, die fest verriegelt schien. Und auch das winzige LED-Lämpchen der Alarmanlage leuchtete grün. *Eigentlich unmöglich*, ging es ihr durch den Kopf, dann konzentrierte sie sich auf die offene Tür zur Wohnstube. Das Flimmern des Lichtes und die dazugehörenden Töne des inzwischen vielstimmigen Märchenerzählers wiederholten sich mantraartig und jagten ihr Schauer über den Rücken.

Am Türrahmen angekommen nahm sie ihren ganzen Mut zusammen. Sie wischte sich eine Haarsträhne aus dem Gesicht, trat in den Türrahmen und schrie: »Bleiben Sie, wo Sie sind. Ich habe eine Waffe und werde sie benutzen.«

Das Bild, das sich ihr bot, war schwer zu begreifen. Sie drehte sich nach rechts, nichts! Zur offenen Küche, nichts! Nach links, wo sich der Kamin, das Sofa und ganz hinten auch ihr Sekretär befanden, nichts! Das heißt, nichts war nicht ganz richtig, denn sowohl der Fernseher als auch ihr aufgeklappter Laptop zeigten in sich wiederholender Abfolge Bilder. Bilder, die im ersten Moment keinen Sinn ergaben und doch zusammenhingen. Sie rasten hintereinanderweg. Und immer wenn der Sprecher wieder bei den Worten »Und trat und schlug ihn immer mehr« angelangt war, sah man ein kleines Mädchen, wie es mit einem Ausdruck von Wahnsinn in die Kamera blickte.

Das Bild blieb nur einen kurzen Augenblick, dann folgten die Fratze einer Puppe, ein dunkler Wald, ein Loch im Eis, noch einmal das Mädchen, dieses Mal, wie es sich in der Ecke eines Raumes zusammenkauerte. Es hatte nur seine Unterhose und ein dünnes, schmutziges Unterhemd an und wirkte verstört. Danach zeigten die Monitore kurz das Bild von schweren Eisenketten, wieder Wald, ganz kurz das Gesicht vom toten Hans, den Weiher und schließlich wieder die Nahaufnahme des Gesichts der Kleinen.

»Was zum Teufel«, hörte Maria Udo hinter sich murmeln. Sie machte einen Schritt in den Raum hinein und war geneigt, sich die Ohren zuzuhalten. Dieser Sprecher war mit Sicherheit keiner, der irgendein Hörbuch einsprach. Vielleicht war es sogar der Täter selbst, denn die Stimme konnte einem eine ziemliche Angst machen … sie musste das abstellen!

Maria wagte einen weiteren Schritt, sah die Fernbedienung des Fernsehers auf dem Couchtisch liegen und wollte sich gerade danach bücken, als das aktuelle Bild sowohl auf dem Fernseher als auch auf ihrem Laptopmonitor einfror und die Stimme verstummte. Gespenstische Stille machte sich breit und umschloss ihre angespannten Nerven wie ein Mantel aus Eis.

Der Fernseher zeigte nun das übergroße Gesicht des Mädchens, das mit seinen blauen, rot unterlaufenen Augen in eine Kamera blickte. Dann begann das Bild, etwas zu ruckeln, und erwachte zum Leben.

Die Kleine blinzelte Tränen weg, sog den Rotz in die Nase und sagte schließlich leise und mit brüchiger Stimme: »Du musst die Geschichte aufschreiben. Schreib erst die vom Hans auf, sonst wird meine nicht mehr lange dauern.« Das Bild fror erneut ein, doch nur um zu einem Zerrbild zu werden, das so wirkte, als würde ihr Kopf in Scheiben geschnitten. Diese Streifen rutschten zu den Seiten weg. Dann endete es so plötzlich, dass Maria erst merkte, dass sie die Luft anhielt, als die beiden Monitore schon eine ganze Weile schwarz waren.

Es folgten Tränen. Maria hielt sich an der Sofalehne fest, starrte auf den leeren Bildschirm und suchte in ihrem Kopf nach einer Erklärung für das alles. Ihr blieb nur eine einzige Hoffnung, die allerdings zerschlagen wurde, als sie sich zu Udo drehte und dabei fragte: »War sie das? War das dieses Mädchen aus dem Dorf?«

Udo schluckte den Kloß im Hals herunter. »Ja.«

Maria wollte es immer noch nicht glauben, alles schien so wahnsinnig. Und nur um sicherzugehen, dass sie nicht einfach verrückt wurde, fragte sie: »Und du hast das hier eben auch gesehen? Sag mir bitte, dass du es auch gesehen hast.«

»Hab ich!«

Ein Gedanke führte zum nächsten. Ihr Blick huschte gehetzt vom Fernseher zum Laptop, zur Tür und wieder zurück. Er musste hier gewesen sein. Wie sonst sollte dieser Film, oder was immer es auch war, auf ihre Geräte gekommen sein?

Maria beschloss, sich nicht länger zum Opfer machen zu lassen. Sie ging zum Holzofen, nahm das Schüreisen, ging zurück zu Udo und bestimmte, während sie ihm die Stahlstange mit dem Haken vorne dran in die Hände drückte: »Wir durchsuchen dieses Haus. Und wenn du jemanden findest, schlage erst zu und frage dann.«

Udo wirkte wenig begeistert. Er nahm seine Waffe zwar entgegen, hielt sie aber wie ein ängstlicher Schwächling. Sehr viel mehr hatte Maria von diesem Mann aber auch nicht erwartet.

Zehn Minuten später war jede Ecke des alten Bauernhauses kontrolliert. Sie fanden weder oben auf dem staubigen

Dachboden noch unten im Keller einen Hinweis darauf, dass jemand hier gewesen war.

Inzwischen war Maria schon wieder so weit, dass sie sich fragen musste, ob das vorhin wirklich passiert war. Und erst als es ihr Udo noch einmal bestätigte, zündete sie sich eine Zigarette an, nahm ihr Handy und wählte die Nummer dieser jungen Kommissarin.

28

Eva war erst um ein Uhr ins Bett gekommen. Der aggressive Klingelton ihres Handys bohrte sich erst in ihre Träume, schaffte es dann langsam in ihr Bewusstsein und riss sie schließlich aus dem Schlaf. Sie murmelte ein gequältes: »Nein, nicht jetzt«, wollte das Gerät vom Nachtschränkchen nehmen, musste aber feststellen, dass beide Hände eingeschlafen waren. Der Versuch, es trotzdem zu greifen, endete damit, dass es auf den Boden fiel und dort weiterlärmte.

Bis Eva ihre Finger lange genug bewegt hatte, um sie wieder funktionstüchtig zu bekommen, war es verstummt. Sie warf einen Blick auf den uralten Radiowecker, der zu ihrem Zimmer gehörte. Auf der trüben Digitalanzeige stand nicht im Ernst fünf Uhr und drei Minuten. Sie ließ ihren Kopf zurück auf das Kopfkissen sinken und war geneigt, einfach weiterzuschlafen.

Nach drei Atemzügen gab sie sich einen Ruck, beugte sich über die Bettkante und hob das Handy genau in dem Moment auf, als es erneut zu klingeln begann. Sie sah auf das Display, murmelte: »Nicht schon wieder«, hob ab und sagte mit Zynismus im Tonfall: »Frau Burkhard, was kann ich für Sie tun?«

»Das Mädchen lebt!«, erwiderte diese ohne jede Begrüßung und fügte auch gleich hinzu: »Glauben Sie mir oder lassen Sie es bleiben. Mein Bekannter und ich haben gerade gesehen, dass das Mädchen lebt.«

Eva war schlagartig hellwach. Sie setzte sich auf und forderte: »Was haben Sie wo gesehen? Wissen Sie, wo sie ist?«

Nun wirkte die Stimme der Autorin nicht mehr ganz so souverän, als sie erklärte: »Es war wieder ein Film. Herr Keller und ich schliefen schon, da gingen unten der Fernseher und mein Laptop an. Wir sind runter und haben das Mädchen im Fernseher gesehen. Es war … war verstörend.«

Eva hatte, wie Mike, so ihre Schwierigkeiten mit dieser Frau und neigte zur Vorsicht bezüglich ihrer Glaubwürdigkeit. Daher dachte sie kurz nach, stellte sich die Situation vor und fragte misstrauisch: »Ihr Schlafzimmer ist oben. Wieso werden Sie wach, wenn Ihr Fernseher unten irgendwelche Filme oder Bilder zeigt?«

»Es waren nicht nur Bilder. Es war laut. Laut und verstörend. Zu dem Film gehörte eine Stimme, ein Sprecher, der Teile aus dem ›Struwwelpeter‹ vorlas.«

»Haben Sie getrunken?« Eva erinnerte sich an die vielen Flaschen, die im Haus von Frau Burkhard herumstanden. Nach dieser Frage herrschte kurz Stille in der Leitung.

Eva hörte einen Atemzug, bevor die Autorin deutlich weniger aufgeregt, aber hörbar verärgert entgegnete: »Ist das wichtig? Ist das wirklich wichtig? Ich, wir, könnten Ihnen vielleicht Hinweise auf ein vermisstes und offenbar gequältes Kind liefern, und Sie fragen mich, ob ich etwas getrunken habe?«

Eva musste kurz mit sich ringen. Denn wenn sie jetzt etwas zusagte, müsste sie Ruben und Mike nach nur vier Stunden Schlaf wecken. Sollte sich die Sache dann wieder als falscher Alarm herausstellen, stände sie ziemlich blöd da. Daher fragte sie noch einmal: »Und Sie sind sich mit dem, was Sie mir gerade erzählt haben, wirklich sicher?«

»Ja, verdammt! Der Fernseher und mein Laptop haben dieses Mädchen gezeigt. Und sie war in keinem guten Zustand. Sie hatte einen Verband um den Kopf, der durchgeblutet war. Außerdem musste sie mir eine Botschaft überbringen. Sie musste Folgendes sagen … Moment, ich habe es mir aufgeschrieben.«
Eva hörte Schritte und ein Papier rascheln.
»›Du musst die Geschichte aufschreiben. Schreib erst die vom Hans auf, sonst wird meine nicht mehr lange dauern.‹«
Eva ging noch einmal in sich. Sagte schließlich: »Ist gut, wir kommen. Bleiben Sie mit Herrn Keller im Haus, bis wir da sind, und fassen Sie möglichst nichts mehr an«, danach legte sie auf, rieb sich ihre müden Augen und zog sich an.

Nachdem Eva an die beiden Türen geklopft hatte, hörte sie Mike dumpf fluchen und aus Rubens Zimmer ein selbstverständlich klingendes »Bin gleich da«.
Minuten später standen sie zu dritt in dem schmalen Flur im ersten Stock der Pension und Eva erzählte ihren Kollegen von dem Anruf.
»Nicht ernsthaft«, stöhnte Mike, der so aussah, wie Eva sich morgens um fünf und mit kaum Schlaf fühlte.
Ruben sagte dagegen erst einmal gar nichts. Er stand einfach nur da, schien durch sie hindurchzublicken und beschloss schließlich: »Wir können Frau Burkhard nicht ignorieren. Hätten wir vielleicht nie tun dürfen.«
»Du glaubst dieser alten Schach… Frau?«, fragte Mike ungläubig.
Ruben sah ihn an, strich sich sein vom Schlaf verstrubbeltes Haar glatt und erwiderte: »Wenn es dir dann leichter fällt, kannst du sie ja als mögliche Täterin oder Mittäterin sehen. Immerhin verfügt sie über Insiderwissen und scheint ein paar psychische Probleme zu haben.«
»Und wie siehst du sie?« Eva sah Ruben fragend an.

Er dachte kurz darüber nach und sagte: »Als Puzzleteil. Vielleicht sogar als ein zentrales. Ich kenne die Bücher dieser Frau und finde sie auch ganz gut. Allerdings halte ich sie nicht für so fantasievoll, um sich das, was ihr angeblich gerade passiert, auszudenken. Ihre Geschichten sind zwar gut durchdacht, aber eben doch nur einfache Krimis. Außerdem ergibt es für mich keinen Sinn, dass sie uns anlügt. Wenn es um Marketing oder Aufmerksamkeit ginge, würde man so etwas über die Presse laufen lassen.« Er stockte kurz, legte sich den Zeigefinger an den Mund und korrigierte sich dann selbst. »Das heißt, so ganz stimmt das mit ihren Büchern nicht. In dem ersten Thriller dieser Frau ging es um ein wirklich ausgefallenes Verbrechen. Allerdings war das meines Wissens keine Fiktion. Damals orientierte sie sich an den realen Taten des Psychopathen Friedrich Brecher, der sein Leben in Sicherheitsverwahrung beenden wird.«

»Was du nicht alles weißt«, murmelte Mike missmutig. Er sah auf seine Armbanduhr und fragte: »Wie weiter? Fahren wir hoch zu ihr?«

»Ja«, lautete Rubens schlichte Antwort. Damit drehte er sich mit nachdenklicher Miene zu der Treppe, die hinunter zum Ausgang und zur Gaststube führte, und schickte sich schon an hinabzusteigen.

»Ruben?«, rief ihm Eva hinterher.

Er drehte sich um. »Ja?«

Sie deutete auf seinen Körper. »Es sind ungefähr minus zehn Grad draußen und du hast noch deinen Schlafanzug an.«

»Front- oder Heckantrieb?«

Ruben sah Mike an, als würde er von Aliens sprechen.

»Dein Wagen. Hat der Front- oder Heckantrieb?«

»Allrad.«

Mike nickte, steckte den Schlüssel seines BMW wieder in die Tasche und beschloss: »Gut, dann fahren wir mit deinem. Ich wäre schon beim letzten Mal fast nicht bis zu dem Hof raufgekommen und inzwischen ist noch etwas Schnee gefallen.«

»Kein Problem«, bestätigte Ruben, deutete in eine Seitengasse und sagte: »Da entlang.«

»Hybrid?«, fragte Mike zweifelnd, als Ruben vor einem Kleinwagen stehen blieb und die Türen entriegelte.

»Toll, oder? Der ist ganz neu und bis fünfzig Stundenkilometer völlig ohne Emissionen unterwegs und …«, Ruben ließ seinen Blick durch das stockfinstere und absolut stille Dorf schweifen, »… die Anwohner werden es uns gleich danken, da man den Wagen kaum hören wird.«

»Welch ein Segen«, entgegnete Mike zynisch, öffnete die Tür, klappte den Vordersitz nach vorne und bat Eva: »Könntest du bitte hinten sitzen, der Tag fängt eh schon nicht gut an.«

Ruben holte einen Eiskratzer aus einem Fach und entfernte sorgfältig jeden Quadratzentimeter Eis von sämtlichen Scheiben. Währenddessen sagte Mike, der bereits auf dem Beifahrersitz saß, über die Schulter zu Eva: »Ich hätte ja schon mal den Motor gestartet, damit es etwas wärmer wird, aber das geht ja hier nicht.«

Einige Minuten später konnte es endlich losgehen und jetzt bereute Mike seine Entscheidung, nicht selbst zu fahren, erst richtig. Ruben mochte vieles können, doch Auto fahren gehörte nicht dazu. Schon gar nicht im Winter. Er parkte aus, wendete so langsam, dass es wehtat, und fuhr bis zur Hauptstraße. Dort wollte er gerade abbiegen, als sich ein gelbes Blinklicht näherte. Kurz darauf donnerte ein schweres Räumfahrzeug durch den gerade erwachenden Ort und Mike konnte sich die Feststellung »Gut, dass deiner so leise ist« nicht verkneifen.

29

Nachdem Ruben während der gesamten Schleichfahrt bis zur Abzweigung zu Frau Burkhards Haus von seinem neuen Wagen geschwärmt hatte, wurde er auf dem schnee- und eisbedeckten Weg deutlich stiller. Nachdem er abgebogen war, reduzierte er die Geschwindigkeit auf praktisch null, schaltete das Fernlicht ein und umkurvte so ziemlich alles, was größer als ein Schneeball war.

Erst als sogar Eva das Murren anfing, traute er sich, ein wenig schneller zu fahren, und so schafften sie die Strecke hinauf zu dem ehemaligen Bauernhof tatsächlich in nur der doppelten Zeit, die Mike dafür gebraucht hatte.

In der Hofeinfahrt blieb er stehen und sah sich geflissentlich um.

Mike sah ihm eine Weile dabei zu und fragte schließlich alarmiert: »Was suchst du? Hast du etwas Verdächtiges gesehen?«

Die Frage holte Ruben aus seiner Konzentration. Er sah zu Mike rüber, fragte: »Was?«, besann sich und erklärte: »Nein, ich suche nach einer Stelle, wo ich das Auto abstellen kann, ohne dass es wegrutscht.«

Mike ging so einiges durch den Kopf, verkniff sich aber jeden Kommentar und schlug vor: »Dort drüben neben dem alten Jeep wäre doch ideal. Also ich sehe keine flachere Stelle.«

Und als Ruben ernsthaft »Ja, sieht gut aus« sagte, begann Eva auf der Rückbank verdächtig zu hicksen.

Als sie die Türen öffneten, schien die eiskalte Morgenluft in jede Stelle ungeschützter Haut zu beißen. Mike half Eva noch von der Rückbank, dann sahen sie sich um. Die Vorhänge am Haus waren zugezogen, ließen aber etwas Licht durchscheinen.

Ruben scannte die gesamte Umgebung mit den Augen ab, konnte jedoch nichts Ungewöhnliches erkennen. Der dunkle Wald hinter dem Haus wirkte wie erstarrt, der Scheunenwand hafteten feine Eispartikel an, die trotz der Dunkelheit glitzerten, und der andere Wagen war ebenfalls von einer Eisschicht überzogen, was Ruben dazu veranlasste zu sagen: »Der steht auf jeden Fall schon länger hier.«

»Müsste der Wagen von diesem Udo Keller sein«, erwiderte Eva. »Ich kann mir jedenfalls nicht vorstellen, dass diese Autorin so ein Wrack fährt.«

»Frau Burkhard und Udo Keller sagten übereinstimmend, dass sie nur ein loses Verhältnis haben und er nur Kurierfahrten für sie übernimmt. Stellt sich also die Frage, warum sein Wagen dann um diese Uhrzeit immer noch hier steht?«, warf Mike ein.

»Das werden wir bestimmt gleich erfahren«, schlug Ruben vor und fügte mit Blick zum Haus hinzu: »Die scheinen uns noch gar nicht bemerkt zu haben.«

»Du fährst ja auch ein tolles Elektroauto«, erwiderte Mike bissig.

»Hybrid, es ist ein Hybridfahrzeug«, korrigierte ihn Ruben.

»Das macht es mit dir am Steuer auch nicht schneller.«

Im selben Moment wurde an einem Fenster des Bauernhauses der Vorhang ein Stück zur Seite geschoben und Frau Burkhards Gesicht erschien hinter der Scheibe. Eva winkte ihr zu und deutete in Richtung Hauseingang. Die Frau nickte und verschwand wieder.

Udo Keller steckte noch immer in denselben Klamotten wie am Vortag bei dem Gespräch in der Pension. Allerdings wirkte er alles andere als munter. Seine Haare waren noch verstrubbelter, die Augen gerötet und er hatte eine ordentliche Alkoholfahne.

Frau Burkhard hatte ebenfalls eine Fahne, wirkte aber insgesamt frischer. Ruben verspürte eine eigenartige Enttäuschung, die ihn bei ihrem Anblick erfasste. Er schob diesen Gedanken beiseite und folgte den anderen in die Wohnstube, wo sie auf dem freien Platz zwischen dem großen Esstisch und der Wohnlandschaft stehen blieben. Mike begann das Gespräch mit der Bitte: »Können Sie uns noch einmal genau erzählen, was vorhin passiert ist?«

Bei der Schilderung der Ereignisse merkte man, dass die Frau ein Gefühl für die richtigen Worte hatte. Ihre Erzählung wirkte anschaulich, aber nicht, als würde sie etwas ausschmücken.

Am Ende blickte sie von einem zum anderen und Ruben spürte, dass sie nach einem Zeichen suchte, ob man ihr glauben würde. Er ließ das eben Gehörte noch einmal wie einen Film durch seinen Kopf laufen und sagte schließlich: »Wir sollten uns auf das konzentrieren, was Sie im Fernseher gesehen und gehört haben. Das Haus haben Sie ja, wie Sie sagten, bereits durchsucht. Sind Sie sicher, dass niemand hier ist?«

Frau Burkhard schien sich ob der Tatsache, dass er sie ernst nahm, etwas zu entspannen. Sie deutete ein Nicken an. »Ja. Es wäre heute Nacht auch fast unmöglich gewesen, hier unbemerkt einzudringen. Man sieht es zwar nicht, aber ich habe beim Renovieren des Hauses eine ziemlich gute Alarmanlage installieren lassen.«

»Und wie konnte dann vorgestern Abend dieser Mann hinter Ihrem Sessel stehen?«, warf Mike ein.

Sie drehte sich zu ihm und entgegnete bissig: »Haben Sie mir gestern nicht zugehört? Ich war abends kurz draußen und habe Udos Wagen von diesen Eisflächen geschoben. Dabei habe ich die Tür offen stehen lassen.«

»Hm«, brummte Ruben nachdenklich. »Mal angenommen, Sie standen tatsächlich unter Drogen und dieser Mann war in der vorletzten Nacht wirklich hier im Haus. Wäre es dann möglich, dass er die Alarmanlage manipuliert hat?«

Frau Burkhard zuckte mit den Schultern. »Keine Ahnung. Ich habe mich nie wirklich damit befasst. Über das Ein- und Ausschalten hinaus kenne ich mich damit nicht aus. Das Steuerungsgerät ist drüben im Sicherungskasten verbaut. Aber vielleicht kann uns da die Herstellerfirma weiterhelfen.«

»Alles klar«, bestätigte Ruben. »Wir werden uns das ansehen, aber Priorität hat jetzt das Mädchen. Können wir uns setzen und Sie und Herr Keller erzählen mir noch einmal jedes Detail von dem Film, der da lief?«

Nachdem die beiden zugestimmt hatten, drehte er sich zu seinen Kollegen und bestimmte: »Eva, kümmerst du dich bitte um den Fernseher und den Laptop? Verfolge die Kabel, sieh dir mögliche Protokolle des Laptops an.« Er stockte, sah zu der Autorin und fragte: »Sie haben doch nichts dagegen, oder? Uns interessieren auch keine persönlichen Dokumente und wir sind in der Regel sehr verschwiegen.«

Frau Burkhard rieb sich kurz über die Nase, gab sich einen Ruck und sagte: »Hilft ja nichts.«

»Schön«, erwiderte Eva. »Brauche ich ein Passwort oder ist er irgendwie anderweitig gesperrt?«

»Nein. Das mache ich nur, wenn ich den Laptop irgendwo mit hinnehme. Wie ich schon sagte, hab ich bis heute meiner Alarmanlage vertraut.«

»Gut«, mischte sich Ruben wieder ein und fügte hinzu: »Solltest du nicht weiterkommen, kannst du Habermann aus dem Bett holen. Er kann sich bestimmt mit dieser Remotefunktion in die Geräte einloggen und sieht mehr als wir.« Danach wandte er sich an Mike und bat: »Könntest du eine Runde ums Haus drehen? Im Kofferraum meines Wagens liegt eine Tasche und in der ist eine ziemlich gute Taschenlampe.«

Mike war sichtlich nicht begeistert, sah aber ein, dass es jemand machen musste. Er stimmte zu, ließ sich den Autoschlüssel geben und ging hinaus.

Ruben setzte sich an den Tisch, bedeutete Frau Burkhard und Udo Keller, sich ebenfalls zu setzen, und holte seinen Notizblock heraus. Dann sah er von einem zum anderen und erklärte: »Ich brauche jetzt jede einzelne Erinnerung von Ihnen. Alles. Jedes winzige Detail kann uns helfen, dieses arme kleine Mädchen zu finden. Haben Sie das verstanden?« Die beiden sahen ihn mit müden Augen an, nickten aber.

Ruben begann mit der Autorin, die alles, vom Aufwachen in ihrem Bett bis zu dem Zeitpunkt, als der Fernseher und der Monitor wieder schwarz wurden, erzählte. Ruben machte sich einige Notizen, schrieb jedes Wort dieses ominösen Sprechers auf und schloss dann kurz die Augen, um die Geschichte in seinem Kopf nachvollziehen zu können. Danach kam er zum Wesentlichen und fragte: »Und jetzt noch einmal zu dem, was im Fernseher zu sehen war.«

Dieses Mal war es Herr Keller, der die Augen schloss und einige Augenblicke später aufzählte: »Da war die Fratze einer Puppe, ein dunkler Wald, ein Loch im Eis, noch einmal das Mädchen, dieses Mal, wie es sich in der Ecke eines Raumes zusammenkauerte. Es hatte nur seine Unterhose und ein dünnes Unterhemd an, war schmutzig und verstört. Danach folgten Bilder von schweren Eisenketten, wieder Wald, ganz kurz das Gesicht vom toten Hans, der Weiher und am Ende wieder die Nahaufnahme des Gesichts der Kleinen, die einen Verband um die Stirn hatte.«

Ruben schaute den Mann, der all das wie in Trance abgespult hatte, ungläubig an, bevor er anerkennend »Nicht schlecht« sagte und gleich darauf fragte: »Benutzen Sie eine bestimmte Technik?«

Udo Keller sah ihn verwirrt an. »Was meinen Sie?«

»Na, ob Sie eine bestimmte Lerntechnik dafür benutzen, um sich Sachen merken zu können?«

Der Mann warf einen Hilfe suchenden Blick zu Frau Burkhard und antwortete dann gewohnt schlicht: »Na, ich sehe Sachen. Und was ich gesehen habe, merke ich mir.«

»In jedem doch so schlichten Gemüt steckt ein Talent.« Was jeden anderen verletzt hätte, schien bei diesem Herrn Keller gar nicht erst anzukommen. Ruben beließ es dabei und fragte: »Wie präsent sind Ihnen die Einzelbilder? Können wir da etwas in die Tiefe gehen? Sie haben uns ja schon eine beeindruckende Beschreibung von dem Mann im Dorf geliefert. Auch wenn sich das als Sackgasse herausstellte.«

Noch bevor Udo antworten konnte, stemmte sich die Autorin in den Stand und beschloss ein wenig eingeschnappt: »Ich mache jetzt erst mal Kaffee. Sie und Udo kommen ja offenbar gut allein klar.«

»Aber natürlich«, gab Ruben zurück. »Und für mich bitte einen grünen Tee, der bei achtzig Grad aufgebrüht wurde.«

30

Herr Mayer, der Wirt der Dorfpension, hob den Blick, senkte ihn wieder, legte die Stirn in Falten und fragte quer durch seinen Gastraum: »Warum kummts ihr um die Uhrzeit scho von draußen?«

Mike, der als Erster eingetreten war, zog sich die Handschuhe von den Händen und antwortete ein wenig gereizt: »Weil uns das Ausschlafen nicht vergönnt war.«

Der Mann ließ sich nicht irritieren, kam hinter seinem Tresen vor, sagte: »Kaffee ist gleich fertig. Gibt's was Neues von dem Madel?«

Ruben drückte die Eingangstür hinter sich ins Schloss und antwortete an Mikes Stelle: »Nichts, was wir hier erzählen könnten«, dann öffnete er seine dicke Winterjacke, rieb sich die Hände und fragte: »Haben Sie auch Tee?«

»Sind Sie krank?«, lautete die Gegenfrage des Wirtes.

Ruben lächelte ihn freundlich an. »Nein, das habe ich hinter mir. Aber wussten Sie, dass es sinnlos ist, morgens um acht einen Kaffee zu trinken? Der Biorhythmus ist um diese Zeit eh bei seiner vollen Leistung. Viel mehr Sinn macht es, den ersten Kaffee erst später zu trinken. So entfaltet er auch seine anregende Wirkung.«

»Aha«, lautete die knappe Antwort. Der Wirt verschwand wieder hinter den Tresen, füllte den Filterkaffee in eine Keramikkanne um und kam damit zu dem bereits eingedeckten Tisch. Dort sah er erst Eva, dann Mike an, wobei er feststellte: »Sie sehen aus, als könnte Ihr Biorhythmus ein wenig Anregung gebrauchen.«

»Kann ich nicht bestreiten«, erwiderte Mike, ließ sich nieder und sah Ruben fragend an, da der vor dem Tisch stehen geblieben war. Und als dieser auch weiterhin keine Anstalten machte, sich hinzusetzen, fragte er: »Was ist los? Musst du noch aufs Klo?«

»Das muss ich tatsächlich«, antwortete Ruben ohne jedes Anzeichen dafür, dass ihn die Frage irgendwie irritierte, und fügte hinzu: »Und darüber hinaus dachte ich, dass wir die Spurenlage besprechen. Frau Burkhard und Herr Keller konnten uns ja doch einige gute Hinweise liefern.«

Der Wirt war gerade dabei, zurück zu seinem Tresen zu gehen. Offenbar hatte er den Namen der Autorin aufgeschnappt, hielt inne, drehte sich um und fragte aggressiv: »Was hat diese Frau mit dem Verschwinden des Mädchens zu tun? Wo die auftaucht, geschieht nur Unheil! Erst der arme Simon, dann vor ein paar Tagen der Hans und jetzt auch noch die Mia Hirschner. Nur Unheil! Ich sag's euch!«

Rubens Neugierde war geweckt. »Wie meinen Sie das und wer ist dieser Simon?«

Der Wirt winkte ab: »Alte Geschichte. Sehr alte Geschichte. Aber die Maria war damals schon dabei, als der Simon in den Weiher eingebrochen ist. Absaufen hat sie ihn lassen. So schaut's aus!«

»Geht's ein bisschen genauer?«, bat Ruben. Er sah dabei zu, wie der Mann nach Worten suchte und schließlich erklärte: »Die beiden waren noch Kinder. Ich hab dem Simon damals tausendmal gesagt, dass er sich nicht mit den Burkhards einlassen soll. Dass die da oben alle anders sind als wir unten im Dorf. Aber nein, Maria war und blieb seine beste Freundin. Und irgendwann kam es, wie es kommen musste. Die beiden haben auf dem zugefrorenen Dorfweiher gespielt, Simon ist eingebrochen und diese … die Maria …«, der Wirt spie den Namen regelrecht aus, »… hat dabei zugesehen, wie er unter das Eis geriet und ertrank.«

»Was heißt, sie waren noch Kinder? Von welchem Alter sprechen wir?«

Der Wirt blickte Ruben aus Augen an, die schon viel gesehen hatten, sammelte sich ein wenig und sagte etwas ruhiger: »Elf waren's, die beiden. Elf. Und von einer Elfjährigen kann man doch erwarten, dass sie hilft. Oder?« Nun wurde seine Stimme noch leiser, als er hinzufügte: »Außer man will gar nicht helfen.«

»Was soll das heißen?«, bohrte dieses Mal Mike nach, nachdem der Wirt nicht weiterredete. Doch er winkte nur ab, brummte: »Alte Geschichten, ich hole Ihnen noch Brötchen«, drehte sich um und ging zum Eingang seiner Küche.

Ruben blickte ihm hinterher, zuckte mit den Schultern und sagte nur: »Ich gehe kurz in mein Zimmer. Könnt ihr den Mann bitte an meinen Tee erinnern? Und ruft bitte in Tiefenbachs Präsidium an. Vielleicht hat sich bezüglich der Suche nach Mia endlich etwas getan. Außerdem soll einer seiner Leute recherchieren, ob die Geschichte, die uns der Wirt gerade erzählt hat, irgendwie aktenkundig ist.« Damit verschwand auch er durch eine weitere Tür, die zum Treppenhaus führte.

Mike lehnte sich zurück und versuchte, etwas zu entspannen. Draußen stieg die Sonne gerade in einen stahlblauen Winterhimmel auf und sie waren gefühlt schon ewig auf den Beinen. Eva sah ihm die Müdigkeit an, stand auf und erklärte: »Ich gehe kurz raus und erledige die Anrufe. Aber vergreife dich ja nicht an meinem Kaffee.«

»An was denkst du?«, fragte Eva einige Minuten später. Sie fand Mike, wie er gedankenverloren aus dem Fenster schaute.

Er atmete durch, sah sie an und sagte müde: »An die Kleine. Wenn das, was Frau Burkhard und Herr Keller gesehen haben wollen, stimmt, sitzt sie völlig verstört und einem Irren ausgeliefert in einem kargen Raum. Ich möchte mir gar nicht vorstellen, wie es ihr geht.«

Eva suchte nach den richtigen Worten, doch aus ihrem Mund kam nur: »Es ist immer übel, aber wenn Kinder im Spiel sind, wird es richtig scheiße. Und neue Hinweise haben sich natürlich auch nicht ergeben. Unsere Kollegen in Bad Kötzting gehen zwar ein paar Hinweisen nach, aber keiner davon hat sich bis jetzt als heiße Spur herausgestellt.«

Mike schaffte nur ein kurzes Nicken und versuchte, seine Gedanken von den quälenden Bildern seiner eigenen Vergangenheit fernzuhalten. Zu seinem Glück kam gerade der Wirt zurück und stellte einen Korb mit Brötchen und eine Platte mit verschiedenen Wurst- und Käsesorten auf den Tisch, wobei er »Guten Appetit« brummte.

Mike hatte keine Ahnung, wie gequält sein Gesichtsausdruck auf Eva wirkte, jedenfalls merkte er erst jetzt, dass sie ihre Hand auf seine gelegt hatte. Er sah ihr in die Augen, sagte einfach: »Danke«, und entzog ihr seine Hand, als Ruben zurück zum Tisch kam.

Während er sich setzte, klärte ihn Eva darüber auf, dass es keine neuen Spuren gab und sich die Recherche bezüglich der alten Geschichte aus Personalmangel hinziehen könnte.

Ruben nahm dies schweigend zur Kenntnis, ließ seinen Blick über den Tisch schweifen, räusperte sich und rief quer durch den Gastraum: »Herr Wirt, hätten Sie vielleicht auch etwas, was nicht durch gesättigte Fettsäuren satt macht?«

Mike und Eva waren dankbar dafür, dass Ruben ungewollt witzig wirkte, und begannen beide, leise zu kichern.

Der Wirt kam ein wenig näher und fragte todernst: »Möchten Sie Holz oder lieber etwas Heu?«

Ruben war nicht der Typ, bei dem Ironie auf Selbstkritik traf, daher antwortete er trocken: »Körner, Flocken oder auch eine Scheibe Lachs würden diesen Frühstückstisch durchaus aufwerten.«

»Lass mich lieber fragen«, bat Eva, nachdem sie mit dem Frühstück fertig waren.

»Warum?«, fragte Ruben irritiert.

»Weil dich der Wirt nicht leiden kann«, erwiderte Mike an Evas Stelle, erschrak dabei über seine Wortwahl und fragte sich, ob Rubens Art bereits auf ihn abfärbte.

Entweder ignorierte Ruben den Satz oder es war ihm egal. Auf jeden Fall erwiderte er sachlich: »Der Mann muss mich nicht leiden können, um uns ein weiteres Zimmer zu vermieten. Ich sehe hier keine weiteren Gäste, also sollte es ihm entgegenkommen.«

»Es ist trotzdem besser, wenn ich frage«, ging Eva energisch dazwischen. Sie stand auf, ging zum Tresen und redete kurz mit dem Wirt.

Danach kam sie mit einem Schlüssel, der an einem großen Messingschild hing, zurück und verkündete: »Mit diesem weiteren Zimmer haben wir die ganze erste Etage für uns. Sollte Schober doch noch hier schlafen wollen, muss er oben eines der Dachzimmer nehmen.«

»Zu viele Treppen für zu viel Leberkäse. Außerdem möchte der Herr lieber in einem richtigen Hotel nächtigen, also ist er zurück nach Bad Kötzting gefahren«, murmelte Ruben, stand auf und beschloss: »Lasst uns endlich anfangen, wir müssen ein Kind finden.«

Durch das üppige Frühstück hatte Mike das Gefühl, dass die Schwerkraft nun noch mehr an seinem müden Körper zerrte. Er stemmte sich als Letzter von seinem Stuhl hoch und folgte seinen beiden Kollegen mit hinauf.

Nachdem Eva das zusätzliche Zimmer aufgeschlossen hatte, sahen sie sich kurz um, bevor Ruben bestimmte: »Wir schieben die beiden Betten bis hinten an die Wand und stellen die Nachtschränkchen und den kleinen Tisch daneben.«

»Ich drehe erst mal die Heizung auf«, beschloss Eva, da das unbenutzte Gästezimmer völlig ausgekühlt war.

»Und ich hole meine Tasche mit dem Klebeband und den Reißnägeln«, erklärte Ruben.

Eva drehte sich zu ihm, sah ihn an und fragte: »Und was genau willst du an diese Wände hängen?«

»Na unsere Protokolle, Fotos, Notizen und was wir eben immer an die Wände hängen, um einen besseren Überblick zu bekommen.«

Mike, der das Problem schon erkannt hatte, verfolgte den Wortwechsel mit einem Schmunzeln, sagte aber, bevor er seinen Kollegen auf das eigentliche Problem hinwies: »Und dazu willst du diese makellose Wand durchlöchern und bekleben?«

Ruben schien kurz darüber nachzudenken, begann den Satz mit: »Ich kann ja vorsichtig ...«, stockte, sah wieder zu Eva und schloss mit: »Ach, jetzt weiß ich, was du meinst. Wir haben hier ja gar keinen Drucker.«

Diese begann zu grinsen, bat: »Warte kurz«, ging aus dem Zimmer und kam kurz darauf mit ihrem Laptop und einem weiteren Gerät zurück. Dann rückte sie eines der Nachtschränkchen zurecht, stellte das kleine Kästchen darauf, verband es mit einem Kabel mit ihrem Laptop und schaltete diesen ein.

»Und was ist das jetzt?«, fragte Ruben durchaus interessiert.

Eva legte an dem kleinen Gerät noch einen Schalter um und schon wurde der Bildschirminhalt ihres Laptops großflächig an die Wand projiziert. Dabei erklärte sie: »Ihr könnt mir alle Fotos und Dokumente weiterleiten und ich erstelle damit eine virtuelle Infowand. Du kannst über meinen Laptop sogar eigene Notizen auf Dokumente schreiben. Ist doch toll, oder? Als ich den Beamer im Laden gesehen habe, musste ich sofort an deine altmodische Arbeitsweise denken.«

Dieses Mal waren es Mike und Ruben, die sich Hilfe suchend ansahen, bevor sie beinahe zeitgleich »Das ist nicht dasselbe« sagten.

31

Nach dem ersten Schock passte es Maria inzwischen gar nicht mehr, dass diese Beamten hier alles auf den Kopf stellten. Eine halbe Stunde nachdem die Kommissare gegangen waren, kamen die Leute von der Spurensicherung. Der Chef der Gruppe, ein Herr Schober, war zwar sehr nett, was aber nichts daran änderte, dass sie langsam einfach nur ihre Ruhe haben wollte.

Udo war kurz vorher gegangen, allerdings nur, weil sie ihn darum gebeten hatte. Einerseits war sie sehr froh, dass er in der letzten Nacht hier gewesen war. Andererseits war seit gestern Abend etwas in seinem Blick, dass sie auf keinen Fall bedienen wollte. Trotzdem hatte sie zugestimmt, dass er am Nachmittag noch einmal zu ihr hochkommen würde.

»Frau Burkhard, sind Sie noch da?« Die Stimme kam aus dem hinteren Teil der Wohnstube und riss sie aus ihren Gedanken. Dass diese Beamten draußen jede Ecke ihres Hofes absuchten, war die eine Sache. Dass dieser Habermann allerdings noch immer in den Dateien ihres Laptops wühlte, eine ganz andere. Sie hätte dem nie zustimmen sollen. Einzig ihre Weitsicht, die zweifelhaften Nachrichtenverläufe über ihren zweiten Laptop zu führen, gab ihr etwas Sicherheit. Trotzdem war das Gefühl, jemanden in den intimsten Bereich ihres Lebens gelassen zu haben, schlimm genug, jetzt sprach dieser Mann seit einer Weile auch noch über ihr Gerät mit ihr. So auch jetzt, als er wieder fragte: »Frau Burkhard, ich kann Sie nicht sehen. Sind Sie noch da?«

Maria stellte die Kaffeetasse ab, ging zu ihrem Sekretär und blickte müde in die Kamera. Der Internetforensiker hatte einen Videochat eingerichtet, lächelte in die Kamera und sagte: »Ah, da sind Sie ja wieder. Sie sehen müde aus.«

»Ich wüsste nicht, was Sie das angeht«, pampte sie zurück und fügte auch gleich hinzu: »Außerdem möchte ich, dass Sie aus meinem Netzwerk verschwinden. Sie wissen doch jetzt, wie diese Filme auf meine Geräte gekommen sind. Und alles andere geht Sie nichts an!«

Der pummelige Mann, der von Bamberg aus auf ihren Computer zugriff, hob die Hände und erklärte so, dass es schon beinahe süß war: »Ich schwöre, dass ich mir nur die Logdateien und keine persönlichen Sachen angesehen habe.«

Marias Laune wurde trotzdem immer schlechter und sie erwiderte schärfer als gewollt: »Allein dass Sie in mein Wohnzimmer blicken können, ist schon gruselig genug.«

»Nicht nur ich.«

Maria wollte etwas sagen, hielt inne, dachte kurz über das Gehörte nach und fragte alarmiert: »Wie meinen Sie das?«

Dieses Mal schaffte der Mann nur ein bitteres Lächeln. »Ich sag es ja nicht gerne, aber die Logdateien Ihres Laptops weisen darauf hin, dass das Gerät in den letzten Tagen nie wirklich im Stand-by-Modus war. Auch wenn es so aussah, als wäre das Gerät aus, müssen Sie davon ausgehen, dass der Eindringling jederzeit in der Lage war, Sie über die eingebaute Kamera zu beobachten.«

»Sie meinen …«, Maria fehlten die Worte.

Dieser Herr Habermann nickte. »Ja. Ich meine, dass Sie vielleicht unter permanenter Beobachtung standen. Daher wusste der Hacker auch, ob und wann Sie in der letzten Nacht diesen Film gesehen haben, und konnte ihn stoppen, als Sie genug gesehen hatten.«

Und als wäre diese Information und Vorstellung nicht schon schlimm genug, fügte der Beamte noch hinzu: »Das Gleiche gilt übrigens auch für das Mikrofon. Und Ihr Laptop verfügt dummerweise über ein sehr gutes. Ich habe gerade eben sogar gehört, wie Sie den Metalldeckel einer Flasche öffneten und etwas in ein Gefäß schütteten.«

Marias Blick ging automatisch zu der offenen Küchenzeile, wo die kleine Flasche Weinbrand stand, mit der sie ihren Kaffee etwas verfeinert hatte. Nach einem Augenblick der Fassungslosigkeit überkam sie der Drang, einfach nur loszuschreien.

Der Mann auf dem Monitor kam ihr zuvor und sagte beruhigend: »Ich gehe aber nicht davon aus, dass Sie auch tatsächlich permanent beobachtet wurden. Wie ich Ihnen vorhin erklärt habe, griff der Hacker über eine WLAN-Verbindung zu. Und wenn meine Wetter-App recht hat, liegt bei Ihnen im Bayerischen Wald reichlich Schnee und die Temperaturen sind nicht dazu geeignet, sich lange draußen aufzuhalten. Daher ist anzunehmen, dass der Hacker nur ab und zu bei Ihnen hereingeschaut hat.«

»Soll mich das jetzt beruhigen?«, platzte es aus Maria heraus. »Sie tun ja gerade so, als wäre das nichts! Haben Sie eine Ahnung, wie sich das gerade anfühlt? Ich führe hier private Gespräche, bin vielleicht einmal nur leicht bekleidet herumgelaufen oder habe mir schlicht und einfach in der Nase gebohrt.«

Nachdem sich Maria wieder ein wenig beruhigt hatte, sah sie, wie betroffen der Mann in die Kamera blickte. Er wartete noch einen Moment und sagte schließlich: »Tut mir leid. Ich habe es nicht so gemeint. Natürlich weiß ich, wie übel solche Angriffe sind, ich habe fast jeden Tag mit Tätern und Opfern zu tun. Man fühlt sich …«

»Nackt«, ergänzte Maria den Satz, als er noch nach dem richtigen Wort suchte.

»Gut«, durchbrach er das Schweigen und schlug vor: »Was halten Sie davon, wenn wir uns noch kurz darüber unterhalten, wie Sie Ihre Geräte kurzfristig sicherer machen können? Dann verlasse ich Ihr Netzwerk und Sie bekommen die Kontrolle über Ihre Privatsphäre zurück.«

»Wenn es sein muss«, brummte Maria zornig. »Kann ich dann sicher sein, dass mir niemand mehr einen grausamen Film zeigt oder mich ausspioniert?«

»Das bekommen wir hin«, erwiderte er zuversichtlich. »Zunächst würde ich vorschlagen, Sie lassen mich einige Sicherheitseinstellungen an Ihrem Laptop optimieren. Sie können mir einfach dabei zusehen und müssen selbst nichts machen.«

»In Ordnung«, stimmte sie zu. Sie hatte das noch nicht ganz ausgesprochen, da begann der Mauszeiger, wie von Geisterhand über den Bildschirm zu huschen. Fenster öffneten sich, Haken wurden gesetzt oder entfernt. Irgendwelche virtuellen Schieberegler verschoben und Dateien gelöscht.

Nachdem das erledigt war, öffnete sich ein Fenster, über das man das Gerät für die Smarthome-Steuerung konfigurieren konnte. Als hinter ihr ein lautes Geräusch ertönte, zuckte Maria dermaßen zusammen, dass sie einen Schrei ausstieß. Sie fuhr herum und sah, dass ihr Fernseher plötzlich zum Leben erwacht war und lautstark einen Werbeclip abspielte. Dann erschien, ebenfalls wie von selbst, die Lautstärkeanzeige und der Ton wurde leiser gestellt. Gleichzeitig sagte Habermann: »Sorry, ich wollte Sie nicht erschrecken. Ich installiere nur schnell die neuesten Software-Updates auf dem Fernseher. Sie sollten das wirklich öfter pflegen. Der Stand dieser Software auf Ihrem Gerät ist elf Monate alt und die Hersteller schließen mit den Updates oft Sicherheitslücken.«

»Ich will die Technik benutzen«, maulte Maria. »Wenn ich etwas pflegen will, hole ich mir ein Haustier.«

Der Internetforensiker ließ sich nicht auf die Diskussion ein und erklärte stattdessen: »Gut, von meiner Seite wäre es das. Die Einstellung der Geräte sollte sie jetzt deutlich besser schützen. Außerdem habe ich Ihnen einen Link zu einer wirklich guten Sicherheitssoftware per Mail geschickt. Die können Sie online kaufen und herunterladen. Es könnte aber Probleme mit dem Chatprogramm geben, das Sie benutzen.«

»Sie wissen, dass ich chatte?« Marias Stimme schnappte über.

Nun wirkte der Mann ertappt. »Ähm, tja, tut mir leid, aber Sie haben sämtliche Passwörter in Ihrem Browser hinterlegt. Ich bin da wohl aus Versehen auf einen in den Favoriten hinterlegten Link gekommen.«

»Aber Sie können doch nicht einfach in meinen privaten Angelegenheiten herumstöbern.« Maria tobte. Sie war drauf und dran, einfach alle Stecker herauszuziehen. Doch Habermann nutzte die kurze Pause und sagte: »Was ich kann, konnte auch der Eindringling. Sie sollten folglich die Passwörter für alle Internetseiten mit persönlicher Anmeldung ändern. Außerdem sollten Sie Ihre Smarthome-Box komplett abschalten. Nehmen Sie das Ding vom Strom, bestellen Sie sich ein neueres Gerät und lassen Sie es von einem Fachmann einrichten. Ihre veraltete Box bekomme nicht einmal ich nachhaltig sicher. Und solange Sie alle Geräte damit verbinden, sind diese offen wie ein Scheunentor.«

Maria war so sprachlos, dass sie nur nickte. Und sogar als der Mann sagte: »Ich habe mich selbst in Ihrem Mailprogramm als Kontakt hinterlegt. Sie können mich jederzeit anschreiben, wenn es noch Probleme gibt«, und damit zugab, dass er auch in ihren Mails geschnüffelt hatte, reagierte sie nur noch mit Resignation.

Dieser Habermann blickte nach unten, wo er offenbar einige Notizen stehen hatte. »Gut, was haben wir noch …«, er murmelte etwas Unverständliches und fragte schließlich: »Wären Sie damit einverstanden, dass ich auf Ihrem Computer ein kleines Programm installiere, das mir mitteilt, wenn der Eindringling wieder versucht, auf Ihr Gerät zuzugreifen?«

»Haben Sie das nicht längst?«, erwiderte Maria müde, worauf der Mann direkt in seine Kamera blickte.

»Aber nein, natürlich nicht. Dazu brauche ich entweder Ihre Zustimmung oder einen richterlichen Beschluss, sonst würde ich mich strafbar machen. Das Programm würde auch nichts anderes machen, als mich zu informieren, sobald ein unbekanntes Gerät versucht, per WLAN auf Ihren Laptop zuzugreifen. Ich kann damit nicht sehen, was Sie sonst auf dem Gerät machen. Da können Sie unbesorgt sein.«

»Unbesorgt bin ich schon lange nicht mehr«, gab Maria zurück. »Aber gut, machen Sie das.« Sie dachte kurz nach und fragte dann: »Meinen Sie wirklich, dieser wer auch immer hat sich alles angesehen, was ich auf dem Laptop habe?« Maria dachte mit Grauen an die Chats mit einigen Männern, in denen es ganz konkret zur Sache ging. Es war das letzte bisschen Lust, das ihr geblieben war, denn körperlichen Kontakt hatte sie nur noch mit einem einzigen Menschen, und das nicht sehr oft. An mehr war nicht zu denken. Dafür fehlte ihr jedes Vertrauen.

»Eher nicht. Laut den Logdateien bezogen sich die Zugriffe in der Hauptsache auf die Kamera, das Mikrofon und die Software, die für die Videowiedergabe zuständig ist. Allerdings haben Sie ja selbst mit dem Laptop gearbeitet. Somit ist es schwer, Ihre Tätigkeiten von denen des Eindringlings abzugrenzen.«

Maria dachte mit Unbehagen darüber nach, was sie möglicherweise alles vor dem Kameraauge des Laptops getan hatte, und fragte: »Wie lange geht das schon? Also diese Kamerazugriffe?«

Der Mann auf dem Monitor zog kurz die Mundwinkel nach hinten und sagte schließlich: »Die Kamera ist seit gut zwei Monaten permanent aktiv. Allerdings können Sie davon ausgehen, dass Sie nicht permanent beobachtet wurden. Es gab diese WLAN-Zugriffe zwar oft, aber ich habe auch große Zeitfenster gefunden, in denen der Unbekannte inaktiv war.«

Maria schaffte es gerade noch, die Fassung zu wahren, als sie leise bat: »Können wir das hier jetzt bitte beenden?«

Der deutlich jüngere, ziemlich untersetzte Mann deutete ein Nicken an und sagte verständnisvoll: »Natürlich. Wie gesagt, Sie können mich jederzeit kontaktieren.«

»Sind Sie … ich meine … kann ich sicher sein, dass Sie nicht weiterhin in meinem Computer sind?« Maria konnte kaum noch einen klaren Gedanken fassen.

Sie nahm sein Lächeln nur noch am Rande wahr, war aber froh, als er erklärte: »Auf jeden Fall! Ich hätte ohne Zustimmung niemals auf Ihr Gerät zugreifen dürfen. Und wenn Sie mir jetzt sagen, dass Sie das nicht mehr wollen, würde ich mich, wie gesagt, strafbar machen.« Sein Lächeln wurde noch milder und er fügte hinzu: »Herzlichen Dank für die Zusammenarbeit. Ich installiere jetzt noch kurz das kleine Warnprogramm und bin dann weg. Viel Glück und passen Sie auf sich auf.«

Nun schaffte auch Maria ein schwaches Lächeln und sagte, trotz der Umstände, ein ernst gemeintes »Danke«.

Das Chatfenster verschwand, dann erschien kurz ein Installationsbalken und anschließend fuhr sich der Laptop scheinbar von selbst herunter.

32

Mike mochte moderne Technik nicht besonders und sah noch einen Moment missmutig auf die an die Wand projizierte Desktopoberfläche von Evas Laptop und fragte schließlich: »Also, was haben wir?«

Ruben machte auch kein glücklicheres Gesicht, als er sagte: »Viele verschiedene Ermittlungsrichtungen, von denen ich nicht wüsste, wie wir diese mit diesem Gerät vernünftig darstellen sollen.«

Eva verdrehte ein wenig die Augen, öffnete eine Anwendung auf dem Gerät, woraufhin die Wand einfach nur noch weiß angeleuchtet wurde, und fragte: »Welche Richtungen sind das? Wie viele Unterteilungen brauchen wir?«

Ruben glaubte zu verstehen, worauf sie hinauswollte, schloss kurz die Augen und zählte schließlich auf: »Der Mord an Hans Huber, die Entführung von Mia Hirschner, die mysteriösen Ereignisse um die Autorin Maria Burkhard und auch dieses Dorf als Ganzes sollten wir nicht außer Acht lassen. Ich glaube, hier schwelen noch einige Dinge unter der Oberfläche.«

Eva begann, ein wenig mit der Maus herumzuklicken, machte Eingaben und kurze Zeit später zeigte sich an der Wand eine Art virtuelle Pinnwand, aufgeteilt in vier getrennte Felder, die jeweils mit dem entsprechenden Thema betitelt waren. Eva zog den Beamer noch ein Stück nach hinten, sodass die Fläche noch größer wurde und alles gut lesbar war.

»Da geht's schon los«, maulte Ruben prompt.

»Was?«, fragte sie.

»Ich möchte die Entführung von Mia Hirschner im ersten Feld haben, da es am dringlichsten ist.«

Eva schenkte ihm ein mitleidiges Lächeln, klickte auf ein Symbol, das zwei gegenläufige Pfeile zeigte, und die Felder für Hans Huber und Mia Hirschner wechselten wie von Geisterhand ihre Reihenfolge.

»Gut«, musste Ruben zugeben, holte seinen Notizblock aus der Jackentasche, schlug die Aufzeichnungen von der Unterhaltung mit der Autorin und Udo Keller auf, hielt ihr den Block hin und fragte: »Und wie bekommen wir das jetzt an diese Wand?«

Eva nahm den Block entgegen, legte ihn auf das überflüssige Bett und begann, mit dem Handy Fotos zu machen. Diese schickte sie an ihren Laptop, zog die Bilder in die Spalte für Maria Burkhard und sagte triumphierend: »So! Wie gefällt dir das?«

Bevor Ruben antworten konnte, trat Mike hinter den Beamer und fragte: »Was sind das für Skizzen?«

Ruben beschloss, fürs Erste die Technikdiskussion bleiben zu lassen, und ging auf diese ermittlungstechnische Frage ein.

»Da du nicht dabei warst, als ich die beiden befragt habe, kurz zur Erklärung: Dieser Udo Keller mag in mancher Hinsicht vielleicht ein wenig eingeschränkt sein, aber er hat, zumindest nach meinem Dafürhalten, möglicherweise eine Inselbegabung. Er konnte diesen Film, den die beiden auf dem Fernseher und auf dem Laptop gesehen haben, fast eins zu eins wiedergeben. Und wenn Habermann diesen Film auf Burkhards Geräten nicht mehr finden sollte, könnten das hier …«, er deutete auf die Skizzen, die der Beamer an die Wand projizierte, »… die wichtigsten Hinweise auf den Aufenthaltsort von Mia Hirschner sein.«

»Du glaubst denen?«, fragte Mike skeptisch. »Ich habe rund um das Haus keinen einzigen Hinweis darauf gefunden, dass sich jemand genähert hat. Außer im Bereich des Innenhofs war der Schnee bis auf ein paar Tierspuren unberührt. Nur eine Sache war echt seltsam. Und zwar stand hinter diesem Holzlager, das sie draußen hat, ein Schneemann. Ich kann mir nicht vorstellen, dass die Frau im Schnee spielt. Aber vielleicht war es auch dieser Udo, der wirkt ja eh ein wenig … nun ja … ihr wisst schon. Bin schon gespannt, was Schober dazu sagen wird.«

»Das ist wirklich eigenartig«, warf Eva ein. »Aber es gibt inzwischen so viele technische Möglichkeiten, dass man nicht vor Ort sein muss, um so etwas wie diesen Film zu inszenieren. Wir sollten wirklich Habermanns Erkenntnisse abwarten, bevor wir uns ein Urteil erlauben. Er war trotz der frühen Uhrzeit ganz heiß darauf, in den Daten dieser Autorin zu stöbern, und will uns so bald wie möglich über die Ergebnisse informieren.«

»Wir schweifen ab!« Ruben setzte sich auf die Bettkante, zog einen kleinen Schlüsselbund aus der Hosentasche und schaltete einen winzigen Laserpointer ein, der daran befestigt war. Damit leuchtete er auf das erste Bild, das eine ganze Reihe von einfachen Skizzen zeigte, nahm gleichzeitig seinen Notizblock in die andere Hand und sagte: »Herr Udo Keller schilderte die Abfolge des Filmes wie folgt: Da war die Fratze einer Puppe, ein dunkler Wald, ein Loch im Eis, das Mädchen, wie es sich in der Ecke eines Raumes zusammenkauerte. Es hatte nur seine Unterhose und ein dünnes Unterhemd an, war schmutzig und verstört. Danach folgten Bilder von schweren Eisenketten, wieder Wald, ganz kurz das Gesicht vom toten Hans, der Weiher und am Ende wieder die Nahaufnahme des Gesichts der Kleinen, die einen Verband um die Stirn hatte.«

Die drei ließen das Gehörte auf sich wirken, bevor Mike bat: »Kannst du das noch einmal langsam und zum Mitdenken wiederholen?«

Ruben tat es, gab seinen Kollegen etwas Zeit und wiederholte schließlich nur die Worte: »… wieder die Nahaufnahme des Gesichts der Kleinen, die einen Verband um die Stirn hatte.« Er sah zu Mike und erklärte: »Allein dieser Satz bestätigt die Glaubwürdigkeit der beiden. Von dem Blut, das wir auf dem Fluchtweg des Entführers gefunden haben, wissen nur wir. Es wäre schon ein großer Zufall, wenn dieser Mann dem Mädchen eine Wunde andichtet, die es mit ziemlicher Wahrscheinlichkeit hat.«

Eva schien regelrecht aus ihren Gedanken gerissen zu werden. Sie sah Ruben an. »Und wenn er es gar nicht andichten muss? Wenn er davon weiß, weil er diese Wunde selbst verbunden hat?«

»Das scheint mir etwas weit hergeholt, denn damit würde sowohl diese Frau Burkhard als auch Udo Keller Täterwissen preisgeben«, wandte Mike ein.

Eva ließ die Schultern etwas hängen. »Ich weiß es doch auch nicht. Irgendwie kommt mir das alles komisch vor. Diese Frau allein dort oben. Die angebliche Bedrohung, dieser seltsame Udo Keller. Und warum fährt sie nicht einfach irgendwo hin, wenn doch alles so schrecklich ist?«

»So gefällt mir das«, meldete sich nun wieder Ruben zu Wort. »Rätsel, wohin man schaut.« Mike sah dabei zu, wie Ruben sich tatsächlich zu freuen schien und dann auch noch hinzufügte: »Und die Geschichte vom Wirt dürfen wir auch nicht vergessen. Offenbar waren Maria Burkhard und ihre Familie schon früher ein wenig geheimnisvoll. Das sollten wir auch nicht außer Acht lassen.« Ruben stand auf, ging zweimal in dem kleinen Raum hin und her und beschloss: »Trotz all dieser Mysterien, die es noch aufzudecken gilt, sollten wir uns erst um Mia kümmern. Und Udo Keller als Täter halte ich übrigens für ziemlich unwahrscheinlich. Ginge es nur um Mia, käme er infrage. Aber wir dürfen auch den eigentlichen Fall, nämlich den kleinen Hans Huber, nicht vergessen. Nach allem, was die Spurenlage sagt, wurde er nicht einfach erschlagen und dann in den Weiher geworfen. Irgendjemand ging da von etwas getrieben vor, das passt einfach nicht zu Udo Keller.« Damit drehte er sich wieder zu der Wand, leuchtete mit dem Laserpointer auf die einzelnen Skizzen und resümierte: »Bild eins, die Fratze einer Puppe. Was sagt uns das?«

»Die Fratze einer Puppe heißt für mich, dass die Puppe irgendwie entstellt wurde, was wiederum auf ein Kindheitstrauma hinweisen könnte«, schlug Eva vor.

Ruben nickte. »Gut! Bitte notiere das bei dem Bild.«

»Den dunklen Wald und ein Loch im Eis würde ich erst einmal ignorieren. Das könnte nur Effekthascherei sein«, brachte sich Mike ein.

»Ja«, erwiderte Ruben schlicht, blickte kurz auf seine Notizen und sagte: »Das Mädchen, wie es sich in der Ecke eines Raumes nur mit seiner Unterwäsche bekleidet zusammenkauert.« Er schloss kurz die Augen und fügte seinen eigenen Eindruck hinzu: »Wenn ich mir das Bild vorstelle, sehe ich ein eingeschüchtertes, ängstliches, in die Ecke gedrängtes und verwahrlostes Kind. Was ist die Essenz aus diesem Bild?«

»Er macht nicht vor ihr halt, hat aber trotzdem ihre Wunde versorgt«, war es wieder Eva, die ihre Gedanken laut aussprach.

»Wissen wir etwas über den Hintergrund? Ich meine, das Mädchen saß an einer Wand. Wie sah diese aus? War es Holz, war es Stein, wenn ja, was für Stein?«, fragte Mike, atmete hörbar aus und fügte hinzu: »Es wäre wirklich hilfreich, wenn wir diesen Film auch sehen könnten.«

»Das wäre es«, bestätigte Ruben und erklärte: »Leider hat sich Herr Keller nur auf das Mädchen konzentriert. Was im Hintergrund zu sehen war, wusste er leider nicht.«

»Okay.« Mike versuchte, sich das Bild ebenfalls vorzustellen. Nach einer Weile stellte er die Frage: »Warum ist sie nur in Unterwäsche? Ist es dem Entführer egal, dass sie friert, oder ist der Raum gut geheizt? Und wenn er geheizt ist, könnte das ein Hinweis sein.«

»Stimmt«, bestätigte Ruben und bat Eva erneut: »Vermerkst du das bitte bei der Skizze mit dem Mädchen?« Er blätterte die Seite seines Notizblocks um, leuchtete auf die skizzierte Kette und sagte: »Als Nächstes zeigte der Film kurz das Foto einer schweren Eisenkette. Hat dazu jemand eine Idee?«

»Gewalt«, war das Erste, was Mike einfiel. »Es soll vielleicht rohe Gewalt verdeutlichen. So eine Kette hat doch etwas Martialisches.«

»Möglich, aber vage«, murmelte Ruben und sagte lauter: »Es kann natürlich auch auf eine Bindung hinweisen. Also ich meine auf eine Bindung in Form von Fesseln. Von Nichtwegkönnen.«

Eva machte leise: »Hm«, und fragte: »Meinst du in Bezug auf das Mädchen oder auf Frau Burkhard? Denn eines sollten wir nicht vergessen. Dieser Film galt der Autorin, wir sollten ihn also nicht unbedingt aus Mias Sicht analysieren.«

»Perfektes Gedankenspiel«, lobte Ruben seine Kollegin. »Und du hast vielleicht recht. Frau Burkhard soll unbedingt über die Sache mit Hans und Mia schreiben und es öffentlich machen. Es scheint fast so ...«, Ruben suchte nach den richtigen Worten. »Fast so, als möchte sie der Täter mit einbeziehen.«

»Dann sind die Kinder nur Mittel zum Zweck?«, fragte Mike. »Dann geht es in Wahrheit um diese Frau?«

»Alles möglich«, bestätigte Ruben, der ein Freund davon war, immer in alle Richtungen offenzubleiben. »Allerdings gehört schon einiges dazu, sich derart an Kindern zu vergreifen. Das macht niemand einfach mal so, weil er jemand anderen schockieren will. Es gefällt ihm. Er verbindet vielleicht zwei Ziele damit. Einerseits kann er etwas ausleben und andererseits trifft er diese Frau damit.«

»Hat sie denn schon etwas darüber veröffentlicht?«, fragte Mike nun nach. Eva nahm ihren Laptop auf den Schoß, öffnete erst den Browser, dann die Homepage der Autorin und sagte schließlich: »Nein, sieht nicht so aus. Und wir sollten es ihr auch nicht erlauben.«

»Darüber muss ich erst nachdenken«, entschied Ruben und erklärte: »Wenn das Leben dieses Mädchens davon abhängt, haben wir wohl kaum eine Wahl.«

»Das würde Frau Burkhard aber zur Zielscheibe des Dorfes machen«, entgegnete Mike.

Ruben zuckte mit den Schultern. »Damit müssen wir und sie vielleicht leben.«

Im selben Augenblick meldete sich Evas Handy und mit einem Blick auf das Display sagte sie: »Das ist Habermann. Ich stelle das Gespräch laut.«

33

Alle drei Kommissare versammelten sich um Evas Handy, die das auf Lautsprecher gestellte Gespräch mit den Worten »Habermann, schon fündig geworden?« begann.

Nach einem Geräusch, das nach Schlürfen klang, erwiderte der Internetforensiker nuschelnd: »Moment bitte.« Es vergingen drei Sekunden der Stille, dann erklärte er: »Ich habe jetzt dringend noch einen Kaffee gebraucht. Mich um sechs Uhr morgens zu wecken war wirklich gewagt von euch. Aber ich verstehe das, Technik kann halt nicht jeder.«

»Habermann«, sagte Ruben drohend, um jeden Small Talk im Keim zu ersticken.

»Ist ja schon gut. Also zur Sache«, kam es aus dem Handy. Es folgte noch ein Rascheln, das vermutlich vom Öffnen einer Packung Kekse kam, dann erklärte der Kollege in Bamberg: »Punkt eins. Die Technik, die diese Frau Burkhard verwendet, ist für jeden, der ein wenig Ahnung von der Sache hat, ziemlich leicht zu hacken. Vielleicht kennt ihr den Begriff Smarthome?«

»Ich nicht«, warf Mike mit einem entschuldigenden Tonfall ein.

Habermann verkniff sich jeden Kommentar zu der Unwissenheit seines älteren Kollegen. »Also unter

Smarthome versteht man, um es einfach auszudrücken, den Zusammenschluss mehrerer technischer Geräte. Ich gehe davon aus, dass Sie wenigstens Alexa kennen?«

»Ist das dieses Ding von Amazon, das man per Sprachbefehl steuern kann?«, fragte Mike vorsichtig.

»Genau. Man könnte also sagen: Alexa, schalte den Fernseher ein. Und Alexa würde den Fernseher einschalten. Das Gleiche gilt für Heizkörper, Lampen, Computer und so weiter.«

»Und was hat das jetzt mit Frau Burkhard zu tun?«, fragte Ruben ungeduldig, da sein Kollege zur Weitschweifigkeit neigte.

»Nun ja«, erklärte Habermann, »die Krux an der Sache ist, dass so ein Spracherkennungsgerät natürlich mit allen anderen Geräten verbunden sein muss, um diese auch steuern zu können. Folglich muss man sich als Bösewicht auch nur in dieses eine Gerät einschleichen und hat in der Folge Zugriff auf alle, die damit verbunden sind.«

»Okay, und Frau Burkhard benutzt so ein Ding?«, fragte dieses Mal Eva, die bis jetzt gespannt zugehört hatte.

»Genau. Und ein ziemlich altes, unzureichend gesichertes Gerät noch dazu. Ich konnte die Protokolldatei auslesen und feststellen, dass sich in der letzten Nacht gegen vier Uhr morgens ein anderer Rechner in dieses Gerät eingeklinkt hat und einige Daten übertrug. Es wurde sowohl der Fernseher als auch der Laptop angesteuert.«

»Der Inhalt?« Ruben wurde immer ungeduldiger.

»Was, der Inhalt?«, fragte Habermann zurück.

»Na, die Daten. Was wurde auf die Geräte übertragen? Hast du den Film?«

»Ne«, lautete die enttäuschend schlichte Antwort. »Die Daten wurden ja nicht gespeichert, sondern nur abgespielt. Das ist, wie wenn man bei Netflix einen Film streamt, da wird ja auch nix gespeichert.«

Ruben fluchte selten, und wenn, dann, wie in diesem Fall, nur lautlos. Er dachte kurz über das Gehörte nach und fragte schließlich: »Und was ist mit der Quelle? Also dem Computer, der sich Zugang verschafft hat. Was weißt du darüber?«

»Vielleicht fange ich erst einmal mit dem WIE an. Der Zugang erfolgte nämlich über WLAN. Was nichts anderes heißt, als dass derjenige, der sich dort eingeklinkt hat, in der Nähe gewesen sein muss.«

»Von wie viel Abstand reden wir?«, fragte Ruben, worauf dieses Mal Mike antworten konnte und erklärte: »Ich hatte schon einmal einen Fall, bei dem so vorgegangen wurde. Damals wurden Verstärker im Abstand von circa siebzig Metern aufgestellt und das Signal wurde so über eine weite Strecke übertragen.«

»Ja«, stimmte Habermann durch das Handy zu. »Man geht, je nach Umgebung, von fünfzig bis hundert Metern aus. Ich kenne die Bedingungen bei dieser Frau Burkhard zwar nicht, würde aber auch von circa siebzig Metern ausgehen.«

»Okay.« Ruben rieb sich über die Nase. »Und das Gerät, das sich eingehackt hat?«

»Kann ich nicht sagen. Die IP-Adresse wurde verschleiert und es fand sich auch keine Gerätekennung in den Logdateien. Es kann ein Laptop, aber auch ein Handy gewesen sein. Es gibt auf dem Schwarzmarkt Apps, mit denen das alles kein Problem ist. Man muss auch nicht vom Fach sein, um so etwas zu machen.«

»Also haben wir wieder nichts«, reagierte Eva enttäuscht. Ruben deutete ein Kopfschütteln an und widersprach: »Doch, wir haben fünfzig bis hundert Meter Umkreis, die wir untersuchen können.«

»Oder wir denken viel zu kompliziert.«

»Wie meinst du das?«, fragte Ruben an Mike gewandt.

»Udo Keller. Er war im Haus und hätte das leicht machen können. Außerdem kannte er, wie du sagtest, viele Details aus dem Film. Hast du dir sein Handy zeigen lassen?«

»Nein«, gab Ruben zu. »Aber erstens haben wir uns gestern Nachmittag um genau die Zeit mit ihm unterhalten, als die Entführung stattgefunden hat. Und zweitens sagte Frau Burkhard aus, dass er danach die ganze Zeit bei ihr oben war. Ich wüsste nicht, wie er etwas damit zu tun haben sollte.« Ruben stockte und überlegte dann laut: »Höchstens, wenn er ein Mittäter wäre.«

»Können wir nicht ausschließen«, stimmte Eva zu und rekonstruierte: »Der eigentliche Täter schickt ihm den Film auf sein Handy und Udo Keller leitet ihn per WLAN auf die Geräte der Autorin.«

Mike nickte: »Alles möglich. Wir sollten den Mann so oder so noch einmal unter die Lupe nehmen. Wäre gut, wenn wir einen richterlichen Beschluss hätten, um auch seine Handydaten auswerten zu können.«

Das laute Räuspern riss alle drei gleichzeitig aus ihren Gedanken. Die nur angelehnte Zimmertür wurde nach innen aufgedrückt und ein ihnen unbekannter Mann tauchte im Türrahmen auf. Dieser sah einen nach dem anderen an und stellte unfreundlich fest: »Es gibt gute Gründe, warum Ermittlungen normalerweise in einem Präsidium stattfinden. Wir stehen seit zwei Minuten vor dieser Tür und kennen jetzt Details, die kein Außenstehender kennen sollte.«

Hinter dem Mann tauchte das Gesicht des Dienststellenleiters der hiesigen Polizeiinspektion in Bad Kötzting, Herr Tiefenbach, auf und sah ein wenig bedauernd in die Runde.

Ruben drehte sich zu dem Unbekannten und erwiderte: »Und es gibt gute Gründe, warum man sich erst einmal vorstellt, bevor man jemandem etwas vorwirft.«

»Ermittelnder Staatsanwalt in der Sache Hans Huber und jetzt auch Mia Hirschner«, erklärte der Mann knapp und fügte hinzu: »Lorenz mein Name.«

»Schön«, gab Ruben zurück, stellte sich und seine beiden Kollegen vor, machte eine einladende Geste, deutete zu den an die Wand projizierten Notizen und sagte: »Ich gebe zu, dass man in einem Präsidium unter Umständen etwas mehr Technik zur Verfügung hat, aber wie Sie sehen, kommen wir zurecht. Auch wenn ich Ihnen mit der Tür recht geben muss. Wir sollten tatsächlich mehr auf Diskretion achten.«

Eva beendete in der Zwischenzeit das Gespräch mit Habermann und versprach, sich in Kürze noch einmal zu melden.

Als dieser Herr Lorenz seine dicke Winterjacke öffnete, kamen eine Fliege und eine altertümliche Strickweste zum Vorschein, was dem Mann ein etwas angestaubtes Aussehen verlieh. Sein Blick ruhte kurz auf der Projektion, bevor er etwas versöhnlicher erklärte: »Wir hatten noch nicht das Vergnügen und sollten uns bezüglich der beiden Fälle abstimmen. Können Sie mich auf den neuesten Stand bringen?«

»Kann ich«, bestätigte Ruben, schloss kurz die Augen und zählte dann, ohne Hilfe seines Notizblocks, alles auf, was sie bisher wussten. Danach sah er zu Mike und Eva, wobei er fragte: »Habe ich irgendwas vergessen?«

»Nichts«, erwiderte Mike ehrlich beeindruckt und auch Eva deutete nur ein Kopfschütteln an.

Der Staatsanwalt dachte kurz über das Gehörte nach und sagte schließlich: »Das ist einiges, aber nichts Konkretes. Oder sehe ich das falsch?«

»Dem stimme ich zu«, bestätigte Ruben. »Und auch wenn vermutlich alles irgendwie zusammengehört, haben wir beschlossen, uns zunächst um das Mädchen zu kümmern. Wie ich Ihnen gerade erläutert habe, stehen die Chancen gut, dass sie noch am Leben, aber in höchster Gefahr ist.« Ruben wandte sich an den Kommissar und fragte: »Wie sieht es bei Ihnen aus? Können wir auf mehr Unterstützung hoffen?«

Tiefenbach fuhr sich mit der Hand nervös durch seine Haare, warf einen kurzen Seitenblick zum Staatsanwalt und musste gestehen: »Wohl kaum. Der Krankenstand unter den Kollegen hat sich eher verschlechtert. Wir sind schon froh, dass wir das normale Tagesgeschäft schaffen. Ich habe zwar bei meinen Kollegen in der Umgebung nachgefragt, aber da sieht es nicht besser aus. So eine Grippewelle habe ich noch nicht erlebt.«

»Weiß ich«, sagte Ruben, dem seine überstandene Erkrankung noch immer in den Knochen steckte. Dann sah er die beiden Männer an, überlegte kurz und schlug vor: »Wir sollten aber wenigstens die Bevölkerung mit ins Boot nehmen.« Sein Blick fixierte Tiefenbach: »Ihre Presseleute sollen sich darum kümmern. Zur Not auch vom Bett aus. Wir brauchen endlich einen Hinweis, wo man die Kleine gefangen hält. Und irgendwer hat immer etwas gesehen.«

Zu seinem Erstaunen wurde Herr Lorenz nun umgänglicher und deutete ein Nicken an: »Das kommt ein wenig spät, sollte aber auf jeden Fall gemacht werden. Kann ich Ihre Arbeit hier sonst irgendwie unterstützen? Mir ist, wie Ihnen auch, natürlich sehr viel daran gelegen, dass dieses Mädchen gerettet wird.«

»Das können Sie«, bestätigte Ruben. »Wir werden vermutlich immer einmal wieder richterliche Anordnungen benötigen. Es wäre also gut, ein Bindeglied zwischen uns und dem zuständigen Richter zu haben. Da uns die Zeit davonläuft, würde es uns sehr entlasten, wenn Sie das unbürokratisch übernehmen könnten. Sonst müssen wir für jeden Antrag seitenlange Berichte schreiben. Sie wissen ja, wie das läuft.«

Eva, die das Gefeilsche zwischen Staatsanwaltschaft und ermittelnden Beamten von früher kannte, hatte sich inzwischen ein wenig ausgeklinkt und sah sich nebenbei die Fotos von dem Schlittenhügel an, die sie mit ihrem Handy gemacht hatte. Auf dem Display erschien gerade ein Bild, das den Hang von unten zeigte. Sie wollte schon zum nächsten Foto wechseln, als ihr ein Gedanke kam, den sie bei der gestrigen Suche im Wald auch kurz gehabt, aber ignoriert hatte. Sie schickte das Foto per Mail zu ihrem Laptop, öffnete es dort und projizierte es über den Beamer an die Wand.

»Und was wird das jetzt?«, fragte Ruben ein wenig pampig, da er sich noch immer mit Herrn Lorenz unterhielt.

Eva brachte ihn mit einer Geste zum Schweigen, bat: »Gib mir bitte deinen Laserpointer.« Sie nahm ihn entgegen und leuchtete damit auf den Schlitten, der am oberen Bildrand zu erkennen war, wobei sie erklärte: »Wir haben vielleicht etwas Entscheidendes übersehen.«

Nun hatte sie die Aufmerksamkeit aller Anwesenden. Sie ließ den roten Lichtpunkt des Lasers zwischen Schlitten und Waldrand hin und her wandern und fragte: »Wie hat der Entführer das gemacht?«

»Was meinst du?«, fragte Mike.

»Na das sind doch bestimmt zehn Meter zwischen Waldrand und dem Schlitten. Die Bäume sind seine Deckung, aus der er sich nicht herausbewegen kann, da er sonst Gefahr läuft, von unten gesehen zu werden.«

»Also muss Mia freiwillig zu ihm gekommen sein«, nutzte Mike Evas kurzes Schweigen.

»Genau«, bestätigte diese und führte ihren Gedanken weiter aus: »Und ein Kind in ihrem Alter lässt sich nicht mehr so leicht mit irgendwelchen Versprechen in einen düsteren Wald locken. Außerdem hätte sie sicher geschrien, wenn er sie überwältigt hätte.«

»Also wäre es möglich, dass sie ihren Entführer kennt. Vielleicht sogar gut kennt«, war es wieder Mike, der ihre Schlussfolgerung vervollständigte.

Ruben sah zu Tiefenbach und Lorenz, sagte: »Wir haben jetzt zu tun.« Damit ließ er die beiden einfach stehen, verließ den Raum und ging in sein Zimmer, um nachzudenken.

Eva übernahm die Initiative und erklärte den beiden: »Denken Sie sich nichts dabei. Er ist seltsam, aber gut!«

Der Staatsanwalt hatte offenbar so seine Zweifel und befahl: »Ab jetzt möchte ich jeden Abend einen Bericht über die neuesten Erkenntnisse auf meinem Schreibtisch. Und sagen Sie Ihrem Kollegen, dass ich trotz der Umstände ein Mindestmaß an Höflichkeit erwarte. Hat sich eigentlich bezüglich der Busfahrt, die Hans kurz vor seinem Ableben unternommen hat, schon etwas ergeben? Ich las in den Akten etwas von einer möglichen Spur zu einem Biathlon-Verein in Bayerisch Eisenstein.«

An Evas Stelle antwortete nun Tiefenbach: »Ja beziehungsweise nein. Wie wir uns schon dachten, verlief diese Sache im Sand. Sein Entführer könnte gewusst haben, dass Hans zusammen mit seinem Vater auf dem heimischen Hof mit dem Luftdruckgewehr gerne Jagd auf Ratten machte. Wir vermuten, dass er den Jungen mit dem erfundenen Probeschießen nach Bayerisch Eisenstein gelockt hat. Dieser Verein beschäftigt überhaupt keine Talentsucher.«

Der Staatsanwalt nahm das Gehörte zur Kenntnis, drehte sich um und verließ das Zimmer. Tiefenbach raunte Eva zu: »Ich melde mich später telefonisch bei euch«, und folgte ihm hinaus.

Als sie allein waren, sahen sich Eva und Mike mit einem vielsagenden Blick an, wobei Mike bemerkte: »Gut aufgepasst. Dass Mia ihren Entführer kennen könnte, ist unsere erste heiße Spur.« Dann fügte er hinzu: »Womit wir auch wieder bei diesem Udo wären. Ich rufe Habermann an. Vielleicht kann er sich dessen Handy aus der Ferne und über den kurzen Dienstweg vornehmen. Eine Funkzellenabfrage wäre ja schon einmal ein Anfang, um dessen mögliche Tatbeteiligung auszuschließen.«

34

Plopp, kurze Pause, Plopp. Dann zwei schnelle Plopps hintereinander. Kurze Pause und wieder zwei schnelle.

Nach dem Terror bei ihrem Erwachen in diesem Raum hatte die Geschichte so unverhofft aufgehört, wie sie begonnen hatte. Die Stimme des Sprechers hallte noch einmal von den kargen Wänden, der Mann, den sie in der Schule ganz anders kennengelernt hatte, ging zur Tür und schaltete das Licht aus, worauf Dunkelheit und Stille regelrecht über ihr zusammenschlugen. Lange Zeit hörte Mia nur ihr eigenes Wimmern. Irgendwann schaffte sie es aber, sich auf die Wassertropfen zu konzentrieren, fand etwas Tröstliches in dem Geräusch und schlief darüber ein.

Jetzt hörte sie die Tropfen wieder. Sie fielen stets im gleichen Rhythmus, machten immer das gleiche Geräusch und doch hatten sie ihre tröstende Wirkung verloren.

Mia wagte es lange Zeit nicht, die Augen aufzuschlagen. Sie wollte hier nicht sein! Sie vermisste ihre Mutter, ihren Vater und die gemütliche Wärme ihres Zimmers, von dem aus sie die schneebedeckten Felder überblicken konnte. Außerdem stach und juckte die Wunde an ihrem Kopf.

Ein vorsichtiges Blinzeln zeigte ihr, dass sie nicht von völliger Dunkelheit umgeben war. Doch dieses Mal waren es nicht die grellen Neonröhren, die den Raum erhellten. Das Licht wirkte natürlicher. Mia lauschte noch einmal angestrengt, hörte nichts als den kaputten Wasserhahn und traute sich ein wenig mehr.

Sie lag mit dem Gesicht zur Wand und erschreckte sich ein weiteres Mal vor dieser ekelhaften Puppe, der man durch den nicht vorhandenen Mund direkt in den leeren Kopf blicken konnte. Mia rutschte mit langsamen Bewegungen ein Stück von ihr weg, achtete aber darauf, nicht wieder von der Liege zu fallen.

»Nur eine Puppe«, hauchte sie, um sich Mut zu machen. Sie hätte sich gerne umgedreht, doch das traute sie sich noch nicht. Folglich war ihr Sichtfeld ziemlich eingeschränkt. Die Mauer, an der die Pritsche stand, hatte eine raue Oberfläche. Mia suchte nach der richtigen Bezeichnung und fand *Beton* in ihrem Wortschatz. Sonst gab es in diese Richtung auch nichts weiter zu sehen. Nur die Wand und die hässliche Puppe, an deren Hand zu allem Überfluss auch noch der Daumen fehlte.

Mia drehte ihren Kopf ein winziges Stückchen nach oben, wobei sie darauf achtete, dass ihr restlicher Körper ruhig liegen blieb. Sollte noch jemand hier sein, wollte sie auf keinen Fall, dass derjenige merkte, dass sie wach war.

Über ihr kam eine der Neonröhren in ihr Blickfeld. Jetzt, da diese ausgeschaltet war, konnte man die Spinnweben nur erahnen.

Plopp, kurze Pause, Plopp. Mia atmete kurz im Takt der Tropfen, überwand ihre inneren Widerstände, schloss die Augen und tat so, als würde sie sich im Schlaf umdrehen. Danach verharrte sie in der neuen Position, erinnerte sich daran, wie sie ihren Eltern vorspielte, dass sie schlief, und versuchte, möglichst ruhig weiterzuatmen.

Da auch danach alles still blieb, wiederholte sie den Ablauf und öffnete die Augen nur einen winzigen Spalt.

Sie zog die dünne, raue Wolldecke bis über ihren Mund, was keine gute Idee war. Die borstigen Fasern kitzelten sie an der Nase und Mia musste so unverhofft niesen, dass sie selbst darüber erschrak. Der nächste Schreck ließ nicht lange auf sich warten, denn irgendwo setzte ein gleichmäßiges Rauschen ein. Sie blinzelte ein wenig und sah, dass sich drüben neben der Tür ein kleiner Heizlüfter eingeschaltet hatte.

Nun war es auch schon egal. Sie öffnete ihre Augen ganz und versuchte, das, was sie sah, einzuordnen. Der Raum erinnerte sie von der Größe her an das Klassenzimmer in ihrer Schule. Die Pritsche stand an der hinteren Wand und die einzige Tür lag ihr gegenüber. Sie war aus schmutzig grauem Stahl und wirkte unüberwindbar, aber sie würde ihr ohnehin nichts nützen. Ein Gitter aus Maschendraht teilte den Raum ziemlich genau in der Mitte.

In diesem Gitter gab es nur einen einzigen Durchlass. Der war gerade einmal groß genug, dass man eine große Pausenbrot-Box hindurchschieben konnte. Die kleine Durchreiche war ebenfalls mit einem Stück Gitter und einigen kleinen Vorhängeschlössern gesichert. Mia fühlte sich wie ein Tier.

Als einzige Lichtquelle diente eine Reihe schmaler Fenster oben an der Wand ihr gegenüber. Hinter den schmutzigen Scheiben war ein weiteres Gitter zu erkennen, das die Fenster von außen schützte.

Auf ihrer Seite des Raumes gab es noch ein kleines Waschbecken aus Blech, in das auch gerade wieder einer der Wassertropfen hineinfiel. Außerdem einen Eimer mit einem Brett darüber, in das ein Loch gesägt war und neben dem eine Rolle Toilettenpapier lag. Sonst war nichts als schmutziger Boden zu erkennen.

Drüben, hinter dem Zaun, der mit vielen Haken an der Decke, den Wänden und dem Boden befestigt war, war es nicht viel anders. Es war nicht gemütlicher oder vertrauenerweckend, ganz im Gegenteil. Der Anblick verstärkte das Gefühl, in einem Käfig zu sein, nur noch mehr.

Mia sah einen kleinen fleckigen Holztisch, hinter dem ein ebenso alter Stuhl stand. Der Stuhl war in ihre Richtung ausgerichtet. Fast so, als würde jemand, der darauf sitzen würde, sie studieren wollen. Ein Stück neben dem Tisch stand ein Stativ mit einer Kamera darauf, die ebenfalls in ihre Richtung zeigte. Neben der Stahltür gab es eine Pritsche, die der auf ihrer Seite glich.

Da sie ganz offensichtlich allein war, wagte sie es, sich auf die Kante der Liege zu setzen. Sie blickte an sich herunter, was zu der Frage führte, wo ihre Klamotten waren. Alles, was sie trug, waren ihre Unterhose und das dünne Unterhemd. Sie schämte sich. Und als wäre dieses Schamgefühl nicht schon schlimm genug, musste sie auch noch dringend auf die Toilette.

Wozu es diesen Eimer gab, war ihr klar. Allerdings gab es da diese Kamera, von der sie nicht wusste, ob sie eingeschaltet war.

Mia versuchte, es zurückzuhalten, doch irgendwann ging es nicht mehr. Sie hätte am liebsten gewartet, bis es draußen und damit vermutlich auch hier drinnen dunkel wurde, hatte aber keine Ahnung, wann das sein würde.

Nach einigen Minuten stand sie auf. Der kalte Betonboden schickte ein Frösteln durch ihren Körper. Sie verschränkte die Arme um ihren Oberkörper, ging zögerlich bis an das Gitter und sah sich die Kamera genauer an. Sie kannte solche Geräte von ihrem Vater und wusste, dass eigentlich immer irgendwo ein Lichtchen brannte, wenn man sie einschaltete. Dort drüben war nichts Derartiges zu erkennen.

Ihr Blick ging angewidert zu dem Eimer mit dem Brett darauf, doch es half nichts. Sie nahm ihn, trug ihn in die hinterste Ecke neben ihrer Pritsche, zog ihre Unterhose herunter und setzte sich mit dem Rücken zum Raum darauf. Ihre Blase brauchte einige Augenblicke, bevor sie sich entspannte, dann lief ihr Pipi laut plätschernd in den Blecheimer.

Noch während sie ihr Geschäft verrichtete, überkam sie eine tiefe Angst. Mia wollte nicht schluchzen, wollte ein großes Mädchen sein, doch es ging nicht. Das Bewusstsein darüber, dass sie allein war, in einem Käfig saß und in einen Eimer pinkeln musste, überkam sie ohne Vorwarnung.

Sie verstand das alles nicht. Wo war sie hier und warum? Und was sie noch weniger verstand, war, wie ihr das ausgerechnet ein Mann antun konnte, der ihnen in der Schule einen Vortrag gegen Gewalt gehalten hatte. Sie erinnerte sich noch daran, wie unsicher er vor der Klasse gewirkt hatte. Doch jetzt schien er wie ausgewechselt.

Mia zog den Rotz hoch, wischte sich mit der flachen Hand über die kleine Nase und hoffte, dass das hier alles nur irgendein Schulprojekt war. Was sollte es auch sonst sein? All das Böse, das sie schon manchmal im Fernsehen gesehen und gehört hatte, wollte ihr Bewusstsein einfach nicht zulassen. Das hier durfte einfach keiner dieser Erwachsenen sein, der Kindern Böses antat!

Nachdem sie auf dem Eimer fertig war, zog sie schnell die Unterhose wieder hoch und putzte sich mit dem Toilettenpapier die Nase. Am liebsten wäre sie wieder unter die dünne borstige Decke gekrochen, doch ihre Neugierde siegte.

Das Gitter, das den Raum teilte, war relativ dünn. Sie konnte daran rütteln und sogar etwas daran ziehen, doch es war fest verankert. Das Licht drang inzwischen in einem etwas anderen Winkel durch die Fenster am oberen Rand der Mauer und zeigte dadurch etwas, was ihr vorher entgangen war. An der linken Wand stand ein schwarzes, offenes Regal.

Sie ging so nahe wie möglich heran, bis sie etwas erkennen konnte. Die meisten Dinge sagten ihr nichts und sahen äußerst seltsam aus. Da lag zum Beispiel eine leicht glänzende schwarze

Kugel mit Riemen daran. Gleich daneben gab es ein Ding, das sie an eine unförmige Gurke erinnerte. Ein Fach tiefer lag eine zusammengefaltete Plastikplane mit ekelhaften braunen Flecken und auf dieser lag ein Hammer. Allerdings sah dieser Hammer anders aus als der von ihrem Papa, da er auf einer Seite zwei lange Spitzen hatte.

In dem Fach links davon hingen an zwei Nägeln Masken. Eine sah aus, als wäre sie aus Gummi, die andere war länger, weiß und ebenfalls mit Flecken übersät.

Die letzten Gegenstände, die sie von hier aus erkennen konnte, waren dünne Bücher. Nur vom vordersten konnte sie das Cover erkennen. Es zeigte eine gequält wirkende Frau und der Titel lautete: »Zeig mir dein Innerstes«.

Vielleicht gehört das hier zur Theater-AG meiner Schule, ging es ihr durch den Kopf, gefolgt von dem Gedanken: *Die Gruppe war sich schließlich einig, dass wir etwas Gruseliges spielen wollen.*

35

Ein Schatten hinter dem Fenster holte Maria aus ihren Gedanken. Sie zuckte etwas zusammen, doch es war nur einer der Männer von der Spurensicherung, der draußen vorbeigegangen war.

Der Blick durch das Fenster rückte die düsteren Gedanken ein Stück weit in den Hintergrund. Jetzt, am späten Vormittag, schien die noch immer tief stehende Sonne genau in den Innenhof und brachte den Schnee zum Funkeln.

Maria fühlte sich an ihre Kindheit erinnert. An die guten Tage, an denen sie und ihre Geschwister es kaum erwarten konnten hinauszugehen. Damals war noch nicht abzusehen, wohin sie ihr Leben treiben würde. Weder, dass sie eines Tages eine der bekanntesten Thrillerautorinnen Deutschlands sein würde, noch, welche Geheimnisse ihr Vater seiner Familie verschwieg.

Keiner von ihnen ahnte, dass Vater den Frauen im Dorf mehr brachte als nur frische Lebensmittel. Manchmal nahm er mehr als Geld für seine Ware und manchmal hinterließ er ihnen etwas, was den ein oder anderen Ehemann skeptisch werden ließ.

Als Simon damals im Dorfweiher ertrank, starb dort ihr bester Freund. Hätte sie gewusst, dass es ihr Halbbruder war, wäre der Schmerz sicherlich noch unerträglicher gewesen.

Zu dieser Zeit war sie noch ein normales Kind gewesen, dann begannen die Anfeindungen und sie zog sich tief in sich selbst zurück. Mit fünfzehn begann sie zu trinken, gab sich den ersten Jungs hin und spielte in ihrem Kopf mörderische Geschichten durch. Sie suchte ständig den Kick und fand ihn nirgends. Nichts von dem, was in ihrer Fantasie passierte, schien es in der wirklichen Welt zu geben. Dachte sie. Und dann erschien dieser Artikel in der Zeitung, der alles verändern sollte.

Die Öffentlichkeit nannte ihn den Schänder. Ihre Fantasien waren nichts gegen das, was Friedrich Brecher über Monate hinweg getan hatte. Natürlich konnte sie seine Taten weder gutheißen, noch hätte sie selbst je ein Messer gegen einen Menschen gerichtet. Und trotzdem war sie fasziniert von ihm. Sie las alles, was man über ihn schrieb, stellte sich vor, wie es wäre, die vollständige Kontrolle über das Leben eines Menschen zu haben. Und ja, sie stellte sich auch vor, wie es wäre, einen Menschen zu Tode zu quälen.

Man hatte Friedrich Brecher kurz vor dem Jahreswechsel 1976/77 gefasst. Sie selbst war gerade neunzehn geworden und wollte ihn unbedingt persönlich treffen. Sie wollte ihn kennenlernen und darüber schreiben. Bis dahin brachte sie ihre Geschichten nur für sich selbst zu Papier. Auch weil sie diese für zu banal hielt. Aber die Geschichte dieses Mannes sollte etwas Großes werden. Etwas, was den Menschen durch Mark und Bein ging. Etwas, das man so schnell nicht wieder vergessen würde.

»Frau Burkhard?«

Maria erschreckte sich so, dass sie herumwirbelte und sich dabei die Hand aufs Herz drückte. Hinter ihr stand dieser Schober im Eingang zu der Wohnstube und machte auch gleich eine abwehrende Geste, wobei er stammelte: »Alles gut. Bitte. Ich wollte Sie nicht erschrecken. Hab zweimal vorne angeklopft.«

Sie atmete durch, sammelte sich dabei und fragte scharf: »Was fällt Ihnen ein, sich so anzuschleichen?« Dann nickte sie zu einem Fenster. »Und, haben Sie oder Ihre Kollegen etwas gefunden? Muss ich mich hier weiter fürchten oder schafft es die Polizei endlich, den Verantwortlichen dieser Attacken gegen mich dingfest zu machen?« Maria spürte, dass sie gerade dabei war, sich in Rage zu reden. Da es aber guttat, etwas Dampf abzulassen, fügte sie auch gleich noch hinzu: »Erst glaubt man mir nicht, dass ich vor ein paar Tagen hier überfallen wurde. Dann ist alles plötzlich ganz wichtig und man dringt in meine persönlichen Daten ein. Und jetzt erschrecken Sie mich auch noch zu Tode.«

Der Leiter des Spurensicherungsteams wirkte eindeutig überfordert. Er trat einen Schritt zurück und suchte offenbar nach einer Beschwichtigungsformel. Maria, der ihre Reaktion gleich wieder ein bisschen leidtat, nutzte die Pause und sagte immer noch bissig: »Sparen Sie sich die Floskeln. Haben Sie etwas gefunden, was Sie weiterbringt?«

Der Mann stammelte erst ein »Tut mir leid«, rieb sich dann die vor Kälte roten Hände und erklärte: »Vielleicht haben wir tatsächlich eine Spur. Sie kennen doch sicher den Waldweg, der ein Stück oberhalb vorbeiführt. Dort haben wir Reifenspuren gefunden. Und da man mir sagte, dass wir im Umkreis von circa siebzig Metern suchen sollen, könnte das mit diesem Film zusammenhängen. Nach meiner Messung sind es rund fünfzig Meter bis hierher. Es könnte folglich sein, dass der Täter dort oben in seinem Auto saß und in Ihr Netzwerk eingedrungen ist.«

»Na, das ist doch schon was.«

»Haben Sie in letzter Zeit ein Auto gehört?«, hakte der Mann nach.

Maria dachte darüber nach. »Vielleicht. Aber die hört man auch, wenn sie unten im Tal vorbeifahren.«

»Das ist das Problem«, bestätigte der gutmütig aussehende Mann. »Der Schall ist einer gewissen Bodenbrechung ausgesetzt. Das heißt, man hört ihn mehr, wenn er von unten kommt. Außerdem stehen zwischen diesem Waldweg und dem Haus viele Bäume. Und der Schnee tut sein Übriges.« Dann zuckte der Mann die Schultern. »Na, wie auch immer, wir gehen diesen Reifenspuren natürlich nach. Ach, und noch etwas. Hinter Ihrem Brennholzstapel steht ein kleiner Schneemann, haben Sie den gebaut? Mein Kollege sagte mir, dass dort eigentlich ein Wort in den Schnee geschrieben sein sollte.«

Maria hatte das Wort »ANGST?« und ihren roten BH durch die Geschehnisse völlig vergessen. Sie schüttelte erschöpft den Kopf. »Nein, habe ich nicht. Und da stand gestern auch kein Schneemann, sondern das Wort ›ANGST?‹ in den Schnee geschrieben. Und damit ich diese Ansage auch richtig verstehe, lag dort die Hälfte eines roten BHs von mir als Punkt unter dem Fragezeichen.«

Der Beamte atmete durch, bevor er mit ernster Miene sagte: »Ich schaue mir die neuen Spuren dort hinten noch genauer an. Aber Sie sollten von hier verschwinden. Packen Sie ein paar Sachen und ziehen Sie zu Verwandten, Freunden oder in ein Hotel.«

Marias Augen füllten sich mit Tränen, von ihrer wütenden Stärke war nicht mehr viel übrig. Sie sah dem Mann trotzdem in die Augen und erklärte: »Dann stirbt dieses Mädchen und auch meine eigene Tochter und deren Kinder wären dann in Gefahr. Die Drohungen waren eindeutig.« Nun kochte doch wieder Wut in ihr hoch und sie stellte fest: »Und wenn mich Ihre Kollegen von Anfang an ernst genommen hätten, wüssten Sie das.«

Herr Schober ging nicht direkt darauf ein und dachte stattdessen laut: »Dazu müssten Sie von diesem Mann beobachtet werden.« Er sah zu einem der Fenster und fügte hinzu:

»Entweder er hat hier etwas installiert oder er beobachtet einfach dieses Haus.«

»Oder beides«, ergänzte Maria resigniert. »Ich habe vorhin mit Ihrem Kollegen aus Bamberg gesprochen. Mein komplettes Heimnetzwerk war, wie er sich ausdrückte, offen wie ein Scheunentor. Außerdem scheint es so, als hätte dieser Irre nach Belieben Zugriff auf meine Laptopkamera sowie auf das Mikrofon gehabt.«

»Puh«, war die wenig professionelle Reaktion, dann sammelte sich ihr Gegenüber und schlug vor: »Wir sollten Sie hier oben nicht allein lassen. Ich werde mit meinen Kollegen reden.«

Maria dachte darüber nach, kam aber zu keinem Entschluss. Wer auch immer ihr das antat, war nicht dumm. Er schaffte es immerhin, ihre Glaubwürdigkeit infrage zu stellen. Und nicht nur das. Es gelang ihm auch, dass sie an sich selbst zweifelte. Aber, und das war der eigentliche Grund, warum sie sich überhaupt noch vorstellen konnte, auf Hilfe zu verzichten: Er hatte ihr nichts getan, als die Gelegenheit dazu bestand. Sie sah den Beamten an und fragte ausweichend: »Und wie würde das aussehen?«

»Schwer zu sagen«, gestand der KTUler. »Das geht von einem Notfallknopf bis zu einem Streifenwagen vor der Tür. Oder ein Kollege bleibt mit Ihnen im Haus. Letztlich müsste das Kommissar Hattinger entscheiden.«

Sie dachte kurz über die Optionen nach, sagte aber nur: »Dann besprechen Sie das bitte mit dem Kommissar. Ich für meinen Teil möchte jetzt einfach nur eine Weile allein sein und meine Ruhe haben. Am helllichten Tag wird wohl kaum Gefahr bestehen.«

»Nein, eher nicht«, gab der Mann zu. »Wir nehmen jetzt noch Proben von diesem Schneemann und sind dann erst einmal weg. Meine Kollegen werden sich im Laufe des Tages aber auf jeden Fall noch einmal bei Ihnen melden.« Schon auf dem Weg zur Tür drehte er sich allerdings noch einmal um und mahnte: »Schließen Sie hinter mir ab, schalten Sie die Alarmanlage ein und öffnen Sie nur, wenn Sie genau wissen, wer vor der Tür steht. Außerdem werde ich die hiesige Notrufzentrale informieren, einen eventuellen Anruf von Ihnen mit höchster Priorität zu behandeln. Scheuen Sie sich also nicht und wählen Sie die 110, falls Ihnen etwas Ungewöhnliches auffällt.«

»Ja, ja«, erwiderte Maria müde, besann sich aber, dass es der Mann nur gut mit ihr meinte, und rief ihm noch ein »Danke« hinterher.

Seit morgens um halb vier war hier etwas los gewesen. Nun brach die plötzliche Stille unerwartet über sie herein. Ihr Blick ging zu der kleinen Flasche Weinbrand, doch sie entschied sich dagegen und machte sich einen einfachen schwarzen Kaffee.

Die Maschine quittierte dessen Fertigstellung kurz darauf mit einem Signalton. Maria zündete sich eine Zigarette an, nippte von dem starken dunklen Getränk und versuchte, ihr Gedankenkarussell abzubremsen. Draußen startete gerade der Motor des Kleinbusses der Spurensicherung, und dass dieser langsam vom Grundstück rollte, verstärkte das Gefühl der Einsamkeit.

Es war nicht das erste Mal. Natürlich nicht. Und eigentlich kannte sie das einzig probate Mittel dagegen. Einsamkeit war überhaupt einer der Hauptgründe dafür, dass sie sich in ihre Geschichten flüchtete.

Nach einigen Zügen von der Zigarette drückte sie diese aus, nahm die Kaffeetasse und ging langsam zu ihrem Sekretär hinüber. Der Laptop, sonst ihr ständiger Begleiter, war ihr in den letzten Stunden irgendwie fremd geworden. Sie hatte das Vertrauen verloren.

Trotzdem wollte sie die Umstände nutzen. Wenn sie schon eine Geschichte präsentiert bekam, sollte sie auch etwas daraus machen. Sie besann sich darauf, dass ihr bis jetzt nicht wirklich etwas passiert war, und dachte nach.

Fest stand, dass der Tod des kleinen Hans und die Entführung der kleinen Mia irgendwie mit ihr zusammenhingen. Die einzig logische Schlussfolgerung war, dass es sich um jemanden handelte, der sie kannte. Vielleicht sogar gut kannte. Maria ignorierte den Schauer, der ihr über den Rücken lief. Sie überwand sich, drückte den kleinen Knopf und sah zu, wie der Laptop erst startete, dann einige Updates installierte und schließlich bereit war, ihre Gedanken aufzunehmen.

Sie setzte sich auf den Stuhl, überwand ihre neuerliche Scheu gegen das Gerät und startete ihr Schreibprogramm, in dem es auch eine Art Denkbrett gab, auf dem man seine Ideen sammeln und übersichtlich anordnen konnte. Dann schloss sie die Augen, überlegte kurz, öffnete sie wieder und begann, einige Namen einzutippen. Jede gute Story brauchte Charaktere. Und in diese konnte sie sich besonders gut hineinversetzen. Nach kurzer Zeit standen fünf Namen über die Bildschirmoberfläche verteilt. Sie schob ihren gewalttätigen Ex-Mann mit dem Mauszeiger ganz nach oben, dann folgte Friedrich Brecher, darunter ihr Agent, danach ihr Lektor und schließlich noch eine alte Chatbekanntschaft, die ziemlich aus dem Ruder gelaufen war. Genug Stoff für interessante Wendungen, dachte sie, beschloss, ihren Ex-Mann zum Mörder zu machen, und schrieb in den folgenden Stunden wie entfesselt an ihrer Story weiter.

36

Ruben blieb, auch eine halbe Stunde nachdem Staatsanwalt Lorenz und Kommissar Tiefenbach gegangen waren, verschwunden. Mike und Eva sichteten noch ein paar Spuren, versahen diese mit Notizen und sortierten sie an die virtuelle Wand.

Gegen Mittag, Mike hatte gerade zwei weitere große Tassen Kaffee vom Wirt geholt, meldete sich endlich Schober mit den neuesten Erkenntnissen. Während Mike nur aufmerksam zuhörte, notierte Eva alles, was Schober mit seinen Kollegen rund um das Haus der Autorin gefunden hatte. Am Ende seiner Ausführungen fragte Mike: »Habe ich das richtig verstanden? Frau Burkhard behauptet, dass hinter ihrem Holzstapel das Wort ›ANGST?‹ in den Schnee geschrieben war. Und genau an dieser Stelle ist das Wort jetzt verschwunden und stattdessen steht dort nun ein Schneemann.«

»So ist es«, bestätigte Schober am Telefon.

»Wann hat sie das Wort im Schnee gesehen?« Mike erhob sich von der Kante des winzigen Tisches, der in jedem Gästezimmer stand, und ging ein wenig herum. »Ich habe mich heute Morgen schon gewundert, warum jemand, der bedroht wird, nichts Besseres zu tun hat, als einen Schneemann zu bauen. Noch dazu an dieser Stelle, wo ihn eigentlich niemand sieht.«

»Ach, dann sind die vielen Schuhabdrücke hinter dem Haus von dir?«, entgegnete Schober ein wenig aggressiv. »Wäre gut, wenn du mir so etwas das nächste Mal mitteilst. Wir haben extra aufwendige Abdrücke genommen.«

Mike blieb stehen, atmete durch und gab schließlich zu: »Der Gedanke war da und ist dann wieder verschwunden. Tut mir leid. Braucht ihr die Schuhe für einen Abgleich?«

»Schick mir ein Foto vom Profil«, antwortete Schober schon wieder versöhnlicher, und Mike kam zurück auf die eigentliche Frage: »Also, hat sie dir erzählt, wann sie dieses Wort ›ANGST?‹ dort hinten gefunden hat? Uns sagte sie nämlich nichts davon.«

»Ja, nein«, stammelte Schober. »Ich bin mir nicht sicher, aber ich glaube, gestern, als sie Brennholz holte. Warum sie euch nichts davon erzählt hat, weiß ich nicht, aber ich glaube, sie ist einfach ziemlich fertig. Außerdem hatte sie, als ich mich vorhin von ihr verabschiedete, schon eine leichte Alkoholfahne.«

»Wir tun es immer wieder!« Eva erhob sich von der Bettkante, ging zu dem kleinen Fenster und sah hinaus auf das tief verschneite Dorf, das im Licht der Sonne regelrecht strahlte.

»Was? Was tun wir schon wieder?«, fragten Mike und Schober gleichzeitig. Eva drehte sich zu dem Handy, das auf Freisprechen eingestellt war und auf dem Nachtschränkchen neben ihrem Laptop lag. »Wir verbeißen uns in Kleinigkeiten und vergessen dabei immer wieder, dass dort draußen ein kleines Mädchen in Lebensgefahr schwebt.«

Eigentlich waren es Rubens Worte, doch Mike fand sie passend und sprach sie daher laut aus, indem er sagte: »Alles hängt mit allem zusammen.«

»Eva hat recht und ihr habt es schon wieder getan!«

Mike und Eva drehten sich gleichzeitig zur Tür, von wo Rubens Stimme gekommen war, ohne dass er zu sehen war.

Erst als er diese ein Stück nach innen aufdrückte, erschien seine Silhouette in dem dunklen Flur des Gasthauses. »Dieser Staatsanwalt hatte recht. Hier draußen versteht man jedes Wort und praktisch jeder könnte mithören, ohne dass wir es mitbekommen.«

»Auch schon ausgeschlafen?«, konterte Mike die Kritik.

Ruben trat ein, sah ihn etwas zu lange an und erwiderte selbstbewusst: »Erst meditiert und dann über die Zusammenhänge nachgedacht. Solltest du auch einmal versuchen.«

»Stopp, stopp, stopp«, ging Eva dazwischen. »Genau das meine ich. Wir reden hier von allem Möglichen, nur nicht über die kleine Mia.«

»Das stimmt so nicht und da muss ich nun wieder Mike recht geben.« Rubens Blick wechselte zu seiner Kollegin. »Alles hängt mit allem zusammen und Frau Burkhard ist ein nicht unwesentlicher Baustein. So gut wie alle Hinweise kommen von ihr und von ihrem Bekannten Udo Keller. Allerdings fällt es mir enorm schwer, ihre Hinweise und ihr Verhalten einzuschätzen. Mal ist alles sehr glaubwürdig und dann tauchen wieder Verhaltensweisen oder Indizien auf, die widersprüchlich sind.«

»Was meinst du?«, fragte Mike, der die kleine Auseinandersetzung längst wieder vergessen hatte.

»Na zum Beispiel, dass sie uns dieses Wort im Schnee verheimlicht. Ich kann mir nicht vorstellen, dass man so etwas vergisst. Schon gar nicht, wenn man gerade bedroht wird. Außerdem ist oder war sie mal eine gute Autorin und als solche sollte man eine Beweiskette im Hinterkopf behalten können.«

Nun neigte Mike den Kopf etwas zur Seite und fragte, schon wieder bissig: »Wie lange hörst du uns schon zu, wenn du von der Schneemannsache weißt?«

Ruben zuckte mit den Schultern. »Es ist einfach spannend, andere beim Denken zu belauschen.«

Anstatt direkt einzuschreiten, fragte Eva dazwischen: »Und was meinst du mit der Aussage, dass sie einmal eine gute Autorin war?«

Ruben lächelte sie an. »Da hat mir die Meditation geholfen. Mir ist dabei nämlich aufgefallen, dass ich eigentlich gar nicht so viele Bücher von ihr kenne und im Grunde auch nur eine Story in meinem Kopf hängen geblieben ist. Wenn ich mich nicht irre, war es ihr Debütroman.«

»Und was hat das jetzt mit unserem Fall zu tun?« Mike war irritiert.

»Vielleicht alles, vielleicht auch nichts«, gab sich Ruben geheimnisvoll. Als er allerdings sah, wie die Gesichtsfarbe seines Kollegen leicht ins Rötliche wechselte, ließ er sich zu einer Erklärung herab. Doch bevor er damit anfangen konnte, erklärte Schober mit durch das Handy blechern klingender Stimme: »Macht das unter euch aus. Ich habe noch einige Spuren zu sichten und melde mich später wieder. Und Mike, denk bitte an die Schuhabdrücke.« Damit beendete er das Gespräch.

»Also?«, fragte Mike ungeduldig.

»Nun ja«, begann Ruben. »Das besagte Buch basierte auf wahren Begebenheiten, genauer gesagt auf dem Leben und Wirken eines gewissen Friedrich Brecher. Von der Presse und der Öffentlichkeit wurde dieser Mann liebevoll als ›der Schänder‹ betitelt. Frau Burkhard hatte offenbar tiefe Einsicht in dessen Psyche und auch in den Ablauf seiner einzelnen Taten. Sie kann ohne Zweifel mit Sprache umgehen und hat sich mit dem Buch, das ebenfalls den Titel ›Der Schänder‹ trägt, ein kleines Denkmal gesetzt.«

»Aber?«, fragte Eva nach, die irgendwo schon einmal von diesem Buch gehört, es aber nie gelesen hatte.

»Aber sie kann Geschichten eben nur gut wiedergeben. Die Storys in ihren Folgeromanen musste sie sich selbst ausdenken oder mit deutlich weniger Hintergrundwissen zu echten Taten schreiben. Und genau das ist der Grund, warum sie immer weniger Bücher verkauft. Natürlich, eine Stammleserschaft bleibt und hofft, so wie ich, dass es wieder besser wird. Aber um ehrlich zu sein, ist mir nicht eine Story nach ›Der Schänder‹ in Erinnerung geblieben.«

»Hm«, brummte Mike. »Mir ist trotzdem immer noch nicht klar, was das mit dem Fall zu tun haben könnte.«

»Kennst du das Buch?«

»Kann sein«, antwortete Mike. »Worum geht es?«

Ruben dachte kurz nach, bis er erklärte: »Kurz gesagt ist ›Der Schänder‹ ein ziemlich platter Titel für das, was Friedrich Brecher ausmacht. Ja, er hat geschändet, hauptsächlich Frauen und Kinder, aber es war eben mehr als das.«

»Lass mich raten«, unterbrach Mike ihn. »Irgendein Kindheitstrauma, weswegen er nicht anders handeln konnte.«

»Da muss ich dich enttäuschen. Nach eigener Aussage trägt Friedrich Brecher das Böse in sich und ist der festen Überzeugung, dass dies ganz normal ist. Ihm fehlt jeder Sinn dafür, warum man es unterdrücken sollte. Er ist der Meinung, dass jeder Mensch das Recht darauf hat, auch seine böse Seite auszuleben. Und bei ihm war es der Drang danach, die absolute Kontrolle über das Leben eines anderen Menschen zu übernehmen.«

»Und wie? Ich meine, was hat er mit seinen Opfern gemacht?«, fragte Eva mit leiser Stimme dazwischen.

Ruben schien in seinem Element, was die Seite an ihm zutage treten ließ, die Eva nicht mochte. Er sah sie an und erzählte, als ginge es um das letzte Abendessen: »Brecher ist da wirklich kreativ geworden. Eine junge Frau hat er zum Beispiel in aufeinanderfolgenden Nächten immer wieder von einer Eisenbahnbrücke geschubst. Sie war an einem Seil befestigt, wusste aber nie, ob es kurz genug war, damit sie nicht unten aufschlug. Nach dem fünften Mal wurde ihm dieses Spiel zu langweilig, da hat er einfach den Knoten weggelassen. Und bei einem Kind hat er …«

»Das reicht!«, stoppte ihn Mike barsch. Eva war bei der Erzählung schlagartig jede Farbe aus dem Gesicht gewichen. Sie deutete nur noch ein Kopfschütteln an, wischte sich über das rechte Auge und stürzte zur Tür hinaus.

Ruben sah ihr hinterher, sagte: »Sorry, aber das ist nicht von mir, das steht so in diesem Buch von Frau Burkhard. Aber wir sollten uns jetzt auch wieder um unseren Fall kümmern. Dabei fällt mir ein, dass Habermann angerufen hat. Laut der Funkzellenüberprüfung war Udo Keller, abgesehen von der Nacht bei Frau Burkhard, zu jeder Tatzeit weit weg vom jeweiligen Ort des Geschehens.«

Mike nahm diese Information zwar zur Kenntnis, funkelte ihn aber wütend an, drehte sich wortlos zur Tür und ging Eva hinterher.

37

Mike fand Eva in ihrem Pensionszimmer. Da die Tür nur angelehnt war, drückte er diese nach innen auf und klopfte leise an den Türrahmen. Sie saß auf dem Bett und starrte völlig abwesend die Wand an. In ihrer Hand befand sich ein Taschentuch, das sie trotz der Tränen, die über ihre vernarbte Wange liefen, nicht benutzte. Manchmal taten Worte gut, manchmal aber auch die stille Nähe eines anderen Menschen. Er entschied sich für Letzteres, setzte sich neben sie und wartete einfach nur ab.

Nach einigen Augenblicken des Schweigens putzte sie sich lautstark die Nase, sagte mit gespielt harter Tonlage: »Geht schon wieder«, und wollte schon aufstehen. Mike griff nach ihrem Handgelenk, zog sie zurück und sagte: »Lass seine Art nicht so an dich heran. Manchmal möchte man ihn einfach nur schütteln.«

Zu seiner Überraschung schaffte Eva ein Lächeln. Sie sah ihn an und sagte: »Ich weiß, was du meinst. Und ja, manchmal möchte man ihm, wie wir zu Hause sagen, eine Watschen geben, aber das war dieses Mal nicht der Grund.«

»Was ist es dann?«

Sie atmete einmal tief durch, bevor sie gestand: »Eine Mischung aus vielem. Da ist dieses verschwundene Mädchen, das entweder tot ist oder höllische Angst haben muss. Dieser

Junge, der vielleicht bei vollem Bewusstsein ertränkt wurde. Dann noch die Geschichte, die Ruben gerade erzählt hat. Und zu guter Letzt eure kleinen Streitereien, die das alles nicht besser machen.« Mike sah kurz zu, wie Eva erneut um Fassung rang, bevor sie ihn fragte: »Kennst du das Gefühl, dass man diesen Job nicht mehr schafft? Dass man zu weich dafür ist?«

Mike musste nicht groß nachdenken. »Aber ja. Absolut! Ruben vielleicht nicht, der hat anscheinend irgendeinen Filter im Hirn. Aber ich behaupte mal, das geht sehr vielen von uns so.«

Evas Blick ging ihm irgendwie unter die Haut, als sie fragte: »Und wie machst du das? Wie gehst du mit all dem Wahnsinn um?«

Dieses Mal brauchte er etwas länger, bevor er sagte: »Der Wahnsinn braucht ein Gegengewicht und irgendwer muss ihm doch die Stirn bieten. Aber, und das ist für unseren Part am wichtigsten, es darf nicht bis zur absoluten Erschöpfung gehen. Nimm dir eine Auszeit! Geh spazieren, betrinke dich oder chatte mit einem Liebhaber. Mach zwischendurch auch andere Dinge, die nichts mit dem Job zu tun haben«, er ließ eine kurze Pause folgen und fügte scherzhaft hinzu: »Und vor allem, unternimm nichts mit Ruben. Für den ist sein Beruf gleichzeitig sein Lebensinhalt.«

Evas Hand ging zu ihrer Brandnarbe, wobei sich ihr Gesichtsausdruck kurz verdunkelte. »Viel mehr Auswahl als Ruben oder mich betrinken habe ich leider nicht mehr«, dann überspielte sie ihre Selbstzweifel und fügte gekünstelt hinzu: »Oder ich überzeuge die Männerwelt einfach mit meiner sexy Stimme.«

»Lass das!«, erwiderte Mike ernst, erinnerte sich an einen wirklich schönen Abend, den er und Eva in Nürnberg bei ihrem ersten Fall gemeinsam verbracht hatten und bei dem sie genau über dieses Thema gesprochen hatten. Daher sagte er streng:

»Weder diese Narbe noch krumme Beine oder sonst irgendein Makel machen dich aus. Und wer deinen Kern nicht sieht, hat dich sowieso nicht verdient!«

»Ich habe krumme Beine?« Evas Stimme drohte zu kippen. Dann brachen die Dämme und beide begannen, lange und herzhaft zu lachen.

Nach einigen Augenblicken erschien Ruben im Türrahmen, sah vom einen zum anderen und sagte mit dieser ihm eigenen neutralen Tonlage: »Seit wann habt ihr Spaß an der Arbeit?«

Der Spruch heizte ihren Lachanfall nur noch weiter an und trieb ihnen die Tränen in die Augen.

Für Mike war Evas eigentlicher Zustand nicht vergessen. Nachdem sie sich wieder etwas beruhigt hatten, stand er auf und sagte bewusst provokant: »Natürlich haben wir Spaß an der Arbeit, aber wir machen jetzt trotzdem erst einmal einen Spaziergang.«

Ruben schien tatsächlich irritiert und brachte nur ein »Wie jetzt?« heraus.

Mike zuckte mit den Schultern, bevor er ihn aufklärte: »Eva braucht ein bisschen frische Luft und wir hätten uns schon lange mit den Eltern von Hans und Mia unterhalten müssen. Tiefenbachs Kollegen waren eindeutig zu oberflächlich und ihr Bericht über das Gespräch mit den Eltern von Hans wirkt, als hätten sie keine Lust gehabt. Also würde ich vorschlagen, dass wir beide das erledigen. Wenn ich dich richtig verstanden habe, liegt dein Fokus im Moment ja mehr auf Frau Burkhard.«

Ruben schien einen Moment darüber nachzudenken, deutete ein Nicken an und bat: »Klingt nach einer sinnvollen Aufteilung, aber eine Sache noch. Schober hat mich gerade noch einmal angerufen. Er rät uns aufgrund der Spurenlage dazu, die Autorin beschützen zu lassen. Wie denkt ihr darüber?«

Eva räusperte ihre Kehle frei, stand auf und gab zu bedenken: »Schwer zu sagen. Einerseits liegt zwar augenscheinlich eine

Bedrohung vor, andererseits kann ich diese Frau noch immer nicht einschätzen. Ganz abgesehen davon, dass sie viel Fantasie hat und darüber hinaus eher selten nüchtern zu sein scheint, stellen sich doch sehr viele ihrer angeblichen Entdeckungen als nicht belastbare Beweise heraus. Ich denke dabei an diese angebliche Fahrkarte, die Eisflächen, auf denen Udo Kellers Auto gestanden haben soll, und jetzt auch noch dieses angebliche Wort im Schnee, das auch schon wieder verschwunden ist. Ich meine, es ist einfach schwer abzuschätzen, ob es wirklich eine Bedrohung gibt, und so eine Überwachung kostet viel Personal.«

»Ich verstehe deine Bedenken«, entgegnete Mike. »Allerdings ist ja tatsächlich jemand in ihr Heimnetzwerk eingedrungen. Und Udo Keller hat uns, zumindest was diesen Film in der letzten Nacht angeht, bestätigt, dass es ihn gab.«

»Zu viel Diskussion«, beschloss Ruben in einem Augenblick der Stille. »Ich fahre noch einmal rauf zu ihr und schätze die Lage vor Ort ein. Wir bleiben per Handy in Kontakt.« Damit drehte er sich um und verschwand kurz darauf in seinem Zimmer. Einige Minuten später tauchte er mit seiner dicken, hässlich hellblauen Winterjacke auf und gab Mike einen Schlüssel. »Der ist für den Raum, in dem unsere Unterlagen liegen. Ich habe dem Wirt gesagt, dass wir ihn verklagen können, sollte er sich mit einem Universalschlüssel Zutritt verschaffen.«

»Wohin zuerst?« Eva sah sich unschlüssig um.

Mike atmete die kalte Luft tief ein, ließ seinen Blick über den Dorfplatz gleiten und erwiderte: »Du genießt jetzt erst einmal dieses herrlich verschneite Dorf, den strahlend blauen Himmel und die tolle Luft. Das Elternhaus von Hans ist nur zehn Gehminuten von hier, daher würde ich vorschlagen, wir laufen einen kleinen Umweg.«

»Einverstanden«, stimmte Eva zu.

Mike entschied sich für die kleine Kirche als erstes Ziel, deren Turm hinter einigen alten Häusern herausragte. Auf den ersten Metern sprach keiner von beiden ein Wort, erst als sie den Dorfplatz verließen, stellte Eva fest: »Das hier erinnert mich an meine Heimat. Von außen betrachtet wirkt alles wie eine wundervolle Kulisse, doch sobald man eine der Haustüren öffnet, fällt der schöne Schein in sich zusammen.«

Mike blieb stehen, drehte sich zu ihr und fragte mit ernster Stimme: »Hast du diese Gedanken in letzter Zeit häufiger?«

»Was meinst du?«

»Für Ruben mag das unvorstellbar sein, daher erkennt er es vermutlich nicht. Aber ich war schon oft genug am Boden, um die Anzeichen einer möglichen Depression deuten zu können.« Er ließ eine kurze Pause folgen. »Also? Gehen dir solche Sachen in letzter Zeit öfter durch den Kopf?«

Eva sah ihm in die Augen und sagte: »Du bist süß.«

Mike ließ sich nicht auf dieses Ablenkungsmanöver ein. »Das ist nicht die Antwort auf meine Frage.«

Nun wich sie seinem Blick aus. »Ich bin Anfang dreißig, habe keinen Freund und eine dicke Narbe im Gesicht. Da darf man doch wohl mal negative Gedanken haben. Ganz abgesehen davon, dass weibliche Hormone ein echtes Arschloch sein können.«

»Das mit euren Hormonen kenne ich«, erwiderte Mike locker, um die Stimmung etwas aufzuhellen. Er blieb aber trotzdem beim Thema, indem er hinzufügte: »Aber du sagst diese Dinge über die Arbeit. Kommst du mit dem Job nicht klar? Es wäre alles andere als eine Schande, aber wenn es so sein sollte und du es dir nicht eingestehst, wird es dich auffressen. Deine Fälle mit Ruben sind halt doch ein anderes Kaliber als das, was du vermutlich bei deiner alten Dienststelle erlebt hast.«

Eva schien ernsthaft darüber nachzudenken, antwortete aber nur: »Danke für den Denkansatz«, dann atmete sie einmal durch, schaffte danach ein unverkrampftes Lächeln, blieb mit ihrem Blick an etwas hängen und sagte: »Oh wie schön. Ich liebe Dorffriedhöfe, lass uns hineingehen.«

Sie folgten der Mauer bis zu einem schmiedeeisernen Tor. Doch während Eva einfach hindurchging, sah Mike die ersten Gräber und stockte.

Dieses Mal war es Eva, die die Veränderung wahrnahm. Nach einigen Schritten drehte sie sich um, sah zu ihm zurück und presste die Lippen zusammen. Dann kam sie zurück und sagte in dem Wissen um seine Vergangenheit: »Tut mir leid, ich habe nicht daran gedacht. Wir müssen da ja nicht hinein.«

Mike löste seine Hand vom Tor, brachte etwas Spannung in seinen Körper und erwiderte: »Müssen wir nicht, aber sich dem Tod zu verweigern bringt niemanden zurück.«

Nachdem sie durch einige Gräberreihen geschlendert waren, sah Mike einen Grabstein, der sich von den anderen abhob. Nicht weil er besonders groß oder anders gearbeitet war, sondern weil ein kleiner Stoffteddy darauf saß.

Er ging etwas näher an das steinerne Kreuz und las: Simon Staller 1957–1968.

Der Junge war gerade einmal elf Jahre alt geworden. Der Stich in seiner Brust ließ nicht lange auf sich warten. Mike dachte an das Grab seines eigenen Jungen und daran, dass er am Anfang auch Spielzeug darauf abgelegt hatte. Er wandte sich ab, saugte mit einigen tiefen Atemzügen die eiskalte Luft ein, wischte sich eine Träne aus dem Auge und bat mit belegter Stimme: »Können wir bitte gehen?«

38

Ob sie etwas ahnte? Er war momentan selten zu Hause. Sein Zweitjob als Pfleger war natürlich nur erfunden, um auch nachts ein Alibi zu haben. Das Geld kam von ganz anderer Stelle.

Wie immer, wenn er zur Tür hereinkam, erntete er diesen abfälligen Blick. Sonja war groß, schlank und herrisch.

Er bückte sich, um seine Schuhe auszuziehen. Sie wartete, bis er damit fertig war, deutete dann auf den Müllbeutel neben der Tür und erklärte kühl: »Der muss noch runter.« Also zog er sich die Schuhe wieder an, nahm den Beutel und verließ die Wohnung.

Fünf Minuten später durfte er richtig ankommen. Er zog die Schuhe erneut aus, hängte seine Jacke ordentlich an die Garderobe und ging in die Küche. Sonjas nach vorne gewölbter Bauch erfüllte ihn gleichermaßen mit Stolz und Zweifeln. Er überspielte das, versuchte ein Lächeln und fragte: »Möchtest du auch einen Tee?«

Sie sah ihm herausfordernd in die Augen und erwiderte: »Warum fragst du mich das jeden gottverdammten Tag? Mach einfach welchen und bring ihn mir dann rüber zum Sofa. Ich muss mich ein wenig hinlegen.«

»Natürlich, mein Schatz.« Er schob das viele schmutzige Geschirr ein wenig zur Seite, holte die letzten beiden sauberen Tassen aus dem Schrank und befüllte den Wasserkocher.

Wie gerne hätte er jetzt einen Kaffee getrunken, doch Sonja hatte ihm sehr schnell klargemacht, dass die Schwangerschaft ihrer beider Leben verändern würde.

Sein Blick ging erst zu der vollen Waschmaschine, die er vor Stunden eingeschaltet hatte, dann zu dem schmutzigen Geschirr und schließlich zu der großen Küchenuhr.

Während der Wasserkocher langsam zu rauschen begann, ließ er die Spüle volllaufen und legte zuerst die am meisten angetrockneten Teller hinein. Dann fischte er zwei Teebeutel aus dem Schrank und ließ je einen Zuckerwürfel folgen.

»Wie lange dauert das denn?«, hörte er Sonja aus dem Nebenzimmer, was er jedoch ignorierte. Die Zeit, bis das Wasser kochte, genügte gerade noch, um die saubere, aber feuchte Wäsche in den Korb zu schaufeln.

Als sie das nächste Mal maulte, rief er zurück: »Der Tee muss nur noch kurz ziehen.« Derweilen trug er den Korb ins Schlafzimmer, wo der Wäscheständer stand. Er stellte ihn ab, drehte sich zu dem großen Spiegelschrank, wo ihm sein Abbild begegnete. Für einen kurzen Augenblick sah er sich wirklich, dann kehrte der müde Mann mit den hängenden Schultern zurück.

Wieder in der Küche nahm er die Teebeutel heraus, rührte um, nahm ihre Tasse und ging damit ins Wohnzimmer. Sonja lag auf dem Rücken auf dem Sofa, las etwas auf dem Handy und würdigte ihn keines Blickes, als er die Tasse neben ihr auf dem Couchtisch abstellte. Er blieb stehen, sah zu ihr herunter und fragte: »Brauchst du noch etwas, mein Schatz? Ich mache noch kurz Ordnung und muss danach noch zu einem Seminar.«

Ihre Augen verengten sich etwas, dann ließ sie das Handy langsam sinken und fragte verächtlich: »Zahlt dir das eigentlich jemand? So oft, wie du weg bist, sollte ich deutlich mehr Haushaltsgeld zur Verfügung haben.«

Er wollte gerade zu einer Erklärung ansetzen, als sie etwas tat, womit er nicht gerechnet hatte. Sie zog die Beine an, deutete zu dem frei gewordenen Platz und erklärte ihm: »Meine Füße bringen mich noch um.«

Er verstand, setzte sich und begann mit der Massage.

Es waren einige der wenigen Berührungen, die sie noch zuließ, und er genoss es sehr, wie sich das wenige Fleisch über ihren Fußknochen in seinen Händen anfühlte. Und je mehr er sich der Berührung hingab, umso unvorsichtiger wurde er. Als er seine Augen schloss und sich nur noch auf seine Hände konzentrierte, war bei Sonja ein Punkt überschritten. Sie zog ihre Beine wieder zurück, sagte in scharfem Ton: »Du perverse Sau. Was glaubst du eigentlich, was du hier machst. Geht dir dabei etwa einer ab oder was?«

Er hob erschrocken die Hände, sprang auf und beteuerte dabei: »Aber nein, mein Schatz. Es ist einfach schön, wenn ich dir etwas Gutes tun kann.«

»Ja klar«, keifte sie. »Ich trage deinen Balg in mir herum und du denkst nur ans Ficken.« Dann schüttelte sie angewidert den Kopf, hob das Handy wieder hoch und brummte: »Mach deine Arbeit, geh zu diesem Seminar und bring uns später etwas zum Essen mit. Ich habe es nicht bis zum Supermarkt geschafft.«

»Könnte spät werden«, gab er vorsichtig zurück.

Sie ließ das Handy wieder sinken, funkelte ihn böse an und blaffte: »Hast du eine andere, jetzt, wo ich immer fetter werde?«

Wieder machte er eine beschwichtigende Geste. »Aber nein, mein Schatz. Ich halte den Vortrag heute vor jungen Erwachsenen, die erst am Abend Zeit für so eine Veranstaltung haben. Und meistens tauchen dann auch noch Fragen auf. Da kann es schon einmal später werden.«

Sonja schien kurz darüber nachdenken zu müssen, dann brummte sie etwas Unverständliches, um schließlich zu fordern: »Dann leg mir Geld in die Küche. Ich lasse mir etwas liefern.«

Eigentlich hätte er sie gerne daran erinnert, dass er ihr erst gestern fünfzig Euro gegeben hatte. Doch der Gedanke an die Verheißungen des bevorstehenden Abends ließ ihn vorsichtig werden. Daher sagte er nur: »Mach ich, Schatz.«

Nachdem die Wäsche hing und der Abwasch erledigt war, nahm er sein eigenes Handy und ging ins Bad. Dort verschloss er die Tür hinter sich, öffnete eine App, die man nur fand, wenn man wusste, dass es sie gab, und drückte auf die Schaltfläche »Connect«.

Dass es zu lange dauerte, merkte er schon, nachdem sich das kleine Symbol eines Fernglases zum fünften Mal um sich selbst gedreht hatte. Trotzdem gab er nicht auf, bis ein rotes X anzeigte, dass keine Verbindung möglich war. Dieser Umstand musste natürlich nichts bedeuten. Alles von einer Netzstörung bis zu einem leeren Akku des anderen Handys war möglich, trotzdem beschlich ihn ein ungutes Gefühl.

Nachdem auch der zweite Versuch gescheitert war, öffnete er eine regionale Nachrichtenseite, fand aber nichts Neues, was ihn, die kleine Mia oder die Autorin betraf. Es half alles nichts, er würde wieder in den Wald müssen.

Das einzig Positive war, dass man bei dem Gerät, das er dort nutzte, noch den Akku wechseln konnte, sonst müsste er sich noch deutlich öfter in Gefahr bringen.

Dann folgte der nächste Versuch, bei dem er ein anderes Ziel anwählte. Dieses Mal stand die Verbindung innerhalb von Sekunden. Zufrieden sah er zu, wie die Kleine auf ihrer Liege saß und dort offenbar auf ihn wartete. Das Einzige, was ihn ein wenig ärgerte, war der Umstand, dass sie den Eimer vermutlich benutzt hatte, aber damit bis ganz hinten gegangen war. Doch darüber konnte man später noch reden.

Er sah der Kleinen noch ein wenig zu, wobei sich dieses wohlige Kribbeln in ihm ausbreitete, das er so liebte. Es flutete erst seinen Körper, dann seinen Geist. Plötzlich war er nicht mehr klein und nichtig, sondern das, was das Universum für ihn vorgesehen hatte. Jeder Mensch trug diesen Splitter in sich, doch nur wenige konnten ihn, so wie er, gleißend hell erstrahlen lassen.

»Wirst du auch mal fertig da drinnen?« Sonjas Stimme riss ihn aus seinen Fantasien. Das Licht des Splitters fiel in sich zusammen und ließ nur eine Hülle zurück, die sich wieder auf das banale Menschsein konzentrieren musste. »Gleich«, rief er mit unsicherer Stimme zurück, drückte auf die Toilettenspülung, steckte das Handy weg und öffnete die Tür.

Sonja drückte sich an ihm vorbei, stellte fest: »Na, wenigstens stinkt es nicht«, und knallte die Tür ins Schloss.

Er sagte noch: »Ich muss jetzt gehen. Bis später, mein Schatz.« Dann zog er Jacke und Schuhe an, nahm seine Arbeitstasche und wollte schon zur Tür hinaus. Im Rahmen stieß er einen leisen Fluch aus, holte einen Schein aus der Geldbörse, lief in die Küche und legte das Geld auf den kleinen Tisch.

Als er die Wohnung endlich verlassen hatte, holte er den Aufzug und stieg ein. Während sich die Schiebetür schloss, lehnte er sich bereits an die Wand, machte die Augen zu und suchte nach dem letzten Glimmen seines göttlichen Splitters.

39

Einige Wolken genügten, um die Nachmittagssonne zu verdunkeln. Er mochte diese Jahreszeit, in der es oft so grau und düster war. Er brauchte den Nebel zwischen den Bäumen der umliegenden Wälder und die lebensfeindliche Kälte des Winters. Es war der Kontrast, der ihm den nötigen Kick gab. So wie bei diesem Jungen, dessen Körperwärme im krassen Gegensatz zu dem Eiswasser in dem Weiher gestanden hatte.

Der Umstand, dass er so weit weg vom Haus der Autorin parken musste, um an sein Handy zu gelangen, kostete ihn jedes Mal viel Zeit. Doch es ging nicht anders. Erstens würde es sein alter Wagen niemals über den zugeschneiten Forstweg schaffen und zweitens hatte ihm Friedrich eingeschärft, niemals Spuren zu hinterlassen. Eine Sache, die im Winter gar nicht so einfach war und sich bei Mias Entführung als unmöglich herausgestellt hatte. Da er die Schuhe aber umgehend verbrannt hatte, dürfte die Spur nicht zu ihm führen.

Er stellte das Auto wie schon einige Male zuvor auf dem Parkplatz für Wanderer ab, zog sich die gefütterten Gummistiefel an und folgte dem von vielen Schuhabdrücken festgestampften Schnee des Wanderpfads in den Wald hinein.

An dem markanten Baum mit den eigenartig geformten Ästen sah er sich nach allen Seiten um. Nachdem er sich sicher war, dass kein Wanderer in der Nähe war, stieg er einen kleinen Abhang hinunter. Der Bachlauf war zwar an den Rändern gefroren, bot aber in seiner Mitte noch genügend Platz, um darin laufen zu können. Und wenn doch einmal Eis abbrach, würde es die eisige Nacht schnell wieder ersetzen.

Bergab war es einfach und er kam gut voran. Als die beiden Dächer von Maria Burkhards Hof auftauchten, blieb er stehen, sah sich um, fand die kleine Tanne, die einige Meter weiter genau neben dem Bachlauf stand, und ging vorsichtig weiter. Auch wenn es auf dieser Seite des alten Bauernhauses nur das Milchglasfenster des Badezimmers gab, könnte er vom Brennholzlager aus gesehen werden.

Inzwischen war die Sonne hinter einem der umliegenden Hügel verschwunden und die Dämmerung setzte genau in dem Moment ein, zu dem er noch etwas Licht gebraucht hätte. Er zog sich die dicken Handschuhe aus Latex an, steckte den Arm zwischen die dichten Zweige des kleinen Nadelbaums und begann zu tasten.

Der olivfarbene Beutel war genau dort, wo er ihn mit einem Metallhaken nahe am Stamm an einen Ast gehängt hatte. Er zog ihn heraus, öffnete die dünne Kordel, die ihn verschloss, und holte das Handy heraus. Ein langer Druck auf einen der seitlichen Knöpfe bestätigte seine Annahme. Das Display leuchtete kurz auf, zeigte einen kurzen Warnhinweis, dass der Akku gleich leer sein würde, und erlosch wieder.

Es war ein heikler Moment, wenn er im Wasser stehend und mit kalten Händen den hinteren Deckel des Geräts abnehmen musste. Er holte den leeren Akku heraus, legte den frisch geladenen hinein und drückte den Deckel wieder darüber. Und wie bei so vielen Dingen, über die man sich zu viele Gedanken machte, passierte es tatsächlich. Das glatte Plastik rutschte durch seine Finger.

Es war mehr ein Reflex als eine bewusste Handlung, die seinen Fuß steuerte. Er traf das Handy kurz über der Wasseroberfläche und kickte es einen Meter weiter in den tiefen Schnee. Der Fluch verließ seine Lippen. Ebenfalls unbewusst und derart laut, dass er selbst zusammenschreckte.

Einige Sekunden lang tat er nichts. Erst als auch weiterhin kein anderes Geräusch als das leise Plätschern des Baches zu hören war, entspannte er sich ein wenig.

Das Gerät war vermutlich gerettet, fragte sich nur, wie er es holen sollte, ohne dabei Spuren zu hinterlassen. Nach einem Augenblick des Nachdenkens beschloss er, dass alles nichts half. Er trat mit dem linken Fuß aus dem Bach in den Schnee, beugte sich nach vorne und bekam das Gerät zu greifen.

Dann wischte er den Schnee an seiner Kleidung ab, hielt den Druckknopf eine Weile gedrückt und sah erleichtert, wie der Startbildschirm sichtbar wurde. Nach der Eingabe einer PIN erschien die ganz normale Oberfläche und zwei installierte Apps, die er sich im Darknet besorgt hatte, starteten von selbst.

Zufrieden steckte er das Gerät zurück in den Beutel, hängte es wieder in den Baum und widmete sich dann dem anderen Problem, denn sein Schuhabdruck zeichnete sich deutlich im Schnee ab. Er beschloss, dass die Polizei niemals Knieabdrücke zu ihm zurückverfolgen könnte. Also kniete er sich ans Ufer, um an den Schuhabdruck zu kommen, und verwischte diesen, indem er von beiden Seiten Schnee darüberschob. Anschließend stand er auf, verwischte noch den Knieabdruck, betrachtete sein Werk und kam zu dem Entschluss, dass nichts auf die Anwesenheit eines Menschen hinwies.

Nach einem kurzen Check mit seinem zweiten Handy zeigte die App zum Abhören der Alten eine gute Verbindung an. Er sah noch einmal hinunter zum Haus und begann mit dem deutlich mühevolleren Aufstieg.

Zurück im Wagen zog er die Tür zu, lehnte den Kopf nach hinten und schloss die Augen. Dies war seine Welt. Hier gab es keine schwangere Sonja, keine spießige Wohnung und auch sonst nichts aus diesem anderen, im Grunde leblosen Leben.

Das Handy im Wald oder besser das, was er mit diesem Handy machte, bildete die Grenze zu dieser angeblichen Realität, in der man ständig auf Moral und den richtigen Ton achten musste. Wo alle nur ihre gute Seite zeigten und niemand zugab, dass man manchmal etwas anderes ausleben musste. Wo das angeblich Böse weggesperrt wurde, aber die Menschen darüber wahnsinnig wurden, dass sie so viel unterdrücken mussten.

Auch er war einst so gewesen. Vielleicht sogar noch schlimmer. Er war die Selbstunterdrückung in Person. Dann hatte es sein Schicksal gut mit ihm gemeint. Es hatte ihm Schritt für Schritt erst einen Ausweg gezeigt und dann das unendliche Licht in seinem Inneren. Etwas, was diese studierten Psychotypen nie geschafft hätten. Und trotzdem hatte er seinen Lehrmeister im Gefängnis gefunden. Einen Meister, der ihm zeigte, was möglich war.

Jetzt war er es, der dieses Mädchen mental öffnen würde. Und der Anfang dazu war, ihr nichts mehr zu lassen, noch nicht einmal das Recht auf ihren eigenen Körper. Er konnte sie schlagen, hungern lassen, in ihre Psyche eindringen oder sie einfach dort allein verrecken lassen. Und Friedrich war der Mann, der ihm seine Möglichkeiten zur Entfaltung nicht nur aufzeigte, sondern ihn, in Verbindung mit dieser Autorin, sogar noch belohnen würde. Er würde eine entscheidende Rolle in ihrem nächsten Buch spielen. Und Tausende Leser würden erfahren, wer er wirklich war. Außerdem hatte der Mann etwas gut bei ihm, was man mit nichts anderem aufwiegen konnte.

Er wusste nicht, wie lange er so dagesessen hatte, bis ihn ein vorbeifahrendes Auto daran erinnerte, dass es an der Zeit war. Die Fahrt zum Käfig war jedes Mal wie die Reise zu seinem anderen Ich. Er startete in der biederen Welt der psychisch Verwahrlosten und kam dort an, wo er alle seine Facetten ausleben durfte. Und um in diese andere Welt zu gelangen, brauchte es nicht viel. Er startete den Motor, wählte den entsprechenden Track auf der eingelegten CD, wartete auf die ersten Töne und fuhr los.

Es musste laut sein, so laut, dass ihm die elektronischen Töne in den Ohren wehtaten. »Our Darkness«, was könnte es besser beschreiben. Anne Clark kitzelte seine Seele genau an den richtigen Stellen. Wut, Verzweiflung, Aufbruch und das Wissen um die vielen dunklen Flecken seines Ichs, das alles spiegelte sich in diesem Lied, das nun in Endlosschleife bis zu seiner Ankunft laufen würde.

Er fuhr durch eine Winterlandschaft, in der jeder Kontrast fehlte. Der Boden wurde zu Bäumen und die Bäume gingen nahtlos in den trüben Himmel über. Nach dem Grenzschild waren es nur noch wenige Kilometer bis zu dem alten stillgelegten Fabrikgebäude, das er mit dem Geld von Friedrich erworben hatte. Es war keine wirklich große Summe gewesen. Und alles, was er dafür tun musste, war, Friedrich jedes kleinste Detail seiner Ausflüge zu schildern, wobei der Autorin eine besondere Rolle zukam. Friedrichs Hintergründe kannte er nicht und es war ihm auch egal. Ihm ging es nur darum, das Leben neben den Tod zu stellen. Er brauchte, wie so viele andere, auch das Gefühl, mächtig zu sein. Und er hatte irgendwann beschlossen, dass er diese Seite ausleben musste, um nicht krank zu werden.

Eine Viertelstunde später öffnete er das Vorhängeschloss an dem Tor des Maschendrahtzauns, der das ganze Gebäude umschloss. Er fuhr hindurch, verschloss das Gitter wieder und ließ den Wagen dann direkt in die große, leere Halle rollen.

Die schweren Maschinen, mit denen man früher irgendwelche Stahlbauteile hergestellt hatte, waren verschwunden. Geblieben war nur das nackte Grau von altem Beton, der durch die zahllosen Ölflecken aussah, als wäre es die Haut eines kranken Riesen. Dies hier war seine Welt. Ein Ort, der nur ihm ganz allein gehörte. Und wer hierherkam, ging automatisch in seinen Besitz über.

Unter der alten Werkshalle gab es einen Kellerkomplex. Er verließ das Auto, atmete die hier ganz eigen riechende Luft ein und schlüpfte dabei endgültig in sein anderes Ich. Dann ging er bis ganz nach hinten in das kleine Büro, entsicherte das eigens angebrachte elektronische Schloss der schweren Kellertür mit einer Zahlenkombination und stieg hinab.

Vor einer weiteren schweren Brandschutztür blieb er kurz stehen, sammelte das machtvolle Gefühl in sich und betrat dann den Raum der Ängste, wie er ihn liebevoll nannte.

40

Dieses neue Geräusch neben dem der Wassertropfen riss Mia sofort aus ihrem Halbschlaf. Sie rutschte alarmiert bis an die kalte Wand, an der ihre Pritsche stand, zog die Beine an und die dünne Decke über sich. Draußen musste sich das Wetter verschlechtert haben, da kaum noch Licht in den Raum fiel. Jedenfalls so lange, bis vor ihr auf dem Boden ein Lichtkegel erschien, der nur Sekunden später ihr Gesicht traf und ihr damit die Sicht nahm. Zuvor gab es einen winzigen Augenblick, in dem sie den Ursprung des Lichtes erkennen konnte. Zumindest ein bisschen.

Mia wusste nicht, ob sie erleichtert sein durfte. Das Gesicht war nur schemenhaft zu erkennen, doch sie war sich ziemlich sicher, dass er sie jetzt freundlicher ansah.

Sie hob ihre Hand zum Schutz vor dem Licht der starken Taschenlampe vor die Augen, wagte sich aus der Deckung und fragte unsicher: »Machen Sie das mit allen Kindern?«

»Was meinst du?«

Sie schluckte etwas Spucke herunter. »Uns zeigen, wie sich Gewalt anfühlt. Sie haben doch davon in Ihrem Vortrag in der Schule gesprochen.« Sie stockte kurz und sagte dann leiser: »Ich will nach Hause.« Mia klammerte sich so sehr an den Gedanken, dass dies alles nur ein Spiel war, dass sie selbst daran glaubte.

Der Lichtstrahl erlosch und es war so still, dass sie den Atem des Mannes hören konnte. Dann ertönte ein anderes, leise klickendes Geräusch, das sie zusammenzucken ließ. Es war eine der Neonröhren, die über ihr hingen, die zum Leben erwachte und kurz darauf nur ihre Seite des Raumes erleuchtete. Nun sah sie die Realität und sie war ernüchternd. Denn das, was sie für ein freundliches Lächeln gehalten hatte, wirkte eher wie das Grinsen aus einem Horrorfilm.

In Mia fiel etwas zusammen und der dünne Strohhalm der Hoffnung zerbrach. Sie sprach die Worte, ohne darüber nachzudenken: »Wer sind Sie wirklich und warum bin ich hier?«

Seine schlichte Antwort lautete: »Weil das Böse allgegenwärtig ist.«

Die Worte hingen lange im Raum und hallten auch dann noch in Mias Kopf wider, als sie längst verklungen waren. So oft, dass sie lange keinen klaren Gedanken fassen konnte.

Die Zeit verging, als würde dickflüssiger Sirup durch eine Sanduhr tropfen. Sie wollte wissen, was jetzt passieren würde. Wollte, dass der Mann irgendetwas sagte, doch das tat er nicht. Er trat an das Gitter und starrte sie einfach nur an. So lange, dass Mia sich einbildete, dass sie seine Blicke auf ihrer Haut spüren konnte. Seine Hand ging zu dem Gitter, berührte es sachte, strich über die Maschen des Zaunes und genau in diesem Moment war Mia froh, dass es in dieser Trennwand keine Tür gab.

Sie spürte eine Träne, die langsam und heiß über ihre Wange lief. Ihre Hände suchten nach Halt, fanden nur die Decke und krallten sich hinein.

»Du bist hübsch in deiner Angst.« Seine Worte durchbrachen die Stille, wie ein Stein dünnes Eis durchschlug.

Mia zog die Decke bis über die Nase. Dachte kurz an Mami und Papi, die sie bestimmt bald finden und hier herausholen würden.

Der Mann schien den Gedanken erraten zu haben. Er machte zwei langsame Schritte, bis er ihr am Zaun genau gegenüberstand, neigte den Kopf ein bisschen zur Seite und sagte leise: »Einsamkeit ist etwas Tolles, du wirst sehen.«

Der Satz erzeugte Trotz. Mia nahm ihren ganzen Mut zusammen und flüsterte in die Decke hinein: »Sie suchen mich und dann gibt es richtig Ärger.«

»Du musst lauter reden, kleine Mia. Sonst kann ich dich nicht verstehen und das wäre doch schade um die Worte. Oder?«

Es war die Art, wie er die Sätze aussprach, die Mia immer mehr zittern ließ. Doch dann bäumte sich etwas in ihr auf. Sie rieb sich wütend über die nasse Wange, holte Luft und schrie fast: »Sie werden mich finden und dann bekommst du richtig Ärger.«

Nun ging er hinter dem Gitter in die Hocke und seine Augen schienen mild zu lächeln, als er ihr völlig ruhig erklärte: »Nein, kleine Mia. Nichts von dem, was du dir gerade erhoffst, wird passieren. Und weißt du auch, warum?«

Mias Gehirn begann ohne ihr aktives Zutun, nach einer Antwort zu suchen. Und nach einer Weile sagte sie deutlich verzweifelter: »Nein.« Dann sah sie, wie der Mann ein Handy aus seiner Hosentasche holte, ein wenig darauf herumwischte und schließlich sagte: »Weil du überhaupt nicht weißt, wer dein Vater ist.«

Das ergab keinen Sinn.

Nun drehte er das Gerät mit dem Bildschirm zu ihr, aber sie war zu weit weg, um irgendetwas erkennen zu können. Um die Augen des Mannes bildeten sich kleine Lachfalten und er bat: »Komm her und sieh es dir an. Dann wirst du verstehen, warum es besser ist, wenn ich jetzt deine Familie bin.«

Auch dieser Satz erzeugte Wut. Sie schüttelte den Kopf und fauchte: »Du bist nicht meine Familie. Mami und Papi sind meine Familie.«

»Mami ja, aber dein richtiger Papi kennt dich vielleicht gar nicht. Ich glaube jedenfalls nicht, dass es der Mann ist, bei dem du wohnst.« Er ließ eine Pause folgen und sagte erneut: »Komm her und sieh es dir an.«

Ihre Neugierde gewann. Sie schob sich nach vorne und da sie noch immer nur ihre Unterwäsche anhatte, schlang sie die Decke um ihren Körper. Danach stand sie langsam auf und machte ein paar kleine, unsichere Schritte auf das Gitter zu.

Auf den ersten Blick dachte sie an ein Urlaubsfoto. Sie streckte den Kopf noch ein wenig nach vorne und sah, dass ihre Mutter einen fremden Mann umarmte. Das Bild musste im Sommer gemacht worden sein, da ihre Mutter kaum etwas anhatte und er seine Hände fest auf ihren fast nackten Hintern drückte.

»Siehst du, vielleicht ist das dein Vater. Oder einer der anderen Männer, mit denen deine Mutti Spaß hatte. Und du weißt in deinem Alter doch bestimmt schon, wie Kinder entstehen. Oder?«

Der Mann erhob sich so unverhofft, dass Mia erschrocken zurücktaumelte. Er sah eine Weile zu ihr herab und fragte: »Was hältst du davon, wenn wir dieses Bild jetzt an den Mann schicken, von dem du dachtest, dass er dein Vater ist? Ich glaube zwar nicht, dass er dann noch nach dir suchen wird, aber ich finde schon, dass er die Wahrheit verdient hat.«

Erneut bildeten sich die kleinen Fältchen um seine Augen und er fügte hinzu: »Na, kleine Mia. Wie weit reicht dein Gerechtigkeitssinn? Oder spürst jetzt etwa auch du das Böse in dir? Bist du jetzt bereit, es ihm zu verheimlichen, um deine eigene Haut zu retten, oder findest du, er sollte wissen, dass ihn deine Mutter betrügt?«

Ihre Gedanken überschlugen sich. Mia wusste überhaupt nicht mehr, was sie denken sollte. Es gab immer wieder kleine Anzeichen, die sie in ihrem kindlichen Verstand aber weder greifen noch begreifen konnte. Das seltsame Verhalten ihrer Mutter, als sie einmal nach ihr gesucht hatte und sie im Schlafzimmer gefunden hatte. Ihre Mutter lag mitten am Tag im Bett, telefonierte und gab komische Geräusche von sich. Dann einmal, als ihr Vater furchtbar zornig geworden war, weil Mami zu spät nach Hause kam. Und beim Schlittenfahren. Dieser Arbeitskollege von ihr, mit dem Mami irgendwie so vertraut wirkte. War das vielleicht ihr wirklicher Vater? Mia wusste gar nichts mehr.

»Und, kleine Mia, wie entscheidest du dich?«, holte sie der Mann aus ihren Gedanken. »Sollen wir es ihm sagen oder willst du gerettet werden?«

Ihr Vater würde böse werden. Bestimmt furchtbar böse. Und bestimmt würde er auch sie hassen. Und dann wäre es ihm egal, dass sie weg war. Und er selbst würde weggehen. Sie schüttelte den Kopf.

»Du musst es aussprechen, kleine Mia. Laut und deutlich musst du mir sagen, was ich machen soll.«

Sie zog den Rotz hoch in die Nase. »Nicht sagen. Bitte nicht sagen.«

»Oh«, die Stimme des Mannes war so laut, dass sie sich an den nackten Betonwänden brach. »Die kleine Mia will also lügen, weil sie Angst um ihr kleines Leben hat. Sie will dem Mann, den sie so viel Geld gekostet hat, nicht sagen, dass sie gar nicht seine Tochter ist. Sie will ihre Mutterschlampe schützen. Das, kleine Mia…« Sie sah durch ihre Tränen, wie der Mann ans Gitter kam und nur einen Meter von ihr entfernt seine großen Hände um den Draht legte. Dann wurde seine Stimme leiser, als er sagte: »… das ist eine wirklich böse Entscheidung, die mir sehr gefällt. Denn deine Mutter hat erkannt, dass ihre dunkle Seite auch leben will. Genau wie deine und meine. Eigentlich wie die dunkle, böse Seite eines jeden Menschen.« Der Mann stockte, kauerte sich wieder auf ihre Höhe und seine Stimme klang bedauernd, als er hinzufügte: »Doch leider sind zu viele Menschen wie der kleine Hans. Er bekam die Möglichkeit, seine Wut an mir auszulassen, und lief doch einfach nur weg.« Nun kippte die Stimme ins Bedauernde. »Er war noch so jung und war trotzdem schon so darauf getrimmt, allen zu gefallen, dass er sich selbst darüber vergaß.« Die Fältchen wurden wieder mehr. »Du bist da anders, kleine Mia. Du bist mehr wie ich, und zusammen werden wir der anderen Seite unserer Seele geben, was sie braucht.« Damit stand er auf, machte etwas mit dem Handy und sagte schließlich: »Und nun darf sich der Mann deiner Mutter ebenfalls seiner Wut hingeben.«

Es ertönte ein leises Geräusch, das sich genauso anhörte, wie wenn Mias Mutter ganz viele Nachrichten mit ihrem Handy verschickte.

41

Ruben wusste, dass Eva recht hatte. Natürlich. Dieses verschwundene Mädchen war entweder tot oder in akuter Lebensgefahr. Doch was konnten sie anderes machen, als jedem Hinweis nachzugehen? Wenn die eingeleitete Großfahndung keinen Zufallstreffer landen sollte, waren die Spuren des Täters ihre einzige Chance. Und Spuren gab es eigentlich viele, nur die Zusammenhänge fehlten.

Nachdem er die Scheiben seines Wagens erneut vom Eis befreit hatte, drückte er auf den Startknopf. Entgegen seiner Erwartung begrüßte ihn sein neues Auto dieses Mal nicht mit dem leisen Summen des Elektroantriebs. Stattdessen startete gleich der Benzinmotor und eine flammend rote Schrift im Display verkündete zu wenig Strom im Akku. Vielleicht gab es oben bei Frau Burkhard eine Steckdose, die er mit seinem Kabel erreichen konnte.

Er parkte aus, folgte der Dorfstraße bis zu dem Weiher, in dem der kleine Hans gefunden worden war. Wo das Gefühl, etwas vergessen zu haben, herkam, konnte er sich nicht erklären. Aber es war da und er gab ihm nach.

An der Stelle, an der Schober und sein Team am Vortag gestanden hatten, trat Ruben auf die Bremse, worauf das Stottern des ABS einsetzte, was den Wagen zwar kontrollierbar machte, aber nicht verhinderte, dass er bis knapp vor die Eisfläche des Weihers rutschte. Dort stellte er den Motor ab und dachte nach. Er sah hinaus, kam aber nicht darauf, was er übersehen haben könnte. Dann fiel sein Blick auf den kleinen Schutzengel, den ihm seine Tochter für das neue Auto geschenkt hatte. Er zog das Handy heraus und wählte die Nummer seiner Frau.

»Ist das dein erster Gedanke an uns?«, war die Begrüßung seiner Frau. Ruben dachte kurz über diese Frage nach, sagte wahrheitsgemäß: »Ja«, und bat dann: »Bitte entschuldige. Ich war kaum hier, da überschlugen sich schon die Ereignisse und es müssen viele lose Enden verknotet werden.«

»So kennen wir dich«, gab sich Pia versöhnlicher und Elisa, die offenbar mithörte, rief aus dem Hintergrund: »Musstest du schon eine Leiche anschauen?«

Ruben schmunzelte. Eigentlich gefiel ihm die Aussicht, dass seine Tochter unbedingt Polizistin werden wollte, nicht besonders, doch irgendwie schmeichelte es ihm auch. Außerdem war Elisa ein wirklich helles Köpfchen. Allein wie sie Fragen zu seinen Fällen stellte, hatte ihn schon oft auf die richtige Spur gebracht.

»Wir sitzen im Auto und hören dich beide«, erklärte Pia unnötigerweise und fragte: »Wie sieht es bei dir aus? Wird es ein längerer Aufenthalt?«

»Könnte sein«, gab Ruben zu. »Ein Junge ist tot und ein Mädchen wird vermisst. Ihr habt es bestimmt in der Presse gelesen.«

»Ja, schlimme Sache«, bestätigte seine Frau, ging aber, vermutlich weil Elisa neben ihr saß, nicht weiter darauf ein und fragte stattdessen: »Und wie läuft es mit deinen Kollegen? Eva sagte, dass dieser Herr Köhler auch dabei ist?«

»Köstner, nicht Köhler. Ja, der ist auch dabei.« Ruben wollte nicht auf das Thema eingehen und wunderte sich laut: »Wann hast du mit Eva gesprochen?«

»Als du noch krank im Bett lagst. Wir gehen übrigens mal wieder zusammen einen Kaffee trinken, wenn euer Fall abgeschlossen ist.«

Ruben wollte sich schon über sein gelungenes Ablenkungsmanöver freuen, doch seine Frau kannte ihn einfach zu gut.

»Also? Wie läuft es mit Eva und diesem Köstner?«

»Ich denke lieber allein nach«, lautete Rubens kryptische Antwort.

»Ruben?«, kam Pias Stimme drohend aus dem Handy.

Er verdrehte die Augen und presste ein »Es ist alles gut« heraus, gab dann aber doch zu: »Der Mann ist als Kommissar ja nicht schlecht, aber Eva hört mehr auf ihn als auf mich.«

Anstatt Eifersucht zu zeigen, begann Pia am anderen Ende der Leitung zu lachen, bevor sie immer noch kichernd feststellte: »Kommst du jetzt in das Alter, wo du die Aufmerksamkeit junger Frauen brauchst? Anfang vierzig und schon in der Midlife-Crisis.«

»Was ist eine Midlife-Crisis?«, hörte Ruben seine Tochter fragen.

Ruben kam Elisas Neugierde sehr gelegen, er sagte diplomatisch: »Pia, könntest du das unserer Tochter bitte erklären, ich muss jetzt leider, leider weiterarbeiten.«

Nach einigen Sekunden, in denen nur der Verkehrslärm zu hören war, sagte Pia drohend: »Komm du mir mal nach Hause«, dann wurde ihr Tonfall milder und sie bat: »Pass auf dich auf, mein Superbulle. Ich liebe dich.«

»Ich euch auch«, gab Ruben erleichtert zurück und legte auf.

Bevor er seinen Wagen wieder startete, starrte er noch einige Zeit auf den zugefrorenen Weiher. Im Grunde hatte er kein Problem mit dem Tod, doch der Gedanke an den Körper des Jungen, der nackt unter dem Eis trieb, ließ ihn dann doch erschauern. Ruben schob seine Gefühle auf die Kälte im Wagen, startete den Motor und stockte. Eigentlich war er es, der immer alles im Blick hatte. Umso ärgerlicher war es, dass er einen Aspekt bisher völlig außer Acht gelassen hatte. Warum war der Junge nackt gewesen und was war mit seiner Kleidung passiert?

Auf das Warum gab es mehrere Antworten. Entweder der Täter war dumm und hatte geglaubt, der Junge würde im Wasser so schneller erfrieren. Was natürlich völliger Quatsch war. Oder der Täter war klug und wollte nicht, dass ihn die Klamotten nach unten zogen. Er wollte, dass man ihn spätestens dann fand, wenn jemand die Eisfläche aus irgendeinem Grund freiräumte. Ein weiterer Aspekt war, dass er ihm die Unterhose gelassen hatte. Was dafür sprechen könnte, dass der Täter keine sexuellen Ambitionen gehabt hatte.

Im ersten Moment schien das etwas Positives zu sein, doch Ruben hatte sich lange genug mit der Psychologie des Verbrechens auseinandergesetzt und ahnte Böses. Sexuell motivierte Täter töten aus Angst aufzufliegen oder es passiert ihnen aus Versehen. Mörder, die diesen Antrieb nicht haben, töten aus reiner Lust an der Macht oder weil ihnen der Sterbeprozess etwas gibt. Und diese Menschen sind noch weitaus gefährlicher als Sexualstraftäter. Denn sie sind in aller Regel intelligent, achten sehr darauf, nicht aufzufallen, und das Schlimmste daran ist, dass sie das Spiel möglichst lange genießen möchten. Der Tod ist normalerweise nicht das Ziel, sondern das bedauerliche Ende. Im Tod selbst finden sie kein Lustempfinden mehr. Ihr Spielzeug hat damit ausgedient.

Während Rubens Hirn zur Höchstform auflief, führte ein Gedanke zum nächsten und mit einem Mal merkte er, dass es gar nicht seine eigenen Erkenntnisse waren, über die er hier nachdachte. Zumindest Teile davon waren aus dem Buch »Der Schänder«. Friedrich Brecher hatte es damals Frau Burkhard geschildert. Die hatte es aufgeschrieben und nun war er selbst dabei, diese kranken Gedankengänge zu übernehmen.

Ruben öffnete die Autotür, stieg aus und war fest entschlossen, wieder Klarheit in seinen Geist zu bringen. Folglich beugte er sich noch einmal in den Innenraum, schaltete den Motor ab, verschloss die Tür und ging los.

Der Weiher war nicht besonders groß und so brauchte er drei Umrundungen, bis sein Kopf wieder frei war.

Ruben ließ seinen Blick eine Zeit lang auf den schneebedeckten Feldern und den angrenzenden Tannenwäldern verweilen. Dann atmete er die Eisluft bis tief in seine Lungen, ließ sie langsam wieder entweichen und gestattete den ersten Gedanken Einlass. Sein Hirn setzte ein Puzzleteilchen neben das andere und baute daraus eine Art Fahrplan für den bevorstehenden Besuch bei der Autorin. Aus irgendeinem Grund war sie der Dreh- und Angelpunkt dieses Falles. Blieb nur die Frage nach den Zusammenhängen und er beschloss, sie vorerst weder als Opfer noch als Täterin zu sehen. Was er jetzt brauchte, war der viel zitierte Blick von außen.

Ohne Neuschnee vereiste der Feldweg hinauf zu dem Gehöft zunehmend. Gleich am Anfang musste er den Wagen trotz Allradantrieb sogar ein Stück zurückrollen lassen, um das Eis mit Schwung zu überwinden. Außerdem dämmerte es schon wieder, sodass er die Bodenbeschaffenheit kaum einschätzen konnte.

Eine Kehre weiter, wo er dieses Spiel noch zweimal wiederholen musste, fragte er sich aufgrund der schlechten Traktion, ob es in Japan keinen Winter gab. Außerdem sah er in Gedanken jedes Mal, wenn ihn die Digitalanzeige in regelmäßigen Abständen daran erinnerte, dass im Moment kein Elektroantrieb möglich war, Mikes höhnischen Blick vor sich. Vielleicht hatte sein Kollege recht und die Sache war vielleicht doch nicht ganz so ausgereift, wie es ihm der Verkäufer ausgemalt hatte.

Kurz vor der Hofeinfahrt kam noch eine neue Warnleuchte hinzu. Und das war jetzt wirklich ärgerlich, denn obwohl er zu Hause mit einem vollen Akku losgefahren war, war nach der Fahrt in den Bayerischen Wald nun auch noch der Tank fast leer.

Ruben stellte den Wagen neben der Scheune ab, verdrängte den Gedanken daran, ihn vielleicht doch wieder gegen ein anderes Modell umzutauschen, und konzentrierte sich auf seinen Besuch bei Frau Burkhard.

42

Ruben wollte erwartungsfrei sein. Den möglichen Zustand von Frau Burkhard wollte er ignorieren. Bei einer derart verwirrenden Faktenlage war ein neutraler Blick wichtig.

Er drückte erst zweimal auf den Klingelknopf des Bauernhauses und klopfte anschließend noch gegen das Holz. Bei ihren ersten beiden Besuchen hatte die Autorin noch ohne jedes Zögern geöffnet. Jetzt hörte er von drinnen erst Schritte, dann ihre gedämpfte Stimme, als sie fragte: »Wer ist da?«

»Hauptkommissar Hattinger«, antwortete er laut genug, damit sie es hören konnte.

»Moment, ich muss erst den Code eingeben«, kam es zurück und kurz darauf hörte er, wie das Schloss entsperrt wurde.

Sie öffnete die Tür nur einen Spaltbreit, blickte hindurch und zog sie dann erst ganz nach innen auf.

Ruben sah sie so lange an, wie er brauchte, um sich einen Eindruck zu verschaffen. Die Frau wirkte frisch geduscht, hatte eine für ihr Alter zu moderne Leggings und einen dicken Strickpullover an und wirkte alles in allem recht aufgeräumt.

Sein Blick schien sie zu irritieren, daher sah sie an sich herunter und fragte: »Was ist? Stimmt etwas nicht?«

Ruben suchte Blickkontakt. »Nein, alles gut. Ich wollte nur wissen, in welchem Zustand Sie sich befinden.«

»Was geht Sie das an?«

»Persönlich nichts, aber es ist so eine Sache, wenn Zeugen betrunken sind«, antwortete er ehrlich, wie er es immer tat. Einfach weil er nicht verstand, warum alle Menschen so erpicht darauf waren, an der Wahrheit vorbeizureden. Trotzdem gab er sich einen Ruck und fügte, um den Frieden zu wahren, hinzu: »Aber es freut mich sehr, dass Sie wohlauf sind.«

Ihr Gesichtsausdruck schwankte zwischen Wut und Neugierde und sie fragte in unentschlossenem Ton: »Was wollen Sie?«

»Einen Fall lösen, in dem Sie offenbar eine nicht unerhebliche Rolle spielen.« Er ließ eine kurze Pause folgen. »Ach ja, und ein verschwundenes Kind retten, das vielleicht in Lebensgefahr schwebt.«

Die Autorin entschied sich offenbar dazu, ihrer Wut über seine Frechheiten keinen Raum zu geben. Sie deutete ein Nicken an, trat ein Stück zurück und ließ ihn eintreten. Dann fragte sie: »Möchten Sie ablegen oder gehen Sie gleich wieder?«

»Gerne.« Ruben gab ihr seine Winterjacke, die Handschuhe und die Mütze.

»Etwas zu trinken?« Nachdem die Autorin seine Sachen ordentlich an die große Garderobe gehängt hatte, ging sie in die gut geheizte Wohnstube, wo gleich drei Holzscheite auf einmal im Ofen brannten.

Ruben nahm die urige Atmosphäre dieser Bauernstube wahr. Er atmete den Duft des Ofenfeuers ein, dachte an Feinstaub und bat: »Wasser wäre gut.« Dann sah er Frau Burkhard dabei zu, wie sie in die offene Küche ging, deren abgrenzender Tresen aus den Resten einer alten Wand bestand, die man nur zu zwei Dritteln abgerissen hatte. Dort schenkte sie ihm Wasser in ein Glas, nahm für sich auch eines aus dem Schrank und füllte es halb mit Weißwein, den sie mit Wasser aufgoss. Während sie die beiden Gläser zu dem großen Esstisch brachte, fiel Ruben der aufgeklappte Laptop auf. Er machte zwei Schritte darauf zu und erkannte, dass es sich um ein Buchmanuskript handelte.

Nachdem sie sich ihm zugewandt hatte, nickte er in die Richtung des Geräts und fragte scheinbar nebenbei: »Ein neues Buch? Wann wird es erscheinen?«

»Es ist für Mia«, lautete die überraschende Antwort.

Ruben kramte die bisherigen Gespräche mit ihr aus seinem Gedächtnis. »Wollen Sie der Forderung des Entführers nachgeben oder soll es ein richtiges Buch werden?«

Sie sah ihn mit leicht getrübten Augen an, schluckte, zuckte mit den Schultern und erklärte ausweichend: »Ich will vorbereitet sein. Und Sie müssen mir jetzt keinen Vortrag halten. Mir ist durchaus klar, was das für mich bedeuten könnte. Ich kenne die Menschen hier weitaus besser als Sie.«

»Warum tun Sie das? Warum verschwinden Sie nicht einfach?« Ruben sah in der Tatsache, dass diese Frau eine Geschichte über den Tod von Hans Huber schreiben und auf ihrer Homepage veröffentlichen wollte, mehr als nur ein Problem. Doch er wollte ihre Version hören und nahm sich zurück.

Sie machte eine Geste zum Tisch. »Das ist eine lange Geschichte. Außerdem lässt mir der Entführer ja kaum eine Wahl. Seine Warnungen bezüglich Mia und meiner eigenen Familie waren unmissverständlich.«

Ruben dachte kurz darüber nach, brummte: »Okay«, und stellte dann fest: »Verstehen Sie mich nicht falsch. Ich finde es mutig, dass Sie sich durch eine mögliche Veröffentlichung für Mia in Gefahr bringen wollen. Und ich kann noch nicht einmal ausschließen, dass wir das für die Kleine auch tun müssen. Aber Ihre Familie ließe sich aus der Schusslinie bringen.«

Beide setzten sich, tranken einen Schluck und ließen einige Augenblicke der Stille zu. Dann holte die Autorin Luft und sagte einfach nur: »Schuld.« Sie nahm einen weiteren Schluck und begann: »Die Menschen hier glauben bis heute, dass ich schuld am Tod meines Kinderfreundes Simon bin. Wir waren damals in dem Alter von Hans und Mia. Wir spielten in einem Winter wie diesem unten am Weiher. Ich war der Meinung, dass das Eis noch nicht trägt, Simon glaubte, dass es dick genug wäre. Wir gerieten in Streit und irgendwann nannte ich ihn einen Feigling, weil er es mir nicht beweisen wollte. Also ging er in die Mitte des Weihers, sprang in die Luft und stampfte, so fest er konnte, auf.« Ruben sah, wie die Autorin innehielt und sichtlich mit den inneren Bildern kämpfte. Nach ein, zwei Atemzügen blinzelte sie eine Träne weg und erzählte: »Es geschah völlig ohne Vorwarnung. Simon musste die dünnste Stelle erwischt haben. Es wirkte wie … sah aus, als würde ihn der Weiher einatmen. Und ich … ich stand einfach nur da. Konnte mich weder bewegen noch um Hilfe schreien oder irgendetwas anderes machen. Ich hatte das Gefühl, als würde mich der Anblick dieses Loches im Eis festhalten. Erst als ich irgendwann realisierte, dass Simon nicht wieder auftauchen wird, löste sich diese Starre. Doch es war viel zu spät für ihn.«

Wieder ließ Ruben die eintretende Stille zu. Wartete, bis die Frau so weit war, und wurde belohnt. Dieses Mal hob sie ihr Glas an den Mund und trank es in einem Zug leer. Dann räusperte sie sich und sagte mit erstaunlich abgeklärter Stimmlage: »Mich hat das Ganze ziemlich traumatisiert und ich verstand erst nicht, warum man mich in der Folge im Dorf geradezu hasste. Dass ich ihn Feigling genannt und damit auf das Eis getrieben hatte, erzählte ich damals niemandem. Also dachte ich zuerst, dass es vielleicht jemand gehört hatte und alle mir deswegen die Schuld an dem Unfall gaben. Aber das hatte einen ganz anderen Hintergrund und den sprach zunächst niemand laut aus. Die Frauen nicht, weil sie sich schämten, und die Männer nicht, weil sie die Schmach nur still erdulden konnten.«

Ruben erwischte sich dabei, wie er an Burkhards Lippen klebte. Er blieb dabei, nicht dazwischenzufragen, und wartete ab, bis sie von allein sagte: »Es dauerte noch eine ganze Weile, bis ich hinter die Wahrheit kam. Denn der eigentliche Grund für ihren Hass war eine Mischung aus vielem, hatte seinen Ursprung aber bei nur einem einzigen Menschen. Wir waren damals die reichsten Bauern in dieser Gegend und irgendwann hat mein Vater erkannt, welche Macht ihm das gab. Während die Männer auf den von ihm gepachteten Feldern schufteten, brachte er ihren Frauen neben Lebensmitteln auch seinen Samen vorbei.«

Ruben ahnte es, noch bevor die Frau sagte: »Simon war nicht nur mein Freund, sondern auch mein Halbbruder. Und die Gemeinde glaubte deshalb nicht an einen Unfall. Für sie habe ich einfach nur einen möglichen Erben untergehen lassen. Und noch dazu einen, der aus dem Dorf und nicht aus unserer Familie kam.«

Ruben lehnte sich zurück und sagte, als von ihr nichts mehr kam: »Eine wirklich interessante Geschichte. Warum haben Sie nie ein Buch daraus gemacht?« Sie warf ihm einen empörten Blick zu, stand auf und ging in die Küche.

Während sich die Autorin eine weitere Weinschorle mischte, nippte er selbst an seinem Wasser, bevor er laut dachte: »Die aktuellen Geschehnisse passen überraschend gut zu dem, was Sie mir gerade erzählt haben. Ein Junge ertrinkt, ein Mädchen verschwindet. Es könnte durchaus die Inszenierung Ihrer Geschichte sein.«

Sie setzte sich wieder, nahm einen langen Zug aus ihrem Glas, sah ihm in die Augen und erklärte: »Das weiß ich auch, Herr Kommissar. Ich kann eins und eins zusammenzählen. Und wenn es tatsächlich so ist, haben wir ein Problem.«

Ruben neigte den Kopf zur Seite: »Wie meinen Sie das?«

Frau Burkhard sagte lange nichts. Ruben hatte kein Problem mit Stille, doch dieses Mal schaffte er es nicht, diese zum Nachdenken zu nutzen. Die Frau redete so, wie man ein gutes Buch schreibt. Jedes Kapitel endete mit einem Cliffhanger und sie schaffte es tatsächlich, dass er nun unbedingt wissen wollte, wie es weiterging.

»Eva-Christin Mayer.«

Ruben war sofort bei der Sache, suchte im Kopf nach diesem Namen und fand nur Mayer. »Mayer mit ay oder ei?«

Sie sah ihn nicht an. »Mit ay.«

»So wie der Wirt, bei dem wir unsere Zimmer haben?«

»Ja.«

Er hasste es, wenn Zeugen nur kryptisch antworteten, und bat: »Können Sie bitte konkret werden, ich habe keine Lust, diesen Fall durch lustiges Wörterraten zu lösen.«

Nun hob sie den Blick, sah ihm in die Augen und sagte etwas unerwartet: »Sie sind sehr direkt, das gefällt mir!«

Ruben ging nicht darauf ein und wiederholte: »Eva-Christin Mayer. Was ist mit dieser Frau? Oder geht es wieder um ein Kind?«

Sie schüttelte den Kopf. »Kein Kind, obwohl, irgendwie geht es auch um ein Kind.«

»Frau Burkhard«, seine Worte klangen mahnend.

Sie atmete durch. »Wenn es stimmt, was manch einer vermutet, hat mein Vater noch größere Schuld auf unsere Familie geladen, als nur ein wenig herumzuhuren. Nach dem Drama um Simon und mich hat er vielleicht beschlossen, dass so etwas nicht wieder passieren durfte.«

»Was heißt ›vielleicht‹? Und was meinen Sie mit ›so etwas‹?« Ruben wollte sie eigentlich nicht unterbrechen, konnte als Ermittler aber nicht anders. Mit dem Wort »vielleicht« war alles nichts wert.

»Vielleicht heißt, dass es nie bewiesen wurde, dass es mein Vater war. Dass ihm der versuchte Mord an der Frau des Wirtes nie nachgewiesen werden konnte.« Sie dämpfte ihre Stimme und erklärte müde: »Auch weil ich nie etwas gesagt habe.«

»Was heißt das nun wieder?« Ruben gab den Dingen gerne Zeit, doch so langsam nervte ihn diese Salamitaktik.

Die Autorin wollte gerade dazu ansetzen, mehr zu erzählen, als sein Handy klingelte. Er zog es heraus, sagte: »Habermann, was gibt's?«, und hörte kurz zu und wiederholte: »Jetzt in diesem Augenblick?« Sein Blick ging zu dem Laptop der Autorin, auf dessen Monitor inzwischen ein Bildschirmschoner lief. Dann dachte er kurz nach und bestimmte: »Ja, lass es durch. Kannst du den Datenstrom sichern oder soll ich es mit dem Handy filmen?« Er hörte noch einmal zu, legte auf und erklärte an Frau Burkhard gewandt: »Er will wieder in Ihr Netzwerk und wir werden es zulassen.« Danach wählte er die Nummer des hiesigen Dienststellenleiters. Tiefenbach hob beinahe sofort ab. Ruben warf einen Blick aus dem Fenster, sah aber nichts als Dunkelheit. Tiefenbach fragte zweimal, was denn los sei, dann sagte Ruben endlich: »Er muss oben auf dem Feldweg sein. Jemand versucht, erneut in Frau Burkhards WLAN einzudringen. Wir werden es zulassen. Sie haben also ein paar Minuten Zeit, um jemanden zu der Stelle zu schicken, an der Schober die Reifenspuren gefunden hat.«

Im Hintergrund hörte Ruben, wie der Mann einen Kollegen informierte, dann war Tiefenbach zurück am Telefon und erklärte fast schon gelassen: »Keine Sorge, Personalmangel macht erfinderisch, also haben wir dort oben zwei Wildkameras aufgestellt. Sollten wir ihn nicht erwischen, dürften wir ziemlich gute Bilder bekommen.«

»Nicht schlecht«, lobte Ruben, relativierte die Aussage aber mit den Worten: »Allerdings ist es stockdunkel, da würde ich mich nur ungern auf die Dinger verlassen«, dann legte er auf, nickte zum Laptop und bestimmte der Autorin: »Setzen Sie sich bitte vor das Gerät und tun Sie überrascht, wenn etwas passiert. Ich halte mich im Hintergrund. Der Täter kann möglicherweise auch wieder auf die Kamera zugreifen.«

43

Ruben stellte sich so hin, dass er, wie er hoffte, von der eingebauten Kamera nicht erfasst werden konnte, er aber noch sah, was auf dem Monitor geschah. Keine zwei Sekunden später verschwand der Bildschirmschoner, das Bild wurde einfach nur schwarz und aus dem Lautsprecher hörten sie eine männliche Stimme: »Jetzt geht es klipp und klapp. Mit der Scher' die Daumen ab, mit der großen scharfen Scher'! Hei! Da schreit der Konrad sehr.« Es folgte eine Stille, die zusammen mit dem dämmrigen Licht in der Wohnstube für Gänsehaut sorgte. Dann erschienen zwei Kinderaugen, das Bild wurde etwas heller und zeigte das Gesicht des Mädchens, das Ruben von einem Foto als Mia kannte, als Nahaufnahme. Die Kleine musste einige Tränen wegblinzeln, außerdem trug sie einen schmutzigen Kopfverband. Es fiel ihr erkennbar schwer und ihre Stimme klang wie gelähmt vor Angst, als sie beinahe flüsternd sagte: »Hallo. Ich bin Mia.«

»Hörst du mich auch?«, fragte Frau Burkhard mit leicht bebender Stimme, als das Mädchen erst einmal nichts weiter sagte. Doch das schien nicht der Fall zu sein. Die Kleine schniefte, wischte sich schnell mit dem linken Handrücken über ein Auge und wiederholte: »Ich bin Mia«, es folgte eine kurze Pause. »Ich habe Angst, ganz furchtbare Angst. Und das solltet ihr … und die solltest du auch haben. Ich muss dir etwas sagen.« Mia zog erneut etwas Rotz zurück in die Nase. »Ich soll dir sagen, dass die Zeit keine Wunden heilt …«

Ruben sah, dass sich in den Augen der Kleinen etwas spiegelte. Er ging von der Seite an den Laptop, drückte seinen Finger auf die Kamera und beugte sich vor den Monitor. Zunächst dachte er, es sei nur eine Lichtreflexion, doch dann erkannte er, dass sie etwas von einem Handy ablas. Währenddessen fuhr Mia fort und sagte: »… und die Zeit vergibt auch keine Schuld.« Nun tauchte ihre kleine Hand vor dem Gesicht auf, sie schniefte und sagte noch leiser: »Du musst die Geschichten vom Hans und von mir im Internet aufschreiben. Bitte.«

Was zunächst wie Schmutz aussah, war keiner. Auf jedem der kleinen Finger war ein Datum geschrieben und das morgige befand sich auf dem Zeigefinger.

Nach einigen Sekunden verschwand die Hand wieder und aus beiden Augen liefen die Tränen, als sie weinend sagte: »Bitte lauf nicht weg und sag meinem Vater, dass er auch nach mir suchen soll, wenn er gar nicht mein Vater ist.« Damit endete die Übertragung und der Bildschirm zeigte wieder den Bildschirmschoner.

Rubens Handy meldete sich mit einer Nachricht von Habermann, in der stand: »Die Verbindung besteht nicht mehr. Was war das denn für eine kranke Scheiße?«

Ruben nahm seinen Finger von der Kamera, trat einen Schritt zurück, schloss kurz die Augen und dachte laut: »Wir suchen einen kreativen Menschen. Einen, der gerne Geschichten erzählt, sich an der Angst anderer ergötzt, sich im Dorf auskennt und der ein gespaltenes Verhältnis zu sich selbst hat. Außerdem kennt er Ihre Lebensgeschichte und will, dass Sie für etwas bezahlen.« Dann öffnete er die Augen wieder und sah, dass sich die Autorin auf ihrem Bürostuhl zu ihm gedreht hatte. Ihre Augen glänzten vor Tränen und etwas schien ihr auf der Zunge zu liegen. Trotzdem sah sie ihn eine ganze Weile an, bevor sie fassungslos fragte: »Hat Sie das überhaupt nicht berührt? Was sind Sie? Dieses Mädchen durchleidet etwas, was ich mir nicht vorstellen kann und will, und Sie analysieren die Situation, als ginge es um einen Taschendiebstahl.«

Ruben verstand diese Ansage als Kompliment. Er ging einige Schritte hin und her und fragte dann: »Was haben Sie in dem Film gesehen? Es würde mich wirklich interessieren, wie Sie die Details als Krimiautorin interpretieren.«

Frau Burkhard schüttelte den Kopf, stand auf und ging hinter den Tresen. Von dort hörte er sie leise »Sie sind krank« sagen.

Dieses Mal verzichtete sie auf das Wasser und schenkte sich nur Wein in ihr Glas, das sie mit einem Zug hinunterstürzte.

Ruben zog sein Handy heraus, wählte Tiefenbachs Nummer und erkundigte sich nach der Lage oben am Waldweg. Dieser klang ziemlich ratlos, als er erklärte: »Wir hatten zwei Streifen in der Nähe, die den Weg von beiden Seiten angefahren haben. Aber da ist und da war nichts! Die Kollegen waren zwei Minuten nach Ihrem Anruf dort. Es gab kein Auto und auch sonst keine Personen oben am Berg. Noch nicht einmal frische Reifenspuren waren zu sehen. Sie bringen jetzt noch die Chipkarten der Wildkameras ins Präsidium, und wenn die auch leer sind, werden Sie diesen Herrn Schober noch einmal zu Frau Burkhards Haus zitieren müssen. Von irgendwo muss das Signal ja kommen.«

»Verstehe«, antwortete Ruben knapp. »Ich denke inzwischen auch, dass die alten, von Schober gefundenen Reifenspuren eine Sackgasse sind. Der Täter muss wissen, dass wir die Gegend unter Beobachtung haben, und wird kaum so dumm sein, dort mit dem Wagen vorzufahren. Ich rufe Schober an. Dem tut ein kleiner Waldspaziergang eh ganz gut.« Damit legte er auf, wählte allerdings erst einmal Habermanns Nummer und fragte ohne Begrüßung: »Konntest du etwas zurückverfolgen?«

»Keine Chance. Ich weiß nur, dass die Daten per WLAN übertragen wurden und vermutlich von einem Handy kamen. Danach leistete eine Spezialsoftware ganze Arbeit. Wenn ich alle dreihundertzweiundzwanzig IP-Adressen, welche die Daten durchlaufen haben, nachverfolgen will, bin selbst ich Wochen damit beschäftigt. Und in aller Regel kommt dabei sowieso nichts raus, weil einige Server in Ländern stehen, die uns nicht helfen werden.«

»Ist das so eine spezielle App?« Ruben kannte sich mit diesen Dingen nicht aus.

»Ja, vermutlich.«

»Wie kommt man daran?«

»Das ist kein Problem. Wenn man sich ein wenig im Darknet auskennt, findet man Hunderte Anbieter für illegale Software. Und da die Konkurrenz so groß ist, kosten die nicht einmal viel.«

»Hm«, brummte Ruben unzufrieden. »Und wie ist es mit dem Film selbst, lässt sich da etwas herausfiltern? Mias Gesicht war ja recht deutlich zu erkennen, nur die Umgebung wirkte nachbearbeitet.«

»Hab ich gesehen. Aber das ist jetzt keine fünf Minuten her. Ein bisschen Zeit musst du mir schon geben.«

»Dann lass ein paar Kekse weg und mach dich daran, die Bilder auszuwerten. Da war übrigens eine Spiegelung in den Augen des Kindes. Vielleicht kommen wir damit weiter.«

»Hab ich auch gesehen«, erwiderte Habermann hörbar genervt, fügte aber hinzu: »Seit wann lässt du dich so stressen?«

Ruben spürte selbst, dass er etwas aus seinem inneren Gleichgewicht war. »Seit mir gerade ein kleines Mädchen mitgeteilt hat, dass es furchtbare Angst hat und vielleicht schon morgen seinen ersten Finger verliert.«

»Du meinst, das Datum auf ihren Fingern zeigt, wann er ihn ihr entfernen will?«

Ruben schüttelte innerlich den Kopf und sagte zynisch: »Alles, was nicht digital ist, kommt bei dir offenbar nicht an. Natürlich meine ich das. Erst das Lied vom ›Struwwelpeter‹, dann muss die Kleine uns ihre Hand zeigen, und zu guter Letzt steht auf jedem Finger ein Datum der nächsten Tage. Was soll es denn sonst heißen? Es ist natürlich nicht gesagt, dass der Täter das auch durchführt, aber darauf möchte ich mich nicht verlassen.«

Ruben hörte seinen Kollegen »Scheiße« murmeln, bevor dessen Stimme wieder klarer wurde, als er sagte: »Okay, ich mache mich gleich an die Arbeit, aber eine Sache noch. Die Machart des Videos kam mir irgendwie bekannt vor. Wie du weißt, helfe ich oft bei der Aufklärung von illegalen Inhalten im Netz. Und ich bin mir ziemlich sicher, dass ich diese – nennen wir es – Handschrift schon einmal gesehen habe. Aber auch das nachzuvollziehen wird ein wenig dauern. Ich melde mich, wenn ich etwas habe.«

»In Ordnung«, bestätigte Ruben, legte auf und schloss wieder die Augen. Sein Gehirn zeigte ihm das Gesicht dieses Mädchens, wie es angsterfüllt in die Kamera blickte und dabei aufsagte, was ihm gezeigt wurde. Dann kam das Ende und jetzt begriff er, was ihn beim Zuhören irritiert hatte. Es war der Satz: »Sag meinem Vater, dass er auch nach mir suchen soll, wenn er gar nicht mein Vater ist.«

Was sollte das? Warum dieser Satz? Hatte ihr der Entführer irgendeinen Mist erzählt, um sie zu brechen? Oder war da etwas dran und Mias Vater war vielleicht nicht ihr richtiger Vater? Wenn es so wäre, erhöhte das die Nähe zum Leben der Autorin. Und wieder erschienen tausend neue Fragen in Rubens Gedankengängen.

»Sie haben ja doch ein Herz!« Frau Burkhards Worte katapultierten ihn unsanft aus seinen Überlegungen und erreichten ihn zeitgleich mit einer Wolke Zigarettenqualm. Er riss die Augen auf und fragte erschrocken: »Habe ich laut gedacht?«

Sie sah ihn an und schüttelte den Kopf. »Nein, ich meine das, was Sie zu Ihrem Kollegen gesagt haben. Dass Sie Angst um das Mädchen haben.«

Ruben erinnerte sich. »Ach das. Natürlich nehme ich die Sache ernst und erst recht, wenn es um ein Kind geht.« Dann kam ihm das ursprüngliche Gespräch mit dieser Frau in den Sinn und er bat: »Können Sie mir den Rest Ihrer Geschichte erzählen? Ich habe zwar noch einiges zu klären, aber Sie klangen, als könnte es für den Fall wichtig werden.«

»Was meinen Sie?«

Ihre Alkoholfahne war nicht zu ignorieren. »Wir wurden unterbrochen, als Sie gerade etwas von einer Eva-Christin Mayer und einem versuchten Mord erzählt haben«, half ihr Ruben auf die Sprünge.

Ihr Blick wirkte kurz abwesend, doch dann schien sie sich zu erinnern und erzählte knapp: »Ach ja, die junge Frau des Wirtes. Tja, wie gesagt, es wurde nie bewiesen, dass mein Vater etwas damit zu tun hatte. Auf jeden Fall fand man Eva-Christin eines Tages unweit des Dorfes im Wald. Irgendjemand hatte der armen schwangeren Frau mit einem Ast auf den Schädel geschlagen. Sie erwachte zwar nie mehr aus dem Koma, aber man konnte sie schon mit damaligen Mitteln so lange am Leben erhalten, bis ihr Ungeborenes so weit war, dass man es herausholen konnte.«

Ruben überkam so eine Ahnung. »War es gesund? Ich meine den Säugling.«

Burkhards Augen verschmälerten sich zu einem wissenden Grinsen. »Sie wissen es, oder? Und wenn ja, haben Sie eine wirklich bemerkenswerte Auffassungsgabe.« Sie nahm einen Schluck aus ihrem erneut befüllten Weinglas, deutete ein Nicken an und erklärte: »Ja, das Kind war Udo. Und ebenfalls ja, es könnte sein, dass er mein Halbbruder ist. Er selbst hat aber keine Ahnung davon und ich habe kein Interesse, es herauszufinden.«

»Weil Sie Angst um Ihr Erbe haben«, spekulierte Ruben.

Sie winkte ab und ihre Stimme wurde wieder klarer, als sie voll Wut erklärte: »Aber nein. Udo steht längst in meinem Testament. Er bekommt, neben meiner Tochter, auch ein Stück vom Kuchen.« Nun wurde ihr Blick stechend. »Es geht um diese, meine Familie. Mein Vater war ein bösartiger Mensch, meine Mutter ein armes Schaf und wir Kinder, wenn auch nicht offensichtlich, ein verstörter Haufen. Es wird Zeit, dass diese Linie endet. Zeit, dass der Name Burkhard erlischt. Und glauben Sie mir, Udo ist besser dran, wenn er zumindest nicht offiziell ein Teil von uns ist. Vielleicht können dann auch unsere Opfer endlich Ruhe finden.«

Ruben sagte eine lange Zeit nichts, bis er beschloss: »Gut, dann kommen wir zurück zur Gegenwart. Sie hören jetzt bitte mit dem Trinken auf und überlegen sich, was Sie bezüglich Hans veröffentlichen wollen. Ich führe ein paar Telefonate und dann überlegen wir, wie wir weiter vorgehen. Schließlich soll die kleine Mia jedes ihrer zehn Fingerchen behalten.« Mit diesen Worten ging er zur Garderobe, holte seine Jacke und trat vor die Tür. Dieser Zigarettenrauch blockierte jeden seiner Gedanken schon in der Entstehung.

44

Nach eineinhalb Stunden traten Mike und Eva mit gemischten Gefühlen aus dem Elternhaus von Hans. Sie überquerten den Innenhof des ehemaligen Bauernhofs, folgten schweigend der Straße in die Ortsmitte von Lohberg, und erst als bereits der Dorfplatz in Sichtweite kam, fragte Eva: »Willst du schon ein Abendessen oder trinken wir nur kurz einen Kaffee in der Pension, bevor wir zu den Eltern von Mia gehen?«

»Kaffee reicht«, antwortete Mike zunächst einsilbig. »Ist vielleicht kein Schaden, wenn wir uns erst einmal sammeln.«

An der Pension angekommen, betraten sie die Gaststube, setzten sich wieder an den Tisch in einer ruhigen Ecke neben der Tür und bestellten zwei Kaffee. Nachdem der Wirt auf der anderen Seite des Raumes hinter dem Tresen verschwunden war, strich sich Eva eine Haarsträhne aus dem Gesicht, lehnte sich zurück und stieß die Luft aus.

»Das war ganz schön deprimierend«, brach Mike als Erster das Schweigen.

Evas Finger spielten noch einen Augenblick mit den Maschen ihres Strickschals, dann brachte sie Spannung in den Körper und sagte: »Ist es das nicht immer, wenn man die Angehörigen von Opfern besucht?«

»Ist es«, bestätigte Mike. »Das ist wie mit dem Anblick von Toten, man gewöhnt sich nie daran.«

Der Wirt kam zurück, stellte zwei kleine Tabletts auf den Tisch, sah von einem zum anderen und fragte schließlich: »Ist noch etwas passiert? Habt ihr das Madel gefunden? Ist sie … lebt sie noch?«

Nach dem, was ihnen der erneut betrunkene Vater von Hans gerade erzählt hatte, verstand Mike das Interesse des Dorfwirts. Irgendwie wirkte die ganze Gemeinde wie eine Schicksalsgemeinschaft. Er überlegte kurz, wie viel er sagen wollte und durfte, dann schüttelte er den Kopf. »Es gibt noch keine Neuigkeiten.«

Der Wirt wirkte ziemlich unzufrieden, ging aber, nachdem Mike nichts weiter sagte, zurück in seine Küche.

Noch während sie den Kaffee vom Kännchen in ihre Tassen beförderten, gab Mikes Handy einen leisen Ton von sich. Er zog es heraus, sagte: »Die Nachricht ist von eurem Internetspezialisten«, und las dann laut: »Hallo Kollegen. Ruben möchte, dass ihr euch das anseht und ihn anschließend anruft. Gruß, Habermann.« Da sie, bis auf einen Mann drüben am Stammtisch, allein waren, hielt er das Display so, dass auch Eva es gut sehen konnte, stellte die Lautstärke so ein, dass man den Ton gerade noch hören konnte, und startete den angehängten Film.

Als das Display wieder dunkel wurde, sagte keiner der beiden ein Wort. Eva wusste nicht, ob sie wütend oder erleichtert sein sollte, und Mike befasste sich mehr mit dem Gesehenen als mit seinen Emotionen. Schließlich sagte er: »Sie ist am Leben und scheint bis auf eine nicht allzu schlimme Kopfverletzung gesund. Das ist das Wichtigste!«

Eva deutete ein Nicken an. »Ja, vielleicht sollten wir das so sehen.« Sie besann sich auf das, was nötig war, und ergänzte:

»Ich kenne Ruben. Er wird unsere Analyse wollen. Du hast doch immer dieses Notizbüchlein dabei. Kann ich das kurz haben?«

Mike zog es aus der Innentasche seiner Jacke, legte den Stift darauf und mutmaßte: »Du willst, dass wir es uns noch einmal ansehen?«

»Ja! Und bitte drücke auf Pause, wenn ich es sage.«

»Alles klar, Chefin«, versuchte er, die Stimmung ein wenig zu heben, lehnte das Handy ihnen zugewandt an einen Stapel Bierdeckel und rutschte ein wenig näher zu seiner Kollegin, um besser sehen zu können. Eva quittierte das mit einem kurzen Lächeln, suchte in dem Heftchen eine leere Seite und bestätigte: »Kann losgehen.«

Nun unterbrachen sie den Film an drei Stellen, wobei sich Eva jedes Mal einige Notizen machte. Am Ende fragte Mike: »Noch einmal?«, doch sie verneinte das und sagte stattdessen: »Also, was haben wir?« Damit unterteilte sie das Blatt in zwei Spalten und schrieb neben die Notiz Kopfverband: vermutlich nur leichte Verletzung.

Das nächste Stichwort war »Angst«. Mike dachte kurz darüber nach und gab den Hinweis: »Der Täter setzt alles daran, möglichst viel Angst zu verbreiten.«

Eva notierte das ebenfalls, dann rutschte ihr Finger zu dem Satz: *Solltest du auch haben* und: *Ich soll dir sagen, dass die Zeit keine Wunden heilt.* Sie sah zu Mike und schlug vor: »Ich denke, das ist ein zentraler Inhalt der Botschaft. Es ist Mahnung und Drohung in einem. Irgendeine Altlast von Frau Burkhard, für die sie der Täter bestrafen will.«

»Sehe ich auch so«, bestätigte Mike und Eva notierte es. Dann fragte Mike: »Warum hast du ›Struwwelpeter‹ so weit nach unten geschrieben, der kam doch am Anfang?«

»Weil es zu der Drohung bezüglich Mias Finger gehört. Oben heißt es, schnipp schnapp, und etwas später muss sie ihre mit Daten versehenen Finger in die Kamera halten.«

»Ja natürlich«, stimmte Mike zu. »Der Täter will vermutlich unbedingt, dass diese Autorin auf ihrer Homepage Insiderwissen bezüglich Hans und Mia aufschreibt. Dafür ist ihm keine Drohung krass genug.« Dann lehnte er sich zurück und stellte die rhetorische Frage: »Dir ist klar, was das bedeutet. Oder?«

»Natürlich«, bestätigte Eva. »Wir müssen die Frau von hier wegbringen, bevor jemand aus dem Dorf davon ausgeht, dass sie etwas mit den beiden Taten zu tun hat.«

»Eigentlich würde ich dir zustimmen, aber ...« Mike startete das Video erneut, suchte die entsprechende Stelle und sie hörten noch einmal, wie Mia sagte: »Bitte lauf nicht weg und sag meinem Vater, dass er auch nach mir suchen soll, wenn er gar nicht mein Vater ist.«

Mike räusperte sich. »Ich habe mich beim ersten Mal Hören auch nur auf die Aussage über den Vater konzentriert, beziehungsweise mir ist nur diese im Gedächtnis geblieben, weil sie so verwirrend ist. Aber ich glaube, dass auch der erste Teil wichtig ist. ›Bitte lauf nicht weg‹ ist eindeutig als Drohung zu verstehen.«

»Du meinst in dem Sinne ... wenn Frau Burkhard wegläuft, passiert das Gleiche mit Mias Fingern, wie wenn sie diese Texte nicht auf ihrer Homepage veröffentlicht.«

»Ja«, erwiderte Mike. »Zumindest können wir nicht sicher sein, dass es nicht so ist.«

Eva blähte erst die Backen, wobei sich ihre Narbe verzog und eine komische Wölbung verursachte, dann stieß sie aus: »Na das wird Ruben gefallen. Ein Fall ganz nach seinem Geschmack.«

Mike lag dazu etwas auf der Zunge, doch böses Blut konnten sie sich hier nicht leisten. Nicht, wenn ein Mensch in Lebensgefahr schwebte, daher sagte er: »Was haben wir noch?«

Eva senkte den Blick wieder auf ihre Notizen. »Na, dieses Vater-Ding. Wie kommt die Kleine darauf, dass ihr Vater nicht ihr Vater sein könnte? Für mich klang sie an dieser Stelle am verzweifeltsten.«

»Psychologische Kriegsführung«, schlug Mike vor. »Hier gibt es zwei Möglichkeiten. Entweder der Täter weiß sehr viel über diese Familie Hirschner und spielt dieses Wissen aus, um die Kleine noch mehr zu verstören. Oder er hat sich das einfach ausgedacht, ebenfalls, um ihr jede Hoffnung zu nehmen.«

Eva dachte kurz darüber nach, widersprach aber: »Eine Möglichkeit fehlt. Es könnte ja tatsächlich so sein, dass Mias Mutter fremdgeht. Und vielleicht weiß das Mädchen längst davon und hat jetzt Angst, dass es nicht mehr geliebt wird. Wenn einem Kind in dem Alter die Familie wegbricht, kann das durchaus zu tiefgreifenden Ängsten führen.«

»Hm«, brummte Mike, nahm einen Schluck von dem inzwischen lauwarmen Kaffee, schüttelte aber den Kopf und gab seinerseits zu bedenken: »Aber denkt ein Kind, das von den Ausschweifungen seiner Eltern weiß, automatisch daran, dass es vielleicht gar nicht seine echten Eltern sind?«

Die Veränderung in Evas Gesichtszügen war nur minimal. Mike beschloss, nicht darauf einzugehen, und hörte, wie Eva mit ebenfalls nur leicht verändertem Tonfall antwortete: »Ja, manche Kinder spüren so etwas.«

Auch diese Aussage ließ er unkommentiert und fragte stattdessen: »Was ist mit der Videoaufnahme selbst, konntest du etwas darauf erkennen, das uns einen Hinweis auf den Aufenthaltsort der Kleinen gibt?«

Eva räusperte den Kloß im Hals weg. »Nein. Aber ich bin mir sicher, dass Ruben den Kollegen Habermann schon darauf angesetzt hat, das Video bis ins kleinste Detail zu analysieren. Ich würde sagen, wir rufen jetzt Ruben an. Vielleicht gibt es schon weitere Erkenntnisse. Wir wissen ja noch nicht einmal, wo und wie er an den Film gekommen ist. Soweit ich weiß, wird der Waldweg oberhalb von Frau Burkhards Hütte überwacht. Schober hat dort doch diese Reifenspuren gefunden.«

»Alles klar«, Mike wischte mit dem Finger über das Display, drückte auf die Telefonfunktion, warf einen Blick in die Gaststube, wo inzwischen ein Pärchen zwei Tische weiter Platz genommen hatte, und beschloss: »Nicht hier. Lass uns rauf in unser Zimmer gehen.«

Nachdem sie das Zimmer mit ihren Notizen und dem Beamer betreten hatten, achteten sie dieses Mal darauf, dass die Tür geschlossen war. Mike legte das Handy auf den kleinen Tisch und tippte auf den Telefonbucheintrag mit der Bezeichnung »Hattinger BP Bamberg« und aktivierte dann den Lautsprecher.

Ruben hob schon nach dem zweiten Freizeichen ab und begrüßte sie mit: »Das hat ja lange gedauert. Habt ihr das Video bekommen? Wie war es bei den Eltern von Hans? Wart ihr schon bei den Eltern von Mia?«

»Ho, ho, ho«, bremste ihn Mike aus. »Eins nach dem anderen. Also, bei der Familie vom Hans waren wir und kamen dort auch nicht so schnell wieder weg. Sein Vater war wieder betrunken, dadurch aber ziemlich redselig. Leider war wenig Brauchbares dabei. Nur dass dieses Dorf offenbar eine ganz schön durchwachsene Geschichte hat. Außerdem wechseln hier die Fronten offenbar ständig. Mal hat man den besten Nachbarn, den man sich wünschen kann, und zwei Sätze später wird er zum Hauptverdächtigen.«

»Kann ich mir vorstellen«, sagte Ruben dazwischen. »In diese Richtung habe ich auch einiges erfahren. Aber das bringt uns jetzt nicht weiter. Ich schließe aus deiner Aussage, dass ihr noch nicht bei Mias Eltern wart.«

»Stimmt, da wollten wir jetzt im Anschluss hin«, bestätigte diesmal Eva und fügte hinzu: »Und mit dem Hintergrund von Mias Aussage in dem Video wird das ein spannender Besuch.«

»Darauf wollte ich gerade kommen«, sagte Ruben durch das Telefon. »Was sagt ihr zu dem Video? Konntet ihr euch dazu Gedanken machen?«

»Konnten wir. Moment bitte …« Eva nahm das Handy, machte ein Foto von ihren Notizen und schickte diese an Ruben. Dann hörten sie ihn, wie er etwas murmelte und schließlich sagte: »Gute Ansätze! Aber auch davon bringt uns im Moment nichts näher an Mia, und wenn ich das Video richtig deute, läuft uns die Zeit davon.«

»Wegen der Drohung bezüglich ihrer Finger?«

»Nein, das lässt sich vielleicht mit Frau Burkhards Hilfe abwenden. Das Problem ist eher, dass jemand, der sich an einem Kind auslässt, ziemlich unberechenbar ist. In der Regel handelt es sich dabei um instabile Charaktere. Da genügt oft eine Kleinigkeit, um eine Wahnvorstellung auszulösen.«

»Und dann ist das Kind in akuter Lebensgefahr«, fügte Mike aus eigener Erfahrung hinzu.

»So ist es«, bestätigte Ruben und sagte dann eine ganze Weile nichts mehr.

Eva sah ein wenig ratlos zu Mike und fragte schließlich in Richtung Telefon: »Ruben. Alles gut bei dir?«

»Ja … ja«, seine Stimme klang ein wenig unsicher. »Das Problem ist, ich weiß nicht, wo wir unsere Prioritäten setzen sollen.«

»Was steht denn zur Auswahl?«, fragte Mike bewusst etwas flapsig, weil er sich von Ruben schon wieder bevormundet fühlte.

Es folgte erneut ein Augenblick der Stille, bis dieser aufzählte: »Die Befragung von Mias Eltern. Wir sollten in Erfahrung bringen, ob dieser letzte Satz der Wahrheit entspricht.«

»Warum ist das so wichtig?« Eva verstand es nicht.

»Weil es uns zeigen wird, wie nahe der Täter an seinen Opfern dran ist, was wiederum den Kreis der Verdächtigen eingrenzen würde.«

»Wir haben bisher noch keine Verdächtigen.« Mike ließ es sich nicht nehmen, das anzumerken. Trotzdem fragte er: »Was steht noch in deinem Fragenkatalog?«

»Friedrich Brecher«, antwortete Ruben spontan. »Er ist, wie auch immer, ein möglicher Schlüssel. Die Taten ähneln denen, die er früher begangen hat, und außerdem steht er in Verbindung mit Frau Burkhard. Und da diese ebenfalls unmittelbar mit dem Fall in Verbindung steht und sich darüber hinaus durch die Forderung, die Geschichten im Internet zu veröffentlichen, in Gefahr bringen soll, kann ich sie nicht allein lassen. Außerdem weiß sie sehr viel über die, nennen wir es, Unstimmigkeiten im Dorf, was uns ebenfalls helfen könnte.«

Mike nahm das Gehörte zur Kenntnis, dachte kurz darüber nach, hatte allerdings noch eine letzte Frage: »Dieser Friedrich Brecher, was wissen wir von dem?«

»Lebenslänglich mit anschließender Sicherungsverwahrung. Er sitzt in einer entsprechenden Abteilung der JVA Straubing«, antwortete Ruben prompt.

»Okay, dann würde ich sagen: Ruben, du bleibst bei der Autorin. Ich fahre nach Straubing und Eva geht zu Mias Eltern. Was haltet ihr davon?«

Dieses Mal ließ sich Ruben so viel Zeit mit der Antwort, dass Eva ahnte, was gleich kommen würde. Und so sagte Ruben dann auch: »Nicht viel. Ich habe durch Frau Burkhard Informationen, mit denen ich Friedrich Brecher konfrontieren kann. Du wüsstest im Grunde gar nicht, worum es geht.«

Mike spürte den Impuls, auf Abwehr zu gehen, widerstand ihm und fragte: »Wie dann?«

Die schnelle Antwort zeigte, dass Ruben schon vor dem Gespräch einen Plan gehabt hatte, indem er sagte: »Ich fahre mit Eva zu Brecher und du übernimmst Mias Eltern. Ich habe Schober und ein paar weitere Spurensicherer angefordert, die eine Zeit lang auch für Frau Burkhards Sicherheit sorgen können. Und wie es später weitergeht, können wir immer noch entscheiden.«

»Wir oder du?« Mike konnte es sich nicht verkneifen.

»Was?«

»Entscheiden. Werden wir das entscheiden oder du allein?«

Rubens Antwort lautete: »Ich fahre jetzt los und bin in zehn Minuten vor der Pension.«

Mike beendete das Gespräch und griff wie Eva schon zu seiner Jacke. Dann schluckte er den Ärger über Ruben herunter, hielt inne und drehte sich zu ihr. Sie erwiderte seinen Blick nur unsicher. Erst als er sagte: »Wegen unseres Gesprächs von heute Nachmittag wollte ich dir nur sagen, dass ich dich nicht bevormunden will. Aber ich kann nicht einfach dabei zusehen, wenn du in ein Burn-out läufst.«

Sie tätschelte seine Schulter und erwiderte flapsig: »Alles gut, mein Großer. Ich bin nicht beratungsresistent und bei dir weiß ich, dass es von Herzen kommt.« Sie sahen sich eine Weile in die Augen. Und bevor sich die nun eingetretene Stille zu etwas anderem wandeln konnte, drehte sich Mike weg und erklärte mit übertrieben hartem Tonfall: »Lass uns runtergehen.«

45

Ruben sah, wie seine beiden Kollegen noch kurz miteinander redeten. Dann öffnete Eva die Beifahrertür und stieg mit einem »Hallo« ein. Er analysierte kurz ihren Gesichtsausdruck und wollte gerade den Motor starten, als sein Handy klingelte. Er nahm das Gespräch an, hörte eine Weile zu und sagte schließlich: »Ja, ich weiß. Aber gut, dass ich Ihre Zustimmung habe, falls es gar nicht anders geht«, dann legte er auf und informierte Eva, tatsächlich, ohne dass sie nachfragen musste. »Das war der Staatsanwalt. Sollte es bezüglich der Drohung gegenüber Mia eng werden, dürfen wir dafür sorgen, dass Frau Burkhard die Forderung erfüllt und etwas veröffentlicht.«

»Alles andere hätte mich, gelinde gesagt, auch gewundert. Ich kenne zwar den Grundsatz, dass man nicht auf Forderungen eingeht, aber Nutzen und Schaden sollten schon im Verhältnis stehen«, erwiderte Eva.

»Kann man so oder so sehen«, war alles, was Ruben dazu zu sagen hatte. Dann startete er den Motor und fuhr los.

Nachdem sie bis zum Ortsausgang geschwiegen hatten, fragte Eva: »Warum nimmst du mich mit?« Ihr Tonfall zeigte ihm, vor welchem Hintergrund sie diese Frage stellte, also antwortete er wahrheitsgemäß: »Nicht, weil ich euch trennen will. Ich halte nichts von zu tiefgehenden Freundschaften unter Kollegen, aber letztlich ist es eure Sache.«

Im Augenwinkel sah er, wie sie ihn erst musterte, dann zu grinsen begann und sich schließlich im Sitz entspannte.

Ruben versuchte, das Thema zu wechseln, und sagte: »Du solltest die Jacke ausziehen. Der Sicherheitsgurt funktioniert nur richtig, wenn man nicht gepolstert ist. Außerdem werden wir eine Stunde brauchen und die Heizung des Wagens funktioniert im Gegensatz zu den Akkus ganz gut.«

Evas Grinsen verschwand und sie fragte sich laut: »Wie konnte das nur passieren?«

Dass sie nicht weiterredete, irritierte ihn, also fragte er fünf Kilometer später: »Was konnte passieren? Meinst du die Entführung von Mia?«

Er spürte erst ihren Blick, dann sagte sie: »Nein, das meine ich nicht. Ich frage mich, wie es passieren konnte, dass ich mit Anfang dreißig noch zwei Väter dazubekomme. Bei dir bin ich ja eine gewisse Bevormundung gewohnt, aber jetzt fängt Mike auch noch an, mich beschützen zu wollen. Leute, ich bin erstens erwachsen und habe zweitens schon eine Dienststelle geleitet. Hört bitte auf, mich wie eure kleine Tochter zu behandeln.«

Rubens Harmoniebedürfnis beschränkte sich auf einen sehr kleinen Personenkreis. Doch in dieser Sekunde spürte er, dass Eva dazugehörte. Er schluckte die Antwort herunter, die ihm zuerst in den Sinn kam, und erwiderte stattdessen kleinlaut: »Du hast recht, ich werde versuchen, das zu ändern.« Und nach einigen Sekunden fügte er zu Evas Überraschung hinzu: »Vielleicht hat meine Frau ebenfalls recht und ich komme langsam in die Midlife-Crisis.«

Evas Gekicher versetzte ihm einen Stich, doch als sie »Midlife-Crisis« wiederholte, stimmte er in ihr Lachen ein.

»Also gut, was erwartet uns? Beziehungsweise was erwartest du dir von dem Besuch bei Friedrich Brecher?«

Anstatt einer Antwort sagte Ruben: »Du hast doch bestimmt dieses Tablet dabei, das du immer mit dir rumschleppst.«

»Ja, warum?«

»Ich habe Brechers Akte der von unserem Fall hinzugefügt. Die Fahrt wird noch gute fünfundvierzig Minuten dauern. Es wäre gut, wenn du weißt, wem wir gegenübertreten.«

Die Mauern und Zäune rund um den neuen Anbau der JVA ließen sie wie ein übertrieben geschmücktes Haus an Weihnachten wirken. Ruben steuerte in die Einfahrt zum Besucherparkplatz, blieb dort aber mitten im Weg stehen und sah sich um.

»Was suchst du?« Eva schaltete das Tablet aus, steckte es in das Türfach und sah ihn fragend an.

»Strom.«

»Wie, Strom?« Sie verstand nicht.

»Na einen dieser tollen neuen Parkplätze mit Ladesäule für Elektrofahrzeuge.«

Eva richtete den Blick auf den großen Parkplatz, begann schon wieder zu kichern und erklärte: »Das wird wohl nix.« Dabei deutete sie auf eine Stelle, an der zwar ein entsprechendes Schild zu sehen war, die beiden Parkplätze wurden aber offensichtlich als Schneelagerstätte missbraucht. Der gewaltige Hügel aus weggeräumtem Schnee umfasste beinahe exakt die beiden Stellflächen. Links und rechts davon war alles frei.

Ruben erkannte das Problem, kommentierte es mit: »Der Autoverkäufer sagte mir schon, dass man oft nur schlecht an die Säulen kommt«, und lenkte den Wagen auf den normalen Parkplatz links von einer der Ladesäulen. Dort stellte er den Motor ab, stieg aus und zog triumphierend ein überlanges Ladekabel aus dem Kofferraum. Danach öffnete er eine versteckte Klappe, steckte den Stecker hinein und lief mit dem anderen Ende des Kabels zu der Ladesäule. Dort rieb er den

Frost von der Digitalanzeige und murmelte: »Natürlich.« Kurz darauf lag das Kabel wieder im Kofferraum.

Mehr als »Ich frag lieber nicht« traute sich Eva nicht zu sagen.

Er antwortete knapp: »Falscher Anbieter. Das Ding nimmt meine Karte nicht«, dann ging er wortlos zum Eingang des relativ neuen Gebäudekomplexes für Sicherheitsverwahrte.

Nach dem üblichen Prozedere der Anmeldung und der Abgabe von gefährlichen Gegenständen nahm sie ein Wachmann in Empfang und führte sie durch einige Gänge, die sich deutlich vom normalen Strafvollzug unterschieden. Alles in allem wirkte es eher wie eine große Wohngruppe als wie ein Gefängnis. Beinahe alle Türen standen offen und in den Gemeinschaftsräumen herrschte reges Treiben.

Vor einer der wenigen geschlossenen Türen blieb ihr Begleiter stehen, klopfte an, drückte die Klinke herunter, öffnete sie einen Spaltbreit und sagte: »Herr Brecher, Besuch für Sie.«

»Fünf Minuten«, lautete die barsche Antwort und Ruben fragte sich angesichts des Tonfalls, wie hier die Hierarchien verteilt waren.

Der Wachmann schien das gewohnt zu sein und führte sie weiter zu einer Tür mit der Aufschrift »Begegnungsraum«. Er schloss die Tür auf, deutete hinein und erklärte: »Herr Brecher kommt gleich.«

Sie traten ein und sahen sich um. Auch hier war man eindeutig bemüht, eine gewisse Wohlfühlatmosphäre herzustellen. Es gab einen Tisch mit vier bequem aussehenden Stühlen, eine Sofaecke, ein Regal mit Kinderspielzeug und sogar Getränke in Plastikflaschen standen bereit. Zwei große, aber natürlich vergitterte Fenster boten einen Blick über die Gefängnismauer, hinter der sich im Dunkeln die flache Landschaft des Gäubodens erstreckte.

Der Raum war gut geheizt und so zogen beide ihre Jacken aus und hängten diese über die Stuhllehnen. Eva drehte sich einmal im Kreis und fragte dann: »Was ist das hier?«

Ruben wusste natürlich, worauf sie hinauswollte, und antwortete: »Das ist die Umsetzung der gerichtlich beschlossenen Behandlung von sicherheitsverwahrten Straftätern. Eigentlich wollte man diese Form der Freiheitsentziehung ganz verbieten. Jetzt müssen die Gefangenen doch bleiben, haben jedoch einige Annehmlichkeiten, die sich deutlich vom normalen Strafvollzug unterscheiden.«

Eva dachte an das, was sie auf der Fahrt in der Akte von Brecher gelesen hatte, schüttelte den Kopf und sagte, ohne nachzudenken: »Woanders bekäme der Mann die Todesstrafe und hier lebt er … lebt er so?« Dann bemerkte sie ihren Fehler und fügte schnell hinzu: »Also nicht, dass ich für die Todesstrafe bin, aber das hier ist mir eindeutig zu viel Wohlfühlatmosphäre für jemanden, der Menschen auf eine derart abartige Art gequält und dann ermordet hat.«

Ruben blieb gelassen. Er setzte sich auf einen der Stühle, sah sie an und erwiderte: »Das sollte uns jetzt nicht beschäftigen. Denk an den Fall, alles andere kannst du eh nicht ändern.«

Die fünf Minuten vergingen, ohne dass etwas passierte. Während Ruben am Tisch sitzen blieb, lief Eva unruhig durch den Raum. Er ließ sich davon nicht stören und dachte darüber nach, wie er dem Mann begegnen sollte. Irgendwann schloss er die Augen und rief sich das letzte Gespräch mit der Autorin ins Gedächtnis. Ihre Offenheit hatte ihn überrascht, und doch blieb die ganze Zeit über das Gefühl, dass sie die wichtigsten Fakten ausließ. Hinzu kam die ein oder andere Unstimmigkeit in Bezug auf die aktuellen Geschehnisse. Alles wirkte irgendwie konstruiert. Mal gab es ein Busticket, das Hans gelöst haben könnte, dann war es wieder weg. Mal stand etwas in den Schnee geschrieben, doch gefunden wurde nur ein Schneemann.

Außerdem hatte sie bei der ersten Befragung gesagt, dass der Film, der Hans' letzte Augenblicke zeigte, dem entsprach, was sie als frei erfundene Story aufgeschrieben hatte. Vor ein paar Stunden hatte sie aber angegeben, ein Buch über Mia zu schreiben.

Ruben versuchte, in seinem Kopf ein Gesamtbild zu konstruieren, doch alles, was dabei herauskam, war unscharf. Was blieb, war das Gefühl, dass alles ziemlich eng miteinander verwoben war und doch die Verbindungen fehlten.

»Jetzt reicht es langsam«, holte ihn Eva aus seinen Gedanken. Ruben speicherte seine letzten Eindrücke ab, öffnete die Augen und wollte gerade etwas erwidern, als die Tür aufging.

46

Der hagere Mann, dem die Jahre anzusehen waren, wirkte alles andere als gefährlich. Eine ungesunde, gelblich fahle Gesichtsfarbe ließ seine dunklen Augen noch stechender wirken.

»Sie kommen zurecht?«, fragte der Wachmann an Ruben gewandt und schloss die Tür, als dieser nickte.

»Herr Friedrich Brecher?«

»Der bin ich. Aber wer will das wissen?« Sein Blick blieb kurz an Ruben hängen, bevor er sich zu Eva drehte, die er regelrecht fixierte.

Eva, der die Situation von der ersten Sekunde an unangenehm war, wusste sich nicht anders zu helfen. Sie sagte pampig: »Schön, dass Sie es doch noch einrichten konnten«, dann deutete sie zum Tisch. »Bitte setzen Sie sich.«

Der Mann rührte sich nicht. Er stand einfach nur da, starrte sie weiterhin an und verzog den Mund schließlich zu einem Grinsen: »Warum sollte ich?«

»Weil wir Sie darum bitten«, mischte sich nun Ruben ein. »Ich bin Kriminalhauptkommissar Hattinger und das ist meine Kollegin Kriminalhauptkommissarin Lange.«

»Ah, wenigstens einer kennt die Anstandsregeln«, stellte Brecher fest, zwinkerte Eva zu und begab sich tatsächlich zum

Tisch. Dort setzte er sich Ruben gegenüber, faltete die Hände auf dem Tisch ineinander und schwieg.

Natürlich wusste Eva, worauf es bei Vernehmungen ankam. Trotzdem widerstrebte es ihr, hier einen auf vertrauensvollen Gesprächspartner zu machen. Erst als Ruben sie darum bat, zog sie den Stuhl neben ihm ein Stück vom Tisch weg und setzte sich mit möglichst großem Abstand zu Brecher hin.

Dann sah sie zu, wie es Ruben dem Mann gleichtat. Auch er legte seine Hände auf den Tisch, verschränkte die Finger ineinander und sagte nichts mehr. Ihr selbst fiel dieses Schweigen schwer, doch Ruben würde seine Gründe haben.

Die meisten wurden bei dieser Verhörmethode irgendwann unruhig, nicht aber dieser Schwerverbrecher. Er machte ein Spiel daraus und kurz darauf glaubte Eva seinen nun aufgeschlossen interessierten Blick auf ihrer Haut zu spüren.

Nach geschlagenen fünf Minuten erlöste Ruben sie, indem er sagte: »Schön, dieses Schweigen, aber wir haben leider nicht ganz so viel Zeit wie Sie.« Dann neigte er den Kopf etwas zur Seite, sah den Mann noch einmal einige Sekunden lang an und relativierte seine Aussage mit den Worten: »Obwohl. Ganz so viel Zeit dürften Sie vermutlich auch nicht mehr haben. Korrigieren Sie mich, aber von Ihrer Leber dürfte nicht mehr viel übrig sein.«

Brecher ignorierte die Anspielung. Er starrte weiter Eva an, deutete mit einem Finger auf sein Gesicht und fragte: »Interessante Brandnarbe. Woher haben Sie die? Was ist die Geschichte dahinter?«

»Frau Maria Burkhard.« Rubens Stimme klang völlig neutral, während er seinerseits Brechers Frage an Eva ignorierte. »In welchem Verhältnis stehen Sie zu dieser Frau?«

Dessen Grinsen wurde breiter. »Wissen Sie, was das Schöne an meiner Situation ist? Sie haben zwar die Macht, mich hier gefangen zu halten, doch im Grunde sitze ich am längeren

Hebel. Folglich läuft das hier anders, als Sie sich das vielleicht gewünscht haben. Sie sind offenbar auf der Suche nach Antworten auf die Frage, was mit diesem Jungen in Lohberg passiert ist. Ich dagegen sehne mich einfach nur nach etwas Unterhaltung. Im besten Fall sogar Unterhaltungen, die vielleicht sogar meine Fantasie beflügeln. Also würde ich vorschlagen, wir bereichern uns gegenseitig.« Sein stechender Blick ging erneut zu Eva. »Was halten Sie davon?«

Eva spürte Wut in sich aufsteigen. Sie bewunderte Rubens Art, doch so war sie einfach nicht. Und als der Blick dieses Psychopathen ein kleines Stück nach unten rutschte, platzte aus ihr heraus: »Wenn Sie denken, dass wir auf Ihre Aussage angewiesen sind, haben Sie sich geschnitten. Wir verhandeln nicht mit Menschen wie Ihnen!«

»›Menschen wie Ihnen‹«, wiederholte Brecher gedehnt und völlig ruhig. »Was oder wer sind denn ›Menschen wie ich‹?«

»Sozial verwahrloste, impulsgesteuerte Kranke, die ihr Leben über das von anderen stellen«, schlug Eva deutlich aufgeregter vor, als sie eigentlich wirken wollte.

Er sah sie ungerührt an und fragte: »Und Sie haben sie nicht, diese dunkle Seite?« Er lehnte sich zurück, tippte mit dem Zeigefinger einige Mal auf die Tischplatte und antwortete sich selbst, indem er sagte: »Schon allein dass Sie hier in diesem Raum sind und so mit mir reden, zeigt genau diese Seite an Ihnen. Sie versuchen, sich damit über mich zu stellen, und es gibt Ihnen mit Sicherheit ein Gefühl von Macht. Nichts, aber auch absolut nichts anderes habe ich früher getan. Alles, was man mir vorwirft, ist, dass ich mich nicht an die Regeln unserer sogenannten menschlichen Zivilisation gehalten habe. Ich gestatte dieser dunklen Seite in mir, sich auszuleben. Alle sollen heutzutage immer schön nett und freundlich mit allen sein. Selbst jemandem zu sagen, dass er ein Arschloch ist, kann einen vor Gericht bringen. Aber …«, das Klopfen seines Fingers wurde lauter, »… was keiner versteht, ist, dass es uns krank macht, wenn wir nur die Lieben und Guten spielen.«

Eva zwang sich zur Ruhe, doch ihre Stimme klang vorwurfsvoll, als sie die Worte ausspie: »Sie haben sich von der Angst unschuldiger Kinder und Frauen genährt. Und das nennen Sie normal?«

Das Pochen auf die Tischplatte hörte auf und sein Blick wurde überheblich. Er beugte sich wieder nach vorne und entgegnete ausweichend, aber gelassen: »Die meistgelesenen und -gesehenen Genres sind Krimi und Horror. Was glauben Sie wohl, warum das so ist?«

»Unentschieden«, beschloss Ruben, der die Auseinandersetzung dazu genutzt hatte, den Mann besser kennenzulernen. »Sie sagten, Sie wissen von dem Jungen in Lohberg. Ist das richtig?«

»Ja, ging ja durch die Medien«, bestätigte Brecher.

»Und offenbar wissen Sie auch, dass Maria Burkhard dort lebt.«

»Habe ich nicht gesagt!«

Ruben hielt seinem Blick stand. »Doch, haben Sie, wenn auch nicht direkt. Ich habe Sie vorhin nach Frau Burkhard gefragt und Sie schlussfolgerten daraus, dass es um den ertrunkenen Jungen geht. Also wissen Sie, dass das zumindest räumlich zusammenhängt.«

Brechers Mimik zeigte kurzes Erstaunen. »Sie sind gut, Herr Kommissar!«

»Also, in welchem Verhältnis stehen Sie zu Maria Burkhard?«

»Sie hat meine Geschichte aufgeschrieben.«

»Nur das?« Ruben hielt das Tempo hoch. Der Mann nutzte ihm nur, solange er redete.

Brechers Blick wurde kurz nachdenklich, bevor er ausweichend antwortete: »Hier wird alles dokumentiert, also dürften Sie wissen, dass wir einen, sagen wir, regen Kontakt pflegten.«

Bevor Ruben etwas darauf erwidern konnte, wechselte Brechers Blick wieder zu Eva. Dann tippte er sich an den Hals und bat: »Könnten Sie vielleicht das Tuch abnehmen? Ich mag es sehr, wenn ich bei Frauen die Halsschlagader pochen sehe.«

Eva ekelte dieser alte Mann an, trotzdem wollte sie Rubens Strategie nicht gefährden. Sie zwang sich zur Ruhe, sah ihm in die Augen und sagte ausweichend: »Sie wollten etwas über meine Narbe wissen. Ich habe das von einem Einsatz, bei dem es eine Explosion in einem Haus gab. Ein Kollege starb dabei und ich habe diese hübschen Verzierungen zurückbehalten.«

Brechers Blick zeigte Neugierde. »War es ein Unfall oder die Tat eines, wie Sie sagen, Verrückten, wie ich in Ihren Augen einer bin?«

»Es war eine Falle.«

»Gut, und jetzt Sie. Eine Geschichte gegen eine andere«, forderte Ruben und fragte ganz konkret: »Haben Sie etwas mit dem toten Jungen und einem vermissten Mädchen zu tun?«

Brechers Mimik schien neutral, doch Ruben erkannte ein leichtes Zucken der Augenlider und eine kaum sichtbare Rötung der Wangen. Beides Anzeichen für hohe Konzentration, die nicht nötig wäre, wenn der Mann nicht über seine Frage nachdenken müsste. Doch so einfach war es nicht. Brecher lehnte sich entspannt zurück, verschränkte die Arme vor dem Bauch, was ein schlechtes Zeichen war, und sagte: »Bei allem Respekt. Ihnen dürfte schon aufgefallen sein, wo wir uns hier befinden. Es kommt relativ selten vor, dass ich aus dieser Institution hinausspaziere und kleine Jungen ins Wasser tauche.«

»Aktiv vielleicht nicht, aber wie Sie vorhin schon sagten, haben Sie durchaus Interesse an fantasieanregenden Dingen. Und da Sie hier meines Wissens auch Zugang zu digitalen Medien haben, könnte es doch sein, dass Sie Ihr umfangreiches Wissen bezüglich Ihrer Vorlieben mit jemandem teilen.« Ruben ließ nur eine kurze Pause folgen und beschloss, den Mann weiter zu provozieren, indem er fragte: »Und wie steht es um Ihre Beziehung zu Frau Burkhard? Haben Sie Differenzen oder ist vielleicht sogar noch eine Rechnung offen? Immerhin wurde sie erst durch Ihre Geschichte bekannt. Als Autorin erntete sie den Ruhm und Sie müssen hier drinnen Ihren Gedanken nachhängen. Das stelle ich mir doch ziemlich unbefriedigend vor.«

Brechers Schmunzeln wirkte falsch, als er arrogant erwiderte: »Glauben Sie mir, Herr Kommissar, Maria hat mir genau das gegeben, was ich für meine Geschichte verlangt habe.«

»Wie meinen Sie das?«, fragte Eva dazwischen, doch er zwinkerte ihr nur zu und erklärte: »Das, mein Schätzchen, ist eindeutig zu privat für fremde Ohren. Außerdem möchte ich Ihre schöne heile Welt nicht in Unordnung bringen.«

»Also profitierten Sie beide?«, ließ Ruben nicht locker.

Anstatt einer Antwort darauf deutete Brecher auf Eva. »Zeig mir deinen Hals, Schätzchen. Ich will sehen, wie das Leben durch deinen Körper pulsiert.«

»Ganz sicher nicht«, entgegnete Eva gezwungen ruhig. »Und für Sie bin ich immer noch Kriminalhauptkommissarin Lange.«

Sein Tonfall wurde bedauernd, als er sich an Ruben wandte. »Tut mir wirklich leid um diese nette Plauderstunde, aber ohne weitere Motivation fällt mir wirklich nichts mehr ein.«

Ruben hatte keine Eile. Er senkte seinen Blick auf die Tischplatte, dachte über seine Optionen nach und beschloss, dass Mias Leben wichtiger war, als sich unnachgiebig zu zeigen. Er sah dem Mann wieder in die Augen und erzählte: »Ein kleines Mädchen. Irgendwo gefangen und in Todesangst. Sie ist ihrem Täter völlig ausgeliefert und sieht sich der Bedrohung ausgesetzt, bald ihre Finger zu verlieren.« Ruben ließ seine Worte einen Augenblick lang wirken, bevor er feststellte: »Das trägt Ihre Handschrift, finden Sie nicht?«

»Mehr«, forderte Brecher, wobei es ihm kaum gelang, seine Erregung zu verbergen.

Ruben deutete ein Kopfschütteln an. »Was wissen Sie darüber?«

»Mehr. Ich brauche mehr Informationen.«

»Ruben, das reicht!«, ging Eva dazwischen. »Wir werden dieses perverse Arschloch nicht auch noch belohnen.«

Ihr Ausbruch erzeugte bei Brecher ein Schmunzeln. Dann stand er auf, ging zur Tür, drehte sich zurück in den Raum und sagte bedeutungsschwanger: »So wird das nichts. So werden Sie nie herausfinden, wo die Kleine ist. Aber letztlich ist das auch egal. Gut und Böse werden sich immer die Waage halten, und wer weiß schon, für was das alles gut sein wird.«

47

»Kein im Netz aktives Handy am Ort des Geschehens«, waren Friedrichs Worte gewesen und er hielt sich daran, egal wie mühevoll es auch war.

Nun stand er einige Kilometer weg von dem alten Industriebau und überprüfte im Internet, ob die Alte schon mit einem Artikel über die beiden Kinder auf seine Drohung reagiert hatte.

Die Tatsache, dass es auf deren Internetseite noch immer nichts Neues gab, setzte ihn langsam unter Druck. Er kannte Friedrichs Pläne nicht im Detail, doch bezüglich dieser Sache waren seine Anweisungen klar. Aus irgendeinem Grund wollte er diese Autorin in Szene setzen.

Er lehnte sich zurück und betrachtete den sternenklaren Himmel. Außerhalb des Wagens war es bitterkalt. Was er jetzt brauchte, war ein bisschen Abwechslung. Er sehnte sich nach der Wärme eines Körpers. Nicht danach, berührt zu werden, aber danach, jemanden berühren zu können. Er wollte mit seiner Hand über samtig weiche Haut streichen und dabei spüren, wie sich die Muskeln darunter vor Angst verkrampften. Vor seinem inneren Auge sah er einen Mund, der nach ihm schnappte, wenn er seinen Finger sanft zwischen rosa Lippen drückte. Er sah den zutiefst verängstigten Blick eines ihm jetzt noch unbekannten Mädchens, das er auf dem Weg zur Erlösung begleiten würde. Er würde ihr erlauben, ihre guten Manieren abzulegen und dem Bösen, das jeder in sich trug, den Raum zu geben, auf den es Anspruch hatte.

Draußen zuckte eine Sternschnuppe über den Nachthimmel. Wenn das kein Zeichen war! Er rief seine Gedanken ein wenig zur Ordnung, damit er über seine Möglichkeiten nachdenken konnte.

Die Kleine im Raum der Angst war tabu. Sie gehörte zum Drehbuch und Friedrich war bei den Konsequenzen überdeutlich gewesen. Für sie gab es einen ganz klar definierten Ablauf, den er nicht abändern durfte.

Doch davon, dass keine kleine Nebengeschichte erlaubt war, hatte Friedrich nichts gesagt. Und wer weiß, vielleicht konnte so ein kleiner Ausflug dem Großen und Ganzen sogar nützlich sein.

Als die Bilder von weicher Haut und verängstigten Augen mit Macht zurückkamen, startete er den Motor und folgte der Straße in der Richtung, die ihm die Sternschnuppe wies.

Der nächste tschechische Ort war Neuern. Von der Größe her irgendetwas zwischen Dorf und Kleinstadt und damit so groß, dass er nicht auffiel.

Er fuhr exakt mit der erlaubten Geschwindigkeit hindurch, doch obwohl es noch nicht spät war, sah er kaum Menschen auf der Straße. Nur einmal stoppte vor ihm ein Bus und einige Fahrgäste stiegen aus. Allerdings verteilten sich diese aufgrund der Kälte so schnell in alle Richtungen, dass er keine Auswahl treffen konnte. Außerdem gab es hier viel zu viele Häuser und kaum Ecken, die man nicht einsehen konnte. Er überholte den Bus, kam zum Schloss Bistritz und damit auch zum Ortsausgang. Linker Hand konnte man kurz einen kleinen See erkennen, bevor ein Waldstreifen die Sicht auf das Ufer verstellte. Von früheren Ausflügen in diese Gegend wusste er, dass hier im Sommer viele Leute zum Baden herkamen und es folglich einige Stellen gab, an denen man parken konnte.

Da hinter ihm niemand fuhr, ging er vom Gas und musterte aufmerksam den linken Fahrbahnrand. Etwa zweihundert Meter weiter fand er die Zufahrt zu einer dieser Stellen. Er steuerte den Wagen an einer offenen, anscheinend schon lange nicht mehr benutzten Schranke vorbei, wendete auf der schneebedeckten Freifläche, die Platz für circa fünf Autos bot, und schaltete das Licht aus. Dann stieg er aus, zog den Reißverschluss seiner Jacke bis ganz nach oben und wartete, bis sich seine Augen an die Dunkelheit gewöhnt hatten.

Es gab einen Pfad, der sich etwa hundert Meter durch die Bäume schlängelte und an dem breiten Uferweg endete. Sein Vorhaben wäre in der Ortschaft viel zu unsicher gewesen, doch hier draußen würde niemand etwas merken. Und da es erst kurz nach halb acht Uhr abends war, malte er sich gute Chancen aus.

Wie schon bei Mias Entführung trug er seine dicke Tarnjacke. Nur die Stiefel waren neu, da er die alten leider nach der Entführung hatte verbrennen müssen. Zusätzlich wärmten ihn dicke Handschuhe und eine Thermounterhose. Alles in allem konnte er so ausgerüstet locker eine Stunde ausharren und musste nicht frieren.

Am Ufer angekommen sah er sich um. In Richtung der kleinen Stadt führte der Uferweg um eine Bucht und war daher nicht weit einzusehen. Nach rechts konnte er weiter blicken, doch niemand war zu sehen.

Anders auf der anderen Seite des zugefrorenen Sees, wobei er zuerst an eine Sinnestäuschung glaubte. Er zog das kleine Fernglas heraus, sah hindurch und erkannte, dass es sich bei dem umherschwirrenden Licht um einen kleinen Hund handelte, der ein mit LEDs bestücktes Halsband trug. Der dazugehörende Mensch war allerdings nicht gut zu erkennen und konnte sowohl ein kleiner Mann als auch eine Frau sein.

So oder so, er würde warten müssen. Also zog er sich ins Unterholz zurück, kauerte sich hinter einen schneebedeckten Busch und versuchte, sich vorzustellen, was die Nacht noch bringen könnte.

Zehn Minuten später näherte sich von links das Knirschen schwerer Stiefel auf gefrorenem Schnee. Er zog den Kopf ein, drückte einige Zweige auseinander und sah durch die Lücke. Von seiner Deckung aus war nur ein kleiner Abschnitt des Uferwegs zu erkennen und sein Herz stockte kurz, als dort der Umriss eines gewaltigen Hundes erschien. Erst nachdem auch das dazugehörige Herrchen zu erkennen war, das den Hund dankenswerterweise an einer Leine führte, beruhigte sich sein Puls wieder. Jedenfalls so lange, bis ein tiefes Knurren einsetzte und die Schritte verstummten. Wenn der Typ den Hund jetzt ableinte, könnte es brenzlig werden. Es folgte ein weiteres Knurren, die Schritte setzten wieder ein und kurz darauf sah er durch eine andere Lücke zwischen den Bäumen, wie sich der Mann entfernte.

In den nächsten Minuten passierte nichts, außer dass die Kälte doch langsam durch seine Kleidung kroch. Außerdem schoben sich Wolken über den fahlen Mond und leichter Schneefall setzte ein.

Schon etwas in Gedanken versunken wäre ihm das schwache Licht fast entgangen. Es musste von dem kleinen Hund stammen, den er vorhin auf der anderen Seite des Sees gesehen hatte. Das beleuchtete Halsband wirkte in der Dunkelheit übernatürlich. Es schien wie eine aufgeregte Fee über den Boden zu schweben, verharrte an einigen Stellen und flog dann weiter.

Konnte er es wagen? Wenn das hier erfolgreich sein sollte, musste er! Und so stieß er einen leisen Pfiff aus. Die kaum sichtbare Silhouette des Hundes erstarrte kurz und kam dann ins

Unterholz getrottet. Kurz vor dem Busch blieb der kleine Hund stehen und schnupperte interessiert in seine Richtung. Noch konnte er die Sache abbrechen, doch als wäre es eine glückliche Fügung des Schicksals, erschien drüben auf dem Weg das dazugehörende Frauchen. Es war nur schwer zu erkennen, doch das, was er sah, genügte ihm. Die Frau war relativ klein, hatte lange Haare, die sich auch von der Strickmütze nicht bändigen ließen, und sie wirkte trotz des dicken Mantels nicht korpulent. Sie war die Richtige! Diese Unbekannte hatte es verdient, Einblicke in seine Welt zu bekommen und den Rausch zu erleben.

Doch noch war es nicht so weit. Er musste sich konzentrieren. Also streifte er die Handschuhe ab, griff in seine Tasche und zog den Köder heraus.

Der kleine Terrier machte einen Schritt nach vorne, wobei seine feine Nase inzwischen hörbar arbeitete. Als die Kaustange zwischen den Ästen erschien, zuckte er zunächst zurück, konnte aber nicht widerstehen und schnellte nach vorne.

Das war der Moment, auf den er gewartet hatte. Er packte mit der freien Hand das Halsband, zog das Tier zu sich und brach ihm mit einer schnellen Bewegung das Genick.

Unten am Weg war die Frau offenbar stehen geblieben und rief jetzt besorgt »Ballu, pojď ke mně« in seine Richtung.

»Der kann nicht mehr kommen«, murmelte er leise und fügte im Geiste hinzu: »Aber dich brauche ich auch noch näher bei mir.« Damit entfernte er das immer noch leuchtende Halsband und warf es zwei Meter neben sich ins Unterholz, um sie anzulocken.

»Ballu«, rief die Frau erneut, wobei man ihr bereits eine leichte Panik in der Stimme anhörte. Er selbst verschob seinen Standort um einen Meter nach links, sah voll Vorfreude, wie die Frau ein, zwei Schritte vom Weg in das Unterholz machte und dabei wieder rief: »Ballu, pojď ke mně.«

Dann schwand jede Hoffnung auf die Nähe zu diesem Fleisch, denn eine tiefe Männerstimme fragte aus einiger Entfernung: »Je všechno v pořádku?«, und gleichzeitig dröhnte wieder dieses tiefe Knurren von vorhin zu ihm herüber. Der Mann mit seiner Bestie war offenbar schon wieder auf dem Rückweg.

Er war gerade an seinem Auto angekommen, als er hinter sich einen Schrei hörte. Offenbar hatte die Frau ihren Ballu gefunden. Es blieb keine Zeit, die dicke Jacke abzulegen, er hechtete hinter das Steuer, startete den Motor und fuhr ohne Licht los. Als die Räder auf dem Schnee durchdrehten, blieb sein Herz kurz stehen, doch dann fanden die Reifen Haftung und er schoss regelrecht auf die Landstraße hinaus. Dort schaltete er das Licht ein und fuhr mit hart schlagendem Puls zurück in die Stadt. Er durchquerte diese wieder in vorschriftsmäßigem Tempo und hatte schon fast den Ortsausgang erreicht, als sich eine weitere Chance bot.

Im ersten Moment glaubte er, dass die junge Frau einfach auf jemanden wartete. Erst als sich diese zu ihm drehte, erkannte er, dass sie trotz der Kälte den billigen Pelzmantel offen trug und darunter nicht viel anhatte.

Nachdem sie sein deutsches Nummernschild gesehen hatte, wurde ihre Pose noch eindeutiger. Er sah sich kurz um, und als er sich ziemlich sicher war, dass keine anderen Leute in der Nähe waren, stoppte er neben der Prostituierten. Sein Tschechisch war nicht gut, doch für ein gestammeltes »Komm rein, es ist kalt« genügte es.

Sie folgte seiner Bitte ohne jede Scheu. Erst als sie neben ihm saß, musterte sie ihn skeptisch und sagte in erstaunlich gutem Deutsch: »Fünfzig Euro für normal. Alles andere kostet extra. Möchtest du es im Auto tun? Ein Stück weiter ist ein guter Parkplatz für Fick.«

»Parkplatz ist gut«, bestätigte er.

Sie lächelte ihn mit ihren viel zu roten Lippen an und deutete nach vorn. »Da lang. Ist nicht weit.«

Er folgte der Richtung, bis nach etwa zwei Kilometern ein kleines Schild auf den Parkplatz hinwies. Dieser war durch einen kleinen Wall mit einigen Sträuchern von der Straße abgegrenzt und kaum einzusehen. Ganz am Ende stand ein Lkw, dessen Fahrer vermutlich gerade seine Ruhepause machte, aber nicht zu sehen war.

Er stoppte den Wagen ein Stück dahinter und drehte sich zu der jungen Frau. Diese sah ihn zwar verführerisch an, hielt aber die Hand auf und sagte: »Erst Geld, dann Fick.«

»Wie heißt du?«, war seine einzige Reaktion.

Ihre Gesichtszüge zeigten ein klein wenig Verärgerung, doch sie antwortete: »Aneta. Warum?«

»Weil ich niemanden schlage, dessen Namen ich nicht weiß.« Damit rammte er seine rechte Faust nach vorne, traf die richtige Stelle in ihrem Gesicht und sah zu, wie ihr Körper schlaff in den Sitz rutschte. Dann begutachtete er kurz seine Beute und fuhr zufrieden los.

48

Ruben und Eva trafen als Letzte ein. Sie zeigten dem diensthabenden Beamten ihre Ausweise. Dieser drückte auf einen versteckten Knopf, um die Glastür zu öffnen, die den öffentlichen Bereich des Präsidiums von den übrigen Räumen trennte, und nahm sie dahinter in Empfang. Seine einzigen Worte waren: »Tiefenbach erwartet Sie schon«, dann ging er vor, führte sie erst eine Treppe hinauf, anschließend einen Flur entlang und deutete schließlich auf eine geschlossene Tür mit der Aufschrift »Konferenzraum«.

Ruben öffnete, ohne anzuklopfen, und trat gefolgt von Eva ein. Die Runde bestand aus Tiefenbach, Staatsanwalt Lorenz, Mike und Schober. Obwohl es erst kurz nach neunzehn Uhr war, wirkten Mike und Schober müde. Und auch der Staatsanwalt ließ es sich nicht nehmen, mit verärgerter Tonlage festzustellen: »Ich habe eigentlich schon seit Stunden Feierabend. Und ganz abgesehen davon, dass ich noch keinen Bericht über die Ergebnisse Ihrer Arbeit auf meinem Schreibtisch habe, durfte ich so nebenbei erfahren, dass Sie im Alleingang beschlossen haben, einen Insassen der JVA Straubing zu befragen.«

Ruben konnte mit Aggressivität in den eigenen Reihen nicht viel anfangen und erwiderte freundlich: »Schön, dass Sie es gleich ansprechen. Ich benötige von Ihnen die Erlaubnis,

Friedrich Brecher noch etwas mehr auf den Zahn zu fühlen. Da ich Rechtssicherheit haben möchte und mir nicht sicher bin, wie weit wir bei Sicherheitsverwahrten gehen dürfen, wäre es gut, wenn Sie das zeitnah mit einem Richter besprechen würden. Es geht um eine tiefgehende Untersuchung seiner Zelle, die Auswertung seiner Internetaktivitäten, das Auslesen von Handydaten, sollte er trotz Verbot eines besitzen. Ach, und zusätzlich brauchen wir noch sämtliche Besuchsprotokolle der letzten vierzig Jahre.«

»Was?«, fragte der Staatsanwalt mit dem Designeranzug irritiert.

Ruben winkte ab. »Verstehe. Ich rede manchmal etwas schnell. Meine Kollegin wird Ihnen eine Liste der nötigen Aktivitäten zukommen lassen. Wichtig ist nur, dass es schnell geht. Immerhin hängt das Leben einer Elfjährigen davon ab.«

»Ihre Euphorie in allen Ehren, aber vielleicht sollten wir dieser Besprechung etwas Struktur geben«, mahnte Tiefenbach, der interne Spannungen ebenfalls als kontraproduktiv ansah.

»Einverstanden«, erwiderte Ruben, sah Eva an und fragte: »Hast du unsere Aufzeichnungen dabei? Ich meine dieses digitale Denkbrett, mit dem wir in der Pension gearbeitet haben.«

»Habe ich nicht, ist aber kein Problem.« Sie drehte sich zum Dienststellenleiter und erklärte: »Wenn Sie einen Laptop für mich haben, können wir mit dem Kollegen Habermann in Verbindung treten. Er bekommt eine automatische Sicherung unserer Daten.«

Gegen halb acht war alles vorbereitet. Der Chat mit Habermann funktionierte und der Beamer zeigte die virtuelle Wand mit all ihren bisherigen Notizen.

»Schön«, übernahm Mike die Führung. »Ich würde vorschlagen, wir beginnen mit den neuesten Erkenntnissen des Tages. Da wir alle an verschiedenen Stellen unterwegs waren, sollten wir uns gegenseitig auf einen einheitlichen Stand bringen. Herr Tiefenbach, wie sieht es bei Ihnen aus?«

Der Leiter der hiesigen Dienststelle presste kurz die Lippen aufeinander, bevor er zugeben musste: »Wir haben leider nichts, was uns weiterbringt. Es gab zwar einige Hinweise aus der Bevölkerung, doch nichts davon stellte sich bei näherer Befragung durch meine Kollegen als nützlich heraus. Und auch bei den verstärkt durchgeführten Verkehrskontrollen gab es keine Auffälligkeiten.«

Mike ließ das Gehörte unkommentiert und bat stattdessen an Schober gewandt: »Würdest du uns bitte über die Spurenlage in Kenntnis setzen?«

Während Schober sein eigenes Tablet einschaltete, setzte sich Eva an den Laptop und übernahm die Dokumentation.

»Ganz kurze Zwischenfrage«, bat Ruben. »Wer ist jetzt bei Frau Burkhard? Oder ist sie allein dort oben?«

»Zwei meiner Leute sitzen in dem einzigen Dienstwagen mit Standheizung und überwachen die Hofeinfahrt. Frau Burkhard wollte niemanden im Haus haben.«

»Gut, alles klar«, bestätigte Ruben und bedeutete Schober mit einem Nicken, dass er anfangen konnte.

Der Niederbayer räusperte sich und begann mit der Bitte: »Eva, bitte öffne den Ordner B3.2 aus der Ermittlungsakte und zeige uns das erste Foto.«

Wenige Augenblicke später erschien ein Foto, das eine kleine Tanne neben einem Bach zeigte, und Schober erklärte: »Leider haben wir uns bei der ersten Untersuchung im Umfeld von Frau Burkhards Haus geirrt.« Mit Blick zum Staatsanwalt, der bis jetzt nur wenige Informationen hatte, wurde Schober ausführlicher: »Es geht darum, wie der Täter diese Filme an Frau Burkhards Geräte schicken konnte. Unser Kollege Habermann nahm an, dass er sich dafür in der Nähe des Hauses befinden muss, da die Übertragung per WLAN stattfand. Und da es etwa fünfzig Meter über dem Haus einen Waldweg gibt und wir dort Reifenspuren fanden, gingen wir davon aus, dass es von dort aus einem Fahrzeug heraus geschah. Bei der letzten Übertragung wurde dort oben allerdings niemand vorgefunden und auch die dort angebrachten Wildkameras zeigten niemanden. Folglich hat mich Ruben, also Herr Hattinger, gebeten, mich noch einmal umzusehen. Das habe ich mit einigen Kollegen von Herrn Tiefenbach getan. Dieses Mal haben wir allerdings ein elektronisches Ortungsgerät benutzt und wurden tatsächlich fündig.« Damit ging er zu Eva an den Laptop, nahm die Maus und klickte zum nächsten Bild, das eine Nahaufnahme der Tanne zeigte. »Wie ihr alle sehen könnt, musste der Täter nicht vor Ort sein, um diese Bilder zu schicken. In diesem kleinen Beutel befindet sich ein Handy, das er nach jetzigem Erkenntnisstand anwählen und damit die entsprechenden Daten an Frau Burkhards Geräte weiterleiten kann.«

»Dann konnte der Weg der Daten inzwischen doch sicher nachvollzogen werden?«, fragte Staatsanwalt Lorenz erwartungsvoll dazwischen.

Schober sah ihn an. »Nein. Ich habe das Gerät nur vor Ort untersucht und zusammen mit Habermann, unserem Internetforensiker, beschlossen, es an Ort und Stelle zu belassen. Erstens geht Habermann davon aus, dass die Kommunikation über eine illegale Verschlüsselungsapp geleitet wird, deren Aktivitäten selbst er nur sehr schwer und in einem langwierigen Verfahren zurückverfolgen könnte. Zweitens wollen wir diesen Kommunikationsweg offenhalten, da er unsere einzige Verbindung zu der vermissten Mia ist. Und drittens gibt uns das die Chance, dass der Täter dort wiederauftaucht, da der Akku nicht ewig halten wird. Leider sieht sich Herr Tiefenbach aufgrund der Personalsituation außerstande, eine Rund-umdie-Uhr-Überwachung durchzuführen. Daher haben wir die Wildkameras nun dort angebracht und Habermann hat sie so modifiziert, dass wir einen Alarm bekommen, falls deren Bewegungssensoren etwas bemerken.«

»Gut gemacht und richtig entschieden!«, lobte Ruben, bevor der Staatsanwalt seinen Unmut äußern konnte. Dann fragte er: »Wie ist der Täter dorthin gekommen? Bei dem vielen Schnee müsste es doch Fußabdrücke geben.«

»Leider nein.« Schober klickte sich durch ein paar weitere Fotos und erläuterte: »Wir gehen davon aus, dass er diesen Bachlauf nutzt. Wir sind dem ebenfalls bergauf gefolgt und kamen an einem Wanderweg heraus, der nach einigen Hundert Metern zu einem sehr frequentierten Parkplatz für Wanderer führt.«

»Ganz und gar nicht dumm«, murmelte Ruben und fragte: »Gibt es sonst noch relevante Neuigkeiten?«

Sein Kollege schüttelte den Kopf: »Nein, fürs Erste nicht. Allerdings haben wir noch einen ganzen Berg Asservate, die ausgewertet werden müssen.«

Ruben sah sich suchend um, fand aber nur eine Thermoskanne für Kaffee. Er verzichtete auf eine Tasse voller Reizstoffe und fragte an Mike gewandt: »Gibt es bei dir etwas Neues bezüglich Mias Eltern?«

»Angst und Sorge um ihre Tochter«, antwortete Mike knapp, fügte aber hinzu: »Aus Frau Hirschner war nicht viel herauszubekommen. Außerdem musste ich abwägen, ob ich die beiden mit der Frage nach anderen Männern auch noch in eine Ehekrise stürze. Mein Eindruck war, dass ihr ein Seitensprung zuzutrauen wäre, ihr Mann aber nichts ahnt.«

»Sonstige Erkenntnisse?«, fragte Ruben.

Mike erhob sich von der Tischplatte, an der er halb sitzend lehnte, ging zum Laptop und öffnete einen anderen Dateiordner. Dort klickte auch er ein Foto an, und die Handyaufnahme eines schneebedeckten kleinen Teddys erschien auf der Leinwand.

Er deutete darauf und erklärte: »Der sitzt in Lohberg auf dem Grabstein eines Jungen, der nur elf Jahre alt geworden ist.« Mike wählte das nächste Foto. Es zeigte eine Reihe von ordentlich aufgereihten Teddys, die auf der Lehne eines kleinen bunten Sofas saßen, wobei zwischen zweien eine Lücke war.

»Du warst noch mal auf dem Friedhof?«, fragte Eva dazwischen.

»Ja«, bestätigte Mike. »Nachdem ich diese Lücke gesehen habe, bin ich noch einmal zurück, habe den Teddy geholt und ihn Mias Eltern gezeigt. Diese bestätigten mir, dass es der fehlende sein könnte. Außerdem erzählten sie mir, dass es sich bei dem Exemplar um einen Glücksbringer handelt, den Mia manchmal wie einen Anhänger an ihrer Büchertasche trug.«

»Und dort fehlt er jetzt«, spekulierte Ruben.

»Richtig. Aber das wusste Mia schon. Sie hat ihrer Mutter vor einigen Tagen unter Tränen erzählt, dass ihr der Teddy, übrigens ein Geschenk ihres verstorbenen Opas, in der Schule gestohlen wurde.«

Ruben dachte eine Weile über diese Information nach und kam schließlich zu dem Schluss: »Das würde einmal mehr untermauern, dass Mia kein Zufallsopfer war, sondern schon lange vorher ausgesucht wurde. Außerdem ergäbe das eine Spur, da der Personenkreis in der Schule begrenzt ist. Und wenn sich ihre Mutter an den genauen Zeitpunkt des Verschwindens erinnert, würde es die Suche noch weiter eingrenzen.«

Ruben ging einige Male im Raum auf und ab, bevor er, dieses Mal tatsächlich etwas diplomatischer, fragte: »Mike und Eva, was haltet ihr davon, wenn ihr dieser Spur nachgeht? Und ich würde mich mit Habermann um Friedrich Brecher und Maria Burkhard kümmern.« Dann wandte er sich an Schober: »Und du untersuchst bitte zuerst den Teddy und wertest die Spuren von diesem Handy im Wald aus. Irgendwo muss der Entführer Spuren hinterlassen haben.«

»Und was ist mit dieser Drohung, dass dem Mädchen Schaden zugefügt wird? Wie wollen wir diesbezüglich vorgehen? Hat sie Priorität?«, fragte Staatsanwalt Lorenz dazwischen.

Ruben blickte ihm einige Sekunden lang in die Augen und erwiderte: »Ja, ich denke an nichts anderes. Letztlich werden wir keine andere Wahl haben, als dass Frau Burkhard etwas veröffentlicht. Da ich sowieso zu ihr will, werde ich mit ihr etwas vorbereiten, das gerade genug Informationen enthält, um den Entführer zufriedenzustellen, ohne dabei etwas von unserem Kenntnisstand preiszugeben.«

Die Gesichtszüge des Mannes verhärteten sich kurz, bevor er ein Nicken andeutete und zugestand: »Alles klar. Ich sehe auch keine andere Möglichkeit. Sobald Sie etwas Luft haben, möchte ich einen Bericht darüber. Außerdem werden Sie mich telefonisch oder per Mail auf dem Laufenden halten.« Dann ließ er seinen Blick von einem zum anderen schweifen und fügte hinzu: »Ich wünsche Ihnen und dem Mädchen Glück.«

49

Ruben verließ mit Mike und Eva das Präsidium, wobei sie ihn fragte: »Was hast du jetzt vor? Es ist schon nach acht und heute werden wir nicht mehr viel in Erfahrung bringen können.«

Ruben trat vor den beiden hinaus in die Nacht, drehte sich dann zu ihnen und erklärte: »Stimmt. In Mias Schule werden wir uns erst morgen umhören können. Aber ihr solltet noch einmal bei Mias Eltern vorbeifahren. Vielleicht kann sich die Mutter an das genaue Datum erinnern, wann ihrer Tochter der Teddy geklaut wurde. Dann könnt ihr morgen in ihrer Schule gezielter nachfragen, was an dem Tag war. Ich glaube nicht, dass es ein Schüler war. Jedenfalls kann ich mir nicht vorstellen, dass ein Mitschüler das Hintergrundwissen hat.«

»Du weißt mehr, als du uns sagst«, spekulierte Mike.

Ruben sah ihn an und nickte. »Ja, entschuldige. War keine Absicht. Ich habe nicht daran gedacht, dass ihr die Information nicht habt. Du sagtest, der Teddy saß auf dem Grabstein eines verstorbenen Jungen. Kannst du dich an den Namen erinnern?«

»Nein, aber ich habe ein Foto.« Mike zog sein Handy heraus, scrollte etwas darauf herum und antwortete: »Simon Staller.«

»Simon«, wiederholte Ruben etwas gedehnt. »Die Autorin hat den Namen erwähnt. Da sollten wir noch einmal recherchieren. Dieser Simon ist damals in den zugefrorenen Weiher eingebrochen und Maria Burkhard war dort, als er dabei ums Leben kam. Man gab ihr die Schuld an diesem Unfall. Außerdem kann es gut sein, dass ihr Vater der eigentliche Vater des Jungen war. Ihrer Aussage nach hat sich dieser oft und gerne mit den Frauen im Dorf vergnügt. Die Burkhards hatten Geld und die Leute im Dorf waren damals auf sie angewiesen. Also haben sich, wenn es so stimmt, die wenigsten Frauen dagegen gewehrt. Ach und noch etwas. Damals starb auch die Frau unseres Wirtes, Herr Mayer. Frau Burkhard deutete an, dass ihr Vater der Mörder sein könnte. Sie war schwanger, überlebte noch einige Wochen im Koma, sodass man wenigstens ihr Kind retten konnte. Damals ist dieser Udo zur Welt gekommen, muss ich noch mehr sagen?« Ruben gab seinen Worten kurz Zeit, bei seinen Kollegen zu wirken. Dann erklärte er: »Wenn dieser Teddy also Mia gehört und er ausgerechnet auf dem Grabstein von Simon sitzt, ist das sicher kein Zufall. Dann kennt jemand die alten Geschichten. Und vielleicht will dieser Jemand sogar, dass wir all diese Zusammenhänge herausfinden.«

»Aber warum?«, fragte Eva. »Es ergibt doch keinen Sinn, uns Spuren zu hinterlassen. Noch dazu, wo der Täter mit allem anderen so vorsichtig ist.«

»Dachte ich auch erst«, gab Ruben zu. »Aber hast du nicht auch das Gefühl, dass bei diesem Fall vieles inszeniert wirkt?«

»Allerdings«, stimmte Mike zu. »Es sind viele Dinge passiert, die nicht hätten sein müssen. Diese ganzen Begebenheiten rund um die Autorin. Das alles wirkt eher wie ein Spiel als wie die Tat von jemandem, der einfach nur seine kranken Fantasien ausleben will. Und nach dem, was du uns gerade erzählt hast, hätte das halbe Dorf ein Motiv, um sich an Frau Burkhard zu rächen.«

»Jep«, antwortete Ruben. »Und daher werde ich der Dame heute noch einen Besuch abstatten. Wenn sie damit einverstanden ist, lasse ich die Polizisten abziehen und bleibe selbst zu ihrem Schutz oben am Hof. Ich habe immer noch viele lose Enden im Kopf und vielleicht kann ich diese zusammenfügen, wenn ich direkt am Ort des Geschehens bin.«

»Eine Nacht mit ihr zusammen im Haus?«, hinterfragte Eva seine Pläne skeptisch.

Er sah sie an, begann zu lächeln und versicherte: »Nein, es ist nicht die Midlife-Crisis, es geht rein um diesen Fall. Auch wenn ich die Dame nach wie vor als Autorin interessant finde.«

»Habe ich etwas verpasst?« Mike wirkte leicht verunsichert, doch Eva winkte nur ab und bestimmte: »Lass uns fahren. Ich will Mias Eltern nicht mitten in der Nacht stören.«

Nach einer halben Stunde Fahrt bog Ruben kurz vor dem Dorfweiher auf den geräumten Feldweg ab. Soweit er es von hier unten sehen konnte, brannte oben im Bauernhaus noch Licht. Er passte die Geschwindigkeit dem festgefahrenen Schnee an, lenkte um die erste Kehre und wäre fast in einen Schneehügel gerutscht, weil er einem entgegenkommenden Auto ausweichen musste.

Warum zur Hölle war dieser Udo Keller um diese Zeit ohne Licht unterwegs? Ruben fuhr vorsichtig an den äußersten Rand des schmalen Weges und sah, wie der Mann ihm im Vorbeifahren zuwinkte. Als dieser im Außenspiegel um die Kehre verschwunden war, steuerte Ruben zurück auf die Mitte des Weges und schaffte die restliche Strecke unfallfrei.

Der besagte Streifenwagen stand in einer kleinen Ausbuchtung kurz vor der Hofeinfahrt und der Auspuff der Standheizung blies eine dünne Abgaswolke in die klare Nachtluft. Ruben hielt daneben, ließ die Scheibe auf der Beifahrerseite herunter und informierte die Männer, wer er war und dass sie vielleicht bald Feierabend machen konnten. Danach fuhr er die letzten Meter auf den Hof, stellte den Wagen ab und stieg aus.

Wieder bat Frau Burkhard hinter der Tür um einen Augenblick Geduld, da sie erst die Alarmanlage deaktivieren musste. Ruben nahm wahr, dass es dieses Mal etwas länger dauerte, und als sie die Tür öffnete, wusste er auch, warum. Die Augen der Frau waren glasig, ihre Worte klangen leicht gedehnt und in ihrem Atem lag der Geruch von Alkohol. Trotzdem wirkte sie erstaunlich fit, als sie nach einer kurzen Musterung feststellte: »Je später der Abend, umso schöner die Gäste«, dann machte sie eine Geste zu ihm hin und relativierte die Aussage mit den Worten: »Nur an Ihrem Outfit müssen Sie noch arbeiten. Was sagt denn Ihre Frau dazu, dass Sie so herumlaufen?« Sie trat zur Seite und Ruben folgte ihrer unausgesprochenen Einladung, das Haus zu betreten.

»Sie wissen, dass ich verheiratet bin?«

Die Autorin zeigte ein echt wirkendes Lächeln und erwiderte: »Guter Mann, Frauen wie ich schauen immer erst auf die Hand eines Mannes. Und viele Ihrer Spezies meinen, sie könnten ihre Ehe dadurch leugnen, dass sie den Ring abnehmen. Aber glauben Sie mir, den Abdruck bekommen Sie lange nicht weg.«

Während sie redete, nahm Ruben die Umgebung in sich auf. An der Garderobe im Flur fehlte eine der drei Jacken, die dort sonst bei jedem seiner Besuche gehangen hatten. Außerdem gab es eine Lücke in dem sonst komplett bestückten Schuhregal.

»Nach Ihnen«, sie machte eine Geste zur Tür und bat ihn damit in die gut geheizte Wohnstube. Auch hier genügte ihm ein schneller Rundumblick, um Veränderungen wahrzunehmen. Warum er diese Gabe hatte, wusste er nicht. Aber ihm waren schon als Kind die kleinsten Veränderungen in seiner Umgebung aufgefallen. Und so war es nun auch hier.

Am auffälligsten war die latente Unordnung. Weder die Decke auf dem Sofa war, wie sonst immer, ordentlich zusammengelegt, noch war das wenige Geschirr in die Spülmaschine geräumt worden. An dem eingeschalteten Laptop fehlte der USB-Stick, auf dem Frau Burkhard vermutlich ihre Sicherungskopien speicherte. Außerdem hing eine hässliche, aber teure Markenhandtasche über der Lehne eines der Esstischstühle.

Ruben drehte sich zu der Autorin und fragte: »Wollen Sie weg?«

Sie folgte seinem Blick zu der Handtasche und winkte ab. »Aber nein. Udo war vorhin hier und hat mir ein paar Einkäufe vorbeigebracht, die ich ihm natürlich bezahlen musste.« Sie ging hinter den Tresen, der die Küche vom Wohnraum trennte, griff zu einer Flasche Rotwein, hob diese in die Höhe und fragte: »Auch einen?«

Ruben wollte und durfte eigentlich nicht. Allerdings erhoffte er sich durch ein gemeinsames Glas mehr Offenheit von der Frau. Daher antwortete er: »Zunächst eine Frage. Wie Sie wissen, steht draußen zu Ihrem Schutz ein Wagen mit zwei Kollegen. Die aktuelle Witterung macht solche Einsätze im Moment etwas schwierig und außerdem fehlt das Personal an anderer Stelle. Was halten Sie also davon, wenn ich die Nacht hier bei Ihnen verbringe und auf Sie aufpasse?«

Sie grinste ihn mit ihrem faltigen Mund an und ihre Stimme klang ein wenig anzüglich, als sie sagte: »Also, Herr Kommissar, wie könnte ich dazu Nein sagen. Aber nicht, dass Sie dann Ärger mit Ihrer Frau bekommen.«

Ruben legte den nötigen Ernst in seine Stimme und erklärte: »Frau Burkhard, ich bin nicht zum Spaß hier. Und eigentlich dachte ich auch von Ihnen, dass Sie sich der Lage bewusst sind. Da draußen läuft ein Kindsmörder und Entführer herum, der Sie offenbar ebenfalls im Visier hat. Dieser Mensch lässt Sie an den Qualen dieses Mädchens teilhaben, macht diese sogar von Ihnen abhängig, und Sie albern hier herum?«

Ruben sah dabei zu, wie die Frau einen Schluck aus ihrem Glas nahm, betroffen nickte, und sie erklärte ebenfalls ernst: »Sie haben ja recht. Und nein, ich nehme das nicht auf die leichte Schulter. Allerdings brauche ich ab und zu etwas Abstand von all diesem Schrecken, da er mich sonst auffrisst.« Ihre Mimik sah so aus, als würden ihr gleich die Tränen kommen, als sie hinzufügte: »Ich bin Ihnen wirklich sehr dankbar für Ihr Angebot und nehme es an. Sagen Sie Ihren Kollegen, dass sie abziehen können. Und keine Sorge, ich werde nicht über Sie herfallen.«

»Gut«, bestätigte Ruben, deutete zu der Flasche in ihrer Hand und sagte wieder freundlicher: »Ich gehe kurz raus zu den Kollegen. Wenn Sie mir erst einen grünen Tee zum Aufwärmen machen könnten, würde ich später gerne ein Glas davon nehmen.«

50

Ruben trat hinaus in die Dunkelheit. Laut Wetterbericht sollte es die letzte kalte Nacht werden, bevor am Morgen Tauwetter einsetzte. Und die Meteorologen sollten recht behalten. Die Luft war klar, trocken und so kalt, dass man die Nasenhaare beim Atmen einfrieren spürte.

Rubens Gedanken gingen kurz zu dem Mädchen. Auch wenn er davon ausging, dass sie der Entführer in einem Gebäude gefangen hielt, hoffte er doch, dass dieses auch gut beheizt war.

Die Mienen der beiden Beamten hellten sich deutlich auf, als sie ihn auf ihren Wagen zukommen sahen. Er erklärte ihnen, dass er die Nachtwache übernehmen würde, und sah anschließend zu, wie sie langsam und vorsichtig den Weg hinunterfuhren. Als weiter unten nur noch das Licht der Scheinwerfer zu erkennen war, holte er sein Handy heraus und wählte den Telefonbucheintrag »Zuhause«.

Seine Tochter Elisa hob schon nach dem dritten Freizeichen ab. Gut gelaunt und neugierig wie immer fragte sie ihn zuerst nach dem Fall. Er berichtete ihr so viel, wie er es verantworten konnte, und ließ sich anschließend Pia geben. Seine Frau interessierte sich weniger für seine Arbeit, wohl aber, wie es inzwischen mit Eva lief. Und da Ruben wusste, dass Pia ein ganz kleines bisschen eifersüchtig war, sagte er offen: »Ganz gut. Mike und Eva arbeiten gut zusammen und ich habe das Gute darin erkannt.«

»Und das wäre?«

»Ich kann jetzt wieder mehr allein ermitteln«, lautete seine völlig ernst gemeinte Antwort. Danach erzählte er noch kurz vom Stand der Dinge, erkundigte sich nach Elisas schulischen Leistungen und darüber, was es sonst Neues gab. Danach beendete er das Gespräch mit dem Versprechen, zwischendurch einmal heimzukommen, sollten die Ermittlungen noch länger dauern.

Fast zeitgleich mit dem Auflegen meldete sein Handy den Empfang einer neuen Mail. Die kalten Finger machten es schwer, diese aufzurufen, beinahe wäre ihm das Gerät dabei in den Schnee gefallen.

Schon beim Lesen des Absenders ahnte er Böses. Dann las er den Betreff, der lautete: »Neues von der Erfolgsautorin Maria Burkhard«. Ruben scrollte den Newsletter ein Stück herunter und sah seine Befürchtungen bestätigt.

Er eilte zurück zum Haus, schloss die Tür hinter sich und fand die Autorin tatsächlich an ihrem Laptop sitzend. Als sie ihn kommen hörte, drehte sie sich auf ihrem Bürostuhl zu ihm und sagte flapsig: »Warum schauen Sie so böse, Herr Kommissar? Dort drüben steht Ihr Tee oder wollen Sie vielleicht doch gleich ein Glas Wein?«

Er hielt sein Handy hoch, deutete darauf und erklärte: »Ich habe mich bei Ihrem Newsletter angemeldet. Wie kommen Sie dazu, eine Geschichte über die letzten Stunden von Hans ohne jede Rücksprache zu veröffentlichen? Glauben Sie, Sie können Polizeiarbeit besser als wir? Wir haben ganz klare Strategien für Erpressungsversuche und Sie haben Informationen preisgegeben, die unseren Ermittlungen schaden können.«

Ruben wunderte sich, dass die Autorin so entspannt blieb. Er begriff es erst, als sie ihr Glas nahm, aufstand und ihm ganz ruhig erklärte: »Meine Familie hat diesem Dorf genug geschadet. Ja, vielleicht haben Sie recht und es war ein wenig voreilig, aber ich habe es wenigstens versucht. Mias letzte Botschaft war doch ganz eindeutig. Entweder ich veröffentliche endlich etwas über diesen Fall oder sie verliert morgen mindestens einen Finger.« Sie machte eine kurze Pause, deutete auf ihn und ergänzte: »Außerdem sollten Sie mir dankbar sein, dass ich Ihnen die Entscheidung abgenommen habe. Sie hätten als Polizist doch niemals die Verantwortung dafür übernehmen können, dass ich mich in eine wie auch immer geartete Gefahr begebe.«

»Die Verantwortung hätte ich durchaus übernommen«, erwiderte Ruben ungehalten. Er hielt jede weitere Diskussion darüber, ob die Sache richtig oder falsch gewesen war, für unnötig, da man den Newsletter sowieso nicht wieder zurückholen konnte. Er griff zu der dampfenden Tasse, nahm erst einen vorsichtigen, dann einen längeren Schluck des nicht besonders gut schmeckenden Tees. Dann genoss er wenigstens dessen Wärme, dachte dabei über seine bisherigen Informationen nach und wechselte das Thema in eine völlig andere Richtung: »Friedrich Brecher. Sie kennen ihn besser, als Sie zugegeben haben. Er blieb bei unserer Unterhaltung unverbindlich, deutete aber an, dass eine Verbindung zu Ihnen besteht. Könnte es sein, dass er etwas mit alldem hier zu tun hat?«

»Sie wären ein guter Autor. Nichts ist schlimmer, als etwas in die Länge zu ziehen und den Leser damit zu langweilen.«

Ruben sah der alternden Frau in die Augen und entgegnete: »Schmeicheleien beantworten keine Fragen. Warum weichen Sie aus?«

Sie fuhr mit ihrem Zeigefinger am Glasrand entlang, begegnete ihm mit offenem Blick und erklärte: »Friedrich und ich hatten intensive Jahre. Trotz oder vielleicht gerade wegen seiner Haftstrafe. Wir schrieben uns viel und nutzten die wenigen Besuchsmöglichkeiten. Und ja, ich kenne ihn gut, muss Sie aber trotzdem enttäuschen. Friedrichs Seele ist so tief wie der

Marianengraben und niemand weiß, was sich in der Dunkelheit verbirgt.«

»Auch das beantwortet meine Frage nicht«, stellte Ruben fest. »Ich habe gefragt, ob er einen Grund haben könnte, Ihnen zu schaden.«

»Nicht dass ich wüsste, und ich kann mir auch nicht vorstellen, dass er mir vorsätzlich schaden würde.«

»Würden Sie, falls nötig, mit ihm reden?«

Sie löste ihren Finger vom Glasrand, nahm einen Schluck und fragte: »Sie glauben ernsthaft, dass er mit alldem hier etwas zu tun haben könnte? Ich meine, der Mann sitzt seit einer Ewigkeit hinter Gittern. Überschätzen Sie ihn da nicht ein wenig?«

Natürlich war Ruben klar, dass er keinen einzigen belastbaren Beweis dafür hatte, und Nachahmungstäter gab es auch immer wieder. Trotzdem war es im Grunde die einzige Spur, und selbst wenn Brecher nichts mit dem Fall zu tun haben sollte, könnte er doch Anhaltspunkte auf den Täter liefern. Wer verstand einen gestörten Geist besser als ein gestörter Geist?

»Jetzt ein Glas Wein?«

Der Tee schmeckte lausig und vermochte es noch nicht einmal, die Kälte aus seinem Körper zu vertreiben. Als sein Handy klingelte, sagte er: »Ja, gleich«, zog es heraus und hob ab. Während er fragte: »Habermann, was gibt es?«, nutzte er die Gelegenheit, nahm die Teetasse mit in den hinteren Teil des Raumes, sah kurz über die Schulter und schüttete den Inhalt in eine der Topfpflanzen.

Habermanns erste Worte waren: »Spinnt die Frau?«, dann fragte er: »Hast du schon gesehen, was diese Autorin auf ihrer Website und im Newsletter veröffentlicht hat?«

»Noch nicht im Detail«, antwortete Ruben ausweichend und Habermann war so weitsichtig zu fragen: »Kannst du schlecht reden?«

»Ja«, bestätigte Ruben, und so erklärte Habermann: »Sie schildert über fünf Seiten den möglichen Tatvorgang beim Mord an Hans Huber. Und nicht nur das, sie verwendet dabei auch Insiderinformationen, die sie bei uns aufgeschnappt hat. Außerdem bringt sie in ihrer Abhandlung Bezüge zu früheren Vorfällen im Dorf ins Spiel.« Habermann holte kurz Luft, bevor er weiterredete. »Also entweder sie will das alles als Werbung für sich nutzen und es steckt ein Plan dahinter. Oder sie ist jetzt völlig abgedreht und hat keine Ahnung, was dieser Artikel auslösen könnte. Sowohl für sie selbst als auch für das Dorf.«

»Wie meinst du das?«, verstand Ruben nicht ganz.

»Nun ja. Sie schreibt es zwar nicht offen, aber in dem, was ich dir gleich vorlesen werde, steckt jede Menge Zündstoff. Ich zitiere:

›Eine Dorfgemeinschaft ist immer auch das Spiegelbild der ganzen Gesellschaft. Es gibt die stillen Wasser, in deren Untiefen sich so manches Geheimnis versteckt. Es gibt die offen Aggressiven genauso wie die Harmoniebedürftigen. Doch allen ist eines gemein, man weiß nie, hinter welchem Gesicht der Horror lauert.‹«

»Alles klar, ich kümmere mich um die Hintergründe«, erklärte Ruben ausweichend, da Frau Burkhard zwar inzwischen eine weitere Flasche entkorkte, aber noch immer in Hörweite war.

Das eben Gehörte machte ihn nervös. Er sah zu, wie die Autorin zwei gefüllte Gläser auf den Tisch stellte. In Gedanken versuchte er wie immer, die einzelnen Erkenntnisse in einen Zusammenhang zu bringen, und kam zu dem Ergebnis, dass er vorsichtig sein sollte. Trotzdem setzte er sich, zögerte aber, mit Frau Burkhard anzustoßen.

Sie schien eins und eins zusammenzuzählen und sagte mit einem Schmunzeln: »Was ist los, Herr Kommissar? Wurden Sie gerade darüber informiert, was ich Böses in die Welt gesetzt habe?«

Ruben griff nun zwar zu dem Weinglas, drehte es aber nur zwischen seinen Fingern. »Ja, und ich frage mich schon, warum Sie ein ganzes Dorf gegen sich aufhetzen. Denn Ihnen muss doch klar sein, was solche Aussagen auslösen können.«

Sie winkte ab und nickte zu einem der Fenster, die zum Dorf zeigten. »Ach was. Die dort unten hatten noch nie genug Eier in der Hose, um sich mit meiner Familie anzulegen. Die sitzen jetzt mit Sicherheit am Stammtisch und zerreißen sich das Maul über mich. Und in ein, zwei Stunden sind sie besoffen, bedauern sich gegenseitig und verschieben ihren Hass auf morgen.«

»Also ist Ihr Artikel doch nur eine PR-Aktion, um Ihre schwachen Verkaufszahlen anzukurbeln?« Er sah ihr in die Augen und blieb direkt, als er hinzufügte: »Dann geht es Ihnen auch nicht um den toten Hans oder die entführte Mia.« So langsam spürte er den langen Tag und das Denken fiel ihm immer schwerer.

Sie hielt seinem Blick stand. »Doch, das tut es. Aber warum nicht das Schreckliche mit dem Nützlichen verbinden. Oder habe ich damit irgendein Gesetz gebrochen?« Ihr Blick ging zu dem Glas, von dem er noch immer nichts getrunken hatte. Dann wurde ihr Lächeln breiter. »Ach, jetzt verstehe ich. Sie halten es für möglich, dass ich mit alldem etwas zu tun haben könnte. Und vermutlich trauen Sie mir sogar zu, dass ich Ihren Wein vergiftet habe.« Damit griff sie zu seinem Glas, nahm einen großen Schluck und schluckte diesen herunter. Danach breitete sie die Arme aus und erklärte: »Sehen Sie. Kein Gift, nur bester Roter.«

Ruben überzeugte das alles nicht wirklich. »Könnte ich kurz Ihre Toilette benutzen?«

»Na, wenn Sie die ganze Nacht hierbleiben wollen, wird sich das kaum verhindern lassen«, erwiderte sie locker. »Draußen im Flur, die zweite Tür auf der linken Seite.«

Ruben stemmte sich vom Stuhl hoch, spürte einen Schwindel, der so unvermittelt einsetzte, dass er ihn beinahe umwarf, und musste sich wieder zurücksinken lassen. In seinem Kopf vereinten sich zahllose unterschiedliche Gedanken zu einem sinnlosen Strom, dann fiel sein Blick auf die Teetasse. Das Letzte, was er hörte, war, wie die Autorin feststellte: »Sie lagen mit Ihrem Instinkt schon richtig. Männer erschlagen und Frauen vergiften«, dann hörte er nichts mehr außer einem tiefen Rauschen, das seinen langsamen Pulsschlag begleitete.

51

Obwohl es schon wieder lausig kalt war, parkte Mike den Wagen unweit der Pension und sie gingen zu Fuß. Auch weil sie seit heute Morgen um vier Uhr auf den Beinen waren und dringend etwas frische Luft brauchten.

Mias Familie wohnte in einem kleinen Neubaugebiet, bestehend aus einer Sackgasse, an die sechs Häuser grenzten. Als sie sich dem letzten näherten, hörten sie die lauten Stimmen von Herrn und Frau Hirschner bis auf die Straße.

»Da brennt die Hütte«, stellte Mike fest und beschleunigte seinen Schritt. An der Haustür war Mias Vater zu hören, der etwas von »Schlampe« und »Alles deine Schuld« brüllte.

Eva öffnete den Druckknopf der Waffenhalterung, drückte auf die Klingel und trat einen Schritt zurück. Die Stimme des Mannes verstummte kurz, bevor sie hörten, wie er »Du bleibst da!« schrie.

Nun war es Mike, der noch dreimal auf die Klingel drückte und dann an der Hauswand entlang nach einer Möglichkeit suchte, um in das Innere blicken zu können. Da es aber zumindest auf dieser Seite außer einem kleinen vergitterten Fenster nichts gab, brüllte er nun seinerseits: »Herr Hirschner. Hier ist die Polizei, öffnen Sie sofort die Tür.«

Nach einem Moment der Stille rief dieser zurück: »Verschwinden Sie, das ist eine Privatangelegenheit.«

»Ist es nicht. Entweder Sie öffnen jetzt augenblicklich die Tür oder wir verschaffen uns anderweitig Zugang.«

»Einen Scheiß werde ich«, kam es zurück, gefolgt von einem dumpfen Scheppern. Mike war drauf und dran, zur Rückseite des Hauses zu rennen, als die Tür nach innen aufgerissen wurde und Mias Mutter kurz im Türrahmen erschien. Dann legte sich eine Hand auf ihre Schulter und sie wurde zurückgezogen.

Eva nutzte die entstandene Lücke, drückte sich an der Frau vorbei und griff nach dem Arm des Mannes. Sie erwischte seine Hand, drückte seinen Daumen nach hinten und zwang ihn so auf die Knie. Gleichzeitig zog Mike Frau Hirschner wieder nach vorne zu sich heran und brachte sie damit aus der Gefahrenzone. Wenige Sekunden später rasteten die Handschellen ein und Joe Hirschner sah ihn wütend an. Mike legte seinen Arm um die weinende Frau, ging mit ihr ein paar Schritte hinaus an die Luft und ließ ihr etwas Zeit. Währenddessen führte Eva ihrerseits deren Mann ins Haus hinein.

Wie bei so vielen Menschen, die sie in ihrem Leben festgenommen hatte, zeigten die Handschellen auch hier die gleiche Wirkung. Erst wurde dagegen angekämpft, dann folgte eine gewisse Demut.

Bereits beim Betreten der Küche zog der Mann etwas Rotz hoch und beteuerte dann: »Ich habe ihr nichts getan. Wir haben nur gestritten.«

Da sich Eva von ihm weitere Informationen zum Verschwinden von Mia erhoffte, sagte sie freundlicher, als es ihrer Stimmung entsprach: »Dann haben Sie ja auch nichts zu befürchten. Wichtig ist nur, dass Sie jetzt ruhig bleiben und nicht wieder ausflippen.« Sie bat ihn, sich zu setzen, und dann: »Möchten Sie mir erzählen, was passiert ist?«

In seinen Augen blitzte die Wut. Trotzdem folgte er der Anweisung und setzte sich auf einen der Küchenstühle. Nachdem er einige Sekunden lang die Wand angestarrt hatte, deutete er ein Kopfschütteln an. Seine Augen füllten sich mit Tränen und aus der Wut wurde Verzweiflung, als er sagte: »Sie hat mich betrogen und ich verstehe es nicht.«

»Haben Sie es erst heute erfahren?«, fragte Eva betont einfühlsam.

Er nickte. »Ja, und noch nicht einmal von ihr. Ich …«, er ließ eine kurze Pause folgen, »… ich habe eine Mail mit einem Film und mehreren Fotos bekommen. Er zeigt, wie sich Petra mit einem anderen Mann vergnügt.«

»Das muss hart sein«, gab sich Eva weiterhin verständnisvoll, und noch bevor sie darum bitten konnte, dass er ihr die Mail zeigte, kochte Joe Hirschner wieder hoch. Er funkelte sie wütend an und nur die Handschellen verhinderten, dass er so agieren konnte, wie er sich gerade fühlte. Er lehnte sich etwas über die Tischplatte und fauchte: »Und diese ganze Scheißaffäre ist vermutlich schuld daran, dass unsere Kleine jetzt in der Hand irgendeines Psychos ist.«

»Wie meinen Sie das?«, fragte Eva alarmiert.

»Der Typ, mit dem meine Frau herumvögelt, war an dem Schlittenberg, als unser Engel verschwand.«

»Was?« Eva verstand nicht.

»Ja. Das müssen Sie sich einmal vorstellen. Nach dem Anruf, dass Mia verschwunden ist, bin ich natürlich sofort losgefahren. Und als ich drüben im Wald ankam, stand dieser Arsch neben meiner Frau und beide taten so, als kannten sie sich nur flüchtig. Dabei haben sie wahrscheinlich sonst was gemacht, nur nicht auf meine Tochter aufgepasst.«

Eva hörte, wie Mike in einem anderen Zimmer leise mit Frau Hirschner redete. Sie fragte: »Kann ich Sie kurz allein lassen, ohne dass Sie Blödsinn machen?« Er nickte und sie glaubte ihm.

»Okay, aber das ändert nichts«, erwiderte Mike, nachdem er Eva zugehört und kurz darüber nachgedacht hatte. »Wenn sich dieser Mann tatsächlich mit Frau Hirschner vergnügt hat, wäre das ein ziemlich glaubhaftes Alibi. Denn er kann unmöglich bei der Mutter sein und gleichzeitig die Tochter entführen.«

»Aber wir sollten schon über die Zusammenhänge nachdenken«, entgegnete Eva.

Mike fuhr sich mit der Hand durch die Haare, schüttelte aber den Kopf: »Wir haben schon viel zu viel nachgedacht. Ich arbeite lieber mit den sichtbaren Fakten.«

Eva sah Mike in die Augen und belehrte ihn: »Ruben geht da anders ran. Er ist der festen Überzeugung, dass sich jeder Fall mit Nachdenken lösen lässt.«

Mike schaffte es, sich zu beherrschen, und wollte gerade etwas entgegnen, als ihm ein Gedanke kam. Er ging kurz in sich, um seine Idee weiterzuspinnen, bevor er erklärte: »Wie gesagt, ich halte mich gerne an das, was ich sehe, und das könnte eine Chance sein, dem Täter näher zu kommen.«

»Jetzt klingst du fast wie Ruben. Ich habe kein Wort verstanden.«

Er ignorierte die Aussage und beschloss: »Wir sehen uns die Aufnahmen, die Herrn Hirschner zugespielt wurden, gemeinsam mit seiner Frau an. Um den Absender kann sich euer Habermann kümmern, aber ich gehe davon aus, dass auch er hinter der Mailadresse keinen echten Menschen finden wird.«

»Und was soll das bringen, außer dass wir die Frau damit in eine peinliche Situation befördern?«, widersprach Eva.

Mike schaffte ein Lächeln. »Wie ich schon sagte, ich halte mich gerne an das, was ich sehe. Und diese Aufnahmen müssen ja von irgendjemandem gemacht worden sein. Folglich war unser Täter oft in der Nähe von Frau Hirschner und ihrer Liebschaft.«

»Ach, und du meinst …«, stimmte Eva ein, »… wenn sie sich durch die Bilder an die Situation erinnert, erinnert sie sich vielleicht auch an jemanden, der sie dabei gestalkt hat.«

»So ist es«, bestätigte Mike.

Eva ging zurück in die Küche, wo Herr Hirschner tatsächlich noch auf dem Stuhl saß und ihr erwartungsvoll entgegenblickte. Sie löste die Fessel, die seine Hände hinter dem Rücken zusammenhielt, dann fragte sie: »Haben Sie diese Mail auf Ihrem Handy?«

»Ja!«

»Gut, dann leiten Sie diese jetzt bitte an folgende Mailadresse weiter«, sie legte ihre Visitenkarte auf den Tisch. Er zog das Handy aus seiner Hosentasche, rieb sich kurz die noch tauben Hände und tippte dann die Adresse ab. Keine fünf Sekunden später meldete Evas Gerät den Maileingang. Sie öffnete die Nachricht kurz, und als sich auch die angehängten Dateien aufrufen ließen, schlug sie vor: »Wir müssen uns jetzt eine Weile mit Ihrer Frau unterhalten. Was halten Sie davon, wenn Sie einen kleinen Abendspaziergang machen? Und wenn Sie wieder da sind, werden wir sehen, wie dieser Abend weitergeht.«

Der Mann wirkte inzwischen regelrecht gebrochen. Er deutete ein Nicken an, stand auf und ging mit ihr hinaus auf den Flur. Dort zog er seine Schuhe und eine dicke Jacke an.

Eva sagte zum Abschied: »Eine halbe Stunde dürfte genügen. Und Herr Hirschner, bitte gehen Sie nicht in die Kneipe.

Sollten Sie betrunken zurückkommen, können Sie heute Nacht auf keinen Fall hierbleiben.«

Er erwiderte ihren Blick und entgegnete nur: »Ich hatte nicht vor, etwas zu trinken.«

»Sind Sie bereit, mit uns zusammenzuarbeiten?«

Petra Hirschner saß im Wohnzimmer auf dem Sofa. Ihr Make-up war verlaufen und die Augen waren gerötet. Eva gab ihr einen Augenblick Zeit, bevor sie ausführte: »Wir müssten uns gemeinsam die Bilder und den Film ansehen, die Ihr Mann per Mail bekam. Es geht uns weniger um Sie und Ihren … Ihre Affäre, sondern darum, ob Sie sich an etwas erinnern können. Diese Aufnahmen müssen von jemandem gemacht worden sein, der in der Nähe war, und vielleicht können Sie sich an etwas Ungewöhnliches erinnern.«

Frau Hirschner hob den Blick, wischte sich mit dem Handrücken eine weitere Träne weg und fragte: »Und Sie verurteilen mich nicht?«

Mike übernahm das Wort und erklärte: »Was Sie privat machen, geht uns absolut nichts an, das müssen Sie mit Ihrem Mann klären. Uns geht es einzig und allein darum, Mia zu finden und ihren Entführer vor Gericht zu stellen.«

Nachdem sie mit einem Nicken zugestimmt hatte, setzten sich Mike und Eva links und rechts von der Frau aufs Sofa. Eva öffnete ein Bild nach dem anderen, wobei sich herausstellte, dass alle Aufnahmen in der noch warmen Jahreszeit gemacht worden waren. Selbst der kurze Film war in der Natur aufgenommen worden und zeigte, wie sich Frau Hirschner und ihr Liebhaber auf einer Decke vergnügten.

Eigentlich ganz schön, dachte Eva für sich und verspürte sogar etwas Neid. Dann besann sie sich und fragte: »Und? Ist Ihnen an diesen Tagen irgendetwas aufgefallen? Befand sich jemand in der Nähe oder wurden Sie vielleicht sogar gestört?«

Dann dachte sie an die Andeutung bezüglich der Vaterschaft und schob noch hinterher: »Ach ja, wie lange geht diese Affäre eigentlich schon?«

Frau Hirschner schien angestrengt nachzudenken, schüttelte aber schließlich den Kopf. »Noch nicht so lange. Wir haben uns irgendwann letztes Jahr im Frühling kennengelernt. Und nein, mir ist nichts Besonderes aufgefallen. Natürlich sind uns auch immer einmal wieder Leute begegnet, aber ich könnte mich nicht erinnern, dass uns jemand mehrfach begegnet wäre oder Fotos von uns gemacht wurden.«

»Und gab es vor diesem Mann schon einmal jemanden?«, blieb Eva hartnäckig, doch die Frau schüttelte erneut den Kopf.

»Dann wäre das auch geklärt«, murmelte Mike, der wusste, worauf Eva hinauswollte. Er stand auf, sah sich in dem Wohnzimmer um und stellte die Frage, wegen der sie eigentlich hergekommen waren. »Gut, Frau Hirschner, dann vergessen wir diese Sache jetzt bitte für einen Moment. Der Grund, weswegen wir eigentlich hier sind, ist ein anderer. Wir müssten so präzise wie möglich wissen, wann Mia dieser besagte Teddy in der Schule gestohlen wurde.«

Die Frau dachte kurz darüber nach und sagte schließlich: »Das ist einfach. Es war am Freitag letzter Woche.«

»An dem Tag, als der kleine Hans verschwand und dann …«, Mike verzichtete darauf, den Satz zu beenden.

Sie nickte: »Ja, ganz sicher. Eben gerade deswegen kann ich mich so gut daran erinnern. Mia war wegen des Teddys eh schon schlecht drauf und dann fand man den Jungen am nächsten Tag.«

»Gut«, bestätigte Mike. »So können wir den Zeitpunkt eingrenzen.« Er stockte, strich sich über seine Gesichtsnarbe und fragte: »Wissen Sie vielleicht auch, ob an diesem Tag etwas Besonderes war. Also eine schulische Veranstaltung oder etwas anderes, was vom Stundenplan abwich?«

Sie nickte erneut. »Ja, in der Tat. Denn es wirkte im Nachhinein schon ein wenig ironisch, dass sich die Kinder genau an diesem Tag einen Vortrag über Gewaltprävention anhören mussten.«

Mike notierte sich das und fragte Eva: »Hast du noch Fragen?« Sie schüttelte zwar den Kopf, wandte sich dann aber trotzdem noch einmal an Frau Hirschner und fragte: »Was machen wir mit Ihrem Mann? Denken Sie, er könnte Ihnen etwas antun?«

Die noch relativ junge Frau winkte ab. »Ach was. So viel männliches Verhalten wie vorhin hat er schon lange nicht mehr gezeigt. Er ist zwar sehr laut geworden, aber er würde mich niemals schlagen. Es klingt bescheuert, aber ich hab ihn seit langer Zeit nicht mehr als so attraktiv empfunden.«

Mike und Eva wechselten einen wissenden Blick. Dann nahmen sie Frau Hirschner das Versprechen ab, dass sie sich sofort melden würde, wenn doch etwas passieren sollte, und verließen das Haus.

Draußen wollte Mike gerade dazu ansetzen, etwas zu sagen, als sie fast in Herrn Hirschner hineingelaufen wären.

Eva fragte ihn: »Hat Ihnen die Luft gutgetan?«

Er nickte, deutete zum alten Ortskern und erklärte: »Ja, alles gut. Aber ich bin gerade an einem Bauernhof vorbeigekommen und glaube, da klaut jemand Benzinkanister aus einer Scheune.«

»Wo war das?«, fragte Mike, wobei er sich nicht sicher war, ob es sich nur um ein Ablenkungsmanöver handelte.

»Die Straße runter, dann rechts. Es ist der letzte Hof auf der linken Seite, bevor die Felder beginnen.«

»Sehen wir uns an«, bestätigte Mike. Und Eva, die offenbar ebenfalls daran dachte, dass der Mann nur von sich ablenken könnte, fügte hinzu: »Wir haben Ihrer Frau unsere Nummer gegeben. Sie sollten versuchen, die Sache zivilisiert zu klären.

Wenn Mia zurückkommt, braucht sie ihre Eltern dringender denn je.«

»Weiß ich«, erwiderte der Mann erschöpft, sah ihr in die Augen und fügte glaubhaft hinzu: »Sie müssen sich keine Sorgen machen. Ich liebe meine Familie.«

52

Mike ignorierte die Seitenstraße, worauf Eva stehen blieb, in die von Herrn Hirschner beschriebene Richtung deutete und fragte: »Was ist mit dem angeblichen Benzindieb?«

Er blieb ebenfalls stehen, zog den Reißverschluss seiner Jacke noch ein Stück höher und zuckte mit den Schultern. »Wir sind hier, um einen Mord und eine Entführung aufzuklären. Hühnerdiebe fallen nicht in unsere Zuständigkeit.« Sein Atem kondensierte in der kalten Luft und er fügte hinzu: »Schon gar nicht in so einer eisigen Nacht.« Dann wartete er, bis Eva bei ihm war, und sie gingen zurück zu der Pension.

Als sie den kleinen Marktplatz erreichten, hörten sie den Wagen schon, bevor sie ihn sahen. »Wo will der denn hin? Das ist doch die alte Karre von diesem Udo Keller. Oder?«

Mike sah dabei zu, wie Keller in Richtung Dorfweiher abbog, und scherzte: »Vielleicht ist der guten Frau Burkhard der Wein ausgegangen oder sie hat keinen grünen Tee für Ruben.«

Eva boxte ihm leicht auf den Oberarm, wobei sie ihn mit den Worten korrigierte: »Erstens war ihr Weinkeller, als wir ihr Haus durchsuchten, gut gefüllt. Und zweitens hat Ruben immer etwas Tee dabei. Manchmal glaube ich, er kann ohne das Zeug nicht nachdenken.«

»So geht es mir mit Bier«, legte Mike nach, rutschte auf einer Eisplatte weg und schimpfte: »Gottverdammt.«

Eva reagierte schnell. Sie fing ihn ab, wartete, bis sich seine Gesichtszüge wieder etwas entspannt hatten, und fragte: »Dein schlimmes Bein?«

Er humpelte ein paar Schritte im Kreis, und als der Schmerz etwas nachließ, antwortete er: »Ja. Bei Kälte ist es eh immer etwas schlimmer und dann noch dieser Scheißschnee. Wird Zeit für Sonne, Strand und …«

»Was? Schöne Frauen?«, vervollständigte Eva den Satz.

Er grinste sie an und provozierte mit dem Spruch: »Nichts dagegen.« Eva bückte sich zum Boden, nahm eine Handvoll Schnee und warf sie ihm ins Gesicht. »Da, zur Abkühlung.«

»Ach herrje, was ist denn hier los?« Mike war als Erster in die Gaststube getreten und stockte. Saßen sonst nur ein bis zwei zumeist schweigende Männer am Stammtisch, so reichten die Plätze heute fast nicht aus. Abgesehen davon, dass neben jedem Bierkrug auch Schnapsgläser standen, ignorierten die Männer das Rauchverbot in Gastwirtschaften.

Eva trat neben ihn, verschaffte sich ebenfalls einen Überblick und murmelte: »Das sieht nicht nach einer Geburtstagsfeier aus. Die scheinen ganz und gar keine gute Laune zu haben.« Wie zur Bestätigung blickte der erste zu ihnen herüber, wobei sich die Mimik des Bauern augenblicklich verfinsterte. Einige der anderen folgten seinem Beispiel, dann stand einer von ihnen auf und rief quer durch den Raum: »Sieh an, sieh an. Während diese Schlampe oben auf dem Berg das ganze Dorf verhöhnt, hat die Polizei beschlossen, Feierabend zu machen.«

»Von was spricht der?«, flüsterte Eva.

»Keine Ahnung«, murmelte Mike, brachte Haltung in seinen Körper und durchquerte die Gaststube. Vor dem Stammtisch blieb er stehen, sah dem Mann, der sie angesprochen hatte, in die Augen und fragte höflich: »Von was reden Sie? Was hat Frau Burkhard, und von der sprechen Sie doch, Ihrer Ansicht nach getan?«

Irgendein anderer lallte leise: »Typisch Bullen, keine Ahnung von nichts.«

Mike blickte auf den jungen Mann herunter und erwiderte: »Sie werden es erfahren, wenn ich mit Ihnen sprechen will.« Dann wandte er sich wieder an den ersten und fragte erneut: »Also, was ist hier los? Offenbar gibt es ein Problem, von dem wir nichts wissen.«

»Mike«, hörte er Eva hinter sich rufen, ignorierte sie aber. Erst als sie noch einmal »Mike, das solltest du dir wirklich ansehen« rief, drehte er sich zu ihr um und sah, dass sie mit ihrem Handy winkte.

Er drehte sich ohne ein weiteres Wort von den Männern weg, ging zurück zu seiner Partnerin und folgte ihr nach draußen. Dort fragte er, was los sei, worauf sie erklärte: »Habermann hat mir eine Nachricht geschickt.«

»Wegen der Mail mit den Fotos von Frau Hirschner?«

»Nein, wegen dem, was Frau Burkhard auf ihrer Internetseite veröffentlicht hat. Ruben ist offenbar schon darüber informiert und will sich darum kümmern, hat aber Habermann damit beauftragt, es uns ebenfalls mitzuteilen.«

»Und natürlich ist alles, was von Ruben kommt, besonders wichtig«, brummte Mike, fragte dann aber doch: »Also, worum geht es?«

Eva nickte zu der Kneipentür. »Um die Stimmung dort drin. Diese Autorin hat aus dem Martyrium von Hans Huber offenbar eine Kurzgeschichte gemacht und als Newsletter verschickt. Außerdem hat sie dazu Insiderwissen aus unseren Ermittlungen preisgegeben. Und als wäre das nicht schon genug, deutet sie auch noch an, dass es in diesem Dorf genügend Leute gibt, denen sie einen Mord zutraut.«

Mike brauchte einen Augenblick und sagte dann mehr zu sich selbst: »Ist die irregeworden?«, um anschließend ebenfalls sich selbst zu fragen: »Oder war sie das vielleicht schon immer?«

»Glaubst du, Ruben ist in Gefahr?« Eva wirkte nervös.

Mike atmete die kalte Nachtluft ein, dachte kurz nach und schüttelte anschließend den Kopf. »Ausschließen kann ich es zwar nicht, kann mir aber auch nicht vorstellen, dass diese besoffene Meute heute Nacht auf den Berg hinaufzieht und die beiden aus dem Haus holt.«

»Gefällt mir trotzdem nicht«, erwiderte Eva.

»Und was willst du machen?« Mike rieb sich unschlüssig am Kinn. »Wir können die da drinnen nicht bewachen. Außerdem hat Tiefenbach doch zwei Leute oben vor dem Haus stehen. Zusammen mit Ruben sollten zwei Kollegen ausreichen, damit nichts passiert.«

»Ja, du hast recht«, stimmte Eva nach einem Zögern zu. Dann deutete sie wieder auf die Tür. »Außerdem habe ich einen riesigen Hunger, und so können wir gleichzeitig diese Männer im Auge behalten.«

»Klingt nach einem Plan«, freute sich Mike, der ebenfalls dringend etwas zu essen brauchte.

»Also doch schon Feierabend«, brüllte derselbe Mann wie vorhin durch den abgesehen vom Stammtisch leeren Gastraum. Allerdings klang das Wort »Feierabend« inzwischen deutlich mehr genuschelt.

»Ludwig«, sagte der Wirt scharf, stellte dem Angesprochenen einen Schnaps neben sein Bier und kam anschließend zu Mike und Eva an den Tisch. Dort nickte er zum Stammtisch und bat: »Tut mir leid, die Jungs meinen es nicht böse. Unsere gute Frau Burkhard hat heute das geschafft, was nicht einmal ihr Vater hinbekommen hat, und es würde mich wundern, wenn sie weiterhin hier leben kann.«

»Verstehe«, erwiderte Mike wissend und nutzte die Chance, indem er fragte: »Glauben Sie, dass die Männer heute noch eine Dummheit machen?«

Der Wirt wirkte überzeugt, als er sagte: »Nein, keine Sorge. Wie heißt es so schön, Hunde, die bellen, beißen nicht. Was ich mit ›hier leben‹ meinte, war, dass keiner mehr irgendetwas für diese Frau machen wird. Das fängt bei den Handwerkern an und hört beim Schneeräumen auf ihrer Zufahrtsstraße auf.« Dann drehte sich der Wirt noch einmal zu dem anderen Tisch, bevor er etwas demütig fragte: »Das mit dem Rauchen müssen Sie doch nicht etwa melden, oder? Ich dachte mir, es beruhigt die Jungs ein wenig. Außerdem würden sie sonst draußen das ganze Dorf zusammenbrüllen.«

Mike winkte ab. »Kein Problem. Schließen Sie einfach Ihre Eingangstür ab und dann hätten wir, neben zwei Brotzeitplatten, auch gerne einen Aschenbecher. Schon der guten alten Zeiten wegen.« Mike stockte, da ihn seit Rubens Schilderung von den Zusammenhängen im Dorf eine Frage nicht mehr losließ. Daher fragte er ganz direkt: »Herr Mayer?«

Der Wirt war bereits im Begriff, den Aschenbecher zu holen, drehte sich aber wieder zurück. »Ja?«

»Wir haben Informationen darüber, dass Udo Keller das Kind Ihrer verstorbenen Frau ist. Was ich allerdings nicht verstehe, ist, warum er dann Keller und nicht Mayer heißt.«

Das Gesicht des Mannes verdunkelte sich, doch alles, was er dazu zu sagen hatte, war: »Keller ist der Mädchenname meiner Frau. Es war ihr Kind, nicht meines.«

»Hat's gepasst?«, fragte der Wirt eine halbe Stunde später. Offensichtlich hatte er Mikes Frage erstaunlich gut weggesteckt.

Mike lehnte sich satt und zufrieden zurück, legte seine Serviette auf den Teller und bestimmte: »War wirklich gut. Sie können den Rest mitnehmen und bitte bringen Sie uns noch zwei Bier.«

Eva wollte gerade zustimmen, als draußen der auf- und abschwellende Ton einer Sirene einsetzte. Der Wirt hielt kurz inne, blickte zu den inzwischen ziemlich besoffenen Männern am Stammtisch und fluchte: »Ach du Scheiße, nicht jetzt!« Dann wandte er sich an Mike und erklärte aufgeschreckt: »Das ist ein Feueralarm und dort drüben sitzt die Hälfte unserer freiwilligen Feuerwehr.«

Mike und Eva ahnten gleichzeitig, was passiert sein könnte. Sie sprangen auf, rissen ihre Jacken von der Stuhllehne und rannten zur Tür. Mike ignorierte den Schmerz in seinem Bein und stürzte hinaus. Dort orientierte er sich kurz, was allerdings gar nicht nötig war, denn der rötliche Schein erhellte eine große Fläche des nächtlichen Waldes. Und auch wenn der ehemalige Bauernhof von hier aus durch die Häuser des Dorfes verdeckt wurde, gab es keinen Zweifel, dass Burkhards Haus lichterloh in Flammen stand.

»Zum Wagen!«, rief Mike, doch Eva war schon losgelaufen. Auf dem Weg zum Dorfweiher sahen sie einige Männer aus ihren Häusern kommen, doch als sie freie Sicht auf den Hang hatten, zeigte sich, dass die Feuerwehr es nicht mehr rechtzeitig schaffen würde. Sowohl aus der Scheune als auch aus dem Haupthaus schlugen bereits hohe Flammen.

Kurz vor der Abzweigung zum Feldweg, der hinaufführte, trat Mike auf die Bremse und wäre fast daran vorbeigerutscht. Er ließ seinen alten BMW um die Kurve driften, gab wieder Gas, worauf das Heck auf dem schneebedeckten Weg leicht ins Schlingern geriet. Nun zahlten sich die vielen Fahrsicherheitstrainings aus, er meisterte alle drei Kehren, ohne dass sich der Wagen irgendwo festfuhr. Etwa hundert Meter vor der Hofeinfahrt saß jemand mitten auf dem Weg.

Um der Feuerwehr den Weg nicht zu versperren, nutzte Mike den Schwung und fuhr in den hohen Schnee eines abzweigenden Feldwegs, den man nur anhand einiger langer Stangen erkannte, die man zur Markierung in den Boden gerammt hatte.

Sie sprangen aus dem Wagen, eilten den restlichen Weg hinauf und sahen Frau Burkhard, die allein auf dem Boden saß und ihnen verstört entgegenblickte.

Eva brüllte schon von Weitem: »Wo ist unser Kollege?« Doch die Frau schüttelte nur den Kopf.

53

Eva ignorierte die am Boden sitzende Autorin und lief weiter auf das Inferno zu. Als die Hitze des Brandes ihre Gesichtsnarbe erreichte, begann die alte Brandwunde zu schmerzen. Der Lärm des Feuers war ohrenbetäubend. Die Mischung aus Fauchen, Zischen und einstürzenden Balken klang, als würde etwas Riesiges heranrollen und gleich über ihr zusammenschlagen.

Kurz vor der Hofeinfahrt ging es nicht mehr weiter. Brennende Bretter lösten sich von der Scheune, fielen in den Schnee, wobei immer mehr beißender Rauch aufstieg. Drüben am Haupthaus stand das komplette Dach in Flammen und eines der Fenster im Erdgeschoss zerbarst mit einem lauten Knall. Zwischen den beiden Gebäuden stand neben Rubens Wagen auch der alte Jeep von Udo Keller. Die Autos wirkten, als würde sich das Metall noch mit letzter Kraft gegen die Hitze wehren, doch die Scheibenwischer brannten bereits.

Eva hielt torkelnd inne und brüllte mehrfach »Ruben!« gegen den Lärm.

Mike hatte sich kurz neben Frau Burkhard gekniet. Erst als diese bestätigte, dass es ihr trotz der leicht blutenden Stirn einigermaßen gut ging, rannte er Eva hinterher.

Kurz darauf stoppte auch ihn die Wand aus glühend heißer Luft und ein Blick genügte, um die Hoffnungslosigkeit zu erkennen. Sollte sich in diesen Gebäuden noch jemand befinden, käme jede Hilfe zu spät.

Anders als Eva, die in Schockstarre verfallen einfach nur auf die Flammen starrte, hatte er noch Hoffnung, dass Ruben gleich irgendwo neben dem Haus auftauchen würde. Sein Blick scannte das Feld unterhalb des Hauses, doch es zeigte nichts als eine unberührte Schneefläche. Rechts von ihnen, wo die brennende Scheune an eine Tierkoppel grenzte, war ebenfalls nichts zu erkennen. Und wie es hinter dem Hof aussah, war von hier aus nicht ersichtlich, da der nahe Wald in dichtem Rauch verschwunden war.

Mike wurde sich seiner Hilflosigkeit bewusst, legte den Arm um Eva und ging mit ihr langsam rückwärts die Auffahrt hinunter. Dass hinter ihm die ersten Blaulichter durch die Nacht zuckten, bemerkte er nicht, bis der schwere Geländewagen des Einsatzleiters der Feuerwehr um die letzte Kehre kam. Der Fahrer brachte den Wagen neben ihm zum Stehen und fragte aus dem offenen Fenster: »Sind da noch Menschen drin?«

Mike sah ihn einen Moment lang schweigend an, räusperte den Rauchgeschmack aus dem Hals und sagte müde: »Vermutlich ja. Zwei Männer.«

Sein Beifahrer, ein älterer, erfahren aussehender Mann, stieg aus, ging dahin, wo sie gerade herkamen, und begutachtete die Lage. Dann drehte er sich um, sah zu ihnen hinunter und schüttelte nur den Kopf.

Der Löschzug bestand nur aus zwei weiteren Fahrzeugen, vermutlich, weil der Rest der Freiwilligen betrunken im Gasthaus saß. Doch so oder so war der ehemalige Bauernhof verloren.

Mike setzte Eva auf einen Wall aus weggeräumtem Schnee, ging vor ihr in die Knie und sagte leise: »Vielleicht war er nicht drinnen oder konnte sich hinter das Haus retten. Gib die Hoffnung nicht auf.«

Eva hob den Kopf etwas, starrte ihn aber nur mit leerem Blick an. Und alles, was sie herausbrachte, war: »Kannst du bitte mitkommen, wenn ich es seiner Frau und seiner Tochter sage?«

Mike wusste, dass er im Moment bei Eva nichts bewirken konnte. Daher rief er einen der Feuerwehrmänner zu sich und bat: »Können Sie meine Kollegin bitte in eines Ihrer Fahrzeuge bringen und aufpassen, dass sie nicht auch noch einen körperlichen Schock erleidet?«

Eva ließ sich ohne Widerspruch mitnehmen. Mike sah den beiden kurz hinterher, versuchte, das Grauen auszublenden, und sah sich um.

Der Krankenwagen war als Letzter eingetroffen und stand am Ende der kurzen Fahrzeugreihe. Ein Sanitäter war gerade dabei, Frau Burkhard eine Decke umzulegen.

Das alles passierte gut dreißig Meter weiter, doch Mike glaubte, im Scheinwerferlicht des Wagens erkennen zu können, dass die Frau den Sanitäter sogar anlächelte. Er ließ noch zwei Feuerwehrmänner vorbei und ging dann den Weg hinunter.

Als Mike den Wagen erreichte, half der Sanitäter Frau Burkhard gerade hinein. Nach einer kurzen Diskussion gab der Mann seinen Widerstand auf und ließ auch ihn einsteigen.

Während die Frau auf der Liege saß und ihre Kopfverletzung begutachten ließ, setzte sich Mike auf einem der Klappsitze nieder. Er sah kurz zu, bevor er ohne gespieltes Mitgefühl fragte: »Geht es Ihnen gut?«

Ihr Blick wirkte eher zornig als betroffen, als sie antwortete: »Gut? Wie soll es mir gut gehen? Dort oben brennt mein Hab und Gut. Udo hat mich niedergeschlagen und ich wäre fast verbrannt.« Dann trübte sich ihr Blick und sie fragte leiser: »Sind ... sind die beiden rausgekommen?«

Anstatt zu antworten, forderte Mike: »Was ist passiert?«

Sie schüttelte den Kopf, wischte sich eine Träne aus dem Augenwinkel und schluckte schwer. »Udo. Ich weiß nicht, was in ihn gefahren ist.«

»Udo Keller hat Ihr Haus angezündet?«, hakte Mike nach, der sich das bei dem Mann, den er kennengelernt hatte, nicht vorstellen konnte.

Sie schluckte wieder. »Ja. Ich habe mich gerade mit Herrn Hattinger unterhalten, als er an der Tür klingelte. Udo ...«, sie wischte sich eine Träne aus dem Gesicht, deutete ein leichtes Kopfschütteln an und fuhr mit belegter Stimme fort: »... so habe ich ihn noch nie gesehen. Er hatte einen Benzinkanister in der Hand und sah mich mit völlig irrem Blick an. Was danach geschah, weiß ich nur noch bruchstückhaft.«

Der Sanitäter sprühte ihr etwas auf die kleine Platzwunde, was die Autorin mit einem Schimpfwort und leichtem Zusammenzucken quittierte. Trotzdem forderte Mike: »Weiter. Was wissen Sie noch?«

»Er muss mir mit irgendetwas auf den Kopf geschlagen haben. Ich wurde zwischendurch immer wieder wach, fiel aber dauernd zurück in die Ohnmacht. Einmal roch ich Benzin und hörte die beiden kämpfen. Ihr Kollege rief noch, ich solle aus dem Haus verschwinden, dann wurde es plötzlich still. Jedenfalls so lange, bis ich eine Druckwelle spürte. Der letzte Schrei Ihres Kollegen holte mich vermutlich aus der Lethargie. Ich begann, auf allen vieren zu krabbeln, und schaffte es irgendwie aus dem Haus. Die Kälte und der Schnee taten mir gut und so konnte ich mich bis zu der Auffahrt retten.«

Mike musste sich kurz zur Ordnung rufen. Man merkte, dass diese Frau Autorin war und es verstand, Geschichten zu erzählen. Er dachte einen Moment lang über das Gehörte nach und fragte schließlich: »Aber die Scheune brennt auch. Wer soll diese angezündet haben, wenn mein Kollege Udo Keller nach dem Entzünden des Benzins in Ihrem Haus noch irgendwie aufgehalten hat?«

»Was weiß ich?«, entgegnete sie ziemlich barsch, vielleicht auch, weil der Sanitäter ihr gerade eine Wundauflage auf die Verletzung drückte. Sie atmete einmal tief durch und erklärte: »Ich vermute, dass Udo dort schon vorher Feuer gelegt hat. Soweit ich mich erinnern kann, hing der Verschluss des Kanisters herunter, und als ich auf die Zufahrt flüchtete, stand das Scheunentor offen.«

»Passt ja alles gut zusammen«, stellte Mike nach einem Augenblick der Stille fest und versuchte dabei, nicht zu zweifelnd zu klingen.

»Gut«, unterbrach der Sanitäter die Unterhaltung, wandte sich an Mike und bestimmte: »Das reicht jetzt. Wenn Sie den Wagen bitte verlassen würden, wir nehmen die Patientin jetzt mit nach Bad Kötzting. Die Kopfverletzung sollte sich ein Arzt ansehen.«

»Alles klar«, bestätigte Mike, stand auf, drehte sich aber noch einmal zu Frau Burkhard. »Und Sie bleiben bitte erreichbar. Bezüglich des Brandes und Udo Keller werden sicherlich noch einige Fragen auftauchen.« Mit einem angedeuteten Nicken fügte er »Gute Besserung« hinzu, öffnete die Schiebetür und stieg aus.

Mit der eisigen Luft, die nach beißendem Rauch schmeckte, fiel die Professionalität von ihm ab. Ein Stück oberhalb schlugen noch immer große Flammen aus dem ehemaligen Bauernhof, von dem mit Sicherheit kaum etwas übrig bleiben würde. Nicht nur der viele Schnee, durch den die Feuerwehr kaum Platz zum Arbeiten hatte, war ein Problem. Offenbar gab es auch weit und breit kein Löschwasser. Und so standen die freiwilligen Feuerwehrmänner ein wenig ratlos herum.

Mike erschauerte bei dem Gedanken, dass Ruben in diesem Inferno lag. Egal wie zwiespältig seine Gefühle gegenüber dem Mann gewesen waren, irgendwie hatte er ihn gemocht. Er schloss kurz die Augen und schickte seinem Kollegen, wie er es schon bei so vielen Verstorbenen hatte machen müssen, ein paar gute Gedanken in den Himmel. Erst als der Fahrer des Rettungswagens den Motor startete, atmete er durch, suchte und fand den Gruppenleiter der Feuerwehr und ging zu dem ratlos dreinschauenden Mann.

Nach einem kurzen Gespräch, das ihm einmal mehr die Hoffnungslosigkeit der Lage vor Augen führte, holte er sein Handy heraus und informierte Schober über das, was passiert war. Inzwischen war es kurz nach dreiundzwanzig Uhr. Nach den Erfahrungen des Feuerwehrmanns würden die Kriminaltechniker frühestens am nächsten Morgen in die Ruine können. Schober war natürlich ebenso entsetzt wie er, versprach aber, sich um die Untersuchung zu kümmern.

Mike bat ein paar Männer um Hilfe, diese schoben seinen BMW aus dem Tiefschnee zurück auf den Weg. Danach holte er Eva aus einem der Feuerwehrfahrzeuge.

Sie ließ sich wortlos bis zu seinem Wagen führen, setzte sich auf den Beifahrersitz und starrte einfach nur aus dem Fenster. Mike gab der Einsatzleitung noch seine Visitenkarte, dann fuhr er langsam und vorsichtig den Berg hinunter.

Auch wenn er kaum einen klaren Gedanken fassen konnte, ermahnte er sich selbst, dass der Fall noch lange nicht abgeschlossen war. Irgendwo da draußen wartete ein kleines Mädchen auf seine Rettung und er hatte nicht vor, es aufzugeben.

54

Vor der inzwischen geschlossenen Gaststätte standen noch zwei der Männer vom Stammtisch und rauchten eine Zigarette. Einer von ihnen machte schwankend einen Schritt auf sie zu, nickte in Richtung Berg und fragte lallend: »Wie schlimm ist's denn oben?«

Mike spürte, wie Eva schlagartig aus ihrer Lethargie erwachte. Sie trat vor den Mann, sah ihm ins Gesicht und fauchte: »Eure Kameraden waren ziemlich allein und vielleicht könnte noch jemand leben, wenn ihr Waschlappen euch nicht kollektiv betrunken hättet.«

Als sie noch näher an den Betrunkenen herantreten wollte, legte Mike ihr die Hand auf die Schulter und hielt sie zurück. Dem Mann fiel das Denken offenbar schwer. Er schluckte, zog nervös an seiner Zigarette und antwortete provokativ: »Wer waß scho, was die Alte jetzt wieder angestellt hat. Dort droben waren noch net amal alle Rechnungen bezahlt. Ich hab der erst vor Kurzem die Heizung repariert und jetzt gibt's die gar nicht mehr.«

Eva löste sich aus Mikes Griff, beugte sich ein wenig nach vorne und sagte gefährlich leise: »Ihre Scheißheizung interessiert mich einen Dreck.«

»Eva«, mahnte Mike und bedeutete dem Mann mit einer Geste, dass er sich besser zurückziehen sollte. Danach legte er seinen Arm um sie und führte sie zum Seiteneingang der Pension.

Er schloss die Tür auf, schaltete das Licht ein und stieg mit ihr die enge Holztreppe hinauf. In dem kurzen Flur brachte er sie bis vor ihr Zimmer, ließ sich den Schlüssel geben und öffnete die Tür.

Evas Aufbäumen war nur von kurzer Dauer gewesen. Sie ging mit gesenktem Kopf in ihr Zimmer, setzte sich auf die Bettkante und legte ihr Gesicht in ihre Hände, wobei immer wieder ein Zucken durch ihren Körper ging.

Mike, der erst unschlüssig an der Tür stehen geblieben war, folgte ihr jetzt, setzte sich neben sie und fragte leise: »Kann ich irgendetwas für dich tun?«

Irgendwann schüttelte sie den Kopf und stöhnte: »Ich kann das nicht! Ich kenne Rubens Frau gut und ich kann das nicht. Ich kann ihr die Nachricht nicht überbringen.«

Mike legte den Arm um ihre Schultern, zog sie etwas an sich und sagte leise: »Das musst du auch nicht. Ich mache das.«

»Was wollt ihr denn von Pia? Vielleicht kann ich ihr etwas ausrichten?«

Mike und Eva erstarrten kurz, hoben gleichzeitig den Kopf und trauten ihren Augen nicht. Ruben stand mit vor Kälte rotem Gesicht in der Tür, an seiner Hose klebten bis hoch zum Knie Schneereste und seine Kleidung verströmte intensiven Rauchgeruch.

Nach ein, zwei Sekunden des Begreifens stieß Eva einen Schrei aus, sprang auf und rannte zur Tür. Dort begann sie ohne jede Vorwarnung, auf Rubens Brust einzuschlagen, wobei sie »Du gottverdammtes Arschloch!« brüllte. Erst als Ruben ihre Hände zu fassen bekam, wich die letzte Kraft aus ihr. Sie legte ihre Arme um seinen Körper und drückte ihn fest an sich.

Mike war mindestens so wütend und erleichtert wie Eva. Trotzdem trat er vor Ruben und nahm ihn kurz in den Arm – vielleicht auch weil er wusste, dass dieser Mann es nicht mochte, angefasst zu werden. Danach machte er einen Schritt zurück und fragte: »Bist du verletzt?«

Ruben sah an sich herunter. »Ich glaube nicht. Jemand von der Feuerwehr hat mich zwar zurückgefahren, aber es ist verdammt kalt da draußen und meine Erkältung ist offenbar noch nicht ganz abgeklungen.«

Eva sah ihn noch immer an und fragte mit einer Mischung aus Erleichterung, Wut und Neugierde: »Was ist mit Udo Keller? Wie bist du da rausgekommen? Was ist mit Frau Burkhard? Warum bist du oben nicht zu uns gekommen oder hast wenigstens angerufen?« Dann holte sie Luft und fügte sauer hinzu: »Was zur Hölle ist passiert?«

Ruben schien die ganze Aufregung um seine Person nicht ganz zu verstehen. Alles, was er dazu sagte, war: »Es gibt einiges zu erzählen, aber ich würde ehrlich gesagt gerne erst einmal duschen.«

Damit wollte er an Mike vorbeigehen, der ihn allerdings am Arm festhielt und raunte: »Mach das nie wieder mit uns, sonst bekommst du es mit mir zu tun. Eva war gerade völlig am Ende wegen dir.«

»Alles klar«, erwiderte Ruben, drehte sich in Richtung seiner Zimmertür und sagte beim Aufschließen: »Wir treffen uns in zehn Minuten hinten in unserem Besprechungsraum. Und falls jemand Lust hat, Tee zu machen, ich würde wirklich sehr gerne einen trinken.« Damit betrat er sein Zimmer, streckte aber kurz darauf noch einmal den Kopf heraus und bat: »Sag bitte vorerst niemandem etwas davon, dass ich hier bin.«

»Auch nicht Schober?«, fragte Mike. »Der soll nämlich nach deiner Leiche suchen.«

»Doch, dem natürlich schon. Ich glaube zwar nicht, dass er meinetwegen weint, aber man weiß ja nie«, erwiderte Ruben und verschwand endgültig.

Ruben betrat exakt zehn Minuten später mit einem Trainingsanzug aus den Siebzigerjahren bekleidet das zum Besprechungsraum umfunktionierte Pensionszimmer. Er deutete zu einer dampfenden Tasse, fragte erfreut: »Für mich?«, und nahm diese, bevor jemand antworten konnte. Dann schlürfte er ein wenig von der heißen Flüssigkeit, ließ sie kurz im Mund, schluckte und nickte anerkennend. »Sehr gut. Wirklich sehr gut. Auf den Punkt gebrüht.«

»Ja, schön«, reagierte Eva pampig und forderte: »Kannst du uns jetzt bitte sagen, was dort oben vorgefallen ist?«

»Natürlich«, antwortete Ruben locker, nahm noch einen Schluck und setzte sich auf den einzigen Stuhl. Eva und Mike saßen nebeneinander auf der Kante eines der beiseitegeschobenen Betten und sahen ihn aufmerksam an.

Ruben stellte die Tasse beiseite, lehnte sich zurück, dachte kurz nach und begann: »Also, zunächst einmal muss ich euch mitteilen, dass Udo Keller mit ziemlicher Sicherheit verbrannt ist. Ich hab ihn bei meiner Flucht im Flur liegen sehen, konnte aber nichts mehr machen.« Es folgte eine weitere Phase des Nachdenkens. »Aber von vorne. Mir kamen schon länger einige Begebenheiten rund um die Autorin Maria Burkhard seltsam vor. Aber irgendwie entstand kein Bild daraus. Nichts davon war wirklich greifbar oder ergab einen Sinn.« Ruben blickte zu Mike. »Ich glaube, dir ging es ebenso. Oder?«

»Ja«, bestätigte Mike. »Aber wie du schon sagst, es war etwas zwischen … ich weiß gar nicht, wie ich es beschreiben soll.«

»Ist auch nicht wichtig«, unterbrach ihn Ruben. »Fakt ist auf jeden Fall, dass sie mich mit diesem Feuer umbringen wollte und Udo Keller als Täter vorgesehen hat. Ich glaube, sie hat gespürt, dass ich kurz davor war, etwas gegen sie zu finden. Also gab sie mir vorhin einen Tee, in dem höchstwahrscheinlich irgendein Gift oder K.o.-Tropfen waren. Doch anders als dieser Tee hier war ihrer wirklich schlecht gebrüht. Ich hab zwar etwas davon getrunken, den Rest aber in den Topf dieser großen Monstera-Pflanze geschüttet. Da sie mich aber offenbar nicht nur betäuben, sondern gleich umbringen wollte, hatte sie genügend Gift reingetan, um mich erst einmal außer Gefecht zu setzen. Von den ersten Minuten, als die Wirkung einsetzte, weiß ich nichts mehr. Aber irgendwann kamen zumindest meine Sinne zurück. Ich konnte mich zwar immer noch kaum bewegen, hörte aber mit, wie sie Udo Keller anrief. Sie erzählte ihm etwas von einem Stromausfall und dass ihr Notstromgenerator kein Benzin mehr hat.« Ruben trank noch einmal, faltete die Hände wie zum Gebet und erzählte: »Dieser arme, doch etwas verwirrte Mann klingelte etwas später tatsächlich an ihrer Tür. Ich hörte einen dumpfen Schlag und das Scheppern eines Kanisters. Da wurde mir klar, was diese Frau vorhatte. Leider konnte ich weder Udo Keller helfen noch irgendetwas verhindern. Obwohl ich mich zum Erbrechen gezwungen habe, ließ die Wirkung des Mittels nur langsam nach, also blieb mir nichts anderes übrig, als weiterhin den Ohnmächtigen zu spielen. Zu meinem Glück ist Frau Burkhard dann erst einmal hinausgegangen. Vermutlich, um die Scheune anzuzünden. Dann kam sie zurück, verteilte den Rest des Benzins im Eingangsbereich und verschwand wieder. Bis dahin ging es mir etwas besser. Ich schaffte es zu dem hinteren Fenster der Wohnstube, duckte mich hinter diesen wirklich schön gearbeiteten und sehr massiven Sekretär und konnte so Schlimmeres verhindern. Die Explosion und anschließende Verpuffung war im wahrsten Sinne atemberaubend, drückte aber die Fenster nach außen auf. Ich rettete mich hinaus, kletterte hinter dem Haus hoch in den Wald, saß dort eine Weile und sortierte meine Gedanken.«

»Und die Idee, kurz mal bei deinen Kollegen anzurufen, kam dir dabei nicht?«, motzte Eva dazwischen.

»Doch. Aber erstens hat mir die gute Frau Burkhard mein Handy abgenommen und zweitens kam ich zu dem Schluss, dass es besser wäre, wenn ich tot bin. Zumindest sollte sie das glauben.«

»Warum?« Mike begriff es noch nicht.

Ruben breitete die Arme aus und sagte: »Weil das alles … nein, falsch … weil ich denke, dass ein nicht unerheblicher Teil dieses Falles eine Inszenierung ist.«

Mike stand auf. »Was soll das jetzt wieder heißen?«

»Das soll heißen, dass vieles nicht zusammenpasst. Frau Burkhard schrieb vor einigen Tagen in ihrem Blog im Internet, dass sie gerade eine kreative Pause benötigt. Dabei sah ich heute ein Skript auf ihrem Laptop, in dem sie bereits bei Kapitel 63 ist. Und die wenigen Zeilen, die ich lesen konnte, bezogen sich eindeutig auf das, was in letzter Zeit passiert ist.« Ruben machte eine kurze Pause, bevor er entschuldigend sagte: »Ich weiß, dass ich sonst immer von Spekulationen abrate, aber hier habe ich eine ziemlich gewagte These.«

»Und die wäre?«, fragte Eva.

»Ich glaube, dass dies alles keine zufälligen Ereignisse sind, die sich die Frau zunutze macht, um darüber zu schreiben. Vielmehr geschieht das alles, *damit* sie darüber schreiben kann.«

Mike schüttelte fassungslos den Kopf und fragte ungläubig: »Diese alte Frau soll das alles inszeniert haben, um eine realistische Vorlage für ein Buch zu haben? Bei allem, was recht ist, aber das ist doch wirklich mehr als nur weit hergeholt.«

Ruben sah ihn an und fragte völlig ruhig: »Mike, ich kenne die Berichte über deine alten Fälle. Wie oft ist dir in deinem Job schon das Undenkbare passiert? Natürlich ist das für jemanden, der nach dem normalen Wertesystem lebt, undenkbar. Aber es ist doch Inbegriff unserer Arbeit, an das Undenkbare zu denken.«

»Hm«, brummte Eva nachdenklich. »Aber Frau Burkhard kann nichts mit Hans' Tod und Mias Entführung zu tun haben. Dazu hat sie schon allein durch unsere Anwesenheit bei ihr zu viele Alibis.«

»Stimmt«, Ruben drehte sich zu Eva. »Aber es gibt jemanden, dem ich zutraue, dass er sich ein solches Drehbuch ausdenkt.«

»Friedrich Brecher«, dachte Eva laut, schränkte aber gleich ein: »Aber der sitzt in Haft und darf auch nicht zum Arbeiten raus.«

»Ist mir klar«, stimmte Ruben zu. »Allerdings trifft man in so vielen Jahren Gefängnisaufenthalt auf genügend Psychopathen. Würde mich nicht wundern, wenn einer von denen gerne in Brechers Fußstapfen treten möchte. Noch dazu, wenn man ihn mit etwas lockt.«

Mike setzte sich wieder auf die Bettkante und fragte: »Also gut, denken wir das Undenkbare. Wie gehen wir dann weiter vor? Nach deinen Schilderungen, was vor dem Brand passiert ist, müssten wir Frau Burkhard eigentlich sofort festnehmen lassen.«

»Genau deshalb habe ich mich weggeschlichen. Sie ist die einzige Spur zu Mia. Denn was passiert, wenn wir sie jetzt festnehmen? Frau Burkhard würde höllisch aufpassen, was sie sagt. Außerdem stand ich dort oben unter Drogen, was uns jeder bessere Anwalt um die Ohren hauen würde. Wir hätten weder etwas gegen sie in der Hand noch die Chance herauszufinden, ob Brecher etwas mit alldem zu tun hat.«

»Und was schlägst du vor?«, fragte Eva an Ruben gewandt. Dieser strich sich durch das noch feuchte Haar und erklärte: »Wir lassen die Frau in dem Glauben, dass ihr Plan, sich als Opfer zu präsentieren, geklappt hat. Sie soll weiterhin denken, dass ich tot bin. Ich telefoniere gleich mit dem Staatsanwalt und erbitte Einsicht in Frau Burkhards Konten und außerdem lückenlose Überwachung. Wenn ich richtigliege, dürfte sie erstens pleite sein und sich zweitens bei Brecher erkenntlich zeigen.«

»Das habe ich noch nicht ganz verstanden«, warf Mike ein. »Warum dieses mögliche Ding zwischen Friedrich Brecher und der Frau?«

»Gegenseitige Faszination und eine Liebesgeschichte«, schlug Ruben vor, erhob sich, bat Eva um ihr Handy und beschloss: »Dann wecke ich jetzt erst einmal Staatsanwalt Lorenz.«

55

Mia lag zusammengerollt auf der Liege. Die kargen Betonwände waren kaum in der Lage, die Wärme des Heizlüfters zu halten. Sie war gefühlt schon seit Stunden allein.

Mia hörte immer wieder, wie ihr Magen knurrte, doch außer dem Wasser aus dem tropfenden Hahn gab es hier nichts, was sie zu sich nehmen konnte.

Nachdem der Mann gegangen war, suchte sie den gesamten Zaun ab, der den Raum in der Mitte teilte. Doch auf der anderen Seite gab es nichts, was erreichbar wäre. Außerdem schien sich die Kamera auf dem Stativ neben dem kleinen Tisch regelmäßig ein- und kurz darauf wieder abzuschalten.

Nur mit ihrer Unterwäsche bekleidet, fühlte sie sich nackt und hilflos. Sie wollte so nicht gefilmt werden, sie wollte nicht hier sein und sie wollte nicht daran denken, wie es weitergehen könnte. Folglich merkte sie sich die Abstände, in denen das kleine rote Lämpchen an der Kamera an und wieder aus ging. Fünf Mal zählte sie im Geiste mit, dann erst wagte sie sich unter der Decke hervor, inspizierte ihr Gefängnis und schlüpfte, wenn die Zeit um war, wieder unter die Decke. Nachdem sie alles abgesucht und nichts Brauchbares gefunden hatte, blieb sie einfach liegen. Irgendwann würde er bestimmt wiederkommen und vielleicht könnte sie dann auch etwas zu essen bekommen.

Es war ihr unmöglich, die Zeitspanne zu schätzen, bis sie ein weit entfernt klingendes Motorengeräusch hörte. Mia beschloss, so zu tun, als würde sie schlafen. Das Motorengeräusch wurde kurz etwas lauter, erstarb und dann passierte lange Zeit nichts.

Da sie sehen wollte, was vor sich ging, drehte sie sich mit dem Gesicht zum Raum und zog die kratzige Decke bis über ihre Nase. Irgendwann öffnete sich die schwere Stahltür auf der anderen Seite und das Licht der vielen Neonröhren stach, obwohl sie nur blinzelte, in ihre Augen.

Der Mann trat ein, tat erst einmal so, als wäre sie gar nicht hier. Nachdem er sich um die Kamera gekümmert hatte, sah er sie eine ganze Weile an und befahl dann: »Bleib liegen! Ich weiß, dass du nicht schläfst.«

Mia hatte nicht vor, sich zu bewegen, und sah dabei zu, wie er irgendein Gerät aus dem einzigen Regal auf der anderen Seite herauszog. Dann ging er damit zur rechten Seite des durch den Raum gespannten Zaunes und begann, dort einige Schrauben zu lösen.

In Mias Kopf begann ein Tauziehen der Gefühle. Neben der Hoffnung, dass er sie nun vielleicht freiließ, zerstörte er mit dem Lösen der Schrauben aber auch die Barriere, die ihn bis jetzt auf Distanz hielt. Und bei dem Gedanken, dass er ihr gleich körperlich nahe kommen könnte, begann ihr Körper noch mehr zu zittern.

Und das tat er dann auch. Sie sah, wie er das Gitter etwas zur Seite bog, hindurchschlüpfte und langsam an ihre Liege trat. Er blickte lange auf sie herab. Mia presste die Augen zu und hielt die Decke mit beiden Händen fest.

»Mia«, hörte sie ihn sanft sagen, und wieder keimte die Hoffnung auf. Sie spürte, wie er sich neben sie auf den Rand der Liege setzte und seine Hand auf ihr Becken legte, und wieder klang er beinahe väterlich, als er sagte: »Mia. Ich weiß, dass du nicht schläfst. Und ich weiß auch, dass du Angst hast. Aber du musst lernen, das loszulassen. Es gibt nicht nur diese liebe und brave Seite in dir. Bestimmt hattest du schon einmal das Gefühl, jemanden schlagen zu wollen. Oder ein Mitschüler hat dich so geärgert, dass du ihm am liebsten die Augen ausgekratzt hättest.« Er verstummte kurz und Mia wagte nicht die kleinste Bewegung. Die Wärme seiner Hand drang durch die Decke und ihre Haut fühlte sich an dieser Stelle an, als würde sie verbrennen.

»Also«, sagte er nun deutlich barscher. »Kennst du solche Gefühle?«

Sie schaffte ein leichtes Nicken, hielt die Augen dabei aber fest geschlossen, jedenfalls so lange, bis sich die Situation änderte.

Seine Bewegung kam so unverhofft, dass ihr der Atem stockte. Er stand auf, zog die Decke mit sich und warf diese achtlos in die Ecke. Dann stand er wieder über ihr, blickte auf sie herunter und beschloss: »Gut. Dann werden wir jetzt dafür sorgen, dass du Bekanntschaft mit der dunkelsten Seite deiner Seele machst. Los, steh auf!«

Mia verstand nicht. Sie fühlte sich wie in Trance, und als die kühle Luft auf ihre Haut traf, wurde sie sich erneut bewusst, dass sie nur eine Unterhose und das dünne Unterhemd anhatte.

Sie konnte seiner Anweisung nicht folgen. Erst als er sie an einem Handgelenk packte und in eine sitzende Position zog, löste sich ihre Starre ein wenig.

Er kniete sich vor sie hin, strich ihr mit dem Handrücken über die Wange und erklärte verheißungsvoll: »Und nun komm mit. Ich zeige dir eine Welt, die man gar nicht früh genug kennenlernen kann.« Und als sie sich weder fügen wollte noch konnte, packte er sie im Nacken und zog sie hoch.

Bis jetzt war Mia davon ausgegangen, dass es nur diesen einen Raum gab. Doch hinter der Stahltür ging es nicht ins Freie. Zwar führte eine Metalltreppe nach oben, aber dorthin gingen sie nicht. Stattdessen schob er sie, noch immer mit der Hand im Nacken, einen Gang aus kargem Beton entlang. Ein süßlicher Geruch lag in der Luft.

Außer der Tür, vor der sie nun stehen blieben, zählte Mia weiter hinten noch fünf weitere. Und noch etwas fiel ihr auf. Hier war es nicht so still wie dort, wo sie gerade herkam. Von irgendwoher drang ein Raunen oder Stöhnen an ihre Ohren, das schlagartig lauter wurde, als der Mann die Tür öffnete.

Der Raum war kleiner als ihr Gefängnis und anstelle der grellen Neonröhren sorgte hier eine alte Stehlampe für diffuses Licht.

Während sich Mias Augen an das wenige Licht gewöhnten, zeichnete sich vor der hinteren Wand des Raumes etwas ab, was sie zunächst nicht einordnen konnte. Einzig die undeutlichen Laute verrieten, dass sich dort ein Mensch aufhielt.

Die Tür fiel hinter ihr ins Schloss, was sie kurz aufschreien ließ. Im ersten Moment glaubte sie, er hätte sie nun hier eingeschlossen, doch er stand noch hinter ihr und befahl: »Geh in die Ecke und setz dich auf den Hocker.«

Sie sah sich um, entdeckte den Hocker und folgte seiner Anweisung. Er selbst ging zu der Lampe, betätigte einen Regler und das Licht wurde etwas heller.

Im ersten Moment glaubte Mia, es wäre ein Horrorfilm, wie der, den sie heimlich mit einer Freundin angesehen hatte. Doch es war kein Film. Das hier war die Wirklichkeit und die junge Frau, die auf einem schweren Holzstuhl saß, war auch keine Puppe.

56

»Du wunderst dich sicher, warum dich Aneta so böse ansieht.«

Mia blickte scheu zu der jungen Frau. Das dicke Seil, mit dem sie an den Stuhl gefesselt war, drückte sich tief in das Fleisch ihres nackten Körpers. Die Kugel in ihrem Mund verhinderte zwar, dass sie etwas sagen konnte, ihr wütendes Stöhnen konnte sie allerdings nicht verhindern. In ihren Augen flackerte ein Hass, den Mia noch bei keinem Menschen gesehen hatte.

Mia nahm ihren Mut zusammen und fragte leise: »Was hat sie gegen mich?«

Anstatt einer Antwort ging der Mann zu seiner Gefangenen, strich ihr, beginnend an der Wange, über den Hals bis über ihre linke Brust. Dann holte er unvermittelt aus und gab ihr eine schallende Ohrfeige. Anschließend drehte er sich um und erklärte ruhig: »Dieser Schlag ist noch geschehen, weil sich meine Seele danach sehnte. Weil ich es wollte. Doch ab jetzt wirst du entscheiden, was mit ihr passiert, und genau das habe ich ihr vorher erklärt.«

Mia wischte eine Träne aus dem Auge. Sie verstand nicht, was das alles sollte. Er machte einen Schritt in ihre Richtung und fragte: »Also kleine Mia, was möchtest du mit Aneta machen? Und bedenke bei deiner Antwort, dass ich sie auch losbinden könnte. Und wenn ich ihr dann vorschlage, dass sie nur gehen darf, wenn du nicht überlebst, kannst du dir, denke ich, vorstellen, was passieren wird.«

Mia begriff nur ansatzweise, wovon der Mann sprach. Sie fragte kaum hörbar: »Aber was soll ich denn mit ihr machen wollen?«

Er schüttelte den Kopf und wirkte beinahe verzweifelt. »Ihr seid alle so krank. Keiner hat mehr Zugang zu seinen dunkelsten Gefühlen«, dann ging er hinter den Stuhl, legte die Hände links und rechts auf die Schultern der nackten Frau und brüllte: »Lass deine Wut heraus. Denk daran, wen du hasst. Denke an deine Eltern, die dich jetzt und hier im Stich lassen. Denke einfach an das Monster in dir und gib ihm endlich das, was es braucht, um nicht krank zu werden.«

Mia dachte tatsächlich darüber nach, fand aber nichts von dem, wovon dieser Mann sprach, in sich.

Er schien das zu spüren, zog ein Messer aus der Tasche, legte es an den Hals der Frau und sagte drohend: »Mia, du musst dich wirklich entscheiden. Wenn du mir sagst, dass ich schneiden soll, schneide ich. Wenn du mir sagst, dass ich sie losbinden soll, werde ich auch das tun. Aber dann lasse ich euch allein und sehe durch die Kamera dort oben dabei zu, wie sie dich tötet, um freizukommen. Und glaube mir, kleine Mia, ich werde auch dieses Zusehen genießen. Mein Monster braucht das. Und seit ich ihm gebe, was es braucht, fühle ich mich wirklich großartig.«

In Mias Kopf wirbelte alles durcheinander. Sie hatte keine Ahnung, wovon dieser Irre sprach. Was sollte das für ein Monster sein? Und diese junge Frau sah nicht danach aus, als wäre sie ebenso verrückt wie dieser Mann. Sie hatte einfach Angst, wie eine Träne zeigte, die ihr gerade über die Wange lief und auf das Messer tropfte.

»Mia«, sagte der Mann nun noch drohender und auf dem Hals dieser Aneta bildete sich ein dünner roter Strich.

»Lassen Sie sie frei«, hörte sich Mia selbst sagen, wobei eine Welle der Angst über ihr zusammenschlug.

Er änderte die Position des Messers, sodass dessen Spitze jetzt gegen die helle Haut des Halses der Frau drückte, noch ohne sie zu verletzen. Dann ließ er es ein Stück nach unten wandern und verursachte damit einen Kratzer vom Hals bis zu ihrer linken Brust. Über ihrem Herzen angekommen, hielt er inne und drückte die Messerspitze ein wenig mehr ins Fleisch.

»Ist das dein letztes Wort?«

Obwohl Mia jeden Moment damit rechnete, dass etwas Schlimmes passierte, sagte sie leise: »Ja.«

»Gut. Okay. Du hast es so gewollt«, fauchte er wütend, zog das Messer weg, trat neben die Frau und fragte: »Du verstehst uns doch ganz gut?«

Sie nickte mit verstörtem Blick.

Dann deutete er auf Mia und sagte überraschenderweise: »Ich kann dir die Kleine leider nicht überlassen. Aber sie kann durch dich erfahren, wie man der dunklen Seite der Seele gibt, was sie verdient.« Damit schnitt er ihre Fesseln durch, packte sie am Hals und zog sie so vom Stuhl.

Mia sah dem kurzen Kampf fassungslos zu. Die junge Frau war dem Mann hoffnungslos unterlegen, wehrte sich jedoch mit Händen und Füßen. Einmal gelang es ihr, gegen seinen Unterarm zu schlagen. Er musste das Messer fallen lassen, wurde wütend und versetzte ihr einen Schlag gegen den Kopf. Danach drehte er sie, zog sie rücklings an sich heran und hielt sie so fest, dass sie sich kaum noch bewegen konnte.

Als sich die junge Frau etwas beruhigt hatte, sah er triumphierend zu Mia herüber und erklärte: »Es hat keine Tiefe, wenn der andere gefesselt ist. Es ist die Gegenwehr, aus der sich das Böse nährt.«

Während er die Handgelenke der Frau mit einer Hand ergriff und sie dabei mit ihrem nackten Rücken an sich zog, ging seine andere Hand zu seiner Hose. Aneta sah mit verstörtem Blick zu ihr herüber, wobei sie noch immer diese schwarze Kugel im Mund hatte und nur stöhnen konnte. Mia wollte etwas tun und fühlte sich gleichzeitig viel zu klein, um es mit diesem Irren aufzunehmen. Dieser zog jetzt seinen Gürtel mit einer einzigen fließenden Bewegung aus der Hose, stieß die Frau in die hintere Ecke des Raumes und begann, mit dem Leder auf sie einzuschlagen. Dabei rief er laut: »So, Mia. So hat mein Vater einen guten Jungen aus mir gemacht«, und während er das rief, schien sich seine Wut immer mehr zu steigern.

Als sich die ersten blutigen Striemen auf der Haut abzeichneten, hob diese arme junge Frau ihre Arme schützend über den Kopf, ging auf die Knie und versuchte, sich einfach nur klein zu machen.

Nach unzähligen Schlägen mit dem Gürtel hörte er endlich auf. Doch nur, um sich in Mias Richtung zu drehen. Er streckte die Hand mit dem Gürtel nach vorne und befahl schwer atmend: »Und jetzt du, kleine Freundin. Schlag sie. Und schlag sie so fest, dass es dir guttut.«

Mia schüttelte den Kopf. Er sog weiter die Luft gierig in seine Lungen, warf ihr den Gürtel vor die nackten Füße und sagte schließlich viel zu ruhig: »Schlag sie oder ich schneide ihr auf der Stelle die Kehle durch.«

Mia konnte vor lauter Tränen kaum etwas sehen. Erst als sie ein paarmal blinzelte, ging es besser. Der Gürtel lag direkt neben dem Messer, doch noch fehlte ihr der Mut. Die arme Frau, nur ein paar Jahre älter als sie selbst, lag stöhnend und wimmernd in der Ecke und starrte zu ihr herüber.

Als sie aufstand, waren ihre Beine wackelig vor Angst. Der Mann, dieses Monster, war etwa fünf Meter von ihr entfernt. Mia bückte sich, entschied sich gegen das Messer und hob den Gürtel auf. Sein Mund formte sich zu einem bösen Grinsen. Dann schaute und deutete er zu seinem Opfer, wobei er beinahe einladend sagte: »Sehr schön. Und jetzt tu es! Du wirst sehen, es wird ganz neue Gefühle in dir erwecken. Ziele auf ihre Wunden, damit sie auch schön schreit.«

Mia wurde übel und sie wusste schon jetzt, dass sie zu keinem einzigen Schlag fähig sein würde. Auch wenn es der Frau vermutlich gar nicht wehtun würde, wenn ein Kind sie schlug, es ging um mehr als das. Sie wartete, bis dieses Monster wieder in die andere Richtung blickte, schrie: »Achtung!«, und gab dem Messer einen Tritt. Die Waffe schlitterte über den Betonboden und blieb nur einen Meter vor der Frau liegen. Diese begriff, stürzte sich darauf und hielt es bereits in der Hand, als der Mann sich erst bückte. Seine Abwärtsbewegung führte die Klinge bis tief in seinen Bauch. Aneta zog sie wieder heraus, rollte sich zur Seite und stach noch einmal zu, erwischte dieses Mal aber nur sein Bein. Danach drückte sie sich in den Stand, stürzte zu Mia, stellte sich schützend vor sie, riss sich die Kugel aus dem Mund und brüllte mit tschechischem Akzent: »Was jetzt, du Arschloch? Bleib ja liegen, sonst ich mach dich tot.«

Dieses Mal war er es, der stöhnte, während er sich auf die Seite drehte und fassungslos erst auf seinen Bauch, dann auf seinen Oberschenkel starrte, wo aus einem Riss in der Hose das Blut in Wellen herausfloss.

Die Frau brüllte noch einmal: »Bleib liegen. Sonst ich stech dich.« Mia sah immer noch ängstlich, aber auch ein wenig erleichtert an der Frau vorbei. Doch der Mann schien nicht böse. Ganz im Gegenteil, er begann sogar zu lächeln. Er steckte, begleitet von einem Stöhnen, die Hand in die Hosentasche, grinste noch breiter und erklärte: »Die letzte Runde gewinne ich.« Damit erschien ein Schlüssel zwischen seinen Fingern, den er ihnen erst zeigte, ihn anschließend in den Mund steckte und herunterschluckte.

Aneta wandte sich zur Tür, ging hin und zog daran, doch nichts passierte. Dann schrie sie auf, rannte zu dem Typen und trat ihm mit ihrem nackten Fuß ins Gesicht. Sein Kopf wurde etwas zurückgerissen, er schloss die Augen und blieb regungslos liegen.

Mia verstand das alles nicht. Sie fragte leise: »Und was machen wir jetzt?«

Ihre Retterin wandte sich zu ihr, sah ihr mit wildem Blick in die Augen, hielt das Messer hoch und beschloss: »Wir ihn aufschneiden müssen.«

57

Das Gefühl der Erleichterung trug Maria durch die Nacht. Dieser Kommissar war ihr verdammt nahegekommen. Auch wenn er es nicht direkt ausgesprochen hatte, lag sein Misstrauen zwischen den Zeilen. Doch nicht nur er war Geschichte. Auch der Fluch dieses Hofes war gebrochen und sie hoffte inständig, dass die Flammen bis hinauf zu ihrem Vater reichten. Brennen sollte er. Brennen bis in alle Ewigkeit.

»Es sieht alles gut aus«, riss sie die Stimme der Ärztin aus ihren Gedanken. »Das CT ergab keinen Befund und Ihre Platzwunde sollte gut verheilen. Gehen Sie zur Nachsorge einfach zu Ihrem Hausarzt, der kann Ihnen gegebenenfalls auch eine Salbe verschreiben.«

Maria stand auf, nahm den Umschlag mit den Ergebnissen der Untersuchung entgegen und bedankte sich. Danach orientierte sie sich an den Wegweisern und verließ kurz darauf das Krankenhaus.

Obwohl es bereits kurz nach ein Uhr nachts war, spürte sie trotz der Aufregung des letzten Tages keine Müdigkeit. Sie sehnte sich nach den alten glanzvollen Zeiten, als sie ganze Nächte in Hotelbars verbracht hatte und sich erst in den frühen Morgenstunden in ein Zimmer einladen ließ. Aber das hier war Bad Kötzting und nicht München, Berlin oder Paris.

Fürs Erste sollte es das Hotel Bischofshof in Regensburg sein. Eigentlich ließ es ihr Kontostand nicht zu, doch das sollte sich bald ändern. Das Skript für ihr neues Buch war dank Friedrichs Hilfe so gut wie fertig und der Verkauf der Familiengrundstücke sollte für mehr als die offenen Rechnungen reichen. Der abgebrannte Hof dürfte den Preis nur noch steigern, da dem geplanten Kurhotel nun kein Denkmalschutz mehr entgegenstand. Das Angebot und die entsprechenden Verträge lagen schon eine ganze Weile in der Schublade. Dass es nun so schnell Wirklichkeit werden würde, hätte sie nicht zu träumen gewagt. Sie dachte kurz an die Gesichter der alteingesessenen Bauern, wenn das Projekt publik werden würde, und konnte sich ein hämisches Grinsen nicht verkneifen.

Sie ging zum Taxistand, nannte das Ziel, und der Fahrer bot ihr einen fairen Preis für die knapp achtzig Kilometer. Sie stimmte zu, stieg hinten ein und sah aus dem Fenster. Nach einigen Hundert Metern fragte der Mann: »Kommen Sie von einer Grillparty?«

Maria lachte los. Und als sie antwortete: »Nein, mein Haus ist vor ein paar Stunden abgebrannt«, blickte der Fahrer zweifelnd in den Rückspiegel.

Um halb drei Uhr morgens sah ihr ein schlaftrunkener Nachtportier entgegen. Sie trat an den Tresen, nannte ihren Namen und sagte: »Ich habe reserviert. Außerdem sollten Sie ein Paket für mich bekommen haben.«

Der junge Mann deutete ein Nicken an, verschwand in einem Nebenraum und bestätigte: »Ja, ist angekommen. Ich lasse es gleich auf Ihr Zimmer bringen.«

Ihre Suite befand sich im zweiten Stockwerk des Hauses. Sie mochte die Anonymität solcher Hotels. Und wie immer, wenn sie einen dieser langen Flure entlangging, fragte sie sich, was sich gerade hinter den vielen Türen abspielte. Was für Menschen mochten dort in den Betten liegen? Warum waren sie hier und nicht zu Hause? Waren sie allein oder hatten sie gerade Sex mit einem Menschen, der sonst nicht zu ihrem Leben gehörte?

Noch während sie die Schlüsselkarte an den Scanner hielt, hörte sie hinter sich die Aufzugtür. Ein junger Bursche, vielleicht ein Student, erschien mit einem Sackkarren. Maria erkannte den großen Karton sofort wieder, sie hatte ihn ja selbst gepackt.

Der junge Mann kam näher und fragte aufgrund der frühen Stunde leise: »Wollen Sie, dass ich das gute Stück hier ablade, oder soll ich es drinnen abstellen?«

Sie sah ihm einen Moment lang in die Augen und erklärte schelmisch: »Da hier draußen kein Schrank ist, würde ich das Zimmer bevorzugen.«

Er erwiderte: »Natürlich«, schob den Karton an ihr vorbei ins Zimmer und Maria fragte sich, ob die jungen Menschen früher auch so steif gewesen waren.

Sie folgte ihm hinein, zog ihren Mantel aus und sah ihm dabei zu, wie er das Paket vom Sackkarren schob. Knackig ist er ja, ging ihr durch den Kopf, und als er sich anschließend zu ihr umwendete, bat sie: »Können Sie den Karton bitte aufs Bett stellen?« Natürlich hätte sie das auch selbst geschafft, aber so konnte sie ihn noch ein bisschen länger begutachten.

Nachdem er auch das getan hatte, fragte sie: »Ist viel los heute Nacht oder haben Sie noch Zeit für etwas aus der Bar?«

Er musterte sie von oben bis unten, sah ihr schließlich in die Augen und erklärte: »Das ist uns leider strengstens verboten. Aber wenn Sie möchten, kann ich später Ihre Kleidung abholen und zu unserem Wäscheservice bringen.«

»So schlimm?«, erwiderte sie, noch immer gut gelaunt, wobei sie an ihrer Bluse roch.

Der hübsche Jüngling deutete ein höfliches Nicken an.

Maria war noch nie ein Freund von falscher Zurückhaltung gewesen, daher begann sie, die oberen Knöpfe ihrer Bluse aufzuknöpfen. Dabei hielt sie den Blickkontakt aufrecht und sagte mit einem Zwinkern: »Ich weiß Ihr Angebot zu schätzen, und wenn Sie noch kurz Zeit haben, können Sie die Klamotten gleich mitnehmen.«

Er atmete tief durch, machte eine abwehrende Geste. »Tut mir leid, aber das geht wirklich nicht. Ganz abgesehen davon, dass Sie nicht gerade zu meiner Altersgruppe gehören, würde ich auch meinen Job verlieren.« Damit ging er, ohne auf sein Trinkgeld zu warten, an ihr vorbei und rief dann von der Tür aus: »Wie gesagt, wenn Sie unseren Wäscheservice nutzen möchten, können Sie einfach an der Rezeption anrufen. Wir erledigen das gerne für Sie.« Mit diesen Worten schloss er die Tür von außen. Maria schüttelte erst den Kopf, drehte sich dabei zu dem Spiegel an der Wand und sah eine alte Frau mit den Gedanken einer Jugendlichen.

Trotzdem murmelte sie: »Arschloch«, entkleidete sich ganz und ging unter die Dusche.

In dem Karton befand sich alles, was ihr geblieben war. Sie hatte ihn unter einem anderen Namen für sich selbst an das Hotel schicken lassen. Es war nur das Nötigste, und vielleicht gerade deshalb fühlte es sich unendlich gut an. Kein Ballast mehr, der das Leben nur unnötig unflexibel machte. Keine Erinnerungsstücke, die sowieso nur zu trübseligen Gedanken führten. Einfach nur das Wesentliche. Ein paar Kleidungsstücke, einige wichtige Dokumente und ihr zweiter Laptop, den sie auch sonst auf Reisen benutzte. Darauf das Skript, in dem sie all die Ereignisse der letzten Zeit zu einem sehr lebensnahen Krimi verarbeitet hatte. Alles aus erster Hand.

Vom Leid des kleinen Hans bis zu der Angst des Mädchens. Und das Wichtigste war, dass Friedrich dafür gesorgt hatte, dass sie sogar die Polizeiarbeit hautnah miterleben durfte, was den Roman unglaublich authentisch machte. Alles, was jetzt noch fehlte, war der eigentliche Täter. Doch sie verstand sehr gut, dass Friedrich da nicht konkreter werden konnte. Zu groß war die Gefahr, dass sie sich als Mitwisserin verriet.

»Mein Friedrich«, seufzte sie leise. Dieser Mann, in den sie sich vor Jahren verliebt hatte, war der Einzige, der sie bis heute nie enttäuscht hatte. Er teilte mit ihr seine kranken Geschichten, ließ sie in die faszinierende Welt eines Serienmörders blicken und war doch ein überaus sinnlicher Mensch.

Maria ließ ihren Tränen freien Lauf, als sie daran dachte, wie er einst zu ihr gesagt hatte: »Irgendwann werde ich dir eine letzte Geschichte schenken. Und wenn es so weit ist, weißt du, dass sich alles verändern wird. Dein Leben wird dann eine ungeahnte Wendung erhalten. Nutze die Chance. Für dich und mich.« Und jetzt war es so weit.

Sie gab sich ihren Gefühlen noch ein wenig hin, holte dann den Laptop und startete ihn. Danach öffnete sie die Mail, die ihr ein gewisser R. J. vor einem Tag geschickt hatte. Eigentlich kannte sie die Zeilen bereits auswendig. Sie enthielten den genauen Plan für alles, was jetzt noch kommen sollte. Friedrich war so unglaublich vorausschauend, dass sie seine Worte immer wieder lesen musste. Doch bevor sie das tat, atmete sie einmal durch, ging nackt, wie sie war, zu der kleinen Bar und holte sich zwei Fläschchen Cognac heraus. Dann schraubte sie beide auf, ließ sie klirrend zusammenstoßen, sagte laut: »Auf uns, Friedrich«, und leerte beide Fläschchen nacheinander auf ex.

Seit dem Eintreffen dieser Mail war alles so klar. Bis dahin hatte sie sich einfach nur an das gehalten, worum er sie vor nicht allzu langer Zeit gebeten hatte, als er sagte: »Irgendwann werden Dinge um dich herum passieren, die du nicht einordnen kannst. Vielleicht sogar welche, die dich ängstigen. Und wenn es so weit ist, spiele einfach nur mit. Hab Vertrauen und gib dich den Geschehnissen hin. Tu einfach so, als wärst du das Opfer und schreibe alles auf. Alles andere wird sich ergeben und deine Träume werden sich erfüllen.«

Sie las die Mail noch ein zweites und drittes Mal. Dann trank sie noch zwei Fläschchen und gab sich ihrer Fantasie hin.

58

In Mia tobte ein Kampf der Gefühle. Sie kauerte in einer Ecke des Raumes und sah dabei zu, wie sich die junge Frau anzog, wobei sie immer wieder einen prüfenden Blick zu dem noch immer blutenden Mann warf.

Aneta band sich gerade ihre Schuhe zu, als dieser sich ein wenig regte und dabei ein Stöhnen von sich gab. Die Tschechin ging, ohne zu zögern, zu ihm und trat ihm noch einmal mit voller Wucht gegen den Kopf, wobei sie ein fremd klingendes Schimpfwort ausspie.

Mia schrie auf, wofür sie einen bösen Blick erntete. Aneta kam zu ihr, sah auf sie herunter und sagte in brüchigem Deutsch: »Der da Arschloch. Der will töten uns. Du nicht so weich. Verstanden?«

Mia beeilte sich, die Träne wegzuwischen und eifrig zu nicken. Der Blick der jungen Frau wurde mitleidig, aber sie sagte nichts mehr. Erst als sie das Messer nahm und wieder zu ihm ging, befahl sie mit etwas milderer Stimme: »Umdrehen. Du musst nicht sehen das. Du zu jung für Scheiße.«

Mias Vorstellungskraft genügte nicht, um sich vorzustellen, wie man den Schlüssel wieder aus dem Mann herausbekommen konnte. Und da das Messer in der Hand der Frau heftig zu zittern begann, ging es Aneta offenbar ebenso.

Mia drehte sich um. Sie wollte nicht wissen, was jetzt hinter ihr geschah, und starrte einfach nur die kahle nackte Betonwand an. Eine ganze Zeit lang hörte sie nur den Atem der Frau und Mia suchte in ihrem Kopf nach etwas, was sie ablenken könnte. Das funktionierte so lange, bis die Frau selbst einen klagenden Ton von sich gab. Es folgte ein schmatzendes Geräusch, gefolgt von einem Knacken, das Mia daran erinnerte, wie ihr Vater die Weihnachtsgans zerlegte. Fast zeitgleich begann das Licht, kurz zu flackern.

Es dauerte lange Minuten, bis sich die Geräusche veränderten. Aneta kam langsam zu ihr und sagte ungewöhnlich leise: »Jetzt wir können raus.«

Mia wollte es nicht, musste sich aber noch einmal zu dem Mann drehen, der einige Meter weiter in einer Blutlache auf dem Boden lag. Der Anblick war zu viel für sie. Dem sauren Geschmack folgte der Würgereiz, und obwohl ihr Magen leer war, konnte sie nichts dagegen tun. Sie würgte die wenige Magensäure nach oben, spuckte sie in drei Wellen auf den Boden und musste sich dabei an der nächsten Wand festhalten.

Als sie endlich wieder atmen konnte, stand die Frau bereits im offenen Türrahmen, von wo aus sie abfällig fragte: »Fertig, endlich? Los, wir rausmüssen.«

Mia verstand nicht, warum die Frau so böse auf sie war. Sie wischte sich mit dem Unterhemd den Mund ab und folgte ihr hinaus in den langen Gang mit den vielen Türen.

Die Frau blieb stehen, sah sich nach beiden Seiten um und fragte leise: »Noch Mann hier?«

»Was?« Mia verstand nicht.

»Noch anderer Mann hier oder der allein?«

»Allein. Ich habe sonst niemanden gesehen«, antwortete Mia ebenso leise. Wieder flackerte das Licht und ging sogar kurz aus.

»Weiter«, befahl die Frau.

Sie gingen langsam und vorsichtig bis zu dem Treppenhaus, wo Metallstufen nach oben führten. Rechts von sich erkannte Mia die Tür wieder, hinter der sie so lange eingesperrt gewesen war, und ein Schauer lief ihr über den Rücken.

Vor der ersten Stufe blieben sie noch einmal stehen und lauschten. Von irgendwoher drang ein leises ungleichmäßiges Heulen zu ihnen herunter. Diese Aneta legte den Finger vor den Mund, lauschte einige Augenblicke und stellte schließlich fest: »Ist Wind.« Danach begann sie, die Stufen hinaufzusteigen, wobei sie das blutige Messer vor ihren Körper hielt.

Oben angekommen gab es noch eine Art Plattform aus Lochblech, die zu einer schweren Tür führte. Daneben war ein Tastenfeld mit nummerierten Tasten in die Wand eingelassen, auf dem ein kleines Lämpchen grün leuchtete.

Draußen wurde das Heulen kurz lauter, dann hörten sie direkt vor sich ein leises mechanisches Klacken und standen mit einem Schlag im Dunkeln.

Noch bevor Mia verstand, was los war, rief ihre Begleiterin: »Blbost«, was wie ein Schimpfwort klang, rannte die wenigen Schritte bis zur Tür und zog daran. Das grüne Lämpchen war erloschen.

In dem wenigen Licht, das durch ein schmales Fenster gegenüber der Treppe kam, sah Mia, wie Aneta mit aller Kraft an der Tür zog und rüttelte. Als das nichts half, begann sie, auf den Tasten herumzudrücken, ebenfalls ohne Erfolg. Nach einigen weiteren vermutlich tschechischen Schimpfwörtern ließ sie ab, drehte sich zu ihr um und sagte wütend: »Brauchen anderen Ausgang.«

Die Suche begann in dem Raum, der durch das Gitter geteilt wurde. Während Mia nicht so recht wusste, was sie machen sollte, schien Aneta eine Frau der Tat zu sein. Das schmale Fenster an der Oberkante der Mauer bot gerade genug Licht, um nicht über irgendetwas zu fallen. Und so ging die Frau zu dem einzigen Regal und begann, die dort herumliegenden Dinge zu untersuchen. Nachdem alles Unnütze achtlos auf dem Boden gelandet war, hielt sie schließlich eine Taschenlampe in Händen und schaltete diese an.

In dem Lichtkegel der Lampe sah der Raum mit seinem Gitter in der Mitte noch verstörender aus. Aneta sah sich kurz um, begriff offenbar und fragte ein wenig freundlicher: »Du hier gefangen?«

»Ja«, antwortete Mia knapp, wobei ihr zum ersten Mal auffiel, dass es deutlich kälter geworden war. Ohne Strom funktionierte nicht nur kein Licht, sondern auch kein Heizstrahler. Das Licht der Taschenlampe streifte einen Haufen ordentlich zusammengelegter Kleidungsstücke, die Mia als ihre eigenen erkannte.

Während sie sich anzog, schob Aneta den einzigen Tisch unter das Fenster. Dann gab sie Mia die Lampe und befahl: »Du leuchten.« Damit stieg sie auf den Tisch, drehte an dem Hebel, der das Fenster verschloss, und stieß einen Schrei aus. Der Wind drückte die Scheibe so unvermittelt nach innen auf, dass sie die Frau am Kopf traf und regelrecht vom Tisch wehte.

Was nun alles gleichzeitig passierte, sah Mia wie in Zeitlupe. Aneta fiel wild mit den Armen rudernd vom Tisch, das Fenster schloss sich wieder, nur um kurz darauf komplett aufzuschwingen und mit einem ohrenbetäubenden Schlag an der Mauer zu zerschellen.

Aneta schlug nur eine Sekunde vor den Scherben auf dem Boden auf, wobei ihr Kopf beim Aufprall ein unnatürliches Knacken von sich gab. Danach herrschte, abgesehen von den Geräuschen des Windes, erdrückende Stille.

Mias Gehirn konnte das gerade Geschehene noch nicht verarbeiten. Sie stand lange Zeit einfach nur da, hielt den zitternden Lichtstrahl auf die reglose Frau gerichtet und dachte irgendwie an nichts. Erst als eine weitere Böe kalte Luft hereinwehte, löste sich ihre Schockstarre etwas. Sie fragte leise und unsicher: »Aneta? Geht es dir gut?«

Nichts.

Mia ging langsam und mit etwas Abstand um die Frau herum, bis sie deren Gesicht sehen konnte. Im Schein der Lampe sah es kurz danach aus, als würde Aneta sie ansehen. Allerdings fehlte ihren Augen jeder Glanz und auch das grelle Licht der Lampe schien ihr nichts auszumachen. Dazu kam, dass aus dem rechten Ohr und der Nase ein dünner Blutstrom rann.

Kälte war alles, was Mia noch wahrnahm. Sie sank auf die Knie, legte ihr Gesicht in ihre Hände und begann, leise zu schluchzen.

59

Ruben war nach einigen wenigen Stunden Schlaf als Erster auf den Beinen. Er öffnete das Fenster, durch das eine Böe unerwartet milder Luft hereinwehte. Dann machte er einige Gymnastikübungen, packte seine Tasche, legte das Bettzeug ordentlich zurecht und ging rüber in das umfunktionierte Gästezimmer.

Auch hier waren die Eiszapfen draußen unter der Regenrinne fast verschwunden. Dicke Tropfen rannen an den Resten herunter, wurden vom Wind erfasst und weggerissen. Ruben sah kurz hinaus in die Morgendämmerung, füllte den Wasserkocher im Badezimmer und bereitete sich eine Tasse grünen Tee zu.

Seine Gedanken gingen zu der kleinen Mia, zu der es bis heute keine einzige brauchbare Spur gab. Der einzige Hoffnungsschimmer war dieses kurze Video, das er bei Frau Burkhard mitverfolgt hatte. Die Kleine war ohne Frage in Gefahr, doch man konnte immerhin davon ausgehen, dass sie noch lebte. Alles andere würde keinen Sinn ergeben. Und sollte er mit seiner Theorie recht behalten, dürfte es stark von dieser Autorin abhängen, wie es mit Mia weiterging. Denn es würde ihn ziemlich wundern, wenn es bei dieser einen Forderung, die Geschichte im Internet zu veröffentlichen, bleiben würde.

Alles in allem musste er zugeben, dass jemand mit einem wirklich guten Plan hinter diesem Verbrechen stand. Allein die angeblich erzwungene Veröffentlichung von Burkhards Texten über das Drama um die beiden Kinder hatte ihrem Erfolg einen enormen Schub gegeben. Wie er recherchiert hatte, waren ihre älteren Bücher in den Onlineshops plötzlich wieder in aller Munde und damit auch in den Bestsellerlisten. Die Faszination des Grauens … so ganz davon lossagen konnte selbst er sich nicht.

Ruben hatte einen Hang zu außergewöhnlichen Kriminalfällen und bis jetzt beeindruckte ihn dieser besonders. Wenn man den Gedanken an die Opfer beiseiteschob, blieb ein wirklich ausgefeilter Plan. Sollte diese Frau nicht noch einen Fehler machen oder Friedrich Brecher schweigen, würde man ihr kaum etwas vorwerfen können. Allein das Wissen um ihre Schuld genügte bei Weitem nicht für eine Verurteilung. Alle Indizien zeigten in eine ganz andere Richtung. Folgte man den bis jetzt bekannten Tatsachen, war auch Frau Burkhard ein Opfer, das in diese widerlichen Verbrechen mit hineingezogen wurde.

»Ruben?« Eva stand in der Tür und rieb sich die Augen.

»Bei der Arbeit«, erwiderte er. »Ist Mike auch schon wach?«

Sie funkelte ihn böse an. »Das weiß ich doch nicht, oder denkst du, wir schlafen im selben Bett?«

Er zuckte mit den Schultern. »Keine Ahnung, ist aber auch nicht wichtig. Hast du schon gepackt?«

Eva sah ihn verwirrt an. »Warum gepackt? Habe ich etwas verpasst? Hat man Mia gefunden?«

Er tippte ein wenig auf Evas Laptop herum, der neben dem Minibeamer in der Mitte des Raumes auf einem Nachtschränkchen stand. Dann schüttelte er den Kopf. »Nein, kein Bericht darüber. Aber das hätte mich auch gewundert.«

»Und warum soll ich dann packen? Willst du mich aus dem Team werfen? Ist es, weil ich mich mit Mike so gut verstehe?«

Dieses Mal war er es, der böse guckte. »Red keinen Unsinn, ich brauche heute deine weibliche Intuition.«

»Ach so«, sie winkte ab. »Ich dachte schon, du magst mich.«

»Kann ich helfen?« Inzwischen war auch Mike aus seinem Zimmer gekommen und stand nun hinter Eva im Flur, von wo aus er etwas zu erkennen versuchte.

Sie drehte sich zu ihm und sagte schnippisch: »Ruben braucht mich heute, ansonsten kann er aber auf mich verzichten.«

Bevor Mike etwas erwidern konnte, erhob sich Ruben vom Laptop und sagte an Mike gewandt: »Hör einfach nicht hin. Ich glaube, sie hat schlecht geschlafen.«

»Ich kann dich hören, Ruben«, fauchte Eva mit bedrohlicher Stimmlage, dann sagte sie, wieder an Mike gewandt: »Er sagt, ich soll meine Sachen packen. Aber er sagt mir nicht, warum.«

Mike verdrehte die Augen, schob seine Kollegin ins Zimmer und erklärte dabei: »Ich bin mir sicher, dass Ruben dich auch hören kann. Und da es eindeutig zu früh für solche Scharmützel ist, würde ich vorschlagen, wir fangen den Tag noch einmal von vorne an.« Damit sah er von einem zum anderen und sagte übertrieben freundlich: »Guten Morgen, meine lieben Kollegen. Ich hoffe, ihr habt gut geschlafen.« Anschließend wandte er sich an Ruben. »Also, was ist los? Warum soll Eva ihre Sachen packen?«

»Weil wir hier fertig sind«, antwortete dieser nur, was Eva schon wieder aufbrausen ließ. »Siehst du, das meine ich. Da kommt man gerade aus dem Bett, bekommt eine solche Ansage und keinerlei Erklärung dazu.«

Ruben dachte kurz über ihre Reaktion nach und fragte sie schließlich: »Kann ich bitte mal dein Handy haben?«

»Wozu? Brauchst du das, um mir zu zeigen, warum wir hier fertig sind?«

Ruben schüttelte den Kopf. Er verstand nicht, was so schwer daran zu verstehen war, warum sie hier mit ihren Ermittlungen nicht mehr weiterkommen würden. Trotzdem erklärte er sachlich: »Nein. Ich möchte meine Familie anrufen. Die Reste meines Handys liegen oben in Burkhards Ruine.«

Nun schüttelte Eva ihrerseits den Kopf, zog das Gerät aus ihrer Jeanstasche, entsperrte es und sagte, während sie es ihm gab: »Deine Privatnummer ist unter dem Namen ›Ruben und Pia‹ im Telefonbuch hinterlegt.«

Eine Tasse löslicher Kaffee beruhigte Eva und half Mike, in den Tag zu kommen. Ruben tauchte fünf Minuten später wieder auf, gab Eva das Handy zurück und setzte sich auf die Bettkante.

Das Gespräch mit seiner Frau hatte ergeben, dass er sich vielleicht bei Eva entschuldigen sollte. Jedenfalls konnte Pia ihre Reaktion durchaus nachvollziehen. Folglich sah er Eva an und sagte ohne Bedauern in der Stimme: »Tut mir leid. Pia meinte, ich sollte meine Gedanken mehr mit euch teilen. Ich dachte zwar, das habe ich heute Nacht schon getan, aber es ist ja kein Problem, es noch einmal zu erklären.«

»Das ist schön«, erwiderte Eva. »Und vielleicht schaffst du das ja sogar, ohne den Oberlehrer zu spielen. Du sagtest heute Nacht, dass du davon ausgehst, dass dieser Friedrich Brecher den ganzen Fall für Frau Burkhard inszeniert haben könnte. Und unser letzter Kenntnisstand ist, dass du mit dem Staatsanwalt darüber reden wolltest.«

»Richtig«, bestätigte Ruben. »Ich habe ihn tatsächlich noch erreicht, auch wenn er geistig nicht mehr ganz wach zu sein schien. Er wollte meiner Theorie nicht so recht folgen.«

»Geht's genauer?«, mischte sich Mike ungeduldig ein. Immerhin wurde noch ein Kind vermisst und bei Kindern war er aufgrund seiner Vergangenheit dünnhäutig.

»Ja. Also, der Staatsanwalt will für Kontoeinsicht bei Frau Burkhard sorgen. Nicht wegen meiner Theorie, sondern um den Brand aufzuklären. Sie wäre schließlich nicht der erste Versicherungsbetrüger, der sein Haus abfackelt, um die Prämie zu kassieren. Einer Telefonüberwachung hat er leider nicht zugestimmt.«

»Und bezüglich Friedrich Brecher?«

»Da haben wir naturgemäß mehr Freiheiten, da der Mann ja die Sicherungsverwahrung genießt. Vielleicht finden wir bei seinen digitalen Aktivitäten einen Hinweis auf den eigentlichen Täter.«

»Die dürfen ins Internet?«, wunderte sich Eva.

»Ja. Natürlich nur eingeschränkt, aber gerade dir muss ich nicht erklären, was im Netz über Umwege alles möglich ist. Und unser Staat beschäftigt nicht gerade die bestbezahlten Spezialisten, um seine Netzwerke zu sichern.«

»Also konzentrieren wir uns jetzt auf Frau Burkhard und Friedrich Brecher, um Mia zu finden?«, wollte Mike sichergehen, dass er alles richtig verstanden hatte.

Ruben besann sich, seine Kollegen mehr einzubeziehen, und sagte: »Das wäre mein Vorschlag. Wenn ihr andere Ideen habt, immer raus damit.«

Mike dachte einen Augenblick darüber nach. »Im Grunde nicht. Ich halte es allerdings für etwas riskant, dass das Leben des Mädchens von einer einzigen Theorie abhängt. Noch dazu von einer sehr gewagten. Was ist eigentlich mit Schober? Der muss doch irgendwo etwas gefunden haben.«

Eva ging zum Laptop, öffnete die Ermittlungsakte und prüfte die neuesten Einträge. »Hat er auch. Er hat an dem Handy im Wald einige Hautschuppen gefunden. Aber laut seinem Vermerk wird die DNA-Analyse frühestens morgen Ergebnisse liefern. Und das auch nur, wenn wir die DNA bereits in der Datenbank haben.«

»Und was ist mit der Kontoeinsicht? Haben wir schon eine Freigabe?«

Eva sah Ruben kurz an, dann wieder auf den Laptop und nickte. »Der zuständige Richter hat eine entsprechende Verfügung unterschrieben. Jetzt brauchen wir vom Finanzamt nur noch eine Liste sämtlicher Konten von Frau Burkhard, aber das dürfte kein Problem sein. Ich schicke gleich eine Anfrage und rufe dort zusätzlich an.«

»Sehr gut«, lobte Ruben und beschloss: »Wenn von eurer Seite nichts dagegenspricht, würde ich sagen, wir packen in der Zwischenzeit unsere Sachen und orientieren uns in Richtung Burkhard und Brecher.«

Nachdem sie ihre drei Gästezimmer geräumt hatten, trafen sie sich ein letztes Mal in dem zum Besprechungsraum umfunktionierten Zimmer. Eva setzte sich erneut an den Laptop, schaltete den Beamer ein und holte ihr Handy heraus. Glücklicherweise unterhielt die Autorin nur Konten bei einer einzigen Bank. Nach einem kurzen Telefonat versendete Eva den richterlichen Bescheid per Mail und erhielt kurz darauf Zugang zu den Daten.

Eva projizierte die Auszüge der Giro-, Spar- und Kreditkartenkonten an die Wand.

»Ach sieh an«, Ruben leuchtete mit seinem Laserpointer auf die letzte Zahlung mit der Kreditkarte und fügte hinzu: »Das sieht mir nicht gerade nach dem Krankenhaus aus. Eher nach einem Viersternehotel im Herzen von Regensburg.«

»Heute Morgen um Viertel nach eins«, wunderte sich Eva über den Buchungszeitpunkt. »Ist das schon eine Flucht oder noch im Rahmen der Bewegungsfreiheit?«

Ruben schüttelte den Kopf. »Die Dame wird nicht flüchten. Dazu hat sie keinen Grund. Ich denke eher, es liegt daran, dass Regensburg näher an der JVA Straubing ist.«

Mike studierte die anderen Kontobewegungen und Salden und gab dann zu: »Du könntest tatsächlich recht haben. Die Frau ist einerseits hoch verschuldet, hat aber andererseits vor einem Tag einen ordentlichen Vorschuss ihres Verlegers erhalten. Ich kenne mich zwar in der Buchbranche nicht aus, aber man bekommt als Autorin sicherlich keine fünfstellige Summe als Vorschuss, wenn das Skript nichts taugt. Oder sie bekommt von ihrem Verlag schon Vorschusslorbeeren aufgrund des Hypes, den sie gerade erlebt.«

Ruben, der sich auf seine Kombinationsgabe nichts einbildete, aber durchaus eine gewisse Aufregung verspürte, klatschte in die Hände und forderte dabei: »Na dann. Lasst uns die Technik zusammenpacken und nach Straubing fahren.«

60

Mikes Wagen stand in einer kleinen Straße neben der Pension. Nachdem sie sich beim Wirt abgemeldet hatten, trat Mike als Erster nach draußen und stieß einen Fluch aus. Aus dem Schnee am Boden war knöchelhoher Matsch geworden und der Wind peitschte den Regen in Böen über den kleinen Marktplatz.

Mike schulterte seine Reisetasche, schlug die Kapuze seiner Jacke über den Kopf und ging, so schnell es sein lädiertes Bein zuließ, in Richtung des Fahrzeugs. Eva und Ruben folgten ihm, wobei er glaubte, Ruben irgendetwas von »Ich liebe so ein Wetter« zu Eva sagen zu hören.

An seinem BMW angekommen öffnete Mike den Kofferraum, warf seine Tasche hinein und wartete auf die anderen beiden.

Da auch nach einigen Kilometern niemand etwas sagte, wurde es Mike zu still. Er schaltete das Radio ein, und der Nachrichtensprecher verkündete gerade: »... aufgrund der brisanten Wetterlage wurde in einigen Regionen des Bayerischen Waldes der Notstand ausgerufen. Bedingt durch das extreme Tauwetter droht örtlich Hochwassergefahr und Schneebruch. Da die von Tschechien kommenden grenzüberschreitenden Stromtrassen beschädigt wurden, kann es auch zu länger andauernden Stromausfällen kommen. Bitte bleiben Sie wenn möglich zu Hause und wählen Sie den Notruf nur, wenn Sie wirklich Hilfe brauchen, da im Moment alle Hilfskräfte im Einsatz sind. Das aktuelle Sturmtief dürfte bis heute Abend durchgezogen sein. Danach wechselt die Luftströmung wieder auf Ostwind, wodurch die Temperaturen rasch wieder fallen dürften.«

Mike drückte eine Taste an seinem Lenkrad. Der Radiosprecher verstummte und ein lautes Stück von The Offspring flutete den Innenraum mit aggressiver Musik. Allerdings nur so lange, bis Ruben von der Rückbank aus bat: »Kannst du dieses Geschrei bitte leiser machen oder am besten ganz ausschalten? Ich muss mich auf das Verhör mit Brecher vorbereiten, und wenn ich das hier noch länger höre, könnte es sein, dass ich ihn erst einmal anbrülle.«

Mike drückte erneut auf den Knopf. Er blickte in den Rückspiegel und sagte mit einem Grinsen: »Hätte nicht gedacht, dass du zu aggressiven Emotionen fähig bist.«

»Nicht schon wieder«, murmelte Eva und beschloss, den beiden umgehend ein anderes Thema aufzuzwingen. Sie drehte sich halb nach hinten und fragte an Ruben gewandt: »Wie wollen wir eigentlich vorgehen?«

Dieser sah eine Weile aus dem Fenster, wo Regenschwaden wie dünne Vorhänge über die Felder zogen.

Eva kannte ihren Kollegen gut und ließ ihn nachdenken. Mike war dagegen weniger geduldig und fragte über die Schulter: »Ruben, bist du noch da oder schon hinausgesprungen?«

»Ich bin noch da. Du hast ja gottlob diese schreckliche Musik abgeschaltet. Und was unsere Vorgehensweise angeht, kann ich noch nicht viel sagen. Es wäre gut, wenn wir einen Hinweis darauf hätten, ob meine Theorie überhaupt stimmt. Wir wissen weder gesichert, ob Friedrich Brecher etwas mit dem Fall zu tun hat, noch, wie viel Frau Burkhard überhaupt davon wusste. Möglicherweise steckt jemand ganz anderer dahinter und man hatte es tatsächlich auch auf die Autorin abgesehen.«

»Und wie würde das damit zusammenpassen, dass sie Udo Keller und dich mitsamt ihrem Haus abfackeln wollte beziehungsweise abgefackelt hat?«, fragte Mike irritiert.

Dieses Mal bekam Ruben die nötige Zeit zum Nachdenken, bevor er vorschlug: »Es ist zwar ein schwaches Motiv, aber zwei Dinge könnten eine Rolle spielen. Erstens natürlich ihre Schulden. Ich denke, dass das Land auch ohne das Haus ziemlich viel wert sein dürfte. Und sollte die Versicherung für den Brand aufkommen, wäre sie natürlich erst recht saniert. Dann könnte sie doppelt kassieren.«

»Sie hätte das Haus aber ohne Probleme auch zu einem anderen Zeitpunkt anzünden können. Wenn man das geschickt angeht, zahlt die Versicherung auf jeden Fall, und sie wäre dabei nicht Gefahr gelaufen, dass man sie als zweifache Mörderin überführt«, wandte Eva ein.

»Richtig«, bestätigte Ruben. »Und hier kommt das zweite Motiv zum Tragen. Ich glaube, dass sie mir alkoholbedingt zu viel von ihrer Familie beziehungsweise von ihrem Vater erzählt hat. Sollte all das, was sie mir gebeichtet hat, stimmen und ich mache diese Informationen publik, müsste sie eventuell mit vielen anderen teilen.«

»Wie meinst du das nun wieder?« Mike verstand nicht.

»Ist kompliziert«, stellte Ruben fest. »Aber kurz gesagt könnte es sein, dass ihr Vater damals seine Gene im ganzen Dorf verteilt hat.«

»Hm«, brummte Eva nachdenklich. »Aber warum macht dann keiner Ansprüche gegen die Familie geltend? Also zumindest die Frauen wussten doch sicher, wer die Väter ihrer Kinder sind.«

»Schande«, schlug Ruben vor und ergänzte: »Ihr habt doch die Männer des Dorfes kennengelernt. Frau Burkhard drückte es so aus, als hätte ihr Vater den Sex von den Frauen erpresst. Damals waren noch andere Zeiten. Da haben es sich diese Frauen sicher zweimal überlegt, ob sie die Existenz ihrer Familie aufs Spiel setzen. Also mitmachen, Mund halten und das Kind dem eigenen Mann unterjubeln. Außerdem könnte es ja sein, dass die Frauen diesen Seitensprung gar nicht so schlecht fanden.«

Mike hatte es kommen sehen. Eva zuckte erwartungsgemäß herum und sagte scharf: »Nicht dein Ernst, oder?«

Ruben sah ihr unverwandt in die Augen und antwortete mit dieser ihm eigenen Einstellung zur menschlichen Natur: »Frau Burkhard sprach nicht explizit von Vergewaltigung. Also warum soll ich einvernehmlichen Sex, der den Frauen vielleicht sogar Vorteile brachte, ausschließen?«

Dieses Mal war es Mike, der das Bedürfnis nach einem Themenwechsel hatte. Er überholte einen Traktor und bat dann: »Zurück zu dem, was vor uns liegt. Wir sind uns doch wohl einig, dass all das im Moment nebensächlich ist. Wichtig ist nur, dass wir herausfinden, wo man Mia versteckt hält. Also zurück zur ersten Frage: Wie wollen wir vorgehen?«

Ruben sah ihn über den Rückspiegel an und sagte: »In Ermangelung anderer Spuren würde ich vorschlagen, wir behandeln Friedrich Brecher als Drahtzieher und Maria Burkhard als Nutznießerin und Mitwisserin. Folglich habe ich Habermann bereits auf die Auswertung aller Internet- und Telefondaten der Abteilung angesetzt, in der Brecher einsitzt. Und sollte meine erste Theorie stimmen, dürfte sich Frau Burkhard bei Brecher mit einem Besuch erkenntlich zeigen. Sie hat mir auch von ihm erzählt und zwischen den Zeilen klang es so, als wäre da mehr als nur die Faszination des Bösen.«

»Du meinst, die könnten so etwas wie ein Paar sein?«, wunderte sich Eva erstaunlich ruhig.

»Wäre zumindest nicht ungewöhnlich«, antwortete Mike. »Es kommt gar nicht so selten vor, dass vor allem Frauen Zuneigung zu Inhaftierten fassen. Ich habe dieses Phänomen auch noch nie so recht verstanden, aber das gibt es.«

»Was gibt es daran nicht zu verstehen?«, fragte Ruben von der Rückbank aus und erklärte auch gleich: »Was ist denn interessanter als ein Verbrecher? Das ist quasi die erweiterte Form vom Konsum eines Krimis. Der Kontakt zu solchen Menschen lässt einen in diese Welt eintauchen. Man wird ein Teil davon. Hinzu kommt, dass sich einige Verbrecher erstaunlich wandelbar zeigen. Sie überspringen die Linie zwischen Engel und Teufel mühelos und werden so zu scheinbar sanften Menschen.« Er ließ eine kurze Pause folgen und fügte hinzu: »Und bei allem, was ich über Frau Burkhard weiß, wandelt sie ebenfalls auf einem schmalen Grat zwischen Gut und Böse. Im Inneren dieser Frau brodelt es schon lange und vielleicht ist es dem Alkohol zu verdanken, dass aus dieser Glut bisher nie ein Feuer wurde.«

»Gut ausgeführt«, gab Mike anerkennend zu, nahm das Gas weg und fuhr verhältnismäßig langsam durch eine Mulde, in der das Wasser bereits knöchelhoch stand. Mit dem Blick zum Himmel kam ihm ein weiterer, erschreckender Gedanke. Er wurde ernst und fragte laut: »Denkt ihr, dieses Wetter könnte eine Gefahr für Mia werden?«

»Ging mir auch schon durch den Kopf«, gab Eva zu und spekulierte: »Wenn sie in ihrem Gefängnis von einem elektrisch betriebenen Heizgerät abhängig ist, könnte es tatsächlich eng werden.« Damit holte sie ihr Handy heraus, öffnete eine Wetter-App und erklärte: »In der kommenden Nacht sollen die Temperaturen wieder fallen. Außerdem ist hier ein Warnhinweis für ganz Nordbayern, in dem darauf hingewiesen wird, dass es vor allem in ländlichen Räumen zu Stromausfällen kommt, die auch noch länger anhalten werden.«

Nach einigen Augenblicken der Stille meldete sich Ruben ziemlich angespannt von hinten, indem er sagte: »Ein Grund mehr, warum wir sie so schnell wie möglich finden müssen. Dass er Mia nicht sofort umgebracht hat, heißt zwar, dass er sie vermutlich auch nicht erfrieren lässt. Aber darauf möchte ich mich nicht verlassen.«

»Ich auch nicht«, stimmte Eva zu und spann den Gedanken weiter: »Hat einer von euch eine Idee, was er mit Mia vorhaben könnte? Ich meine, wenn Burkhard uns keinen Mist über diesen Film über die letzten Stunden von Hans erzählt hat, war es der gleiche Entführer. Und den Jungen hat er beinahe sofort getötet.«

Evas Worte hingen wie ein böses Omen im Wagen. Und dass Ruben sagte: »Das wissen wir erst, wenn es vorbei ist«, machte die Stimmung nicht besser.

61

»Sind Sie angemeldet?«, fragte der Beamte am Eingang der gesonderten Abteilung für die Sicherheitsverwahrten.

Ruben sah ihn regungslos an. »Nein. Wir wollen ja keinen Arzttermin, sondern mit einem Gefangenen sprechen.«

Der Mann ignorierte die Stichelei, scrollte auf seinem Monitor herum und erklärte schließlich: »Friedrich Brecher hat im Augenblick Gesprächstherapie und danach ist Mittagspause. Ab dreizehn Uhr wäre eine Stunde Zeit.«

Ruben legte die Visitenkarte von Staatsanwalt Lorenz auf den Drehteller, mit dem der Kollege hinter der Panzerglasscheibe Dinge entgegennehmen konnte. Dieser fragte: »Was ist das?«

Ruben besann sich auf einen freundlichen Umgang, daher schenkte er dem Mann ein Lächeln und sagte: »Das ist die Telefonnummer, die Sie jetzt anrufen sollten. Am anderen Ende der Leitung wird sich Staatsanwalt Lorenz melden und Ihnen erklären, dass wir heute für Brechers Gesprächstherapie eingeteilt sind.«

Der Mann hinter der Scheibe lächelte ebenfalls, erwiderte aber: »Und wenn ich das nicht mache?«

»Dann könnte es sein, dass ein elfjähriges Mädchen wegen Ihnen stirbt, was sicher zu weiteren Fragen führen wird.«

Vier Minuten später öffnete sich die nächste Glastür mit einem Summen und ein anderer Vollzugsbeamter bat die drei Kommissare, ihm zu folgen.

Auf Ruben wirkte die Einrichtung erneut eher wie ein Erholungsheim als wie ein Gefängnis. Natürlich wusste er von der Reform, die ein Gericht dem Strafvollzug bezüglich lebenslang Sicherungsverwahrter auferlegt hatte. Wie diese umgesetzt wurde, erstaunte ihn trotzdem. Andererseits war es gut und richtig, dass man diese Menschen nach Verbüßen ihrer eigentlichen Haft besser behandelte.

Ihr Begleiter blieb vor einer Tür mit der Aufschrift »Therapiezimmer« stehen und hatte die Klinke schon in der Hand, als Ruben bat: »Einen Moment bitte. Ich habe noch etwas vergessen. Könnten Sie Ihrem Kollegen vorne am Eingang bitte etwas ausrichten?«

»Natürlich. Was denn?«

»Es könnte sein, dass eine Frau Burkhard auftaucht und zu Herrn Brecher möchte. Sollte das der Fall sein, würde es uns sehr helfen, wenn Ihr Kollege die Frau etwas vertröstet, aber nicht wieder wegschickt. Und er soll auf keinen Fall sagen, dass wir gerade hier sind. Geht das?«

»Alles klar«, erwiderte der Mann locker. »Sonst noch etwas?«

Ruben sah ihm in die Augen. »Nein, sonst nichts. Aber nehmen Sie die Sache bitte ernst. Wir stecken mitten in Mordermittlungen und können uns keine Fehler leisten.«

»Ist gut«, bestätigte der Mann ernster, klopfte kurz an und drückte dann die Tür nach innen auf. Anschließend steckte er seinen Kopf durch den Spalt und bat: »Es tut mir leid, Herr Doktor, aber wir müssen die Sitzung leider unterbrechen.«

Kurz darauf erschien ein junger Mann im dicken Strickpulli in der Tür, nickte den Kommissaren kurz zu und ging anschließend in den nächsten Aufenthaltsbereich, wo ein Fernseher eine Tierdoku zeigte.

Ihr Begleiter trat einen Schritt in den Raum, ließ die drei eintreten und fragte: »Können Sie Ihre Befragung hier durchführen? Wir hätten auch noch ein Verhörzimmer, das technisch besser ausgestattet ist.«

»Hier ist es wunderbar«, sagte Ruben, sah sich kurz um und erklärte dem Mann: »Sie können uns jetzt allein lassen.«

Friedrich Brecher saß während der ganzen Prozedur regungslos auf einem bequem aussehenden Stuhl und beobachtete still das Geschehen.

Erst als der Vollzugsbeamte die Tür von außen geschlossen hatte, schlug er ein Bein über das andere, legte die Hände auf seinen Bauch und verschränkte die Finger entspannt ineinander. Danach sah er, Mike und Ruben ignorierend, zu Eva und sagte gelassen: »Schade. Ich hatte wirklich gehofft, wir könnten uns einmal unter vier Augen kennenlernen. Doch stattdessen bringen Sie sogar noch einen weiteren Aufpasser mit.«

Ruben wollte schon eingreifen, aber dieses Mal schien sich Eva besser unter Kontrolle zu haben. Sie zog sich ihren Schal vom Hals, den Brecher beim letzten Mal noch so gerne sehen wollte, setzte sich auf eine Ecke des leeren Tisches, öffnete ihre Jacke, damit er noch mehr Haut sehen konnte, und sagte: »Warum ignorieren wir meine Kollegen nicht einfach? Sie stellen eine Frage, dann darf ich eine Frage stellen.«

Ruben warf einen schnellen Blick zu Mike. Er kannte ihn als jemanden, der auch einmal grob reagieren konnte. Und da es unverkennbar war, dass Mike und Eva sich mehr als nur kollegial näherstanden, erwartete Ruben fast, dass sein Kollege eingriff. Doch der Mann schien mehr Erfahrung zu haben, als er manchmal zeigte, und schätzte die Situation richtig ein. Anstatt Brecher zurechtzuweisen, ging er zu der Wand rechts neben Brecher, lehnte sich dagegen und sah einfach nur zu. Ruben tat es ihm auf der anderen Seite gleich und überließ zunächst Eva das Spielfeld.

Brecher wirkte wie der ältere Herr von nebenan, war aber cool genug, um die anderen im Raum tatsächlich auszublenden. Sein Blick ruhte lange auf Eva, bevor er fragte: »Warst du schon einmal jemandem hilflos ausgeliefert?«

Ruben arbeitete inzwischen schon eine ganze Weile mit Eva zusammen und wusste von ihren wunden Punkten. Umso mehr erstaunte es ihn, dass sie mit Brecher den Augenkontakt hielt und freiweg sagte: »Ja. Mein Ex und ich liebten Fesselspiele und er hat nicht nur einmal meine Grenzen missachtet.«

In Brechers gelblicher Gesichtsfarbe zeigte sich eine leichte Rötung, die Ruben einiges verriet.

Eva blieb direkt und fragte im Gegenzug: »Ich weiß, dass es auch hier drinnen möglich ist, mit einem Besucher Sex zu haben. Kam Frau Burkhard Sie deswegen ab und zu besuchen?«

Brechers Stirn legte sich in Falten, wobei sein Gesichtsausdruck enttäuscht wirkte, als er sagte: »Warum stellst du so plumpe Fragen? Immer geht es nur um Sex, als gäbe es keine anderen Möglichkeiten, um die Seele zu befriedigen.«

»Zum Beispiel?«

Er schüttelte den Kopf, lehnte sich ein kleines Stück nach vorne und fragte: »Hast du diese Hilflosigkeit genossen?«

»Ja.« Eva strich sich sanft mit der Hand über ihre Brandnarbe, dachte kurz nach und fragte im Gegenzug: »Ging es bei Ihren Treffen mit Frau Burkhard um Fantasien in Richtung Angst, Gewalt und Kontrolle?«

Seine Lippen bildeten ein Schmunzeln. »Oh ja, das tat es. Maria ist unglaublich. Als Autorin versteht sie es hervorragend, sich in die Seele eines Menschen, wie ich einer bin, einzufühlen.«

Ruben sah zu Mike, der offenbar dasselbe dachte. Der Mann war nicht zu unterschätzen und Eva würde auf diese Weise keinen einzigen nützlichen Hinweis aus ihm herausbekommen. Er würde sich an ihren Antworten ergötzen und selbst nur an der Oberfläche bleiben. Außerdem fehlte Eva die Erfahrung, dies zu erkennen. Ihr Gesichtsausdruck zeigte, dass sie sich jetzt gerade wie eine Siegerin fühlte, was sich dieser Mann zunutze machte.

Der Gedanke, dass er Eva damit bloßstellen könnte, kam Ruben erst, als er bereits gesagt hatte: »Eva, lass es. Vor dir sitzt jemand, der nur mit dir spielt.« Und noch während er das dachte, sah er sich auch schon ihrem wütenden Blick ausgeliefert.

Mike reagierte schnell und sagte: »Danke, Eva, das war gutes Schauspiel. Jetzt wissen wir, mit welcher Art Mensch wir es zu tun haben.« Mit diesen Worten trat er vor Brecher, sah zu ihm herab und erklärte: »Und nun kommen wir zu dem, weshalb wir eigentlich hier sind. Sie haben es versaut!«

Brecher verzog keine Miene. »Was meinst du?«

Mike lächelte auf ihn herab. »Es ist mir herzlich egal, ob Sie mich duzen, falls das eine Provokation sein soll. Viel wichtiger ist, dass Ihr ach so genialer Plan nicht funktioniert hat. Sie haben Frau Burkhard nicht geholfen, ihr keinen späten Ruhm beschert. Ganz im Gegenteil. Die Frau ist am Ende. Im besten Fall kommt sie nur für kleinere Vergehen vor Gericht. Doch sollte dem Mädchen, das Sie entführen ließen, etwas geschehen, wird die Anklage Beihilfe zum Mord lauten.« Mike ließ den Mann einen Moment nachdenken und fuhr dann fort: »Wenn Ihnen also tatsächlich etwas an dieser sogenannten Autorin liegt, sollten Sie uns einige Informationen geben. Genauer gesagt: Wen haben Sie für die Taten angeheuert? Wo wird Mia gefangen gehalten? Und welches Ende ist für das Mädchen in dieser Inszenierung vorgesehen?«

Brechers dunkle Augen wirkten so, wie es vermutlich in seiner verirrten Seele aussah. Für den Mann waren andere Menschen so viel wert wie für Fleischesser ein anonym gemästetes Schwein. Nach einigen Sekunden öffnete er den Mund, schloss ihn wieder und begann schließlich, gequält zu lachen.

Mike ließ sich weiterhin nicht provozieren, deutete aber zu den oberen Ecken des Raumes und erklärte kühl: »Sehen Sie das?«

Brechers Augen folgten zwar tatsächlich Mikes Fingerzeig, trotzdem blieb er stumm.

»Richtig«, sagte Mike. »Sie sehen nichts! Das hier ist ein Therapieraum, in dem jede Art von Überwachung verboten ist. Das ist nicht nur gut für Arzt und Patient, es ist auch gut für Polizisten wie mich. Kein Mensch kann dabei zusehen, wie ich an gewisse Informationen gelange.«

Ruben löste sich alarmiert von der Wand, an der er lehnte.

Dieses Mal war Brechers Lachen echt, und selbst als Mike einen weiteren Schritt auf ihn zumachte, blieb er gelassen sitzen. Dann verschluckte er sich beim Lachen, hustete erbärmlich und begann, auf der Stirn zu schwitzen. Mike machte einen Schritt zurück und Ruben überlegte, ob er einen Arzt rufen sollte.

Nach einigen Sekunden hatte Brecher seinen Körper wieder halbwegs unter Kontrolle, sah hoch zu Mike und erklärte hämisch: »Siehst du, es ist nicht mehr schwer, mich umzubringen.« Er räusperte sich noch einige Male, bevor er aufstand und beschloss: »Ich gehe dann mal wieder in meine Zelle.«

Da Mike auf Ruben unschlüssig wirkte, übernahm er nun, indem er sagte: »Herr Brecher.«

Dieser sah ihn fragend an. »Was noch?«

Ruben trat ein Stück in den Raum, suchte den Augenkontakt und erklärte: »Auch wenn das hier nur die Sicherheitsverwahrung und keine echte Haftstrafe mehr ist, können wir durchaus bestimmen, wer zu Ihnen darf. Mein

Angebot lautet: Sie sagen uns, wer das Mädchen hat, und wir ermöglichen Ihnen ein letztes Treffen mit Frau Burkhard.«

Rubens Ansage traf den Mann sichtlich, wie das Muskelspiel in seinem Gesicht zeigte. Trotzdem tat er ihnen nicht den Gefallen, irgendetwas preiszugeben. Alles, was er dazu sagte, war: »Ich mag kein Happy End.«

62

Der gleiche Beamte, der sie zu Friedrich Brecher gebracht hatte, führte sie auch wieder zurück. Kurz vor der letzten Glastür, die den Eingangsbereich von der Anstalt trennte, sah Ruben gerade noch rechtzeitig, dass Frau Burkhard im Wartebereich neben der Eingangstür saß. Er sagte zu seinen Begleitern: »Stopp. Sie ist da«, drehte sich um und ging ein Stück zurück.

Als sie außer Sichtweite waren, bat er den Beamten: »Könnten Sie bitte so tun, als würden Sie die Frau dort drüben zu Friedrich Brecher bringen? Sie darf ihm allerdings nicht begegnen und wir bräuchten sie in einem Vernehmungsraum mit Videoüberwachung. Geht das?«

Der Mann schien auf einmal das Gefühl zu haben, Teil von etwas Wichtigem zu sein, und antwortete engagiert: »Bei uns geht fast alles.« Damit holte er sein Funkgerät heraus und gab einem Kollegen Anweisungen. Danach erklärte er mit stolzgeschwellter Brust: »Brecher wird uns nicht in die Quere kommen«, damit deutete er an das Ende des Flures. »Ich bringe die Frau in den letzten Raum auf der linken Seite. Sie können vor der Tür warten. Den Schlüssel darf ich Ihnen natürlich nicht aushändigen.«

»Das ist schlecht«, erwiderte Ruben. »Ich möchte, dass sich Frau Burkhard zunächst sicher fühlt und uns nicht gleich sieht.«

Der Mann begriff, schloss eine Tür in der Nähe auf, hinter der sich einige Regale mit Putzmitteln befanden. Dann machte er eine einladende Geste und versprach: »Ich hole Sie ab, sobald die Frau im Verhörraum ist.«

»Dass ich mit euch einmal in der Besenkammer lande«, scherzte Eva, nachdem der Beamte die Tür von außen geschlossen hatte. Ruben bedeutete ihr, leise zu sein, und erklärte dann flüsternd: »Ihr geht zuerst allein zu ihr. Befragt sie noch einmal freundlich zu dem Brand in ihrem Haus. Tut so, als würdet ihr alles glauben, fragt aber noch einmal explizit nach mir beziehungsweise warum sie mich nicht retten konnte. Mit etwas Glück erzählt sie eine Lüge, die durch meine bloße Existenz widerlegt wird. Dann haben wir etwas für den Staatsanwalt, mit dem er sie wegen Mord an Udo Keller und Brandstiftung anklagen kann.«

»Alles klar«, bestätigte Mike und fragte: »Und wie wollen wir vorgehen, damit sie Mias Entführer preisgibt?«

»Kann sie vermutlich nicht«, spekulierte Ruben. »Friedrich Brecher war zu selbstsicher. Ich glaube inzwischen, dass sie zwar weiß, dass er das für sie beziehungsweise für ihr nächstes Buch inszeniert hat, aber nichts darüber hinaus. Nur der Brand war ihre eigene Aktion in dieser Sache. Vermutlich wusste sie tatsächlich nicht, was alles passieren würde oder wer hinter dem Mord an Hans und der Entführung von Mia steckt. Wir dürfen Brecher nicht unterschätzen. Wenn er das in Auftrag gegeben hat, dann um seiner großen Liebe einen Gefallen zu tun und nicht um sie in Gefahr zu bringen.«

»Und je weniger Frau Burkhard weiß, umso weniger kann sie sich selbst in Gefahr bringen«, vervollständigte Mike den Gedankengang seines Kollegen.

Während Ruben nickte, stellte Eva ernüchtert fest: »Aber dann weichen wir gerade von unserem eigenen Plan ab. Wir waren uns einig, dass Mia oberste Priorität hat. Wie sollen wir die Kleine finden, wenn Brecher nicht redet und Burkhard nichts weiß?«

»Drei Möglichkeiten«, schlug Ruben vor. »Entweder passiert ein Wunder, woran ich allerdings nicht glaube. Oder, was wahrscheinlicher ist, unsere Kollegen Schober und Habermann finden etwas, das uns weiterhilft. Beide wollen sich bis heute Mittag mit ihren Rechercheergebnissen bei mir melden.«

»Oder«, schlug Mike vor, »wir geben Frau Burkhard die Chance, ihre Strafe abzumildern, indem sie Brecher dazu bringt, ihr die nötigen Informationen zu geben.«

»Auch eine Variante«, stimmte Ruben zu. »Wir werden sehen, wohin sich das Gespräch mit ihr entwickelt.«

Einige Minuten später standen sie mit dem Justizbeamten vor der Tür des Verhörraums. Dort bestätigte er ihnen, dass die Kameras und Mikrofone bereits aktiv waren, und erklärte: »Ich werde hier warten, bis Sie fertig sind.«

Mike trat gefolgt von Eva in den Raum.

Maria Burkhards Mimik zeigte erst Verwirrung, dann Zorn und schließlich versuchte sie, gelassen zu wirken.

Mike und Eva setzten sich ihr gegenüber an den Tisch, wo Mike auf das Mikrofon deutete und sie darüber belehrte, dass alles aufgezeichnet wurde.

Die Frau wirkte auch heute nicht nüchtern, und als sie feststellte: »Ich glaube, da liegt eine Verwechslung vor. Ich wollte hier eigentlich einen Freund treffen«, bestätigte sich der erste Eindruck, denn auch wenn sie nicht lallte, war ihre Fahne bis über den Tisch zu riechen.

Mike schenkte ihr ein Lächeln und erklärte: »Wir sind eigentlich auch in einer anderen Sache hier, haben Sie aber vorne am Eingang sitzen sehen. Und da wir noch einige Fragen zu dem Brand in Ihrem Haus haben, dachten wir uns, es wäre auch in Ihrem Sinne, wenn wir das gleich hier hinter uns bringen.«

Ihr Gesicht verdunkelte sich ein wenig, als sie betroffen sagte: »Es tut mir wirklich leid, dass Ihr Kollege auf so tragische Weise verunglückt ist.« Dann schaffte sie es tatsächlich, dass ihre Augen feucht wurden. »Und der arme Udo. Ich weiß wirklich nicht, was ihn geritten hat. Ich hätte ihm niemals zugetraut, so etwas zu tun.«

Eva stieg auf das Schauspiel ein, schüttelte den Kopf und fragte mit brüchiger Stimme: »Aber konnten Sie denn gar nichts mehr für Ruben, ich meine, für Herrn Hattinger, tun? Ich meine …« Eva zog etwas Rotz hoch. »… wenn ich mir vorstelle, wie er hilflos in diesem Inferno liegt …«

»Ja, schrecklich«, stimmte Burkhard ein. »Aber nein, ich konnte leider nichts mehr für ihn tun. Als das Haus schon brannte, hab ich mich noch ein letztes Mal umgedreht und sah ihn am Boden liegend in Flammen stehen. Udo muss ihn ebenfalls mit Benzin übergossen haben. Es war … war wirklich schrecklich. Ich werde diese Bilder nie mehr aus meinem Kopf bekommen.«

Mike sah die Frau so lange schweigend an, bis sich die Tür öffnete. Ruben trat ein, drehte sich einmal im Kreis und verkündete: »Dann bin ich wohl der Teufel höchstpersönlich. Feuer und Gift können mir nichts anhaben!«

»Was zum T…«, Burkhard schluckte das Wort herunter. Der Wechsel ihrer Persönlichkeit kam so schlagartig, dass Mike zuerst an ein weiteres Schauspiel glaubte. Erst als die Frau aufstand, Ruben kurz fassungslos anstarrte und dann schrie:

»Sie ... Sie ... das kann nicht sein!«, verstand Mike, dass sich jetzt das wahre Gesicht der Frau zeigte.

Trotzdem schaffte sie es erneut, den Schalter umzulegen. Sie ging auf Ruben zu, öffnete ihre Arme und heuchelte dabei: »Oh mein Gott, Sie leben. Wie haben Sie es nur aus dem Haus geschafft? Geht es Ihnen gut, sind Sie verletzt?«

Ruben hasste kaum etwas mehr, als von fremden Menschen angefasst zu werden. Er trat einen Schritt zurück, deutete auf den Stuhl, klärte sie über ihre Rechte auf und forderte dann: »Es wäre gut, wenn Sie sich jetzt wieder hinsetzen würden. Möchten Sie einen Anwalt, bevor Sie uns erklären, warum Sie das Haus angezündet haben und so ganz gezielt Udo Keller und mich umbringen wollten?«

Manche Menschen reagieren mit einem Zusammenbruch, wenn sie erkennen, dass man ihnen auf die Schliche gekommen ist. Doch diese Frau wechselte erneut schlagartig ihr Gesicht. Sie starrte Ruben an und schrie fast: »Was erzählen Sie denn da? Was wollen Sie mir hier unterjubeln? Udo muss gewusst haben, dass er vom gleichen Blut ist. Er war die ganze letzte Zeit schon so seltsam. Und wenn Sie eins und eins zusammenzählen, bleibt er als einer der Erben für mein Vermögen übrig. Außerdem kenne ich mich als Autorin genug mit Kriminalarbeit aus, um zu wissen, dass Gier ein sehr starkes Motiv ist. Also hören Sie auf, mir hier derart abstruse Dinge zu unterstellen.« Eva mochte diese affektierte Frau nicht. Nun war sie es, die einen Schritt nach vorne machte, auf den Stuhl deutete und mit scharfem Tonfall sagte: »Mein Kollege bat Sie, sich hinzusetzen.«

Burkhard sah sie von oben herab an und erwiderte: »Den Teufel werde ich tun, Schätzchen. Ich gehe!«

»Richtig«, bestätigte Eva. »Und so, wie ich es sehe, gehen Sie ins Gefängnis. Wir haben die Macht, Sie hier festzuhalten, und das werden wir auch tun.«

Das Wort Macht schien bei der Autorin etwas zu triggern. Sie lachte laut auf, drehte sich mit einer aggressiven Bewegung zu Eva und erklärte mit einem bösen Funkeln in den Augen: »Macht? Das hier nennst du Macht?«, es folgte ein energisches Kopfschütteln. »Schätzchen, was du hast, sind ein paar Gesetze, die dir manches erlauben. Friedrich hat Macht. Mehr Macht, als du dir vorstellen kannst. Geh und unterhalte dich mit ihm. Lass dir von ihm erzählen, was es für ein Gefühl ist, wahre Macht über einen Menschen zu haben.«

Ruben hatte genug gehört und fragte laut und deutlich: »Wo ist Mia? Wer hält sie gefangen?«

Burkhard hielt inne, begann zu schmunzeln und erklärte provozierend ruhig: »Man weiß es nicht. Nur weil ihr Friedrich seit Jahren gefangen haltet, heißt es nicht, dass seine Macht verkümmert ist. Es ist ein bisschen wie bei Harry Potter. Voldemort hat seine Seele auch in viele Stücke geteilt. Und mein Friedrich hat einige kleine Monster dort draußen. Es waren gelehrige Schüler, die jetzt wissen, wie man in den Genuss von absoluter Macht kommt.« Sie sah Ruben in die Augen und erklärte weiter: »Ihn müssen Sie fragen. Nur er hat die Antworten. Aber Sie sollten sich beeilen, denn das, was in den letzten Tagen passiert ist, war sein Abschiedsgruß an mich.«

»Er will Sie nicht mehr sehen?«, fragte Eva irritiert.

»Nein, Schätzchen. Leberzirrhose im Endstadium.«

Mike ignorierte den theatralischen Moment. »Dann geben Sie also zu, dass Sie von Anfang an wussten, was passieren wird, und dass Sie auch involviert waren?«

Sie sah zu ihm: »Nein, das tue ich nicht! Ich habe die Geschehnisse nur beobachtet und zu einer Story gemacht. Ich denke, das nennt man künstlerische Freiheit. Und nun werde ich nichts mehr sagen und bitte hiermit ausdrücklich um einen Anwalt.«

»Wo ist Mia?«, versuchte es Eva ein letztes Mal. Frau Burkhard setzte sich nun doch auf den Stuhl und antwortete: »In meinem Buch kann sie entkommen. Aber es ist eben doch nur ein Buch«, dann presste sie die Lippen aufeinander und schwieg.

63

Die drei Kommissare nahmen am Ausgang der Haftanstalt ihre Waffen, Eva und Mike zusätzlich ihre Handys entgegen. Beide aktivierten die Geräte, was fast augenblicklich zu einem Durcheinander von Hinweistönen führte.

»Was ist passiert?«, fragte Ruben in Ermangelung eines eigenen Telefons.

»Tiefenbach hat dreimal bei mir angerufen«, antwortete Eva zuerst.

»Bei mir auch«, bestätigte Mike, drückte auf Rückrufen und aktivierte den Lautsprecher. Der Kommissar hob beinahe sofort ab. Mike fragte: »Was ist so dringend, Herr Kollege? Wir waren gerade in der JVA Straubing und mussten die Handys abgeben.«

»Mia hat angerufen«, lautete die knappe Aussage.

»Wo ist sie? Geht es ihr gut?« Mike konnte seine Aufregung kaum unterdrücken.

»Das ist das Problem«, antwortete der Kommissar aus der Dienststelle Bad Kötzting, danach folgte ein Augenblick der Stille.

Ruben, der es absolut nicht leiden konnte, wenn Menschen nicht auf den Punkt kamen, fragte: »Was ist das Problem? Sollen wir raten?«

»Sorry«, kam es, gefolgt von Papierrascheln, aus dem Lautsprecher. »Ich habe gerade einiges zu tun. Also Folgendes: Mia hat von einem Gerät mit unterdrückter Nummer aus den Notruf gewählt. Die Verbindung hielt nur wenige Sekunden. Sie nannte ihren Namen, erzählte, dass sie entführt wurde und dass ihr sehr, sehr kalt ist. Als sie der Kollege in der Leitstelle danach fragte, wo sie sich befindet, sagte sie etwas von viel Beton und dass die Tür nicht funktioniert. Außerdem sagte sie, dass ihr Entführer tot ist und sich eine Tschechisch sprechende Frau bei ihr befindet, der es aber nicht gut gehe. Danach brach die Verbindung ab.«

»Sonst keine Informationen?«, hakte Ruben nach.

»Von Mia nicht. Nein. Aber ich bin dem Hinweis nach der Tschechisch sprechenden Frau nachgegangen und vielleicht fündig geworden. Unweit der Grenze, genauer gesagt in Neuern, wird eine Prostituierte vermisst. Außerdem wurde der Polizei dort ein ungewöhnlicher Vorfall gemeldet. An einem angrenzenden See soll ein Mann im Unterholz gelauert haben. Der Hund einer Frau hat ihn aufgestöbert und wurde dann von ihm getötet. Die Hundebesitzerin sah ihn gerade noch davonfahren und ist der Meinung, dass der Wagen ein deutsches Kennzeichen hatte.«

Ruben dachte kurz über das Gehörte nach. »Und wie sieht es mit einem möglichen Unterschlupf aus? Konnten Sie schon irgendwelche Häuser identifizieren, die als Versteck dienen könnten?«

»Das war natürlich einer meiner ersten Gedanken«, erwiderte Tiefenbach am Ende der Leitung. »Doch bis jetzt gibt es da keine Hinweise. Es könnte alles vom Keller eines betonierten Neubaus bis zu einer alten Fabrik sein. Weder wir noch unsere tschechischen Kollegen können das ganze Gebiet absuchen. Zumal wir nicht einmal wissen, ob der Aufenthaltsort der

Kleinen sich in Neuern befindet oder der mögliche Entführer dieser Prostituierten dort nur wilderte.«

»Und Mia hat nur einmal angerufen?«, fragte nun Mike dazwischen.

»Nein. Es gab vermutlich noch einen Versuch. Aber der war so kurz, dass sie nicht einmal ihren Namen nennen konnte. Und nein, eine Ortung ist in diesem Fall unmöglich. Erstens wegen der kurzen Zeitspanne und zweitens, weil wir die Nummer des Geräts nicht kennen. Hinzu kommt noch die Wettersituation. Wir können schon froh sein, dass der Strom noch nicht überall ausgefallen ist.«

»Stopp, stopp, stopp«, bat Ruben, sagte dann aber nichts mehr.

»Was ist los?«, fragte Tiefenbach nach einigen Augenblicken irritiert, worauf Mike nur antwortete: »Herr Hattinger denkt nach. Kann erfahrungsgemäß etwas dauern.«

Nach ein paar Sekunden mit geschlossenen Augen brachte Ruben seinen Mund wieder in die Nähe von Mikes Handy und fragte: »Tiefenbach. Sind Sie noch da?«, und als dieser bestätigte, erklärte Ruben: »Mia sagte, dass ihr sehr, sehr kalt ist. Also gehe ich davon aus, dass auch bei ihr die Stromversorgung zusammengebrochen ist. Ich weiß zwar noch nicht, ob uns das weiterbringt, aber lassen Sie sich von den Tschechen alle Gebiete rund um diese Stadt geben, die aktuell keinen Strom mehr haben. Vielleicht grenzt das die Suche ein.«

»Guter Ansatz«, bestätigte Tiefenbach. »Habt ihr sonst noch Ideen, was wir tun könnten? Wir haben gerade eine aktualisierte Unwetterwarnung hereinbekommen. Aus dem Tauwetter soll heute Nacht bei Ostwind Eisregen werden und die Temperaturen sollen auf minus zehn Grad sinken. Wenn sich das Mädchen in einem unbeheizten Raum befindet, könnte es ganz schön eng werden.«

»Und wenn ihr Entführer tatsächlich tot ist, kann er sich nicht mehr um sie kümmern«, dachte Ruben laut, machte eine weitere kurze Pause und beschloss: »Ich schlage vor, wir machen jetzt Folgendes: Sie versuchen, etwas über die Stromausfälle auf tschechischer Seite herauszubekommen, und wir reden mit unseren Kollegen. Vielleicht haben deren Recherchen inzwischen etwas Brauchbares ergeben.«

»Alles klar«, antwortete Tiefenbach. »Ich melde mich, sobald sich etwas Neues ergibt«, dann ließ er eine Pause folgen und fügte noch hinzu: »Ach, Herr Hattinger. Staatsanwalt Lorenz sagte mir, dass Sie den Brand doch überlebt haben. Schön, dass Sie noch da sind!«

Ruben fand es passend, einfach »Danke« zu sagen. Danach legte Mike auf.

Auch Schober war froh, dass sein Kollege überlebt hatte, doch das Gespräch mit dem KTUler brachte wieder nur Ernüchterung. Er hatte zwar im Schnee neben dem an der Tanne platzierten Handy einige Stofffasern gefunden, doch ohne ein Gegenstück zum Vergleich waren diese nutzlos. Auch auf dem Handy selbst fanden sich keine Fingerabdrücke oder DNA-Spuren. Und was die technische Seite anging, erwies sich die darauf installierte App, mit der der Entführer mit einem Zweitgerät die Verbindung zu Burkhards Geräten herstellte, als Vorbild für Datenschutz. Nicht weil sie die Daten gut verschlüsselte, sondern weil sie diese erst gar nicht speicherte. Außer dem nutzlosen Benutzernamen »Angstmacher« und dem Passwort »Friedulin110« konnten keine Daten oder Hinweise auf das sendende Gerät gefunden werden.

In der Hoffnung, dass wenigstens Habermann etwas Nützliches herausgefunden hatte, wollte Ruben das Gespräch schon beenden. Doch Schober sagte: »Eine Sache habe ich noch.«

»Was?«

»Wir haben uns die Ruine von Burkhards ehemaligem Bauernhof inzwischen angesehen und ich weiß nicht, ob es wichtig ist. Aber erstens war es eindeutig Brandstiftung mit Benzin. Und zweitens wurden, vermutlich durch die erste Verpuffung beim Entzünden, einige Papiere nach draußen geschleudert. Im Grunde alles unbedeutende Sachen, ich fand allerdings einen Sendungsbeleg für ein dem Preis nach ziemlich großes Paket. Frau Burkhard hat es vor zwei Tagen von Hermes abholen lassen. Die Zieladresse konnte ich aus Datenschutzgründen allerdings noch nicht ermitteln.«

Vor Rubens innerem Auge flimmerten einige Bilder vorbei. Schließlich schlug er sich mit der flachen Hand auf die Stirn, sagte: »Ich Rindvieh!«, und schloss kurz die Augen, um die letzten Teile des Puzzles zusammenzusetzen. Als er die Augen wieder öffnete, sahen ihn Mike und Eva fragend an.

Ruben schüttelte noch einmal den Kopf über sich selbst und erklärte: »Schuhe, Mantel und Bluse.«

Mike legte seine Stirn in Falten, reagierte mit einem mitleidigen »Ja natürlich« und fragte dann: »Geht's genauer?«

Ruben deutete zurück zu der gesicherten Tür, aus der sie gerade gekommen waren und wo Frau Burkhard noch immer in dem Vernehmungsraum auf das Eintreffen einer Streife wartete, die sie zur nächsten Dienststelle bringen sollte. Er wiederholte: »Schuhe, Mantel und Bluse«, bevor er erklärte: »Das, was Frau Burkhard heute anhatte, dürfte sie gar nicht mehr besitzen. Es fiel mir schon bei meinem letzten Besuch auf, dass an der Garderobe des Bauernhauses etwas fehlte, was bei den anderen Besuchen immer da war. Und zwar genau der teure Mantel und die Schuhe, die sie heute trägt. Folglich war der Brand keine spontane Aktion, sondern geplant. Sie hat ihre besten Stücke schon vorher verschickt.«

»Mike«, unterbrach Eva Rubens Überlegungen.

Mike drehte sich zu ihr: »Was?«

»Erinnerst du dich daran, wie wir Mias Vater nach unserem letzten Besuch bei der Familie auf der Straße getroffen haben?«

Mike dachte kurz nach, deutete ein wissendes Nicken an und fluchte: »Gott verdammt. Natürlich! Mias Vater erzählte uns, dass er jemanden gesehen hat, der vermutlich Treibstoff aus einem landwirtschaftlichen Gerät klaut.«

»Genau«, bestätigte Eva. »Und ich gehe stark davon aus, dass das Udo war.«

»Moment«, hörten sie Schober aus dem Telefon sagen: »Ihr denkt, dass die Dame sich von diesem Udo Keller einen Brandbeschleuniger bringen lässt, ihn außer Gefecht setzt und ihn dann damit anzündet? Das ist … puh … also, ich habe ja schon viel erlebt.«

»Das ist genial«, stieg Ruben da ein, wo Schober aufgehört hatte. »So ein Ort hat tausend Augen. Und wenn jemand Udo Keller dabei gesehen hat, wie er einen Kanister Benzin abzapft, würde das umso mehr auf ihn als Brandstifter hinweisen.«

»Die Frau hat wirklich an fast alles gedacht«, murmelte Mike.

»Und sogar Umstände wie das Wetter mit in ihre Planungen einbezogen«, ergänzte Schober. »Dann fehlen uns jetzt nur noch die Beweise. Aber vielleicht findet Habermann eine entsprechende Nachricht oder wenigstens einen Anruf auf Burkhards Handy«, beendete Ruben die Lobgesänge auf diese Autorin.

Drüben am Eingang zum Wartebereich der JVA öffnete sich die Tür und eine Frau mit zwei kleinen Kindern trat ein. Während ihre männlichen Kollegen weiter über den Brand redeten, zog sich in Eva etwas zusammen. Es war schon wieder passiert. Anstatt sich um die kleine Mia zu kümmern, fokussierten sich alle erneut auf Frau Burkhard und deren Motive. Eva gab sich einen Ruck und sagte laut: »Das reicht jetzt!«

Ihre Kollegen verstummten und sahen sie fragend an.

Eva nickte zu den Kindern, die unruhig darauf warteten, dass ihre Mutter die Formalitäten für den Besuch eines Häftlings ausfüllte. Dann sagte sie: »Mia ist in etwa so alt wie die Kleine dort drüben und wir reden wieder nur über diesen verdammten Brand.«

Mike und Ruben verstanden. Sie verabschiedeten sich von Schober, dann wählte Mike Habermanns Nummer.

64

Mia wusste, dass sie etwas tun sollte. Sie saß seit einer Ewigkeit in die einzige Decke gewickelt vor der schweren Tür und starrte auf das erloschene Lämpchen. Manchmal überkamen sie böse Träume und auch das Zeitgefühl war ihr völlig abhandengekommen. Hinter dem schmalen Oberlicht begann ein neuer Tag.

Dass die junge Frau unten tot war, konnte sie nur vermuten. Ihr fehlte einfach der Mut, sie anzufassen. Noch schlimmer war es allerdings in dem anderen Raum. Nachdem Aneta den Schlüssel aus dem Mann herausgeholt hatte, hatte sie sich nicht die Mühe gemacht, dessen Wunden zu verdecken. Mia wandte den Blick ab, als sie dessen Kleidung durchsuchte. Einmal spürte sie dabei eine kalte zähe Flüssigkeit und musste sich fast noch einmal übergeben.

Wegen ihrer kalten und klammen Finger hätte sie das kleine Handy fast übersehen. Doch als sie es ihm aus der Innentasche zog, spürte sie zum ersten Mal seit Langem wieder so etwas wie Hoffnung. Diese wurde allerdings kurz darauf schon wieder enttäuscht. Ihr gelang es zwar, das Gerät einzuschalten, sie hatte aber natürlich keine Ahnung, mit welchen Zahlen sie es entsperren konnte. Die einzig mögliche Funktion war der Notruf, allerdings nur wenn man auch Empfang hatte. Sie versuchte es zuerst im Treppenhaus, dann in dem Raum mit dem Zaun. Schließlich stieg sie sogar auf den Tisch, von dem Aneta gestürzt war.

Es war ein sehr kurzes Telefonat. Der Mann am anderen Ende der Leitung hatte sich kaum gemeldet und einige Fragen gestellt, da war er auch schon wieder weg. Danach schaffte sie es nur noch, eine noch kürzere Verbindung herzustellen, und seitdem ging es überhaupt nicht mehr.

Sie stand so lange auf dem Tisch vor dem zerschlagenen Fenster, bis sie die Kälte nicht mehr aushielt. Danach trank sie noch einen Schluck aus dem Wasserhahn, dessen Tropfen sie während der Gefangenschaft etwas getröstet hatten, wusste aber nicht, was sie machen sollte. Die Tür oben an der Treppe schien der einzige Ausgang zu sein. Sie fand zwar noch zwei schmale Fenster wie das, zu dem die Frau hochgestiegen war, doch hinter allen waren Gitterstäbe zu erkennen. Außerdem waren diese viel zu weit oben und für sie nicht einmal erreichbar, wenn sie auf den Tisch stieg.

Nachdem es in ihrem anfänglichen Gefängnis immer kälter wurde und es drüben bei dem toten Mann nicht viel besser war, fiel ihr etwas ein. Physik war nie ihre Stärke gewesen, doch dass warme Luft nach oben stieg, war hängen geblieben. Und so saß sie nun hier, auf der obersten Ebene der Treppe, und hoffte seit einer gefühlten Ewigkeit, dass der Notruf etwas bewirkt hatte.

Nun nahm sie das Handy wieder in die Hand. Neben dem Notrufsymbol waren auf dem Display zwei kleine Balken zu erkennen. Sie wusste von ihrem eigenen, dass der linke die Empfangsstärke und der rechte den Akkustand anzeigte. Und da sie ständig prüfte, ob sich an der Empfangsstärke etwas änderte, war der Akkustand auf nur noch einen Strich zusammengeschmolzen.

Irgendwann schlief sie noch einmal kurz ein. Im ersten Moment fühlte sich Mia angenehm schwer, dann begannen die Bilder in ihrem Kopf, lebendig zu werden. Dieser Mann, der noch vor einigen Tagen in der Schule vor der Tafel gestanden und ihnen etwas über Mobbing und Gewalt erzählt hatte, wurde in ihren Träumen zu einem Monster. Er hatte wieder diesen bösartigen Gesichtsausdruck, schlich durch einen Keller und flüsterte dabei die Geschichte vom tapferen Schneiderlein. Kurz vor der Nische, in die sie sich drückte, blieb er stehen und rief: »Na komm, mein kleiner Engel, ich zeige dir die andere Welt. Eine Welt voll dunkler Macht, in der selbst die Schatten auf dich hören werden. Komm raus und folge mir.«

In der Realität wie auch im Traum begann ihr Körper zu zittern. Es fehlten nur zwei Schritte bis zu ihr. Er machte einen, blieb wieder stehen und flüsterte: »Spürst du die Angst, Mia? Lass sie zu und wehre dich nicht dagegen, dann wird sie dich machtvoll machen. Schrei sie heraus, werde selbst zur Angst, verbreite Angst.«

Der eigene Schrei erschreckte Mia so sehr, dass ihre Zähne hörbar aufeinanderschlugen. Sie sah sich panisch um, doch ihre einzige Hoffnung, das Lämpchen an dem Zahlenfeld neben der Tür, war so dunkel wie zuvor. Die Kälte war inzwischen unter die dünne Decke gekrochen und ihr Magen verlangte endlich etwas zu essen. Das Heulen des Windes, das immer einmal wieder hereindrang, wurde langsam leiser, sonst hatte sich aber nichts verändert.

Nachdem sie begriffen hatte, dass es nur ein Traum gewesen war, beruhigten sich ihre Nerven ein wenig. Sie stand auf, rüttelte verzweifelt an der Tür, doch nichts rührte sich. Ihr blieb nur, noch einmal durch diesen Keller zu gehen. Vielleicht fand sie wenigstens etwas Nahrung oder eine noch dickere Decke.

Bis jetzt hatte sie die hinteren drei Türen gemieden. Nach der Tür, hinter der dieser Mann lag, wurde der Flur immer dunkler und sie hatte Angst. Ganz entsetzliche Angst, dass dort noch mehr schlimme Dinge lauern könnten.

Wieder unten angekommen, ging sie noch einmal in den Raum, der vorher ihr Gefängnis gewesen war. Sie vermied es, die reglos und inzwischen ganz steif wirkende Frau anzusehen, griff sich die Taschenlampe und ging wieder hinaus.

Der lange dunkle Flur wirkte wie der Weg zur Hölle. Die erste Tür war nur angelehnt, doch sie wusste, was sich dahinter befand.

Mia ließ den Strahl der Lampe erst über die zweite Tür auf der linken Seite gleiten, dann wechselte sie die Position und prüfte die beiden Türen auf der anderen Seite. Alle drei waren geschlossen.

Von draußen drang wieder das Heulen des Windes bis in diesen Keller herunter, was sie kurz zusammenzucken ließ. Sie wischte sich eine Träne der Angst aus dem Augenwinkel, atmete einmal durch und ging langsam in den dunklen Schacht aus kargem Beton.

Durch den Angstschweiß auf ihrer Stirn spürte sie einen leichten und ziemlich kalten Luftzug. Entweder bedeutete das, dass dort hinten ein weiteres Fenster geöffnet war, oder, dass es vielleicht sogar einen Ausgang gab.

Vor der ersten Tür auf der linken Seite blieb sie stehen und lauschte. Nachdem sich sekundenlang nichts rührte, legte sie ihre kleine Hand auf die Klinke, drückte diese langsam herunter und zog gleichzeitig etwas an der Tür. Sie ließ sich nicht öffnen.

Mia spürte fast schon Erleichterung, dass sie nicht hineinsehen musste. Sie drehte sich um, ging auf die andere Flurseite und wiederholte den Vorgang vor der nächsten Tür. Schon bevor ihre Hand die Klinke erreichte, spürte sie, dass der Luftstrom deutlich stärker wurde und eindeutig durch den Spalt unter der Tür strömte.

Sie drückte die Klinke herunter, zog an der Tür und hätte vor Schreck darüber, dass diese sich öffnen ließ, fast die Lampe fallen lassen.

Ein schneller Blick durch die entstandene Öffnung zeigte, dass der Raum dahinter ebenfalls etwas Tageslicht abbekam. Außerdem zog nun deutlich mehr Luft zu ihr in den Flur, was ihr ein Frösteln über den Rücken jagte.

Sie murmelte: »Du schaffst das«, öffnete die Tür ganz und sah in einen komplett leeren Raum, in dem es ihr gegenüber an der oberen Kante der Wand zwei schmale, vergitterte Fenster gab, die aber beide zerbrochen waren.

Alles andere ignorierend, starrte sie wie gebannt dort hinauf. Es war das erste Mal seit Langem, dass sie wieder einen Baum sah. Die Spitze einer großen Tanne war zu sehen, die sich immer wieder im Wind verneigte und dabei aussah, als würde sie ihr tröstend zunicken.

Eine Windböe drückte etwas Regen durch das teilweise zerbrochene Glas herein und holte sie damit aus der Starre. Das Licht der Taschenlampe traf auf die Wand rechts von ihr. Der erste Eindruck schien ihr Bewusstsein in Zeitlupe zu erreichen. Sie wich zwei Schritte zurück und schlug sich die freie Hand vor den Mund, wobei ihr der Schrei im Halse stecken blieb.

Die vier schweren Eisenringe waren durch Ketten mit der Wand verbunden. Zwei oben, zwei unten, und dazwischen rötlich braune Spritzer, die an einigen Stellen nach unten gelaufen waren. Und als wäre das nicht genug, lagen einige unterschiedlich große, etwas gebogene Plättchen davor am Boden. Ihre Mutter erlaubte es noch nicht, trotzdem liebte es Mia, sich heimlich einen Nagellack aufzutragen, der genauso glitzerte wie diese Plättchen.

Das Gefühl, den Teufel im Nacken zu haben, ließ sie zur Tür stürmen, diese zuschlagen und in dem dunklen Flur an der nächsten Wand in die Knie gehen.

Sekunden wurden zu Minuten, ehe sich Mia wieder rühren konnte. Die Kälte war ihr inzwischen derart in die Knochen gekrochen, dass ihr die Bewegungen schwerfielen. Eine Tür war noch übrig und trotz der Übelkeit überwog ihr Hunger.

»Nur noch einmal«, tröstete sie sich selbst, riss die letzte Tür einfach auf und konnte kaum glauben, was sie sah. Mehr noch, sie musste sich sogar noch einmal zu dem kargen Flur umdrehen, um sicherzugehen, dass es kein Traum war. Vor ihr stand ein großes Bett, das mit einem schwarzen, eigenartig glänzenden Bettzeug bezogen war. Davor lag ein großes Fell und an der Decke über dem Bett hing ein riesiger Spiegel. Außerdem stand an einer Seite des Raumes ein offenes Regal mit allen möglichen Dingen, die sie noch nie zuvor gesehen hatte. Einige wirkten wie Spielzeug, andere bedrohlich. Das Einzige, was es nicht gab, war irgendetwas Essbares.

65

»Ich beneide euch nicht. Stimmt es, was die Wetterkarten anzeigen?«, fragte Habermann, bevor sie hörten, wie ein Keks zerbröselte.

Mike warf einen Blick durch die Glastür. »Ja, die stimmen. Da draußen geht gerade die Welt unter.«

»Wo seid ihr?«

»Immer noch in der JVA. Wir kommen hier mit der Suche nach Mia aber nicht weiter. Maria Burkhard scheint nicht viel zu wissen und Friedrich Brecher macht keine Anstalten, irgendetwas preiszugeben.«

Obwohl das Gerät auf Lautsprecher gestellt war und sie alle drei mithören konnten, ließ sich nun Ruben das Handy geben und fragte: »Hat Brechers Überprüfung etwas ergeben?«

»Eins nach dem anderen«, erwiderte Habermann gedehnt. »Was mein Fachgebiet betrifft, bin ich nicht wirklich weitergekommen. Einige von Frau Burkhards Daten wurden zwar in der Cloud gesichert, es gibt aber weder Hinweise auf den Verbleib von Mia, noch konnte die digitale Spur des Handys aus dem Wald nachverfolgt werden. Das Einzige, was mir aufgefallen ist, bezieht sich auf ein Arbeitsskript der Autorin. Das Programm, mit dem sie ihre Bücher schreibt, macht regelmäßige Sicherungen, und so wie es aussieht, hat sie in den letzten Tagen irre oft und viel geschrieben. Ich konnte bisher nur ein wenig querlesen. Aber erstens geht es in dieser neuen Geschichte eindeutig um die Ereignisse, zu denen wir ermitteln. Und zweitens ist es richtig gut geschrieben.«

»Wissen wir alles«, unterbrach Ruben seinen Kollegen und erklärte kurz: »Die Zusammenhänge sind noch viel faszinierender, denn all das geschah vermutlich nur wegen dieses neuen Buches. Brecher ist offenbar schwer krank und hat dafür gesorgt, dass Frau Burkhard eine realistische Vorlage bekommt. Im Grunde hat sie nicht viel Fantasie. Ihre besten Bücher handelten immer von echten Kriminalfällen und ihr erster Bestseller erzählt von Friedrich Brechers Leben selbst. Aber das ist jetzt erst einmal egal. Von Bedeutung ist, dass wir denjenigen finden, den Brecher dafür angeheuert hat. Deswegen ist es wichtig, dass wir alle durchleuchten, mit denen er in Haft eine engere Verbindung hatte.«

»Wie ich schon sagte, eins nach dem anderen«, erklärte Habermann mit einer Ruhe, die für die drei Kommissare eine Herausforderung war. Eva war kurz davor, etwas ins Handy zu brüllen, als der Kollege endlich sagte: »Es gab im Laufe der Zeit fünf Männer, mit denen Brecher sich über einen längeren Zeitraum eine Zelle teilte. Und jetzt passt auf, denn das ist ungewöhnlich: Drei von ihnen beantragten eine Haftprüfung, bei der ihnen von einem Gutachter tatsächlich eine ungewöhnlich gute Prognose attestiert wurde, die wiederum zu einer frühzeitigen Entlassung führte.«

»Wurde der Gutachter bestochen?«, fragte Eva das Naheliegendste.

»Kann fast ausgeschlossen werden, da es immer ein anderer war.« Habermann machte eine Pause, während deren das leise Klicken einer Computermaus zu hören war. Dann sagte er: »Aber ich habe vorhin mit einem der Gutachter gesprochen, und der meinte, dass sich Brechers damaliger Zellennachbar bei der Begutachtung fast wie aus dem Lehrbuch verhalten hat.«

»Und weiter?« Mike sah keinen Zusammenhang.

»Und weiter habe ich mir ein paar Gedanken gemacht. Für Friedrich Brecher stand seit seiner Verurteilung fest, dass er nie mehr auf freien Fuß kommen würde. Und trotzdem hat er sich laut den Aufzeichnungen der Gefängnisbibliothek sehr für Psychologie interessiert. Es ist nur eine Theorie, aber was, wenn er seine Mithäftlinge gewissermaßen ausgebildet hat? Wenn er ihnen gezeigt und mit ihnen geübt hat, wie man sich bei so einem Gutachten richtig verhält?«

Ruben verstand, dachte kurz darüber nach und beschloss: »Einen Versuch ist es wert. Wenn es so sein sollte, hätte Brecher bei diesen Männern etwas gut. Und wenn die nur halb so psychopathisch sind wie er selbst, haben sie sogar noch Spaß daran, etwas für ihn durchzuziehen. Wer sind die drei, die vorzeitig entlassen wurden?«

»Spannende Leute«, erklärte Habermann. »Einen können wir allerdings schon ausschließen. Ein Pädophiler, der nach der Haft dort weitergemacht hat, wo er davor aufhören musste. Allerdings wurde er vom Vater seines Opfers erwischt und sitzt seitdem im Rollstuhl. Die anderen beiden schicke ich euch per Mail. Beide leben in Nordbayern, was schon einmal passen würde. Da haben wir Robert Janek, dreiundvierzig Jahre alt, verurteilt wegen Erpressung und schweren Raubes. Außerdem gibt es ein paar Einträge in seiner Akte, dass er seine Frau gerne einmal durch die Wohnung geprügelt haben könnte. Sie hat aber nie Anzeige erstattet.«

»Wen noch?«, fragte Mike, als der Kollege nicht weitersprach.

»Joshua Tauber. Fünfunddreißig. Litt bei seiner Verhaftung unter einer Angststörung und wurde erst einmal in einer psychiatrischen Einrichtung untergebracht. Er ging auf ein kleines Mädchen los, weil er sich von ihr bedroht fühlte. Seine Therapie schlug schnell an, und auch in der normalen Haft gab es keine Vorkommnisse mehr. Er saß zwei Jahre lang mit Brecher in einer Zelle.«

»Was machen die beiden jetzt?«

Es folgten wieder einige Klickgeräusche, dann sagte Habermann: »Robert Janek ist laut Sozialversicherung bei einer Baufirma gemeldet. Und Tauber … Moment bitte … ja, da haben wir ihn. Oh.« Es folgte Stille.

»Was?«, fragte Mike ungeduldig.

»Tauber ist zwar als arbeitssuchend gemeldet, nimmt aber an einem Projekt namens ›Strong Kids‹ teil.«

»Was ist das nun wieder?«, drängte Ruben.

»Jetzt habt doch mal ein bisschen Geduld«, maulte Habermann zurück und las vor: »›Strong Kids‹ ist ein Projekt des bayerischen Kultusministeriums. Dabei werden ehemalige Kriminelle, die sich einem Persönlichkeitstest und einem entsprechenden Training unterzogen haben, in die Schulen geschickt. Ihre Aufgabe ist es, den Kindern im Beisein eines Lehrers aufzuzeigen, was passiert, wenn man sich auf Drogen oder die falschen Menschen einlässt. Darüber hinaus verfügen die Probanden über einschlägiges Wissen bezüglich charakterstärkender Übungen. So lernen die Kinder schon früh, wie man zu Verführungen richtig Nein sagt und sich einer schwierigen Situation entziehen kann.«

Sein Kollege hatte noch nicht ganz ausgesprochen, da fluchte Mike schon laut: »Bin ich blöd. Wir hätten den Besuch in der Schule vorziehen sollen. Jetzt ergibt alles einen Sinn.«

»Was meinst du?«, fragte Habermann durchs Handy.

»Der Teddy, Mias Glücksbringer, wurde nach ihrer eigenen Aussage in der Schule entwendet.«

»Und zwar genau an dem Tag, als dort eine Veranstaltung zur Gewaltprävention stattfand«, erinnerte sich nun auch Eva an das Gespräch mit Mias Mutter.

Ruben hatte genug gehört, er sagte ins Handy: »Habermann, ruf Staatsanwalt Lorenz an. Der soll uns vom zuständigen Richter einen Durchsuchungsbeschluss für die Wohnung dieses Joshua Tauber besorgen. Und davor schickst du uns noch dessen Adresse. Wir machen uns sofort auf den Weg.«

Die Fahrt zurück in die Region, aus der sie heute Morgen gekommen waren, wurde immer mehr zu einem Glücksspiel. Ganze Straßenstücke waren mit gefrierendem Wasser oder schon wieder mit Schneematsch bedeckt. Während Mike hoch konzentriert am Steuer saß, gingen Eva und Ruben noch einmal alle Notizen, Hinweise und Fakten durch.

Kurz bevor sie Arrach, einen Nachbarort von Lohberg, erreichten, zeigte das Außenthermometer bereits wieder leichten Frost an. Und soweit sie wussten, war Mia allein und ihr war kalt. Sollte sich der Wetterbericht bewahrheiten, würden die Temperaturen noch weiter fallen, was ihr Todesurteil sein könnte.

An der angegebenen Adresse befand sich das älteste und heruntergekommenste Haus des eigentlich hübschen Dorfes. Es zählte drei Stockwerke und vermutlich sechs Wohnungen. Nachdem Mike angehalten hatte, blickte Ruben aus dem Fenster, wobei er feststellte: »Kein Beton, alles Backstein. Ich befürchte, Mia wird an einem anderen Ort versteckt.«

Sie stiegen aus, gingen zum Klingelschild, doch die Haustür stand einen Spaltbreit offen. Mike entdeckte ein Schild mit der Aufschrift »Tauber & NOVÁK«, nickte seinen Kollegen zu und sie nutzten die offene Tür und gingen hinauf in das erste Stockwerk. Alle drei entsicherten die Halterung ihrer Waffe. Eva hielt ihr Tablet mit dem Durchsuchungsbeschluss bereit, dann klingelte Ruben, wobei er sich ein Stück seines Pullis über den Finger zog. Nicht um keine Spuren zu verwischen, sondern aus Ekel vor dem abgenutzten Knopf.

Als sich nach einigen Sekunden nichts rührte, wiederholte er den Vorgang, worauf irgendwo in der Wohnung »Was?« gerufen wurde.

Mike, der sich auf eine aggressivoffensive Vorgehensweise eingestellt hatte, wurde von dem Anblick einer hochschwangeren Frau irritiert. Die hochgewachsene Frau hatte die Tür ohne jede Vorsicht geöffnet und stand jetzt mit herrischem Gesichtsausdruck im Rahmen. Sie musterte einen nach dem anderen und fragte schließlich: »Was wollt ihr? Seid ihr von dieser Sekte, diesen Zeugen von irgendwas?«

Während sich Mike wieder etwas entspannte, hielt ihr Ruben seinen Dienstausweis entgegen, fragte aber umgehend und mit Blick in den düsteren Flur: »Wir suchen Joshua Tauber, ist der hier?«

»Josh? Nein, der ist seit gestern Nachmittag verschwunden. Und wenn Sie ihn treffen sollten, können Sie ihm ausrichten, er soll sich zum Teufel scheren.« Mit diesen Worten wollte sie die Tür wieder schließen, doch Mike war schneller und stellte seinen Fuß hinein. Eva hielt der zornigen Frau ihr Tablet vor die Nase und erklärte: »Wir sind fertig, wenn wir es sagen. Das hier ist ein Durchsuchungsbeschluss für diese Wohnung. Wenn Sie bitte mit in die Küche kommen wollen. Wir warten dort gemeinsam, bis sich meine Kollegen bei Ihnen umgesehen haben.«

66

»Gottverdammt, wie sollen wir hier etwas finden?« Mike zog einen Stapel unsortierter Papiere aus der alten Schrankwand, sah sich die ersten Blätter an und schimpfte weiter: »Hier ist alles, aber kein Hinweis auf ein mögliches Versteck.«

Ruben war selten ratlos, musste Mike aber zustimmen. Denn selbst wenn es hier einen Hinweis geben sollte, würde es ewig dauern, diese verwahrloste Wohnung anständig zu durchsuchen. Daher warf er noch einmal einen Blick durch das Wohnzimmer, trat an die Küchentür und fragte die Schwangere: »Hat Ihr Lebensgefährte einen Laptop oder ein anderes Gerät, mit dem man ins Internet kommt?«

Die Frau sah ihn hasserfüllt an, rümpfte die Nase und belehrte ihn: »Lebensgefährte? Das hätte Josh gerne. Dieser Trottel.«

»Könnten Sie bitte meine Frage beantworten?«, drängte Ruben. Die Frau schüttelte erst den Kopf, sagte dann aber: »Es gab mal einen Laptop, aber den hat er irgendwann mitgenommen. Seitdem haben wir nur unsere Handys, um ins Internet zu kommen.«

»Wissen Sie, ob er öfter rüber in die Tschechei gefahren ist?«, brachte sich nun Eva ein. »Oder waren Sie vielleicht sogar dabei?«

Joshua Taubers Freundin, oder was auch immer sie war, schien tatsächlich kurz darüber nachzudenken, bis sie sagte: »Nein. Also, ich glaube nicht. Nicht oft zumindest. Nur, wenn er mir günstige Zigaretten besorgen sollte.«

Evas Blick ging zu dem ausladenden Bauch der Frau. »Sie rauchen? In Ihrem Zustand?«

»Ist das ein Verbrechen?«, keifte die Frau auch prompt zurück. Eva spürte Wut in sich aufkeimen, vergaß jede Zurückhaltung und fragte ganz direkt: »Und wie ist es mit Prostituierten? Ging Herr Tauber hinter der Grenze in eines der Bordelle?«

Die Frage schien die Frau weit weniger zu erzürnen als die Sache mit dem Rauchen, als sie antwortete: »Keine Ahnung. Kann schon sein.«

Ruben dachte kurz nach, sah der Frau eindringlich in die Augen und erklärte: »Wir ermitteln wegen Mord und Kindesentführung. Fällt Ihnen irgendein Ort ein, an dem Herr Tauber möglicherweise ein Kind verstecken könnte? Gibt es irgendeinen Ort, von dem er Ihnen erzählt hat? Oder haben Sie sonst eine Idee, wo er sein könnte?«

»Mord?« Sie lachte auf. »Josh soll einen Mord begangen haben?« Sie zog diesen Satz mit ihrer Stimme ins Lächerliche. Dann wurde sie plötzlich ernst und murmelte: »Obwohl …«

»Was obwohl?«, fragte Eva barsch.

Die Frau wiegte den Kopf hin und her. »Na ja. Josh ist zwar eigentlich ein Loser, aber er kann schon auch ein wenig gruselig sein. Irgendwie wirkte er oft, als würde etwas in ihm brodeln … ich weiß nicht, wie ich es ausdrücken soll.«

»Wir verstehen«, unterbrach sie Ruben, dem hier alles zu lange dauerte. Daher fragte er: »Also zum letzten Mal. Sie haben keine Ahnung, wo wir nach ihm suchen könnten? Ich muss Sie darauf hinweisen, dass Sie eine schwere Straftat unterstützen, wenn Sie uns wissentlich etwas unterschlagen.«

Die Frau blieb dabei: »Nein. Wirklich. Ich habe keine Ahnung.«

»Gut«, bestätigte Ruben. »Dann geben Sie meiner Kollegin bitte noch Herrn Taubers Handynummer. Danach verschwinden wir.« Er wandte sich an Eva und bat: »Und gib ihr bitte deine Visitenkarte, falls ihr doch noch etwas einfällt oder sich Herr Tauber bei ihr meldet. Ich habe ja kein Handy mehr.«

»Und jetzt?«

Mike sah Eva an und beschloss: »Jetzt rauche ich eine Zigarette und denke nach.«

Ruben sah zu, wie sein Kollege bis zum Ende des alten Hauses ging, sich dort eine Zigarette anzündete und den Blick über die umliegenden, matschig braunen Felder schweifen ließ. Inzwischen war der Regen durchgezogen, es war windstill, doch die Temperaturen sanken. Trotz des frühen Nachmittags hatte die Februarsonne kaum Kraft.

»Hast du noch eine Idee?«, versuchte es Eva bei Ruben, der aber nur den Kopf schüttelte. »Wenn wir davon ausgehen, dass dieser Joshua Tauber tatsächlich der Entführer ist und Mia am Telefon recht hatte, dass er tot ist, nützt uns noch nicht einmal eine Fahndung etwas.«

»Es muss doch irgendwelche Spuren zu diesem Versteck geben«, sagte Eva zu sich selbst, zündete sich ebenfalls eine Zigarette an und zog den Rauch bis tief in ihre Lungen. Dann kam ihr ein Gedanke und sie fragte sich laut: »Und wenn wir Friedrich Brecher etwas anbieten, damit er uns sagt, wo Mia ist?«

»Wenn er es überhaupt weiß«, reagierte Ruben ungewöhnlich resigniert.

Mike war inzwischen zurückgekommen und fragte, da er nur die Hälfte mitbekommen hatte: »Was weiß Friedrich Brecher?«

»Eva hat gerade überlegt, ob wir Brecher etwas anbieten können, damit er uns sagt, wo Mia ist. Und ich erwiderte, dass wir noch nicht einmal wissen, ob er das Versteck kennt«, klärte ihn Ruben auf. »Ist dir noch etwas eingefallen?«

Mike schüttelte den Kopf. »Nein, nichts Brauchbares. An Habermanns These, dass Brecher bei einigen Ex-Häftlingen etwas guthat, könnte etwas dran sein. Allerdings würde es ewig dauern, diesbezüglich alle Spuren und Zusammenhänge auszuwerten. Und selbst dann wäre es nicht sicher, dass die Spuren uns zu Mias Gefängnis führen. Außerdem …«, Mike zog den Reißverschluss seiner Jacke noch ein Stück nach oben, »… haben wir nicht die Zeit dafür. Eva hat schon recht. Unsere einzige Chance ist, dass Brecher etwas weiß und den Mund aufmacht.«

»Und wenn wir Frau Burkhard zu ihm lassen? Ich meine, der Mann ist ziemlich krank. Vielleicht würde ihn die Aussicht auf ein letztes Treffen mit ihr zugänglicher machen«, schlug Eva vor.

»Eigentlich haben wir nichts zu verlieren«, stimmte Ruben nach kurzer Bedenkzeit zu. »Allerdings muss das Staatsanwalt Lorenz mit dem zuständigen Richter besprechen. Ich rufe ihn an, dann sehen wir weiter.« Ruben ließ sich Evas Handy geben, erklärte Lorenz kurz den Stand der Dinge und bat schließlich um einen schnellen Rückruf.

Danach wählte er die Nummer der polizeieigenen Vermittlungsstelle, um mit den Kollegen in Straubing verbunden zu werden. Der dortige Dienststellenleiter erklärte ihm, dass Frau Burkhards Anwalt bereits eingetroffen war und alles danach aussah, dass man sie zumindest vorerst gehen lassen musste. Ruben dachte kurz darüber nach und verlangte schließlich, Frau Burkhard persönlich sprechen zu dürfen.

Nach einigen Sekunden in der Warteschleife meldete sich die ziemlich gut gelaunt wirkende Autorin mit den Worten:

»Hallo Herr Kommissar. Eigentlich schön, Sie zu hören, aber mein Anwalt sitzt neben mir und rät mir dringend davon ab, irgendetwas zu sagen.«

Ruben verwirrte die Frau mit den Worten: »Sie sollen ja auch gar nichts sagen. Und gegen Zuhören dürfte Ihr Anwalt doch nichts haben. Oder?«

»Er kann Sie hören und nickt«, lautete die schlichte Antwort. »Also, was wollen Sie?«

Er dachte einen Augenblick lang nach und erklärte schließlich: »Wir wären bereit, Sie noch ein letztes Mal zu Friedrich Brecher zu lassen.«

»Doch sicher nicht selbstlos. Was erwarten Sie dafür?«, fragte Frau Burkhard misstrauisch.

»Dass Sie einem Mädchen das Leben retten.« Ruben war kein Mann, der lange drum herumredete.

Dieses Mal dauerte das Schweigen am anderen Ende der Leitung etwas länger, bis die Frau schließlich sagte: »Erstens weiß ich nicht, ob Friedrich sich, sollte er überhaupt etwas damit zu tun haben, darauf einlässt. Und zweitens hätten wir kaum einen Lustgewinn von einem Treffen mit Kameras und Mikrofonen.«

»Was schlagen Sie vor?« Ruben hasste Verhandlungen mit Kriminellen, doch heute ging es nicht anders.

»Einen offiziellen Teil, bei dem ich ihm ins Gewissen rede. Und einen privaten Teil im Besucherzimmer der JVA, wenn er die Informationen preisgibt.«

»Also gehen Sie davon aus, dass er weiß, wo Mia ist«, stellte Ruben fest.

»Wäre zumindest möglich. Aber wie gesagt, ich kann nichts versprechen.«

Ruben wurde nun deutlich ernster, als er sagte: »Hören Sie, Frau Burkhard. Das hier ist weder ein Spiel noch irgendeine Geschichte aus Ihren Büchern. Wir wissen, dass Mia noch lebt.

Und wenn es stimmt, was sie uns sagte, wird sie irgendwo da draußen jämmerlich erfrieren. Ihr Entführer ist vermutlich tot und kann ihr nicht mehr helfen. Machen Sie das Richtige und beschaffen Sie uns die Informationen. Sie waren selbst einmal ein kleines Mädchen.«

Erneutes Schweigen, dann sagte sie: »Ich versuche es.«

Ruben rang sich einen Dank ab und bat: »Wir brauchen noch die Zustimmung des Richters, aber das dürfte kein Problem sein. Ein Kollege wird Sie zurück zur JVA bringen. Wir treffen uns dort in circa einer Stunde, dann können Sie zu Herrn Brecher.«

67

»Also dann, wieder zurück nach Straubing«, brummte Mike wenig begeistert, startete den Motor und fuhr los. Wenigstens war der Winterdienst so schlau gewesen, die Straßen zu salzen, bevor aus dem Schneematsch Eis wurde.

Außer bei ein paar Telefongesprächen, die Ruben mit dem Staatsanwalt, dem zuständigen Richter und dem Leiter der Abteilung für Sicherheitsverwahrte führte, wurde kaum gesprochen. Alle drei hingen ihren Gedanken nach und jeder von ihnen ärgerte sich, dass es nirgends einen konkreten Hinweis auf Mia gab. Hinzu kam der Umstand, dass nun alles von dieser Autorin und einem Schwerverbrecher abhing, was zu einem Gefühl der Hilflosigkeit führte.

Die Sonne stand schon wieder tief, als Mike den Wagen eineinhalb Stunden später erneut auf dem Parkplatz vor der JVA abstellte. Nachdem sie die Türen geöffnet hatten, fiel ihnen auf, wie kalt es wieder geworden war.

Ruben übernahm die Führung. In der Wartezone des Eingangsbereichs saß bereits Frau Burkhard in Begleitung eines älteren Herrn, dessen Auftreten Souveränität ausstrahlte. Im Gegensatz zu der Autorin stand er auf, stellte sich vor Frau Burkhard, sah Ruben entgegen und streckte die Hand aus, noch bevor sich dieser vorgestellt hatte. Ruben machte keine

Anstalten, ihm die Hand zu schütteln, und erklärte stattdessen knapp: »Ich bin Hauptkommissar Hattinger, begleitet von meinen Kollegen Köstner und Lange.«

Der Mann ließ sich nicht verunsichern und erwiderte: »Schön. Und mein Name ist Freischütz. Ich vertrete Frau Burkhard in dieser Angelegenheit.«

Ruben sah den Mann einen Augenblick lang an, sagte: »Prima«, trat ein Stück zur Seite und bat an Maria Burkhard gewandt: »Können wir uns kurz über das Bevorstehende unterhalten oder brauchen Sie dafür den Segen Ihres Anwalts?«

Dessen Gesichtszüge verfinsterten sich, während er ausstieß: »Ich darf doch sehr bitten. Wie ich gerade sagte, vertrete ich Frau Burkhard. Folglich müssen Sie zuerst mit mir reden, damit ich meine Mandantin entsprechend beraten kann.«

Ruben ignorierte den Mann, setzte sich Frau Burkhard gegenüber und erklärte ihr: »Der Richter ist mit unserer Übereinkunft einverstanden. Ihre Unterhaltung mit Herrn Brecher findet zunächst in dem hiesigen Verhörzimmer statt. Ich kläre Sie hiermit darüber auf, dass das Gespräch akustisch und visuell aufgezeichnet wird. Wenn Sie sich kooperativ zeigen und Brecher überzeugen können, Mias Versteck preiszugeben, bieten wir Ihnen beiden ein weiteres Treffen in privaterem Umfeld an.«

Als sich der Anwalt erneut einmischen wollte, machte Frau Burkhard eine Geste, die ihn verstummen ließ, und sagte: »Das ist ja ganz nett. Aber was, wenn Friedrich nichts weiß? Was hätten wir dann davon?«

Mike und Eva warteten ebenso gespannt wie dieser Herr Freischütz auf die Antwort. Doch alle drei konnten nur zusehen, wie sich Ruben zu der Frau beugte und ihr etwas ins Ohr flüsterte. Danach lehnte sich die Autorin zurück, dachte kurz darüber nach und beschloss: »Also gut, dann lasst mich endlich zu Friedrich.« Sie stand auf, ging zur nächsten Fensterscheibe, nutzte diese als Spiegel und brachte ihre Frisur in Ordnung.

Ruben ging zu dem Beamten an der Anmeldung und erklärte ihm kurz, um was es ging. Der Mann griff zum Telefon, redete kurz mit seinem Vorgesetzten und ließ danach alle durch die erste Tür. Nach der üblichen Sicherheitsüberprüfung und der Abgabe aller Handys und Waffen gelangten sie durch die nächste Tür ins Innere der Anstalt.

Wieder nahm sie einer der Wärter in Empfang und führte sie bis zu der Abteilung, in der es neben Therapieräumen auch ein Zimmer für Vernehmungen gab. Dort blieb der Mann stehen, deutete zur nächsten Tür und erklärte den Polizisten: »Von dort drüben können Sie mithören.«

Da der Anwalt keine Anstalten machte, Ruben, Mike und Eva zu folgen, sagte Frau Burkhard zu ihm: »Ich brauche Sie hier nicht. Auf Friedrichs Abschussliste kommen Anwälte gleich nach Polizisten. Sie würden das Ergebnis dieses Gesprächs nur in Gefahr bringen.«

Ruben konnte nichts dagegen machen, dass der Mann nun mit ihnen in das Nebenzimmer kam. Als Rechtsvertreter der Autorin war er genauso dazu berechtigt, dem Gespräch beizuwohnen, wie er jederzeit vollständige Akteneinsicht verlangen konnte.

Der Wärter gab ihnen noch kurz Zeit, dann sahen sie auf einem der drei Monitore, wie er die Tür zum Verhörzimmer öffnete und zu dem bereits anwesenden Herrn Brecher sagte: »Frau Burkhard ist jetzt hier.«

Da sie über die Kameras nicht sehen konnten, was vor der Tür geschah, hörten sie nur leise, wie sich der Wärter an die vor der Tür stehende Autorin wandte, wobei er fragte: »Und Sie sind sich sicher, dass niemand mit hineinsoll?«

»Bin ich«, antwortete Frau Burkhard, wobei ihre Stimme laut und resolut klang. Danach tauchte sie im Türrahmen auf, zog dem Wärter die Tür vor der Nase zu und drehte sich zu Brecher.

Die beiden sahen sich einige Augenblicke lang an, gingen dann aufeinander zu und umarmten sich.

»So ein harter Kerl«, murmelte Mike abwertend. Ruben brachte ihn mit einer Geste zum Schweigen und fragte, den Blick starr an einen der Monitore geheftet: »Hat er ihr gerade etwas zugeflüstert?«

»Hat er«, bestätigte Eva. »Die Mundbewegungen sahen für mich aber so aus, als hätte er etwas wie ›Schön, dass du da bist‹ geflüstert.«

Ruben versuchte, sich zu entspannen.

Nun trennten sich die beiden aus ihrer Umarmung und setzten sich brav am Tisch gegenüber. Nachdem Brecher und Burkhard geschlagene fünf Minuten über allgemeine Themen geredet hatten, lehnte sich der Mann zurück, legte wie schon beim letzten Besuch seine Hände entspannt auf seinem Bauch ab und fragte ganz offen: »Also, dann erzähl mal, Maria. Warum hat man dich zu mir gelassen? Ein normaler Besuch kann es ja nicht sein, sonst wären wir nicht unter derartiger Beobachtung.« Mit diesen Worten sah er in eine der Kameras oben in der Zimmerecke und setzte ein wissendes Grinsen auf.

Frau Burkhard wählte ihre Worte sorgsam, bevor sie sagte: »Ich habe dir doch schon von Udo erzählt. Er hat gestern mein Haus angezündet und nun unterstellt man mir, dass ich es gewesen sei.«

»Interessant«, stellte Brecher fest. »Und was ist mit deinem Bekannten passiert? Das ist doch der, von dem du sagtest, dass er immer für dich einkaufen geht. Oder?«

»Ja, genau«, bestätigte sie, schüttelte den Kopf und fragte: »Du kennst diesen Kommissar Hattinger?«

»Ja.«

»Der war auch bei mir und konnte Udo überwältigen. Dadurch kam er vermutlich nicht mehr rechtzeitig raus und ist verbrannt.«

Mike hörte die Worte aus dem Lautsprecher und hätte am liebsten etwas geschrien. Laut sagte er zu den Anwesenden: »Was für ein sinnloses Schauspiel. Wenn sie nicht langsam zum Punkt kommt, gehe ich rüber und diskutiere ein wenig mit.« Evas Hand auf seiner Schulter erinnerte ihn an die Anwesenheit des Anwalts. Mike riss sich zusammen und schwieg.

Auf dem Monitor deutete Brecher ein Nicken an, sagte aber: »Das ist sicher eine interessante Geschichte. Aber was, liebe Maria, hat das mit uns hier zu tun?«

Sie sah ihm lange in die Augen, presste kurz ihre Lippen zusammen und erklärte: »Ich will ehrlich sein, das waren wir immer.« Es folgte noch eine kurze Pause, bis sie sagte: »Es geht um dieses vermisste Mädchen. Der Kommissar war deswegen ja schon einmal bei dir. Auch in dieser Sache unterstellt man mir Mitwisserschaft. Außerdem denken die, dass du die Sache inszeniert hast.«

»Nicht schlecht, dieser Bulle«, äußerte Brecher zustimmend.

Ruben, Mike und Eva hielten kurz den Atem an. Alles sah danach aus, als würde Brecher gleich eine Art Geständnis ablegen. Doch als er tatsächlich zum Weiterreden ansetzte, brachte ihn Maria mit einer Handbewegung zum Schweigen und sagte: »Sie denken, du weißt, wo man die Kleine versteckt hält. Sie haben zwar eine Vermutung, wer sie entführt hat, gehen aber davon aus, dass derjenige tot ist. Lange Rede, kurzer Sinn: Du bist für die Bullen die letzte Hoffnung, das Mädchen lebendig zu finden. Und deren Angebot lautet: Du sagst mir jetzt, wo sie ist, und dafür bekommen wir beide ein paar letzte Stunden zusammen im nicht überwachten Besucherraum dieser Anstalt.«

Anstatt ihr zu antworten, drehte sich Brecher zum Tischmikrofon und sagte laut: »Ich bin wirklich beeindruckt, dass ihr auf Joshua Tauber gekommen seid.« Danach lehnte er sich wieder zurück und sah Frau Burkhard lange in die Augen, bevor die Kommissare aus dem Lautsprecher hörten, wie er sagte: »Tut mir leid, Maria. Ich würde wirklich viel für ein paar von deinen kleinen Schweinereien geben, aber ein anderer Wunsch ist größer.« Damit stand er auf, zeigte auf die Tür und bat die sichtlich getroffene Frau: »Bitte geh jetzt und sag diesem Hattinger, dass ich ihn unter vier Augen sprechen will.«

Bei Burkhards anschließender Szene sah Brecher aus, als wäre er kurz davor zuzuschlagen. Dann besann sich die Autorin endlich und verließ unter Tränen das Zimmer.

Ruben tat es ihr eine Tür weiter gleich, ignorierte sie auf dem Flur und ging direkt zu dem Serienmörder hinein. Dieser sah ihm entgegen und stellte, als wäre nichts gewesen, fest: »Na, das ging ja schnell.«

»Was wollen Sie?« Ruben machte sich nicht die Mühe irgendwelcher Freundlichkeiten.

Brecher deutete auf den frei gewordenen Stuhl. Ruben setzte sich, fuhr sämtliche Emotionen herunter und fragte: »Also?«

Der Mann blickte noch einmal zur Tür, sagte ein wenig verträumt: »Wirklich schade um die Zeit mit ihr«, und fügte nach einem Moment der Stille hinzu: »Ich weiß tatsächlich, wo Joshua Tauber die Kleine versteckt hält. Allerdings ist es so, dass ich hier seit einer Ewigkeit festsitze und mein Gesundheitszustand nicht mehr der beste ist.«

»Eine Freilassung können Sie vergessen«, erklärte Ruben ungefragt, aber sehr ruhig.

Brecher winkte ab. »Das weiß ich doch. Frei bin ich erst, wenn mein Rauch aus dem Krematorium nach oben steigt. Mein einfacher Deal lautet, dass wir zusammen nach dem armen Mädchen sehen. Sie nehmen mich mit und ich führe Sie zu dem Versteck.«

Ruben dachte lange darüber nach. Dann stand er auf, zeigte nicht, was er von der Sache hielt, und erklärte: »Bleiben Sie hier. Ich kläre das mit den entsprechenden Stellen und bin in ein paar Minuten zurück.« An der Tür drehte er sich noch einmal um. »Ihnen ist aber schon klar, dass Sie schwer bewacht und in Ketten gelegt sein werden, falls das so stattfindet.«

Brechers Stimme klang beinahe versöhnlich, als er erwiderte: »Alles, was ich will, ist die Welt da draußen noch einmal mit eigenen Augen sehen. Und wenn Sie mich in einem Raubtierkäfig durch die Gegend fahren, soll mir das auch recht sein.«

68

Eva konnte die Frau nicht leiden, trotzdem tat sie ihr in diesem Moment leid. Frau Burkhard kam zur Tür herein, wischte sich die Tränen aus den Augen und murmelte einige Schimpfwörter, die eindeutig Friedrich Brecher galten.

Sie sahen zu, wie Ruben im Verhörzimmer mit Brecher am Tisch saß und dieser gerade seine Forderung stellte.

»Dafür?«, schluchzte die Autorin, schüttelte den Kopf, wandte sich an Mike und bat: »Kann ich jetzt bitte gehen? Man hat mich im Polizeirevier bereits darüber aufgeklärt, was ich darf und was nicht.«

»Natürlich können wir gehen.« Burkhards Anwalt hatte bis jetzt regungslos in einer Ecke des kleinen Überwachungsraums gestanden, erinnerte sich nun aber offenbar an sein Mandat.

»Bitte warten Sie noch, bis mein Kollege wieder zurück ist«, bestimmte Mike, der nicht Rubens Fehler in Bezug auf Alleingänge machen wollte.

Und als hätte dieser das gehört, sahen sie auf dem Monitor, wie Ruben zur Tür ging, von wo er Brecher darüber aufklärte, wie sein Ausflug laufen würde.

Ein paar Sekunden später trat er zu ihnen in den Raum, sah erst den Anwalt, dann die Autorin an und sagte schlicht: »Aus dem Kuscheln mit einem Schwerverbrecher wird wohl nichts. Sagen Sie uns noch, wo wir Sie erreichen können, bleiben Sie im Umkreis und tragen Sie nichts mehr von dem Fall in die Öffentlichkeit. Sollten Sie wieder etwas darüber veröffentlichen, zeige ich Sie persönlich wegen Behinderung der Strafverfolgung an.« Da Frau Burkhard nicht besonders aufnahmefähig wirkte, wandte er sich wieder an deren Anwalt und fragte: »Alles verstanden?«

»Alles verstanden«, bestätigte dieser, ausnahmsweise ohne Widerworte, dann fügte er hinzu: »Sie finden meine Mandantin im Hotel Bischofshof in Regensburg.«

Ruben sah dabei zu, wie er den Arm um die Autorin legte, um sie hinauszuführen. Diese entzog sich der Berührung mit einem harschen »Nicht« und die beiden verschwanden durch die Tür, wo ein Wärter darauf wartete, sie hinauszubringen.

»Du willst darauf eingehen?«, waren Evas erste Worte, nachdem sie allein waren.

»Wir müssen darüber sprechen«, gab sich Ruben überraschend teamfähig.

Mike war hin und hergerissen, erklärte aber: »Ich möchte diesem Typen eigentlich keinerlei Zugeständnisse machen, doch Mia ist wichtiger. Außerdem wäre es nicht das erste Mal, dass man einen Gefangenen an einen Tatort bringt. Mit einem kleinen SEK-Team als Begleitung sollte das kein Thema sein.«

Eva warf einen kurzen Blick auf den Monitor. Friedrich Brecher saß regungslos da und starrte die Wand an. »Aber wer sagt uns denn eigentlich, dass er den Aufenthaltsort wirklich kennt? Vielleicht lässt er sich von uns eine Stunde durch die Gegend fahren und erklärt dann, dass er keine Ahnung hat.«

»War auch mein erster Gedanke«, gab Ruben zu. »Aber er nannte vorhin den Namen Joshua Tauber nicht ohne Grund. Ich denke, er wollte uns damit zeigen, dass er sehr wohl in den Fall involviert ist und die Umstände kennt.«

Mike löste sich von der Tischplatte, an der er lehnte, und warf ein: »Das überzeugt mich noch nicht. Wenn die Sache stattfinden soll, will ich eine Information von ihm, die er eigentlich nicht wissen kann. Irgendetwas, was uns zeigt, dass er tatsächlich etwas mit dem Fall zu tun hat.«

»Was schlägst du vor?«, fragte Eva. Und an Mikes Stelle dachte Ruben laut: »Es muss etwas sein, das er nicht von Frau Burkhard oder aus den Medien wissen kann.«

Nach einigen Augenblicken atmete Mike laut aus, bevor er feststellte: »Wenn ich so darüber nachdenke, haben wir der Frau viel zu viel Zugang zu unserer Ermittlungsarbeit gegeben. Sie war immer irgendwie dabei. Und wenn nicht, haben wir sie ungewollt mit Informationen gefüttert.«

»Da hast du recht«, stimmte Eva zu. Dann drehte sie sich zur Tür und verkündete über die Schulter: »Aber eine Sache gibt es, die Brecher nur wissen kann, wenn er sich diesen ganzen Mist ausgedacht hat.« Damit verließ sie den Raum und erschien kurz darauf auf dem Monitor drüben bei Brecher. Von dort hörten Mike und Ruben sie an Brecher gewandt fragen: »Wollten Sie, dass der getötete Junge sexuell missbraucht wird?«

Brecher sah zu Eva auf, musterte sie eine Zeit lang, was bei Mike Wut erzeugte, doch dann erklärte er ruhig: »Ich hätte niemals jemanden für diese Show auserwählt, der so etwas tut. Sexuelle Gewalt gegenüber Kindern ist nicht mein Weg. Joshua Tauber hat vielleicht genauso viel Spaß an der Macht über andere wie ich selbst. Aber eines ist er ganz gewiss nicht … nämlich pädophil.« Brecher hielt den Blickkontakt aufrecht und erklärte selbstsicher: »Habe ich Ihren Test bestanden?«

Eva wollte sich schon abwenden, hielt aber inne und fragte: »Sie sagten gerade: ›Für diese Show‹, dann geben Sie also zu, dass diese ganze ekelhafte Scheiße nur passiert ist, damit diese Frau Burkhard ein gutes Buch schreiben konnte?«

Brecher begann zu lächeln, verweigerte aber jede Antwort.

»Also, was machen wir?«, fragte Ruben, nachdem Eva wieder zurück war.

»Ich glaube ihm«, erklärte Eva. »Auch weil ich bei der Herfahrt die Akte von Joshua Tauber gelesen habe. Der Psychologe, der ihn damals während der Haft begutachtete, schilderte ihn als einfältig, nicht besonders intelligent, aber erfolgreich therapiert. Und dieser Fall ist einfach zu komplex für einen einfältigen Menschen. Da brauchte es jemanden, der diesen Joshua Tauber anleitete.«

»Ich stimme dem Ausflug mit Brecher auch zu«, warf Mike ein, fragte aber: »Sag mal, Ruben. Was hast du dieser Autorin vorhin eigentlich ins Ohr geflüstert, damit sie dem Treffen mit Brecher zustimmt?«

Ruben begann zu grinsen, wurde aber sofort wieder ernst: »Eine kleine, aber eigentlich unerlaubte Notlüge.«

»Was?«, fragte nun auch Eva.

»Na ja. Ich habe behauptet, dass ich mir nach dem Brand eine Blutprobe habe abnehmen lassen, in der die Droge, die sie mir verabreicht hat, nachgewiesen wurde. Und dann habe ich ihr angeboten, dass diese Probe verschwindet, wenn sie sich auch ohne Erfolgsgarantie auf das Treffen mit Brecher einlässt.«

Mike sagte: »Böser Bube«, stockte und fragte dann: »Aber es gibt keine Probe. Oder?«

Ruben begann erneut zu grinsen. »Doch, die gibt es. Ich musste ja zunächst vor dem Brand in den Wald hinter dem ehemaligen Bauernhof flüchten. Dort blieb ich eine Weile. Und als ihr schon weg wart, war die Feuerwehr ja noch vor Ort. Einer der Sanitäter hat mir etwas Blut abgenommen. Sobald wir Mia haben und Frau Burkhard endgültig nicht mehr brauchen, geht mein Blut zur Gerichtsmedizin und die Frau ins Gefängnis. Wenn ich das Blut gleich abgegeben hätte, wäre dem Richter nichts anderes übrig geblieben, als sie umgehend festnehmen zu lassen.«

Obwohl es wieder einer von Rubens Alleingängen war, reagierte Eva nur mit den Worten: »Man muss Prioritäten setzen.«

Mike nickte nur anerkennend, da er es nicht viel anders gemacht hätte. Er war nicht der Typ, der sich an sämtliche Vorschriften hielt, wenn man auf anderen Wegen ein Leben retten konnte.

»Na gut«, beschloss Ruben. »Dann werde ich jetzt unseren Ausflug mit Brecher autorisieren lassen. Und ihr könnt schon einmal ein SEK-Team anfordern.«

69

Es musste inzwischen später Nachmittag sein. Hier in dem Raum mit dem großen Bett gab es nur ein winziges Fenster in Form von Glasziegeln. Mia hatte das Fell vom Boden, die Decke aus ihrem Gefängnis und die aus dem Bett über sich gezogen und eine Weile geschlafen. Das Licht wirkte jetzt rötlich, dann verschwand es schnell und der frühe Winterabend begann.

Mia hatte unter den wärmenden Decken zwar tatsächlich ganz gut geschlafen, fühlte sich aber matt und kraftlos. Ihr knurrender Magen befand sich inzwischen in einer Art Dauerkrampf und nur der brennende Durst war noch schlimmer als ihr Hunger. Doch der Gedanke, dass der einzige Wasserhahn am anderen Ende des Kellers war, ließ sie noch zögern.

Ob der Strom inzwischen wieder funktioniert?, ging es ihr durch den Kopf. Sie griff nach dem Handy, das neben ihr auf der schwarzen Matratze lag, und drückte auf einen Knopf, doch dieses Mal blieb das Display dunkel. Sie drückte länger, ein Logo zeigte sich kurz und verschwand wieder. Der Akku war nun endgültig leer.

Mia dachte an die anderen Räume. Dachte an diese Ketten an der Wand. An die braunen Flecken und die lackierten Fingernägel auf dem Boden. Sie dachte an ihren Entführer, der mit aufgeschnittenem Bauch in dem anderen Zimmer lag.

Dann an ihr Gefängnis mit der vermutlich toten Tschechin und dem zerbrochenen Fenster.

Ihr einziger Antrieb war der tropfende Wasserhahn. Und sollte der Strom wieder funktionieren, aber die Tür oben immer noch verschlossen sein, könnte sie wenigstens den Heizlüfter hierherbringen.

Wasser ist wichtig, Essen nicht so, wusste sie noch aus dem Biologieunterricht. Doch daran, wie lange man es ohne Nahrung aushielt, konnte sie sich nicht mehr erinnern.

Nach dem Wind vom Morgen war es in dem Kellerkomplex nun still … erdrückend still. Durch die Glasziegel kam inzwischen gar kein Licht mehr in den Raum mit dem Bett. Mia wechselte das Handy gegen die Taschenlampe, knipste diese an und ließ den Lichtkegel über die Wände gleiten. Es widerstrebte ihr noch immer, die wärmenden Decken zu verlassen, aber irgendwann musste sie es tun.

Sie setzte sich auf und sah zu der schweren Metalltür, hinter der sich der lange Flur befand. Sollte sie wirklich?

Im Schein der Lampe sah sie, wie ihr Atem zu einer dünnen Wolke kondensierte. Der brennende Durst und die mögliche Wärme des Heizlüfters ließen ihr keine Wahl. Mia schälte sich aus den Decken und war froh darüber, dass sie wenigstens ihre Klamotten zurückhatte.

Sie stand auf, ging zu einer alten Stehlampe und drückte auf den Knopf. Ihre Freude war unermesslich, als diese tatsächlich anging. Wenn jetzt auch noch die Tür oben an der Metalltreppe aufginge, wäre sie schon fast in Sicherheit.

Aus Angst, dass jemand sie einschließen könnte, hatte sie die Tür nur angelehnt. Nun sah sie durch den Spalt, erkannte aber nur einen sehr wagen Lichtschein am Ende des Flures. Dann nahm sie ihren Mut zusammen, öffnete die Tür ein Stück und schlüpfte hindurch. Der lange Gang mit seinen Türen wirkte im Schein der Taschenlampe gespenstisch, doch hier gab es keine Lichtschalter. Aber wenigstens hatte sie bei ihrer Erkundungstour alle anderen Türen wieder geschlossen, sodass sie nichts aus den dunklen Kammern anspringen konnte. Mia wusste natürlich, dass es Unsinn war, und doch gab es die Geister in ihrem Kopf.

Immer auf irgendwelche Geräusche lauschend ging sie Schritt für Schritt in Richtung Treppe. Auf Höhe des Raumes mit den gruseligen Ketten hielt sie möglichst viel Abstand zu der Tür, dann passierte es.

Es waren nur leise Pieptöne, die hier unten jedoch klangen, als kämen sie von überallher. Mia hielt die Luft an, und als auch noch ein metallisches Klacken ertönte, strömte ihr das Blut vor Angst in den Kopf. *Ist das die Polizei oder ein weiterer Irrer?*, ging es ihr durch den Kopf. Gefolgt von dem Gedanken, dass ihr Entführer vielleicht doch nur verletzt und nicht tot war.

Drüben an der Metalltreppe erschien ein Lichtkegel, gefolgt von einer Stimme, die fragte: »Mia? Mia, bist du hier?«

Das klang einerseits nicht nach Polizei, aber andererseits auch nicht bedrohlich. Außerdem bildete sich Mia ein, die Stimme zu kennen, wusste aber nicht, woher.

Verstecken oder antworten? Als schwere Schritte auf den Metallstufen erklangen, musste sie sich entscheiden. Mia traute niemandem mehr und entschied sich zunächst für Verstecken. Sie ging so leise wie möglich zur nächsten Tür, zog sie ein Stück auf, schlüpfte durch den Spalt und schloss sie wieder.

In dem kaum vorhandenen Licht wirkte die braune Verfärbung zwischen den dicken Stahlketten für einen Augenblick, als würde dort jemand stehen. Mia presste sich die Hand auf den Mund und unterdrückte damit ihren leisen Schrei. Erst als sie die Taschenlampe kurz einschaltete und sich so vergewissern konnte, dass es sich nur um eine optische Täuschung handelte, konnte sie sich wieder auf das konzentrieren, was hinter der Tür passierte.

Wer auch immer dort draußen war, er machte sich nicht die Mühe, leise zu sein. Er musste jetzt in dem Raum sein, in dem der Drahtzaun eingezogen war. Erstens war dort die einzige Tür, die beim Öffnen etwas quietschte, und zweitens spürte sie, wie wieder der Luftzug einsetzte. Es folgten weitere Schritte, dieses Mal auf Beton, dann erneut die Frage: »Mia? Ich bin hier, um dich zu befreien. Wo bist du?«

Unter dem Türspalt erschien ein Lichtstreifen. Offenbar hatte der Mann den Schalter für den Flur gefunden. Nach einigen Sekunden Stille hörte sie ein leises Klicken, gefolgt von einem sehr gedämpft klingenden: »Oh Gott.«

Hatte er ihren toten Entführer gefunden? Wenn ja, war die Tür, an der sie gerade lehnte, die nächste in der Reihe.

In der Folge klang das Geräusch der Schritte anders, irgendwie gedämpfter. Bestimmt war derjenige, der dort draußen war, nach dem Anblick des Toten jetzt vorsichtiger. Weiter konnte Mia nicht denken. Die Tür wurde so schnell aufgerissen, dass sie keinen Halt mehr fand und hinaus in den Flur stolperte. Ihr eigener Schrei mischte sich mit dem des Mannes, der aber umgehend begann, beruhigend auf sie einzureden: »Alles gut. Alles gut. Du musst keine Angst haben. Ich tue dir nichts.«

Mia erkannte die Stimme, bevor sie das Gesicht des Mannes richtig sah. Sie presste sich mit dem Rücken gegen die nächste Wand und fragte ungläubig: »Sie?«, dann hallte ihr die Stimme ihres Entführers durch den Kopf, als er sagte: »Weil du überhaupt nicht weißt, wer dein Vater ist.«

Während dieser angebliche Bekannte ihrer Mutter nun in die Hocke ging und sie fragte: »Bist du verletzt? Ist noch jemand hier?«, setzte sich das Puzzle in ihrem Kopf zusammen. Er war es, den die Handybilder des Entführers zusammen mit ihrer Mutter zeigten. So zusammen, wie sie ihre Mutter schon lange nicht mehr mit ihrem Vater gesehen hatte. Sie sah den Mann einen Augenblick lang an und fragte schließlich: »Ist meine Mutter auch hier?«

Er schüttelte den Kopf. »Nein. Aber ich habe ihr versprochen, dich zu finden und ihr zurückzubringen.«

»Aber mein Vater ...«, hörte sich Mia selbst murmeln.

Der Mann zeigte sich betroffen. »Deinem Vater geht es gerade nicht so gut.«

»Und wo ist die Polizei?« Mia blieb misstrauisch.

»Die muss ich noch anrufen. Ich war mir nicht sicher, ob du wirklich hier bist.« Damit erhob sich der Mann, streckte ihr die Hand entgegen und sagte aufmunternd: »Komm. Wir gehen jetzt erst einmal aus diesem fürchterlichen Keller. Oben rufe ich dann die Polizei an und außerdem habe ich ein schönes Sandwich im Auto. Du musst doch Hunger haben. Oder?«

Mia war immer noch unsicher, wollte hier aber keine Minute länger bleiben. Und die Aussicht auf etwas zu essen brach ihren letzten Widerstand.

70

Die drei Kommissare waren erschöpft und angespannt zugleich. Obwohl es kaum etwas Schlimmeres gab, ließ sich sogar Ruben von Mike einen Automatenkaffee mitbringen.

Friedrich Brecher wurde von zwei Justizbeamten mit zusammenhängenden Hand- und Fußfesseln ausgestattet und anschließend zu ihnen in den Vorraum der Haftanstalt gebracht. Mike sah ihm durch die Glastür entgegen, wobei er aufgrund von Brechers eingeschränkter Bewegungsfreiheit zufrieden feststellte: »Der läuft uns ganz bestimmt nicht weg.«

Ruben deutete in die andere Richtung, schluckte den bitteren Kaffee herunter und erklärte: »Und da ist auch schon unser Begleitschutz.« Damit stellte er den fast vollen Becher auf einen der Tische im Wartebereich, wartete, bis Brecher durch die Sicherheitstür gegangen war, und nahm ihn dort in Empfang. Der hatte wieder nur Augen für Eva, hob seine Hände, sodass die Kette klirrte, und sagte verschmitzt: »Na Süße, was fällt dir zu Fesselspielen ein?«

Der Mann, der nun durch die Eingangstür trat, sah schon allein durch seine Kampfmontur beeindruckend aus. Hinzu kam auch noch, dass er einen halben Kopf größer und deutlich breiter als Ruben war.

Ruben überließ Mike den Gefangenen, ging dem Leiter der SEK-Gruppe entgegen und bat ihn in eine Ecke des Vorraums, wo Brecher sie nicht hören konnte. Dort erklärte er dem Kollegen den Sachverhalt, dann berieten sie über die Vorgehensweise und kehrten schließlich zu den anderen zurück.

»Die Dunkelheit macht mir etwas Sorgen.« Mike ging neben Eva bis zu seinem Wagen und war dort neben der Fahrertür stehen geblieben.

Ruben trat an sie heran und erklärte an Eva gewandt: »Ich will nicht, dass du weiterhin im Zugriffsbereich dieses Psychopathen bist. Daher habe ich mit dem Kollegen verabredet, dass du in einem von ihren Wagen mitfährst. Ist das in Ordnung für dich?«

Eva sah rüber zu Brecher, der selbst diese Geste mit einem Augenzwinkern quittierte. Sie antwortete schlicht: »Gerne«, und ging zu einer der beiden schwarzen Limousinen mit den getönten Scheiben.

Der Gruppenleiter winkte einen seiner Männer zu sich, ließ sich zu dessen eigener Sicherheit die Waffe geben und bestimmte: »Paul, du fährst bei den Kommissaren mit. Setz dich mit dem Gefangenen nach hinten und funke uns sofort an, wenn etwas sein sollte.« Danach drehte er sich zu Mike und fragte: »Haben die hinteren Türen eine Kindersicherung?«

Mike verstand, öffnete eine der Türen, legte einen kleinen Schalter um und erklärte: »Rausspringen ist nicht.«

Brecher stieg, ohne zu zögern, ein. Der begleitende SEKler schnallte ihn an, setzte sich daneben und zog die Tür zu. Sein Chef stand noch mit Ruben und Mike draußen und erklärte: »Wir werden ab und zu die Fahrzeugreihenfolge ändern, also wundert euch nicht, wenn ihr von uns überholt werdet.«

»Verstanden«, bestätigte Mike, und Ruben fügte hinzu: »Wir funken euch möglichst frühzeitig, wohin Brecher uns lotsen will.«

Da alles gesagt war, stiegen Mike und Ruben ein, schlossen die Türen und Ruben fragte nach hinten: »Also, wohin müssen wir?«

»Grenzübergang Neukirchen beim Heiligen Blut«, lautete die schlichte Antwort.

»Ist das Versteck in Tschechien?«, hakte Ruben nach.

»Ja.«

Ruben griff zum Mikrofon des Funkgeräts, gab das erste Ziel durch und erklärte den Kollegen noch: »Wir müssen rüber nach Tschechien. Ich kläre während der Fahrt die Zuständigkeiten.«

Das Funkgerät knackte kurz, dann erwiderte der Teamleiter: »Alles klar. Wäre mir aber lieb, wenn die uns das allein machen lassen.«

»Verstanden«, gab Ruben zurück.

Mike startete den Motor und folgte dem Fahrzeug, das die Führung übernommen hatte und in dem auch Eva saß.

Das Außenthermometer zeigte inzwischen schon wieder fünf Grad unter null. Keine guten Bedingungen, da es vorher stundenlang getaut und geregnet hatte.

Während Mike höchst konzentriert am Steuer saß, führte Ruben einige Telefonate mit seinem Handy. Aufgrund der Dunkelheit waren die Männer auf dem Rücksitz im Rückspiegel kaum zu erkennen. Aber es sah so aus, als würde Brecher die Fahrt genießen. Sein Blick war starr nach draußen gerichtet, und wenn sie an Menschen vorbeikamen, drehte er den Kopf hinterher.

Irgendwie hatte Mike sogar etwas Verständnis für den Wunsch des Mannes. Wer wollte nach Jahrzehnten im Gefängnis nicht noch einmal die Welt draußen sehen?

Die Fahrzeugkolonne, die erstaunlich schnell vorankam, da der Winterdienst heute gute Arbeit geleistet hatte, näherte sich nach einer guten Stunde dem Grenzübergang.

Kurz vor dem Grenzschild hielt das Führungsfahrzeug am Straßenrand. Mike stoppte knapp dahinter und nur einen Augenblick später erschien der Teamleiter am Beifahrerfenster. Ruben ließ die Scheibe herunter und fragte: »Was ist los? Ist Ihr Funkgerät kaputt?«

Der Mann warf einen prüfenden Blick ins Fahrzeuginnere. »Nein. Ich möchte, dass ab jetzt Funkstille herrscht. Wie sieht es mit den Tschechen aus?«

»Die lassen uns frei agieren. Möchten aber informiert werden, wenn wir fertig sind.«

»Gut! Also Folgendes …«, der Blick des SEKlers wechselte zu Mike, »… Sie fahren ab hier voraus und lassen sich von dem Gefangenen leiten. Den Funk benutzen wir nur im Notfall. Sollte sonst etwas vorfallen, schalten Sie die Warnblinkanlage ein. Wenn wir am Objekt angekommen sind, bleiben Sie alle im Wagen und Sie betätigen die Zentralverriegelung. Meine Leute werden das Objekt sichern und danach entscheiden wir, wie es weitergeht.«

»Alles klar«, bestätigte Mike knapp.

Ruben fuhr die Scheibe wieder nach oben, rieb sich die Hände und fluchte: »Lausig kalt heute, ich hoffe, wir finden die Kleine.« Dann drehte er sich zu Brecher und fragte: »Sie haben es gehört. Wie geht's weiter?«

Anstatt zu antworten, sagte dieser: »Ich überlege gerade, ob mir dieser Ausflug als Belohnung reicht. Vielleicht sollten wir noch einen kurzen Abstecher in eines dieser Bordelle machen. Etwas Entspannung täte mir wirklich gut.«

Mike zuckte so schnell herum, dass selbst Ruben erschrak. Er sah dem Mann in die Augen und erklärte: »Vielleicht sollten wir auch einen Ausflug in den Wald machen und die

Anspannung aus Ihnen herausprügeln.« Dann wandte er sich an den SEK-Mann, der neben Brecher saß. »Sie kennen doch bestimmt ein paar Handgriffe, mit denen man, ohne erkennbare Spuren zu hinterlassen, jemanden zum Reden bringt. Mein Kollege und ich sind quasi gar nicht hier, außerdem sind wir schwerhörig.«

Der SEKler schien tatsächlich darüber nachzudenken und drehte sich bereits zu Brecher, als dieser locker sagte: »Ist ja gut. Das mit dem Bordell war nur so ein Gedanke. Folgen Sie der Straße nach Neuern.«

Mike sagte gefährlich leise: »Verarschen Sie uns nicht!«, dann legte er den Gang ein und übernahm die Führung.

Sie waren noch nicht weit gefahren, als Brecher bat: »Langsamer«, und zwischen den beiden Vordersitzen hindurch die Straße beobachtete. Dann sagte er: »Fernlicht bitte«, und Mike schaltete es ein.

Die Straße führte durch ein kleines Wäldchen, in dem die Abzweigung kaum zu erkennen war. Ein altes verrostetes Blechschild wies auf den Schotterweg, doch außer einem aufgemalten Zahnrad war keine Schrift mehr erkennbar.

»Da hinein«, befahl Brecher, der nun selbst etwas aufgeregt klang.

Ruben runzelte die Stirn und fragte: »Woher wissen Sie das so genau? Sie haben die Sicherheitsverwahrung nie verlassen.«

Mike sah Brecher im Rückspiegel grinsen, als der freimütig erklärte: »Diese winzigen SD-Karten sind wirklich ein Segen. Es ist unglaublich, wie viele Bilder und Filme man darauf speichern kann. Haben Sie Joshs Filme mit der Kleinen eigentlich schon gesehen? Ich finde, er hat sie wirklich gut in Szene gesetzt.«

»Sie waren immer live dabei?«, fragte Ruben.

»Live leider nicht, sonst hätte ich Josh einiges anders machen lassen. Aber ja, wir waren gut vorbereitet und Josh hat tatsächlich auf mich gehört.«

»Wohin?«, fragte Mike dazwischen, da von dem dunklen Schotterweg ein Waldweg abzweigte. Er versuchte, die kranken Worte des Mannes an sich abprallen zu lassen, doch tief in ihm gärte Wut.

»Immer auf diesem Weg bleiben«, lautete Brechers Antwort.

Nach etwa dreihundert Metern öffnete sich der Wald und ein alter, umzäunter Industriebau tauchte in der Dunkelheit auf. Mike stoppte den Wagen zehn Meter vor dem geschlossenen Tor, ließ aber das Fernlicht an.

Im Außenspiegel sah er, wie vier Kollegen vom Sondereinsatzkommando die Umgebung mit ihren Schnellfeuerwaffen im Anschlag sicherten, während zwei zu dem Tor am Zaun rannten. Das Schloss an der Kette gab dem Bolzenschneider ohne großen Widerstand nach. Die Kollegen schoben die beiden Torhälften nach innen auf, ließen den Bolzenschneider zurück und übernahmen die erste Sicherung innerhalb des Geländes.

Mike fuhr langsam hinein und stoppte ein Stück vor dem großen Tor, an dem früher vermutlich Lkws be- und entladen worden waren und das nun ein Stück offen stand. Wie abgesprochen stellte er den Motor ab, ließ aber das Licht eingeschaltet und betätigte die Zentralverriegelung. Die beiden Begleitfahrzeuge hielten links und rechts neben ihnen.

Als alle Männer herausgesprungen waren und sich in Zweierteams umsahen, konnte Mike Eva hinter der getönten Scheibe des linken Wagens sehen. Er lächelte ihr zu, doch sie deutete auf eine Stelle hinter ihm. Mike drehte sich um und sah, wie Brecher zu seiner Kollegin hinüberstarrte, wobei er einen obszönen Kussmund machte.

71

Während der Leiter des SEK-Teams auf sie zukam, redete er in ein verstecktes Mikrofon, wobei er mehrfach nickte. Dann machte er eine Geste zu ihnen. Mike, Ruben und auch Eva stiegen aus den Fahrzeugen. Als er fast bei ihnen war, sagte er noch ins Mikro: »Alles klar, ich besorge euch den Code.«

»Was für einen Code?«

Der Mann sah Ruben an, dachte kurz nach und erzählte knapp: »Also Folgendes: Meine Männer haben die alte Fabrik gesichert. Auf der Rückseite gibt es einige Oberlichtfenster für die Kellerräume. Alle sind vergittert, folglich kämen wir von außen nur mit schwerem Gerät hinein. Bei zwei Räumen sind die Fenster zerbrochen und in einem konnten die Kollegen eine am Boden liegende Person erkennen.«

»Mia?«, fragte Mike.

»Wissen wir nicht. Sie konnten nur eine Hand sehen.« Der Mann drehte sich zur Halle und deutete hinein. »Das Problem ist, dass es dort drinnen zwar einen Eingang zum Keller gibt, wir aber nicht reinkommen. Erstens handelt es sich um eine schwere Brandschutztür und zweitens wurde diese, vermutlich nachträglich, mit einem elektronischen Zahlenschloss gesichert. Also entweder dieser Brecher kennt den Code und gibt ihn uns, oder wir haben ein Problem.«

»Okay«, bestätigte Ruben, fragte aber: »Haben die Kollegen in den Keller hineingerufen? Ist Mia dort unten?«

»Haben sie. Aber es kam nichts zurück. Und das, was sie durch die Fenster erkennen konnten, klang nicht ermutigend. Dieser Keller wirkt wie der Vorhof zur Hölle.«

Mike winkte dem Aufpasser von Brecher, worauf dieser ausstieg und anschließend seinen Gefangenen unsanft von der Rückbank holte.

Draußen versuchte sich Brecher mit einem Ausfallschritt abzufangen, scheiterte an den Fußfesseln und torkelte hilflos gegen den Wagen. Mike nahm den Kratzer, den die Handfesseln verursachten, zur Kenntnis, ignorierte es aber.

Der Teamleiter ging zu dem Gefangenen und sagte scharf: »Wir brauchen den Zugangscode für die Kellertür!«

Inzwischen stand Brecher stabiler, sah dem Mann in die Augen und entgegnete: »Geht man so mit jemandem um, den man dringend braucht?« Danach nickte er zur Halle und bestimmte: »Nehmen Sie mich mit hinein, dann öffne ich für Sie die Tür.«

Der SEKler wechselte einen schnellen Blick mit Ruben, der ein leichtes Nicken andeutete. Gott sei Dank war der Teamleiter ein Profi und ließ sich nicht provozieren. Er drehte sich ohne ein weiteres Wort zurück, legte Brecher die Hand auf den Rücken und schob ihn in Richtung Halle.

Durch die kurzen Schritte des Gefangenen dauerte das Durchqueren der ehemaligen Fabrik eine gefühlte Ewigkeit. Dann betraten sie einen Glaskasten, der früher vermutlich als Büro des Werkstattleiters gedient hatte.

Während ein Mann die Halle absicherte, machte sich der Rest der Truppe für die Stürmung des Kellers bereit. Die Männer aktivierten die an ihren Kampfanzügen angebrachten Kameras, stellten die Nachtsichtgeräte ein und postierten sich links und rechts der schweren Tür.

Brecher ließ sich bis vor das Tastenfeld führen, blieb dort aber stehen und sah sich erst noch ein wenig um, wobei er tief einatmete, um dann festzustellen: »Genau so habe ich es mir hier vorgestellt. Sogar der leichte Geruch nach Maschinenöl stimmt.«

»Nicht reden, machen!«, befahl Mike genervt.

Brecher lächelte ihn an, tippte eine Ziffernfolge ein und das kleine LED-Lämpchen wurde tatsächlich grün. Es folgte ein metallisches Klicken, dann griff er zur Klinke und zog die Tür ungefragt auf.

Die Männer fackelten nicht lange, schoben ihn unsanft zur Seite und verschwanden anschließend einer nach dem anderen im Türrahmen. Es folgte das Geräusch von Stiefeln auf Metallstufen, sonst blieb es still.

Der Gruppenleiter war bei den Kommissaren geblieben und hielt sein Tablet so, dass alle etwas sehen konnten. Dass Brecher ebenfalls zusah und sich vermutlich an den Bildern ergötzte, war ihnen im Moment egal.

Der kleine Monitor zeigte die Videoübertragung der Kamera des Mannes, der vorausging und gerade die erste Tür öffnete. Der Laserstrahl seiner Schnellfeuerwaffe huschte nach einem eingeübten Muster durch den Raum. Dann trat er ein, ging gleichzeitig in die Hocke und sagte flüsternd zu seinem Hintermann: »Sicher.« Anschließend schaltete er seine Lampe an und sie konnten ein Gitter erkennen, das quer durch den Raum gespannt war. Kurz darauf zeigte die Kamera eine am Boden liegende Frau, die die vermisste Prostituierte sein konnte. Der Mann ging zu ihr, legte den Finger an den Hals und flüsterte: »Nichts mehr zu machen«, dann ging er wieder hinaus.

Sie durchsuchten auf diese Weise Raum für Raum, wobei sie erst den aufgeschnittenen Joshua Tauber zu sehen bekamen. Danach betraten sie virtuell die Folterkammer, gefolgt von dem Raum mit dem Bett, das eindeutig nicht zum Schlafen da war.

»Faszinierend, oder?«, raunte Brecher hinter Mike. »Ich würde da zu gerne einmal runter und den Geruch einfangen.«

Im Hinblick auf das Grauen, das die Bilder aus dem Keller gerade gezeigt hatten, drehte sich an Mikes Stelle Eva zu dem Psychopathen und gab ihm ansatzlos eine schallende Ohrfeige.

Noch bevor Ruben einschreiten konnte, sagten Mike und der Teamleiter gleichzeitig: »Wir haben nichts gesehen.«

Wenige Sekunden später tauchte einer der Kollegen im Türrahmen auf und erklärte: »Die Kleine kann nicht hier sein. Es gibt keine Verstecke und wir haben alles durchsucht. Allerdings liegen zwei Tote dort unten.«

Ruben drehte sich weg, ging in die Werkshalle und dort einige Male hin und her.

Mike stieß einen Fluch aus, drehte sich zu Brecher und fragte: »Wo ist sie? Wenn das hier alles auf Ihrem Mist gewachsen ist, wissen Sie auch, wo Mia ist.«

»Geflohen«, schlug dieser vor.

»Durch eine versperrte Tür und vergitterte Fenster«, erwiderte Mike mit unterdrückter Wut. Er ging raus zu Ruben und fragte: »Hast du noch irgendeine Idee?«

Selbst Ruben, dem man sonst keine Emotionen ansah, wirkte enttäuscht. Er ließ seinen Blick noch einmal durch die Werkshalle gleiten, zuckte schließlich mit den Schultern und gab zu: »Ich habe keine Ahnung. Lass uns Brecher wieder zurückbringen und dann noch einmal ganz von vorne anfangen.«

Sie riefen den Teamleiter zu sich. Da dieser auch keine Idee mehr hatte, verabredeten sie, dass Ruben, Mike und Eva sowie ein Begleitfahrzeug Brecher zurück in die JVA bringen sollten.

Der Rest der Truppe würde hierbleiben. Erstens für den Fall, dass Mia doch noch auftauchte, und zweitens, um den Tatort abzusichern, bis die Spurensicherung ihre Arbeit aufnahm.

Bei der Rückfahrt entschieden sie sich wieder für die gleiche Aufteilung. Mike, Ruben und ein Mann des SEK saßen mit Brecher in Mikes Wagen. Drei weitere und Eva in dem anderen.

Während Mike dem Einsatzfahrzeug von dem Fabrikgelände folgte, herrschte erdrückendes Schweigen. Sie passierten das Tor, wurden danach schneller und zweihundert Meter weiter brüllte Ruben: »Achtung!«

Mike stieg voll auf die Bremse, das ABS setzte ein und brachte sie nur einen halben Meter hinter den anderen zum Stehen.

Da nach vorne wenig zu erkennen war, befahl Mike dem SEKler: »Bleiben Sie im Wagen, ich verschließe ihn von außen«, dann stieg er zusammen mit Ruben aus.

Vor ihnen standen die drei Männer und Eva bereits neben dem Auto, rührten sich aber nicht. Erst als Mike freie Sicht hatte, begriff er auch, warum. Quer über dem Schotterweg lagen nun zwei Bäume und dahinter stand jemand, der wie ein Geist wirkte. Erst nachdem sich seine Augen etwas an das wenige Licht gewöhnt hatten, erkannte Mike mehr. Und als der Mann, der eine Sturmhaube trug, rief: »Die Kleine gegen Friedrich«, vervollständigte sich das Bild.

Vor dem Mann stand Mia, die Mike bisher nur von Fotos kannte. Der Typ strahlte ihr mit einer Taschenlampe ins Gesicht und hielt ihr gleichzeitig eine Waffe an die Stirn. Hinter ihm war die Stelle, an der der Forstweg abzweigte und wo nun das Mondlicht von einer Autoscheibe reflektiert wurde.

Unbeeindruckt von den drei Laserpunkten der Zielfernrohre wiederholte der Mann nun: »Die Kleine gegen Friedrich. Ihr habt eine Minute, um ihn ohne Fesseln zu mir rüberzuschicken, sonst habe ich keine andere Wahl.«

Mike hörte, wie einer der Männer Ruben zuraunte: »Wir können ihn ausschalten«, doch Ruben trat einen Schritt nach vorne und rief zurück: »Welche Garantie haben wir, dass Sie Mia gehen lassen?«

»Welche Alternativen haben Sie?«, rief der andere zurück und fügte hinzu: »Es wird folgendermaßen ablaufen. Sie schicken mir Friedrich rüber, wir steigen in den Wagen und fahren bis zur Landstraße. Und wenn wir bis dorthin keine Kugel im Hinterkopf haben, lassen wir die Kleine laufen.«

Mike hatte die ganze Zeit ein latentes Problem damit gehabt, dass Ruben so etwas wie sein Vorgesetzter war. Jetzt war er froh darüber, dass die Entscheidung nicht bei ihm selbst lag. Und als hätte sein Kollege ihn denken gehört, sah er zu ihm herüber und fragte: »Was machen wir?«

In Mike zog sich etwas zusammen, trotzdem hörte er sich sagen: »Lass diesen Scheißtypen gehen. Entweder wir fangen ihn wieder ein oder seine Leber bringt ihn um.«

Ruben drehte sich zu Eva, die ebenfalls nur nickte. Dann wandte er sich an einen der SEK-Kollegen und befahl: »Nehmt die Waffen runter. Ein Schuss ist viel zu heikel.«

Ruben ließ sich den Schlüssel geben, ging zurück zu Mikes Wagen, entriegelte die Zentralverriegelung und bedeutete dem SEKler, dass er und Brecher aussteigen sollten. Draußen nahm er Brecher die Fesseln ab, hielt ihn aber noch zurück und sagte in einem Ton, den bei Ruben noch niemand gehört hatte: »Wenn Sie beide die Kleine nicht gehen lassen, mache ich das mit Ihnen, wovon meine Kollegen schon lange träumen. Und glauben Sie mir, ich beherrsche einige asiatische Techniken, die Sie nicht kennenlernen möchten.« Damit schubste er ihn Richtung der Straßensperre und sah mit mahlenden Kiefermuskeln dabei zu, wie der Mann zu seinem Komplizen ging.

Dort angekommen gingen die beiden mit Mia als Schutzschild rückwärts bis zu dem Forstweg. Kurz darauf startete ein Motor und der Wagen fuhr ohne Licht und ohne

Nummernschilder in Richtung Landstraße durch den Wald davon.

Als es weit genug weg war, rief Ruben zu den Männern: »Die Fahrzeuge können wir vergessen, die kommen niemals über diese Bäume. Ein Team soll zurückfahren und nach einem Weg suchen, alle anderen laufen hinterher.« Dann drehte er sich noch kurz zu Mike, der zwar nicht mehr gut rennen konnte, aber sein Handy bereits in der Hand hatte, und fragte: »Informierst du die Zentrale?« Mike nickte, sie warfen sich noch einen Blick zu, dann lief auch Ruben los.

72

»Was ist mit der Kleinen?« Friedrich hatte sie auf die Rückbank gestoßen und war selbst mit eingestiegen.

Robert startete den Motor, fuhr ohne Licht los und antwortete nebenbei: »Sie hat mich erkannt. Sie weiß, dass ich etwas mit ihrer Mutter hatte. Und wenn jemand erfährt, wer dich gerettet hat, kann ich mich später nicht mehr frei bewegen, um dir zu helfen.«

Damit war alles gesagt. Unter Stress bereitete es Friedrich keinen Genuss, aber es musste sein. Er legte seine Hände um den dürren Hals und drückte zu. Am Ende des Schotterwegs sagte er: »Halt kurz an«, dann öffnete er die Tür und schob das Mädchen achtlos aus dem Wagen.

Robert folgte erst der Landstraße in Richtung Neuern, bog auf einen Feldweg ab und stoppte den Wagen schließlich neben der Scheune eines halb verfallenen Bauernhofs. Friedrich stieg mit ihm aus, nahm einen Schlüssel entgegen und ging zu der Scheune. An dem alten, nur noch an einem Scharnier hängenden Torflügel blieb er stehen. »Dein Ernst? Ein Leichenwagen?«

Robert, der gerade einen Benzinkanister aus dem Kofferraum des Fluchtfahrzeugs holte, diesen aufschraubte und damit begann, die Flüssigkeit zu verteilen, hielt kurz inne. »Ja klar, den hält keiner an. Viele Deutsche lassen sich inzwischen in Tschechien beerdigen, da das viel billiger ist. Außerdem hat der Bestatter gerade Betriebsferien. Den Wagen wird so schnell niemand vermissen.«

Zwei Minuten später sah Friedrich das erste Fluchtfahrzeug im Rückspiegel in Flammen stehen. Er steuerte den Leichenwagen zurück auf die Landstraße und folgte Roberts Anweisungen für die weitere Route.

Nachdem sich ihre Nerven etwas beruhigt hatten, fragte er: »Hast du die Medikamente besorgt?«

Robert öffnete das Handschuhfach, holte eine Dose mit Pillen und eine kleine Wasserflasche heraus. »Brauchst du eine?«

»Ja.« Friedrich nahm die Kapsel entgegen, spülte sie mit etwas Wasser herunter und fragte: »Wie sieht es mit der Leber aus?«

»Ist alles vorbereitet. Ich habe in Krakau einen Arzt gefunden, der sich bei seinen Patienten nach einer passenden Leber umsieht. Wenn er fündig geworden ist, entlässt er den Kandidaten aus dem Krankenhaus und gibt uns seine Adresse. Wir müssen ihn dann nur noch so weit vorbereiten, dass er gerade noch als Organspender taugt. Du wirst dank Marias Geld ganz oben auf der Liste stehen. Und wenn alles klappt, bist du in einem halben Jahr ein gesunder polnischer Staatsbürger. Außerdem habe ich einen Schönheitschirurgen gefunden, der uns beide ein wenig umgestaltet.«

Friedrich nickte zufrieden, folgte der Beschilderung nach Pilsen und entspannte sich ein wenig.

Nach etwa zwanzig Kilometern sagte er schlicht: »Danke.«

»Nicht dafür. Ohne dich würde ich immer noch im Knast sitzen. Und selbst wenn nicht, würde mein Leben aus Besuchen beim Bewährungshelfer, Arbeit auf dem Bau und einer nervigen Alten bestehen. Lass uns einfach eine gute Zeit haben. Ist nur scheiße, dass Josh nicht überlebt hat. Aber das kommt eben davon, wenn man von deinen Plänen abweicht. Allerdings wäre die Sache ohne Maria anders gelaufen. Gut, dass sie herausgefunden hat, dass er nicht mehr lebt. Das war ganz schön knapp für die Planänderung. Aber ich war ja gerade noch rechtzeitig vor den Bullen in dem Keller und konnte Joshs Part übernehmen.«

Die Erwähnung von Maria führte bei Friedrich zu einem anderen Gedanken. Denn sie war tatsächlich der einzige Mensch auf dieser Erde, für den er je etwas empfunden hatte. Daher zündete er sich eine Zigarette an und fragte dann: »Konntest du noch einmal mit Maria sprechen? Hat ihr Plan auch funktioniert?«

»Kann ich dir nicht sagen. Wir haben verabredet, dass sie selbstständig in unser Versteck nahe Krakau kommt und wir bis dahin nicht kommunizieren. Aber ich glaube, sie folgt deinem Plan. Sie hat sämtliche Rechte an ihren Büchern an den Buchhalter deines Kumpels Fred Gregorie abgegeben. Der wird die Bücher weiter vermarkten, seinen Teil des Erlöses einbehalten und für den Rest Bitcoins kaufen, auf die sie dann wiederum Zugriff hat. Außerdem gingen ihre Grundstücke als Schenkung an eine russische Stiftung, die diese ebenfalls verkaufen wird. Durch die Provisionen wird zwar ein Teil des Geldes hängen bleiben, aber es ging nicht anders. Deine Freundin ist jetzt auch eine Straftäterin und ihre Konten sind sicher schon eingefroren.«

Robert sah nach vorne, murmelte: »Scheiße«, und setzte sich gerade hin. Etwa einen Kilometer vor ihnen zuckten Blaulichter durch die Nacht. Friedrich warf die Kippe aus dem Wagen, ging vom Gas und reihte sich in den kurzen Stau ein.

Nach zehn Minuten Anspannung stellte sich die erwartete Straßensperre als Auffahrunfall heraus. Sie rollten erleichtert vorbei, dann gab Friedrich wieder Gas und sie fuhren weiter in Richtung polnische Grenze.

Fünf Stunden später, kurz nach Ostrava, holte Robert eine alte Landkarte heraus. Sie verließen die Autobahn, folgten einigen kleinen Landstraßen und kamen schließlich zum Fluss Olsa.

Dort hielten sie an und stiegen aus. Robert bat: »Warte kurz«, und ging zur Fahrerseite. Dort aktivierte er die elektrische Handbremse, stellte die Automatik auf D, legte einen Stein auf das Gaspedal und drückte anschließend von außen mit einem Stock auf den Schalter der Handbremse. Diese löste sich, der Leichenwagen nahm Fahrt auf und landete kurz darauf im Wasser, wo er, während er abtrieb, langsam unterging.

Danach deutete er gut gelaunt nach rechts und verkündete: »Drei Kilometer zu Fuß schaffst du doch. Oder? Die grüne Grenze nach Polen ist gleich dort drüben.«

73

Mike, Ruben und Eva waren erst um drei Uhr morgens zurück nach Lohberg gekommen. Dort klingelten sie den Wirt der Pension aus dem Bett, der ihnen fast wortlos drei Schlüssel in die Hand drückte. Für eine weitere Besprechung waren alle drei sowohl körperlich als auch emotional zu erschöpft. Eva ging noch kurz unter die Dusche, die anderen beiden fielen direkt ins Bett.

Kurz nach zehn erwachte Mike völlig orientierungslos. Es brauchte einige Augenblicke, bis sich die Erinnerung an die letzte Nacht wieder einstellte. Dann setzte er sich auf, wischte sich den Schlaf aus den Augen und griff nach seinem Handy. Alles war schiefgelaufen. Einfach alles.

Während er auf WhatsApp checkte, ob Eva schon online gewesen und damit wach war, klopfte es an seiner Tür.

Auch Ruben sah man die letzten Tage und die Nacht an. Selbst wenn er deutlich weniger Falten als Mike hatte, wirkte er heute einige Jahre älter. Er blieb in der Tür stehen, und als er Mike noch im Bett liegen sah, sagte er: »Entschuldige, ich dachte, du bist schon auf den Beinen. Eigentlich wollte ich dich nur nach deinem Handy fragen. Es ist echt übel, wenn man kein eigenes mehr hat.«

»Alles gut«, erwiderte Mike müde, stand auf und ging nur mit seiner Unterwäsche bekleidet zu seinem Kollegen. Er drückte ihm das Gerät in die Hand, sagte: »Du kannst es mit 4711 entsperren.« Danach öffnete er die Tür zu dem kleinen Badezimmer und stellte die Dusche an.

Fünfzehn Minuten später trat Mike unten im Gastraum an den Tisch. Eva hatte ihm bereits einen Kaffee bestellt und fragte angesichts seines Gesichtsausdrucks: »Alles gut?«

»Geht so«, erwiderte er dumpf, nahm Platz und nippte von dem heißen Getränk. Er fluchte, da er sich die Lippe verbrannte, und erkundigte sich mürrisch nach Ruben.

Im selben Moment ging die Eingangstür auf und sein Kollege trat ein. Ruben wedelte mit Mikes Handy, kam zu ihnen und verkündete besser gelaunt: »Der SEK-Kollege hat alles richtig gemacht. Ein Hoch auf deren Ausbildung!«

In Evas Gesichtsausdruck zeigte sich vorsichtige Freude. »Sie lebt?«

Ruben nickte. »Ja. Der Luftröhrenschnitt wurde korrekt ausgeführt und auch Mias Kehlkopf hat kaum etwas abbekommen.«

Mike lehnte sich zurück und schickte ein kurzes Gebet zum Himmel. Doch trotz der Erleichterung stellte sich kein gutes Gefühl ein. Er sah Ruben an und fragte: »Und was ist mit den Flüchtigen?«

»Bis jetzt leider keine Spur. Frau Burkhard, Friedrich Brecher und sein noch unbekannter Helfer bleiben verschwunden. Nur das Fluchtfahrzeug wurde gefunden. Es war natürlich als gestohlen gemeldet und Beweise können wir vergessen, da es völlig ausgebrannt ist.«

»Weiß Mia, wer der Mann war?«

Rubens Blick wechselte zu Eva. »Könnte gut sein, aber sie ist noch nicht so weit. Ich schlage vor, wir fahren ins Krankenhaus.«

Nach einem kleinen Frühstück verließen sie die Pension zum letzten Mal. Als sie an dem kleinen Dorfweiher vorbeikamen, sahen sie alle drei schweigend den Berg hinauf, wo der ehemalige Bauernhof zu einer schwarzen Ruine zusammengefallen war.

Im Krankenhaus von Bad Kötzting fragten sie sich zur richtigen Abteilung durch. Dort angekommen, sahen sie Mias Eltern müde im Aufenthaltsbereich sitzen. Als Herr Hirschner sie erkannte, stand er auf, kam ihnen entgegen und sagte ehrlich klingend: »Danke, dass Sie Mia gefunden haben.«

Ruben nahm es zwar zur Kenntnis, erwiderte aber: »Wir hätten sie besser beschützen müssen. Wie geht es ihr?«

»Sie wurde heute Nacht operiert und ist seit zwei Stunden wach. Die Ärzte konnten schon einige Tests mit ihr durchführen und meinten, es sieht gut aus. Der Sauerstoffmangel dürfte zu keinen bleibenden Schäden geführt haben. Allerdings hat sie Gewicht verloren.« Aus dem Augenwinkel des Mannes rollte eine Träne, als er hinzufügte: »Aber Mia liebt Kuchen, das hat sie schnell wieder drauf.«

»Und psychisch?«, fragte Mike mitfühlend.

»Kann man noch nicht sagen.«

Für Eva war noch eine Frage ungeklärt. Sie wandte sich ab, ging zu Frau Hirschner und setzte sich neben sie. Als die Frau sie ansah, nickte sie zu den drei Männern und fragte: »Wie läuft es zwischen Ihnen? Haben Sie sich wieder zusammengerauft oder wird Mia ein Scheidungskind?«

Auch hier liefen Tränen, trotzdem antwortete Mias Mutter: »Sieht ganz gut aus. Denke ich. Joe tut sich zwar noch schwer, aber ich glaube, er kann mir verzeihen. Wir werden viel an uns arbeiten müssen.«

»Und Ihr ... na Sie wissen schon.«

»Robert? Der hat erstaunlich ruhig reagiert, als ich ihm gesagt habe, dass Schluss ist. Seitdem habe ich auch nichts mehr von ihm gehört.«

»Das ist gut«, stellte Eva fest, bis ihr ein Gedanke kam. Sie fragte: »Würden Sie mich zu Mia lassen, falls die Ärzte dem zustimmen?«

Frau Hirschner sah ihr lange in die Augen, nickte, bat aber: »Bitte nur kurz. Meine Kleine hat so viel durchgemacht.«

»Ja klar«, bestätigte Eva und ging zum Ärztezimmer der Abteilung. Der zuständige Arzt war natürlich dagegen, doch Eva blieb hartnäckig und erklärte: »Sie können gerne dabeibleiben. Ich will dem Mädchen nur ein einziges Bild zeigen. Das Ganze dauert dreißig Sekunden, dann gehe ich ohne Wenn und Aber wieder hinaus.«

Der Arzt rollte kurz mit den Augen, sah auf die Uhr und erklärte: »Ich muss in fünf Minuten zu einer OP.«

Mia wirkte verloren in dem großen Krankenhausbett. An ihrem linken Arm tropfte eine Infusion in ihre Ader und von einem Finger an ihrer rechten Hand ging ein dünnes Kabel zu einem Überwachungsmonitor.

Eva trat an ihr Bett, lächelte sie an und sagte: »Ich gehöre zu den Polizisten, die nach dir gesucht haben. Wie geht es dir?«

Der Arzt erklärte: »Sie darf noch nicht reden. Der Kehlkopf wurde komprimiert.«

»Kein Problem.« Eva holte ihr Handy heraus, suchte eines der kompromittierenden Fotos, die man an Mias Vater geschickt hatte, und sagte zu ihr: »Pass auf, Mia. Ich zeige dir jetzt ein Foto. Und wenn es der Mann ist, der dich aus diesem scheußlichen Keller geholt hat, zwinkerst du einfach zweimal mit den Augen. Hast du das verstanden?«

Die Kleine sah sie müde an, zwinkerte aber schon jetzt zweimal.

»Du bist meine Heldin«, schmeichelte Eva und hielt ihr nun das Handy hin. Mias Gesichtsausdruck sprach Bände und auch der Überwachungsmonitor gab den schneller werdenden Puls wieder. Trotzdem zwinkerte sie erneut tapfer zweimal mit den Augen.

»Ohne Wenn und Aber«, erinnerte der Arzt und bestimmte: »Das ist genug. Bitte gehen Sie jetzt!«

Eva griff noch kurz nach der Hand der Kleinen, sagte: »Du musst keine Angst mehr haben und hast mir sehr geholfen«, dann stand sie auf und ging hinaus.

Draußen rief Eva ihre Kollegen zu sich, ging mit ihnen aus der Abteilung, zeigte auch ihnen das Foto von Frau Hirschners Liebhaber und sagte: »Das ist Brechers Helfer. Mia hat mir gerade bestätigt, dass er sie aus dem Keller geholt hat.«

Mike konnte nicht anders. Er schlug gegen die nächste Wand und fluchte dabei: »Die haben uns alle verarscht. Wir hatten Frau Burkhard und diesen Robert. Sie standen vor uns und wir haben uns von denen an der Nase herumführen lassen.«

Ruben blieb dagegen gelassener. Er streckte die Hand nach Evas Handy aus und fragte: »Darf ich?« Dann wählte er Habermanns Nummer und fragte gezielt: »Du sagtest, einer von Brechers Mithäftlingen hieß Robert. Oder?«

Es folgte das Geräusch einer Tastatur und Habermann bestätigte: »Ja. Robert Janek, dreiundvierzig Jahre alt, verurteilt wegen Erpressung und schweren Raubes«, dann war sein Kollege erst still, bevor er erst hörbar ausatmete und schließlich zugab: »Chef, ich glaube, ich habe etwas Wichtiges übersehen.«

»Was?«

»Die Bilder in der Akte stammen von Janeks Festnahme. Damals hatte er lange Haare und einen Schnauzbart. Aber jetzt sehe ich es.«

»Was siehst du?«

»Die Ähnlichkeit mit dem Mann auf dem Film mit der Mutter von Mia, den ihr mir zur Überprüfung geschickt habt. Es ist Robert Janek, nur einige Jahre älter und mit völlig verändertem Aussehen.«

»Haben wir auch gerade herausgefunden«, erwiderte Ruben locker. »Also schick eine Streife zu dessen Wohnung und seiner Arbeitsstelle. Sollte er nicht da sein, wovon ich ausgehe, dann lass ihn wie Brecher und Frau Burkhard per internationalem Haftbefehl suchen. Schwerpunkt dürfte Osteuropa sein.«

Am Abend saßen alle drei bei Ruben zu Hause am Küchentisch. Während sich seine Frau Pia und Tochter Elisa über eine der beiden Familienpizzas hermachten, stocherte Ruben in einem italienischen Salat herum.

Nach dem Essen bat Ruben seine Familie, sie kurz allein zu lassen. Nachdem Frau und Tochter ins Wohnzimmer verschwunden waren, stellte er fest: »Also ich muss schon sagen, der Fall hatte es in sich. Dieser Friedrich Brecher könnte es in die Lehrbücher schaffen. Ich bin selten einem derart intelligenten Kriminellen begegnet.«

»Jetzt sag nur noch, dass du ihn bewunderst«, raunte Mike, immer noch schlecht gelaunt.

Eva beschloss, die beiden wieder einmal voneinander abzulenken, und fragte: »Wie geht es nun weiter?«

Ruben lehnte sich zurück und zuckte mit den Schultern. »So schlecht waren wir doch gar nicht. Wir haben den Mörder von Hans Huber gefunden. Mia ist noch am Leben und dieses Dorf kann endlich zur Ruhe kommen. Alles andere bringt die Zeit. Wir sollten alles noch einmal aufarbeiten und wer weiß, vielleicht finden wir noch Hinweise darauf, wo die drei sich verstecken. Und so schlecht sind die Kollegen von Europol gar nicht. Die haben schon einige Flüchtige aufgestöbert.«

Rubens Blick wechselte zu Mike. »Wie sieht es mit dir aus? Hast du die Schnauze voll oder möchtest du mit deinem Chef über die freie Stelle bei uns reden?«

»Wir haben eine freie Stelle?«, wunderte sich Eva, worauf ihr Ruben nur zuzwinkerte.

Epilog

»Neue Entwicklungen im Fall Friedrich Brecher«, war die ganze Information, die ihm Kriminalrat Kleinschrot mitgab, als er ihn nach Bamberg schickte.

So weit war alles normal, denn der Mann mochte ihn nicht, was auf Gegenseitigkeit beruhte. Mike machte seine Arbeit, die meist aus Innendienst bestand, und sie beide achteten darauf, sich möglichst aus dem Weg zu gehen.

Was heute, knapp drei Wochen nach Brechers Flucht, allerdings anders war, konnte Mike nicht recht einordnen. Es war die Art, wie sein Chef es sagte. Wo sonst diese falsche Freundlichkeit in seinen Worten mitschwang, wirkte Kleinschrot heute regelrecht bemüht, ihm die Fahrt zur Bundespolizei schmackhaft zu machen.

Mike wischte die Gedanken beiseite, folgte den Ansagen des Navis und fuhr kurz darauf auf die Einfahrt der Polizeischule zu. Was früher einmal eine Kaserne gewesen war, diente nun zur Ausbildung junger Bundespolizisten.

Eva hatte ihm am Telefon zwar beschrieben, in welchem Gebäude sich die Büroräume der Abteilung Altfälle und Sonderaufgaben befanden, trotzdem stand sie nun an der Einfahrt und wartete auf ihn.

Mike stoppte neben ihr, ließ die Seitenscheibe herunter und hörte als Erstes: »Du bist ziemlich spät dran, wir müssen uns beeilen«, dann deutete sie auf einige Parkflächen und drängte: »Stell den Wagen dort drüben ab und dann komm.«

Eigentlich hatte er sich das Wiedersehen mit seiner Lieblingskollegin anders vorgestellt, doch sie würde ihre Gründe haben.

Einige Minuten später eilten sie zusammen einen Flur entlang, gingen durch eine Glastür und folgten einem Wegweiser mit der Aufschrift »Besprechungsraum«.

Vor einer Tür blieb sie stehen, atmete kurz durch und trat ein. Mike folgte ihr und konnte zunächst einmal kaum etwas erkennen. Der große Raum war beinahe komplett abgedunkelt. Er schloss die Tür hinter sich, folgte Eva vorsichtig in eine Stuhlreihe und setzte sich neben sie.

Außer ihnen waren noch drei weitere Personen anwesend. Mike erkannte Ruben, der zwei Reihen vor ihnen saß. Daneben einen Mann, der Kriminalrat Winkler sein konnte, den Mike aber nur von Videokonferenzen kannte, und wiederum daneben saß eine ihm gänzlich unbekannte Frau.

An der Wand, zu der alle Stühle ausgerichtet waren, zeigte ein Beamer bis jetzt nur ein schwarzes Kamerabild. Man hätte es nicht einmal als solches erkannt, wären in der unteren Ecke nicht einige Zahlen in neongrüner Schrift eingeblendet gewesen.

Mike war gerade dabei, sich die Jacke auszuziehen, als er Ruben vorne sagen hörte: »Es geht los.«

Das zuvor schwarze Bild wurde so schlagartig hell, dass erst einmal kaum etwas erkennbar war. Einige Augenblicke später hatten sich sowohl die Augen als auch die Kameratechnik an die Lichtverhältnisse angepasst.

Das Bild zeigte ein verwahrlostes Haus in dichtem Schneetreiben. Die wenigen Büsche im Vorgarten beugten sich unter der weißen Last. Im Erdgeschoss waren sämtliche Fensterläden geschlossen, wobei einige von ihnen ziemlich schief in ihren Verankerungen hingen.

Etwa zwei Minuten lang passierte nichts, dann waren kaum wahrzunehmende Bewegungen links und rechts des Bildes erkennbar. Durch den Schneefall hoben sich die Männer in ihren weißen Tarnanzügen kaum vom Hintergrund ab. Sie näherten sich geduckt dem Haus, brachten Seile an den altmodischen Fensterläden an und traten danach zur Seite. Danach machte auf beiden Seiten des Hauses je einer der Männer eine Geste zu jemandem, der außerhalb des Kamerawinkels stand. Die Seile spannten sich erst nur wenig, dann mit einem Ruck und die Fensterläden wurden aus ihrer Verankerung gerissen.

Was nun folgte, dauerte weniger als eine Minute. Sie öffneten die Fenster mit einem Stemmeisen, drückten diese nach innen auf und verschwanden in dem Haus. Wenige Augenblicke später öffnete sich die Eingangstür und sowohl Friedrich Brecher als auch Maria Burkhard wurden gefesselt herausgeführt.

Nach einigen Augenblicken der Stille sagte Ruben vorne: »Sehr schön«, stand auf und ging zu einem Bedienpult. Das Bild an der Wand verschwand und die Rollos des Besprechungsraums fuhren wie von Geisterhand nach oben. Währenddessen stellte sich Ruben vor seine wenigen Zuhörer und erklärte: »Frau Staatsanwältin. Bitte entschuldigen Sie diese sehr kurzfristig anberaumte Darbietung. Ich werde Ihnen kurz erklären, um was es dabei ging.« Es folgte eine kurze Pause, dann sagte er: »Soweit ich weiß, sind Sie über die Flucht von Friedrich

Brecher, Robert Janek und Maria Burkhard informiert. Und wie Sie unschwer erkennen konnten, wurden Brecher und Burkhard soeben in Polen festgenommen. Das eigentlich Interessante ist allerdings, wie wir sie ausfindig machen konnten.« Ruben nahm sich erneut eine seiner Denkpausen und begann schließlich mit den Worten: »Friedrich Brecher saß nicht ohne Grund in Sicherheitsverwahrung. Nicht nur seine Flucht, sondern auch die Zeit danach war exakt geplant. Und ich muss ehrlich zugeben, dass wir es nur einem Zufall zu verdanken haben, dass wir ihn heute gefunden haben. Sein Fluchthelfer und frühere Mitinsasse Robert Janek suchte und fand schon eine ganze Weile vor Brechers Flucht einen polnischen Arzt mit Geldsorgen. Der Plan war, dass sich dieser bei seinen Patienten nach einem geeigneten Organspender für Brechers Leber umsehen sollte. Dieser Spender wurde offenbar gefunden. Der Mann war wegen einer Blinddarm-OP im Krankenhaus und erfreute sich bereits wieder bester Gesundheit. Heute Morgen bekam er allerdings Besuch von Robert Janek. Janeks Vorhaben war es, den Mann so schwer zu verletzen, dass er nur noch als Organspender taugte. Danach sollte er ins Krankenhaus gebracht werden, wo der gekaufte Arzt ihm die Leber entnehmen sollte. Gleichzeitig hätte sich Brecher mit angeblich starken Beschwerden einliefern lassen. Der Arzt hätte bei ihm keinen anderen Ausweg als eine neue Leber diagnostiziert und ihm die des verletzten Mannes eingepflanzt.«

»Und das geht so einfach?«, fragte nun Kriminalrat Winkler dazwischen.

»Einfach nicht. Aber es soll schon vorkommen, dass man für genügend Geld die entsprechenden Papiere bekommt.«

»Und wie ging es weiter?« Die Staatsanwältin wirkte, als wäre sie ein wenig in Eile.

Ruben sah sie an und antwortete: »Weder der Arzt noch Janek konnten wissen, dass der potenzielle Organspender zu einer militärischen Eliteeinheit der polnischen Streitkräfte gehört. Dem Mann war es ein Leichtes, Janek außer Gefecht zu setzen, und das hat er heute Morgen um circa fünf Uhr auch getan. Danach folgten einige vermutlich nicht ganz zimperliche Verhöre, über deren Ergebnisse ich heute Morgen von Europol unterrichtet wurde. Und der Einsatz, dem wir gerade beiwohnen durften, ist wiederum das Ergebnis der Befragung von Janek.« Ruben ließ eine kurze Pause folgen, bevor er vorschlug: »Ich glaube, wir fragen, was die Verhörmethoden betrifft, lieber nicht nach.«

»Na gut, dann habe ich erst einmal, was ich wissen muss«, erwiderte die Staatsanwältin. »Ich werde mich um die Auslieferung der drei kümmern, alles andere muss ein Richter entscheiden.« Damit stand sie auf und ging zum Ausgang.

Kriminalrat Winkler folgte ihr, verabschiedete sie und zog die Tür von innen zu. Dann faltete er die Hände ineinander und sagte: »Gute Arbeit. Auch wenn ihr den Fall nicht direkt abschließen konntet, hab ich den Ermittlungsakten entnommen, dass ihr euch gut ergänzt.« Mit diesen Worten ging er zu Mike und streckte ihm die Hand entgegen. »Schön, Sie endlich persönlich kennenzulernen. Ihr Ruf eilt Ihnen ja voraus.«

Mike erwiderte den Händedruck, sagte aber: »Sie meinen sicher die guten alten Zeiten.«

»Auch, ja, aber auch die Zusammenarbeit mit meinen Leuten.«

Irgendetwas irritierte Mike daran, wie der Mann nun einen kurzen Blick mit Ruben und Eva wechselte. Und als Eva seltsam zu grinsen begann, fragte Mike misstrauisch: »Habe ich etwas verpasst?«

Der Kriminalrat wirkte tatsächlich etwas verlegen. »Nein, nicht wirklich. Aber ich muss zugeben, dass es ein paar Absprachen gibt, die Sie betreffen.«

Mike war grundsätzlich für klare Worte, daher fragte er ein wenig pampig: »Wie meinen Sie das? Gab es Beschwerden über mich?«

»Aber nein. Es gab nur … wie soll ich sagen …«, weiter kam Winkler nicht, da Eva ihn unterbrach und erklärte: »Wir, also Ruben, Habermann, Schober und ich, hätten dich gerne in unserem Team.«

»Und Ihr Chef in Nürnberg wäre damit einverstanden«, fügte Winkler schnell hinzu.

Mike ließ sich seine Freude nicht anmerken und sagte scharf: »Ach, und das wurde so eben mal hinter meinem Rücken beschlossen?«

Kriminalrat Winkler wirkte nun ehrlich betreten und sagte mit etwas Reue in der Stimme: »Sie haben recht. Es tut mir leid. Ich hätte nicht hinter Ihrem Rücken mit Kleinschrot sprechen sollen. Es war übergriffig. Wir hätten natürlich erst Sie fragen müssen.«

Mike sah noch einmal jedem böse in die Augen, bevor er sich das Grinsen nicht mehr verkneifen konnte. Dann drehte er sich zu Ruben und stellte fest: »An dem Abend, als wir nach dem Fall bei dir in der Küche saßen, dachte ich tatsächlich, du hättest nur einen emotionalen Moment. Ich dachte, dein Angebot war ein Scherz. Aber ich hätte wissen müssen, dass du keine emotionalen Momente hast.«

Eva und Winkler wussten sofort, was Mike damit meinte, und sie konnten sich das Grinsen nun auch nicht mehr verkneifen. Nur in Rubens Mimik fand keinerlei Veränderung statt, als er sagte: »Ich weiß zwar nicht, was du damit meinst. Aber wenigstens bist du kein Klugscheißer von der Akademie. Einer von denen nannte mich, obwohl ich sein Vorgesetzter war, doch tatsächlich einen verwirrten Geist.«

Nachdem das Gelächter verklungen war, wurde Mike wieder ernst. Er wandte sich an den Kriminalrat und fragte: »Wann kann ich hier anfangen?«